Ruth Berger

Gretchen

Ein Frankfurter Kriminalfall

Historischer Roman

Kindler

1. Auflage Juli 2007

Vorsatz: Merianplan von Frankfurt, 1770; Abbildung der Hauptwache
Nachsatz: «Prospect außer der St. Catharinen Port», 1783
© Institut für Stadtgeschichte Frankfurt am Main
Satz Minion PostScript, InDesign, von
Pinkuin Satz und Datentechnik, Berlin
Druck und Bindung GGP Media GmbH, Pößneck
Printed in Germany
ISBN 978 3 463 40513 1

ECRATÆ, EMPORIIQUE TAM GERMANIÆ QUAM TOTIUS EUROPÆ CELEBERRIMI, ACCURATA DELINEATIO.
Septentrio
Oriens
Occidens
Meridies
FLUVIUS
Sachsenhausen

Die Frankfurter Dienstmagd Susanna Margaretha Brand, genannt Susann, wird 1771 von ihrer eigenen Schwester angezeigt: Sie soll ihr Neugeborenes getötet haben und geflohen sein. Die junge Frau wird steckbrieflich gesucht, und nur Tage später nehmen die Wachen sie an der Stadtmauer fest. Im Römer wird ihr der Prozess gemacht.

Der Fall erregt in Frankfurt die Gemüter. Und als Susann schließlich auf dem Rossmarkt enthauptet wird, ist unter den Zuschauern auch Johann Wolfgang Goethe. Das Schicksal der Kindsmörderin ließ den jungen Juristen nicht mehr los – und er setzte ihr mit Fausts Gretchen ein Denkmal.

Ruth Berger lässt eines der dramatischsten Frauenschicksale der deutschen Geschichte lebendig werden – spannend, einfühlsam und erschütternd.

RUTH BERGER

Die Historikerin Ruth Berger lebt und arbeitet in Frankfurt. Bisher hat sie drei Romane veröffentlicht. Kritiker und Leser gleichermaßen lieben ihre Bücher, weil sie es versteht, mit viel Phantasie und Liebe zum historischen Detail von vergangenen Zeiten zu erzählen. «Brigitte» schrieb: «Ruth Berger liefert einmal mehr den Nachweis, dass Spannung und Anspruch sich nicht ausschließen müssen.»

Umschlaggestaltung: any.way,
Barbara Hanke/Cordula Schmidt
Umschlagabbildungen: bridgemanart.com;
Frankfurt am Main, Historisches Museum/
bpk/Foto: Hermann Buresch
Foto der Autorin: privat

Für Susanna Brand

1746–1772

Sie hieß eigentlich nicht Gretchen. Der Name der Faust-Figur kommt zweifellos aus anderer Quelle. Aber Goethe legt seinem Gretchen Worte in den Mund, die sie gesprochen hat: Susanna Margaretha Brand, genannt Susann, die er hat sterben sehen Anfang 1772 und die niemand, der ihr begegnete, jemals vergessen konnte.

Dieser Roman basiert auf den Akten in ihrem Fall.

Erster Teil

Lapsa est

Gestrauchelt

Freitag, 2. August 1771

Am Abend zwischen neun und zehn Uhr, es war noch recht warm, wurde dem Jüngeren Bürgermeister der kaiserlichen freien Reichsstadt Frankfurt am Main gemeldet, eine Weibsperson sei in Begleitung des Sergeanten Brand vor seinem Haus erschienen und begehre ihn zu sprechen. Es sei dringend. In einer Kriminalsache.

Der derzeitige Jüngere Herr Bürgermeister, wie üblich wohlgeboren und hochgebietend, hieß Dr. Siegner, war jung zwar qua Amtes, doch ansonsten sechsundfünfzig und fühlte sich durch die späte Störung sehr inkommodiert. Eben erst hatte er sich diverser drückender Beschwernisse wie Rock, Weste und Schuhen entledigt, um im Hemd und mit hochgelegten nackten Füßen einige französische Bonbons nebst einem Glas Milch zu genießen. In einem halben Stündchen spätestens gedachte er ins Bett zu gehen.

Und nun das.

Also bittschön, es werde doch gar so dringlich nicht sein, bemerkte er, nur halb überzeugt, und warf sich aus Trotz noch schnell das erste Bonbon in den Mund.

«Aja doch, wohl schon», befand der Diener. «Ansonsten hätt ja auch der Sergeant Brand das Weib so spät gewiss nicht hergeführt.»

«Was für eine Weibsperson eigentlich?»

«Aja, so dreißig, fünfunddreißig Jahr alt, nicht schön, nicht hässlich.»

«Dame oder nicht?»

«Nur eine ganz gewöhnliche Person. Trägt eine Kittelschürz am Leib, die hat auch schon bessre Tag gesehen.»

Unterdessen hat der Jüngere Herr Bürgermeister mit Hilfe seines Dieners Weste, Samtrock sowie den mit goldenen Troddeln gebundenen Kragen bereits wieder angetan und begibt sich schweren Schrittes zu seinem Büro. Nicht zu seinem offiziellen, das sich samt Audienzsaal selbstredend im Rathaus *Zum Römer* befindet. Vielmehr betritt er lediglich seine private anwaltliche Schreibstube, die er nur in seltenen Notfällen zum dienstlichen Empfang benutzt. Auf dem Tisch liegt noch die vorhin dort achtlos hingeworfene Perücke. Die setzt der Herr Bürgermeister, als er sich auf dem Lehnstuhl niederlässt, wieder auf, ein bisschen schief zwar, aber beinahe ist er jetzt amtlich angetan.

Nur die Schuhe und Strümpfe, die hat er weggelassen. Wird unter dem Tisch niemandem auffallen, denkt er, na und wenn schon, da es sich ja lediglich um eine gewöhnliche Weibsperson handelt.

Die wird nun hereingeführt, begleitet von dem Sergeanten Brand. Den Brand kennt der Jüngere Herr Bürgermeister übrigens bestens, da nämlich der Sergeant sein persönlicher Ordonnanzoffizier ist, der ihm bei den regulären täglichen Audienzen im *Römer* zur Seite steht. Eine pflichtbewusste, anständige Person, der Brand, hat es nicht umsonst aus eigner Kraft zur bürgermeisterlichen Ordonnanz gebracht. Heut Abend allerdings, da hat er es mit der Pflicht wohl etwas zu genau genommen. Hätt doch sicher auch bis morgen warten können, die Sach.

Nun aber zackig, beschließt Dr. Siegner und drückt die

Schultern durch. Fest in die Backentasche mit dem Bonbon. In die Tinte mit der Feder. Er wird rasch selbst Notizen fürs Protokoll machen, statt umständlich den städtischen Aktuarius herbeizurufen. Je eher er mit der Weibsperson fertig ist, desto eher kann er zurück zu seinem Glas Milch.

«Wie heißt Sie?», fragt er also die kaum Eingetretene unvermittelt und etwas barsch. Die, blaubeschurzt, schluckt vernehmlich.

«Ursula Königin. Die Frau vom Tambour König von der Garnison.»

Der Sergeant Brand macht Anstalten, etwas zuzusetzen, doch der Jüngere Herr Bürgermeister gibt ihm, mit der Rechten kritzelnd, mit der Linken ein Zeichen, dass er während der Formalitäten den Mund halten soll.

«Geborene?»

«Brandin.»

«Sie ist eine geborene Brand? Eine Verwandtschaft etwa zu dem anwesenden Sergeanten?»

«Ja.»

«Inwiefern?»

«Mein seliger Vater war der Gefreite Brand, der Bruder vom Vater vom Elias. Also, vom Sergeanten.»

«Will heißen, der Sergeant ist Ihr Cousin?»

«Ganz recht.»

Dr. Siegner gibt das Bonbon aus der Backentasche frei und lutscht fest daran, wobei er ein schmatzendes Geräusch hören lässt. Die Sache wird ja allmählich suspekt! Der Brand hat ihm doch nicht etwa, seine privilegierte Stellung missbrauchend, eine Bagatellsache aus der eigenen Familie angeschleppt? Am Ende gar ein gestohlenes Wäschestück oder entwendetes Huhn! Er legt demonstrativ erst einmal die Feder beiseite und lehnt sich im Stuhl zurück.

«Nun, was will Sie mir also anzeigen?»

«Meine Schwester. Meine jüngste Schwester will ich anzeigen.»

Eine Schwesternfehde soll er also schlichten. Parbleu! Das ist ja nicht zu glauben. Dr. Siegner wirft einen verärgerten Blick auf den Brand, den er doch eigentlich schätzt, und sieht, wie der Sergeant inzwischen ein wenig blass und unglücklich wirkt unter seiner pflichtbewussten Miene. Offenbar dämmert ihm, dass er sich hier, mit Verlaub, eine echte, saublöde Dummheit geleistet hat. Dr. Siegner ist sofort wieder milder gestimmt dem Brand gegenüber. Zumal zu vermuten ist, dass die Dummheit nicht auf dem Mist vom Brand allein gewachsen ist. Vielmehr werden die Weiber aus seiner Familie, als da sind die anwesende Cousine Königin sowie höchstwahrscheinlich seine, des Brands, Ehefrau, ihm gehörig zugesetzt haben, dass er am Ende kaum anders konnte, als die zänkische Cousine mit ihrer Anzeige zum Jüngeren Bürgermeister zu begleiten.

Nun, bitt schön, er wird die Komödie vorläufig weiter mitspielen. Seufzend greift er neuerlich zur Feder.

«Name der Schwester?»

«Susanna Margaretha Brandin.»

«Will heißen, die Schwester ist unverheiratet?»

«Ganz recht.»

«Soso. Und wessen ist nun die Denunziata verdächtig?»

«Die Susann», souffliert der Sergeant Brand seiner Cousine, «was soll sie getan haben?»

Doch die Königin hat ohnehin sehr gut verstanden. Die Antwort kommt rasch, laut und deutlich:

«Meine Schwester, die Susann, ist verdächtig, dass sie heimlich ein Kind geboren und beiseitegeschafft hat.»

Dr. Siegner hüstelt erstickt, beinahe wär ihm das lavendelparfümierte Bonbon in die Kehle gerutscht. Er wünscht das Zuckerzeugs zum Teufel und sieht jetzt zum ersten Mal der Ursula Königin ganz genau ins Gesicht. Lederne Haut sieht er, einen breiten Mund mit eifrig schon zum nächsten Sprechen gespreizten Lippen, eine kleine Warze rechts am Kinn und gelblichbraune Schatten unter den Augen. Derweil fällt ihm auf, dass er, obwohl er obenherum schwitzt, kalte Füße bekommt. Er hätt doch zumindest die Strümpfe wieder anziehen sollen. Verstohlen reibt er den rechten Fuß über den linken.

Warum sie denn, fragt er die Königin, ihre Schwester einer solchen Tat verdächtige? Welche Gründe sie hierfür habe?

Die Königin überschlägt sich fast: Heute Morgen habe sie bei der Brotherrin von der Susann eine Blutlache im Holzstall gefunden, und die Susann habe sich daraufhin aus dem Staub gemacht, und der dicke Bauch von der Susann, der sei diesen Sommer das Stadtgespräch gewesen, und sie, die Königin, habe sich allerlei Beleidigungen anhören müssen wegen dem Bauch von der Susann, wiewohl sie weiß Gott sich stets viel Mühe mit der Erziehung ihrer kleinen Schwester gegeben habe, und übrigens habe sie die Susann wegen dem dicken Bauch zur Rede gestellt, und das Mensch habe standhaft geleugnet, schwanger zu sein. Und in dem Holzstall habe man bisher kein Kind gefunden, doch es liege ihr am Herzen, dass dies alles nunmehr amtlich zur Anzeige gebracht und untersucht werde.

Während der hektischen Rede der Königin ist es dem Jüngeren Herrn Bürgermeister gelungen, den Rest des verteufelten Bonbons kleinzubeißen und hinunterzubringen. Noch zweimal schluckt er hinterher, um den übersüßen Nachgeschmack und ein leichtes Würgen in der Kehle loszuwerden. Innerlich leistet er dem Brand Abbitte und verflucht das

Schicksal, dass ausgerechnet in dem Jahr, da er als Jüngerer Bürgermeister amtet, eine Kindsmordssache der Stadt zu blühen scheint. Himmel! Als seien nicht all seine anderen eiligen Amtsgeschäfte genug. Und nun so ein stinkendes kleines Skandalon auf dem Tisch. Er entsinnt sich an dergleichen Fälle aus der Vergangenheit. Zum Beispiel damals, als er gerade erst ein paar Jahre als Advokat tätig war und noch unverheiratet, der Aufruhr, die Soldaten, diese blasse Person auf dem Schafott – ach, er mag gar nicht daran denken, wie viel Nerven, Plackerei und Ärger ihn, als Leiter des Peinlichen Verhöramtes, dergleichen kosten könnte.

Aber noch ist es ja nicht an dem. Keineswegs, beruhigt er sich, da nämlich erstens die des Verbrechens Verdächtige offenbar längst aus der Stadt und zweitens ein Corpus delicti nicht vorhanden ist. Das treibt, wenn es denn eins gibt, wahrscheinlich Richtung Höchst den Main hinunter und wird nie gefunden werden. Also bittschön, was soll denn da passieren! Ein Protokoll, ein paar Nachforschungen bei dieser Dienstherrin der Susanna Brandin, und das war's.

Und während sich der Dr. Siegner mit dem Zeigefinger unter der Perücke kratzt, was er in Momenten des Nachdenkens zu tun pflegt, kommt ihm mit einem Mal eine Ahnung. Und zwar dergestalt, dass womöglich der Sergeant Brand als der Cousin der Verdächtigen und die Ursula Königin als deren Schwester eine gewisse, der Verdächtigen durchaus günstige Absicht verfolgen könnten, indem sie hier nach der Dienstzeit in seinem Privathaus höchstselbst die Anzeige vorbringen. Übrigens nachdem die Susanna verschwunden und für eine Verhaftung nicht mehr habhaft ist. Und bevor noch die Dienstherrin ihrerseits sich meldet, von der man nach Lage der Dinge eine solche Anzeige recht eigentlich erwarten würde.

Doch ihn haben solche Eventualitäten nicht zu scheren. Er hat hier nicht nach heimlichen Absichten zu forschen, sondern nach der Sachlage zu entscheiden. Und die ist so, dass ohne jeden Verzug der Holzstall der Dienstherrin und deren Haus auf Spuren eines Verbrechens zu untersuchen sind. Sonnenklar ist auch, dass er sich nicht etwa unüblicherweise selbst an den Ort des Geschehens begeben wird. Sondern stattdessen wird er, nun, wen sonst, die anwesende Ordonnanz Brand mit der Aufgabe betrauen. Der Brand mag dreimal mit der Verdächtigen verwandt sein, er ist dennoch sein kompetentester Mann, und um diese Zeit und an diesem Ort stehen ihm andere Kräfte ja gar nicht zur Verfügung. Die Untersuchung würde sträflich verzögert, wollte er erst nach einem der betrunkenen Taugenichtse auf der Hauptwache schicken.

Wie sorgfältig nun aber seine Ordonnanz, der Brand, nach Spuren sucht, und ob es denn stimmt, wenn er ihm später meldet, es gebe für ein Verbrechen keinen Hinweis – bittschön, das liegt in seiner, des Brands, Verantwortung. Und nicht in der des Herrn Bürgermeisters.

Ohne sich noch länger zu besinnen, teilt er dem Brand mit: Er möge sich schnellstens zu der Dienstherrin der Susanna begeben, eine Untersuchung des Hauses vornehmen und, falls der schlimme Verdacht sich bewahrheite, so bald als möglich, ansonsten aber am nächsten Morgen, Rapport bei ihm erstatten.

Der Sergeant Brand tritt salutierend und voll Eifer ab, die Ursula Königin mit wehender blauer Kittelschürze im Gefolge. Dr. Siegner seufzt erleichtert und lehnt sich in seinem Stuhl zurück. Also bittschön, das wär geschafft!

Doch die Lust auf Bonbons mit Milch war ihm für diesen Abend vergangen.

Etwa ein Jahr zuvor saß die besagte Susanna Brand abends sehr fröhlich in der Küche des Gasthauses *Zum Einhorn* und ließ sich von dessen Wirtin, der Witwe Bauer, über den grünen Klee loben. Wobei die Bauerin allerdings brüllte, als solle das ganze große Haus mithören. Und zwar zum Besten von Susannas ebenfalls anwesender Schwester Dorothea, genannt Dorette. Die Dorette – die einzige kleine Person in der hochgewachsenen Familie Brand – war nämlich leider von den Masern auf dem rechten Ohr ganz und auf dem linken halb taub geblieben. Ihre Taubheit hatte die Dorette aber weder gehindert, der Susann, dem bei weitem jüngsten Kind der Familie, jahrelang die zweite Mutter zu sein, noch daran, später einen Dienst und schließlich in Gestalt des Schreinermeisters Baptist Hechtel einen guten Ehemann zu finden. Einen, der gemäß seines Standes sogar die Bürgerrechte besaß – wenn er auch lutherisch war. Die Dorette hatte das nicht gestört, ohne Bedenken hatte sie der Heirat zuliebe die lutherische Konfession angenommen. Zum Ärger ihrer Schwester Ursel allerdings, die fand, wenn der Vater das wüsste, er würd sich im Grabe umdrehen.

Die Ursel war ebenfalls heut Abend in der Küche vom Gasthaus *Zum Einhorn* anwesend, für das sie die Weißwäsche machte. Nur blähte sie sich nicht ganz so stolz und zufrieden auf wie die Dorette über das wohlfeile und sicher übertriebene Lob der Bauerin, von wegen die Susann wär die beste Köchin und fleißigste Dienstmagd, die sie jemals gehabt hätte. Sie, die Ursel, gluckte ja auch nicht so eng mit der Bauerin wie die Dorette, und *sie* war nicht diejenige gewesen, die vor gut zweieinhalb Jahren, als die Susann in hohem Bogen aus ihrem letzten Dienst in Mainz geflogen war, der Bauerin das Mädchen regelrecht aufgedrängt hatte. Aber natürlich war auch die Ursel froh zu hören, dass die Susann sich wider Erwarten bei der Bauerin so gut bewährte. Man hatte sich ja um das Mensch schon ernste Sorgen machen müssen! Zwei Dienste hatte sie wegen ein bisschen Ärger über die Herrschaft aus purem kindischem Trotz selbst aufgekündigt. Aus dem dritten war sie wegen Aufsässigkeit und Frechheit entlassen worden. Die Ursel plagte sich seit Jahren mit Ängsten, es könnte am Ende ganz nach unten in die Gosse mit der Susann gehen. Schon schämte sie sich vor ihrer Kundschaft und Gönnerschaft, der Frau von Stockum zum Beispiel oder dem Fräulein du Fay (die sie beide übrigens nur durch ihre Treue zur reformierten Konfession kennengelernt hatte, während die Dorette mit ihrem lutherischen Mann zwar Bürgerin war, aber längst nicht in so guten Kreisen verkehrte). Wenn die Frau von Stockum wieder einmal fragte, was denn ihre jüngste Schwester mache – oje, dann wurde der Ursel heiß und kalt, und sie hörte die Verachtung und den Spott in der Stimme der Frau von Stockum. Die unstete Susann, die sich so wenig bewährte und immer wieder nichtsnutzig und schlecht gelitten auf ein paar Wochen bei einer ihrer hart arbeitenden älteren Schwestern logierte, die war drauf und dran, einen Fleck an den Ruf der ansonsten frommen und ehrbaren Familie Brand zu bringen.

Woran auch die ältere Schwester Dorette schuld war. Der schädliche kindische Trotz und Mutwillen bei der Susann kam nämlich geradewegs davon, dass die Dorette und die selige Mutter das Mädchen verzärtelt und verhätschelt hatten. Die bekam ja hier einen Kuss und da einen teuren Honigwecken und wurde im Arm gehalten und geherzt und konnte schier nichts Böses tun. Wenn man bedachte, wie die anderen Kinder erzogen worden waren, streng und ohne viel Aufhebens um sie, da konnte man leicht den Gegensatz zwischen der

Susann und ihren allesamt verlässlichen älteren Geschwistern verstehen.

«Und ist immer fröhlich und wohlgemut, und niemals müde», brüllte die Bauerin eben der Dorette ins Gesicht, der man übrigens ihre bald fünfunddreißig Jahre leider sehr ansah. Die Susann dagegen, auf der Kiste an der Wand sitzend, strahlte rotbackig wie die blühende Jugend. Immer fröhlich, was war denn das für ein Lob, fand die Ursel. Das gehörte ja gerade zu den Fehlern der Susann, dass sie als erwachsenes Mädchen noch Kind geblieben war und den Ernst des Lebens nicht erkannte. Und niemals müde? Ganz recht, warum sollte die Susann auch müde sein, gerade mal Anfang zwanzig; da hat man noch Kraft. Ja, wenn man erst einmal dreißig, einunddreißig Jahr alt geworden ist und Kinder geboren hat, wie sie, die Ursel, oder fünfunddreißig wie die Dorette – dann mag es Überwindung kosten, früh aufzustehen und frisch und hurtig bei der Arbeit zu sein. Bei der Susann hingegen wäre nur das Gegenteil verwunderlich gewesen.

«Ich möcht die Susann am liebsten nie wieder entbehren müssen. Gelle, Susann, Ihr verlasst mich nicht?», brüllt die Bauerin eben wie zum Beschluss ihrer Lobesrede, und die Susann lacht und schüttelt den Kopf in ihrer fröhlichen, ungezügelten Art. Und dann wendet sie die jungen Augen zur Tür der Kinderschlafkammer gegenüber und lächelt ein, zwei Wimpernschläge kokett, bevor sie rasch wieder wegsieht. Als die Ursel, die mit dem Rücken zu der Kammer sitzt, sich misstrauisch nach hinten verrenkt – wen sieht sie da? Den Sohn der Bauerin, lässig angelehnt im Türsturz. Wer weiß, wie lang der da schon steht. Eiei. Das fehlt noch, denkt die Ursel, dass die Susann, wo man grad meint, sie hätt sich gefangen, jetzt alle Vorsicht vergisst und mit den Mannspersonen in der Wirtschaft herumpoussiert, als hätt sie der Kitzel gestochen.

Laut sagt sie, sehr damenhaft: «Es will ja fast scheinen, Susann, dass du dir die Hörner deiner jugendlichen Unvernunft abgestoßen hast. Hoffen wir, dass es anhält.»

Worauf die Susann noch röter wird, als sie ohnehin schon ist, und ein wenig betreten dreinblickt, sodass man zu ihren Gunsten annehmen muss, sie sei sich in dem Augenblick einer Schuld schamhaft bewusst geworden. Da steht auf einmal die Bauerin von ihrem Schemel auf, geht auf die Susann zu, lächelt milde, fasst sie am Kinn, beugt sich und gibt ihr einen Kuss auf die Stirn.

Was die Ursula Königin ziemlich sprachlos macht.

Spät am Abend desselben Tages gab es einen Zank in der Küche *Zum Einhorn*. Während die Dienstmagd Susann schon auf dem dicht neben dem Herd stehenden Bett saß und sich ihre schwarzen Strümpfe abstreifte, war die andere Magd, Christiane, bei schlechtestem Licht noch auf Knien damit beschäftigt, eine Kruste von übergelaufener Gerstensuppe von den Herdsteinen zu entfernen. Und während die Christiane so kratzt, das Gesicht ganz verkniffen vor Anstrengung, eine lose Strähne an der Wange, die sie kitzelt, da brodelt ihr der Ärger immer höher.

«Wenn du mal beim Kochen richtig aufpassen tätest», giftet sie unvermittelt, «müsst ich mich abends hier nicht so plagen.»

«Koch du doch, wenn du's besser kannst», faucht die Susann zurück, um nach einer Pause etwas ruhiger anzufügen: «Du *hast* aber heut Abend eine Laune.» Und in der Tat hat die Christiane eine Laune, und zwar eine gottverdammt beschissene. Mit gutem Grund, indem sie nämlich am frühen Abend, während sie allein vorn in der Bierstub bedienen musste, das Pech hatte, durch die Stuben-, Kammer- und Küchentür die überlaute Lobhudelei der Frau Bauerin bezüglich der Susann mindestens zur guten Hälfte mitzubekommen. Die beste Magd, die sie je hatte! Aha. So ist das also. Die Christiane, die mindestens so gut arbeitet wie die Susann, die ist offenbar jetzt bei der Bauerin abgeschrieben. Da könnt sie ja genauso gut gleich gar nichts mehr tun, wenn es so wenig auffällt, dass sie sich anstrengt. Sie hatte ein bisschen gehofft, dass sie, wenn sie immer brav ihren Dienst verrichtet, vielleicht einmal den Christoph heiraten könnte, den älteren Sohn und Erben von der Bauerin. Christoph und Christiane, das würd schon vom Namen her gut zusammen passen. Doch das kann sie nun wohl vergessen. Auch da wird viel eher die Susann zum Zug kommen. Die Bauerin hat es ja fast schon ausgesprochen, von wegen, sie möcht die Susann nie wieder missen aus ihrem Haus. – Und warum wird die Susann so bevorzugt? Nur, weil sie die kleine Schwester und der Augapfel von der tauben Frau vom Schreiner Hechtel ist, die wiederum die gute Freundin von der Frau Bauerin ist. So geht das im Leben. Es gibt keine Gerechtigkeit.

«Ich will dir sagen», keift sie jetzt neuerlich los, «was mir üble Laune macht: dass du dir nämlich immer die leichten Arbeiten aussuchst, und der ganze Dreck bleibt dann an mir kleben.»

«Ach ja?!» Der Susann blitzen die Augen. «Seit wann ist Kochen leicht? Ich steh bestimmt länger am Herd, als du zum Putzen und Abspülen brauchst. Und wenn's nicht schmeckt, bin immer ich schuld. Außerdem hol *ich* das Wasser *und* den ganzen Einkauf, weil du's angeblich im Rücken hast.»

«Das machst du doch gern!», höhnt die Christiane. «Kannst dann immer hübsch lang ausbleiben und mit den Mannspersonen schäkern! Ich hab dich gesehen neulich, wie du vorn an der Bornheimer Pfort rumgelungert bist und hast geturtelt mit dem einen Soldaten von der Konstablerwache, dem langen Lulatsch mit den Segelohren. Endlich mal einer, der genauso lang ist wie du, gelt. Musst nur schön aufpassen, dass dir nicht den Ruf verdirbst, es wird nämlich schon geredet über dich, und wenn das die Frau Bauerin erfährt, wird sie dir auch nicht mehr so hold sein.»

Der Susann lief allmählich die Galle über. Zumal ihr Gewissen bezüglich des genannten großen Konstablers blütenrein war, indem sie nämlich genau drei Worte mit ihm gewechselt und ihn dann abgewimmelt hatte.

«*Du* musst grad reden!», ruft sie. «Du mit deinem Jockel!»

Bei selbigem Jockel handelte es sich um den verflossenen Freund von der Christiane, der im letzten Sommer öfter die Susann auf ein halbes Stündchen aus der Küche vertrieben hatte, um mit der Christiane unbemerkt allein zu sein und bestimmt mehr als nur Süßholz zu raspeln. Eine schlechte Verteidigung war es also nicht, die Christiane an den Jockel zu erinnern. Nur war die Susann ziemlich heftig und vor allem laut dabei geworden. Und dass sie sich danach erschrocken die Hand vor den Mund hielt, half wenig, denn schon ging quietschend die Tür der zwischen Wohnstube und Küche gelegenen Kinderschlafkammer auf. Dort schlief heute, weil es im Erdgeschoss so schön kühl war, neben dem einzig im Haus verbliebenen Sohn Christoph auch die Frau Bauerin selbst, oder vielmehr, sie hatte zu schlafen versucht. Mit wirrem Haar erschien sie im Türrahmen, wegen der Hitze ohne Schlafhaube, und schimpfte die Susann an: Was das Gekeife bei Nacht solle, und sie bitte doch sehr, sich zu mäßigen!

Worauf sie mit einem Knall die Türe wieder schloss.

Die Mägde sprachen nun nicht mal mehr flüsternd miteinander, was nicht schwerfiel, da sie sich fürs Schweigen gerade gram genug waren. Nachdem das spärliche Licht gelöscht war, schlüpften sie in das gemeinsame Bett. Zumindest eine von ihnen, nämlich die Susann, fand da aber nicht allzu schnell den Schlaf.

Nicht nur, dass sie nie schlafen kann, wenn es vor dem Zubettgehen Ärger gab. Zufällig verhält es sich so, dass die Frau Bauerin eben zum allerersten Mal richtig mit ihr geschimpft hat in den zweieinhalb Jahren, in denen sie bei ihr in Dienst ist. Erstens hat nämlich die Frau Bauerin ein gutgelauntes, wenig aufbrausendes Wesen, und zweitens reißt die Susann sich Arme und Beine aus bei der Arbeit, sodass zum Schimpfen nie Anlass besteht. Und weil es eben nun doch passiert ist, hat sich die Susann leider zum zweiten Mal heut daran erinnert, dass sie, die Susann, einen verqueren Charakter hat, der ihr im Leben noch zum Fall gereichen wird, wenn sie nicht mordsmäßig aufpasst. Das weiß sie sehr wohl, sich selbst betrügt sie nämlich nicht, wenn sie auch vor ihrer schwarzseherischen Schwester Ursel immer die Sorglose, Ahnungslose spielt und rundheraus abstreitet, dass es irgendeinen Grund geben könnte, über ihre Zukunft böse zu unken.

Es ist nämlich leider so, dass die Susann Tadel nicht verträgt. Nicht, wenn sie einen Anlass dazu gegeben hat, und erst recht nicht, wenn sie sich grundlos zurechtgewiesen fühlt. Sosehr sie auch sonst einen eisernen Willen hat, indem es ihr zum Beispiel ein Leichtes ist, mit wehen Gliedern abends noch Wassereimer oder Gepäck die Treppen hochzuwuchten (ja, da pfeift sie noch fröhlich dazu!) –, so leicht verliert sie andererseits die Herrschaft über sich, wenn ihr jemand mit Strafpredigten kommt oder gar zuzuschlagen droht. Dann geht es mit ihr durch. Dann wehrt sie sich. Widerworte gibt sie, die sich gewaschen haben. Sogar vorhin, bei dem harmlosen und ganz gerechtfertigten Tadel der Frau Bauerin, hatte sie schon angesetzt, ihr wie ein ungezogenes Kind giftig zurückzugeben: warum man denn sie bezichtige, die Christiane habe angefangen mit dem Streit. (Nur dass glücklicherweise die Bauerin die Tür gleich wieder zugemacht hatte und die Susann ihre schon im Hals steckende Replik ungehört wieder verschlucken konnte.)

Dabei weiß sie nach Jahren der Dienstzeit natürlich so sicher wie das Amen in der Kirche, dass Brotherren, anders als ihre weichherzige selige Mutter, Widerworte nicht hören mögen. Und dass es sich nicht empfiehlt, ihnen welche zu geben, wie begründet auch immer sie sein mögen, wie ungerecht auch immer der Tadel oder die Strafe war. So ist die Regel. Sie haben recht, du hast unrecht. Du hast zu gehorchen und dich, wenn den Herrschaften danach ist, züchtigen zu lassen, ob mit, ob ohne Grund, und jedenfalls hast du ganz bestimmt nicht zurückzuschimpfen.

Nur dass die Susann mit ihrem verqueren Charakter und cholerischen Temperament diese Regel nicht befolgen kann. Nicht in den Momenten jedenfalls, wo es wirklich drauf ankäme. Gerade dann läuft ihr die Galle über. Als sie das erste Mal von einer Dienstherrin eine geknallt bekam zum Beispiel, da hatte die Susann der Dame eine gesalzene Beleidigung ins Gesicht geschleudert und die Kündigung gleich hinterher. Das war bei den de Barys gewesen. Ihre erste richtige Stellung, für die die Ursel sie empfohlen hatte. Die wand sich nach dem Vorfall natürlich vor Scham.

Gut, da hatte es noch einen anderen Grund für ihr Benehmen gegeben. Den verriet sie aber weder der Ursel noch sonst jemandem – wohlweißlich nicht, da dieser geheime Grund eigentlich genauso kindisch war wie der andere.

Sie war so dumm gewesen, sich unerwidert in den Sohn

der Familie zu verlieben: Johannes oder Jean de Bary, einundzwanzig Jahre, Handelsmann im Geschäft des Vaters, schwarze Haare, bleiche Wangen, melancholisch, als wäre er sehr, sehr einsam. Sie hat sich natürlich nicht absichtlich verliebt. Sondern wie es so geht, es trifft einen unerwartet, und eh man recht gemerkt hat, wie einem geschieht, ist es schon passiert. Dabei sah sie ihn nur wenig und sprach auch nie mit ihm, weil sie meist in der Küche arbeitete und dies ein großes Kaufmannshaus war, wo nicht alles so dicht aufeinanderhockte.

Eines Tages waren die Eltern de Bary fort und der Sohn allein zu Haus. Die Susann hatte die Aufgabe ergattert, den Tisch fürs Essen vorzubereiten, und musste auf dem Weg an der sogenannten Bibliothek vorbei. Dort zierte der junge Herr, die Beine hochgelegt, mit Buch und Pfeife einen Stuhl. Die Tür stand offen. Aus den Augenwinkeln hatte sie im Vorübergehen einen Blick riskiert und war schon ein paar Schritte weiter, als er sie plötzlich ruft:

«He, Sie, Mädchen.»

Sie ging wieder zurück und blieb bebend in der Tür stehen.

«Komm Sie doch mal zu mir.»

Die Susann tut zwei Schritte vorwärts.

«Komm Sie nur her zu mir. Na, komm Sie. Näher. Noch näher.»

Die Susann wagt sich bis zweieinhalb Schritt an ihn heran. Dann steht sie wie festgewurzelt. Er seufzt.

«Noch näher. Ganz nahe. Hier rechts neben mich.»

Er klopft auf die Armlehne seines Stuhls, unter weißen Spitzenärmeln sieht man die schmale Denkerhand. Die Susann bekommt weiche Knie, voll süßer Hoffnung nähert sie sich, bis sie mit dem Rock die Lehne berührt.

«Nicht mich muss Sie angucken», sagt er da mit tiefem Verdruss. «Ihr seid doch wirklich blöd, taub und blind, ihr Küchenmägde. Hier» – und er hebt langsam die Denkerhand und zeigt auf das danebenstehende Tischchen. «Dieser Aschenbecher», sagt er, «will geleert werden.»

Worauf er erneut seufzt und sich, als wäre die Susann nicht vorhanden, seinem Buch zuwendet.

So gekränkt war die Susann, dass die Mutter de Bary, als sie am nächsten Tag für die Folgen ihrer eigenen Vergesslichkeit das Küchenmädchen bezichtigte, gar nicht fest zuschlagen musste, damit dieses Mädchen sich wütend vor ihr aufrichtete und sie barsch unterbrach: Wenn sie hier so ein hundsgemeines Aas zur Herrin habe, dann habe sie, Susann, keine, aber wirklich keine Lust mehr, für die Familie zu arbeiten, da gebe es Besseres. Adieu, sie kündige hiermit. Worauf sie im ganz wörtlichen Sinne das Handtuch warf. Und hinausstürmte. Dass die Tränen niemand sah.

Bei ihrer zweiten Arbeitsstelle hatte die Susann aber nicht die Entschuldigung, dass ihr jemand das Herz gebrochen hatte (wenn es denn eine Entschuldigung war – die Schwester Ursel würde das bestimmt nicht so sehen). Da hatte sie nach einem harten, heißen Arbeitstag einfach nur in Rage gebracht, wie der Herr sie sturzbesoffen anbrüllte und dabei auch noch mit der Pferdepeitsche fuchtelte. Und gekündigt hatte sie hauptsächlich, weil sie sich für ihren eigenen unflätigen Ausbruch derart schämte, dass sie keinen, der ihn mitbekommen hatte, jemals mehr wiedersehen wollte.

Bei ihrer dritten festen Stellung, in Mainz nunmehr, weil die Schwestern schon fürchteten, sie bekäme in Frankfurt einen Ruf weg, da hatte sie natürlich gewusst, dass sie auf keinen Fall nochmal kündigen durfte. Gekündigt hat sie also nicht. Aber es waren ihr wie früher Widerworte entfahren, wenn sie belangt wurde, und desto frechere, je ungerechter es zuging. Zum Glück war sie dort trotzdem jahrelang behalten worden, weil sie gut arbeitete, und die Brotherrin war klug genug, das zu wissen. Aber einmal, da war es doch zu viel. Da hatte die Susann sich nicht nur mal wieder eindeutig im Ton vergriffen, sondern das Ärgernis hatte sich auch noch in Gegenwart von Fremden abgespielt, Freunden des Hauses, die allesamt entsetzt und der einhelligen Meinung gewesen waren, das freche Luder gehöre *sofort* entlassen.

Verständlicherweise konnte die Hausherrin sich dem ohne Gesichtsverlust kaum widersetzen. Sie erledigte das Nötige, samt edelmütig korrekter Zahlung eines ausstehenden Dreimonatslohns von viereinhalb Gulden, noch an Ort und Stelle vor dem anwesenden applaudierenden Publikum.

Als sie des folgenden Abends aus Mainz in Frankfurt eintraf, erzählte dummerweise die Susann ihren Schwestern bis auf ein paar Schönheitskorrekturen die Wahrheit über das peinliche Mainzer Sujet. Die Dorette blickte gramvoll und hilflos drein; die Ursel, die es schon immer gewusst hatte, zeterte los. (Die dritte, älteste und unverheiratete Schwester Käthe hatte bei Susanns Ankunft schon geschlafen. Man hatte sie weiterschnarchen lassen, da sie im Morgengrauen zu einer großen Wäsche musste. So blieben ihr die unerfreulichen Neuigkeiten erst einmal erspart.)

Aller guten Dinge seien drei, befand am Ende Dorettes Mann, der Schreinermeister Hechtel, in dessen Küche die Krisenbesprechung stattfand. Der Susann möge all das eine Lehre gewesen sein. Wenn sie aber nun noch immer nicht verstanden habe und sich noch ein weiteres Mal selbst um Kopf und Kragen und eine gute Stellung rede, so müsse sie sich dumm, böswillig oder beides schimpfen lassen. Er wolle sie in diesem Falle, wenn sie also *wieder* durch eigene Schuld eine Stellung verlöre, in seinem Haus nicht mehr dulden, das übrigens mit der Zeit auch nicht leerer werde und wo ein zusätzlicher Schlafplatz jetzt schon schwer einzurichten sei.

Der Tambour König von der Ursel wenigstens hatte zu Susanns Fehltritt nichts zu bemerken. Er war auch erst vor ganz kurzem von der Ursel geehelicht worden. Daher hatte er die früheren Verfehlungen der Susann weder mitbekommen, noch interessierte er sich sonderlich dafür, als seine Frau sie ihm, endlich von Hechtels heimgekehrt und im Bett, von Anfang bis Ende aufzählte.

Nun war also die Susann inzwischen beim Judenbrücklein (gar nicht weit vom Hechtelischen Haushalt in der Predigergass) in dem Gasthaus *Zum Einhorn* von der Frau Bauerin gelandet. Was schön und gut war. Wenn auch nach Schwester Ursels Meinung nicht ganz so gut wie damals bei den de Barys, da das *Einhorn*, fand die Ursel, sich mit einem feinen kaufmännischen Haushalt wohl kaum messen könne. Zumal es sich nicht etwa um eine bekannte Schildwirtschaft handelte (ja, wenn die Susann in der *Reichskrone* oder im *Goldenen Löwen* untergekommen wär, da würd die Ursel nichts sagen!). Das *Einhorn* war nämlich bloß eine gemeine Fußherberge. Eine zudem, wo zwar immerhin kein Gesindel, aber, na ja, wegen der Lage gleich am Tor zur Judengasse hauptsächlich Juden abstiegen.

Der Susann war es aber ganz recht so. Erstens war sie endlich wieder in der Nähe ihrer Schwestern, zweitens war die Frau Bauerin eine angenehme Brotherrin, und drittens bestand hier die Aussicht auf Einheirat. Nicht dass die Susann in den Christoph Bauer vernarrt gewesen wäre. Aber vielleicht war es auch besser so, denn wie solche Gefühle täuschen können, das wusste sie spätestens seit dem eingebildeten Gockel Jean de Bary. Dann doch lieber den Christoph Bauer!

Immerhin hatte sie, als der Christoph sie zu Anfang ihres Dienstes hier einmal auf der Treppe zum Hinterbau abpasste, gegen die Wand drückte und mit feuchten, weindünstenden Küssen bedeckte, fast wider Willen ganz genau dieses merkwürdige Gefühl der inneren Verflüssigung bekommen, wie sie es von einer gewissen, lang vergangenen Jugendfreundschaft her kannte. Es hatte sie sogar eiserne Willenskraft gekostet, sich dem Christoph zu entziehen, als der sie nach ein paar Minuten Knutschen vom Treppenabsatz in die nächste leere Stube schieben wollte. Wobei es sich übrigens bei dem Vorfall mit dem Christoph auf der Treppe um die einzige kleine Verfehlung handelte, die sie sich seit ihrem Dienstantritt im *Einhorn* in dieser Hinsicht hatte zuschulden kommen lassen. Wenn man von Verfehlung denn reden sollte, da das schließlich nichts Besonderes war und jede zweite Magd in Frankfurt oder in Mainz einen Freund hatte und dabei geküsst und unten herum gerieben wurde, was das Zeug hielt. Siehe Christiane und Jockel. Auch ihre Schwester Dorette Hechtelin war mit dem Hechtel gute zehn Jahre fest gegangen, und erst mit dem Meisterbrief hatten sie geheiratet. Von der Ursel ganz zu schweigen, deren erstes Kind sich auffällig bald nach der Heirat mit dem Tambour König eingestellt hatte. Was also die Christiane vorhin gefaselt hat, die Leute würden über sie reden, von wegen sie wär liederlich, das kann die Christiane nur erfunden haben. Um sie zu ärgern natürlich.

Womit die Susann, wie sie da schlaflos im Dunkeln liegt, wieder bei ihrem Streit mit der Christiane angekommen wäre.

Was war die Christiane heut zickig. Aber sie, Susann, muss

sich so was von vorsehen, dass ihr nicht das Temperament durchgeht, falls die Christiane mal wieder so eine unausstehliche Laune wie heute bekommt. Dass bloß die Frau Bauerin von solchem Gezänk in der Zukunft nichts mitkriegt. Oder wenn, dass es wenigstens nicht scheint, als hätte die Susann angefangen.

Denn wenn sie sich eines nicht leisten kann, dann das: es sich jetzt auch noch mit der Frau Bauerin zu verderben.

Genug davon. Um sich zu beruhigen und endlich einschlafen zu können, bastelt die Susann sich einen gänzlich blödsinnigen, aber darum umso schöneren Traum zurecht. Keinen neuen. Den Traum kennt sie schon. Sie denkt sich jedes Mal ein bisschen eine neue Abwandlung aus, aber im Grunde ist es immer das Gleiche: Ein feiner, fremder Kaufmann steigt im Gasthaus *Zum Einhorn* ab (zufällig ist er reformierter Religion). Er verliebt sich in die Susann und sie sich in ihn. Er kommt von da an regelmäßig nach Frankfurt ins *Einhorn*. Und eines Tages fragt er die Susann, ob sie ihn heiraten will. Die Susann zieht mit ihm in eine große, ferne Stadt, Hamburg zum Beispiel oder Petersburg oder Mailand. Aber, darauf besteht sie, ohne ihre Schwester Dorette mag sie nicht fort. Und darum bietet der Kaufmann, der die Susann ja so schrecklich liebt, gleich dem Schreinermeister Hechtel eine gute Position bei sich an, sodass die Familie Hechtel mitzieht. In der fremden Stadt wohnen alle glücklich und zufrieden beisammen. Die Susann bekommt mehrere hübsche, gesunde Kinder mit dem geliebten Kaufmann, muss nicht mehr hart arbeiten, sich nie wieder Sorgen über die Zukunft machen und ist sehr, sehr freundlich zu ihren Mägden, die ihr dafür unendlich dankbar sind.

Und schläft ein.

Ein Jahr später, 2. August 1771

Abends um genau Viertel nach elf durchschritt der höchst erfolgreiche Kaufmann und jugendliche Witwer Pietro oder Peter Brentano die alte Bornheimer Pforte in Richtung Fahrgasse. Er war auf dem Heimweg von einem Besuch bei Freunden und sehr in Gedanken. Man hatte ihm nämlich zugesetzt, er müsse wieder heiraten. Schon um seiner kleinen Kinder willen. Und wegen der Chancen, gelle: Wenn nämlich die neue Braut diesmal nicht wie das letzte Mal ein Cousinchen aus Italien wäre, sondern von hier und aus einem Adelshaus, dann könnte er sich mit der Ehe noch die Nobilität erwerben oder zumindest einen schönen Rats- oder Residententitel.

Ungefähr auf der Höhe des Brunnens wurde der Herr Brentano, übrigens eine äußerlich sehr ansehnliche Person, aus seinen Gedanken gerissen. Laute, aufgeregte Stimmen drangen an sein Ohr. Er erschrak. *Dio mio!* Brannte es etwa irgendwo? Das viele Fachwerk, die engen Gassen … man lebte ja in der Altstadt in ständiger Angst vor einer Feuersbrunst. Bislang war zwar der Firmensitz der Brentanos im Nürnberger Hof immer glimpflich davongekommen, und dass es jetzt nach Rauch roch, sagte bei all den Schloten hier gar nichts. Aber besser sichergehen, dass da heut Nacht kein Inferno bevorstand. Der Herr Brentano marschierte also dem Geschrei nach. Das führte ihn stracks Richtung Judengasse, in der ja auch schon zweimal ein verheerender Brand gewütet hatte …

Während er aber aufs Judenbrücklein zuhielt, wurde ihm nach und nach klar, dass wahrscheinlich der Lärm – der jetzt nachließ – gar nicht aus der Judengasse kam, sondern aus dem links davor gelegenen Gasthaus *Zum Einhorn.* Da waren nämlich einige Fenster erleuchtet. Und auch vom Hof drang ein matter Lichtschein.

Die Polizeistunde allerdings war längst vorüber.

Er erreicht gerade die Höhe des Gasthofs, da treten ihm aus dessen Torweg zwei Gestalten entgegen. Lang, schmal und militärisch uniformiert die eine, rund, weiblich und in einer Art Nonnenhabit die andere. Dahinter strömen noch weitere Leute vom Hof auf die Gasse, ein ganzer Pulk, in Nachtkleidern teils, wie hastig vor Flammen geflohen. Anscheinend brannte es tatsächlich. Aber von Löschaktivitäten keine Spur.

«Ist hier Brand?», fragt der Kaufmann die Gruppe in seinem bis heute sehr gebrochenen Deutsch. Statt einer Antwort kommen von dem langen Uniformierten barsch die Worte «Keine Zeit!», während er mit der dicken Nonne im Schlepptau eilig Richtung Fahrgasse abzieht. Von den übrigen Herausgekommenen sagt niemand was. Schweigend lungern sie vorm Tor und mustern den Kaufmann beinahe feindselig oder weichen seinem Blick aus.

Rätselhaft. Der Herr Brentano will gerade achselzuckend und etwas gereizt sich wieder auf seinen unterbrochenen Heimweg machen, da bemerkt er unter den Leuten jemanden, den er flüchtig kennt: den Knecht Bonum. Der pflegt ihm Zitrusfrüchte *en gros* abzunehmen vor gewissen jüdischen Feiertagen. So, der hat ihm jetzt zu antworten, wenn er noch einmal einen guten Rabatt haben will. «He, Er, Bonum», ruft er ihm zu. «Was ist passiert? Was hatte gemacht der Soldate hier?»

«Der Herr Brentano! Mit Verlaub, Herr Brentano, ich weiß von nichts, ich hab auch mit der Person, also, ich hab mit der nicht näher zu tun gehabt, wirklich nicht, mich dürfen der Herr nicht fragen.»

Was auch immer hier vorgefallen war, um ein Feuer handelte es sich offenbar nicht. Der Herr Brentano seufzte und kehrte zügig wieder dahin um, woher er gekommen war: zur Fahrgasse. Das heißt zufällig, hinter dem langen Sergeanten her. Dessen Schritte hallten laut auf dem nächtlichen Pflaster, und die kleine, runde Schwester daneben musste mit ihren kurzen Beinen doppelt so schnell trippeln, um mitzuhalten. Sie hatte etwas zu tragen. Es sah verdächtig wie ein Säugling aus; Peter Brentano sah es jetzt ganz gut im Licht der Straßenlaternen.

Die Laternen waren übrigens neu und stammten aus dem Siebenjährigen Krieg. Von dem hatte sich die Stadt gerade erst erholt. Nicht, dass man beschossen worden wäre: O nein. Der Rat pflegte fremden Heeren freundlich die Türen zu öffnen, statt sich mit ihnen zu schlagen und dabei Kanonenbeschuss und andere Unannehmlichkeiten zu riskieren. So fremd waren die fremden Heere ja meist auch nicht. Und zwar deshalb, weil Frankfurt grundsätzlich in der Mitte liegt: in der Mitte zwischen Hamburg und Mailand zum Beispiel. Oder in der Mitte zwischen Paris und Prag. Rein verkehrstechnisch gesehen sogar in der Mitte zwischen Amsterdam und Sankt Petersburg.

Nur wegen dieser mittleren, neutralen Lage hatte es sich ja als praktisch erwiesen, hier auf dem hochwassersicheren Hügel die Könige des Heiligen Römischen Reiches deutscher Nation zu wählen. (Später setzte man den Herren Römischen Königen bei der Gelegenheit auch gleich die Kaiserkrone auf, da es inzwischen auf dem Römerberg eine hübsche Kulisse für Jubelfeiern gab.)

Mit den Kaisern arrangierten sich die Frankfurter, indem sie jeweils einen der ihren zum kaiserlichen Schultheißen machten und im Stadtrat beschlossen, was sie wollten. In der Mitte auch der deutschen Lande gelegen, kamen sie zwar selbst wenig in der Welt herum. Dafür fiel aber zweimal jährlich in Form der Oster- und der Herbstmesse die halbe Welt bei ihnen ein – und das brachte mehr als genügend Gelegenheit, selbige kennenzulernen. Zumal die Welt oft genug gleich dablieb, wie die Brentanos, Bolongaros oder Simonettas aus Italien, die Gontards oder de Barys aus Frankreich, die Stockums oder Neufvilles aus Holland. Von den vielen Juden ganz zu schweigen. So konnte man Weltbürger sein und musste zugleich nie aus dem Nest heraus.

Die mittlere Lage lehrte also die Frankfurter früh, sich im Zweifelsfall nicht für eine Seite, sondern für ein kategorisches Sowohl-als-auch zu entscheiden. Und das hatte sich auch jüngst im Siebenjährigen Krieg wieder bewährt: Im Herzen war man natürlich protestantisch und sehr für den Alten Fritz – aber da man zugleich offiziell Reichsstadt und als solche katholisch war, schickte man dessen Gegner, dem Kaiser, brav die angeforderten Soldaten. Soldaten allerdings, die zeitlebens ihre Gemüsegärten statt ihre Gewehre gepflegt hatten und desertierten, wann immer sie konnten. So, wie die daheimgebliebenen Bewaffneten sich nicht rührten, als die Franzosen die Stadt «überrumpelten». Zu Deutsch: Die Franzosen waren angekündigt, man sah sie in Heeresstärke kommen, man ließ sie hinein und tat dann sehr überrascht, dass sie bleiben wollten – vier Jahre lang.

Inzwischen waren die Herren Besatzer natürlich wieder weg. Die Zimmer, die sie in jedem Haus requiriert hatten, waren zurückgegeben, die Typhusopfer, die sich leider bei ihnen angesteckt hatten, beerdigt. Nur ihre Straßenlaternen, die waren geblieben (eine teure, neumodische Spielerei, von den Franzosen dem Rat aufgezwungen, aber sehr praktisch für Messegäste).

Daher eben war am zweiten August 1771 gegen halb zwölf die Fahrgasse als Hauptverkehrsader recht gut ausgeleuchtet. Und der Herr Brentano erkannte alsbald auch, dass der stramm vor der Nonne mit Kind einhermarschierende Sergeant niemand anders war als die Ordonnanz des Jüngeren Herrn Bürgermeisters. (Dass die Person Brand hieß, wusste der Kaufmann allerdings nicht.)

Der Sergeant Brand wollte, wie jeder Frankfurter Soldat, mit Gefechten im Namen irgendwelcher Potentaten wenig zu tun haben. Deshalb hatte auch er im Siebenjährigen Krieg, als Gefreiter noch, die nötige pragmatische Haltung an den Tag gelegt, um ihn ohne Schaden für Leib und Leben zu überstehen. Aber seine Pflichten gegenüber der Stadt, dem Rat und dem Jüngeren Bürgermeister – die nahm er ernst. Und er legte darin einen starken, seiner reformierten Konfession entsprechenden calvinistischen Ehrgeiz an den Tag.

So strebte er in dieser Nacht mit derart pflichtbewussten, eiligen Schritten über die Fahrgasse in die Töngesgasse, dass die kleine, runde Schwester kaum hinterherkam, bog scharf auf dem Absatz nach links in die Hasengasse und klopfte sehr kräftig an die Tür des nächsten ums Eck liegenden Hauses. Das hieß, wie am Hauszeichen über der Tür dank Öllampen erkennbar, *Zu den drei Hasen*. Es war, wie jeder wusste, das Vaterhaus dreier stadtbekannter Sonderlinge: der Gebrüder Senckenberg. Die drei wurden wegen des Hausnamens boshaft oder auch liebevoll die drei Hasen genannt. Allerdings waren alle drei Herren bzw. Hasen inzwischen ausgezogen, was dem Sergeanten Brand jetzt ziemlich barsch und ungehalten von einer Dienstperson der neuen Besitzer mitgeteilt wurde. Der Sergeant, der natürlich zum jüngst noch hier residierenden Arzt Dr. Senckenberg gewollt hatte, disponierte flugs um: Während die hinterdrein trippelnde Schwester wiederum ins Japsen geriet, ging es die Hasengasse ganz hinunter, durch den Trierischen Hof und am Dom vorbei, wo es um diese Jahreszeit selbst nachts überwältigend nach dem roch, was die Metzger rundherum in ihren Verkaufsschirnen so liegen hatten.

Ah!, dachte der Herr Brentano, der aus Neugierde bis hierher gefolgt war (weiß man's denn, ob einem gewisse Informationen über mögliche uneheliche Kinder des Jüngeren Herrn Bürgermeisters nicht einmal geschäftlich nützen könnten?). Jetzt schwante ihm, wohin es mit dem Säugling gehen sollte.

Die lange Schirn – auch sie stinkt im August zum Himmel nach altem Fleisch –, die stößt ja auf die Saalgasse, und dort wiederum steht das Hospital zum Heiligen Geist, samt zugehöriger Kapelle. (Da Beten meist mehr hilft als Aderlässe, ist die Kapelle nicht der unwichtigste Teil des Hospitals.)

Der Sergeant hielt tatsächlich vor der Spitaltür an, machte sich mit dem Klopfer bemerkbar und wurde, samt seiner Begleiterin, bald eingelassen.

Im Vorjahr, ein Abend Ende November 1770

Es ist kalt in der Bierstube. Die Susann hat über ihren flanellenen Rock und die rotbraune Jacke noch eine zweite Kleiderschicht aus Hanauer Tuch gezogen und auch ihre beiden Strumpfpaare auf einmal an. Während sie am Zapfhahn steht, geht vorn die Tür auf, und zwei Fremde treten ein. Der eine ein Jude, ältlich und mausgrau. Der andere aber, Mitte, Ende zwanzig, baumlang und breitschultrig, in blauem Rock und weinroter Weste, ist das blühende Leben. Er lacht lauthals und ohne ersichtlichen Grund, als er seinen Sack mit Schwung auf den Boden ablädt, wirft dem Juden etwas Gutgelauntes auf Holländisch zu, schüttelt seine langen Glieder, reibt die wohlgeformten großen Hände gegeneinander und streicht sich dann mit der Rechten eine dunkle Strähne aus dem Gesicht, während er mit der Linken den Hut nach hinten schiebt.

Die Susann räuspert sich in ihrer Ecke beim Bierfass und ruft hinüber: «Die Herren wollen übernachten?» Klingt ihre Stimme immer so dünn und brüchig, fragt sie sich plötzlich. Jesus, was für alberne Gedanken man manchmal hat.

«Jo, aso fir a Woch, wenn is meglech», sagt der Jude, der offenkundig nicht von hier und wahrscheinlich auch nicht aus Holland ist.

«Ich hol die Wirtin», beschließt die Susann, wischt die Hände an der Schürze und schlüpft nebenan in die Wohnstube der Frau Bauerin: «Schlafgäste. Ein fremder Jud, ein Holländer, Kaufleute wohl. Da der Namenszettel schon weg ist, kann ich ja allein–»

«Lasst nur. Ich mach das lieber selbst.»

In der Bierstube berät die Jüdin Hundchen, Dauergast im *Einhorn*, schon ihren eingetroffenen Glaubensgenossen: die Wirtin serviere außerhalb der Messezeiten sowieso kein Essen, schon gar kein koscheres, und er solle sich doch von dem Knecht Bonum die Mahlzeiten von nebenan aus der Judengasse holen lassen. Der Bonum werde sicher morgen in der Frühe vorbeisehen. Der mache ihr auch alles. Sie kann doch so schlecht laufen. Ihr Bein. Es will nicht mehr, wie es soll, das Bein. Ach!, alt werden ist nicht schön. Sie wollt, sie wär damals mit ihrem Mann seligen Angedenkens gleich mit in den Himmel.

«Und was ess ich?», fragt der junge Holländer mit breitem Akzent, wirft den Kopf zurück und lacht.

«Nu, werst missen verhungern», behauptet der Jude im Scherz.

«Das wohl nicht», mischt sich herankommend die Frau Bauerin ein. «Meine Magd, die Susann, kann Ihnen von über die Straße Essen aufs Zimmer bringen, wenn's recht ist.»

Dem Holländer ist das recht. Da der Namenszettel für heut'

Abend schon beim Bürgermeister sei, erläutert die Bauerin, und man demnach das Eintragen auf morgen verschieben müsse, könnten nun gleich ohne weitere Formalitäten den Herren ihre Stuben angewiesen werden. Zu zweit in eine oder getrennt?

Die Herren wünschen getrennte Stuben, wenn denn solche zu haben seien. Die Susann wird mit der inzwischen neugierig aus der Küche eingetroffenen Christiane beordert, das Gepäck hochzuschleppen. Doch der Holländer hebt mit Schwung seinen Reisesack über die Schulter. «Zu schwer für hübsche Mädchen», sagt er, worauf die Christiane hochnäsig kichert, wahrscheinlich wegen der verkorksten, holländisch klingenden Zischlaute («sshu sshwer»). Der Holländer wendet sich da natürlich gleich zur Christiane hin und wirft ihr irgendwas Scherzhaftes zu. Die Susann ärgert sich ein bisschen über die Christiane, fühlt sich unbeholfen herumstehen und greift nach dem Gepäck des Juden.

«Zu schwer fir alte Männer», murmelt der Jude, gerade einmal zwischen vierzig und fünfzig, und zwinkert ihr zu, was aber die Susann ignoriert.

Die Bauerin gibt die Führerin auf dem Weg nach oben. Sie geht vorneweg, dann folgt der Holländer (der sich bei allen Türen und die Stiege hoch unentwegt ducken muss, um den Kopf nicht zu stoßen), dann der Jude, dann die Susann mit dessen Gepäck. Schwaden von Männerschweiß steigen ihr in die Nase. Sie erwischt sich dabei, wie sie versucht, die persönliche Note des Holländers herauszuriechen.

Während sie dem Juden in der ersten freien Stube seine Sachen in die Kiste legt und Feuer macht, ist die Frau Bauerin mit dem Holländer längst weitergegangen. «Dank Eich scheen», sagt der Jude am Ende sehr freundlich und reicht der Susann sechs Kreuzer. «Ich bedank mich bei Ihnen», sagt die Susann, sehr charmant zum Ausgleich für das verweigerte Lächeln vorhin, und erklärt ihm, bevor sie die Stube verlässt, dass sich die heimlichen Gemächer ganz hinten rechts befinden.

Draußen auf dem Gang bleibt sie unschlüssig stehen. Ist denn die Frau Bauerin noch mit dem Holländer in dessen Zimmer? Soll sie hingehen und etwas ausmachen wegen des Essens, oder gilt das schon als geklärt?

Da geht eine Tür, und die Frau Bauerin kommt mit wackelndem Doppelkinn angerauscht. «Ach, Susann, Ihr kümmert Euch um den jungen Mann, gelle? Wegen dem Essen?»

«Gern», befindet die Susann und drückt sich im engen Korridor an die Wand, damit die Bauerin vorbeikann. Ist das Feuer bei ihm denn schon gemacht?, fällt ihr plötzlich ein. Und soll sie ihm nun jetzt gleich etwas zu essen besorgen, trotz der späten Stunde, oder erst ab morgen?

Während sie noch zögert, tritt der Holländer aus seiner Stube und schlendert auf sie zu.

«Ihr seid Susann?»

Er sagt: Sßüsann.

«Ja», sagt sie, «die bin ich.»

Später, beim Zubettgehen, befindet die Christiane im Flüsterton, dass sie den Holländer für einen Spitzbuben und Räuber hält.

«Was!?», zischt die Susann. «Wie kommst du denn da drauf?»

Es habe, vermeldet die Christiane wichtig, im Reisesack des Holländers, als dieser ihn schulterte, verdächtig geklimpert wie von Schmuck, und im Übrigen spreche es doch für sich und ein schlechtes Gewissen, dass der Holländer niemanden an den Sack gelassen habe. Die Susann kann diese Bedenken nicht ernst nehmen und belehrt die Christiane, all dies sage gar nichts, da es im Gepäck des Juden ebenfalls geklimpert habe. Oben im Zimmer habe er ihr erzählt, er handele mit Schmuck. Der Holländer sei ja nun offensichtlich sein Kamerad oder Diener und habe wahrscheinlich eher sie beide im Verdacht zu stehlen, als dass er selbst daran dächte. Außerdem hausten Räuber für gewöhnlich bandenweise im Wald und stiegen nicht einzeln in wohlbeleumundeten Gasthäusern ab.

«Dann halt ein Beutelschneider», murmelt die Christiane störrisch ins Kissen. «Ein Spitzbub allemal.»

Die Susann beherrscht sich und hält den Mund.

Feitag, 2. August 1771, vor Mitternacht

Während der Herr Brentano sich inzwischen zu Hause schon bettfertig machte, hatte der Sergeant Brand seinen Dienst für den Tag noch keineswegs beendet. Aber allmählich ließ sich ein gewisser Substanzverlust beobachten. Als nämlich der Sergeant, gut zehn Minuten nach seinem Eintreten, das Spital zum Heiligen Geist ohne Begleitung wieder verließ, da begab er sich zunächst einmal an den davor gelegenen Brunnen, wusch sich Gesicht und Hände und verharrte dann einige Augenblicke, den Kopf gesenkt, die Arme auf den Brunnenrand gestützt.

Noch immer etwas langsam, wandte er sich schließlich um und ging die paar Schritte durchs Geistpförtchen an den dunklen Mainkai, wo er seine Blase entleerte und dabei zwischen ein paar Schiffsmasten den klaren Südhimmel betrachtete. Gähnend ließ er die Augen vom Sternbild Herkules über den Schlangenträger nach unten zum Schützen gleiten, der nur knapp über den Horizont ragte. Dann schüttelte er den letzten Tropfen ab, nestelte seine Hose zu, seufzte einmal kurz auf und machte, wieder voll im Dienst, zackig auf dem Absatz kehrt. Laut klackerten seine Schuhe auf dem Pflaster: zum Römerplatz, dann die Neue Kräme hinauf, am Liebfrauenberg links und durch die Katharinenpforte zum Heumarkt, wo neuerdings das sehr moderne Gebäude der Hauptwache nebst Exerzierplatz stand.

Dort hatte man sich schon für die Nacht eingerichtet und war, soweit nicht auf Pritschen gelagert und gänzlich entrückt, in einem soldatischen Halbschlaf begriffen, der zur Not als Wachheit durchgehen konnte. Solcherart nämlich, dass man bei unerwarteten Ereignissen oder Geräuschen sofort wieder alert und präsent wäre. Da selbst der Posten bei der Tür mit halb geschlossenen Augen an der Wand lehnte, muss konstatiert werden, dass in der Hauptwache nur eine Person wirklich hellwach war: nämlich der augenblicklich wichtigste Gefangene. Das war der hochedelgeborene Ratsherr und Freiherr Johann Erasmus von Senckenberg (der jüngste der drei Hasen aus der Hasengasse), welcher seit nunmehr eineinhalb Jahren oben im südwestlichen Mansardeneckzimmer in Arrest gehalten wurde und dabei am meisten unter Schlaflosigkeit sowie an Langeweile litt. Und natürlich unter den Besuchen seines älteren Bruders Christian, dieses Ausbunds an Edelmut und frommer Missbilligung, die ihn immer ganz gallig und malade zurückließen.

Schon die knallenden Absätze des forsch unten herannahenden Offiziers hatten ihm verraten, dass etwas im Schwange war. Die Ohren nun gespitzt, hörte er kurz darauf militärisches Gebell: «Befehl des Jüngeren Herrn Bürgermeisters», «Weibsperson», «Zirkulieren an den Toren». Bald danach wieder Schritte draußen, zwei Personen diesmal: einer marschierte schnell Richtung Bockenheimer Gasse, einer etwas langsamer nach Südwesten.

Der Letztere war der Ordonnanzoffizier und Sergeant Brand, der nun endlich, endlich seinen Dienst für diese Nacht beendet hatte und nach Hause ging.

Derweil überlegte Erasmus Senckenberg (der sich an das *von* nie so richtig gewöhnt hatte), was denn ausgerechnet eine Weibsperson so Schlimmes getan haben kann, dass eine Order zu ihrer Arretierung mitten in der Nacht an die Tore der Stadt zum Zirkulieren gegeben wird.

Erster Advent 1770

Sonntags, es ist noch stockduster, kommt die Susann vom Wasserholen herein, da findet sie den Holländer wach und gutgelaunt und blaurot bekleidet mit dem Juden in der Bierstube sitzend vor. «Sßüsann», sagt er, «ein schönen Morgen. Darf ich etwas von Euch fragen? Wisst Ihr vielleicht, wo in Frankfurt ein reformierte Kirche ist?»

Das wisse sie sehr gut, antwortet die Susann und stellt ihr Wasser ab, sie gehöre nämlich selbst ebenfalls der reformierten Religion an. «Was!», ruft der Holländer, «so ein schöne Zufall!»

Die Susann lacht. «Ich muss Ihm aber sagen, es gibt leider in ganz Frankfurt keine reformierte Kirche. Aber dafür gibt es eine schöne neue nicht weit draußen in einem Dorf. Bockenheim heißt es.»

Es war nämlich so, dass der Frankfurter Rat im letzten Jahrhundert zwar ohne Zögern die Reformierten als Flüchtlinge aufgenommen hatte – man hielt es ja generell vermischt mit der Religion, indem man als mehrheitlich lutherische Stadt zugleich kaiserlich-katholisch war. Das bedeutete allerdings noch lange nicht, dass man für völlige Religionsfreiheit gewesen wäre. Aja, die Juden und Katholiken, gut, die kannte man und die hatten ältere Rechte (verlorene Seelen waren es ohnehin). Aber calvinistische Gottesdienste? Solche Ketzerei nun doch nicht! Da griff man doch lieber nach einer mittleren Lösung: ansiedeln lassen ja, fleißig arbeiten und Reichtümer anhäufen lassen ja, Abendmahl feiern lassen – nein. Damit sie trotzdem dablieben, erinnerte man die Reformierten an die hübschen Vororte: Das war doch so ein Aufwand nicht, des Sonntags mal frisch durch Wiesen und Felder nach Bockenheim hinauszuspazieren und dort in die Kirche zu gehen!

Für manche allerdings schon.

Da nämlich die Susann nun anfängt, dem Holländer den Weg nach Bockenheim zu erklären, fragt er doch unvermittelt: «Sßüsann, wollt Ihr nicht heute in die Kirche mit mir zusammen gehen?»

Zu ihrem tiefsten, schmerzlichsten Bedauern muss sie ablehnen: Leider könne sie heut nicht fort.

Himmel! Sie hat auch wirklich Pech! Bis vor kurzem ist sie noch vierzehntäglich zum Gottesdienst gegangen, im Wechsel mit der Christiane. Aber die hat in letzter Zeit ein großes Aufhebens davon gemacht, dass diese Regel nicht gerecht sei. Und zwar deshalb, weil die Susann wegen der Entfernung nach Bockenheim für einen Kirchgang den guten halben Tag zu brauchen pflegt, selbst wenn's kein Festgottesdienst mit Abendmahl ist, während die Christiane, die lutherisch ist und es nicht so weit hat, immer ruck, zuck wieder zurück ist – angeblich. Also besteht die Christiane neuerdings darauf, dass die Susann nur einmal im Monat gehen darf. Und da sie vorletzte Woche erst war, darf sie also heute keinesfalls in die Kirche (wofür sie die Christiane und ihre neuen Launen verflucht).

«Dann muss ich allein den Weg finden», bemerkt der Holländer, bestens gelaunt. Als der Jude ihm abrät, den weiten Weg nach Bockenheim überhaupt auf sich zu nehmen bei dem kalten Wind, und die Susann schnell beipflichtet, erklärt er: Doch, er wolle auf jeden Fall gehen. So viele Gelegenheiten werde er in nächster Zeit wohl dazu nicht mehr haben.

Ob sie denn heut Mittag trotzdem eine Mahlzeit holen solle? Oder ob er die Absicht habe, unterwegs zu essen?, erkundigt sich die Susann, schon etwas unruhig, weil sie mit halbem Ohr durchs Fenster die Frau Bauerin den Bonum auf dem Hof nach ihr fragen hört, und erhält von dem Holländer zur Auskunft: Dass sie am besten wie gewöhnlich das Mittagessen für ihn holen und mit einem Deckel auf sein Zimmer stellen solle. Er esse dann, wenn er zurückkomme.

Die Susann will sich lieber nicht mehr weiter aufhalten, greift nach ihrem Wassereimer und macht sich ab in Richtung Küche. Auf dem Weg durch die Wohnstube trifft sie die Frau Bauerin, als die vom Hof aus hereintritt.

«Ach Susann, da seid Ihr ja! Ihr müsst mir heute mit der Christiane die Stellung halten. Ich bin mit meinen Kindern bei der Frau Körbelin zur Taufe.»

Na, da kann sie die Kirche ja nun ganz gewiss vergessen. Ansonsten hätt sie die Christiane zumindest nochmal gefragt, ob sie nicht heute eine Ausnahme haben kann, für einen späteren Gefallen.

Als sie durch die Kinderschlafkammer kommt, stellt sie fest, dass es dort zu allem Übel noch aussieht wie Kraut und Rüben. In der Küche findet sie dann die Kameradin bleich und mit angezogenen Beinen auf dem Bett sitzend vor: sie hätt so Leibschmerzen. Ihr Blut hätt sich vor der Zeit eingestellt. Ob die Susann heut beim Bettenmachen ihre Zimmer mit übernehmen könne? Sie revanchiere sich dann morgen.

Das ist nun mal der Usus, wenn die Christiane ihr Gewöhnliches bekommt. Was soll die Susann tun, sie sagt natürlich ja. Und da es mit den Betten allmählich schon pressiert, stellt sie das Wasser ab und nimmt sich als Erstes gleich nebenan die Kinderschlafkammer vor. Eigentlich passt die Mehrarbeit heut so schlecht nicht, weil sie wegen der Abwesenheit von der Frau Bauerin samt Anhang wenig kochen muss. Wenn sie überhaupt was kocht. Die Christiane pflegt am ersten Tag von ihrem Blut an Übelkeiten zu leiden und wird nichts zu sich nehmen wollen.

Aber als sie oben bei den Gästebetten anlangt, speziell als sie im dritten Geschoss das Zimmer von dem Holländer aufschließt und sich an dessen Bett begibt, da merkt sie erst, wie bitter es schmerzt, dass sie heut nicht mit ihm nach Bockenheim kann. Ach, wie gern wär sie gegangen! So sehr hat ihr schon lange niemand mehr gefallen. So groß und sicher und lebensfroh wie er … und wie schön er aussieht in seinem blauen Rock.

Und überhaupt: Wann hat sie denn sonst einmal Gelegenheit, mit einer passenden Mannsperson Bekanntschaft zu schließen! Vor lauter Schufterei kommt sie kaum vor die Tür, im Haus übernachten fast nur Juden, und auf den Christoph Bauer, auf den kann sie auch nicht mehr sicher setzen. Ganz im Gegenteil. Indem nämlich neuerdings getuschelt wird, er hätte was mit dem Lieschen Körbelin. Nachts soll man ihn dort schon einsteigen sehen haben. Und man kennt das ja – wenn schon alle davon sprechen, dann wird es vielleicht doch bald einmal zum Heiraten kommen, obwohl die Frau Bauerin es lieber noch viele Jahre aufschieben tät, weil sie sich fürs Altenteil noch etwas jung vorkommt.

Fast bereut die Susann, dass sie den Christoph damals brav abgewehrt hat. Hätt sie ihn doch rangelassen, statt sich zusammenzunehmen, Lust hätt sie ja gehabt. Früher oder später hätt er sie dann heiraten müssen, dafür hätte dann schon ihre Schwester Dorette bei der Frau Bauerin gesorgt. Und sie und die Frau Bauerin, sie hätten sich wohl arrangiert zusammen. Stattdessen wird es höchstwahrscheinlich ihr, der Susann, nun genauso ergehen wie ihrer ältesten Schwester Käthe, die auch vor lauter Arbeit nie an einen Mann gekommen ist und noch froh sein muss, neuerdings bei der Ursel mit im Haus wohnen zu dürfen.

So eine schöne Gelegenheit wäre das gewesen mit dem Holländer. Sie wären sich bei dem Kirchgang vielleicht näher gekommen, und dann hätte sie ihm auch ihre Schwestern und den Bruder vorstellen können, und er hätte ihr seinen Namen gesagt und wo er genau herkommt und hinwill, und untergehakt hätt er sie natürlich – ach, das weiß sie schon, so eine Gelegenheit bekommt sie nie mehr wieder.

Zum Trost beugt sie sich dicht über sein Bett, schnüffelt ungefähr auf Höhe der Schultern am Laken, findet eine Stelle, die nach ihm duftet, und zieht mit geschlossenen Augen ganz tief die Luft ein. Ach!

Er kam erst so gegen drei zurück.

Sowie die Susann draußen seinen Schritt hört, den sie inzwischen genau kennt, saust sie von der Bierstube durch die Bauerische Stube und Schlafkammer in die Küche, wo sie ein schönes Feuer brennen hat. Mit fliegenden Händen holt sie das Essen aus der Speisekammer und stellt es zum Aufwärmen auf den Herd – während die sieche Christiane meckert, weil sie fürchtet, dass sie später die Töpfe abwaschen soll. Dann saust die Susann zurück durch die Bauerische Stube auf die Stiege und erwischt ihn gerade beim Hochgehen: Das Essen komme gleich, sie wolle es nur kurz wärmen.

Wärme könne er in jedem Fall gebrauchen, befindet er

lachend, streckt ihr seine Hand hin zum Fühlen, wie kalt die Finger sind, und bittet, wenn möglich noch einen zusätzlichen Krug Wein mitzubringen.

Die Susann muss am Ende dreimal laufen, hoch zu ihm in den dritten Stock. Er bekommt das Übliche: Fleisch und Gemüse nebst Suppe und Kuchen, und das mit noch zwei großen Weinkrügen dazu – leider ist sie heut einfach zu fahrig, um alles auf einmal sicher zu jonglieren. Wozu auch die Eile, in der Bierstub ist am heutigen ersten Advent kaum ein Gast. Nur der Bonum sitzt mit dem fremden Juden und der Hundchen beim Kartenspiel und kann, wenn nötig, Aufsicht führen.

Schließlich hat sie alles vor den Holländer hingestellt, auf den Tisch am Bett, wo er sitzt. Er bedankt sich und gibt ihr wie üblich fünf Kreuzer, sie bedankt sich ebenfalls, steckt das Trinkgeld ein, wischt die Hände an der Schürze und ist eine Spur enttäuscht, weil sie, wie sie jetzt spürt, zwar nicht mit mehr Geld, aber mit einem besonderen Dank gerechnet hatte für die besondere Mühe, die sie sich heute für ihn gegeben hat. Das ist ihm aber offenbar nicht aufgefallen. Warum auch. Er kann ja gar nicht wissen, dass sie heut Mittag einen Aufwand hatte, alles in passende Töpfe umzufüllen, oder dass sie eben Geschirr von dem Porzellan der Frau Bauerin stibitzt hat, weil sie das von drüben ja nach einer Stunde wieder zurückbringen musste, und dass es gegen die Regel war, dass sie den Ofen in seiner Stube vorgeheizt und ihm zuliebe auch das Herdfeuer in der Küche angelassen hat, um ihm schnellstmöglich das gewärmte Essen servieren zu können. Erst recht ahnt er nicht, wie sie die ganze Zeit mit wachem Ohr auf seine Ankunft gelauscht hat.

Ob er denn Bockenheim und die Kirche nach ihrer Beschreibung leicht gefunden habe?, erkundigt sie sich, nur um noch irgendwas zu sagen. Er, die Finger blaurot verfroren, hat schon den Löffel in der Suppe. Kurz lacht er auf und sagt dann: «Aber Sßüsann, das muss ich Euch doch auch erzählen. Ich bin nach Bockenheim *gefahren*. Und ich habe Euer Schwester kennenlernt.»

«Was?!», ruft die Susann, verblüfft und begeistert zugleich, für einen Moment vergisst sie ihre Befangenheit.

«Ja, aber es ist eine ganze Geschichte. Wollt Ihr Euch ein bisschen hier bei mir setzen?»

Und er richtet sich behände auf zu seiner vollen Größe, ist mit einem Schritt an der Wand, räumt seinen Hut und verschiedenen Kram von dem dort stehenden Stuhl, dem einzigen im Raum, stellt ihn schwungvoll mit einem Griff an den Tisch und macht eine ebenso ausladende wie einladende Geste mit dem Arm.

«Gleich», sagt die Susann, «ich bin sofort wieder da, ich will nur unten schnell –»

«Oh, Sßüsann, Ihr musst nicht – bitte –»

Da poltert die Susann schon draußen die Treppe hinunter.

Atemlos fragt sie in der Bierstube den Bonum, ob er ein Auge haben und zur Not bedienen könne, sie habe oben Verschiedenes zu erledigen, und die Christiane sei krank, sie werde es ihm bei nächster Gelegenheit verg–

Aber, aber, befindet der Bonum, wozu die Aufregung, das sei doch selbstverständlich. Und spielt seine nächste Karte aus.

Die Treppen wieder hochgehetzt, fühlt die Susann, wie ihr an diesem kalten ersten Advent der Schweiß ausbricht. Zumal sie dem Holländer zuliebe in dessen Stube ein wirklich verschwenderisches Feuer angefacht hatte. Der Günstling ihrer Bemühungen sitzt wieder essend auf dem Bett und hat unterdessen schon den Suppenteller gegen den Fleischteller eingetauscht. Soweit mit vollem Mund möglich, lächelt er zufrieden als Antwort auf ihr «So, da bin ich» und vermittelt den Eindruck wohliger Zufriedenheit. Wortlos stellt er ihr den Weinbecher vor die Nase, als sie sich setzt, und gießt ihn randvoll. Sie findet bald mehr Grund als nur ihren Durst, den dünnen Wein ziemlich rasch in die Kehle zu gießen (es ist zum Glück genug da, und ihr wird dauernd nachgeschenkt).

Die «Geschichte», die ihr der Holländer in stark zensierter Form erzählt, beginnt nämlich damit, dass er, gleich am Abzweig in die Bockenheimer Chaussee, von einem Zweispänner überholt wurde, diesen mit einem Wink anhielt, um sich seines Wegs zu versichern, und man ihn beschied, die Herrschaften seien selbst unterwegs in die reformierte Kirche: Er möge nur einsteigen, man wolle ihn mitnehmen. Diese Herrschaften, ein älteres Paar und ein junger Mann, stellten sich alsbald als eine Familie de Bary vor (das ist der Moment, an dem die Susann den Becher bis zur Neige leert). Worauf der Holländer sich bei besagten de Barys erkundigte, ob die Herrschaften vielleicht ein sehr liebes, hübsches Mädchen namens Sßüsann kennten, das in dem von ihm bewohnten Gasthaus *Zum Einhorn* arbeite und ebenfalls reformierter Religion sei. (Hier hüstelt die Susann und nimmt aus dem nachgefüllten Becher einen langen Zug. Ihr ist furchtbar heiß.) Die Frau de Bary hatte nach langem Überlegen festgestellt, sie ahne, von welcher Person er rede, ein schlankes, gerades, großgewachsenes Mädel, nicht wahr? – und dass er sich doch später in der Kirche an ihre Schwägerin, die Frau von Stockum, halten solle, die ihres Wissens mit der Familie noch besser bekannt sei.

Vor der Kirche eingetroffen, wo sich unter kahlen Bäumen schon das halbe reformierte Frankfurt tummelte, hatte dann die Frau de Bary suchend umhergesehen, die Frau von Stockum erspäht, sich durchs Gedränge zu ihr geschoben und ihr den Mitfahrgast vorgestellt, worauf die Frau von Stockum ihn sofort und energisch unter ihre starken Fittiche genommen hatte. (Die Susann ist an dieser Stelle des Berichts immer noch sehr heftig bewegt. Sie ist jetzt auch ein bisschen eifersüchtig auf diese mittelalten Damen, von denen sie sich lebhaft vorstellt, wie sie mütterlich-gönnerhaft herumglucken um den gut aussehenden jungen Fremden. Oder vielleicht ist sie neidisch auf *ihn*, wie er sofort überall beliebt ist, mit seiner unbefangenen, selbstbewussten Freundlichkeit, und einen so guten Eindruck macht, dass sogar die de Barys ihn bei sich einsteigen lassen.)

Die Susann Brandin, die kannte die Frau von Stockum natürlich! Jaja, und wusste so einiges über sie, wie sie dem außergewöhnlich gut gewachsenen und charmanten jungen Holländer ohne Verzug vielsagend andeutete. War doch die Susann die jüngste und übrigens leider nicht hundertprozentig wohlgeratene Schwester ihrer, der Frau von Stockum, langjährigen Wasch- und Nähfrau Ursula Königin – für deren Söhnchen übrigens ihr seliger Gatte nicht lang vor seinem Tod noch die Patenschaft übernommen hatte. – Jaja. Um also auf die Susann zurückzukommen – die Frau von Stockum prüfte mit der Linken den Sitz der Haube auf der Turmfrisur und blickte sich verstohlen um, ob etwa gar die Königin ungünstig in der Nähe sich befinde – aber nein, sie schien glücklicherweise heut absent. Die Susann nämlich, vertraute sie also dem jungen Mann an, die sei ungelogen das schwarze Schaf und Sorgenkind der Familie. Jaja, sie sei bestens informiert, die Schwester habe sich nämlich nicht selten bei ihr wegen des Luders ausweinen müssen, ein jüngstes Kind, das verwöhnte Nesthäkchen sozusagen, schön von Angesicht zwar nicht im eigentlichen Sinne und auch etwas zu lang von Gestalt, aber dennoch hübscher, als ihr guttue. Und da wisse man ja, wohin das führe – zu Hoffart und Pflichtvergessenheit, was sich die Susann als Tochter eines bloßen Gefreiten nun weiß Gott nicht leisten könne. Aber wie es in der Schrift heißt: Denn sie wissen nicht, was sie tun. Und die Susann habe nun tatsächlich, jaja, die Frau von Stockum wisse das bestimmt, vier oder fünf Male schon wegen Aufsässigkeit, Frechheit und Faulheit den Dienst quittiert bekommen! Inzwischen seien ja die Eltern beide tot, und so hätten nun die geplagten, hart arbeitenden Geschwister ihre Last mit dem ungeratenen Mensch. Worauf der Holländer (der in seiner charakteristischen Gelassenheit all dies wohl und nicht besonders ernst zu nehmen wusste) lächelnd verkündete, die Sßüsann im *Einhorn* sei seinem Eindruck nach eine fleißige und nette Person, und ob es sich da wirklich um dieselbe –

Dochdoch, unterbrach ihn die Frau von Stockum rasch, etwas unangenehm berührt, jaja, sie habe nämlich von der Königin gehört, grad neuerdings, dass die Susann sich im *Einhorn* ganz gut mache inzwischen, sie sei ja auch nun schon länger dort, na, sie muss einmal rechnen, ja also, drei Jahre beinahe, kommt es ihr vor. Ja doch, es bestehe wohl demnach die allergrößte Hoffnung, nicht wahr, dass die Susann aus ihren vielen Fehlern gelernt habe, und es freue die Frau von Stockum, jetzt auch von ihm, also aus neutralem Munde, zu erfahren, dass der neuerdings bessre Eindruck von der Frau Königin bezüglich ihrer Schwester nicht täusche. Sie gönne es der ganzen braven Familie von Herzen. Jaja, wirklich. – Übrigens: Wie er noch gleich heiße? Pardon, sie habe vorhin den Namen nicht ganz …?

«Jan van Gelder.»

Ob er denn, wenn er tatsächlich Schmuck anzubieten

habe – jaja!, sie habe durchaus Interesse –, ob er also morgen oder übermorgen einmal bei ihr vorbei … so am frühen Nachmittag am besten? Das wäre schön.

Längst hatte man die Kirche betreten, und der Herr Pfarrer Krafft drohte nun mit dem Gottesdienst zu beginnen. Die Frau von Stockum ließ sich, statt vorn auf ihrem schönen, teuren Kirchenstuhl, in einer der bedrückend schmalen Bankreihen auf der Weiberseite nieder. So konnte sie weiterhin ihrem Begleiter nahe sein, der gleich auf der anderen Seite des Mittelgangs bei den Männern Platz nahm. Beim neugierigen Umhersehen, wer wo sitze, stach ihr die im allerletzten Augenblick zur Kirchentüre hereinhetzende Königin ins Auge. Zu deren bassem Erstaunen winkte sie ihr ganz aufgeregt, rutschte dann mit ihrem Hinterteil über die Bankkante, stieß über den Gang hinweg den jungen Mann an und raunte weithin hörbar: «Da, das ist die Schwester! Von der Susann!»

Die besagte Susann und der Holländer prusten beide los, als er das überzogene Winken und Raunen der Frau von Stockum, den verwirrten Blick der hereineilenden Königin und die tadelnde Miene des Pfarrers nachäfft. Sämtliche despektierlichen Bezüge auf ihre Person hat der Jan van Gelder (dessen Namen die Susann immer noch nicht kennt) ihr übrigens erspart. Und da kann es kaum überraschen, dass die Susann, nach Überwindung einer gewissen Befangenheit, sich augenblicklich zum Platzen glücklich fühlt. Zum Platzen. Was nicht nur am Wein liegen kann.

Den Rückweg ist der Holländer, wie sie nun hört, doch tatsächlich mit der Ursel und deren Mann zusammen und zu Fuß gegangen. Und zwar, obwohl er mit der Frau von Stockum hätte fahren können! Er hat das Ehepaar König so dies und jenes gefragt, über Frankfurt, über die eigne Familie und über die Susann. Und während der Tambour König hauptsächlich geschwiegen hat, hat die Ursel, das hört die Susann aus dem Bericht gut heraus, die Gelegenheit genutzt, kräftig anzugeben: Wie gut sich die Familie Brand in Frankfurt stünde, die Ursel selbst natürlich mit ihren Beziehungen zu den besten Kreisen, und die Dorette mit ihrem Schreinermeister, und der Niklaus, der älteste Bruder, inzwischen Sergeant, desgleichen wie der Vetter Elias.

Unter anderen Umständen wäre der Susann das wohl eine Spur peinlich gewesen (die Ursel! Als wären das Wunder was für Leistungen und als würd das alles jemanden interessieren!). Im Moment allerdings ist sie so beschäftigt mit dem Wein und ihrer inneren Hitze und der Nähe (Nähe!) des Jan van Gelder, dass sie gar nicht mehr so genau zuhören und erst recht nicht über das Gehörte nachdenken kann.

Die Teller sind fast leer, wie auch der erste Weinkrug. Vom Wein allerdings hat die Susann eindeutig mehr gehabt als der Holländer. Ob sie Kuchen wolle?, fragt er. Er hat sich eben nach dem Fleischgang im beigestellten Schälchen die Hände gewaschen und hält das Stück Kuchen in der Hand.

«Einen Bissen vielleicht.»

Der Holländer hält ihr ein bisschen Kuchen über den kleinen Tisch hinweg direkt vor den Mund. Sie öffnet die Lippen, spürt den Kuchen an der Zunge – und daneben spürt sie seinen Finger. Sie beißt von dem Kuchen ab, vorsichtig, um nicht mit den Zähnen an den Finger zu kommen, der sich sanft an ihre Zunge drückt. Ganz, ganz langsam zieht der Holländer seine Hand mit dem Kuchen wieder zurück, sieht sie unverwandt an und öffnet selbst den Mund und beißt genau da in den Kuchen, wo sie abgebissen hat, und nimmt dabei den Zeigefinger zwischen die Lippen, der eben noch im Mund der Susann war. Die Susann schluckt. Er kaut. Und dann streckt er wieder die Hand mit dem Kuchen aus, und diesmal streicht er mit der Fingerrückseite ganz sanft über ihre heiße rechte Wange, einmal, zweimal. Dann schiebt er ihr wieder Kuchen in den Mund, der Zeigefinger kitzelt ihre Lippen und dann ihre Zungenspitze. Sie drückt die Zunge fest an den Finger und saugt. Gerade als die Susann denkt, sie hält es nicht mehr aus, irgendetwas muss platzen in ihr, schmeißt der Holländer den Rest Kuchen auf den Teller, schiebt den Tisch krachend und quietschend zur Seite, streckt die Arme nach ihr aus, zieht sie zu sich auf den Schoß und küsst ihr, als wäre er am Verhungern, den Kuchen wieder aus dem Mund.

Und die Susann denkt, während sie ihn küsst und festhält, ganz klar denkt sie plötzlich: Das ist es also, wozu man auf der Welt ist. *Das* ist das Leben.

Zur gleichen Zeit ist unten, in der Bierstube, das Kartenspiel beendet. Die Jüdin Hundchen humpelt mit ihrer großen Haube und dem Stock in der Hand fort zu einem Besuch bei reichen Freunden im Gasthof *Zum englischen König*. Der Bonum gähnt, kratzt sich im Bart und würde am liebsten auch verschwinden. Doch er hat ja der Susann versprochen, auf die Bierstube aufzupassen. Er hat ja nicht geahnt, wie lange sie wegbleiben würde. Was sie wohl treibt?

«Wo ist denn Euer holländischer Freund?», fragt er in dem üblichen jüdischen Dialekt den Kaufmann, Jontef mit Namen, der sich ebenfalls zum Ausgehen anschickt.

«Nu, auf seiner Stube wird er sein.»

Soso, denkt der Bonum. Und: Unsinn! gleich danach, weil der Susann so etwas eigentlich nicht zuzutrauen ist. Die wird fleißig in der Waschküche stehen. Oder nein, sie hatte ja gesagt, *oben* hätte sie zu tun, also wird sie irgendwo in den Stuben putzen oder am Boden Wäsche aufhängen oder abnehmen oder beides. Nur dass sie so merkwürdig aufgeregt gewesen war, als sie gefragt hatte. – Ach wo.

Aber der Holländer, der wär natürlich einer! Apropos, was für einer eigentlich genau?

«Der handelt auch mit Schmuck, Euer Freund?»

Der Jontef steht schon an der Tür. «Nu, wie man's nimmt. Er verkauft hier in Frankfurt a bissel, dass er kriegt die Reise finanziert. Von Beruf ist er Goldschmied. Goldschmiedsgesell. Wird arbeiten in Petersburg am Hof. Mit Gottes Hilfe.»

Aha. Das passt natürlich. Lange muss der Bonum sich übrigens nicht mehr langweilen und eitlen Gedanken nachhängen, da die Bierstube sich mit ein paar Gästen füllt und er in seinem Vertretungsdienst nun wirklich zu tun bekommt. Aber als es vier läutet und dann fünf, und schließlich sechs, und noch immer keine Spur von der Susann – nu, wundern tut er sich da schon.

«Sßüsann», sagt der Jan, während er ihr Gesicht streichelt und sie ansieht und ansieht und ansieht (*so* hat die Susann überhaupt noch niemand angesehen). «Sßüsann. Ich will dir etwas schenken.»

Gerade noch träge, springt er quicklebendig aus dem Bett und sucht in seinem Reisesack herum. «Aaah!», jubelt er schließlich und holt, den strahlenden Blick auf sie gerichtet, erst eine, dann zwei, dann drei, dann vier Perlenschnüre hervor.

Die Susann ist ein bisschen sprachlos, während er ihr im Bett die Ketten um den Hals legt, nicht nur wegen der Perlen, die im Kerzenlicht so schön glänzen, sondern auch, weil sie plötzlich nachdenken muss, ob dieses Geschenk wohl einen

Anfang markiert oder etwa ein Ende. Aber lange muss sie nicht nachdenken, weil der Jan ihr nämlich den Hals derart mit Küssen bedeckt und halb auf sie rutscht und sie ihn schon wieder anschwellen fühlt, zum dritten Mal, dass von Ende ja offensichtlich die Rede nicht sein kann, es sei denn vom Ende ihrer Grübelei.

So gegen halb sieben wacht die Christiane mit brummendem Schädel, leiser Übelkeit und mäßigen Leibschmerzen von einem langen, kranken Schlummer auf. Gott sei Dank, das Schlimmste hat sie hinter sich gebracht. Nur nicht in den Nachttopf gucken, dann wird ihr gleich wieder schlecht. Sie nimmt lieber den zweiten, leeren Nachttopf, den von der Susann. Dann stopft sie ihr Hemd zwischen die Beine, fühlt, ob ihre Haube halbwegs sitzt, und wankt in die Bierstube, blinzelnd gegen den Schein der hellen Öllampen.

Der Bonum trägt gerade einen Schoppen Bier durch den Raum, stellt ihn einem Gast vor die Nase. So was. Die Christiane ist noch ganz dösig im Kopf, sie setzt sich lieber mal.

«Wo ist denn die Susann?», fragt sie mit belegter Stimme den Bonum, als der zurück zum Fass kommt.

«Weiß nicht», antwortet er und kratzt sich mit der einen Hand im Bart, während er die andere an der Hose abwischt. «Sie hätt oben was zu tun, hat sie gesagt. – Ich müsst eigentlich weg. Könnt Ihr jetzt übernehmen?»

Die Christiane grunzt. Dann seufzt sie.

«Na, wenn's denn sein muss.»

Der Bonum ist außerordentlich erleichtert, und nicht nur, weil er die Arbeit los ist. Er drückt seinen speckigen Hut fester auf den Kopf und verschwindet vorn heraus, um sich schnurstracks zu einem eigentlich erst später fälligen Klienten im *Englischen König* aufzumachen. Bloß schnell weg, bevor es einen bösen Krach gibt und man am Ende *ihn* noch verantwortlich für irgendetwas macht. Dass er die Susann nicht gesucht und keinen Alarm geschlagen hat zum Beispiel, und stattdessen so dumm war, stundenlang für sie die Bierstub zu betreuen, während sie sich absentiert.

Oder – sollte er etwa doch noch schnell nach der Susann gucken gehen? Rasch die Hinterstiege hoch und rufen? Einen Blick auf den Trockenboden werfen? Nicht, dass ihr am Ende gar was passiert ist. Und er hat der Christiane nicht mal gesagt, dass sie seit Stunden abgängig ist. Aber wahrscheinlich ist sie eben doch bei dem Holländer … oder Kuchen essen bei einer Schwester.

Ach was. Der Bonum schreitet wieder zügig aus. Was geht ihn das an? Er ist ja nicht mal ein Angestellter von der Frau Bauerin, lebt nur von den Trinkgeldern der jüdischen Gäste. Er ist genau genommen niemandem im *Einhorn* verpflichtet. Und was auch immer für ein Ärger sich da zusammenbraut wegen der Susann – er will sich raushalten und damit nichts zu tun haben.

Obwohl sie eigentlich gedacht hat, sie kann nicht mehr, weil sie schon ein bisschen wund ist, wird das dritte Mal das beste überhaupt. Das erste war schnell vorüber, beim zweiten war ihr die halbe Zeit schwindelig, jetzt endlich passiert ihr *das*, und als sie wieder halbwegs die Sinne zusammenhat, tun ihr zwar die Beine weh, aber sie fühlt sich wie die Königin von der Welt. Gerne hält sie geduldig die müden Beine noch ein bisschen oben. Bis der Jan erschöpft auf ihr liegt. Und ihr «Sßüsann» ins Ohr murmelt und die Hand sanft an ihr Gesicht legt.

Dann traut sie sich. Sie fragt einfach.

Ob er bald wieder zurück nach Holland müsse?

«Nach Holland?» Er hebt erstaunt den Kopf und hat schon wieder ein Lachen in der Stimme. «Nein. Nach Holland geh ich lange nicht. Ich will nach Russland. Ich will arbeiten in Sankt Petersburg.»

Sankt Petersburg. Die Susann weiß, dass sie jetzt gleich entweder sehr glücklich oder sehr unglücklich werden wird.

«Ich würd mit dir kommen», sagt sie leise. «Nach Petersburg.»

«Du?!» Er stützt sich auf den Ellenbogen und lacht. «Du willst mit mir kommen? Aber Sßüsann. Wie soll das gehen?»

Und bei seinen Einwänden, die er jetzt aufzuzählen beginnt – zu wenig Geld, unsichere Zukunft, praktische Schwierigkeiten –, da hört sie zum ersten Mal, seit sie ihn kennt, etwas wie Missbehagen und Unwillen in seiner Stimme.

Gut. Sie hat verstanden. Sie braucht keine Ausführung, wird sich nicht länger quälen. Sie schiebt seinen Arm zur Seite, richtet sich auf im Bett, setzt sich an den Rand und sucht nach ihren verstreuten Kleidern.

«Sßüsann? Was ist los?»

«Ich muss gehen.»

«Aber Sßüsann. – Sßüsann …»

Er streckt halb den Arm nach ihr aus und lässt ihn wieder sinken. Sie steigt schon in den Überrock. Sie sagt nichts mehr. Er sagt nichts mehr. Das ist das Schlimmste, dass er sie schweigend gehen lässt.

Hinter der Tür, im Gang, bleibt sie stehen und ist so dumm, so erbärmlich dumm, und wartet eine Minute, zwei, während sie sich zittrig den Mund zuhält, um das Schluchzen zu unterdrücken, wartet, ob er nicht hinter ihr herkommt, ob er nicht die Tür aufreißt und hinterhergestürzt kommt und die Arme um sie schlingt. Und hört nur irgendwann leise ein abfälliges Seufzen und dann ein Geräusch, als hätt er sich's allein im Bett bequem gemacht. Lieber Herr Jesus. Nein, bitte, seinetwegen will sie nicht weinen, nicht seinetwegen, und sie schluckt und atmet und schluckt, bis der Krampf in ihrer Kehle nachlässt. Dann huscht sie los zum Treppenhaus.

Als sie die Stiege hinuntereilt, klackern an ihrem Hals die Perlen gegeneinander. Sie greift hin. Um Gottes willen. Die Ketten. Dass die nur niemand sieht. Sie bleibt stehen und nestelt mit feuchten Fingern an den Verschlüssen. Dabei geht ihr erst so richtig auf, was sie sich heute geleistet hat. Stunden ist sie weggeblieben. Stunden! Hat einfach die Welt vergessen für Unzucht am helllichten Tage mit einem, der heute kommt und morgen geht. Wenn die Frau Bauerin das mitkriegt, dann fliegt sie. Hochkant. Und das war's dann. Alles, alles hat sie aufs Spiel gesetzt für den J – nein. Nein. Nicht weinen. Nicht selbstmitleidig werden. Lieber sehen, was sich noch retten lässt. Wenn sie ihm schon egal ist. Verdammt. Gut, also, was will sie sagen, wo sie war? Wäsche aufhängen. Nein, Wäsche abhängen. Dann ist ihr nicht gut geworden, und sie ist oben sitzen geblieben. – Schwach, verdammt schwach. Und wenn nun sogar jemand am Boden war und nach ihr gesucht hat? Dann muss sie aus dem Stand was erfinden. Sie ist doch nicht dumm. Sie muss nur an ihre eigenen Lügen glauben.

Mit bebendem Herzen läuft, nein, fliegt sie, immer drei Stufen auf einmal nehmend, ganz nach oben auf den Trockenboden, tastet im Dunkeln, aha, da hängt unberührt die Wäsche von gestern, und die vom Donnerstag, die ist nun endgültig trocken, und der Wäschekorb ist auch noch da. Sie nimmt mit fliegenden Fingern blind in Sekunden die Wäsche ab und rast, den schweren Korb im Arm, nach unten. (In der Schürzentasche klackern leise die Perlen.) Durch die Stube der Frau Bauerin. Die Tür ist offen, die Stube leer. Durch die

Kinderschlafkammer in die Küche. Niemand da. Es stinkt aus den Nachttöpfen, das war die Christiane. Die Susann nutzt den Moment und versteckt die Perlen tief unten in ihrer Kleidertruhe. Erleichtert huscht sie dann samt dem vollen Korb in die Wohnstube zurück, wo das kleine Licht brennt, und beginnt, am Tisch die Wäsche zu falten.

Aus der Bierstube hört man Stimmen. Nichts Besonderes. Die üblichen Sonntagsgäste.

Die Susann wagt es und beginnt, wie die Unschuld in Person, laut bei der Arbeit zu pfeifen.

Es dauert keine zwei Minuten, dann öffnet sich die Tür. Blass und böse erscheint das Gesicht der Christiane.

«Wo – warst – du?», zischt sie, drohende Betonung auf jedem Wort.

Die Susann bemüht sich sehr, sich in ein Gefühl gekränkter Unschuld zu versetzen. «Oben», sagt sie, «Wäsche abhängen, zum Beispiel.»

«So lange? Mir geht's kotzelend, und ich steh hier schon seit über einer halben Stunde allein in der Bierstub! Und wenn ich nicht aufgewacht wär, dann hättst wohl den Bonum die ganze Zeit allein hier drin gelassen, gelt! Wenn ich das der Frau Bauerin sagen tät, dass du den Bonum in der Bierstub allein gelassen hast!»

«Irgendjemand muss ja die Arbeit tun. Du kannst ja nicht mal deinen eigenen Nachttopf ausschütten und kackst dazu noch meinen voll.»

«Leck mich doch am Arsch», sagt die Christiane, zieht den Kopf aus der Wohnstube und knallt die Tür zu.

Uff. Der Susann rast das Herz. Das hätte schlimmer ausgehen können. Zweimal atmet sie tief durch. Dann betritt sie gemessen die Bierstube. Gott sei Dank, der Bonum ist nicht mehr da. «Wenn's dir so schlecht geht», sagt sie zur Christiane, «dann kann ich auch die Bierstub übernehmen, dann muss halt die Wäsche warten.»

«Das fällt dir früh ein», keift die Christiane, blickt leidend und verschwindet.

Inzwischen leidet längst auch die Susann. Indem sich nämlich bei ihr so allmählich die Folgen von zu viel Wein bemerkbar machen. Doch davon abgesehen fühlt sie sich leicht, so leicht wie jemand, der eben gerade mit dem Leben davongekommen ist.

3. Dezember 1770

Die Susann kann am nächsten Morgen kaum aufstehen vor Scham. Jesus, was schämt sie sich. Wie konnte sie nur. Das ist doch nicht sie, die im Suff mit dem erstbesten Fremden ins Bett geht. Sie war doch immer so vorsichtig. Ach, sie schämt sich so. Wie konnte sie nur so viel trinken. Wie konnte sie überhaupt zustimmen, sich mit einem Gast auf sein Zimmer zu setzen und zu trinken. Und was danach kam, daran mag sie gar nicht denken. Dreimal, *dreimal* hat sie mit ihm … Gott, was war denn nur in sie gefahren, sie muss von Sinnen gewesen sein. Vielleicht war der Wein nicht in Ordnung. Vielleicht war was im Wein, dass sie derart …

Sie schämt sich so sehr. Am allermeisten vor sich selbst. Und am zweitmeisten ausgerechnet vor dem Holländer. Jan. Sie kann dem nie wieder unter die Augen treten. Und sie will ihm auch nie wieder unter die Augen treten. Nicht dran denken. O Jesus.

«Du, Christiane», sagt sie, während sie die Jacke knöpft. «Mir ist heut auch nicht so gut. Ich hab heut keine Lust, zu aller anderen Arbeit auch noch den Gästen Essen aufs Zimmer zu servieren. Kannst du das übernehmen? Es ist ja nur der eine im Moment. Der Holländer mit dem klingelnden Gepäck, weißt du.»

«Na, wenn's denn sein muss», sagt die Christiane – selbst halbwegs genesen –, und man hört ihr die Freude an. Wenn nicht gerad Messe ist, gibt es nur wenige Gelegenheiten, Trinkgeld einzunehmen. Und ohne Trinkgeld ist man aufgeschmissen mit den lächerlichen drei Gulden Lohn im Vierteljahr von der Frau Bauerin. Bei den Preisen im Moment. Da nimmt man ein bisschen Mehrarbeit gern in Kauf.

Der Susann hingegen wird nicht wirklich leichter. Eine Hürde für heute genommen, aber da bleiben noch andere genug, an denen sie straucheln kann. Der Bonum zum Beispiel. Der früher oder später im *Einhorn* auftauchen wird. Wenn der eine Bemerkung macht. Oder gar der Frau Bauerin was sagt.

Wenigstens muss sie heut die Betten nicht …

Jesus, das Bett! Wenn man nun dem Laken was ansieht! Diese nasse Stelle, die sie am Gesäß gespürt hat, als sie bei ihm lag … (nein, jetzt nicht daran denken, wie er sie im Arm gehalten hat oder wie sich sein Mund anfühlte). Blut immerhin wird keines drauf sein auf dem Laken. Weil es bei ihr mit dem Jungfernhäutchen wohl passé ist seit einem gewissen sehr unangenehmen Erlebnis, das sie mit zehn Jahren hatte, eins von der Sorte, an die man am besten gar nicht denkt. Und jetzt kommt ihr doch tatsächlich der Gedanke, dass dem Jan das aufgefallen sein muss, dass sie keine Jungfrau mehr ist, und sie schämt sich auch noch dafür. Dabei sollte ihr egal sein, was der Jan von ihr hält. Der ist sowieso ein Lump. Wichtiger ist das Laken. Nicht nur Blut macht Flecken. Und wie es das Pech will, übernimmt ausgerechnet heute die Christiane das Bettenmachen komplett, weil sie ja gestern wegen Krankheit ihre Betten auf die Susann abgewälzt hatte. Und wenn die

Christiane verdächtige Flecken sieht, dann wird sie eins und eins zusammenzählen.

Die Susann greift nach der Schaufel, schippt die Asche aus dem Kamin. Doch mit dem Kopf ist sie woanders. Ob sie einfach als Gefallen anbieten soll, dass die Christiane heut doch nicht ihre Betten übernehmen muss? Aber wer macht schon freiwillig Betten, wenn er gar nicht dran ist. Das kann nur wiederum verdächtig wirken. Zumal die Susann eben noch wahrheitsgemäß erklärt hat, ihr sei nicht wohl, damit sie gewissen Personen nicht das Essen aufs Zimmer bringen muss.

Da kommt ihr der Zufall zur Hilfe. Während sie in der Bierstube den Tisch für das Frühstück der Frau Bauerin deckt, hört sie auf dem Hof Schritte. Vertraute Schritte. Fast gegen ihren Willen schaut sie auf und aus dem Fenster, das Herz bleibt ihr einen Augenblick stehen, er ist es tatsächlich und geht aufrecht und gelassen und im blauen Rock wie immer übern Hof Richtung Tor. So unnahbar wirkt er jetzt, nie wieder wird sie – nein, nicht daran denken. Wichtig ist: Er ist so früh schon aus! Jetzt muss sie nur fix sein. Sie wartet, bis sie sicher ist, dass er nicht noch einmal zurückkommt. Dann spurtet sie in den Hof und zur Hinterstiege, hoch in den ersten Stock zum Leinenschrank, nimmt ein frisches Laken, stürmt noch zwei Stockwerke nach oben und in sein Zimmer. Sein Zimmer. Lieber Gott, die Erinnerung. Sie beschließt, dass sie ihn hasst. Zitternd reißt sie das alte, verräterische Laken ab und legt das neue auf, sie knittert es fleißig dabei, das Bett soll bloß nicht schon gemacht aussehen, wenn die Christiane zum Bettenmachen kommt. Dann schnell wieder runter, ihr Herz rast, nur jetzt nicht mit dem befleckten Laken angetroffen werden, Achtung, nicht stolpern, hinaus auf den Hof und in die Waschküche damit, tief in den Bottich mit der Dreckwäsche.

Außer Atem kommt sie zurück in die Bierstube und findet dort den Christoph Bauer vor. Der sitzt grau und gähnend am Tisch, die Haare in einem schiefen, filzigen Zopf, auf dem er wohl geschlafen hat, eine Hand an der Stirn.

«Guten Morgen», sagt sie.

Der Christoph grunzt leidend und rülpst. Da hat jemand am gestrigen ersten Advent noch mehr getrunken als sie. Und obwohl sie so unglücklich ist, muss sie schmunzeln.

Das mit dem Bettlaken ist noch nicht überstanden. Die Weißwäsche fürs *Einhorn* macht ja die Ursel (alles andere waschen die Susann und die Christiane selbst). Und nicht nur, dass die Ursel sich bestimmt über eindeutige Flecken wundert, wo doch kein einziges Ehepaar derzeit im Haus wohnt, und sie garantiert sofort ihre kleine Schwester verdächtigen würde. Es kommt hinzu, dass sie die gewaschenen Laken stückweise abrechnet. Mit so wenigen Schlafgästen wie im Moment wird also sicher die Frau Bauerin aufmerken, wenn ein Stück mehr als erwartet aus der Wäsche kommt.

Aber das fällt der Susann erst am Mittag ein. Da ist schon die erste Begegnung mit dem Bonum vorüber, der ihr so einen vieldeutigen Blick zugeworfen hat beim Gruß, mit gehobener Braue, aber der Frau Bauerin hat er wohl von ihrer gestrigen langen Abwesenheit nichts verraten. Was sie ihm hoch anrechnet.

Eigentlich hatte die Susann sowieso eben aufgeatmet. Richtig aufgeatmet. Nicht nur wegen dem Bonum. Seit dem Morgen schon hatte sie ein Ziehen im Rücken und im Bauch gehabt, und nachdem sie vorhin in der Bierstube das Mittagessen der Familie Bauer abserviert hat, sieht sie mal nach und entdeckt tatsächlich braunrotes Geschmier zwischen den Beinen und am Hemd. Bei ihr geht es also auch los. Viel zu früh eigentlich. Aber das kennt sie schon: Wenn's bei der Christiane so weit ist, dann dauert's auch bei ihr nicht mehr lang. Und sie schickt, glücklich auf dem Nachttopf sitzend, gleich ein Gebet in den Himmel und bedankt sich beim Herrn Jesus, dass er *den* Kelch hat an ihr vorübergehen lassen. Das Allerschlimmste wenigstens, das Undenkbare ist ihr erspart geblieben. Aus allem anderen kann sie sich irgendwie rausreden. Da wird ihr schon was einfallen.

Wie mit dem Laken jetzt. Das muss doch zu lösen sein. Und sie fasst einen Plan, nach dem Prinzip, dass das, was man offen zeigt, nicht verdächtig ist.

Erst mal will sie ihre Erleichterung teilen. «Ich fang auch grad an zu bluten», informiert sie die Christiane, als die die Küche betritt, in einem Ton, der sich alles andere als leidend anhört.

«Nichts Neues», sagt die Christiane, «immer wenn ich's hab, geht's bei dir auch los. – Hätt ich nur so wenig Bauchschmerzen dabei wie du.» Und sie knallt schlechtgelaunt einen leeren Weinkrug auf den Tisch. «Geizkragen», flucht sie. «Der Herr wünschen morgen kein Essen. Der Herr wünschen morgen andernorts zu speisen.»

«Wer?», fragt die Susann.

«Der Holländer.»

«Ach so.»

«Du Susann, wo's bei dir ja immer nicht so arg blutet wie bei mir, kannst mir vielleicht wieder dein zweites Hemd leihen? Ich wasch's dir auch.» Wobei die Christiane zur Truhe der Susann spaziert und nach dem Deckel greift.

«Nein!», schreit die Susann, rast wie der Blitz hin und knallt den Deckel wieder zu.

Die Christiane starrt sie an. «Sag mal, was ist denn mit dir los? Du hast sie doch nicht mehr alle. Brüllst hier rum wegen einem Hemd!»

«Ich brauch mein Hemd selber. Tut mir leid.»

Und dann fasst sich die Susann, zwingt sich, sich nicht etwa auch noch draufzusetzen auf die Truhe, damit bloß die Christiane die Perlen nicht findet. Stattdessen schultert sie scheinbar ruhig den Wassereimer und schlendert fröhlich pfeifend durch die Bauerische Stube auf den Hof hinaus.

Vom Pfeifen wird ihr gleich wieder leichter, als wäre alles so wie immer, als wäre gestern gar nichts passiert. Ist ja auch eigentlich nichts passiert. Nichts wirklich Schlimmes. Nur jetzt geschickt sein und die Sinne beisammenhalten.

Am Brunnen pumpt sie den Eimer voll, stapft, schief durch das Gewicht, weiter zur Waschküche, stößt die knarrende Tür mit dem Fuß auf und schleppt den Eimer zum Bottich. Da hat sie nämlich vorhin etwas vorbereitet. Und zwar unbemerkt, während die Christiane *ihm* seine Mahlzeit abräumte. In der Zeit hat sie einen Krug mit einem Weinrest vom Bauerischen Tisch hierhergeschmuggelt.

Jetzt muss es schnell gehen: Sie fischt das inkriminierende Laken aus der Wäsche, nimmt Seife und spült und schrubbt die verdächtigen Flecken überm Eimer so fest und rasant aus dem Leinen, dass ihr geradezu heiß wird trotz des eisigen, die Hände lähmenden Wassers. Dann hält sie einen trockenen Zipfel vom Laken in den Weinkrug, bis das Restchen Wein darin aufgesogen ist, und steckt das ganze Laken in ein leeres Fass. Darüber schüttet sie das übrige Wasser und walkt einmal durch. Den leeren Weinkrug versteckt sie hinter den Fässern.

An der Pumpe macht sie den Eimer nochmals voll und schleppt ihn pfeifend über den Hof in die Wohnstube der Frau Bauerin. Dort trifft sie, wie erhofft, die Wirtin an, die am Kachelofen sitzt und stopft, so wie meist nach dem Essen.

«Frau Bauerin, ich hab eine Frage. Gestern musst ich bei der Hundchen das Bett neu beziehen. Die hat wohl Wein danebengeschüttet, jedenfalls hat das Laken was abgekriegt. Ich hab's eingeweicht, dass die Flecken nicht alt werden, und jetzt seh ich eben danach und der Wein ist immer noch nicht ganz draußen. Ob ich's einmal richtig durchwaschen soll oder lieber eingeweicht lassen, bis die Ursel es holt?»

«Das will ich mir einmal ansehen», seufzt die Bauerin und erhebt sich schwer atmend. Die Susann stellt das Wasser ab, und zusammen gehen sie hinüber in die Waschküche. Im Halbdunkel beugt sich die Wirtin über den Bottich. «Hier!», sagt die Susann und weist ihr die Stelle. Die Frau Bauerin zieht den verfärbten Zipfel aus dem Wasser und betrachtet ihn prüfend. «Das hättet Ihr aber besser ausspülen können, gelle, Susann. Der Fleck muss ganz raus. Mit oder ohne Seife. Macht Euch gleich an die Arbeit. Und dann eingeweicht lassen.»

Die Susann sollte jubeln innerlich. Es ist nämlich alles ganz genauso verlaufen wie erhofft, jetzt ist sie aus dem Schneider mit dem Laken. Trotzdem ist sie doch tatsächlich schwer getroffen von dem leisen Tadel der Frau Bauerin. Lächerlich. Einfach lächerlich. Sie muss sich endlich ein dickeres Fell wachsen lassen.

Wozu sie am selben Abend mindestens eine ausgezeichnete Gelegenheit erhalten würde.

In der Bierstube zu stehen war Folter.

Er kam gegen acht, ließ sich in aller Gemütsruhe auf seinem gewohnten Platz nieder, lachte immer wieder oder machte Scherze, spielte mit dem Bonum (ausgerechnet) und dem fremden Juden Karten und blieb geschlagene zwei Stunden. Die Susann, mit ihren widerstrebenden Empfindungen für ihn, schämte sich zu Tode, sie drückte sich beim Fass herum und versuchte nicht hinzusehen und hinzuhören. Von der Angst ganz zu schweigen, dass *er* oder der Bonum oder der jüdische Schmuckhändler (hat er dem nichts erzählt?) irgendein zweideutiges Sprüchlein ablassen könnte, das bei der Frau Bauerin einen Verdacht erregt. Und dann käme doch noch alles heraus. – Servieren musste sie natürlich auch an dem Tisch, zweimal hat *er* sie sogar mit Namen gerufen, sie möchte ihm was bringen, und sie hat versucht, ihm nicht ins Auge zu sehen und immer nur ein verkrampftes «Bittschön» gemurmelt, wenn sie das Bier hinstellte.

Als diese Qual endlich vorüber ist, indem der Christoph Bauer die letzte Stunde übernimmt und die Susann, Gott sei Dank, endlich zum Schlafengehen in die Küche darf – was sieht sie da: An der Wand neben der offenen Truhe steht die Christiane, halbnackt, in einem frischen, und wahrscheinlich ihrem, Susanns, Hemd. Und die Christiane nimmt, sowie sie die Susann bemerkt, aus der Truhe vier lange, glitzernde Schnüre hoch, hält sie am ausgestreckten Arm in die Luft und schüttelt sie sacht, dass es klickert. «Hei-tei-dei», flötet sie, «was haben wir denn da!»

Der Susann zieht sich alles zusammen. Und dann sagt sie ohne lange nachzudenken genau das Richtige.

«Das ist ja wohl das Allerletzte! Hab ich dir nicht gesagt, du darfst das Hemd nicht haben! Ich brauch's selber!»

«Da sieht man ja, wie sehr du's brauchst, dass es hier ganz jungfräulich und vergessen in der Truhe liegt.»

«Ich wollt's mir für morgen früh aufheben. Zieh es sofort aus.» Nur nicht anmerken lassen, dass ihre Sorge ganz allein den Perlen gilt und nicht dem Hemd. So tun, als würden sie die Perlen gar nicht interessieren. Die lässt die Christiane jetzt gedankenlos auf die durchwühlten Kleider in der Truhe fallen, bevor sie unwillig darangeht, sich das stibitzte Hemd wieder auszuziehen. «Gibst mir wenigstens dein altes?», grummelt sie. «Das ist bestimmt noch tausendmal sauberer und trockener als meins.»

«Na gut, mein altes kannst du haben. Und dann waschen wir deins gleich und hängen's vor die Glut.» Die Susann knöpft sich ihre Jacke auf.

Genau in diesem Moment betritt die Bauerin den Raum.

«Susann», sagt sie, «ich weiß, dass Ihr gestern das Bett von der Hundchen gemacht habt. Aber habt Ihr's auch heute gemacht?»

Der Susann wird sehr mulmig. Was soll die Frage? Hat die Bauerin etwa die Hundchen auf den angeblichen Weinfleck angesprochen?

«Ich hab heute», sagt die Susann mit trockener Kehle, «gar keine Betten gemacht. Weil gestern die Christiane krank war und ich alle Betten gemacht hab und die Christiane deshalb heute meine übernommen hat.»

«Was?», ruft die Christiane, splitternackt obenherum, und dann wird sie blass.

«So, Christiane», sagt die Bauerin, «die Hundchen sagt mir aber eben, als ich ihr hochhelfe, dass ihr Bett heute gar nicht gemacht worden ist, und auch das Zimmer nicht aufgeräumt. Stimmt das?»

Die Christiane hält sich schützend das alte Hemd vor die Brust. «Woher soll ich das denn wissen? Die Stube von der Hundchen gehört zu den Betten von der Susann, und das ist jetzt das Erste, was ich höre, dass ich angeblich heut der Susann ihre Betten machen wollt. Das wüsst ich aber, wenn das so wär. Ich schwöre, ich weiß von nichts. Dafür weiß ich aber sehr wohl, dass die Susann in den letzten Tagen schlampig war und mich dauernd gefragt hat, ob ich was für sie machen könnt, und zum Beispiel hat sie gestern auch einmal die Bierstube allein gelassen mit nur dem Bonum drin und hat dem gesagt, er soll ausschenken und kass –»

Die Bauerin starrt die Susann an. «Susann? Stimmt das?»

«Ich – was, das mit der Bierstub?»

«Ja, verdammt!»

«Das stimmt, aber der Bonum – ich musste – die Christiane –»

«Niemals – hört Ihr, Susann, niemals – darf die Bierstub unbeaufsichtigt sein! Wie oft hab ich das gesagt! Und der Bonum gehört *nicht* zum Haus, dem habt Ihr hier gar nichts anzuvertrauen! Und schon gar nicht die Kasse von der Bierstub! Herrgott, und ich sitz bei der Taufe und denk, es ist alles in Ordnung bei mir, ich kann mich verlassen auf meine Leute. – Und versteh ich das richtig, es ist nicht nur die Stube von der Hundchen betroffen von der Schlamperei heut? Wollt Ihr mir sagen, die gute Hälfte von den Betten ist heut gar nicht gemacht worden?»

«Die Christiane hat ges–»

«Ich glaub, die Susann spinnt, warum sollt denn ich ihre Betten –»

«Herrgott nochmal! Ja, ist es denn die Möglichkeit! Ja, *schert* euch doch beide zum Deibel!» Wütend stampft die Bauerin mit dem Fuß auf.

Die Susann zittert, sie beißt sich in die Faust. Bloß nichts mehr sagen. Bloß nicht explodieren.

«Herrgott, in einer guten Gastwirtschaft einfach so die Betten nicht gemacht! Wenn so etwas nochmal vorkommt, hört ihr, noch *ein* Mal, dann fliegt ihr alle zwei! Verstanden?»

«Ja, Frau Bauerin», murmelt die Christiane und verdreht heimlich die Augen. Die Susann nickt stumm. Und schluckt dreimal. Und dann flüstert sie heiser: Es werde nie wieder vorkommen. Und ob es denn recht wär, wenn sie jetzt noch die Betten macht, soweit die Gäste noch nicht schlafen?

Bis auf die Hundchen, sagt die Bauerin, seien alle noch in der Bierstub. Also, sie möge sich beeilen.

Weil *seine* Stube ganz oben und am Ende des Ganges liegt, macht sie die, todmüde, als letzte. Wo sie sich heut Morgen so angestrengt hat, damit das Bett trotz des neuen Lakens ungemacht aussieht. Verrückt eigentlich.

Und dann hört sie Schritte auf dem Korridor. Da ist sie schon bei den allerletzten Handgriffen, hat es eigentlich fast geschafft. Ihr wird heiß. Vielleicht hat sie Glück, vielleicht ist es gar nicht *er*, sondern nur der Jude auf dem Weg zum Abtritt. Nein, so kräftige Schritte, *er* ist es doch. Aber er will ja auch bestimmt erst zum Privet und nicht in die Stube. Sie hält den Atem an und wartet, dass die Schritte an der Tür vorübergehen.

Stattdessen geht die Tür auf. «Sßüsann!»

«Ich hab nur das Bett gemacht.» Hastig erhebt sie sich. Er kommt auf sie zu. Nur schnell vorbei an ihm und raus hier, ihm nur nicht ins Gesicht sehen.

«Sßüsann! Seid Ihr mir böse?», ruft er ihr amüsiert hinterher.

«Nein», sagt sie, schon in der Tür und ohne sich umzusehen. «Vielleicht bin ich mir selber böse.»

Als sie schwindelnd vor Mattheit die Hinterstiege hinuntertrottet, da merkt sie, es schmiert nicht mehr ganz so zwischen den Beinen. Vor lauter Schreck und Aufregung hat sie wohl schon wieder zu bluten aufgehört. Was für ein Tag. Morgen wird es besser werden. Morgen wird alles wieder sein wie immer.

Samstag, 3. August 1771, sieben Uhr früh

Nachdem der hochedelgeborene Ratsherr Johann Erasmus von Senckenberg das von seiner Magd gereichte Frühstück eingenommen, sich erleichtert sowie mal rechts, mal links aus den beiden Fenstern seines tadellos ausgestatteten Gefängnisses in die Freiheit geblickt hatte, wandte er sich seufzend seinem Schreibtisch zu. Er war selbst Jurist (wenn auch nicht examiniert) und verfasste als solcher gern einmal eine Eingabe bei Gericht. Dies vor allem seine eigene Person betreffend, wo es immerhin darum ging, die ihm drohende Todesstrafe – wegen einer lange Liste von Vergehen von Notzucht bis Urkundenfälschung – in möglichst weite Ferne zu rücken. Hier setzte der berühmte Untersuchungshäftling auf das fleißigste all die beträchtliche Begabung zum Schwadronieren, Fabulieren und Intrigieren ein, die ihm zeit seines Lebens zur Verfügung gestanden und seinen hochedelgeborenen, wohlfürsichtigen Ratsgenossen nach und nach die Nerven blank gelegt hatte, sodass sie ihn am Ende wegen ihrer Nerven eher als wegen seiner tatsächlichen Verbrechen dorthin brachten, wo er sich jetzt bekanntlich befand. Und wo er die edlen Herren Senatores leider noch immer nicht in Ruhe ließ. Wann immer jemand einen Händel mit dem Rat hatte und ein Rechtsgutachten benötigte – der Ratsherr (suspendiert) und Freiherr Erasmus von Senckenberg war in seinem Arrestzimmer im Dachgeschoss der Hauptwache stets zur Stelle. Aber sicher. Gern auch kostenlos. Er hatte ja nun ohnehin kaum Gelegenheiten zum Geldausgeben.

Heute stand leider wenig Interessantes zur Arbeit an. Eigentlich gar nichts. Mal wieder! Missmutig rutschte und schaukelte er auf seinem Schreibtischstuhl. Der knarrte entsetzlich. Das eine oder andere Stuhlbein war schon abgebrochen auf diese Weise, was aber nichts machte, da er Stühle genug besaß. (Hier in seinem Arrestzimmer standen allerdings nur jeweils drei davon.) Herrgott, diese Langeweile!

Sollte er vielleicht wieder eine kleine Enthüllungsschrift über seine liebe Vaterstadt verfassen, so ein stänkerndes kleines Pamphletchen – aber ach, das wurde allmählich auch langweilig. Und außerdem schien es nicht ratsam, jetzt schon alles Pulver zu verschießen. Man würde ja später noch welches brauchen als Erspressungsmittel. Da nämlich der Erasmus Senckenberg keineswegs vorhatte, per Galgen früh zu sterben. Vielmehr wollte er sehr, sehr alt werden – schon, um die werten Collegae im Rat zu ärgern.

Wenn nur nicht diese Langeweile wäre ... Da hatten es ja die Kerle unten im Kerker besser! Die kamen wenigstens raus. Jeden Morgen so um sechs sah man sie in Ketten Richtung Festungsanlage abmarschieren, wo sie mit ein paar überflüssigen Ausbesserungsarbeiten beschäftigt wurden. Da schippten sie dann ein bisschen Sand auf und ab, ließen sich die Sonne auf die Nase scheinen und pfiffen den Mädels hinterher. Und nach ein paar Monaten ließ man sie wieder nach Hause zum Weibchen gehen.

Apropos Weiber. Was war das eigentlich gewesen heute Nacht?

Als der Erasmus Senckenberg in die vertikale Sitzposition kippt, quietscht erbärmlich das Stuhlbein auf dem Parkett, er springt auf und zur Tür und hämmert sehr ungeduldig dagegen.

«He! He da ! Ja sapperlot nochmal, ist denn da niemand!», ruft er dazu, als erhielte er schon seit Stunden keine Antwort.

«Herr Ratsherr? Jawoll, Herr Ratsherr! Herr Ratsherr wünschen?»

Ein dünnes, unglückliches Stimmchen.

«Setzentreibel! Ist Er es! Ja was, mach Er mal auf! Hopphopp!»

Es klapperte. In der Tür ging der Schlüssel, und dahinter erschien alsbald das nervös gerötete, siebzehnjährige Gesicht des Soldaten Setzentreibel. «Setzentreibel! Ja *sag* Er mal, was *war* denn das heute Nacht für ein Krach! Was war denn da los?»

«Ja also, der Herr Ratsherr möchten verzeihen, öh, ich hab geschlafen heut Nacht, das heißt–»

«Na! Ist da etwa eine Meldung an die Tore gegangen! Das muss Er doch wissen!»

«Ach so, aja, da ist wohl eine Meldung zum Zirkulieren raus. Jawoll.»

«Ja hopphopp! Was für eine?»

«Na wegen der Weibsperson. Eine Weibsperson soll gefasst werden. Eine Belohnung soll's auch geben.»

«Ja warum denn? Warum denn? Na!»

«Ei, die soll heimlich geboren haben. Soviel ich weiß.»

«Soviel Er weiß, soviel Er weiß! Na! Genauer geht's nicht? Alter! Aussehen! Stand!»

Der Soldat Setzentreibel machte eine unwillige Miene angestrengten Nachdenkens. «Ei, jedenfalls eine junge Person soll es sein. Ein paarundzwanzig Jahr, langer Statur, Berliner gewürfelter Rock, öhm, momentemal, kattunene Schürz oder Jack. Naa, mehr weiß ich jetzt nicht.»

«Und das Kind? Hat man das gefunden, das Kind?»

«Aja freilich, das hat man gefunden.»

«Tot oder lebendig.»

«Ja tot, nehm ich an. Sonst würd man doch das Weib nicht –»

«Papperlapp! Natürlich würde man! Heimliche Geburt

und verheimlichte Schwangerschaft sind an sich strafbar! Idiot, Er!»

Hierauf fiel dem Soldaten Setzentreibel keine passende Replik ein. (Oder müsste er jetzt «Jawoll, Herr Ratsherr» sagen?)

Der Gefangene befreite ihn durch weitere Ausführungen aus dieser Verlegenheit.

«He, Setzentreibel! Wenn ihr sie fasst, das Mädchen, das Luder! Dann bringt ihr sie natürlich erst mal hoch zur mir ins Zimmer die erste Nacht! Verstanden!»

«J– öhm, jawoll, Herr Ratsherr.»

«Das ist ja wohl das Mindeste, hä! Und danach dürft ihr dann alle ran! Haha!»

«Öhm, jawoll, Herr Ratsherr. Sehr witzig, Herr Ratsherr. Haha. Das Loch dürft ja groß genug sein bei dem Mädel.»

«Na, aber, aber Setzentreibel! Sapperlot nochmal, untersteh Er sich! Da vergreift Er sich aber im Ton, das wird ja bald ein Disziplinarvergehen, was Er sich hier erlaubt!»

«Öh, ja, also, wenn der Herr Ratsherr sonst keine Wünsche haben …»

«Setzentreibel! Was weiß Er von meinen Wünschen!»

«Ja, also, dann würd ich jetzt einmal die Türe wieder zusperren. Der Herr Ratsherr melden sich dann, wenn Ihro Exzellenz wieder –»

«Na! Setzentreibel! Was steht Er dumm herum! Zusperren! Hopphopp! Worauf wartet Er!»

Der Soldat Setzentreibel sperrte die Tür zu, wischte sich erleichtert die Stirn und fragte sich zum wiederholten Male, warum es bei seinen Kameraden als begehrte Aufgabe galt, vor der Arreststube des berühmten verdorbenen Ratsherrn Wache zu halten.

Im Dezember 1770

Jan van Gelder packte seine Sachen zusammen. Es ging weiter. Den Leipziger Postwagen würden sie nehmen, vom Darmstädter Hof aus auf der Zeil. Acht Tage etwa waren es bis Leipzig, wo der Jontef Geschäfte hatte und sie eine Woche oder zwei bleiben würden. Eine neue Stadt, neue Gesichter, und dann wieder weiter. Die Freiheit!

Er wird in Leipzig sehen, ob er bei einem Goldschmied was arbeiten kann. Die letzten Tage hat er in Frankfurt das Glück gehabt, in einer der Werkstätten auf der neuen Kräme zum Ersatz des erkrankten Meisters gerade richtig zu kommen. Zu verkaufen hat er ja nun nichts mehr außer seiner Arbeit, nachdem er Diverses halbwegs einträglich abgestoßen und übrigens die Perlen so hier gelassen hat.

Apropos Perlen: Eigentlich würde er gern noch schnell der Susann adieu sagen. Aber die hat ihn die ganze Zeit gemieden wie die Pest. Warum, versteht er wirklich nicht. Schade. Es war doch alles sehr schön gewesen. Für sie doch wohl auch, oder? Zwingen musste er sie ja nicht gerade ins Bett. Und das hätte sie sich doch denken können, dass er bestimmt nicht auf Brautschau in Frankfurt ist.

Oder was hat sie sonst damit gemeint: Sie wolle mitkommen nach Petersburg? Als seine Mätresse etwa?

Verstehe einer die Weiber. Er schenkt ihr einen Teil seiner Ersparnisse in Form der Perlen, und sie spricht nicht mehr mit ihm. Na, was soll's, man denkt am besten gar nicht weiter drüber nach.

Was Besonderes war es aber doch mit ihr.

Ob sie böse ist, weil sie denkt, sie könnte schwanger werden? Überängstlich, vielleicht. Er hätte es ihr sagen sollen: Ihm ist noch keine schwanger geworden. Obwohl er natürlich – zugegeben, beim ersten Mal mit ihr hat er's nicht ganz rechtzeitig geschafft rauszuziehen, und beim dritten Mal, da war es zu schön, da wollte er sich's nicht verderben. Aber auch das ist ihm schon vorgekommen, damals mit der Annelies zu Hause in Breda. Ohne Folgen.

Am Ende schreibt er ihr einen Zettel, den sie finden soll, wenn sie die Stube macht.

Adieu Suzanne schreibt er drauf. Mehr nicht.

Er ist weg. Weg. Was war ihr seine Gegenwart im Haus für eine Last. Und jetzt? Sie sitzt auf seinem noch ungemachten Bett und denkt an das Gute. Das leistet sie sich jetzt einmal, wo die Gefahr vorüber ist: Ihn in der Erinnerung ein bisschen besser zu machen, als er war. Das Unangenehme beiseite schieben (wie ungerührt er sie hat gehen lassen!) und ihm ein bisschen nachweinen. Wie schön es eigentlich gewesen ist. Wie schön es gewesen wäre, wenn. Und dass er vielleicht wiederkommt, irgendwann, weil es ihm doch keine Ruhe lässt. Dass er in Wahrheit an sie denkt.

Und nachdem sie ein bisschen ihren bittersüßen Gedanken nachgehangen hat, rafft sie sich wieder auf und bringt mit routinierten, schnellen Handgriffen das Zimmer in Ordnung. Die Bettwäsche in den Korb (auf keinen Fall dran riechen). Den Boden aufgefegt und in den Eimer mit dem Kehricht. Auf dem Tisch liegt ein am Rand eingerissener Fetzen Papier, den steckt sie in die Schürzentasche. Sie wird ihn zum Feuermachen gebrauchen können.

Sie hält sich den Rücken, der zieht die ganze Zeit. Dann ist sie draußen.

Samstag, 3. August 1771, sieben Uhr morgens

Der Ordonnanzoffizier Brand hatte eine kurze Nacht. Seit fünf schon war er wieder auf den Beinen. Eben verließ er, in höchster dienstlicher Eile, das Haus vom Arzt Dr. Senckenberg. Und obwohl diesmal die Adresse stimmte (da der Brand ja nun weiß, dass der Doktor Senckenberg sein Vaterhaus in der Hasengasse vor drei Jahren verkauft hat), obwohl er also heut früh an der richtigen Adresse war, hat er sich doch wieder umsonst bemüht. Denn der Dr. Senckenberg hatte, für den Sergeanten gut hörbar, von oben seiner Dienstmagd zugerufen:

«Ei, sag Sie ihm, ich bin verhindert. Und zwar durch mein Gewissen, das verbietet mir, dass ich mit einem Erzschurken wie dem Gladbach Verkehr hab.»

Der vom Dr. Senckenberg so verachtete Kollege Dr. Gladbach war seines Zeichens oberster Stadtarzt oder Physicus primarius. Den Gladbach hatte sich der Sergeant Brand als letzten aufgehoben von sämtlichen amtlichen Frankfurter Medizinalpersonen, denen allen er heute früh leider eine Ladung aussprechen musste. Je feiner nämlich die Herrschaft, desto weniger wollte er die Impertinenz haben, zur Unzeit am frühen Morgen zu stören. Also hatte er seine Ladungen die Dienstleiter aufsteigend vorgebracht: erst bei den geschworenen Chirurgis oder Wundärzten, und zwar bei den vier gewöhnlichen, wie es sich von der Lage ihrer Domizile beim Laufen am günstigsten ergab, und nachher bei dem Seniorchirurgen. Sodann war der städtische außerordentliche Physicus und Geburtshelfer dran gewesen, der Dr. Grammann, der kein Gehalt, sondern im Fall einer Amtshandlung bloß Spesen bezog. Hierauf der jüngere Physicus ordinarius, nämlich der Dr. Pettmann (Cousin des Kaiserlichen Rats Caspar Goethe), über dem wiederum in der Rangfolge der ältere Physicus ordinarius Dr. Senckenberg kam.

Und nun endlich wäre eben der Rang- und Dienstälteste von den Herren Physici dran – der Dr. Gladbach. Da kommen dem Sergeanten Brand jetzt aber kurz vor knapp Zweifel, ob seine Vorgehensweise richtig war. Ob es nicht vielmehr eine Impertinenz darstellen wird, wenn er ausgerechnet den Physicus primarius jetzt als Allerletzten informiert über den vom Jüngeren Herrn Bürgermeister anberaumten Termin um neun Uhr im Spital zum Heiligen Geist.

Und in der Tat sollte sich dies als kapitaler Fehler erweisen.

Der Dr. Gladbach bewohnte ein leicht heruntergekommenes Haus mit Wasserspeier an der schmalen Front, ließ den Sergeanten auf der Schwelle warten und erschien erst nach einer guten Weile – ein alter Herr, dessen lange Gestalt einen kleinen Buckel machte, wodurch der Kopf immer etwas nach vorne gebeugt war, das Gesicht blatternnarbig, der Ausdruck ungehalten.

Um neun Uhr? Ja, bei allen guten Geistern. Das Peinliche Verhöramt möchte doch gefälligst die Termine mit ihm zunächst absprechen! Bevor man alle Pferde scheu mache! Um neun Uhr ist er nicht disponibel, keineswegs, und eigentlich den ganzen Tag nicht, er hat noch andere Verpflichtungen (soll er von den siebzig Gulden städtischen Bezügen im Jahr plus zehn Malter Korn etwa leben?). Erbprinzen sind unter seinen Patienten, die Stadt muss froh sein, dass er sich überhaupt in seinem Alter noch zur Verfügung hält, und im äußersten Fall, im alleräußersten, da könne er vielleicht, weil es offenbar eine eilige Sache sei, so um zwei Uhr sich im Hospital einstellen, und die Ordonnanz möge dies dem Jüngeren Herrn

Bürgermeister alsbald mitteilen und dann eben die anderen Kollegen für zwei bestellen, nicht wahr, das Kindchen werde bis dahin schon nicht verfaulen. Er müsse doch sehr bitten, bei allen guten Geistern!

Um neun konnte der Dr. Gladbach wirklich nicht. Indem er nämlich, gegen seine Hartleibigkeit und zur allgemeinen Gesundheitsvorsorge, früh um sechs seine guten alten Frankfurter Pillen in größerer Dosis einzunehmen pflegte, deren erleichternde Wirkung sich gewöhnlich so zwischen neun und elf einstellte. Dann wollte der Dr. Gladbach im Privet länger seine Ruhe haben und nicht etwa im Hospital mit einem Trupp Kollegen herumstehen müssen.

Der Sergeant Brand verschwendete einen kurzen undienstlichen Gedanken an seine Müdigkeit und seine Hühneraugen und schritt dann flott einher, um dem Jüngeren Herrn Bürgermeister die befohlene Mitteilung zu machen – worauf er leider in umgekehrter Reihenfolge sehr eilig alle von ihm am Morgen besuchten Mediziner nochmals aufzusuchen und von dem geänderten Termin in Kenntnis zu setzen hatte.

Zweiter Weihnachtstag 1770

Der kleine Sohn der Dorette Hechtelin war ein bisschen unleidlich gewesen – eine leichte Kolik vielleicht oder die vielen Menschen, denn im Haus des Schreinermeisters Hechtel war die ganze Sippschaft der Brands versammelt. Nach einer Stunde Gewimmer, Geplärr und Gequengel war jetzt endlich Ruhe. Der Junge war auf dem Schoß seiner Tante Susann friedlich eingeschlummert.

Die hielt ihn mit beiden Armen umschlungen und sah ihm

beim Schlafen zu, wie der Mund einen kleinen Spalt offen stand, wie es manchmal zuckte unter den Augenlidern, wie die kleine Faust in rührender Reglosigkeit in der Luft hing.

Der Schreiner Hechtel räsonierte derweil mit dem Vetter Elias sowie dem ältesten Brand-Bruder, dem eben erst eingetroffenen Niklaus, über den Brotpreis. «Ei, wie hoch soll es denn noch gehen!», schimpft er gerade wieder, mindestens zum dritten Mal. «Zwo Kreuzer ein Heller, zwo Kreuzer zwo, zwo Kreuzer drei! Ei, da gibt's ja nach oben gar kein Halten mehr! Das wird noch auf drei Kreuzer hochgehen, glaubt's mir! Ei, das ist dann ja doppelt so viel wie vor zwei Jahren noch, ein und ein halben Kreuzer war das Pfund Brot im Winter achtundsechzig, ein und ein halben!»

Zugleich berichtet die Ursel ihren Schwestern von der Frau von Stockum. Was es in deren Haus zu Weihnachten gegeben haben soll. Dass sie im Frühjahr wieder die Kur in Soden nehmen wird. Dass das werte Töchterchen der Frau von Stockum, die Lisette, mit ihrer Freundin, dem Fräulein Goethin, jüngst in Anwesenheit der Ursel auf Französisch über gewisse *chapeaus*, nämlich Männer, hergezogen habe, wovon sie (die Ursel) bestimmt mehr verstanden habe, als den jungen Damen lieb sein könne.

Die Susann ist mit den Gedanken woanders. Unwillkürlich vergleicht sie den Mann ihrer Schwester, den Schreinermeister Hechtel, mit *ihm*, mit dem Holländer. Mit Jan. Der würde in der schönen, satten Feiertagsruhe was zu lachen und zum Freuen finden statt zum Schimpfen. Um nur einen Unterschied zu nennen. Da gäbe es natürlich noch andere. Ach ja! – Mit dem warmen, tief atmenden Kind auf dem Schoß gerät sie ins Träumen, am helllichten Tag.

Warum auch nicht. Es ist vielleicht nicht nur Träumerei. Es könnt ja sein, dass er wiederkommt im nächsten Jahr, wenn er seine Geschäfte in Petersburg erledigt hat. Vielleicht hat er ihr das sogar geschrieben. Das ist sogar sehr wahrscheinlich. Da gab es doch diesen Zettel, der in seinem Zimmer lag. Als sie den später in der Küche zum Anzünden nehmen wollte, war ihr mit einem Mal ein Buchstabe ins Auge gefallen: das große S. S wie Susann. Unglücklicherweise brannte der Zettel da schon an einer Ecke, und mehr konnte sie nicht erkennen auf die Schnelle. Sie kann ja lesen, aber so gut nicht. Sie war auf der Quartierschule nämlich nur, bis sie acht war. Das war schon ein Luxus. Zwei geschlagene Gulden pro Jahr hatte es die Eltern gekostet, die tagelöhnerten und so mehr zur Verfügung hatten als nur die paar Almosengulden jährlichen Sold vom Vater (die hätten höchstens fürs Verhungern gereicht). In der Schule hat sie, außer beim Lehrer Unkraut zu jäten, den Katechismus, das Abc buchstabieren und ausreichend fürs Gesangbuch Lesen gelernt. Aber natürlich nur mit Druckbuchstaben. Was die Schreibschrift angeht, da ist sie nicht bewandert, und es schreibt ja auch jeder anders, und in jeder Sprache wieder anders, zum Beispiel ist die französische Schrift ja ganz anders als die deutsche. Nur ein paar wenige Buchstaben, die kennt sie trotzdem. Nämlich, um genau zu sein, das große S und das große B, weil das die Anfangsbuchstaben von ihrem Namen sind.

Und als sie das S auf dem Zettel sah, da hat sie mit einem Schlag gewusst, dass der Zettel nicht zufällig mitten auf dem leeren Tisch gelegen hatte. Der war für sie bestimmt gewesen.

Natürlich hatte sie das Papier nicht mehr retten können. Versucht hat sie es schon, sich aber nur Brandblasen an Daumen und Zeigefinger geholt. («Gelt, du bist aber geschickt!», hatte die Christiane gehöhnt.) Und dann war sie glücklich und zugleich todunglücklich gewesen, so als ob ihr Leben daran hing, was er ihr geschrieben hatte und was sie nun niemals mehr erfahren würde.

Ich kann ohne dich nicht fahren, Susann, komm zum Darmstädter Hof. Nein. Unsinn. Das nun nicht (beruhigte sie sich). Dann hätte er doch vorher Gelegenheit gesucht, mit ihr zu reden. Und ob es so klug gewesen wäre, einfach so mitzukommen, unverheiratet, das war die andere Frage. Beziehungsweise eigentlich keine Frage. Das ging ja nicht. Vielleicht hatte er überhaupt das gemeint, als er sagte: Das gehe doch nicht. Vielleicht wollte er sie nur auf später vertrösten. Es war ein Missverständnis gewesen, und sie, sie hatte sich wirklich dumm ausgedrückt. Ich würde dich heiraten, hätte sie sagen sollen.

Vielleicht also: *Adieu, Susann, bis nächstes Jahr.* Oder: *Ich hab dich lieb, Susann.*

Zum Beispiel. Irgend so etwas musste es doch sein. Warum hinterlässt er ihr sonst einen Zettel.

Und deshalb trägt die Susann, seit er fort ist, ein heimliches Glück in sich wie ein Versprechen.

3. August 1771, 10 Uhr

Das Haus *Zum Römer* und die nach Norden und Westen angrenzenden Gebäude hatte die Stadt gleich nach dem Erwerb zu einem labyrinthischen Ganzen vereinigt. Nicht, damit der Kaiser sich drin wohl fühlte beim Krönungsmahl, nein, an den dachte man erst später. Sondern für die Kaufleute natürlich, damit in den geräumigen neuen Hallen im Untergeschoss zur Messezeit zahllose Kramstände mit der feineren Sorte Messeware – Gold- und Silberschmuck – für die gehobene Kundschaft dekorativ Platz fänden und die übrigen Geschosse als

Lager geeignet wären. Kaufleute hatten das Haus *Zum Römer* ja auch früher schon genutzt. Und sein Name, der zwar ziemlich gut passte für die Stätte des zeremoniellen Krönungsmahls des Heiligen Römischen Reiches Deutscher Nation, der hatte mehr mit den italienischen Händlern zu tun, die hier einst abgestiegen waren, als mit römischen Kaisern welcher Nation auch immer.

Von Kaufleuten und Kaisern abgesehen, tagten und speisten hier natürlich auch die Frankfurter Stadtväter, als Ratsplenum oder grüppchenweise, je nach Wochentag formiert zu unterschiedlichen Organen der Verwaltung und des Rechtswesens. Eines davon war der Schöffenrat.

Die Herren Schöffen waren für gewöhnlich die edelstgeborenen unter den ganzen edelgeborenen Ratsherren, da sie nämlich von der obersten der drei Bänke des Rates kamen, der Adels- und Patrizierbank. Sehr streng nahm man es aber mit Herkunft und Stammbaum nicht, wenn Geld, Bildung und Beziehungen stimmten. So gehörte zum Beispiel auch der diesjährige Jüngere Herr Bürgermeister Dr. Siegner dazu. Und der war ein Bierbrauerssohn.

Eben gerade stand der Dr. Siegner einbeinig auf der Treppe zum Sessionszimmer, hielt sich leicht schwankend am Geländer fest und streifte sich den rechten Schnallenschuh ab. Das piekste so, da musste ein Stein drin sein. Es fiel auch einer raus, ganz winzig. Dr. Siegner ließ sich von einem Ratsdiener den Schuh wieder antun. Er befand sich, seine Ordonnanz Brand sowie den Ratsschreiber Claudy im Gefolge, auf dem Weg in die Sitzung des Schöffenrates, die er selbst außer der Reihe einberufen hatte.

Mit Criminalia hatten die Schöffen an sich nicht zu tun. Jedenfalls nicht das Schöffengericht, das nur Erbstreitigkeiten und dergleichen Zivilsachen regelte. Aber der Schöffenrat vertrat den ganzen Rat bei eiligen Entscheidungen. Und so eine stand ja an, nicht wahr. Zwar hatte Dr. Siegner bisher schon das Dringlichste eigenmächtig angeordnet, es war ja verdammt spät gewesen gestern Abend, und heute früh verdammt früh. Jetzt endlich galt es aber, die nötigen Maßnahmen offiziell auf den Dienstweg zu bringen. Wie sähe das hinterher aus im Protokoll, ohne einen Ratsbeschluss.

Also, Perücke zurechtgerückt und hinein in den wie immer schön kühlen Sitzungssaal!

Die Herren waren schon da. Die letzten machten es sich gerade auf ihrer erhöhten Bank bequem. Der Vorsitzende, der hochansehnliche neue Stadtschultheiß Moors, Nachfolger des im Frühjahr gestorbenen alten Textor und selber schon nicht mehr der Jüngste, hatte seinen Platz im Eck eingenommen. Etwas bleich um die lange Nase nippte er an einem Bier, blickte den Siegner fast vorwurfsvoll an, als wäre der schuld an der leider nötig gewordenen Sitzung, und eröffnete dieselbe mit dem Hämmerchen.

Siegner sagte, was alle schon wussten, und bat den Ratsschreiber Claudy um die Verlesung des Protokolls in Sachen der entwichenen hiesigen Gefreitentochter Susanna Margaretha Brandin. Der Claudy an seinem in der Mitte stehenden Protokollantentisch räusperte sich umständlich, blickte unter sich und raschelte mit dem Papier. Obwohl er nicht erst seit gestern Ratsschreiber und mindestens vierzig Jahre alt war, wurde er tatsächlich bei solchen Anlässen immer noch nervös. Ein bisschen ein Weichling war er ohnehin, er guckte immer ganz betreten drein, wenn es im Verhör mal richtig zur Sache ging.

Also bittschön, nun fang aber einmal an!, dachte Siegner ungeduldig, und in dem Moment näselt der Claudy auch los.

«Nachdem dem wohlgeborenen Jüngeren Herrn Bürgermeister des hiesigen Tambour Königs Ehefrau gestern Abend nach neun Uhr die Anzeige getan, dass ihre in dem Gasthaus *Zum Einhorn* allhier bei der Witwe Bauerin als Magd in Diensten stehende Schwester …»

Und so weiter.

Dann ging es ruck, zuck, zur Sache. Puncto eins: Die entwichene Verdächtige solle unverzüglich mit Steckbriefen verfolgt und unter Verlesung der Steckbriefe an den gewöhnlichen Orten ausgetrommelt werden, mit der Versicherung, dass derjenige, der mit dienlichen Hinweisen zu ihrer Habhaftwerdung beitrage, fünfzig Reichstaler Belohnung empfangen solle. Einstimmig beschlossen durch den Schöffenrat.

Puncto zwei: Ihr verstorbenes Kind solle am selben Nachmittag um zwei Uhr von den geschworenen Chirurgis und im Beisein der hochgelehrten Stadtphysicis in dem Spital zum Heiligen Geist seziert werden.

Einstimmig beschlossen durch den Schöffenrat.

Ein Tag im Februar 1771

Auf dem heute wieder schneefreien Liebfrauenberg handelt die Susann zwischen Pfützen und Dreck mit zwei Rübenfrauen, während die Frau Bauerin schon hinüber zu den Dippen gegangen ist. Die liegen in großer Zahl rund um den Brunnen (der zwecks Frostschutz zugebaut ist), blaugraues Westerwälder Steinzeug, und sie sind das eigentliche Ziel des Ausflugs. Einen großen Zukauf wird es nämlich fürs *Einhorn* geben von Westerwälder Dippen, sowohl Kochgeschirr als auch Bierkrüge und vielleicht ein Gurkentopf. Aus gutem Grund: Der Christoph heiratet. Wen wohl? Das Lieschen Körbelin.

Der Kauf ist nicht etwa für die Aussteuer. Die bringt das

Lieschen mit. Nein, all der Aufwand dient nur der in einer Woche, knapp vorm Beginn der Fastenzeit, mit Bergen von Fleisch, Fisch und Kuchen im *Einhorn* zu begehenden Hochzeit, für die natürlich die Susann sich am meisten abrackern wird.

Vielleicht hat sie deshalb eine so merkwürdige Laune im Moment, nicht schlecht, nicht gut, einfach merkwürdig.

Oder es liegt daran, dass sie ihr Blut längst wieder haben müsste. Es ist schon fast wie bei den Barys. Da war ihr auch mal vor lauter Sorge und Ärger die Reinigung versiegt, ganz am Anfang von ihrem Dienst dort war das, und dann war das Blut monatelang ausgeblieben. Hatte sie sich da auch so merkwürdig gefühlt?

Das wusste sie nicht mehr.

3. August 1771, zwei Uhr nachmittags

In der Universitätsstadt Straßburg, eben jener, in der ungekünsteltes Deutschtum und französische Geschmäcklerei, Gotik und Klassizismus, Voltaire und Schöpflin in den Trinkzirkeln müßiggehender, wohlbestallter junger Menschen so unversöhnlich aufeinanderprallten, musste der Lizenziatskandidat Wolfgang Goethe ausnahmsweise einmal fleißig sein. Ein bisschen fleißig jedenfalls. Er übte Thesen disputieren für seinen großen Auftritt am Dienstag.

Die Prüfung!

Danach wäre er lizenzierter Jurist und könnte nach Hause fahren, ins liebe, alte Frankfurt. Was glücklicherweise dies lästige Problem mit seiner Freundin Friederike von selbst lösen dürfte.

Wie naiv war sie eigentlich? Es hätte ihr doch klar sein

müssen, dass er nicht auf Brautschau in Straßburg war! Eine Jugendliebe kommt und geht, ein Mensch aber muss von etwas leben, und wenn er dann in Frankfurt als Anwalt sich niederlässt, auf dass er den Vater zufriedenstelle und ein bisschen was verdiene neben seiner Liebhaberei, dem Dichten, und die Voraussetzungen schafft vielleicht für einen Ratsposten irgendwann – dann wird ihm eine Frankfurter Braut aus gutem Kaufmanns- oder Bankierhause natürlich dank Beziehungen und Geld viel besser zupass kommen als ausgerechnet eine naive Pfarrerstochter aus einem Dorf bei Straßburg.

Friederikes ältere Schwester Olivie war ein bisschen fixer im Kopf, die hatte, schien es, das Verhältnis zwischen ihm und der Kleinen von Anfang an richtig als ein Vorübergehendes eingeschätzt. Aber die kluge Olivie hatte natürlich nicht dieses artige, reizende Stupsnäschen und die dicken, blonden deutschen Zöpfe um den Schwanenhals wie ihr kleines, ihn bewundernd anhimmelndes Schwesterchen. Welches leider nach wie vor so tat, als wäre es völlig ahnungslos, was die unvermeidlich bevorstehende Beendigung ihres Halbverlöbnisses zu dem brillanten jungen Mann aus Frankfurt betraf. – Lebhaft empfand der Kandidat Wolfgang Goethe eine ihm ungünstige Ungleichheit im Verhältnis der Geschlechter: Einem Mädchen wird leicht verziehen, wenn es sich von einem vormals Geliebten zurückzieht; ein Mann jedoch, der dasselbe plant, ist in der peinlichsten aller Lagen und wird, was auch immer seine Gründe, vor der Welt als Schuft dastehen.

Wie gut also, dass er nächste Woche fuhr. Mit etwas Glück dürfte die Sache, wenn er einmal in Frankfurt war, ganz schmerzlos von selbst im Sande verlaufen; die Briefe würden rarer, kürzer, weniger gefühlig … Er hatte sich freilich hier in Straßburg schon bemüht, diskret eine Abkühlung zu erreichen, hatte immer seltener Zeit gefunden, nach Sesenheim hinauszufahren. Nur dass das gute Kind diese Signale anscheinend nicht verstand oder nicht verstehen wollte.

Wenn sie sich auch späterhin, wenn er fort wäre, so dumm stellte, nun, so musste zur Not eben aus Frankfurt einmal ein eindeutiger Brief geschrieben werden, so nach drei, vier Anstandsmonaten. Also: Aufatmen! Zwischen ihm und einer gemütlichen, erleichterten, freien Heimreise stand jetzt nur noch die Disputation.

Und schwer würde die gewiss nicht werden. Die Opponenten bei dem öffentlichen Streitgespräch würden ja meistenteils aus seinen altbekannten lustigen Tischgenossen bestehen, Salzmann etwa oder Lerse oder Meyer, und er konnte demnach kaum durchfallen.

Oder etwa doch?

Ein kleines bisschen saß es ihm schon in den Knochen, dass seine zugegebenermaßen exzentrische Doktorarbeit als solche nicht angenommen worden war. Natürlich, er hatte sich ohnehin nur auf des Vaters eindringliches briefliches Zureden und unter vielem Seufzen zum Verfassen der Dissertation entschlossen; ja geradezu war es ihm lieb gewesen, dass sie nicht akzeptiert worden war und er nun, statt über seinen großspurigen und etwas irren Traktat, über einen Haufen Thesen geprüft wurde. Generalist war er ja und nicht Spezialist, es sollte ihm also leichtfallen, hier zu reüssieren. Nein, er würde ganz bestimmt nicht durchfallen.

«Nicht träumen, junger Herr! *Numéro cinquantecinq, s'il vous plaît!*»

Das war sein privater Repetitor, der Folterknecht. Wolfgang gähnte. Ob man wohl bis drei Uhr durchkäme durch die Thesen?

Na gut, die Nummer fünfundfünfzig also: Infanticid oder Kindsmord.

Der geplagte Kandidat seufzte, sah mit großen dunklen Augen sehnsüchtig nochmal raus auf den sonnigen Fischmarkt und begann dann lateinisch darzulegen, dass die Positionen der Doktores der Jurisprudenz in der Frage, wie mit Kindsmörderinnen zu verfahren sei, etwas auseinandergingen. Neuerdings würden nämlich Bedenken geäußert hinsichtlich der Angemessenheit der in der Peinlichen Halsgerichtsordnung Artikel 131 geforderten Todesstrafe. Ja, es werde gar ihr Nutzen bezweifelt, was die Abschreckung vor dem leider allzu verbreiteten Kindsmord betreffe. Bei gewissen aufgeklärten Herrschern werde daher schon diskutiert, ob man die Todesstrafe hier nicht abschaffen solle, wobei übrigens das Verfahren des Ertränkens der Mörderin in den meisten Ländern *in praxi* schon länger durch die ehrenhafte Hinrichtung mit dem Schwert ersetzet worden sei. Punktum.

Ostern 1771

Das Wort Ostermesse hatte in Frankfurt mit festlichem Gottesdienst nichts zu tun. Vielmehr ging es um ein europäisches Handelsereignis erster Klasse, mit der Wirkung, dass spätestens ab Osterdienstag die Stadt das enge Korsett ihrer Festungsanlagen zu sprengen drohte.

Diese Festungsanlagen waren übrigens, wie die Straßenlaternen, das Relikt einer Besatzung: Im letzten Jahrhundert war eines Tages der Schwedenkönig Gustav Adolf (samt Heer) vor der damals mehr schlecht als recht befestigten Stadt aufgetaucht. Man hatte sich anlässlich dessen beeilt, ihm mitzuteilen, dass Frankfurt offiziell zwar kaiserlich sei und somit katholisch, aber im Herzen natürlich protestantisch, also schwedisch, und wenn der Herr König nun unbedingt mit seinem Heer nach Frankfurt hinein und hier sein Hauptquartier aufschlagen wolle … ei, das werde man ihm doch nicht verwehren! Inoffiziell verstand man sich bestens mit dem Gustav Adolf, schenkte seiner Frau zur politischen Landschaftspflege ein protziges Juwel und ließ sich von ihrem Gatten die Messe schützen. Offiziell nannte man den Vorgang «Besatzung», damit sich der Kaiser nicht ärgerte. Allerdings ärgerten sich die Frankfurter selbst wiederum darüber, dass die Schweden sie zwangen, diese neuen, monströsen Befestigungsanlagen aufzutürmen. Eigentlich eine sinnlose Geldausgabe. Aber sie hatte auch ihr Gutes: Unter Umgehung des ursprünglichen Bestimmungszwecks pflanzte man, kaum waren die Besatzer abgezogen, Bäume auf den Wällen, ließ die Mauern und Türme ein bisschen pittoresk verfallen und hatte nun die schönste hochgelegene Ringpromenade, deren sich eine Stadt diesseits der Alpen rühmen konnte. Nur ein bisschen unpraktisch war es, wie gesagt, zur Messezeit … So ließ sich in der Osterwoche 1771 einmal wieder ahnen, dass der schwedische Festungsring für eine europäische Handelsmetropole ersten Ranges allmählich zu eng wurde.

Am Dienstag früh ist auch das *Einhorn*, kein ganz kleiner Gasthof, bis aufs letzte halbe Bett belegt. Die Susann findet sich zwischen Bergen von Viktualien: ein knappes Dutzend nacktgerupfter Hühner, deren Federn noch umherfliegen, ein Lämmchen, das sie wenigstens nicht selbst hat häuten müssen, ein Hecht und ein Haufen Weißfische, mindestens eine Woche alt (die Sachsenhäuser Fischer pflegen vor der Messe einen Vorrat zusammenzufischen), Sauerkraut im Topf, getrocknete, gestern schon ausgelesene Erbsen und Bohnen im Sack, nach der langen winterlichen Lagerzeit muffige rote Rüben, weiße Rüben und in Ringen getrocknete Äpfel, teils angeschimmelte alte Zwiebeln und junge Schlotten samt ein bisschen anderem, spärlichem frischem Frühlingsgrün, und schließlich Graupen, Mehl, Schmalz, Öl, Zucker und Butter. Sie hat für um die achtzig Personen zu kochen, da die Frau Bauerin in der Messezeit ausnahmsweise eigenes Essen servieren darf. Was die Hausgäste nicht verspeisen, von denen wie üblich viele Juden sind, das werden zweifellos von der betriebigen Fahrgasse aus zur Mahlzeit hereinkommende christliche Kaufleute verzehren.

Die Susann ist fürs Kochen von manch anderen Diensten entbunden. Worüber sie nicht glücklich ist. Im Gegenteil. Die Susann fühlt sich in der Küche wie eingesperrt. Sie hatte sich ja so auf die Messe gefreut! Ganz allgemein, wegen der Abwechslung und der Trinkgelder und der Schaubuden auf der Neuen Kräme, und im Besonderen, weil sie so gewisse Hoffnungen und Erwartungen gehegt hatte. Von wegen es könnt ja sein, vielmehr, es ist sogar wahrscheinlich, dass eine gewisse Person anlässlich der Messe aus Petersburg zurückkehrt, mit Bernstein oder Pelzen von dort, oder was auch immer man in Petersburg günstig bekommt, um die Ware hier loszuschlagen und sich danach wieder auf den Weg in die holländische Heimat zu machen. Und wenn denn die gewisse Person die Susann anträfe und man sich noch gut verstünde, dann wäre ja nicht auszuschließen, vielmehr, es wäre vielleicht sogar zu erwarten, dass man sich einig würde über eine gemeinsame Zukunft. (Weshalb hätte er ihr sonst geschrieben zum Abschied, wenn nicht, um dies anzudeuten?)

Und nun muss sie hier hinten in der Küche sitzen, hundert Handgriffe gleichzeitig tun und bekommt vor lauter Hühnerinnereien Herausrupfen und Suppe Ansetzen und Teig Kneten nicht mit, wer vorn im Haus eintrifft. Geschweige denn, dass sie die Gelegenheit hätte, mal ein Viertelstündchen durch die Altstadt zu flanieren, wo man zur Messezeit alle Sprachen der Welt hören kann. Die Fahrgasse mit all den betriebigen Gasthöfen zum Beispiel würd sie so gern mal hinuntergehen, dann um den Dom herum zum Römerberg, wo die eigentliche Messe anfängt, und natürlich die Neue Kräme hoch, die mit Buden, Ständen und Volksbelustigungen bestimmt völlig zugebaut ist, immer aufmerksam, um ihn, vielleicht, irgendwo zwischen den Menschenmassen zu entdecken.

Denn wenn er in Frankfurt wäre oder während der langen Messe noch kommen würde, dann musste er natürlich nicht unbedingt im *Einhorn* absteigen. Aber dass er, wie alle Kaufleute, sich tagsüber irgendwo im Messegewimmel finden würde, das war klar. Man musste ihn nur suchen.

Und die Susann sitzt hier in der Küche fest. Ohnmächtig. Ausgeliefert dem Willen und den Launen anderer. Die Christiane zum Beispiel, die könnte über ihr Schicksal entscheiden – wenn der Jan etwa die Bierstub beträte heute früh oder morgen oder übermorgen und sich ein Bier oder Essen bestellen und der Christiane sagen würde, er suche die Susann, die im letzten Jahr im *Einhorn* gearbeitet hat, die würde er gern einmal wiedersehen. Dann wäre die Christiane aus purer Bosheit imstande und würde ihm sagen: Die Susann sei schon lange nicht mehr im Haus, das faule Luder, da müsse er sich woanders auf die Suche machen, gelt.

Kein Wunder, dass die Susann heute am Kochen keine Freude hat.

Die Christiane allerdings, die mit ein bisschen Hilfe vom Christoph allein die Bedienung macht und laut Dekret der Bauerin täglich auch noch erhebliche Summen von ihren Trinkgeldern an die Susann abtreten soll, die meint ihrerseits, sie hätt das schlechtere Los gezogen. Und damit die Susann das bloß nicht übersieht, giftet sie herum, als sie nach dem Bettenmachen die Küche betritt.

«Sitzest hier wie im Schlaraffenland, gelt», meckert sie, «allein mit dem ganzen Essen! Kannst schön klauen, wenn dich niemand sieht! Ein Löffel Butter hier, ein Bissen Fleisch da! Jetzt weiß ich endlich, warum du neuerdings so fett geworden bist. Stopfst dir den ganzen Tag heimlich den Hals, als wärst eine Mastgans. Wart's ab, das sag ich der Frau Bauerin.»

Die Susann folgt ihrem kürzlich gefassten Vorsatz für solche Fälle: Ehe sie sich aufregt, atmet sie dreimal tief durch und denkt, bevor sie spricht. «Was sagst du der Frau Bauerin?», entgegnet sie schließlich halbwegs ruhig und beherrscht der Christiane. «Dass ich brav den ganzen Tag in der Küche steh und meine Arbeit tu? Was anderes tu ich nämlich nicht. Ich wünscht, ich hätt so viel Zeit, dass ich zum Essen außer der Reihe käme!»

«Dass ich nicht lache! Guck dich doch an, wie du fett und fetter wirst! Von nix kommt nix.»

Die Susann fasst sich an den Bauch. Der wirkt tatsächlich in letzter Zeit etwas aufgetrieben, sogar morgens vor dem Essen. Jedenfalls im Vergleich zu früher, wobei man hinzufügen muss, dass die Susann bislang eigentlich zu dünn war. Für ihren eigenen Geschmack. Eine Bohnenstange war sie.

«Das hat mit zu viel Essen nichts zu tun», verteidigt sie sich. «Das ist das verstockte Blut, das staut sich im Bauch. Es zieht auch so »

«Ach! Was schwant mir da! Hast dein Gewöhnliches immer noch nicht? Hei-tei-dei, dass wir aber nur mal nicht schwanger sind! Dass da mal nicht der fesche lange Kerl von den Konstablern was hinterlassen hat bei dir!»

Die Susann wird rot. «Ich hab nichts, aber gar nichts zu schaffen oder zu schaffen gehabt mit dem Soldaten. Das hast du ganz allein erfunden! Und ich bin nicht schwanger. Du weißt's doch selbst am besten, wie mir im Advent von einer Stunde auf die nächste das Blut versiegt ist, wegen dem schlimmen Ärger, als die Frau Bauerin uns beide zum Deibel gewünscht hat.»

Daran kann sich die Christiane sehr wohl noch erinnern, hauptsächlich deshalb, weil die Susann ihr danach tagelang vorgeworfen hatte, sie (die Christiane) wär schuld gewesen an dem Ärger, von wegen sie hätte die Betten machen müssen, was ziemlich lächerlich war, weil es ja schließlich die Betten von der Susann waren. Und selbst wenn es denn stimmte, wenn sie, die Christiane, also tatsächlich gesagt haben sollte, sie würde morgen der Susann ihre Betten übernehmen, dann hätte sich die Susann ja wohl rückversichern müssen am nächsten Tag, dass das noch galt und wirklich ernst gemeint gewesen war und nicht nur so dahingesagt. Jedenfalls hatte die Susann noch mehrfach über die Sache gejammert im Advent, dass ihr jetzt deshalb das Blut verstockt wäre vor lauter Zorn und gelber Galle und sie dauernd ein Ziehen im Rücken hätte und es mit Bluten bestimmt jeden Moment wieder losgehen müsse.

Aber ob sich die Christiane nun daran erinnert, wie es anfing mit dem verstockten Blut oder nicht, das ändert nichts daran, dass die Susann ihr Gewöhnliches offenbar schon länger nicht hat. Und dass sie, wenn sie nackt ist, wirklich ein bisschen angeschwollen aussieht an Bauch und Busen. Vielmehr geht der Christiane jetzt freudig auf, sie, Christiane, habe der Frau Bauerin nun aber wirklich was zu erzählen. Oder der Lieschen Bauerin (geb. Körbelin), die es früher oder später an ihre Schwiegermutter weitertragen wird. Oder noch besser Leuten von außerhalb, nicht aus dem Haus, dass es am Ende nicht so direkt, sondern um ein paar Ecken an die Frau Bauerin weitergetragen wird und die nicht erfährt, dass die Quelle des Gerüchts ursprünglich die Christiane war. Weil das nämlich ganz bestimmt besser so ist aus taktischen Gründen. Wo die Bauerin so einen Narren gefressen hat an der Susann.

Bestens gelaunt verschwindet die Christiane in die Bierstub, wo sie günstigerweise just auf die Marie von gegenüber trifft. Drüben warten sie auf eine Lieferung Bier, die sich verzögert, und der Wirt lässt derweil bei der Frau Bauerin holen, was er braucht. Und während die Marie mit fünf Schoppen jongliert, flüstert ihr die Christiane: Sie schäme sich regelrecht, im *Einhorn* zu arbeiten derzeit. Mit so einem Luder von einer Kameradin. Was man da hören müsse neuerdings. Das färbe leider auf den eignen Ruf ab. Da könne man selbst noch so tugendsam sein.

«Was hört man denn neuerdings?», raunt die Marie, «ich hab so schwer zu schaffen, ich krieg ja nichts mehr mit.»

Die Christiane beugt sich ganz dicht zu Maries Ohr. «Hat ihr Geblüt nicht seit Anfang Dezember. Weiter sag ich nichts.»

Weiter musste sie auch nichts sagen.

Derweil steht die Susann in der Küche, die Hand auf dem rundlicher gewordenen Bauch, und in ihr zittert alles. Ohne Grund allerdings. Sie kann doch gar nicht schwanger sein. Herr Jesus, wie denn, sie hat ja ihr Blut noch gehabt nach der Unzucht mit dem Jan. Und so viel weiß sie sicher: Wer nach einem Verkehr mit einer Mannsperson sein Gewöhnliches bekommt, der ist für dieses Mal garantiert nicht schwanger geworden.

Was ist das aber für ein unglücklicher Zufall, dass ihr ausgerechnet so bald nach diesem Fehltritt das Blut verstockt. Sodass sie sich jetzt von der Christiane unruhig machen lässt, ohne Grund eigentlich. Nur deshalb, weil ihr Gewissen nicht ganz rein ist. Da fällt es schwer, die holde Unschuld herauszukehren, wenn andere ihr damit kommen, sie wäre wohl schwanger. Aber von dem Beischlaf mit dem Jan weiß ja gar niemand außer ihr! Was die andern betrifft, so ist die Sache nicht geschehen. Und was ihren Bauch betrifft, ebenso. Sie kann ja nicht schwanger sein.

Sie muss es durchstehen, ganz einfach. Das Gehöhne von der Christiane. Bis das Blut wiederkommt. Lange kann es ja nicht mehr dauern.

3. August 1771, halb drei Uhr nachmittags

Der Ratsschreiber Marcus August Claudy, Lizenziat beider Rechte, hatte in seinem Leben schon angenehmere Aufgaben gehabt.

Obwohl er, wenn er ehrlich sein wollte, das ganze Leben ziemlich unangenehm fand: eine stete Abfolge von Sorgen, Peinlichkeiten und kreatürlichem Unbehagen. Was nicht besser geworden war, seit er eine Frau hatte und diese ihm gelegentlich ein Kind gebar. Bei den Geburten, diesen grässlichen, schmutzigen Quälereien, konnte er sich zum Glück verziehen. Doch das Davor und Danach! Eine Zeugung an sich war schon unästhetisch genug. Dieses feuchte, labbrige Gefältel, das Frauen zwischen den Beinen haben, musste auf jeden klar denkenden Menschen abstoßend wirken, weshalb der Beischlaf im Allgemeinen gern im Dunkeln und unter Einwirkung von Alkohol ausgeübt wird. Der Lizenziat Claudy war zwar selbst kein Mediziner, aber in der Medizin gebildet genug zu wissen, dass das Weibliche eine entartete Spielart des Männlichen darstellt, welche dann entsteht, wenn die Manneskraft bei der Zeugung nicht ihr Optimum erreicht.

Er selbst hatte bislang nur Töchter zustande gebracht: Ein rauriger Beleg mehr für die Unzulänglichkeit an Körper ınd Geist, die er zeit seines Lebens an sich konstatiert hatte.) Selbst also nicht der Stärkste, konnte leider der Ratsschreiber Claudy kaum anders, als diesen entarteten, verwachsenen, schwächlichen weiblichen Körpern außer einer gewissen Abscheu auch unendliches Mitleid entgegenzubringen. Während der Schwangerschaften, während all des endlosen widerlichen Erbrechens und der Blähungen und des Gejammers und der schwellenden blauen Adern und des Wassers in den Beinen, setzten ihm folglich Mitleid und Ekel gleichermaßen zu, und wenn die Geburt endlich herannahte, so war er mit den Nerven weit mehr herunter als seine Frau. Hatte er dann das grässliche Gebären glücklich überstanden, indem er nicht anwesend war, ging es jedoch erst richtig los: Diese elenden kleinen Würmchen, bei denen beständig entweder oben aus dem Mund oder unten aus den Ausscheidungsorganen etwas stinkend herausquillt, die nur plärren und wimmern oder schlafen und so schwach sind, dass sie jeden, jeden Augenblick zu sterben drohen …

Drei Würmchen hatte er begraben, eins einen Tag alt, das andere fünf Monate, das dritte zwölf, und bei Gott, seine erste Tochter, die einzige, die überlebt hat, acht Jahre ist sie schon alt, wie sie ihn all die Zeit über gequält hat und noch heute quält, wie er bei jedem Hüsteln, bei jedem Fieber und jeder kleinen Kolik das Schlimmste vermutet. Dass er nämlich am Ende auch sie noch wird sterben sehen.

Und nun dies. Wieder ein Würmchen, ein fremdes diesmal, ein männliches (das winzige Schniedelchen!), das sein elendes kleines Menschenleben ausgehaucht hatte bald nach der Geburt, und er, Claudy, muss nun Zeuge sein, wie an dem armen Ding herumgetastet und herumgeschnippelt wird. Eben gerade gab es ein unsägliches Geräusch, beim Eröffnen des Brustkorbs, da knackten und ratschten die Rippchen und das knorpelige Bindegewebe, dass ihn ein böses Würgen anfiel, was er glücklicherweise jetzt wieder im Griff hat. Der Leiter des Peinlichen Verhöramtes, der Jüngere Herr Bürgermeister, weiß schon, warum er diese Aufgabe delegiert und ihm, dem Claudy, zuschiebt. Und dabei so tut, als sei das gar nichts weiter, so eine Sektion. Es ist freilich leicht, den Ungerührten zu spielen, wenn man die Sache nicht selbst miterleben muss.

Dass die Leiche ein winziges Neugeborenes ist, hat einen Vorzug: Der Claudy sieht bislang so gut wie nichts von der Prozedur.

Es ist nämlich recht eng auf dem Gang vom Spital, wo mangels besserer Räumlichkeiten die Sektion stattfindet. Es drängen sich wie die Raben um den winzigen Kinderleichnam die sechs geschworenen Chirurgen, von denen keiner draußen bleiben will aus dem Kreis, von denen jeder einmal anfassen und einmal schneiden will und seinen Senf dazugeben. Und aus der zweiten Reihe lugen den Chirurgen großspurig die Herren Stadtphysici über die Schulter, die den unstudierten Knochenschreinern nicht übern Weg trauen und sie zwar gerne das Messer führen lassen, aber die Interpretation von dem, was man hier sieht, in belehrendem Ton gerne selbst vornehmen wollen. Und allesamt sind sich untereinander höchst uneinig.

Wurde die Nabelschnur geschnitten, gebissen oder gerissen? Ist die Lunge sehr, wenig oder gar nicht aufgeblasen? Ist sie blassrot oder dunkelrot? Enthält die *vena cava* viel oder wenig Blut? Ist die Verletzung an den *ossa bregmatis* auf einen Fall oder auf Gewalteinwirkung zurückzuführen? Vor oder nach dem Tod? Zu jeder Frage gibt es ein langes, aufgeregtes Gerede, wobei jeder jeden unterbricht und alles derart in medizinischem Kauderwelsch über- und untereinander weg-redet, dass der Claudy längst zu folgen aufgegeben hat. Er versinkt gerade in Gedanken theologischer Art (zu denen er in Mußestunden neigt), und zwar in der Richtung, dass wenig in der Bibel so drastisch und tragisch wahr erscheint wie ihre Lehre von der göttlichen Strafe, wonach das Weib in Schmerzen seine sterblichen Kinder gebären solle (wie ja überhaupt das Alte Testament das Leben des Menschen auf Erden allzu wohl beschreibt, wohingegen die Erlösung im Neuen leider ziemlich im Geistigen verharrt) – eben da öffnet sich plötzlich der Kreis um den Wurm. Das Kind liegt aufgeklappt wie eine kaputte Puppe. Der Chirurg Behrends tritt vor mit einem Haufen tropfenden, rötlichen Geglibbers in den Händen, macht zwei Schritte durch den Gang und kippt den Haufen in eine mit Wasser gefüllte Schüssel am Boden, dass es spritzt.

«Schwimmt!», konstatiert er. Die Herren Collegae lassen die Leiche links liegen und scharen sich in der Hocke um die Wasserschüssel. Mit Scheren bewaffnet schneiden sie gemeinschaftlich mal hier, mal da an dem Etwas herum, was der Claudy inzwischen als Lunge erkannt hat. Nebst Herz offenbar. Denn das Herz, hört er, schwimme nicht und sei zu Boden gesunken.

Als die Herren von der Schüssel ablassen, ist das Wasser rot gefärbt, und an der Oberfläche schwimmt die Lunge in vielen einzelnen, abgeschnittenen Bröckchen.

Der Ratsschreiber Claudy wird Lunge wohl länger nicht mehr essen können. Zumal es nun richtig unangenehm zu riechen beginnt, denn die Herren eröffnen, ratsch, ratsch, am Sektionstisch dem Wurm vollständig den Bauch. Ist die Leber nicht ein bisschen bläulich, und wenn ja, was hat das zu sagen? Lange Diskussionen. Jeder glaubt, mehr Erfahrung zu besitzen. Der Doktor Pettmann sagt dem Doktor Grammann, dass er als bloßer Geburtshelfer sich da raushalten solle, wohingegen der Doktor Grammann findet, dass er wegen zweier durchgeführter Kaiserschnitte viel besser Bescheid weiß. Worauf sich ein Chirurg einmischt und beklagt, dass solche Operationen keinesfalls ohne Hinzuziehung eines Chirurgen durchgeführt werden dürften, und wo die Kaiserschnitte denn stattgefunden hätten, und er wolle sich bei der Stadt beschweren. Zugleich hält der Seniorchirurg den Physicis allgemein vor, sie hätten vor lauter Theorie und staubigen Büchern von der Praxis keine Ahnung und könnten nicht mal einen Bruch richten, fährt aber seinem jüngsten Kollegen, als der ihm beipflichtet, mit den Worten übern Mund: Ob er nichts andres zu tun habe, als dämlich herumzustehen und ihm im Weg zu sein? Der Doktor Gladbach beklagt unterdessen, dass die Medizinalreform damals nicht durchgegangen sei, ansonsten hätte man seit Jahren ein schönes anatomisches Theater, wo jeder der Herren wöchentlich zwei Leichen sezierte, dann gäbe es solche Meinungsverschiedenheiten nicht. Worauf alle das neuerdings in Planung befindliche Senckenbergische Bürgerhospital (samt anatomischem Theater!) sowie dessen exzentrischen Stifter und die skandalumwitterte Familie Senckenberg im Allgemeinen ausführlich zu diskutieren beginnen.

Der Lizenziat Claudy will sich gerade wieder seinen Gedanken hingeben, da trägt ihm nach einem furchtbaren Plopp! der Chirurg Behrends einen Dickdarm samt Blase entgegen, kniet sich hin und versteigt sich, beide auf dem Steinboden regelrecht auszudrücken. Am Ende greift er mit drei Fingern hinein. «Das Mekonium!», ruft er triumphierend und hält eine mit zähem schwarzem Kindspech verschmierte Hand empor.

Was dies mit der Frage zu tun hat, die hier geklärt werden

›ll, nämlich, ob das Kind durch natürliche oder widernatür-che Ursachen zu Tode gekommen ist, das will dem Claudy icht gleich einleuchten, aber er ist ja, wie gesagt, auch kein Aediziner. Und das ist auch gut so, denkt er, als aus dem über-üllten Krankensaal nebenan trotz der geschlossenen Türe vieder jammervolle Laute einer armen Seele dringen.

Ganz zum Schluss wird dem Würmchen noch die Hirn-schale aufgesägt, und er muss den Blick auf das kleine Gehirn ertragen, während die Häute davon abgeschält werden. Die Herren Heilkundigen diagnostizieren, dieses Hirn sei furchtbar weich und blutunterlaufen. Und so sieht es in der Tat auch aus.

All dies vollbracht, wird der Wurm grob wieder zugenäht und auf einen Handkarren geworfen, für den Weg schon zu einer unrühmlichen, ungetauften Beerdigung am Gutleuthof.

Das Sektionsprotokoll diktiert dem Ratsschreiber Claudy der rangälteste Stadtphysicus Dr. Gladbach mit vorgerecktem altem Vogelkopf in die Feder. Unter Sekundierung aller anderen Beteiligten, was mindestens noch einmal so lange dauert wie die Sektion selbst.

Und dann nimmt der Herr Ratsschreiber fälschlich an, dass er das Schlimmste für die Woche geschafft hat.

Dienstag, 9. April 1771

Als die Susann nachmittags mit einem Korb Wäsche eilig die Stiege hinunterpoltert, verrutscht sie in ihrem Schuh, stolpert, fliegt samt Wäschekorb durch die Luft und landet auf dem glücklicherweise nicht weit befindlichen nächsten Treppenabsatz. Nach dem ersten Schreck sammelt sie sich und die Wäsche zusammen und bemerkt, dass sie, Gott s Dank, nichts Ernstes an Leib und Gliedern abbekommen ha Der Schuh allerdings, der linke, die Ursache wohl für de Sturz, der ist nun endgültig hinüber. Schon seit Monaten wa bei dem Paar das Leder an Ferse und Ballen über der Sohl morsch und aufgerissen, so weit, dass Annähen nicht meh möglich war. Die Susann hat beim Gehen höllisch aufpassen müssen, dass die Füße nicht seitlich herauskommen aus den Schuhen. Beim Linken ist das Leder jetzt rundherum auf hängt nur noch am Spann für ein paar Daumen breit an der Sohle, und beim Rechten klafft ein großer Riss vom großen Zeh bis zur Schnalle. Dem Paar Schuhe kann sie ade sagen. Und die Frau Bauerin leidet es nicht, wenn ihre Mägde ohne gehen.

So bekam die Susann, unverhofft, trotz Messetrubel Erlaubnis und Gelegenheit, am frühen Abend das *Einhorn* für einen Gang zum Schuster zu verlassen. Aber viel Freude hatte sie nicht an der ersehnten kurzen Freiheit.

Auf dem Hinweg war sie schrecklich nervös wegen des Geldes. Denn sie konnte sich in Wahrheit ein neues Paar Schuhe gar nicht leisten, was sie aber der Bauerin nicht gestanden hatte. Im letzten Herbst nach der Messe erst hatte sie sich aus den Ersparnissen von mehreren Jahren neue Kleider zugelegt, etwas Wärmeres für kalte Tage, den Berliner flanellenen gewürfelten Rock, um genau zu sein, und die braune Jacke dazu und ein Bausch neue Ärmel, was insgesamt etwas teurer war, als sie bezahlen konnte. Mit ihrem letzten Vierteljahreslohn hatte sie noch Schulden aus diesem Kauf getilgt. Und ihren Trinkgeldanteil bekam sie von der Christiane nur sehr teilweise ausgehändigt («Was ich nicht hab, kann ich dir auch nicht geben, gelt!»). Susanns ganze verfügbare Barschaft belief sich daher auf nur knapp achtundzwanzig

Kreuzer. Was nicht einmal als eine Anzahlung auf Schuhe zu werten war.

Selbst das hätte ihr noch keine Sorgen bereitet – wenn sie denn dem Schuster hätte sagen können, sie werde ihm wenigstens die erste Hälfte am Ende der Messe zahlen. Aber so, wie die Arbeiten im Haus verteilt waren dieses Mal, da würde sie kaum ausreichend einnehmen. Da müsste sie ja lügen, wenn sie dem Schuster Wetzel sagen wollte, gleich nach der Messe bekomme er sein Geld.

Der Schuster Wetzel ist natürlich der, zu dem sie geht. Den kennt sie seit Kindertagen, als Nachbarn der Eltern, der hat ihr schon das allererste Paar Mädchenschuhe angemessen, und dessen Vater hat ihrem Vater zeit seines Lebens die Schuhe gemacht. Um dessen Kinder und Küche hat sie sich sogar gekümmert, bevor sie das erste Mal richtig fest in Dienst ging, in der Zeit, als die erste Frau Wetzelin krank und später dann gestorben war. (Wäre es nach ihrer Mutter gegangen, hätte eine der Brand-Töchter den verwitweten Wetzel geheiratet. Aber der hatte ohne viel Aufhebens die Schwester seiner ersten Frau genommen, zehn Jahre älter als er selbst.)

Das Dumme ist, dass die Susann ihr letztes Paar Schuhe nicht beim Wetzel gekauft hat, sondern in Mainz, gegen Ende ihrer dortigen Dienstzeit. Und als sie dem Wetzel, wieder in Frankfurt, zufällig begegnete, hatte er einen kühlen, vielsagenden Blick auf ihre Füße mit den damals niegelnagelneuen und wirklich besonders schönen Schuhen geworfen. Und zweifelnd die Brauen gehoben, als sie ihm freimütig erklärte, sie sei nun einmal, als der Kauf nötig wurde, noch in Mainz gewesen. Das nächste Mal wolle sie aber ganz bestimmt wieder zu ihm kommen!

Und jetzt konnte sie ihm nicht einmal eine Anzahlung geben. Beklommen tritt sie in die düstere, ledrig-muffig riechende Werkstatt, wo zwischen hohen Regalen eine krumme Gestalt über der Arbeit sitzt wie eh und je. Es ist so dunkel hier drinnen – wenn sie nicht wüsste, dass die Gestalt der Wetzel ist, sie würde ihn nicht erkennen.

«Ei, die Susann Brandin, welch seltener Gast», begrüßt er sie, fast ohne aufzusehen. Die Susann ignoriert den boshaften Unterton. Mit der Herzlichkeit alter Bekanntschaft fragt sie nach der Gesundheit vom Schuster selbst, von den Kindern und von seiner Frau (nach *deren* Gesundheit muss sie eigentlich nicht fragen, weil sie die Frau aus dem Hinterzimmer schrecklich husten hört genau wie weiland ihre Schwester). Und weil er wenig sagt, erzählt sie ein bisschen von sich, wie es ihr so geht. Inzwischen kommt die zweite Frau Wetzelin, die auch Ohren hat, selbst herein. Alt, mager und krank sieht sie aus, begrüßt die Susann mehr als kühl und setzt sich streng schweigend neben die Tür wie eine Aufseherin. Kaum sitzt die Wetzelin, will sich nach ihr auch die älteste Tochter durch die offene Tür schleichen, das Evchen, das noch immer kindlich aussieht, obwohl es schon dreizehn oder vierzehn sein muss. Da packt die Stiefmutter das Kind am Arm, schiebt es wieder hinaus und zischt wütend etwas. Hinter dem Mädchen schließt sie fest die Türe, rückt den Stuhl davor. Rasselnd geht ihr Atem.

Die Susann, die schon freudig «Evchen!» gerufen hatte, steht sprachlos. Was war denn das? Da fängt plötzlich der Schuster Wetzel an zu husten wie vorhin seine Frau, der Anfall nimmt kein Ende, man muss fürchten, dass der Mann erstickt, sein Spucknapf füllt sich zusehends, und die betretene Susann ahnt, dass man in der derart gestraften Familie Wetzel gewisse Entschuldigungen hat für unterkühltes oder wunderliches Verhalten. Warum hat ihr die Dorette nicht erzählt, wie schlimm es um die Wetzels steht? Dann wäre sie früher einmal vorbeigekommen. Sie wünscht sich jetzt umso mehr, dass sie wenigstens Geld dabeihätte.

Weil weder der Schuster noch seine Frau gesprächiger werden, bleibt der Susann nichts, als jetzt ziemlich bald die elend kaputten Mainzer Schuhe vorzuführen. Als der Wetzel sich erwartungsgemäß zum Flicken oder Besohlen außerstande erklärt, bittet sie um neue. Der Schuster erhebt sich krumm und kurzatmig, sucht in dunklen Ecken nach dem richtigen Leisten. Da beginnt sie, nach und nach die vertrackte geldliche Lage zu schildern, und dass sie leider vor dem Ende ihres übernächsten Dienstvierteljahres, das erst zum einunddreißigsten Juli ansteht, eigentlich nichts als ein paar Kreuzer fest versprechen kann. Am ersten August aber, so viel ist sicher, da kann sie ihn komplett auszahlen. Der Wetzel murmelt, fürs Anschreiben sei er wohl wieder gut genug, und klopft mit dem Leisten gegen das Regal. Die Susann spürt, wie ihr Gesicht heiß wird, und sucht nach Worten, da sagt von hinten laut und deutlich die Frau Wetzelin: Man würd ja nichts sagen, man würd ja gern gefällig sein, wenn denn die Susann ein honettes, ehrbares Mädchen wär.

Was soll denn das heißen, fragt die Susann aufbrausend nach der ersten Sprachlosigkeit, seit wann ist denn sie kein ehrliches Mädchen mehr?

«Na, was man so hört», sagt die Frau Wetzelin, und fast zugleich: «Sei still!» ihr Mann.

Und dann setzt der Wetzel sich wieder hin, Leisten in der Hand, und teilt der Susann kurzatmig mit, um ihrer braven Schwestern und ihres Vaters willen werde er ihr die Schuhe machen. Und er rechne pünktlich am Abend des ersten August mit den drei Gulden. Drei, jawohl. Zwei Gulden pro Paar Schuh, das war früher einmal. Die Zeiten hätten sich geändert. Sie könne die Schuhe in einer Woche abholen.

Verständlich, dass sich die Susann danach nicht mehr lange in der Wetzelischen Werkstatt aufhält. Keine halbe Minute später tritt sie verstört auf die Gasse.

Es rauscht ihr im Kopf. Geistesabwesend geht sie vor sich hin und merkt erst im Gedränge an der Bartholomäuskirche, dass sie die falsche Richtung genommen hat. Sie gilt nicht mehr als honettes Mädchen bei den Leuten? Um Himmels willen! Das kann doch nicht wahr sein! Oder? Nein! Es hat doch nicht etwa die Christiane diese erfundene Geschichte von ihr und dem langen Konstabler herumerzählt, dass sie, Gott bewahre, von dem schwanger sei? Jesus! Was soll sie nur tun, um sich dem zu erwehren?

Doch dann, an den Brunnen gelehnt, beruhigt sie sich. Das kann ja alles nicht sein. Wenn die Christiane dergleichen erzählt hätte, wenn so etwas über sie umginge, dann wüsste sie das schon. Dann hätte es ja lange vor den Wetzels die Frau Bauerin erfahren und sie zur Rede gestellt. Zum Mindesten zur Rede gestellt. Die Frau Bauerin darf ja so etwas gar nicht dulden bei ihren Mägden. Und ihre Schwestern, die hätten es auch schon gehört und würden ihr bei einem solchen Gerücht die Hölle auf Erden bereiten.

Sie hat die Wetzelin missverstanden. Bloß weil sie wegen des Holländers noch immer ein schlechtes Gewissen hat. Die Wetzelin weiß gar nichts. Außer, dass sie das übliche Gejammer von der Ursel kennt, ihre kleine Schwester wär so unstet und unbeherrscht. Die hat sie doch nur aufs Geratewohl piesacken wollen, weil sie und ihr Mann seit Jahren wegen der Mainzer Schuhe einen Groll auf sie haben und vielleicht inzwischen wegen ihrer eigenen schlechten Gesundheit sowieso auf die ganze Welt.

Eigentlich hatte die Susann ihre Freiheit für einen schnellen Rundgang durch die Stadt nutzen wollen, in der Hoffnung, vielleicht, vielleicht dem Jan zu begegnen. Aber zum Flanieren ist ihr jetzt die Lust vergangen. Und der Mut ebenso. Bloß nichts tun, was bei der Frau Bauerin einen schlechten Eindruck hinterlassen könnte.

Vielmehr marschiert sie so schnell sie irgend kann (sie zieht die schlechten Schuhe aus und geht barfuß) zum *Einhorn*, meldet sich als heimgekehrt bei der Frau Bauerin (die beruhigenderweise genau wie immer zu ihr ist) und macht sich fleißig an die Arbeit.

3. August 1771, drei Uhr nachmittags

Vier Monate später war das Wetzelische ein Trauerhaus. In der Werkstatt lag der tote Schuster aufgebahrt. Die Tochter Eva saß bei der ausgemergelten Leiche, die Hände im Schoß gefaltet, und schluckte unentwegt.

Seit Stunden sitzt sie schon hier. Eigentlich würde sie lieber weglaufen, irgendwo hinaus, an den Main oder vor die Stadt in die Gärten, ganz egal, nur weg, nur einmal etwas anderes sehen als diese dunklen Stuben mit ihrem Geruch nach Tod und Verzweiflung. Vielleicht könnte sie dann auch endlich wieder etwas essen. Im Hintergrund hustet erbärmlich die Stiefmutter, und die Eva kann nicht anders, sie hofft, dass die Stiefmutter nicht das letzte bisschen Geld für Trauerkleidung ausgeben wird. Wie lange wird sie denn die noch tragen, sie ist ja fast schon selbst zu schwach, um auf die Straße zu gehen, es wird kaum mehr als Wochen dauern, bis auch ihre Bestattung bezahlt werden muss. Und dann schämt die Eva sich so für den Gedanken, und es schüttelt sie, und plötzlich weint sie zum ersten Mal und kann gar nicht aufhören, sie zuckt hin und her, das Wasser läuft und läuft ihr aus den Augen, aber sie sieht zu, dass sie nur kein lautes Geräusch dabei macht, die kleinen Geschwister nebenan müssen nicht wissen, wie verzweifelt sie ist. Denen muss sie die Starke vorspielen.

Als sie schon länger so still vor sich hin schluchzt, gehen draußen Schritte auf der Treppe. Sie wischt sich mit dem Ärmel die Augen, und eine fremde Weibsperson tritt ein.

«Meine Güte!», ruft die Fremde erschrocken, als sie in der Dunkelheit die Leiche erkennt. «Ist der Schuster gestorben?»

Die Eva nickt.

«Du bist die Tochter?»

Die Eva nickt wieder.

«Ich such wen», erklärt die Person, «die Susann Brandin, die kennt ihr doch?»

Noch ein Nicken.

«Und? Ist die bei euch?»

Kopfschütteln.

«Hast sie gesehen in letzter Zeit?»

Kopfschütteln.

«Es ist sehr wichtig, dass ich sie find. Wennst sie siehst oder von ihr hörst, kannst mir gleich Bescheid geben? Ich bin die Christiane Rupprechtin und wohn bei meiner Tante in der Bendergass, an der Ecke zum Krautmarkt. Es soll auch dein Schaden nicht sein.»

Und ganz bestimmt nicht der Schaden von der Christiane, die geschäftig wieder abzieht auf ihrer Suche nach der Susann. Irgendwo muss die doch abgeblieben sein. Irgendjemand muss sie doch gesehen haben. Und irgendeiner oder irgendeine von den sauberen Bekannten von der Susann, die die Christiane jetzt abklappert, wird sie versteckt halten, das Luder, ganz gewiss. Absichtlich versteckt. Aber das wird ihr nichts helfen, denn die Christiane würd es doch sofort merken, wenn irgendwer sie belügt.

Am allerwahrscheinlichsten hält sich das Aas natürlich bei dem Kindsvater auf. Aber wer das ist, da ist sich die Christiane keineswegs sicher, trotz ihres Verdachts gegen den gewissen Konstabler, mit dem sie aber die Susann nur ein einziges Mal gesehen hat, und zugegeben, das wirkte nicht, als hätten sie's fest miteinander. Doch wer sucht, der findet. Und sie kennt doch die Susann gut. Wenn *sie* das nicht rauskriegt, wo die sich verkrochen hat, wer denn sonst? Und dann wird sie sich endlich schadlos halten dafür, dass die Susann sie bei der Frau Bauerin aus dem Dienst geekelt hat, das gemeine, liederliche Biest. Mehr als schadlos. Denn die fünfzig Reichstaler, die, wie sie vorhin ganz zufällig und mit unbändiger Schadenfreude gehört hat, großzügig ausgesetzt wurden von der Stadt als Belohnung für den, der die Susann verrät, die Hurenschlampe, die Mörderin, diese fünfzig Reichstaler also hätt sich die Christiane ja in zehn Jahren Dienst nicht ersparen können. Was wäre das eine Gerechtigkeit, eine göttliche, wenn durch ihre Hand jetzt das Luder ans Messer geliefert würde. Und sie fürstlich entlohnt würde dafür.

Mitte April 1771

Die Susann hat endlich ihre neuen Schuhe, und es verspricht, wie gestern, ein warmer, fast sommerlicher Tag zu werden. Was leider heut früh auch den Mist unter den Aborten zum Stinken bringt. Der türmt sich, denn bei der Frau Bauerin kommt die teure Reinigung durch den Scharfrichtersknecht immer nur alle Jubeljahre dran. Na, von dem üblichen Gestank lässt sich die Susann ihre heute ziemlich gute Laune nicht verderben.

Zwar ist sie am Sonntagabend das ganze Messegewimmel

in der Altstadt abgelaufen und hat von dem Jan keine Sp gesehen. Sie hat nicht mal nach ihm fragen können bei irgen welchen Holländern, von denen sich eigentlich genügend i den Gassen tummelten. Sie kennt ja nur seinen Vornamen und weil der Nachtzettel schon weg war an dem Abend, a er mit dem Juden kam, und es danach vergessen ging, wur de der Name im Haus auch nie eingetragen. Sie kann doc jetzt nicht einfach hergehen und einen beliebigen Hollände fragen, ob er zufällig einen anderen Holländer namens Ja kennt! Der müsste sie mit Fug und Recht auslachen. Sie wei ja nicht mal, aus welchem Ort der Jan stammt.

Eines aber hat sie herausbekommen. Sie hat nämlich einen polnischen Juden, während sie Interesse an seinen Waren vorgab, über Petersburg befragt. Leider war der dort zwar noch nie gewesen. Doch sehr wohl mehr als einmal in Wilna. Was, hat er behauptet, auf dem Weg liegen soll nach Petersburg. Und er hat ihr gesagt, eine Reise nach Petersburg dauere Monate. Schon bis Wilna dauere es Monate. Und wenn jemand ein paar Wochen vor Weihnachten erst von Frankfurt nach Petersburg aufgebrochen sei, dann werde sie ihn wohl kaum im folgenden April zurückerwarten können. Es sei denn, es handele sich um einen Kurier.

Diese Auskunft hatte die Susann beruhigt. Hatte der Jan nicht ohnehin angedeutet, er wolle eine Weile in Petersburg bleiben? Es war ja viel zu früh, jetzt schon mit ihm zu rechnen. Das hatte noch Zeit. Nur Geduld.

«Was bist du so fröhlich und pfeifst!»

Die Susann, in Gedanken versunken beim Brunnen, blickt erschrocken von der Pumpe auf. Die Dorette! Grau im fahlen Morgenlicht, wie die Spatzen, die auf dem Hof hier und da an Strohresten picken. Die Susann freut sich im ersten Moment über den unerwarteten Besuch, aber als sie den Gesichtsausdruck ihrer Schwester sieht, vergeht ihr die Freude.

«Um Himmels willen, was ist denn passiert?» Langsam lässt sie den Pumpenschwengel gehen und stellt den Eimer ab.

«Das wüssten wir gern von dir», sagt die Dorette, todunglücklich. Und dann kommt sie ganz dicht auf die Susann zu und greift die jüngere, viel größere Schwester fest am Arm.

«Kind. Was hast du getan? Die Leute sprechen, du wärst schwanger.»

Herr Jesus. Also doch. Die Christiane hat Lügen über sie verbreitet. Die Susann kann es noch gar nicht glauben, und die Dorette muss sie am Arm rütteln, bis sie aufhört, ins Leere zu starren. «Und? Stimmt es? Bist du's?»

«Nein!», ruft sie und schüttelt fest den Kopf, damit bei der tauben Dorette nicht der geringste Zweifel bleibt. Und dann sagt sie ihr die Wahrheit langsam und deutlich, alles dreimal wiederholend, ins gute Ohr: Dass ihr vor Weihnachten mitten während ihrem Gewöhnlichen urplötzlich das Blut versiegt sei, nachdem sie fast zur Raserei zornig auf die Christiane war, die ihr einen bösen Tadel eingebracht hatte von der Frau Bauerin, indem sie sie angeschwärzt hat für ihre eigene Schlamperei bei den Betten, und dass sich dummerweise die Reinigung seitdem noch nicht wieder eingestellt hat. Aber mit der Auskunft gibt die Dorette sich nicht zufrieden und fragt das, was die Susann auf keinen Fall gefragt werden will: Ob sie denn gewiss auch mit keiner Mannsperson Verkehr gehabt habe?

Die Susann fühlt sich, als müsse sie über einen tiefen Graben springen. Und dann macht sie sozusagen innerlich die Augen zu und holt Schwung, und dann springt sie und antwortet klar: Sie habe mit keiner Mannsperson etwas zu tun gehabt (im Geiste ergänzt sie: seit sie das letzte Mal eine Blutung hatte).

So, der schlimme Moment wäre überstanden. Sie ist drüber über den Graben. Jetzt nur stark bleiben. Schlimmer kann es kaum noch kommen. Die Frau Bauerin hat es sicher auch schon gehört, das Gerücht, und wenn die bis jetzt nichts gesagt hat, dann heißt es, sie glaubt es nicht. Sie vertraut ihr. Gott sei Dank.

Die Dorette redet immer noch auf die Susann ein. Dass sie sehr hoffe und bete, dass es wahr sei, was die Susann sagt, sie hätte mit keinem was gehabt und sei nicht schwanger, und werde auch in Zukunft solchen Schrecken ihren Schwestern ersparen. Den Zustand von der armen Ursel nach *den* Nachrichten solle sie sich nur mal ausmalen, und sie sei doch hoffentlich alt genug zu wissen, was es bedeuten würde, wenn sie wirklich schwanger wäre, dass sie nämlich ihre Stellung verlieren würde. Und sie, die Dorette, könne sich nicht vorstellen, dass sie ihren Hechtel überreden könne, eine schwangere Susann aufzunehmen, wo er sie schon in ehrbarem Zustand nicht mehr im Haus haben wolle, oder gar dann den Bastard. Falls also die Susann, was Gott verhüten möge, doch schwanger sei oder schwanger sein könnte, dann möge sie bitte aus alle dem schließen, dass sie dann aber allerschleunigst mit dem Kindsvater, es sei, wer es sei, eine Abmachung treffen müsse für baldige Heirat. Und falls dieser sich weigere, dann habe sie, die Dorette, schon gehört, dass man in einem solchen Falle eine sogenannte Vaterschaftsklage erheben könne beim Rat, womit man die Heirat oder wenigstens Alimente erzwingen könne, die verlorene Ehre bekäme man freilich nicht wieder zurück, aber immerhin –

«Dorette! Dorette!», drängt die Susann und weist mit dem Kinn nach rechts, wo, ungehört natürlich von der Dorothea

Hechtelin, soeben der Judenknecht Bonum zum Tor hereinspaziert. Da bleibt die Dorette nicht mehr lange auf dem Bauerischen Hof, sondern eilt, den Bonum grüßend, hinaus zur Straße.

Der Bonum seinerseits verschwindet in der Bierstube. Der Hof ist wieder leer, bis auf die Spatzen. Stille.

Allein beim Brunnen, merkt die Susann auf einmal, dass ihr die Hände zittern. Alle beide. Aus Zorn zweifellos. Gott, sie ist so böse auf die Christiane, so bös war sie noch nie. Wie konnte die Christiane ihr das antun. Ihr den Ruf als ehrbares Mädchen verderben in der ganzen Stadt, mit allem, was das bedeutet, auf gerade einmal einen leisen Verdacht hin. Wo doch die Susann ihr vom Ausbleiben ihres Geblüts von Anfang an freimütig und in aller Unschuld erzählt hatte. Das dann für Böses auszuschlachten. So eine grundschlechte Gemeinheit. Eine grundschlechte.

Es gärt in ihr. Und dann lässt sie den Eimer stehen, wo er steht, stapft, die Spatzen aufschreckend, los, quer übern Hof und hinein zur Bierstub, greift sich die Christiane, zieht sie nach nebenan in die leere Wohnstube und faucht sie an und geigt ihr so was von die Meinung über ihre Hinterhältigkeit und ihre Bosheit und überhaupt und ist in voller Fahrt und Rage – als die Hoftür der Wohnstube aufgeht und die Frau Bauerin eintritt.

«So», sagt die ruhig und böse, sich breit aufstellend vor den beiden, die Hände an den Hüften, «jetzt reicht es. Jetzt hab ich ein für alle Mal genug von eurer ewigen Streiterei.»

«Die Susann brüllt hier rum, als hätt sie sie nicht mehr alle», piepst die Christiane unschuldig. Mit der Susann geht es, wie zur Bestätigung, augenblicklich wieder durch: «Und du hundsgemeines Biest erzählst in der ganzen Sta–»

«Kein Wort mehr!», brüllt die Frau Bauerin. «Ich brauch

hier Ruhe im Haus unter meinen Leuten. Und deshalb wir mit Ablauf der Ostermesse eine von euch beiden gehen. Kein Widerrede. Das steht fest. Welche, das wird sich noch erwei sen. Das mach ich am einundzwanzigsten bekannt. Und nu ab an die Arbeit mit euch.»

Als die Wirtin sich abwendet und damit die Unterredung für beendet erklärt, beginnt die Christiane:

«Frau Bauerin, ich muss Euch was sagen.»

«Also, dann sprecht.»

«Es ist gut, dass eine von uns gehen soll. Ihr müsst nämlich wissen, ich bin auch nicht mehr bereit, die Susann als Kameradin zu haben. Das färbt ja auf meinen Ruf ab. Weil, die Leut reden oft so dahin ohne Namen, oder wissen den Namen nicht, und wenn es dann heißt, die Magd vom *Einhorn* wär schwanger, dann wird am Ende noch jemand denken, das bin ich.»

Die Frau Bauerin steht ganz ausdruckslos mit hängenden Lefzen. «Was erzählt Ihr mir da? Die Susann wär schwanger? Stimmt das, Susann?»

Jesus, muss sie sich beherrschen. So sehr beherrschen, nicht laut zu werden. «Bin ich nicht. Bin ich überhaupt nicht. Mir ist nur nach einem großen Ärger vor Zorn die Ordinaire weggeblieben von einer Minute auf die nächste und nicht wiedergekommen seitdem, und heut erfahr ich, dass die Christiane herumerzählt, ich wär schw –.»

«Tu ich gar nicht! Das erzählen die Leut von selbst, guck dich doch an mit deinem fetten Bauch!»

«So! Jetzt reicht es aber endgültig! Himmelherrgott, was ist das nur mit euch beiden! Merkt's euch nur gut, eine geht am Ende der Messe. Dann hab ich endlich wieder Ruh im Haus.»

Jetzt zittern der Susann außer den Händen auch die Knie.

ie schämt sich. Lieber Gott, wie konnte sie nur so fahrlässig lumm sein, die Christiane so zusammenzustauchen. Sich so ;ehen zu lassen, die Beherrschung zu verlieren, schon wieder. Zum eigenen Schaden, wie jedes Mal.

Und als sie sich wie ein geprügelter Hund hinausschleicht auf den Hof, wo sie den halbvollen Wassereimer achtlos zurückgelassen hatte, da denkt sie: Man soll nie meinen, dass es noch schlimmer nicht kommen kann.

3. August 1771, vier Uhr

Auf der einzigen wirklich breiten Straße in ganz Frankfurt, der Zeil auf der Nordseite des alten Stadtgrabens, bot sich ein allen Frankfurtern vertrautes Bild: Der Stifter und Stadtphysicus Dr. Johann Christian Senckenberg, einer der drei Hasen, lauteren Herzens auf dem Weg zu schwerer Pflicht.

Wie eigentlich meistens. Denn bloß so zum Vergnügen war der Dr. Senckenberg niemals unterwegs. Das eigene Vergnügen war etwas, das er gar nicht hoch schätzte, worin er sich aber leider, wie er allzu gut wusste, von seinen Brüdern sowie von der ganzen Frankfurter Rats-Canaille (Pardon!) unterschied.

Und heute war die Pflicht besonders schwer. Christian Senckenberg hatte geradezu Schwierigkeiten, das festgezurrte Halblächeln unter der Hakennase beizubehalten, mit dem er stets einherging und das er allen, die ihm entgegenkamen, freundlich nickend zu schenken pflegte. (Falls man sich etwa kannte, und meist kannte man sich ja auch.) Jedenfalls grüßte er so alle ehrbaren, untadeligen Bürger. Die unehrenhaften Personen, als da waren: Bankrotteure, Juden, Katholiken etc., die ignorierte er. Und indem er den Unehrenhaften schon auf

Abstand auswich, andererseits den Ehrbaren, Untadelige noch vor dem Grußnicken stets höflich den Weg freigab, gestaltete sich jeder Gang des Dr. Senckenberg zu einem Zickzacklauf, bei dem er sich, Haken schlagend, mal auf diese und mal auf jener Seite der Straße bewegte, was Böswillig zu vielerlei Lästereien und den nahe liegenden launigen Vergleichen aus dem Tierreich reizte.

Ihm selbst aber war gerade heute gar nicht launig zumute. Weil, o weh, schon wieder jene so schwere Pflicht anstand, die allerschwerste von allen: Der monatliche Besuch beim in der Hauptwache bekanntlich (allzu bekanntlich!) unter Arrest gehaltenen jüngeren Bruder Erasmus, dem Hundsf–, Pardon, vielmehr: der armen, verlorenen Seele.

Fest und sehr aufrecht presste er die Hand ums Stöckchen und seinen schwarzen Dreispitz an den Körper (den trug er, weil er ständig grüßen musste, grundsätzlich unterm Arm statt auf dem von der langen grauen Pudelperücke geschmückten Kopf). Zusammenreißen, nicht verzagen! Er war in seinem Leben ja noch jeder Pflicht und Plage gewachsen gewesen. Der hysterischen, herrischen Mutter, den erotischen Anfechtungen des Teufels, der schwierigen zweiten und sogar der vergnügungssüchtigen dritten Ehefrau (gut, er war nach ein paar Monaten wieder bei ihr ausgezogen, aber offiziell im Einvernehmen, und sie hatte danach sowieso nicht mehr lange gelebt). Hatte er nicht auch trotz aller Ängste, und nachdem er sich zehn Jahre lang davor gefürchtet hatte, schließlich doch noch verspätet seinen Doktor geschafft? Also! Was sollte ihn denn nach alledem der verlott–, Pardon, der unglückliche Bruder schrecken in seinem Arrestzimmer, und mochte er ihn noch so sehr beschimpfen, verulken oder verlachen!

Man sah ja, was letztlich aus Untugend erwuchs. Am Erasmus natürlich am besten, der so obenauf gewesen war und sich chon für unantastbar gehalten hatte, nachdem er, wie zum)ank für seine ruchlosen Verbrechen, erst noch vom Kaiser gedelt worden war und sich nicht entblödet hatte, die sogenannte uszeichnung tatsächlich anzunehmen. Wie übrigens auch der lritte Bruder, Heinrich, der kaiserlicher Hofrat gewesen war n Wien, sich Baron schimpfen ließ – während selbstredend Dr. J. Christian Senckenberg diese an ihn ebenfalls herangetragene Ehrung rundheraus abgelehnt hatte. Mit der expliziten Begründung, dass man sich ebenso gut Eselenz wie Exzellenz nennen könne und ein Adelstitel nichts weiter anzeige, als dass man die Gemeinschaft ehrlicher, arbeitender Menschen verlassen und sich mit Gaunern und Lustbuben gemein gemacht habe, was er für sich durchaus vermeiden wolle.

Und nun war er seit drei Jahren tot, der Baron gewordene Bruder Heinrich, der berühmte, mächtige Reichsfreiherr und Wiener Hofrat. Im Himmelreich, da würde ihm sein Adelstitel wenig nützen. Im Gegenteil. Ebenso wenig wie wahrscheinlich nun noch hier auf Erden dem Erasmus. Der war, kaum fiel die Protektion des brüderlichen Wiener Hofrats durch dessen Ableben weg, schließlich doch noch verhaftet worden zur späten Sühnung zumindest einiger seiner Vergehen.

Nur er, Christian, war anständig geblieben, und nur er konnte sich noch seines Lebens freuen.

Nicht nur über die verkommenen Brüder hatte er am Ende triumphiert. Wo waren sie denn, die anderen Feinde von Pflicht und Moral? Wo waren sie, die beiden größten Spitzbuben, der Textor mit seinem überheblichen Grinsen und der fette Lersner mit seinen Schweinsäuglein und all die anderen eitlen, korrupten Gierhälse, die die Interessen der Stadt quasi an den Kaiser verkauft hatten und über die er sich zeit seines Lebens so hatte erregen müssen? Tot, mausetot größtenteils, und zwar war Lersner, der größte Halunke, als erster verre–,

Pardon, verstorben, Textor endlich in diesem Frühjahr. Und die verbliebenen der Rats-Bande, Moors, Schlosser und Olenschlager, die würde es auch noch treffen. Deren Macht war auch nicht mehr, was sie mal war.

Aus diesen beruhigenden Gedanken wurde Dr. Senckenberg aufgeschreckt, als er die sich nähernde Gestalt des Kollegen Dr. Gladbach erblickte. Ausgerechnet, nachdem er heute eigens diese Sektion ausgelassen hatte, weil jede Zusammenarbeit mit dem verlotterten Gladbach natürlich unzumutbar für ihn war. Rasch also auf die andere Seite! Um nur nicht grüßen zu müssen!

Der Dr. Gladbach hatte nämlich vor einiger Zeit einen unsauberen Bankrott gemacht. Und? Hatte ihn etwa der Rat daraufhin als untragbar von seinem Stadtphysicus-Amt entfernt? Mitnichten! Protestbrief um Protestbrief hatte der Dr. Senckenberg geschrieben und gemeinsam mit seinem Kollegen Dr. Pettmann prozessiert mit der Forderung, den ehrlosen Gladbach zu schassen. (Wie sein Bruder Erasmus verfasste Dr. Senckenberg gern einmal eine Eingabe.) Alles ohne Erfolg, wie üblich. Auf viele seiner anderen Protestschreiben, in denen er zum Beispiel Ratsmitglieder nannte, die sich Juden als Partner im Geschäft hielten, auf die hatte er leider meist nicht einmal eine Antwort erhalten.

Und nun musste er schon wieder hinüber auf die andere Seite! Links war nämlich jetzt der Pfarrer Fresenius von der Katharinenkirche im Anmarsch, in dessen Gottesdienste Dr. Senckenberg nicht mehr ging, seit ihm klar geworden war, dass der ganze von den Pfaffen verordnete Ritus hauptsächlich deren eigenem materiellen Wohl diente und nicht etwa Gott. Was waren denn die Sakramente? Sinnlose Überreste jüdischer Gebräuche, nichts sonst. Und die Pfaffen wussten das. Viele andere wahrscheinlich auch. Wozu aber gingen die meisten Menschen in den Gottesdienst? Damit sie für fromm angesehen würden, nur deshalb! Sogar bei seinen Freunden, den Pietisten, war das so. Selbstsucht und Heuchelei beherrschten die Welt.

Seitdem er dies alles erkannt hatte, gedachte Dr. Senckenberg des Herrn einsam in seinem Herzen statt in einer Kirche und diente ihm hauptsächlich in Form guter Werke.

Von denen leider, wie gesagt, jetzt wieder eines anstand, und zwar jetzt gleich, da die Hauptwache schon in Sichtweite kam. Dahinter lugte der alte Schandesel hervor. Das wäre was, wenn man den Erasmus mal öffentlich auf den Schandesel setzte, statt es ihm in seinem Arrestzimmer allzu gemütlich zu machen. So war er ja leider noch immer obenauf und ohne jede Einsicht.

Was er auch heute wieder aufs schönste bestätigte.

Indem nämlich der Erasmus, nachdem der wachhabende Soldat die Türe seines Eckzimmers aufgeschlossen hatte, seinem geplagten Bruder händereibend, ja vor Freude beinahe hüpfend, mitteilte, er gedenke, demnächst einer liederlichen Person und Kindsmörderin als Rechtsbeistand zu dienen und sie solcherart von ihrer gerechten Strafe loszubekommen.

21. April 1771

Nachdem sie selbst zur Nacht die Bierstube verschlossen hat, beruft die Frau Bauerin ihre beiden Mägde in die Stube. Wo sie ihnen, die bedröppelt nebeneinanderstehen, von der Bank aus eine Predigt hält: Dass sie gern alle beide behalten hätte, weil sie beide gute und fromme Mädchen seien, die ihr lange treu gedient hätten. Dass sie aber das ewige Gezänk, was immer seine Ursache, nicht mehr hinnehmen könne, weil es dem Haus schade und der Arbeit schade, und eben deshalb müsse, wie gesagt, jetzt eine von beiden gehen. Und zwar heu Abend noch.

Der Susann rutscht der Boden unter den Füßen weg. Sie hatte so sehr gehofft, die Frau Bauerin würde ihre Drohung nicht wahrmachen. Nicht, bevor noch etwas Weiteres vorfiele, nicht ohne eine Gnadenfrist. Und seit dem Ultimatum war doch außer stillem Fleiß bei ihr und der Christiane ganz bestimmt nichts zu vermerken gewesen. – Aber jetzt wird ihr natürlich klar, was sie längst hätte wissen müssen, nämlich dass dies jetzt einfach eine günstige Gelegenheit ist für die Frau Bauerin, die Susann loszuwerden, über die dieses schlimme Gerücht kursiert. Sie hört gar nicht mehr zu, was die Bauerin sagt. Sie ist ganz woanders mit ihren Gedanken.

Und dann zuckt sie zusammen, weil die Christiane neben ihr aufschreit, dass es einem durch Mark und Bein fährt, und sie ist wieder hellwach. Von Ungerechtigkeit und Gemeinheit hört sie die Christiane plötzlich reden, und wie könne die Frau Bauerin das liederliche Luder so vorziehen! Und dann hört sie die Frau Bauerin zurückgeben: «Genug, Christiane, Ihr schweigt jetzt!», und sie brauche nun mal eine gute Köchin. Die Susann, ungläubig, atmet so tief auf, als wär' sie eben am Ertrinken gewesen.

Gott sei Dank. Gott sei Dank, sie ist wahrhaftig davongekommen.

Die Frau Bauerin händigt der Christiane Geld aus und gibt ihr nach einigem Hin und Her bis morgen früh, um zu verschwinden. Und dann bemerkt sie, sie hoffe doch, sie könne der Susann vertrauen, dass sie auch wirklich nicht schwanger sei (wobei die heftig nickt). Sie müsse sich auf sie verlassen können, weil sie nämlich plane, es zumindest bis zur Herbstmesse mit nur einer Magd zu versuchen, ob die Susann sich as zutraue? – Die nickt wieder ganz heftig. – Gut, befindet die Bauerin, damit habe sie gerechnet, es werde ein Teil der Arbeit a jetzt ohnehin durch ihre, der Bauerin, neue Schwiegertochter, das Lieschen, übernommen. (Hieran hat die Susann nach den bisherigen Erfahrungen mit dem Lieschen große Zweifel, die sie aber wohlweislich für sich behält.)

Womit die Frau Bauerin ihre beiden Mägde gehen lässt.

«Na, hast jetzt erreicht, was du wolltest? Bist gewiss zufrieden mit dir, gelt!», giftet die Christiane, als beide allein in der Küche sind.

Die Susann ist müde, so müde, die Beine sind so schwer. Sie sagt dazu gar nichts, lässt sich aufs Bett fallen und zieht ihre neuen Schuhe und die Strümpfe aus. Hinten an der Ferse hat sie eine wehe, blutige Stelle, wo der noch sehr harte Schuhrand einschneidet und jeden Tag neu die über Nacht zugeheilte kleine Wunde aufscheuert. Die befühlt sie jetzt mit angezogenem Bein (was ist der Bauch heut Abend so dick – dass sie fast das Bein nicht mehr an den Körper bringt). Und dann legt sie, Hand an der Ferse, das Kinn aufs Knie (also, es geht doch noch – so dick ist sie noch nicht) und macht die Augen zu. Es wird alles wieder gut. Sie ist nur so müde.

Die Christiane schimpft immer noch vor sich hin. «Ach, Christiane», seufzt die Susann schließlich leise. Und merkwürdigerweise wird die andere danach still.

Erst als das Talglicht aus ist und beide im Bett, vermerkt die Christiane unvermittelt in schon wieder recht zufriedenem Ton, ihr sei die stinkige Bauerische Küche mit dem Fenster so nah an den Mistkübeln sowieso verhasst. Immerhin werde sie morgen schön gemütlich bei der Tante schlafen, und da die jüngere Schwester jetzt in Dienst sei, sogar in einem eigenen Bett.

Die Susann sagt nach einem Augenblick: Laut ihrer Schwester Ursel suchten die de Barys momentan eine Spülerin zu Aushilfe. Nicht zum Wohnen. Aber wenn die Christiane vo der Tante aus arbeiten könne …

«Hm», grunzt die Christiane. Dann dreht sie sich zu Wand.

Die Susann macht auf dem Rücken liegend die Augen zu Sachte, ganz sachte sinkt sie in den Schlaf … da –

Jesus! Was ist das? Was passiert ihr?

Es ist der Bauch. Wirklich *ihr* Bauch?

In dem Bauch bewegt sich etwas. Etwas Fremdes. Die Susann liegt ganz still. Da ist es wieder. So, als würde ein großer Stein langsam von einer Seite auf die andere gewälzt.

Das kann nicht sein. Das kann einfach nicht sein. Es wird gleich wieder weggehen.

Sie kann doch nicht wirklich schwanger sein.

Zweiter Teil

Impraegnata

Schwanger

Ende April 1771

Eines der Wahrzeichen von Frankfurt waren die Brückenmühlen. Von Ferne, zum Beispiel vom Geistpförtchen aus, wirkten sie wie Türme zwischen Uferbäumen. Stand man auf der Mainbrücke direkt daneben, da sah man natürlich, dass die Mühltürme nicht ans Ufer gebaut waren, sondern in den Fluss. Mehr oder weniger jedenfalls: Auf der Sachsenhäuser Seite liegen um die Brücke herum ein paar schmale, teils baumbestandene Inseln, und auf denen standen sie. Man konnte sie nur von der Brücke aus betreten.

Auf der Brücke, genau zwischen den beiden hohen Mühlen, lehnte heute früh der Bonum gen Nordosten über die Mauer. Er hatte die Arme aufgestützt und kniff die Augen ein wenig zusammen gegen die Morgensonne, die auf dem Wasser glitzerte wie Silber. Mit der Nase sog er den leichten Tanggeruch ein, der an manchen guten Tagen am Main zu riechen ist. An solchen Tagen, da kann der Bonum nicht anders, da muss er einfach hier oben stehen bleiben und den Blick und die Gedanken ein bisschen schweifen lassen.

Als er Frankfurt zum ersten Mal gesehen hat, als Junge von sechzehn Jahren, der zuvor nie aus Oberramstadt fort gewesen war, da hat er auch hier auf der Brücke haltgemacht. Beklommen und begeistert zugleich hat er lange einfach nur geguckt. Damals natürlich vor allem auf die Stadt mit ihren

Verheißungen, in der er ein Auskommen und ein Leben fi
den wollte: diese hohe, befestigte, turmbewehrte, gestreng
Mainfront, das Getümmel am Kai samt den großen Hafen
kränen, die blaugrüngraue Kette des Taunusgebirges in de
Ferne. Und den wunderbaren, breiten, gemächlichen Fluss
mit seinen Möwen und Schiffen und Inseln, den er bis heute
so liebt.

Er war heut Gartenkräuter und Fische holen in Sachsen
hausen, Letztere nach dem Ende der Messe wieder frisch von
heute früh. Für ein paar seiner Klienten und auch für die Frau
Bauerin, die nämlich ihre jetzt einzige Magd, die Susann, seit
einiger Zeit kaum mehr vor die Tür lässt. So kommt es dem
Bonum zumindest vor. Und der Grund für diese neuen Sitten
scheint ihm leider offensichtlich.

Dabei war ihm vor der Messe noch gar nichts weiter aufgefallen. Er stiert ja auch die Susann nicht die ganze Zeit an, dass er jede kleine Veränderung bemerken müsste. Während der drei Messewochen war er ohnehin sehr beschäftigt, nicht nur im *Einhorn*, und sie war meistenteils in der Küche. Und als er die Susann einmal überrascht hat mit ihrer Schwester Hechtelin auf dem Hof, wie sie Verdächtiges geredet haben, da hat er natürlich woanders hingesehen und gehofft, er hätte sich verhört.

Jetzt allerdings, nach der Messe, hat er die Susann wieder öfter und länger vor sich, und da springt es ihm ins Auge: wie verwandelt, die Susann. Gar nicht mehr schmal um die Taille. Die Schürze hebt sich so auffällig überm Bauch. Vielmehr, um der Sache einen Namen zu geben: Nu, wie schwanger halt sieht sie aus. Nicht grad hochschwanger vielleicht, aber wo sie doch vorher so dünn war, da lässt es sich kaum übersehen. Was dem Bonum großes Unbehagen bereitet.

Er befürchtet nämlich – er hat da so seine Erfahrungen! –,

ss man diese Sache früher oder später ihm anhängen wird. ls Jude und Beinahe-Hausgenosse hat er den Hals sowieso hon halb in der Schlinge. Hinzu kommt, dass er tatsäch- ch ein bisschen Dreck am Stecken hat. Im Gegensatz wahr- heinlich zu der Frau Bauerin weiß er nämlich, wer der chwängerer ist. Man muss ja nur so fünf Monate zurück- echnen. Da gab es diesen Adventssonntag, als der fesche hol- ändische Goldschmied im Haus war und die Frau Bauerin ur Taufe, wo die Susann ihn, den Bonum, ganz irregulär für Stunden in der Bierstube angestellt hat – damit sie mit dem Holländer allein sein konnte doch höchstwahrscheinlich. Was er ihr, dumm wie er war, aus Gefälligkeit nicht abgeschlagen hat. Wenn es irgendwann etwa eine amtliche Inquisition geben sollte in der Sache (was Gott verhüten möge), dann wird sich also herausstellen, dass er an jenem Sonntag im *Einhorn* anwesend war – obwohl er als in Frankfurt fest ansässiger Jude seit Samstagabend die Judengasse nicht hätte verlassen und erst recht nicht gleich das ganze Wochenende im *Einhorn* hätte verbringen dürfen. Das wird ihn schon so genügend in Schwierigkeiten bringen. Und zum Zweiten lässt es ihn natürlich hinsichtlich der Schwangerschaft von der Susann sehr verdächtig wirken. Selbst im allerbesten Falle wird es noch heißen, er habe sich mitverantwortlich gemacht an ihrer Hurerei, weil er sie ermöglicht und gedeckt hat. Er hätte ja zweifellos der Frau Bauerin die mutmaßliche Unzucht sofort anzeigen müssen.

Vielleicht sollte er das jetzt noch tun?

Vielleicht heißt es dann hinterher wenigstens nicht, *er* sei der Vater. Ausgerechnet er, der sich seit seinen ersten geschlechtlichen Regungen bis heute tapfer und fromm noch alles, aber wirklich alles verkneift, ob mit Christinnen oder Jüdinnen, mit Männern oder Frauen, und weiter so in alle

Ewigkeit, da er nun mal leider einer von denen ist, denen d verfluchte Frankfurter Judenstättigkeitsgesetz zu heirate nicht erlaubt.

Der Bonum weiß überhaupt nicht, wie er agieren soll i der Sache mit der Susann. Die Vernunft sagt ihm, reden wär besser. Aber dem Instinkt nach tut er lieber ahnungslos. Still halten, sich nur nicht einmischen. Dumm nur, dass er sicl dabei fühlt wie ein Häschen in der Grube mit dem schnüf felnden Fuchs gleich daneben.

Die Sache *kann* ja nicht gut enden. Wie denn. Der Hol- länder ist über alle Berge. Die Susann wird kaum ein Ehe- versprechen von ihm bekommen haben. Die hat ja gar keine Aussichten, gar keine.

Apropos Aussichten: Was muss er denn da unten am Inselstrand sehen? Was ist denn das weiße Etwas, das die beiden Fischer fluchend aus ihrem Netz wickeln? Er guckt lieber gar nicht mehr so genau hin. Würde er hinsehen, wüsste er, dass es sich nur um einen sehr toten Schwan handelt. So aber ist sein Verdacht: Die haben eine Säuglingsleiche aus dem Main gefischt. Es wäre nicht die erste.

Die Fischer sehen rechts, sehen links und dann nach oben (wo der Bonum so tut, als fixiere er die Kanonen am Tiergartenbollwerk). Sie stoßen wieder ab von der Insel, lassen sich treiben. Dann kippen sie das Etwas in der stärksten, mittleren Strömung zurück ins Wasser, bevor sie sich in die Ruder legen und auf und davon machen. Wie es wohl – denkt der Bonum – jeder täte, der sich Last und Ärger und eine Vernehmung im Römer ersparen will. Deshalb kommen ja in Frankfurt nur so um die fünf in den Gewässern oder Kloaken herumschwimmende Kindsleichen pro Jahr zur Anzeige.

Der Bonum seufzte, nahm seinen Fisch- und Kräuterkorb und machte sich auf den unterbrochenen Weg. Beim Brü-

:kentor wurde seine frisch durchlüftete Nase gleich wieder durch den üblichen Gestank beleidigt. Seine Augen übrigens auch, da auf dem Brückentor ein durch und durch bösartiges, hässliches Judenspottbild prangt, dessen Entfernung die Frankfurter Judenheit seit Jahr und Tag vergeblich forderte. Aber das war für den Bonum heute nun wirklich die geringste Sorge.

Sollte er etwa …? Hm. Wie, wenn er sich nun in der Bekanntschaft nach dem, wie hieß er gleich, Jomtov oder Jontef erkundigen würde, danach, wo der abgeblieben ist. Irgendjemand in der Judengasse würde das sicher wissen. Und wenn er ihm dann schreiben ließe: Er solle sich, wenn er könne, mit seinem Kumpan, dem holländischen Goldschmied, in Verbindung setzen und dem wiederum ausrichten, die Dienstmagd im *Einhorn* wär in gewissen Schwierigkeiten, und falls ihm, dem Holländer, eine Verantwortung dafür bewusst sei, möge er sich schleunigst auf den Weg nach Frankfurt machen?

Ach was. Da lacht ihn ja jeder aus, wenn er so etwas versucht.

Lieber gar nicht erst einmischen.

Ein Abend Ende April 1771

Die Susann zapft Bier und spürt regelrecht, wie die Leute ihr auf den Bauch gucken. Es gibt auch Sprüche zu hören, so etwa: Ei, was ist denn mir dir passiert, Susann, warst doch sonst so schlank? Worauf die Susann lacht und zum Beispiel antwortet: Das Messeessen sei so gut gewesen, und Gott möchte sie nur bei der Dickung erhalten. Vorher hätte sie ja gar nichts zuzusetzen gehabt. Und dann führt sie mit dem, der so freche Sprüche macht, erst recht einen langen, lustigen Schwatz. Bloß nicht schuldbewusst wirken. Bloß weiter so tun, als sei nichts. Und vielleicht ist ja auch nichts. Sie hatte schließlich, verdammt nochmal, nach dem Verkehr mit dem Jan ihr Gewöhnliches, und wie das zugegangen sein soll, dass sie trotzdem schwanger geworden ist, das will ihr nicht in den Kopf.

Aber schwanger ist sie offenbar doch. In der vergangenen Woche jedenfalls hat sie noch zweimal die Bewegung gespürt von etwas Großem, Fremdem in ihrem Bauch, und wenn es ein Stein nicht ist, der von selbst hin- und herrollt und sie drückt und der den Bauch so hart macht, dann muss es wohl ein Kind sein.

Fast könnte man meinen, die Christiane hätte ihr eins angehext. Aus Rache, weil sie gehen musste. Da aber der Susann nicht bekannt ist, dass die Christiane (oder sonst irgendjemand) hexen kann, und ihr leider sehr wohl bekannt ist, dass sie selbst gesündigt und einen schweren Fehler begangen hat, wird dem wohl nicht so sein. Da wird das Kind schon vorher sich bei ihr im Bauch befunden haben, seit dem Dezember nämlich. Und in der Tat erinnert sie sich, dass ihr die Dorette während ihrer Schwangerschaft erzählt hat: So ab dem fünften Monat hätte sie gespürt, wie ihr Kind sich bewegt.

Die Susann kann es trotzdem nicht ganz glauben. Könnt es nicht doch sein, dass das Fremde in ihrem Bauch nur ein Klumpen gesammeltes Blut ist (ob man daran stirbt?) oder eine eingebildete Schwangerschaft? Sie ist sicher, von so etwas schon gehört zu haben. Dass der Bauch dick wird, aus bloßer Einbildung. Und wenn nicht, wenn also doch …

Die Susann würde sich so gern jemandem offenbaren. Dass sie doch mit einer Mannsperson geschlafen hat, nur eben vor ihrem letzten Blut. Und dass dies letzte Blut genau genommen eine ausgewachsene monatliche Reinigung nicht war, denn es hat ja zu schnell wieder aufgehört. Vielleicht wäre ihr leichter, wenn sie mit jemandem über all das sprechen könnte und nicht mehr so allein sein müsste mit dieser Angst und dieser Unsicherheit. Dann müsste sie auch nicht mehr so entsetzliche Angst vor Entdeckung haben, dann hätte sie ja schon jemandem alles verraten, dann wär es schon raus sozusagen. Aber wer soll die Person sein? Wem kann sie sich denn anvertrauen mit so etwas?

Allein bei dem Gedanken, sie solle ihren Fehltritt und das Wälzen im Bauch der Frau Bauerin gestehen oder den Schwestern, fühlt sich ihr Mund an wie zugepresst von einer eisernen Hand. Gerade die dürfen es ja nicht wissen. Und wen hat sie denn sonst?

Nein, sagt ihr eine Stimme, am besten fährt sie allemal, wenn sie weitermacht wie bisher und schweigt wie das Grab. Fünf Monate hat sie überstanden, die Leute reden ohnehin schon, da wird sie den Rest auch noch überstehen mit Leugnen (womöglich ist sie ja in Wahrheit gar nicht schwanger!). Wenn's aber wirklich am Ende ans Gebären gehen sollte, flüstert ihr die Stimme weiter, dann kann sie doch in dem großen Haus sich leicht irgendwo in eine Stube oder in die heimlichen Gemächer verkriechen, es wird ja wahrscheinlich nicht viel anders oder ärger sein als das Gewöhnliche bei der Christiane. Wenn es auffällt, dass es ihr schlechtgeht, kann sie eben behaupten, sie hätte ihr Geblüt sehr heftig wiederbekommen. Und danach, da würde bald alles wieder gut. Lieber Herr Jesus, wenn nur alles endlich wieder gut wäre.

Sie wünscht sich ins letzte Jahr zurück, bevor der Jan da war. Sie wünscht sich sogar bis ganz früher ins Haus de Bary zurück. Am liebsten würde sie von Anfang an alle ihre Fehler ungeschehen machen. Sie ist wirklich an allem selber schuld.

Du lieber Gott, sie macht sich ja mit ihrer Grübelei selbst das Leben schwer. Jetzt nicht mutlos werden, nicht aufgeben. Es ist doch noch nicht alles verloren. Selbst nicht, wenn sie schwanger ist. Eigentlich ist fast gar nichts verloren, wenn sie nur stark bleibt.

Und stark bleiben muss sie auch. Denn eben ruft ein gewisser segelohriger, großgewachsener Konstabler sie mit einem Unheil kündenden Gestus an seinen Tisch. Gemeinsam mit einem Trupp anderer Artilleristen ist er schon seit zwei Stunden fest am Trinken. Man höre, lallt er, als sie bei ihm steht, man höre, sie sei eine Dreitagesfrau und brauche dringend was Neues zum Befeuchten, und ob er ihr dafür seines Vaters großen Hund vorbeischicken solle, der könne das auch.

Wenn er nicht so betrunken wär, erwidert die Susann, müsste sie ihn für diese Beleidigung anzeigen. Da er aber vor lauter Bierdunst im Hirn offenkundig nicht mehr denken könne, wolle sie es dabei belassen, ihm zu sagen, dass ihm mit Mist aus dem Jauchekübel das Maul gestopft gehöre. Sie werde ihm jedenfalls heut Abend kein Bier mehr servieren. Falls er aber jemanden zum Prügeln suche, und es scheine ihr, als sei das so, dann solle er dies bitte außerhalb des *Einhorns* erledigen, das eine anständige Wirtschaft sei und Händel nicht dulde.

Womit sie sich, das sieht sie, bei den Herren Konstablern wieder Respekt verschafft hat.

Nur immer stark bleiben.

Sonntag, 5. Mai 1771

Je schöner das Wetter – und es war sehr schön im späten April und Anfang Mai 1771 –, desto schlechter war die Luft in Frankfurt. Insbesondere in der engen Altstadt, wo der Rauch der Küchenschlote, vor allem aber der Gestank der Mistkübel und Senkgruben zwischen den dicht an dicht stehenden, überhängenden Häusern nicht abziehen konnte. Am allerschlechtesten aber roch es im Osten der Stadt (jedenfalls seit das notorische Pestilenzloch beim Waisenhaus ausgehoben war). Und zwar stank es am unerträglichsten da, wo die alte Staufenmauer noch erhalten war und die Judengasse lag mit ihren drei-, fünf- oder vielleicht sogar sechstausend ohne Licht und Luft zusammengepferchten Menschen, deren Dreck, Salzfleisch- und Salzfischvorräten.

Genau da, nämlich an der Staufenmauer, befand sich auch das *Einhorn*. In dem teils überbauten, von allen Seiten hoch ummauerten Hof mieften in Holzkübeln die Hinterlassenschaften der Bewohner und Biergäste vor sich hin. Diese Dämpfe mischten sich einträchtig mit dem Gestank der Judengasse, der von der anderen Seite der Mauer herüberwaberte. Zu allem Übel verlief nur ein kleines Stück weiter Richtung Dom ein Arm der hochmittelalterlichen Antauche. Zwar dürfte in diesen schlecht fließenden, entsetzlich trüben Kanal eigentlich kein Unrat mehr gekippt werden, und übrigens auch nicht in die Regengossen in der Straßenmitte. Doch daran hielt sich längst nicht jeder.

Jedenfalls nicht, wenn gerade niemand guckte. Und mancher musste sich auch höchst offiziell nicht dran halten, denn der Rat vermietete wohlsituierten Bürgern gegen eine kleine Gebühr schon mal ein Nutzungsrecht. So zum Beispiel der Familie Goethe, die nach ein bisschen Strippenziehen für 2 Gulden 12 Kreuzer jährlich ihre Notdurft direkt in die an ihrem Haus vorbeiführende westliche Antauche verrichten durfte.

Goethes wohnten allerdings dort, wo es ein bisschen lichter und luftiger wurde: im Hirschgraben, an der ehemaligen

Westgrenze der auf dieser Seite der Stadt längst abgerissenen Staufenmauer, wo früher zum ratsherrlichen Vergnügen Hirsche unter Nussbäumen gehalten wurden und jetzt die gartenreiche Neustadt begann. Ganz untadelig roch es natürlich auch hier nicht. Da war der westliche Arm der Antauche zum einen, die unmittelbare Nachbarschaft der Altstadt zum anderen, und zum dritten passierte es bei Westwind, dass der Gestank des städtischen Mistabladeplatzes von jenseits des Galgentores herüberwehte.

Am ersten Sonntag im Mai herrschte zum Glück kein West-, sondern ein angenehmer, frischer Südwind. An den Spazierwegen auf und vor den alten Festungsschanzen grünte der Wein, knospten die Linden und blühten schon die Apfelbäume. Kein Wunder, dass es die Frankfurter heute mehr noch als an jedem anderen Sonntag hinaustrieb aus ihren engen Gassen und hinauf auf die Wälle, wo der sanfte Wind jedes Wölkchen von Gestank, sollte es sich denn bis hierher verirrt haben, sofort wegblies. Was war das für eine Freiheit hier oben! Und der weite Blick!

Ganz früh am Morgen, es war noch rosa im Osten und kühl, war sogar die vielbeschäftigte Dienstmagd Susann aus dem *Einhorn* hier gewesen, die sich der Gesundheit halber ein knappes Stündchen Luftschnappen von ihrer Wirtin ausbedungen und auch erhalten hatte. Aber sie war nicht so allein in der guten Luft gewesen, wie sie sich eigentlich gewünscht hatte. (Sie wollte nachdenken! Das musste sie wirklich, einmal in Ruhe nachdenken!) Ziemlich bald nämlich stieß sie hier draußen ausgerechnet auf des Schuhmacher Wetzels älteste Tochter Eva.

Die war ebenfalls nur für ein halbes oder dreiviertel Stündchen von zu Hause geflohen. Eigentlich sollte sie ja Wasser holen; die Eltern wussten es gar nicht, dass sie über die Alerheiligengass mit ihren schönen Gärten nach der Schanze ausgebüchst war.

Der Eva war das Zusammentreffen zunächst sehr peinlich, weil ja die Eltern ihr gesagt hatten, die Susann wär kein Umgang mehr für sie, die wär eine Erzhure und der Schandfleck ihrer Familie und trage ein unehrliches Kind aus. Aber die Eva konnte dann bald doch nicht viel anders als sich über den Zuruf der Susann auf der Schanze freuen. Denn als man sich lachend gegenüberstand, da stellte sich schnell heraus, dass die angeblich so böse Person, ob schwanger oder nicht, noch ganz die gute alte Susann von früher war. Es war auch zum Glück bei der morgendlichen Stunde kaum jemand sonst hier oben, der den Eltern hätte petzen können, dass sie, die Eva, jetzt mit der Susann plauschte. Oder dass sie sich der Verachteten nach einer Weile wie zu Kinderzeiten an den Hals geworfen hatte und sich von ihr hatte drücken und trösten lassen über das Elend im Wetzelischen Haus, mit dem Vater und der Stiefmutter auf den Tod krank und zwei kleinen Geschwistern und der Zukunft so rabenschwarz.

Was tat das gut, einmal feste jammern zu können. Und endlich einmal wieder Evchen genannt zu werden, wie damals, als sie klein war. Zu Hause musste sie ja immer die Große, Erwachsene sein, und über ihre quälenden Sorgen, dass der Vater sterben und die Familie am Bettelstab zurücklassen könnte, über die durfte gar nicht geredet werden. Es wurde vielmehr so getan, als wäre der Vater bei blühender Gesundheit, so als würde jeder fidele Mensch sich Tag und Nacht die Seele aus dem Leib husten und immer magerer und magerer werden. Der Dr. Senckenberg, der zu Beginn einmal konsultiert worden war, der hatte ja sogar behauptet, das Bluthusten wäre ganz natürlich und gesund, da würde der Körper sich selbst helfen und das ganze überschüssige

Blut ausscheiden, wozu man sonst einen Aderlass gebrauchen müsste.

Die Susann hat die Eva nicht abgespeist mit den frommen Lügen, die sie von anderen immer hört. Von wegen der Vater wär so schwer gar nicht krank und sie müsse sich keine Sorgen machen. Vielmehr hat sie der Eva Mut gemacht, dass es, käme es zum Schlimmsten, durchaus nicht hoffnungslos für die Wetzel-Kinder aussähe. Das Haus sei ja da als Wert. «Aber da sind lauter Schulden drauf», hatte ihr die Eva gleich gestanden, «der Vater verdient ja kaum noch was, zu so einem kranken Mann kommen die Kunden nicht gern. Und wer doch kommt, der kann nicht zahlen.» (Wie das ihr Gegenüber ins Gewissen traf, konnte die Eva nicht ahnen.)

«Dein Vater ist doch Bürger», meinte darauf die Susann, und der Rat lasse Bürgerkinder und Bürgerwitwen nicht verkommen. Für die sei die Almosenkasse zuständig, und dann würde doch irgendwer die Werkstatt übernehmen wollen, und mit dem könne man sicher was aushandeln, dass er soundso viel Jahre die Kinder dort noch wohnen lässt. Und das Evchen könne doch schon in Dienst gehen. Wann immer es nötig werden sollte, würde sie, Susann, sich nach einer freien Stellung umhören und auch ihre Schwester Ursel darum bitten, die sich mit so vielen feinen Kaufleuten gut steht.

An die möglichen Schwierigkeiten von der Susann selber hat die Eva während des ganzen Gesprächs natürlich nicht gerührt. Lieber hätte sie sich die Zunge abgebissen, als die Susann zu fragen, ob an den Gerüchten was dran sei. Wenn die Susann wirklich schwanger sein sollte (der Bauch schien tatsächlich etwas dick …) – ach nein, das wäre ja so furchtbar, da will die Eva lieber nichts von wissen. Da würde sie sich schämen, über so etwas mit der Susann zu reden. Sie will ja auch von der Susann nicht schlecht denken müssen. Und als die Susann am Ende andeutet, sie hätte auch Sorgen im Augenblick, da fragt die Eva nicht nach, aber bemerkt, ein bisschen nervös, ihre Eltern wunderten sich bestimmt schon, wo sie denn abgeblieben sei, und sie müsse jetzt wirklich schnell fort.

Die Susann blieb danach noch ein kleines Weilchen alleine auf dem Wall stehen. Die Hände gefaltet, sah sie, ohne zu sehen, nach Nordosten in die Ferne, auf den bläulichen Streif am Horizont, der den Spessart markiert.

Dann ging auch sie.

Mehrere Stunden später war von Einsamkeit und Kontemplation auf den Wällen nun wirklich keine Rede mehr. Nach der Kirche wollte jeder, der nicht unbedingt arbeiten musste, hier draußen zumindest eine halbe Runde gedreht haben. Schön sonntäglich angetan hatte man sich sowieso, dann konnte man sich auch einmal beim Flanieren sehen lassen.

Far bella figura, nannten das die Brentanos und Simonettas, die man heute gemeinsam wandeln sah und melodiös parlieren hörte. Gute Luft schnappen als Pflicht dem eigenen Körper gegenüber, so nannte es Dr. J. Christian Senckenberg, der wie fast immer alleine einherstolzierte, mal in diese, mal in jene Richtung Haken schlagend. Die Kundschaft pflegen, nannten es die Herren Städel und Melber, beide außerordentlich erfolgreich mit ihren Handlungen für Spezereien und Apothekerbedarf am Alten Markt beziehungsweise dem Hühnermarkt. Sie schlenderten gemeinsam, unterhielten sich aber ausnahmsweise nicht über Geschäfte, sondern über die morgige Auktion von Uffenbachs Gemäldesammlung, wo Städel groß einsteigen wollte. Die Frau Melberin, von der kunstsinnigen Fachsimpelei der Männer leicht gelangweilt (sie hatte es mehr mit lebenden Menschen als mit gemalten!), die freute sich, dass sie bestimmt hier draußen ihre liebe Schwester Elisabeth treffen würde, die seit gut zwanzig Jahren schon Frau Rätin Goethe hieß.

Und in der Tat waren auch die Goethes spazierend auf den Wällen unterwegs: Der stattliche Herr Rat marschierte einen halben Schritt vor seiner lebhaften, wesentlich jüngeren Frau, er mit streng-gemessenem, sie mit sanftem Gesicht (eine auffällige Nase und ein Doppelkinn hatten beide). Ein Stück neben der Mutter schwebte ein bisschen überirdisch in einem wehenden Cape die Tochter Cornelia, lang, blass, ganz in cremiges Weiß gekleidet, mit hoher Stirn und der Nase des Vaters im schmalen, für eine Frau vielleicht eine Spur zu starken Gesicht. Ein wenig sah sie aus wie eine Äbtissin oder eine Heilige, und ihr Bruder, der Mädchen süß, kindlich und schmollmundig liebte, hätte sich gewundert, hätte er gewusst, dass mehrere zartfühlende, träumerisch veranlagte Herren der besseren Gesellschaft heimlich schmachtend die Demoiselle Goethe anbeteten. Von weitem, versteht sich, denn sehr nahe kam man ihr nicht, das wusste der Vater zu verhindern und mehr noch ihre eigene Zurückhaltung. Doch so erhöhte sich nur der Reiz. So unnahbar, so klar und herb, so rein war das Fräulein Cornelie! Sie selbst ahnte inzwischen, dass der eine oder andere sie interessant fand. (Leider nie die Richtigen! Der Peter Brentano zum Beispiel, frisch verwitwet und eine wirklich gute Partie, der hatte eben wieder nicht geguckt.) Sie hielt das Interesse diverser Herren an ihr allerdings für rein intellektuell-moralische Sympathie.

Mehr als drei Personen bot die Familie Goethe fürs Spazierengehen nicht auf. Vier der sechs Kinder waren ja so früh gestorben. Und eines der beiden einzigen verbliebenen, nämlich der Sohn Wolfgang, befand sich derzeit in Straßburg und versuchte sich an seiner Promotion.

«Versuchte» war dabei genau das richtige Wort. Der Wolf machte dem Herrn Rat nämlich seit Jahren Sorgen und Verdruss mit seiner Faulheit, Sprunghaftigkeit und fehlenden Ernsthaftigkeit. Er, der Vater, hatte ja alles nur durch eifrigste, zielstrebigste Applikation und Wiederholen erreicht. Beim Sohn war davon nicht die Rede, dem fiel durch seine Begabung alles so leicht, dass er den nötigen Ernst nie entwickelte, den es braucht, um Dinge nicht nur anzufangen, sondern auch zu Ende zu bringen. Und so kam es, wie es kommen musste: Erst hatte er in Leipzig das Studium abgebrochen, war fast zwei Jahre wegen mäßiger Krankheit zu Hause geblieben und hatte sich Kunst und Spinnereien hingegeben. Jetzt, beim zweiten Anlauf in Straßburg, wo er auch schon lange genug herumtrödelte, da würde es, wie man jüngst vernehmen musste, mit der Doktorarbeit höchstwahrscheinlich nun doch nicht klappen und auf ein Lizenziat mit einer Prüfung über Thesen hinauslaufen. Was natürlich, redete sich der Herr Rat ein, für die spätere juristische Praxis im Prinzip dasselbe war – aber leider eben nicht ganz. Zum Beispiel fehlte einem die gedruckte Doktorarbeit, mit der sich so schön Eindruck schinden ließ. Trotzdem würde es mit etwas Glück beim Wolf hoffentlich hinreichen für eine schöne Juristenkarriere in Frankfurt (Syndicus wäre ein schönes Ziel!), ein Ratsherrenamt von der ersten oder zweiten Bank in absehbarer Zeit und irgendwann auch für ein Jährchen als einer der beiden Bürgermeister. (Siegner war schließlich auch nur Lizenziat, obwohl er sich Doktor nennen ließ.) Oder sogar für das Amt des kaiserlichen Schultheißen … aber das war natürlich ein ferner Traum.

Der Herr Rat Goethe selbst war von Beruf Rentier. Zu Deutsch: Er lebte von seinem Erbe. Seine Titel Wirklicher kaiserlicher Rat und Doktor beider Rechte dienten ausschließlich der Dekoration – und so hatte er viel Muße, großen Ehrgeiz für die berufliche Zukunft seines einzigen Sohnes zu entwickeln.

Eben gerade wurde er leider von Näherliegendem aus seinen rosafarbenen Zukunftsphantasien über Wolfgang gerissen, indem der von ihm nicht besonders geliebte Freund seines Hauses, der Herr Dr. Metz, Grußworte murmelnd, mit verschmitztem Blick und die Arme albernerweise ausgebreitet, auf die Familie bzw. insbesondere natürlich auf die Frau Rätin zugelaufen kam.

Der Dr. Metz – Arzt, Pietist, Schwabe – war in den letzten Jahren Teil des frommen Gesprächszirkels der Rätin, ein Kreis, an dem auch Wolfgang während seiner Krankheitsphase außerordentlichen Anteil genommen hatte. Der Herr Rat selbst allerdings stand diesem Kreis und seinen Mitgliedern eher distanziert gegenüber. Bei all seiner strengen Frömmigkeit: er war in Religionsdingen ein nüchternes, geradliniges Gemüt, zu pietistischer Schwärmerei neigte er nicht. (Das musste der Wolfgang von der Mutter haben.) Die Geschichte der Päpste zum Beispiel, die interessierte ihn, mit allen Details, das war doch etwas Handfestes, worin sich jeder auskennen sollte. Aber dies ewige seelenvolle Geschwafel … Dem Herrn Rat war es daher eigentlich auch nicht ganz recht, dass in den letzten Jahren statt des bewährten, drögen Dr. Burggrave der viel jüngere Dr. Metz die Familie behandelte, mit seinen mysteriösen, alchemistisch-kabbalistischen Andeutungen und allwissenden Blicken. Aber bitte, er ließ seiner Frau ihren Willen, in dieser Hinsicht wie in den meisten anderen.

Der Herr Rat stand also höflich, aber mit verdrießlich gepresstem Gesicht dabei, während der Dr. Metz mit den Weibern einigen wirren Unsinn austauschte. Eben suchte er sich auf die unangenehmste Weise bei Cornelia anzubiedern, die ihr Vater wohlweislich Tag und Nacht beschäftigt und an seiner liebenden Seite hielt, um sie an frömmelnden und anderen nutzlosen oder schädlichen Zeitvertreiben zu hindern. Wie der Metz sich jetzt pietistisch sülzend an Cornelie heranmachte, ließ dem Herrn Rat begreiflicherweise den Kamm schwellen. Also! Jetzt reichte es aber! Nicht mit seinem Cornelchen! Gerade wollte er dem Metz übern Mund fahren und seinen Anhang zum Weitergehen drängen – da trat unvermittelt eine korpulente Weibsperson heran und rief dazwischen: «Der Herr Doktor Metz! Wie kurios, gelle, dass wir uns grad heute treffen!» Das Weib war der Frau des Herrn Rat vom Typ her gar nicht so unähnlich, nur gröber und deutlich älter, es hing in den Mundwinkeln und knollte um die Nase und fältelte um die Augen, und natürlich war diese Person entschieden volkstümlicher. (Wobei die Frau Rätin Goethe, fand ihr Gatte, sich für die Tochter des hochedelgeborenen kaiserlichen Schultheißen Textor oft schon volkstümlich genug aufführte.) Als nun auch noch der Doktor Metz sich anmaßte, die, wie man hörte, hämorrhoidenbehaftete Weibsperson den Goethes mit den Worten vorzustellen, sie sei Gastwirtin, ganz wie seine, des Herrn Rats verblichene Frau Mutter, da konnte der Herr Rat nicht umhin mitzuteilen, es widerspreche selbst einer mäßig entwickelten Intelligenz, jede düstere Altstadtspelunke mit dem weltweit renommierten Weidenhof zu vergleichen. Im Übrigen müsse man jetzt eilig weiter, man sei gewiss nicht zum Rumstehen und Worte machen hierhergekommen, Adieu, Dr. Metz, bis demnächst einmal.

Im Gehen hörte man noch, wie die volkstümliche Person den Dr. Metz aufforderte, in den nächsten Wochen einmal im *Einhorn* vorbeizusehen, es liege so das eine oder andere an, einer ihrer Gäste habe es so arg mit den Blasensteinen, und ob man da nicht mit einer Medizin etwas machen könne, man höre ja allerlei munkeln von wegen seinem wunderbaren Universalsalz …

Das *Einhorn* also. Da hatte der Herr Rat ja ganz richtig gelegen. Das war doch diese wenig appetitliche Fußherberge an der Staufenmauer, gleich neben dem Judenbrücklein, wo man zu Messezeiten ständig in ihrer unangenehmen Sprache konversierende Juden aus- und eingehen sah. Gastwirtin wie seine Mutter! Das *Einhorn* und den Weidenhof gleichzusetzen! Was dachten sich die Leute! Also wirklich, unerhört.

Eine Woche später

Die Frau Bauerin hatte am letzten Sonntag auf den Schanzen noch andere Gespräche geführt. Und die hatten ihr die Laune langanhaltend verdorben. Noch von den entferntesten Bekannten war sie nämlich, hinten- oder vornherum, genüsslich oder entrüstet, auf ihre Magd angesprochen worden, von der es heiße (so hieß es): Sie sei schwanger! – Das Gerücht ging also wirklich in der Stadt herum. Dank der Christiane wahrscheinlich. Aber ehrlich gesagt, wenn die Frau Bauerin sich die Susann so ansah, wozu sie diese Woche verstärkt Gelegenheit fand, da konnte sie es den Leuten gar nicht mehr verdenken. Grad bei so einem langen, dünnen Mädchen sticht es ins Auge, wenn plötzlich der Bauch vorsteht. Sie selbst, die ja die Susann täglich vor Augen hat, hatte die fortschreitende Schwellung erst gar nicht richtig bemerkt. Aber inzwischen …

Die Frau Bauerin gestand sich ein, dass sie vielleicht neulich einen kapitalen Fehler begangen hatte. Sie hätte der Susann nicht einfach unbesehen glauben dürfen. Sie hätte das Gerede von der Christiane ernster nehmen müssen. Für die reine Taktik hatte sie es gehalten, um die Susann auszubooten. Was ja auch nahe lag, nach allem, was sie von beiden Mädchen wusste. Wenn die Susann sich mit Männern abgeben würde, das wär ihr doch aufgefallen. Und die Christiane versuchte doch schon seit ewigen Monaten, ihre Kameradin auf diese oder jene Weise bei ihr schlechtzumachen. Unberechtigt, wie sich jetzt doppelt und dreifach erwies, seit die Susann allein im Haus arbeitete und alles reibungslos klappte wie am Schnürchen. So ein verlässliches, unermüdlich fleißiges Mädchen. Außerdem glaubte die Frau Bauerin nicht, dass die Susann der Christiane oder sonst jemandem so naiv von ihrer ausgebliebenen Regel erzählt hätte, falls sie tatsächlich eine Schwangerschaft befürchtete und dies verheimlichen wollte.

Aber der Bauch – der sprach für sich. Den konnte sie nicht mehr stillschweigend übergehen, und mochte ihr die Susann auch dreimal wert und teuer sein. Zum einen, weil das heißen würde, sie dulde Hurerei in ihrem Haus. Was sie natürlich schon amtlicherseits nicht durfte, dafür konnte man ja im schlechtesten Fall sogar belangt werden. Andererseits konnte sie eine schwangere Magd auch aus praktischen Gründen nicht gebrauchen. Wer sollte denn dann die Arbeit tun, wenn es in die schweren letzten Wochen und ans Gebären ging? Womöglich noch während der Messe? Nein, bei aller Freundschaft, und so leid es ihr tat: Wenn die Susann schwanger war, dann musste sie gehen.

Wenn sie schwanger war. Und eben das sollten die Schwestern aus ihr herausbringen. Die waren ja ohnehin verantwortlich für das Mädchen, mehr als sie jedenfalls. Und mit ihnen hatte sie sich, wollte sie die Susann feuern, so oder so auseinanderzusetzen.

Die Frau Bauerin hielt die ganze Woche über noch an sich. Geradezu wartete sie auf ein Wunder, wie dass die Susann plötzlich von selbst wieder flach würde. Das Mädchen arbeitete so fleißig, und sie war hin- und hergerissen. Aber nein, so ging es nicht weiter.

Heut unternimmt sie etwas. Zumal sich am heutigen, früh schon schwülen Sonntag eine günstige Gelegenheit bieten wird. Es ist nämlich die Ursel Königin mit der Weißwäsche für die Fremdenzimmer angekündigt.

Sie kommt auch, gegen acht, mit ihrem großen Weidenkorb, den sie direkt in die Stube bringt. Natürlich will sie gleich wieder zurück in den Hof, an der Waschküche die Dreckwäsche greifen und gehen.

«Moment, Moment, Frau Königin», hält die Bauerin sie auf. «Ich hätte etwas Wichtiges mit Euch zu reden. Wollt Ihr mir einen Augenblick folgen?»

Die Königin streicht sich über die feuchte Stirn, reibt sich den Nacken, wo der Schweiß unter der Haube hervorrinnt, wischt die Hand an der Schürze und kommt unwillig hinterher in die leere, dunkle Kinderschlafkammer. Die Türen schließt die Frau Bauerin sorgfältig hinter sich. Dass es nicht unbedingt bis nach vorn in die Bierstub durchdringt, was sie hier zu debattieren haben.

«Es geht um die Susann», informiert die Bauerin die Königin ohne Umschweife, und der wird gleich ganz anders. Oje, oje! Fast hat sie's ja geahnt. Na, und dann kommt es auch schon: Genau das, was sie ihrer Schwester Dorette vor Wochen schon prophezeit hat. Die Bauerin setzt nämlich ein höchst verdrießliches Gesicht auf und beginnt in vertraulichem Ton:

«Stellt Euch vor, Frau Königin, neuerdings muss ich von den Leuten hören, die Susann wär schwanger. Ich hab ja zuerst nichts drauf geben wollen, weil ich die Susann für ein honettes Mädchen halt. Aber man kann es nicht leugnen, es steht ihr der Bauch so vor neuerdings. Ich hab sie auch schon zur Rede gesetzt in der Sach, aber sie behauptet: Sie wär nicht schwanger, sie hätt nur wegen einem Zorn die Ordinaire verloren.»

Die Königin blickt entsetzt. Das hat die Susann der Bauerin gesagt? Herrgott, wenn die Susann denn tatsächlich unschuldig ihr Blut vermissen sollte, was ihr, der Königin, wohl auch schon einmal vorgekommen ist in ihrer Jugend, dann ist doch das Letzte, was sie tun sollte, dies herumzuerzählen – ihrer Wirtin noch dazu –, damit sich das Gerücht erst befestigt, sie wäre schwanger!

Da aber dem Mädchen inzwischen der Bauch noch weiter gewachsen sei, fährt die Bauerin fort, könne sie sich mit dieser Auskunft nun nicht mehr zufriedengeben; man werde bei aller Freundschaft wohl auch kaum von ihr erwarten, dass sie eine schwangere Magd bei sich behalte. Andererseits wolle sie aber dem armen Ding auch nicht Unrecht tun. Kurz, sie bitte die verheirateten und im Kinderkriegen erfahrenen Schwestern der Susann, sich das Mädchen heute noch in ihrem, der Bauerin, Beisein strengstens vorzunehmen und der Sache endgültig auf den Grund zu gehen.

Die Königin, bleich unter der gebräunten Haut, schluckt zweimal und erklärt, sie sei von Gott schwer gestraft mit solch einer Person als Schwester, die ihr, einer ehrbaren Ehefrau und Mutter, die Schande auferlege, dergleichen von der Frau Bauerin hören zu müssen. Wiewohl sie andererseits hoffe und glaube, dass es mit dem Verdacht nichts auf sich habe. Denn ihr selbst sei als junges Mädchen auch das ein oder andre Mal unschuldig die Reinigung einige Wochen ausgeblieben, und das müsse also gar nichts heißen. Übrigens möchte sie die Frau Bauerin doch daran erinnern, dass sie die Dienstherrin ist. Deshalb sei es doch wohl ihre Pflicht, und nicht unbedingt die der Schwestern, sich das Mensch in der Sache nochmals vorzuknöpfen. Frech, wie es sei, werde es auf die Schwestern ohnehin nicht hören.

«Heißt das, Ihr wollt mir nicht helfen?»

Nein, aber nein, antwortet die Königin und schluckt. Wenn die Bauerin darauf bestehe, dann werde sie natürlich heute Nachmittag nach dem Waschen noch mit der Hechtelin vorbeikommen und die Susann genauestens wegen aller dieser Umstände ins Verhör nehmen, und dann werde man ja sehen, und sie hoffe sehr, dass sich der böse Verdacht nicht bewahrheite, weil sie dann ja nun wirklich nicht mehr wisse, was tun mit dem Mensch und wohin mit ihm. Und sie hoffe auch, falls der Verdacht ungerechtfertigt sei, dass die Frau Bauerin sich bereitfinden werde, die Susann noch länger bei sich zu behalten, da man sie unschuldig nicht strafen dürfe und sie in den letzten Jahren im *Einhorn* doch gute Dienste geleistet habe, und woanders könne man sie ja kaum unterbringen, bei dem Geschwätz der Leute, und die Frau Bauerin solle auch bedenken, dass man einander schon so viele Gefallen getan habe.

Die Bauerin wuchtet sich von der Bank hoch. «Frau Königin, glaubt mir, wenn die Susann tatsächlich unschuldig ist, dann will ich die Letzte sein, die ein sonst braves Mädchen wegen einem bloßen üblen Gerücht auf die Straße schickt. Aber davon, dass sie unschuldig ist, muss ich mich erst überzeugen, gelle! Und wenn nicht … dann sind mir die Hände gebunden, Ihr versteht. Ich kann mich also drauf verlassen, dass Ihr und Eure Schwester heut Nachmittag vorbeikommt und die Sache klärt mit der Susann?

Da könne sie sich fest drauf verlassen, erwidert die Königin düster.

Auf der anderen Seite der geschlossenen, aber keineswegs schalldichten Tür zur Küche, da steht die Susann, das Ohr am Türblatt. Sie hat hier auch schon länger gestanden, mucksmäuschenstill, die Hand zitternd vor dem Mund, blass im Gesicht. Diesen speziellen Ton in der Stimme ihrer Schwester Ursel kennt sie, und sie weiß bestens Bescheid, was die Ursel jetzt denkt von ihr und was sie hinterher der Dorette sagen wird, von wegen sie habe es schon immer gewusst, und sie habe eine solche Schwester nicht verdient, und die Dorette habe sich versündigt auch an ihr, der Ursel, indem sie gemeinsam mit der Mutter die Susann verzärtelt und zu einer pflichtvergessenen, liederlichen Person erzogen habe, und wie solle sie jetzt nur der Frau von Stockum und dem Fräulein du Fay unter die Augen treten, und sie wünsche sich, die Susann wär gestorben damals als Kind an der Gelbsucht, vor all ihren schweren Sünden, dann wäre sie jetzt im Himmel und da wäre sie zweifellos besser aufgehoben als hier auf Erden.

Das kommt der Susann allerdings heut auch so vor.

Seit dem Mittag braute sich was zusammen. Der Himmel über Frankfurt war schon fast schwarz. Just in dem Augenblick, als die Dienstmagd Susann von der Küche aus die Stimmen ihrer Schwestern auf dem Hof hörte, krachte der erste Donner los. Und was für einer.

Es wird eingeschlagen haben irgendwo in der Nähe, denkt die Susann, schwach im Magen. Sie hat weder gegessen noch getrunken heut Mittag, damit der Bauch wenigstens ein bisschen dünner wirkt. Fast wünscht sie sich, ein Blitz würde herabsausen vom Himmel und sie treffen, dass sie tot umfiele. Dass es vorüber wär und sie nur jetzt nicht den Schwestern gegenübertreten müsste. Dann gibt sie sich einen Ruck, beugt sich über den Zuber mit kleiner Wäsche und schrubbt drauflos, als hätte sie keine andere Sorge auf der Welt.

Nach einer ganzen Weile, die ihr lang und länger wird, öffnet sich die Tür, und die Frau Bauerin steckt den Kopf herein.

«Kommt einmal mit, Susann. Eure Schwestern haben mit Euch zu reden.»

Sie warten im Hof, die Königin blickt grimmig, die Hechtelin todtraurig, von oben grollt Donner. Die Bauerin, die eigentlich die ganze unlustig schweigende Versammlung die Hinterstiege hoch in ihr eigenes Schlafgemach führen wollte, kommt plötzlich auf die Idee, dass es in Wahrheit ganz dumm wäre, den Kriegsrat im Verborgenen abzuhalten. Sie will ja nicht als Mitwisserin einer heimlichen Schwangerschaft dastehen. Lieber soll es bekannt werden, dass sie nun etwas unternimmt in der Sache, über die ohnehin längst die halbe Stadt tratscht. «Wir gehen doch lieber in die Wohnstube, gelle», dekretiert sie kurzentschlossen. «Ich bin nicht gern oben bei so einem Gewitter.» Was nicht gelogen ist. Die Bauerin wirft, während sie den anderen die Hoftür der Wohnstube aufhält, nochmals einen besorgten Blick hoch in den dunklen Himmel. Dann tritt sie selbst ein und schließt die Tür.

Die Königin legt fast im selben Moment los. «Was muss ich heute Morgen von der Frau Bauerin hören?», faucht sie, leise wegen der Bierstube nebenan und so entsetzt, als hätte sie tatsächlich von dem Verdacht heute zum ersten Mal erfahren. «Du hättest deine Ordinaire nicht mehr, und dein Bauch wär dick geworden, und die Nachbarsleute täten schon reden, du wärst schwanger! Was du deinen Schwestern zumutest! Wenn das die Mutter wüsste!»

«Susann», greift die Hechtelin ein, «sprich die Wahrheit, bist du schwanger?»

«Nein», sagt die Susann, trocken in der Kehle. Es fühlt sich an, als ob jemand anderer für sie das Wort sagt. Der Teufel vielleicht, der ihr zu lügen eingibt. Fast ist sie selbst erstaunt, dass ein Nein und kein Ja aus ihrem Mund gekommen ist. Und dann fügt sie an, was sie so oft schon geübt hat und was leichter von den Lippen geht, weil es nicht einmal gelogen ist: «Ich hab einen bösen Zorn auf die Christiane gehabt, da ist mir mitten in der Ordinaire mit einem Schlag das Blut versiegt.»

Die Hechtelin blickt fragend, für sie war das zu leise gesprochen, und die Bauerin brüllt in ihre Richtung und zum Besten der vollen Bierstube nebenan: «Sie hätt ihre Ordinaire verloren wegen einem Zorn. Doch darauf will ich mich nicht verlassen. Seht Euch doch an, wie es sich wölbt unter der Schürz. So dick kenn ich die Susann gar nicht.»

«Das muss das verstopfte Blut sein», behauptet die Beschuldigte, die Hand wie schützend zum Bauch führend, worauf die Königin drohend «Wenn du lügst!» ruft und die Hechtelin gleich einfällt: «Kind, wenn du schwanger bist, dann gesteh. Du wärst ja nicht die Erste und auch nicht die Letzte. Wir werden doch den Kindsvater schon dazu bringen, dass er dich heiraten tut, ein braves Mädchen wie dich!»

Eben das allerdings ist die Krux an der Sache für die Susann, die im Boden versinken möchte bei den Worten der Dorette. Die Krux ist nämlich, dass in ihrem Fall ein Kindsvater zum Heiraten gar nicht vorhanden ist. Und dass von «bravem Mädchen» bei ihr ganz bestimmt nicht mehr die Rede sein kann, seit sie, ausgerechnet sie, die sich für klug und fleißig und strebsam hält, mit einem Fremden geschlafen hat wie eine Straßenhure. Im Suff. Mit einem auf der Durchreise, von dem sie nicht einmal den Namen weiß. Es ist unsäglich.

Und da es eben nochmals dunkler wird, wie Nacht fast, überm Bauerischen Haus, da legt die Susann die Hand aufs Herz und sagt mit tiefer Inbrunst: Das Gewitter solle sie augenblicklich in den Boden schlagen, wenn es wahr wäre, dass sie von einem Kind wüsste, und sie habe weder mit einem Christen noch mit einem Juden zu tun gehabt.

Stille. Die Susann wartet geradezu auf einen Donnerschlag. Es kommt aber keiner. Es kommt keiner. Vielleicht ist das ein Zeichen. Vielleicht ist sie doch nicht schwanger.

«Wenn du wirklich unschuldig bist», sagt die Hechtelin, «dann wirst du nichts dagegen haben, wenn ich dir den Bauch untersuchen tu.»

Nein, sagt die Susann, die den neuen Schrecken fast nicht aufnehmen kann, die müde ist, so schrecklich müde, nein, dagegen hat sie nichts.

«Da geht Ihr mit der Susann nach oben, gelle, Frau Hechtelin», dekretiert die Hausherrin. «In eins von den leeren Fremdenzimmern. Da könnt Ihr Eure Schwester in Ruhe visitieren.»

Die Susann holt den Schlüssel. Sie steigt vor ihrer Schwester die Treppen hoch. Jetzt wird es herauskommen. Gleich ist es vorbei.

Oben führt sie die Dorette in ein freies Zimmer, schließt die Türe, nimmt, ohne ein Wort, das Halstuch ab und beginnt dann, die Jacke aufzuknöpfen, während die Dorette «Kind, Kind» murmelt und ihr von hinten die Schürze sowie den Rock löst. Am Ende streift die Susann das Hemd hoch, zieht es übern Kopf, steht nun splitternackt vor ihrer Schwester.

Draußen prasselt mit einem Schlag der Regen los. Die Susann ist dankbar dafür. Wenigstens noch ein Geräusch hier im Raum außer ihrem und der Dorette Atmen.

Die Dorette beachtet den dicken Bauch erst gar nicht, greift ihr stattdessen nach den Brüsten, umfasst eine mit jeder Hand und beäugt sie genauestens. Der Susann fangen mit einem Mal die Tränen an zu laufen. Sie wisse nun auch nicht, murmelt konzentriert die Dorette vor dieser aufrechten, jungen Brust, die ganz anders geformt ist als ihre, und gewiss kleiner. So groß war der Busen von der Susann ja nie, den die Dorette übrigens, seit das Mädchen erwachsen ist, nie unbedeckt gesehen hat. Und die Farbe der Brustwarzen, was soll sie sagen – ihre waren immer so stark gedunkelt in der Schwangerschaft, dunkelbraun regelrecht, und die von der Susann, die sind doch eher rot, soweit man das erkennen kann bei dem düsteren Gewitterhimmel. Wenn auch die Susann natürlich immer schon bleichere Haut hatte als die anderen Brand-Kinder. Aber was hat das mit Brustwarzen zu tun? Und das Geäder überall, das sie, die Dorette, bei Schwangerschaft an den Brüsten zu haben pflegt, davon kann sie bei der Susann nichts erkennen. Ein paar bläuliche Venen direkt um den Vorhof herum vielleicht, der auch nicht ungewöhnlich groß scheint, und ob das bisschen zarte Blau für Schwangerschaft spricht, das bezweifelt sie. Und dann erklärt sie, während sie loslässt: An den Brüsten jedenfalls könne sie tatsächlich nicht das geringste Zeichen einer Schwangerschaft finden. Worauf es die Susann derart schüttelt, dass endlich sogar die taube Dorette bemerkt, dass das Mädchen am Weinen ist.

«Kind, Kind», murmelt sie wieder und hört die Susann etwas reden, wovon sie nur «furchtbar» und «Verdacht» versteht, worauf sie die Jüngere halb in den Arm nimmt und ihr zustimmt, dass es in der Tat furchtbar sein muss, ungerecht einem solchen Verdacht ausgesetzt zu sein – falls er denn ungerecht sei, und sie müsse jetzt allerdings wohl oder übel den Bauch auch noch examinieren. In dem Moment hört die Susann auf mit Weinen und wird ganz still.

Der Bauch, der ist leider so rund und so hart, dass der Dorette Hechtelin nicht wirklich wohl dabei sein kann. Kein Wunder, dass die Susann, während sie, die Dorette, drückt und tastet an ihr, irgendwas von einem Stein spricht. «Was?», fragt die Dorette zur Sicherheit. Es fühle sich wie ein Stein an in ihrem Bauch, spricht ihr die Susann ins Ohr, vielleicht geronnenes Blut? – Das scheine ihr auch so, verkündet die Dorette nach einem Moment. Draußen tröpfelt der Regen nur noch zart. Die Dorette nimmt die Hand von dem runden Bauch und erklärt, die Susann möge sich nicht sorgen, sie könne an ihr bei aller Sorgfalt keine Zeichen einer Schwangerschaft feststellen. Und das werde sie auch ihrer Dienstfrau sagen. Während die Susann, die kaum glaubt, was ihr geschieht, sich wieder anzieht, verschwindet die Dorette bereits nach unten.

Ihre jüngste Schwester folgt ihr nicht viel später, euphorisch fast. Denn die Dorette muss es doch wissen. Unten aber vor der Tür der Wohnstube der Frau Bauerin, als sie eben die Hand zur Klinke hebt und die Schwester drin sagen hört, man müsse dem Mädchen eine Medizin finden, um ihm wieder zu seiner Ordinaire zu verhelfen, dass es das verstopfte Blut im Leib endlich loswerde – da kommt es wieder, wie zum Trotz. Das Wälzen im Bauch. Das Drücken von etwas Fremdem in ihr drin.

Leider kann die Susann sich nicht betrügen und sich auch jetzt noch glauben machen, dass sie nicht schwanger ist. Dass das von dem Blut sein soll. Dass das kein Kind ist in ihr.

Sie wartet, bis es vorüber ist. Man wird es ihr sonst noch ansehen. Dann tritt sie ein.

«Susann», sagt die Frau Bauerin im selben Moment zu ihr, breit und zufrieden auf der Bank sitzend, «Susann, ich will also bei diesen Umständen die Leute schwätzen lassen. Seid beruhigt. Wenn Ihr nicht zu krank zum Arbeiten werdet, will ich Euch vier Wochen noch auf jeden Fall behalten. Und dann – nun, dann werden wir sehen, wie es bis dahin mit Euch geworden ist.»

Was soll die Susann tun. Sie bedankt sich.

Anfang Juni 1771

Dr. Johann Friedrich Metz, Arzt, Pietist und Schwabe, musste arbeiten, um sich zu ernähren. Im Gegensatz zu manchen seiner Collegae, zum Beispiel den werten Stadtphysici, die sich neben Gehalt und Naturalien durch ihr Amt und ihre Beziehungen zu dem Ratsklüngel noch manchen Vorteil zu verschaffen wussten. Im Gegensatz insbesondere zu seinem Pietistenfreund, dem Stadtphysicus Dr. Senckenberg, der von mehreren glücklich gleich hintereinander weg verstorbenen Ehefrauen ein dickes Erbe zu verprassen hatte. Der Senckenberg konnte es sich freilich leisten, ein gutes Amt beinahe hinzuschmeißen vor lauter moralischer Hybris über den Dr. Gladbach und die Ratscanaille. Oder zu behaupten, der beste Arzt sei die Natur, und ein bisschen frische Luft, Obst und Wasser kurierten schwere Seuchen. Für den Doktor Metz lagen die Dinge etwas anders.

Was durchaus seinen Patienten zugute kam, fand er, denn er war seit längerem schon der Überzeugung, dass der Glaube an die Macht des Arztes das Allerwichtigste nicht nur für den

Geldbeutel des Medicus, sondern auch für die Gesundheit seiner Patienten sei. Indem nämlich der Glaube an den Arzt die Heilwirkung selbst schon in sich barg. (Nicht ohne Grund hatte sich der Herr Jesus zu Lebzeiten, oder wie man das bei ihm nannte, ebenfalls als Arzt betätigt.) Und da konnte es doch wohl allen Beteiligten nur nutzen, diesen insgesamt ja berechtigten Glauben durch ein bisschen Hokuspokus noch zu befestigen. (Das hatte der Herr Jesus schließlich auch so gehalten.) Dr. Metz erging sich daher vor seinen Patienten gern in mysteriösen, kabbalistisch-alchemistischen Andeutungen über Krankheiten und ihre Kuren, wobei er stets insinuierte, dass er, wegen der Beschränkungen des Frankfurter Medizinalregelwerkes und möglicher Anfeindungen der Kollegen, hier nicht alles offenbaren und anwenden könne, was ihm theoretisch möglich sei. Insbesondere machte er ein großes Geheimnis um ein gewisses Salz, ein Universalmittel, einen Stein der Weisen beinahe, das er durch seine alchemistischen Studien und Experimente entdeckt habe, aber leider, leider wegen der vermaledeiten, den Ärzten das eigene Herstellen von Medikamenten verbietenden Frankfurter Medizinalordnung nicht anwenden dürfe. Wobei er jedoch durchblicken ließ, dass er in Momenten der größten Gefahr, zur Lebensrettung eines besonders werten und treuen Patienten, vielleicht doch einmal seine Zulassung aufs Spiel setzen und unter strenger Geheimhaltung eine Ausnahme riskieren würde.

Manchmal machte er tatsächlich eine Ausnahme. So bei Goethes im späten Winter 68/69, als die Frau Rätin ihn die halbe Nacht lang derart bekniet hatte in ihrer Angst um den Wolfgang, die eigentlich nicht begründet, aber verständlich war nach vier verstorbenen Kindern. Wollte er, der Doktor Metz, sich die Frau Rätin gewogen halten, hatte er kaum anders mehr gekonnt, als durch menschenleere nächtliche

Gassen und eisigen Wind nach Hause zu laufen und das Salz, nichts als ein simples Pottaschederivat, herbeizubringen. Erfreulicherweise verspürte der junge Mann, der sich etwas hysterisch auf dem Bett wand, sogleich nach Einnahme eine Besserung in den Eingeweiden. (Wahrscheinlich hatten ihn ohnehin bloß banale Übelkeit und Blähungen geplagt.) Der mindestens ebenso erleichterte Dr. Metz konnte, nachdem er durch Lavieren vermieden hatte, dem interessierten jungen Goethe die Formel für die Herstellung des Salzes zu verraten, ziemlich sicher sein, dass seine Autorität bei den Gläubigen seit der Episode eher zu- denn abgenommen hatte.

Alles letztlich dank der Medizinalordnung, auf die er sich immer dann berief, wenn es ihm passte, und die er ignorierte, wenn nicht. Wenn es zum Beispiel darum ging, seine selbstgebrauten Digestiva unter der Hand an die Patienten abzusetzen, dann stellte er das Verbot der eigenen Herstellung von Medikamenten regelmäßig hintan. (Es war ja wohl sein Recht, bei den Medikamenten etwas zu mogeln, als einer der wenigen Frankfurter Ärzte, die arbeiten mussten, um zu leben!) Zumal er in Wahrheit dabei natürlich nicht, wie er gerne behauptete, seine Frankfurter Praxiszulassung riskierte, sondern schlimmstenfalls ein Strafgeld von zehn Gulden. Laut Medizinalordnung.

Dieses vielgescholtene Regelwerk war im Kern schon hundert Jahre alt und diente hauptsächlich dazu, all den ehrbaren, christlichen, männlichen Frankfurter Heilkundigen, die per Druck auf den Rat an seiner Abfassung beteiligt gewesen waren, gleichmäßig ein schönes Auskommen zu sichern. Die Apotheker und Drogisten waren es, die darauf gepocht hatten, dass die Ärzte nicht selbst ihre Arzneien anrühren durften. Zum Ausgleich verpflichteten die Apotheker ihrerseits sich, der unliebsamen jüdischen Konkurrenz der Herren christlichen Physici keine Arzneirezepte mehr zu verraten und Juden auch nicht lauschenderweise in den Apotheken herumlungern zu lassen – schlimm genug, dass immer noch so ein bis zwei jüdische Ärzte in Frankfurt legal ihr Unwesen treiben durften. Angeblich nur für die jüdischen Patienten, aber man wusste ja nie. Stadtphysicus durften Juden glücklicherweise heute nicht mehr werden.

Die studierten Ärzte setzten außerdem durch, dass den Barbieren und Chirurgen alles außer Aderlassen und Wunden pflegen verboten war. Und die Chirurgen hielten sich an den wandernden Steinschneidern, Zahnbrechern und Okulisten schadlos, deren Arbeit nun erschwert oder untersagt wurde. Die Wichtigste aber, das war natürlich, dass die Herren Frankfurter Heilkundigen allesamt in seltener Eintracht den alten Weibsbildern strengstens verbieten ließen, weiterhin ihre Pfuscherei zu betreiben und ihnen in Scharen die Patienten zu stehlen. – Undenkbar, dass die Stadt früher sogenannte Ärztinnen sogar steuerfrei gestellt hatte!

Die Weiberpraxis endlich auszurotten, die wie die Übermacht der nur auf den Profit schielenden bösen Judenärzte ein aus dem finsteren Mittelalter überkommenes Übel war, darin hatte sich die Medizinalordnung zum Glück sehr erfolgreich gezeigt. Im Jahr 1771 vertraute fast niemand mehr in Frankfurt den zweifelhaften Künsten einer der wenigen verbliebenen Weibspersonen, die sich unter der Hand für heilkundig ausgaben. Nicht, wenn man sich stattdessen einen examinierten und approbierten Arzt leisten konnte. Da wusste man wenigstens, woran man war!

So auch die Frau Bauerin. Die nahm am liebsten den Doktor Metz, schon deshalb, weil sie, ob gesund, ob krank, nicht gut aus ihrem Gasthaus abkömmlich war und der Doktor Metz zu den wenigen Frankfurter Ärzten gehörte, die regelmäßig Hausbesuche machten. (*Er* musste schließlich von seiner Arbeit leben!)

Als sie ihn Anfang Mai beim Spazierengehen gebeten hatte, im *Einhorn* vorbeizusehen, hatte sich das allerdings für den Doktor Metz weder dringlich noch lukrativ angehört. Und so kam es, dass er erst Wochen später Zeit dazu fand, und zwar, nachdem die Frau Bauerin nochmals hatte nachfragen lassen. Da war es inzwischen dringlich geworden. Nicht die Hämorrhoiden der Frau Bauerin natürlich, die ohnehin mehr in die Zuständigkeit des Barbiers fielen, sondern die Blasensteine von dem Gast, einem Juden namens Bermann. Jawohl, der Doktor Metz behandelte durchaus auch Juden – andere Kollegen mochten da kleinlich sein, aber der Dr. Metz, als jemand, der von seiner Arbeit leben musste, konnte sich solche Feinheiten nicht leisten. Jedenfalls dann, wenn die Juden zahlen konnten. Genau das allerdings war bei diesem zugereisten Exemplar, wie ihm die Frau Bauerin angedeutet hatte, recht zweifelhaft. Und zweifelhaft war ebenfalls, ob er, der Metz, bei dem Kranken irgendetwas würde ausrichten können. Urinsteine waren ein verbreitetes Leiden, und der Doktor Metz wusste ziemlich gut, dass weder sein Universalsalz noch sonst irgendein Geheimmittel dagegen etwas fruchteten.

Hatte man Blasensteine, so gab es zwei Möglichkeiten: Entweder man ließ schneiden – oder man ließ es sein. Und wenn man schneiden ließ, dann gab es nochmal zwei Möglichkeiten: Entweder, man starb daran – oder man erholte sich. Bei dem Juden Bermann ging es offenbar jeweils in die erste der beiden Richtungen, wie der Dr. Metz heut erfuhr. Der Mann habe sich fürs Schneiden entschieden. Seitdem stehe es sehr ernst um ihn. So weit die Nachricht, die der jüdische Handlanger der Witwe Bauerin brachte, verbunden mit der Bitte an den lieben Dr. Metz, so bald als möglich, und am besten jetzt gleich, ins *Einhorn* zu kommen. Und ob er denn vielleicht in diesem Fall einmal das gewisse berühmte Salz …

Nun hatte allerdings der Dr. Metz keineswegs vor, den Ruf seines Wundersalzes zu beschädigen, indem er es in einem hoffnungslosen Fall gab. Noch dazu einer Person, die er nicht einmal zu seinen festen Patienten rechnete. Er schrieb daher nur schnell ein Rezept für sydenhamische Ruhe-Essenz und entschuldigte sich, was den sofortigen Hausbesuch betraf, damit, dass heut für ihn noch andere dringende Visiten bei schwerst Erkrankten anlägen. Ohnehin hätte der Jude Bermann ihn *vor* dem Schneiden konsultieren müssen – er würde zweifellos abgeraten haben!

Am dritten Tag danach erst machte er sich pflichtbewusst doch noch auf den Weg zum *Einhorn*. Vergrätzen wollte er ja die Witwe Bauerin gewiss nicht. Kleinvieh macht bekanntlich auch Mist, und Kleinvieh lieferte sie ihm seit Jahren verlässlich, indem sie ihn all ihren Logiergästen empfahl. So gefährlich schien es denn aber, wie sich herausstellte, gar nicht zu stehen um den geschnittenen Juden. (Der Dr. Metz fand diesen Ausdruck sehr witzig und hatte ihn schon gegenüber dem Boten mehrfach verwendet.) Da nämlich die Witwe Bauerin den Arzt eintreten sah, komplimentierte sie ihn nicht etwa gleich nach oben in das Siechenzimmer, sondern ließ ihn erst mal in der Bierstube sich niedersetzen, um ihm die ganze Leidensgeschichte des Patienten zum Besten aller Anwesenden haarklein zu erzählen. Der Bermann hatte, da außerhalb der Messen echte Steinschneider schlecht zu haben waren, für in der Judengasse erbetteltes Geld einen Frankfurter Chirurgus an seine Blasensteine gelassen (eine etwas hektische Person, wie der Doktor Metz wusste, mit nicht immer ruhiger Hand). Die Operation war *in situ*, nämlich auf einem Tisch der Bierstube erfolgt, wobei natürlich weder die Witwe Bauerin noch sonst ein Weibsbild zugesehen hatte, jedenfalls nicht von nahem. Aber informiert war die Frau Bauerin doch bestens, nämlich darüber, dass der Chirurg den angeblich einfacheren vorderen statt den hinteren Zugang gewählt hatte. Der Patient jedenfalls hatte trotz Alkohol kräftig gejammert und geschrien, während die Scheren ihm durch die Harnröhre nach oben geschoben wurden. Und dann hatte es fast eine halbe Stunde gedauert, weil der Stein sich bei allem Probieren mit der Sonde nicht erwischen, aber angeblich zumindest zertrümmern ließ, was jedoch dem Bermann nicht mehr viel nutzen konnte, da er am selben Abend noch ins Fieber fiel und bald nur noch lallte und übrigens unten heraus beständig Blut absonderte.

Auf die Pflege von einem so schwer Kranken, beteuert nach diesen Eröffnungen die Witwe Bauerin, sei sie auf die Dauer nicht eingerichtet, dazu fehlten ihr einfach die Leute, zumal ihre einzige Magd derzeit selbst nicht bei allerbester Gesundheit sei, und der Judenknecht Bonum, der wolle auch nicht ohne Bezahlung arbeiten. Sie habe schon hin- und herüberlegt, was tun mit dem armen Mann, indem nämlich leider das Judenhospital im Bleichgarten so unverschämt sei, ihr solche Leute nur gegen Geld abzunehmen, mit der Begründung, die Juden bekämen ihr christliches Gesinde ja auch nicht umsonst gepflegt im christlichen Krankenhaus, wenn überhaupt. Sie solle sich doch gefälligst ans Heiliggeistspital wenden. Als würde sie dort nicht ausgelacht. Gut, sie versteht natürlich, warum ein Hospital zum Heiligen Geist keine Ketzer und Juden bei sich aufnimmt, die bekanntlich die Existenz vom Heiligen Geist böswillig leugnen, aber für sie persönlich, die doch den Unterhalt von dem Hospital mitbestreitet über ihre Steuern, ist es natürlich von Nachteil, dass sie ihre kranken fremden Juden dort nicht unterbringen kann, dann bleibt am Ende nämlich sie auf ihnen sitzen. Dieses Mal war ja weiß

Gott nicht das erste Mal, und sie wäre doch kurios zu wissen, was man sich im Rat denkt, was geschehen solle mit so einem mittellosen Juden, der in einem christlichen Gasthof erkrankt. Soll sie ihn vielleicht mit dem Bollerwagen in die Judengasse fahren und dort in den Kot werfen? Da würde sie sich gewiss Ärger von Seiten des Rats zuziehen, wenn sie das täte!

Das sei ja empörend!, befindet der Doktor Metz, während die Tür sich öffnet und vier männliche Juden im Pulk eintreten. Und damit bloß niemand denkt, dass er vor denen etwa kuscht, fährt der Doktor umso lauter in seiner Rede fort: Es sei ein Skandal, und es müssten seiner Ansicht nach die Juden amtlicherseits gezwungen werden, jeden Glaubensgenossen unentgeltlich in ihr eigenes Hospital aufzunehmen, schon gar, wenn er von einem christlichen Gastwirt oder Dienstherrn angebracht werde.

Die einen Tisch weiter sitzende alte Jüdin Hundchen erklärt darauf, das wünsche sie sich auch, denn was aus ihr einmal werden solle, wenn ihr Geld verbraucht sei, das wisse sie nicht, ach!, alt werden sei nicht schön, und wenn möglich wolle sie doch lieber bald und bei der Frau Bauerin in ihrem bequemen Bett sterben als in ein Hospital müssen.

Die vier Männer indes treten düster an den Tisch des Herrn Doktor Metz, einer hat ein langes Holzbrett in der Hand. Der Doktor fühlt sich geradezu bedrohlich umzingelt von diesen bärtigen Gestalten, die keineswegs den Eindruck machen, als suchten sie Herberge oder seien gar zum Biertrinken gekommen. Und prompt fängt einer, der einzige ohne Bart übrigens, in streitsüchtigem Tonfall an: Wenn der Rat nach seiner (des Doktor Metz) Meinung sich also anheischen solle, den Juden die Verwaltung ihres Hospitals vorzuschreiben, so müsse er wohl auch der Ansicht sein, dass der Rat sich künftig durch die Zuteilung von Steuermitteln aus den immerhin auch von den Juden gezahlten Steuern beteiligen müsse an den Kosten des jüdischen Hospitals. Dies gesprochen mit einem jüdischen Akzent, den der Doktor Metz sehr störend findet mit diesem Singsang und den weichen S-Lauten.

Die Bauerin beendet die Unterhaltung, bevor es richtig haarig wird.

«Gelle, Herr Doktor Metz, Sie sind nicht böse, wenn ich die Herren rasch hochbringe. Die sind der Beerdigungsverein von der Judengasse. Ich bin gleich wieder bei Ihnen, laufen Sie mir nicht fort.»

Woraus der Doktor Metz aufs Ende der Geschichte vom Juden Bermann schließen kann. Der ist nämlich, wie ihm nun auch die Hundchen vom Nebentisch schildert, vor nicht ganz zwei Stunden verstorben. Der Doktor nimmt dies mit Erleichterung auf, andernfalls hätte die Sache ja unangenehm für ihn werden können, indem man ihn bedrängt hätte, sein Universalmittel herauszugeben. Und die Witwe Bauerin, die ist das Kreuz mit dem kranken Gast jetzt auch los.

Als diese bald wieder schweren Schrittes eintritt und sich auf die Bank neben ihm fallen lässt, kommt sie zur Sache. Nämlich zu der, die auch nach dem Tod des Patienten Bermann noch ansteht. Ganz kurzatmig von dem bisschen Treppensteigen (zu fett!, konstatiert bei sich der Metz) beginnt sie: Sie müsse ihn doch einmal befragen wegen gewisser Umstände bei ihrer Magd. Die klage sei einiger Zeit, sie habe ihre Ordinaire wegen eines Zorns verloren, und nun würde sich das verstopfte Blut bei ihr im Leib sammeln und ihr Beschwerden verursachen. Sie, die Bauerin, mache sich neuerdings aber Gedanken, ob die Magd nicht schwanger sei, die Leute redeten auch schon wegen des angeschwollenen Leibs. Allerdings beteure das Mädchen standhaft seine Unschuld und sei sonst eine gute und ehrliche Seele. Ob denn der Herr

Doktor Metz es für möglich halte, dass tatsächlich ein dicker Bauch von dem angesammelten Blut der ausgebliebenen monatlichen Reinigung herrühren könne, oder ob sie ihre Magd nicht doch für schwanger halten müsse?

Der Doktor Metz räuspert sich und müht sich, wissend zu blicken. Wenn sie nur eine allgemeine medizinische Auskunft haben wolle, so bescheidet er die Bauerin, dann müsse er sagen, es sei in der Tat möglich, dass das Mädchen die Wahrheit spreche und ihr das verstockte Blut den Leib auftreibe. Andererseits müsse man bei solchen Umständen immer auch an Schwangerschaft denken, und er wolle, ohne die Patientin gesehen und genauestens examiniert zu haben, hier kein Urteil sich erlauben.

Die Bauerin sagt einen Augenblick nichts. Erstens ist sie abgelenkt, weil sie durchs Fenster wahrnimmt, wie eben die Herren jüdischen Bestatter die Leiche über den Hof jonglieren, zweitens ist sie im Prinzip nach der Auskunft vom Doktor Metz so klug wie zuvor. Soll sie etwa jetzt die Susann aus der Küche holen? Ohne sie vorbereitet zu haben?

Um Zeit zu schinden, handelt sie erst einmal ihre eigenen Beschwerden ab, indem sie dem Doktor Metz berichtet, sie wisse nicht, wie ihr geschehe, sie leide so oft an Schwindel in letzter Zeit, da wache sie zum Beispiel nachts auf und das ganze Bett drehe sich um sie her, dass ihr ganz anders werde. Der Doktor Metz schreibt ihr ein Rezept für ein stärkendes Tonikum und für einen Aderlass, damit sich das überschüssige Blut im Liegen nicht so im Hirn sammelt. Und während er schreibt, fällt der Bauerin ein, dass sie ja vor drei Tagen, als sie schon mit dem Arztbesuch rechnete, heimlich Urin von der Susann aus deren Nachttopf geschöpft hatte, mit ihrer eigenen Urinflasche, die sich noch immer gefüllt im Schrank in der Stube befinden muss.

«Wissen Sie was, Herr Doktor», sagt sie sichtlich erfreut, «ich hab etwas für Sie! Da werden Sie vielleicht doch noch etwas Genaueres sagen können!» Schnaufend erhebt sie sich und stapft in den Nebenraum, aus dem sie wenig später mit einer Urinflasche zurückkehrt. Wie die Antwort auf alle Gebete der Christenheit, hält sie dem Doktor strahlend die Flasche entgegen.

Solche Momente liebt der Doktor Metz nicht, wiewohl er sich gerade hier immer wieder genialisch bewährt. Insgeheim findet er, dass der Laie bei weitem die Möglichkeiten der Urindiagnose überschätzt – wobei er natürlich der Letzte wäre, der dem Laien das mitteilen würde. Hell oder dunkel, trüb oder klar, süß, sauer oder alkalisch, blutig, eitrig oder nicht, das sind freilich wertvolle Indikatoren für den studierten Physicus, aus denen sich sehr vieles und oft alles ablesen lässt. Aber Wahrsagen lässt sich aus Urin, zumal aus unauffälligem, nun wirklich nicht. Genau das aber scheint die Bauerin zu erwarten. Der Doktor Metz schließt, dass es sich höchstwahrscheinlich um den Urin der im Zweifelsfall schwangeren Magd, und wenn nicht, dann doch wohl um den der Bauerin selbst handelt. Er verkündet also nach einiger Betrachtung, aufs Schmecken verzichtet er: Der Urin sehe ihm nicht mehr ganz frisch aus (obwohl er das eigentlich mehr gerochen als gesehen hat). Was die Diagnose erschwere. Aber seiner Ansicht nach stamme dieser Harn nicht von einem ledigen Weibsbild.

Die Bauerin verfärbt sich etwas rötlich vom Hals her und gesteht bestürzt, dass der Urin tatsächlich von der Magd stamme, die ihr schwanger zu sein scheine. «Soso», sagt der Doktor Metz. «Das Beste wird sein, wenn Sie das junge Ding morgen Nachmittag einmal zu mir ins Haus schicken. Da kann ich es in Ruhe und in aller Strenge examinieren, und dann will ich der Sache schon auf den Grund kommen.»

Der Frau Bauerin wird nun erst richtig heiß. Der Doktor Metz sagt das ja so, als sei die Sache schon klar. Und jetzt, wo es an dem ist, dass sie morgen wohl die ärztliche Auskunft bekommen wird, die Susann sei zweifellos schwanger, und endlich aus ihrer Unsicherheit befreit wird – da merkt sie, wie viel lieber sie es hätte, wenn dem nicht so wäre.

Sie seufzt, hängt ihr Doppelkinn über den Kragen (gegen die Mode geht sie hochgeschlossen) und fischt nach ihrer Geldbörse. Denn der Doktor Metz muss natürlich für seine Dienste bezahlt werden. Und für die morgen anstehende Untersuchung der Susann entlohnt sie ihn schon im Voraus.

Am folgenden Tag

Frankfurts Judenheit war die größte und stolzeste irgendeiner deutschen Stadt. Kaum ein durch Frankfurt kommender Reisender von Rang und halbwegs flüssig laufender Feder hatte es in den letzten Jahrzehnten versäumt, ihren Wohnort, die Judengasse, zu beschreiben, weshalb diese bei Fremden als eine große Attraktion galt.

Der touristische Ruhm der Judengasse beruhte hauptsächlich darauf, dass es hier so gruselig zuging. Das fanden die Frankfurter Juden auch. Sie fanden es zum Beispiel sehr lästig, sich bei jedem Schritt in ihrem Quartier durch einen Pulk von schäbige Waren anpreisenden Trödlern schieben zu müssen. Es sei denn natürlich, man ging direkt in der Gosse, die meistens frei war, jedenfalls von Verkaufsständen, und auch dann bekam man noch ständig von rechts einen alten Strumpf und von links einen grünspanigen Kupferpokal vor die Nase gehalten. Dabei hatten nicht einmal die Trödler selbst die rechte Freude an ihrem Metier, weil ihnen, wann immer irgendwo in oder bei Frankfurt auch nur das Geringste gestohlen wurde, *sofort* das Peinliche Verhöramt auf der Suche nach Hehlerware auf den Füßen stand. Das führte dazu, dass die jüdischen Trödler und Pfandleiher sich vor Hehlerware hüteten wie kein Gewerbetreibender sonst in Frankfurt und trotzdem von allen den schlechtesten Ruf besaßen.

Die Bewohner der Judengasse fanden auch ihre in Zweierreihen hintereinanderstehenden und dann an die Mauer grenzenden, lächerlich schmalen und kurzen Häuser durchaus nicht pittoresk, weil sie nämlich drin leben mussten, in dichtem Gedränge mit zig Familien und dabei von vorn und von hinten kein Licht und keine Luft bekamen. Sie hätten liebend gerne woanders in der Stadt gesiedelt als in diesem engen, stickigen, stinkigen Halbkreis im Wollgraben vor der alten Staufenmauer. Am Dom zum Beispiel. Wie früher, bevor in der späten Renaissancezeit der damalige Herr Römische Kaiser (glorwürdigst und durchlauchtigst regierend) sich besonnen hatte, er sei nicht nur römisch, sondern vor allem katholisch – und dass hier in der Kaiserstadt, direkt an der Krönungskirche, das Judenvolk sich so freizügig und für alle sichtbar dem Handel, Wandel und schönen Leben hingab, als wollte es den Christen noch die lange Nase zeigen, nachdem es ihnen den Heiland ermordet hatte – das war doch ein Skandal und seiner und des Reiches nicht würdig. Er hatte also dem Rat aufgetragen, die Juden gefälligst außerhalb der Stadtmauern anzusiedeln, mit ein paar eigenen Mauern drum um ihr Viertel, und sie feiertags und nachts unter Verschluss zu halten, wie das neuerdings Brauch geworden war in der zivilisierten Welt. Hielt man die Juden nämlich sonntags eingeschlossen, konnten sie die Feiertagsruhe nicht stören und wären am Schänden von Hostien und

Morden von Christenkindern zum Osterfest gehindert. (Natürlich glaubte außer Bauern, Handwerksgesellen und anderem randalierenden Pöbel niemand – und der Kaiser schon gar nicht –, dass die Juden sich für Hostien oder Christenblut interessierten. Aber die Maßnahme war dennoch sinnvoll, gerade weil der Kaiser offiziell der Schutzherr der Juden war. Wenn die Juden nämlich sozusagen hinter Schloss und Riegel säßen, dann würde das hoffentlich den besagten Pöbel davon abhalten, immer mal wieder ein Gemetzel und Gebrandschatze und Geplünder bei ihnen anzurichten. Das kam leider bislang sehr häufig vor und bereitete am Ende der christlichen Obrigkeit am meisten Verdruss, indem sich danach die Juden bitterlich beim Kaiser und beim Rat beschwerten und Prozesse anstrengten und Entschädigung verlangten und die Nützlichsten unter ihnen künftig ihre Dienste anderswo anboten.)

Der Frankfurter Rat hatte damals zwar keine besondere Lust auf eine Judenumsiedelung gehabt, die ihm teuer und dem Handel abträglich erschien, und im Übrigen verstanden sich viele Herren im Rat sehr gut mit ihren jüdischen Geschäftspartnern. Sie hatten sich aber nach ein paar Jahren Hinauszögern und Vertrösten doch den wiederholten Befehlen des Kaisers fügen müssen.

«Außerhalb der Stadtmauern», hatte der Kaiser angeordnet, und die Stadtväter nahmen ihn beim Wort, indem sie die Juden im Osten der Stadt direkt außen an der damaligen Mauer ansiedelten – im Stadtgraben. Gleich dahinter kam auf ein paar hundert Schritt Länge eine zweite Mauer, und das schmale Band zwischen der Stadtmauer und der neuen Mauer hieß fortan die Judengasse.

Und da wohnten sie noch heute. Nur lag der ummauerte, mit hohen Toren gesicherte Stadtgrabenabschnitt jetzt nicht mehr draußen, sondern mittendrin in dem längst über die alte Staufenmauer hinausgewachsenen Frankfurt. Auch die Judengasse war inzwischen gewachsen. Allerdings nur die Zahl der Bewohner und nicht die Fläche. Denn die Fläche war ja begrenzt. Da waren ja die Mauern drumherum und wurden auch bis heute hübsch in Schuss gehalten, weshalb es verteufelt eng geworden war in dem vorher schon engen Wollgraben. So konnten sich die christlichen Besucher schön gruseln und über die Zustände erregen. Besonders, wenn man als junger Frankfurter aus gutem Hause, der Trödelware nicht nötig hatte, dennoch ausnahmsweise mal in die Judengasse spazierte, so als Mutprobe vielleicht (denn der schlechte Ruf beziehungsweise Geruch des Ortes war ja bekannt) – dann konnte man nicht umhin, alles zu glauben, was man je Schlechtes über Juden gehört hatte, und sehr zufrieden damit sein, dass dieses unangenehme fremde Völkchen mit seinem Gewimmel und Gewusel und Gemauschel und Geschacher hier schön abgeschlossen gehalten wurde und nicht etwa die Erlaubnis bekam, einfach irgendwo anders in der Stadt sich niederzulassen. Solche Leute wollte man nicht als Nachbarn.

Das wiederum sahen die Juden etwas anders. Der Bonum zum Beispiel, nicht einmal ein eingesessener Stättigkeitsjude, sondern nur ein geduldeter Fremder, der hier nicht mehr besaß als ein halbes Bett zur Miete. Was ihm an der Frankfurter Judengasse im Vergleich mit seiner Odenwälder Heimat richtig gut gefiel, das war die Tatsache, dass man hier so schön unter sich war. Von überall kam die im Elternhaus gelernte anheimelnde Sprache, und man musste sich nicht dauernd den Mund verrenken, um von nichtjüdischen Nachbarn verstanden zu werden. (Zumal sich der Bonum, um ehrlich zu sein, an den Frankfurter Dialekt nie so ganz hatte gewöhnen können und sich weigerte, ihn zu sprechen. Er pflegte mit den

Christen ein Oberdeutsch mit Odenwälder und ein bisschen jüdischer Färbung zu reden.) Alles, was man so brauchte, wie koscheres Fleisch, koscheren Wein oder die Synagoge, gab es hier nur einen Steinwurf entfernt. Um seine Dienste anzubieten – denn der Bonum war ja bekanntlich Mietknecht – hatte er es ebenfalls nie weit. Zwar lag das *Einhorn*, wo er fast jeden Tag Kundschaft hatte und am Wochenende schon mal übernachtete, außerhalb der Judengasse. Aber so dicht dran auf der anderen Seite der Mauer, dass er sozusagen von seinem halben Bett aus rüberspucken konnte.

Eben war er gerade wieder auf dem Weg ins *Einhorn*, fädelte sich zwischen den Trödlern und Pfandleihern und ihrer Kundschaft hindurch – wen erblickt er da vor dem Geschäft vom Kurzwarenhändler Flörsheim? Die Susann.

Nichts Besonderes natürlich. In die Judengasse kommt man eben, wenn einem etwas fehlt an Nähzeug oder Hausrat oder Kleidern. Es sei denn, man hätte Lust, woanders doppelt so viel zu zahlen. Und das wird die Susann wohl kaum haben. Aber Herr der Welt, wenn man sie so von weitem sieht, da kann man wirklich gar keinen Zweifel mehr haben, dass das Mädchen schwanger ist.

Er tippt ihr von hinten an den Rücken im Gedränge, worauf sie sich mit einem Ruck umdreht. «Ach, nur Ihr!», sagt sie, eine erschrockene Hand auf dem Herzen, und lacht ein bisschen traurig. Er wünscht einen guten Morgen und guten Einkauf und geht gleich weiter.

Ganz unangenehm ist ihm plötzlich wieder zumute wegen der Susann; es lässt sich gar nicht beschreiben, das Gefühl, das ihm in den Eingeweiden umhergeht. Was musste sie auch unbedingt mit dem Holländer rumhuren und ihn, der völlig unschuldig ist, sozusagen mit hineinziehen in die Sache. Was auch immer ihr passiert ist und noch passieren wird, sie hat es verdient. Wenn nur *er* nicht noch einen Schaden davonträgt.

Aber was ist – war das nicht –

Der Bonum bleibt etwas baff kurz vor dem Tor am Judenbrücklein im Gewühl stehen. *Wen* hat er da eben mit halbem Auge vollbepackt das Haus *Zum goldenen Anker* betreten sehen? War das nicht dieser Jontef, der Gefährte von dem Holländer?

Den Bonum reißt es hin, und dann reißt es ihn her und schließlich erst einmal hinaus aus der Judengasse, weil ihn nämlich ganz laut im *Einhorn* die Pflicht ruft.

Die Susann hatte neues Stopfgarn gebraucht. Da es dringend war, hatte ihr die Frau Bauerin genehmigt, dafür am Morgen nach dem ohnehin fälligen Fleischkauf nochmals kurz für das Garn in die Judengasse hinüberzugehen und gleich auch ihr, der Bauerin, welches mitzubringen, in Schwarz. «Und nicht von dem erstbesten Trödler, sondern von Flörsheim, gelle, das ist doch das beste und außerdem gleich um die Ecke vom Brücklein, da seid Ihr schnell wieder zurück.»

Die Frau Bauerin ahnt natürlich nicht im Geringsten, dass die Susann, die sich entsetzlich nervös fühlt, noch eine gewisse andere Absicht verfolgt bei diesem Weg.

Sie ist nämlich inzwischen derart verzweifelt, dass sie nichts unversucht lassen will, das ihr aus ihrer Lage heraushelfen könnte – und sei es der dürrste Strohhalm. Und da wäre eben dieser dünne Schimmer von einer Hoffnung, dass sie dem Jan auf die eine oder andere Weise eine Nachricht zukommen lassen kann. (Falls er nicht ohnehin bald wiederkommt – sie hat Momente, seltene leider, da ist sie sich vollkommen sicher, dass er bald in Frankfurt eintreffen muss. Zur Herbstmesse spätestens!) Mit einer solchen Nachricht eilt es jetzt sehr, denn falls er noch in Petersburg ist, von wo der Weg nach Frankfurt viele Wochen dauert, dann darf es noch knapper ganz bestimmt nicht werden.

Einmal in der Judengasse, um genau zu sein, bei Flörsheim & Comp. vorm Geschäft und mit dem gesuchten und nunmehr gekauften Garn in der Hand, weiß sie kaum, wie und bei wem sie, ohne Verdacht zu erregen, ihre Frage vorbringen soll. So lange und unschlüssig steht sie herum vor seinem Laden, dass der Kurzwarenhändler Amschel Flörsheim irgendwann wieder aus seiner Tür tritt und fragt, ob sie vielleicht noch einen weiteren Wunsch habe? Einen Wunsch eigentlich nicht, sagt sie, aber sie überlege gerade, sie hätte da nämlich eine Frage, vor einiger Zeit habe sie – und gerade, als sie solcherart auf den heißen Brei zumanövriert, wird sie von hinten angestupst. Einen winzigen Augenblick denkt sie, es ist die Antwort auf ihre Gebete: der Jan. Sie dreht sich um. Ach Jesus, natürlich ist es bloß der Bonum. Himmel. Der hat ihr als Zeuge bei ihren Nachforschungen gerade gefehlt.

Doch sie kann schnell wieder aufatmen, denn er grüßt nur kurz und setzt direkt seinen Weg zum *Einhorn* fort.

So, jetzt darf sie aber nicht mehr kneifen. Heraus damit. Sie habe nämlich, sagt sie dem Flörsheim, letztes Jahr ein paar Wochen vor Weihnachten von einem jüdischen Juwelier Perlen gekauft, kein hiesiger, ein polnischer Jude, der zwischen Holland und Polen oder Russland hin- und herreise, ein kleiner grauer Mann so Ende vierzig, den Namen wisse sie leider nicht. Ob er, Flörsheim, vielleicht wisse, ob der Mann wieder in Frankfurt sei? Oder wann er wiederkomme, die Ware sei so günstig gewesen?

Da gäb es viele, sagt der Flörsheim, da müsst er schon wissen, wie er heißt, der Juwelier.

Den Namen weiß sie eben nicht, seufzt die Susann resigniert. (Sie hat auch wirklich nicht damit gerechnet, dass ihr gerade der Flörsheim würde helfen können.)

Nachdem sie sich aber einmal getraut hat zu fragen, eilt sie jetzt, soweit das Gedränge und der Untergrund eilen erlauben, zu den besseren Kandidaten für ihre Frage, zu denen, die selbst Schmuck verkaufen. Zu dem Juwelier Oppenheimer im *Roten Hirsch* schräg gegenüber zum Beispiel, in dessen Geschäft sie allerdings niemals vorher einen Fuß gesetzt hat. Und das Ergebnis? Der Oppenheimer (junior) meint auf ihre Frage, er verstehe nicht, was sie von dem Polen wolle, die Firma Oppenheimer habe nun ganz gewiss günstigere Sachen im Angebot als so ein Importeur, der zu gewöhnlichen Handelspreisen einkaufen müsse, und dann noch die Zölle. Bei Oppenheimer sei es selbstverständlich viel billiger, wie wäre es zum Beispiel mit diesen schönen Ohrringen, reines Gold, einmalig, nur sechs Gulden. Das Stück. Nein, sogar alle beide, weil sie es sei. Worauf die Susann dankend ablehnt und verschwindet.

Um nichts versäumt zu haben, läuft sie ohne viel Hoffnung noch zu dem zweiten Juwelier, weiter oben im Haus *Zur Kann*. Der bedienende Herr hier grübelt ernsthaft nach über ihrer Frage, immerhin, und dann meint er: So zwei oder drei würden ihm da einfallen, die außer Leipzig und Frankfurt auch Antwerpen oder Amsterdam besuchten, ein gewisser Mordechai aus der Nähe von Krakau zum Beispiel, und auch einem Jontef habe er gelegentlich mal was abgekauft. Da werde sie wohl die Herbstmesse abwarten müssen, bis einer von denen sich wieder blicken lasse. In der Zwischenzeit habe er aber hier ein ganz ausgezeichnetes Angebot, auch Perlen, falls sie daran noch Interesse habe, und wenn er ehrlich sein wolle, so müsse er sogar sagen, dass er zum Kaufen während der Messe gar nicht raten könne, werde doch zur Messe so viel Minderwertiges zu überhöhten Preisen angeboten, am schlimmsten übrigens, und das müsse sie ihm glauben, in den Römerhallen, wo die feinen Herrschaften sich tummeln. Da sei es ja noch dunkler als in der Judengasse, und bei den Wucherpreisen, da sehe keiner zweimal hin in der trügerischen Annahme, dass, was teuer ist, auch gut sein müsse. Er aber, der das ganze Jahr am selben Platz sein Geschäft hat, in der dritten Generation schon, er hat einen Ruf zu verlieren –

Die Susann unterbricht ihn: Der Kaufmann, den sie meine, habe einen braungrauen Bart, nicht schwarzgrau, nicht rotgrau, sondern braungrau, und wenn sie sich richtig erinnere, habe er blaue Augen gehabt, ob das vielleicht einer von den beiden –

«Na, na, na! Man könnt ja meinen, das Kind, das das Fräulein unterm Herzen trägt, wär von dem jüdischen Kaufmann, dass Sie mit so einer Inbrunst nach ihm sucht!»

«Schäm Er sich!», sagt die Susann (wäre sie unschuldig, hätte sie gelacht). Und dann behauptet sie tarnungshalber, aber mit heißen Ohren, sie würde bald einmal zwecks Schmuckkauf vorbeisehen, Perlen interessierten sie besonders. Jetzt müsse sie aber schnell zurück zu ihrem Dienst. Was in der Tat stimmt. Erhitzt und sehr eilig macht sie sich auf den Weg zurück.

Natürlich musste das so ausgehen. Sie weiß nicht einmal, was ihr die Auskunft gebracht hätte, der Kaufmann sei hier oder dort. Hätte sie ihm dann schreiben lassen? Was denn, etwa, er möge dem Jan ausrichten, sie bekomme ein Kind und er solle schnellstens nach Frankfurt kommen? Da müsste sie sich ja offenbaren, wenn sie mit der Bitte um so einen Brief zu ihrem Schwager Hechtel käme. Und einen berufsmäßigen Schreiber kann sie doch gar nicht bezahlen. Gut nur, dass sie in der Judengasse nicht direkt nach dem Jan gefragt hat mit ihrem vorstehenden, harten Bauch: Von wegen sie suche einen großen jungen Holländer, der im letzten Winter im Gefolge eines jüdischen Kaufmanns hier gewesen sei.

Genauso gut könnte sie durch die Straßen laufen und lauthals hinausposaunen, sie sei schwanger.

Am *Einhorn* meidet sie die Bierstub und mogelt sich durch die Hoftür der Bauerischen Wohnstube in die Küche. Dort lässt sie sich auf den Schemel fallen. Die Hände zittern ihr.

Sie muss es sich eingestehen ein für alle Mal, dass alle ihre Ausflüchte vor sich selbst, wie sie sei doch nicht schwanger oder der Jan käme noch rechtzeitig und würde sie heiraten, dass die eben nur das sind: Ausflüchte, mit denen sie sich vor der Wahrheit drücken will. Und die ist, dass sie schwanger ist und keinen Mann hat und keine Hilfe von den Schwestern zu erwarten, und dass sie im August oder September heimlich ein Kind bekommen muss und es beiseiteschaffen muss irgendwie, ohne dass es irgendjemand merkt.

Sie sitzt einfach da. Sie kann nichts mehr denken. Nach einer halben Stunde schreckt sie hoch von der Stimme der Frau Bauerin.

«Susann? Was macht Ihr da, habt Ihr das Essen noch nicht angefangen?»

Sie springt auf, ist so sehr woanders, dass sich auf den Tadel nicht einmal ihr Widerspruchsgeist regt. «Ich fang jetzt an, ich hab nur – hab mich nur einen Augenblick ausgeruht.»

«So? Susann, Ihr müsst heut Nachmittag übrigens nochmal raus für mich. Das macht Ihr doch, gelle. Zum Doktor Metz, der hat mir ein Rezept gegeben, also, ein Gekrakel ist das, das glaub ich nicht, dass der Apotheker das lesen kann. Das soll er mir nochmal ordentlich aufschreiben oder es Euch sagen, wie es heißt. Am besten, Ihr geht so um zwei. Und dass Ihr's wisst, ich hab gestern dem Doktor Metz erzählt von Euren

Umständen mit dem verstockten Blut. Fragt ihn doch bei der Gelegenheit einmal, ob er Euch vielleicht einen Rat in der Sache geben kann. Es geht auf meine Kosten.»

Sie drückt der Susann das gestern erhaltene Rezept in die Hand, das für Ärzteverhältnisse ziemlich gut leserlich in lateinischer Kurrentschrift abgefasst ist und wohl kaum einem Apotheker Probleme bereiten würde, was die Frau Bauerin auch weiß, aber die Susann ja nicht, gelle. Sie schickt das Mädchen lieber ein bisschen unter Vorwand zum Arzt, als ihm klipp und klar zu sagen, was Sache ist.

Zumal die Frau Bauerin von dieser Sache am liebsten selbst nichts wissen will.

Als die Tür krachend hinter ihr zugeht, gibt sich die Susann einen Ruck und fängt dann fiebrig an mit dem Essen, denn sie ist tatsächlich verspätet, es eilt, die Suppenknochen müssen ja auskochen. Und sie bereitet sich dabei in Gedanken auf den Nachmittag vor, wenn sie sich vom Doktor Metz über ihren Bauch beraten lassen soll. Denn sie wird dem nicht ausweichen können. Befragt sie ihn nicht, macht sie sich verdächtig bei der Frau Bauerin.

Fast ist es ihr lieb, dass sie gleich diese neue Gefahr zu bestehen hat. Solange sie nur jetzt nicht weiter an den September denken muss.

Nach dem Mittagessen allerdings sah das schon wieder anders aus.

Die Susann war so steif vor Angst, dass ihr das Abspülen schwerfiel und das Ascheausfegen. Seitdem sitzt sie reglos auf dem Schemel und wartet, dass es zwei schlägt. Essen hätte sie nichts können, selbst wenn sie gewollt hätte (und um den Bauch möglichst dünn zu halten, wollte sie nicht). Sie hat Ihre Portion zurückgestellt für später, wenn sie von dem Arztbesuch zurückkommt, und da steht das Essen nun, Suppe, Gemüse und Brot, zugedeckt, damit die Mäuse nicht drangehen, aber die Susann kann sich nicht vorstellen, dass sie das wirklich später essen wird. Denn wenn Sie zurückkommt, dann wird wahrscheinlich nichts mehr sein, wie es war.

Bim! Bim! Das 2-Uhr-Geläut.

Die Susann rafft sich auf. Sie geht durch die Bierstube in den Hof und verabschiedet sich von der Frau Bauerin, als sei nichts. Die ihrerseits wünscht ihr launig einen guten Weg.

Als sie den Torbogen zur Straße verlässt, sieht sie an der Ecke eine Stelle, wo gelbe Flechten über den rosaroten Sandstein kriechen. Wie schön das eigentlich aussieht!, denkt sie und wundert sich über sich selbst. Und so geht es ihr den ganzen Weg lang, überall entdeckt sie bislang unbeachtete, hübsche Kleinigkeiten, bunte Hausembleme, Steine, Durchblicke, Wolken, an denen man sich so unbeschwert freuen könnte, wenn man eine gewöhnliche junge Dienstmagd wäre mit den üblichen kleinen Alltagssorgen und einer guten Brotherrin und den Schwestern in der Nähe, die einen zwar manchmal allzu sehr wie ein Kind behandeln, aber die man doch im Grunde herzlich lieb hat. Was wäre die Welt schön, wenn sie nicht schwanger wäre!

Sie schwört sich, das niemals mehr zu vergessen, falls sie wider alle Anzeichen die Sache irgendwie unbeschadet hinter sich bringen kann.

Dann steht sie vor dem Ziel, vor zwei ausgetretenen Stufen aus dem heimischen Frankfurter roten Sandstein und einer blauen Tür, zu der die Stufen führen, ein fleckiges Uringlas hängt als pittoresk-altertümelndes Ärzteemblem daneben. Das Haus liegt kurz vor der Metzgerpforte und hat keinen Hof. An der Tür hängt ein eiserner Klopfer, den die Susann schließlich wohl oder übel auch bedient, und wer öffnet, ist eine Dienstmagd wie sie selbst, im gleichen Alter oder jünger, rotblond und spitzbübisch im Gesicht.

Wen sie dem Herrn Doktor melden solle?

«Die Magd von der Frau Bauerin vom *Einhorn*. Ich soll mich erkundigen wegen den Rezepten von meiner Frau, die er ihr gestern gegeben hat.»

«Soso! Wegen den Rezepten von Ihrer Frau ist Sie hier! Ganz bestimmt, das sieht ja jeder», höhnt die Magd und blickt ihr naserümpfend auf den Bauch.

«Kümmer Sie sich um Ihren eignen Dreck», entfährt es der Susann, und sie denkt: Herr Jesus, warum hast du mich hierhergehen lassen, warum hab ich mich nicht gleich in den Main geworfen, da wär ich besser aufgehoben gewesen.

Jetzt ist sie aber hier und nicht im Main und muss der frechen, neunmalklugen Metzischen Magd hinterhertrapsen in ein Zimmer im zweiten Geschoss, gleich hinter dem Treppenabsatz, eines mit Bücherregalen an den Wänden und einem Schaukelstuhl am Fenster, aus dem der Doktor Metz eben erst aufgestanden sein muss, denn das Ding schaukelt noch sanft vor sich hin.

Der Herr Doktor hingegen, in Braun und Grün gekleidet, steht nahe der Tür an einem langen Tisch voller merkwürdiger Dinge wie Glasrohre und Glasballons und betrachtet, eine Lorgnette vorm Auge, hochkonzentriert ein gelbliches Mineral.

«Die Magd von der Witwe Bauerin», verkündet in fröhlichem Ton das Mädchen und verlässt gleich wieder das Zimmer, ohne aber die Tür richtig zu schließen. Der Doktor Metz hebt interessiert die Augen von seinem Mineral, legt es achtlos ab und betrachtet statt des Steins durch die Lorgnette nun sehr eingehend und in ihrer ganzen Länge die Susann.

«Meine Frau schickt mich wegen den Rezepten von gestern. Eines wär nicht gut leserlich, und ob der Herr Doktor wohl so nett sein könnten, es nochmal deutlicher aufzuschreiben oder mir den Wortlaut einzuschärfen.»

«Was Sie nicht sagt! Was Sie nicht sagt! Dann geb Sie doch mal her das Rezept, dann werden wir den Makel beseitigen.» Er schreitet zu einem zweiten, kleineren Tisch vorn neben dem Fenster, wo er sich setzt und nach der Lorgnette sowie nach Tinte und Feder greift. «Ach! Na, bei welchem Jüngele von Apothekerlehrling ist die Frau Bauerin denn da gelandet, da werde ich gerad einmal die Abkürzungen ausschreiben, so, und wenn er's wieder nicht lesen kann – aber ich ahne, ich ahne. Nehm Sie das Rezept mal wieder, nicht, dass Sie's noch vergisst am Ende. So.»

Er dreht sich auf seinem Stuhl, dass er den Arm auf der Rückenlehne hat und die Susann wieder fest im Blick.

«Und gehe ich denn recht in der Annahme, dass Sie selbst eigentlich ärztlichen Rat nötig hätte, indem mir nämlich die Frau Bauerin gestern von gewissen Umständen bei Ihr gesprochen und mir auch einen nicht zum besten aussehenden Urin gezeigt hat, sodass man doch, ganz ehrlich und unter uns gesprochen, den Verdacht haben muss, dass Sie guter Hoffnung ist?»

Das ist schlimmer als alles, was die Susann sich vorgestellt hat. Die Frau Bauerin hat ihm ihren Urin gegeben! Und er hat's gesehen im Urin! Das war's dann wohl. Jesus, wie soll sie da noch rauskommen.

«Von guter Hoffnung weiß ich nichts, aber auch gar nichts», sagt sie hastig mit einem Gefühl im Magen, als flöge sie, «außer eben, dass die Leute schon tratschen über mich, ich sei schwanger, bloß weil mir die Ordinaire ausgeblieben ist, was wirklich ungerecht ist, denn wenn ich mich mit Männern eingelassen hätte, dann würd mich doch die Frau Bauerin bestimmt nicht bis heute behalten haben.»

«Einen Verdacht hat sie aber schon, Eure Frau. Dass Sie schwanger ist.»

«Und gerade wegen des bösen Verdachts würd ich sehr um Ihren Rat und Ihre Hilfe bitten, dass Sie mir meine monatliche Reinigung wieder verschaffen. Es ist doch sicher nicht gesund, wenn der ganze Dreck nicht ausgespült wird.»

Der Doktor Metz lacht auf. «Nein, das ist sicher nicht gesund. Nun hätte ich aber vom Urin her doch gemeint, dass eine Schwangerschaft vorliegt. Was sagt Sie dazu, hat Sie nicht doch was zu gestehen?»

Stark bleiben.

«Ich wüsste nicht, was. Meine Frau hat Ihnen doch sicher schon gesagt, dass mir die Ordinaire von einem Zorn verstockt ist. Ich schwöre Ihnen, das Letzte, woran ich dabei gedacht habe, war eine Schwangerschaft. Deshalb war ich so dumm, das mit dem versiegten Blut gleich meiner Kameradin zu erzählen, und dem gemeinen Aas hab ich's jetzt zu verdanken, dass alles redet und ich –»

«Wieso, was hat denn die Kameradin damit zu tun?»

«Die hat doch absichtlich das Gerücht in die Welt gesetzt, dass ich schwanger sein soll, um mir zu schaden und mich bei der Frau Bauerin schlechtzumachen. Weil die Frau Bauerin eine von uns beiden loswerden wollte. Zum Glück hat sie trotzdem mich behalten und die Kameradin gefeuert. Die Frau Bauerin kennt mich ja gut genug nach über drei Jahren, dass ich ehrlich bin und es nicht mit Männern treibe. Doch wenn das so weitergeht mit dem Gerede …»

«Na, na, nicht weinen! Hatte Sie denn unter Übelkeiten zu leiden in den letzten Monaten?»

Der Susann wird heiß und kalt. «Einmal ja, bei der Hochzeit von dem Sohn von der Frau Bauerin, aber ich dachte, das wär der Fisch –»

«Nur das eine Mal? Das wird dann auch der Fisch gewesen sein. Ich sehe aber, Ihr Bauch ist etwas dick. War der vorher schon so?»

«Nein, der ist dicker geworden, jedenfalls ist er nie mehr ganz flach so wie früher, und nach dem Mittagessen ist er immer noch etwas dicker, und ich fürchte eben, dass sich das Blut ansammelt. Kann denn das sein?»

«Das kann schon sein. Das kann sich durchaus so verhalten, wie Sie sagt, dass Sie eine Blutstockung hat. Und wenn Sie nicht gelogen hat, dann verhält es sich auch so. Dann wollen wir einmal sehen, was wir für Sie tun können, dass Sie Ihre Reinigung wiederbekommt und das aufgestaute alte Blut endlich loswird aus dem Leib!»

Diese Diagnose hatte der Doktor Metz von seinem Stuhl aus gestellt, aus drei Meter Entfernung zur vollkommen angekleideten Patientin, wie es seinem Stand entsprach. Denn Patienten Betatschen und Befühlen – solche primitiven Methoden überlassen die studierten Physici natürlich den groben, ungebildeten Leuten wie Wundärzten oder pfuschenden Frauenzimmern. Ein Arzt verfügt über so fundierte Kenntnisse der Theorie, dass er ganz vorzüglich allein mit Urin arbeitet und mit den Beschreibungen, die der Patient von seinen Symptomen gibt. Anderes hat man gar nicht nötig. Und in der Tat lag der Doktor Metz ja dank seines penetrierenden, schlauen Blicks auch ganz richtig mit seiner Ansicht, dass die Magd entweder schwanger war – oder aber nicht. Dann war es eben eine Blutstockung.

Was bezüglich des zu verschreibenden Rezeptes nun wirklich keinen Unterschied machte. Doch das wiederum war etwas, was man wohlweislich nicht aussprach. Um Himmels willen. Man wollte sich ja nicht verdächtig machen. Der Doktor Metz hatte ja als frommer Mensch auch keineswegs vor, einem kapitalen Verbrechen wie vorsätzlichem Abort Vorschub zu leisten! Vielmehr galt es, seiner guten Kundin, der Witwe Bauerin, die fleißige, unentbehrliche Magd zu kurieren, die in letzter Zeit wegen verstockten Blutes leider schwächlich geworden war. Das Mädchen sah jedenfalls unglücklich genug aus.

Der Doktor drehte sich also wieder Richtung Tisch und reckte den Arm nach der Feder. Papier lag schon da. Einen Augenblick grübelte er noch, ließ die halb erhobene Lorgnette wieder sinken, während die Feder schon in Position schwebte. – Sollte er wirklich? – Etwas heikel war es nämlich schon. Da kollidierte man ja wieder mit der Frankfurter Medizinalordnung, die den Apotheken vorschrieb, scharfe Medikamente, die die Menstrua oder Geburt befördern, an Dienstgesinde oder sonstwie verdächtige Personen nicht auszuhändigen.

Doch wie gesagt, der Witwe Bauerin wollte er nicht ein weiteres Mal binnen so kurzer Zeit ungefällig sein. So entschloss sich der Doktor Metz zu einem Rezept, das ihm beim Studium in Leyden von einem seiner Professoren verraten worden war und das als probates Geheimmittel galt, den weiblichen Unterleib zur Entleerung anzuregen. Mehr noch, es hatte sich in seiner Praxis schon gelegentlich als wirksam erwiesen. Leider war es insgesamt ein bisschen ekelhaft. Was die Wirkung nur befördern konnte. Und zwar enthielt es:

Weißer Pfeffer ½ Unze
Mutterkorn 1 Drachme
Männerurin 6 Unzen
Galle von einem schwarzen Hahn 2 Unzen
Selleriesamen 1 Unze
Kreuzkümmel 1 Unze
Schlafmohn 1 Unze

Dies notierte er recht ordentlich in Apothekerlatein, quetschte in einer plötzlichen Eingebung: «Der Wittib Bauerin, Gasthaus *Zum Einhorn*, gegen Frauenleiden» als Überschrift darüber, setzte das Datum an den Schluss und unterschrieb.

«So, das hätten wir! Lass Sie sich hieraus einen Trank bereiten, aber bitte vom Apotheker Salzwedel, und wenn Sie den Trank nur fleißig nimmt, so drei, vier Löffel am Tag, dann wird sich die verstockte Ordinaire bald wieder einstellen.»

Halb herumgerutscht im Stuhl und mit ausgestrecktem Arm hält er ihr den Zettel entgegen. Die Susann traut sich heran und nimmt das Papier. Es kann doch der Doktor Metz nicht tatsächlich ihre Schwangerschaft verkannt haben?

Doch, hat er. Kein Zweifel.

Merkwürdig nur, das die Susann sich keineswegs erlöst fühlt. Oder vielleicht ist es nicht so merkwürdig, denn weniger schwanger als zuvor wird sie natürlich nicht davon, dass der Dr. Metz ihren Halblügen und Halbwahrheiten glaubt, und das Gewissen wird davon auch nicht besser. Sie nimmt den Zettel, bedankt sich, verabschiedet sich, nimmt die Grüße an die Frau Bauerin entgegen und geht.

«Ach, he, einen Augenblick! Warte Sie!»

Da ist sie schon auf der Treppe. Herr Jesus, jetzt passiert es doch noch. Wohl oder übel dreht sie sich um. Oben in der offenen Tür steht der Doktor Metz, eine Hand an der Klinke, die andere an den Rahmen gelehnt, ein schwarzer Umriss nur im Nachmittagssonnenlicht, das aus dem Zimmer fällt.

«Wir wollen doch Ihrer Frau besser schriftlich Nachricht geben.»

«W–?»

«Na, komm Sie nochmal hoch.»

Die Susann gehorcht.

Der Doktor sitzt schon wieder am Schreibtisch und kritzelt geschäftig:

Hochwerte Witwe Bauerin,
ich weiß nichts sicher zu sagen, denn Ihre Magd will nichts gestehen, sondern gibt beständig vor, über einen Zorn ihr Geblüt verloren zu haben, und ihr Leib sei nirgends ganz dünn und nach dem Essen etwas dicker. In der Annahme, dass sie die Wahrheit spricht, habe ich dem Mädchen einen Trank verschrieben, der ihr sicher helfen wird.
Ihr gehorsamster Diener

J. F. Metz,
der Arzneikunst Doktor

Ein Tag Mitte Juni 1771

Komplizierte Turmfrisuren waren längst nicht mehr der letzte Schrei, sondern bei Gesellschaften eine Selbstverständlichkeit, und der über diese Entwicklung beglückte Perruquier Lobenstein kein ganz seltener Gast im Haus *Zu den drei Leiern* am Großen Hirschgraben. Wenigstens die Damen dieser Welt brauchten ihn noch! Wenn schon viele jüngere Herren inzwischen seine Dienste verachteten und meinten, es reiche aus, sich ihr bisschen dünnes, glattes Naturhaar rechts und links zu wellen und hinten ein Schleifchen drumzubinden.

Im Sommerhalbjahr hatte er leider etwas weniger zu tun, da zu dieser Zeit keine Bälle, Konzerte und dergleichen stattfanden. Immerhin bearbeitete er heute früh außer der Reihe den hohen, schmalen Kopf der Demoiselle Cornelia Goethe zu einem kleinen Kunstwerk. Was die junge Dame mit geschlossenen Lidern über sich ergehen ließ.

Warum auch hinsehen. Sie mochte ihr Spiegelbild sowieso nicht. Nebenbei ärgerte sie sich über ihr Herzklopfen. Lächerlich war das, sie würde ja bloß ein bisschen vor den Schanzen promenieren mit Leuten, die sie seit Jahren kannte. Nur, dass sie natürlich im Sommer sonst wenig in Gesellschaft kam und etwas die Routine verloren hatte. Heute musste es aber wirklich mal sein, sonst ging sie noch ein vor Tristesse.

Die Frisier-Prozedur fand ausnahmsweise in ihrem Zimmer statt, da unten eben der Onkel Lindheimer eingetroffen war, offenbar in Gelddingen (ging es ums Erbe vom Großvater Textor?). Das war eine etwas prekäre Situation. Denn seit Jahren stand sich der Herr Rat mit der Familie seiner Frau nicht zum Allerbesten. Prompt hörte sie auch jetzt wieder bis hier oben den Vater schimpfen. Was war er auch immer so undiplomatisch!

Als der Perruquier Lobenstein endlich fertig ist mit ihr (Gott, sie sieht furchtbar aus, entstellt geradezu. Soll sie wirklich heute ausgehen?), hört sie unten einen Wagen vorfahren. Das wird doch nicht etwa schon für sie sein? Sie ist ja noch ganz im Deshabillé! Soll sie doch lieber absagen: Ihr sei nicht wohl? – Nein. Also wirklich! Schluss mit dem Zittern und Zögern! Sie ist doch keine fünfzehn mehr.

Schnell zieht sie sich fertig an und ist bereit, als der Lakai sie holen kommt. Unten sieht sie noch schnell bei ihrem Vater rein, der schon wieder allein ist (der Onkel Lindheimer hat es offensichtlich nicht lange ausgehalten mit ihm). «Papa, ich breche jetzt auf. Sie wissen ja, ich geh heut promenieren mit den Freundinnen.»

Das sagt sie so schnell und schroff, als rechnete sie mit einem Verbot. Tatsächlich aber sagt der Herr Rat Goethe dazu gar nichts weiter, außer, die Cornelie solle hübsch aufpassen und gesund und ganz bestimmt vor Einbruch der Dunkelheit wieder zurückkommen.

Seine Tochter, die er fast schmerzlich liebte, war letzten Winter zwanzig geworden. Jedes Mal, wenn sie sich amüsieren ging, tat sie so, als trete sie jetzt aus Gefängnismauern in die Freiheit. Was er nicht ganz fair fand. Das Gefängnis, das war wohl hauptsächlich sein gut gemeintes Studienprogramm, das sie heutzutage nurmehr mit Märtyrermiene und demonstrativ schlechtgelaunt zu absolvieren pflegte. Es konnte allerdings kaum daran liegen, dass sie zum Lernen keine Lust hatte. Sie war doch so begabt und so fix im Kopf, nicht weniger als ihr Bruder, und es hatte Zeiten gegeben, da hatte sie Freude, Entdeckerdrang und Ehrgeiz beim Studieren und Üben an den Tag gelegt. Eigentlich war das sogar immer so gewesen. Na, jedenfalls so ungefähr bis in das Jahr, als der Wolfgang fort an die Universität ging.

Es wurde aber auch Zeit, dass sie sich verlobte. Eben darauf bereitete er sie ja vor!

Obwohl, um ehrlich zu sein, beizubringen hatte er ihr so viel gar nicht mehr. Eigentlich war ihre Bildung weitgehend abgeschlossen, jedenfalls was das rein Akademische betraf. Mehr davon, und sie wäre als gelehrtes Frauenzimmer verschrien und bekäme keinen Mann mehr ab. Ja, womöglich hatte er sich hier durch Übertreibung ohnehin schon versündigt. Jetzt ließ er sie zum Ausgleich drei Stunden täglich Klavier üben, allein schon um die Zeit zu füllen, aber natürlich auch, weil ein Mädchen in weiblichen Tugenden gar nicht versiert genug sein konnte. (Wolfgangs Klavierspiel war sehr mäßig, ihres war schon lange virtuos.) Er gab ihr auch viele Abschreibarbeiten. Schönschrift schadete einem Frauenzimmer nicht, und eine solche Dienstleistung schien ihm durchaus eine gute Übung für den Ehestand. Aber es war offenbar zu viel verlangt, dass sie es ihm dankte. Kinder pflegen ja elterliche Wohltaten im besten Falle selbstverständlich und elterliche Vernunft und vernünftige Vorschriften grundsätzlich zum Stöhnen zu finden – wiewohl sie wahrscheinlich heimlich froh und dankbar sind, dass irgendjemand sie davon abhält, ihre eigenen wilden Träume und Hirngespinste leichtfertig in die Tat umzusetzen.

Betreffs seiner Tochter lag er hier insofern richtig, als Cornelia, hätte sie wesentlich mehr Freizeit gehabt, nicht gewusst hätte, was damit anfangen. Im Sommer, außerhalb der Saison, langweilte sie sich ohnehin zu Tode. Aber auch im Winter reichte es ihr vollkommen aus, freitags zum Konzert zu gehen und dienstags den reformierten Debattier- und Spielclub (mit Herren!) zu besuchen. Auf Tänze und Damenkränzchen darüber hinaus konnte sie gut verzichten. Zumal es mit dem Tanzen haperte; sowohl bei ihr als auch bei ihrem Bruder. (Im Tanzen war der häusliche Unterricht leider nicht so gut gewesen.) Also war sie in gewisser Weise froh, dass sie ihr ziemlich eintöniges, freud- und freundarmes Leben vor anderen auf den Vater und ihre ein bisschen angegriffene Gesundheit schieben konnte. Denn in Wahrheit …

Bälle, Konzerte und Gesellschaften? Sie fühlte sich selten wirklich gut dabei.

Ob nämlich Herren dabei waren oder nicht bei den Gesellschaften, ob man tanzte, spielte oder über Literatur, Musik und Sprache debattierte, es ging ja letztlich immer nur um eines. Und zwar (aus weiblicher Sicht) um die Herren, und welcher nun welche verehrte oder nicht. Oder, um es noch weiter zu reduzieren: Es ging darum, welche Dame als schön galt und welche nicht. Und für die nicht Schönen war Glück unerreichbar.

Glaubte jedenfalls die Demoiselle Cornelie, die von sich auf andere schloss, indem sie leider nur schöne Männer lieben konnte (der badische Resident! Saint-Albin! Peter Brentano!) oder wenigstens auf ihre Art markant gut aussehende (wie Harry Lupton) und die sicher war, dass ein attraktiver Mann sich für ein reizloses Ding wie sie im Leben nicht interessieren könne. Ihre bisherigen hartnäckigen Verehrer, allesamt nicht besonders im Aussehen, fand sie lächerlich und im besten Fall bemitleidenswert. Immerhin war sie froh, Verehrer gehabt zu haben. So hatte man den angeberischen Freundinnen auch mal was zu erzählen.

Und Cornelies heimliche Schreibpläne? Ob sie, wenn's drauf ankam, wirklich begabt genug war, einen erregenden Briefroman im englischen Stil aufs Papier zu bringen? (Cornelie war wie ihr Bruder ziemlich anglophil.) Wer weiß, ob ihr in Wahrheit für ein echtes Meisterwerk nicht die Ideen und das Durchhaltevermögen fehlten. Abgesehen davon, dass Wolfgang immer sauer reagierte, wenn sie ihm seinen Anspruch auf die Rolle des Dichters in der Familie streitig machte. Abgesehen auch von der Tatsache, dass es, wären ihre schriftstellerischen Ambitionen bekannt, mit dem Heiraten für sie garantiert nicht leichter würde.

Und heiraten, das musste sie. Irgendeinen Frankfurter Kaufmanns- oder Bankierssohn oder Arzt oder Anwalt, das erwarteten die Eltern von ihr, das erwartete sie selbst von sich als das Mindeste, was sie leisten musste im Leben. Sie würde wohl irgendwann bei einer sich anbietenden, halbwegs passenden und nicht völlig lächerlichen Figur (bitte, bitte kein Pfarrer!) das Spiel einmal mitspielen und am Ende einschlagen müssen. Selbst wenn ihr ekelte bei dem Gedanken, mit der Person in einem Bett … – Ach, warum konnte es denn nicht der badische Resident sein! Mit dem würde sie wollen, und wie! Aber natürlich sah der sie nie zweimal an.

Ehe ohne Liebe: ein hartes Los. Aber immer noch besser, als im Elternhaus zur alten Jungfer vergammeln. Immer noch besser, als ewig unter Papas Aufsicht zu stehen und seine unausgesprochene Enttäuschung zu ertragen sowie die garantiert lautstark vorgetragene von Mama, die ja jetzt schon manchmal Sprüche hören ließ über ihre ungraziöse, unkokette, so anders als sie selbst geratene Tochter. Alles, nur das nicht. Außerdem wollte sie Kinder. Die ließen sich ans Herz drücken, wenn schon nicht der Mann, und bei denen würde sie alles besser machen als die eigenen Eltern.

Der Wagen setzte sie vorm Allerheiligentor ab, wo schon zwischen Weinreben und Apfelbäumen die Freundinnen warteten: diverse reformierte junge Damen (die besseren Kaufleute waren fast alle reformierter Religion, wenn sie nicht Juden waren) – aber zu Cornelies Schrecken zwischen den hohen Frisuren kein einziger schwarzer Hut. Auch auf den zweiten Blick nicht. Was! Gar keine Herren mit dabei? O weh, da war ihre ganze Aufregung umsonst. Da hätte sie auch zu Hause bleiben können.

«Miss Cornelie! *Vous êtes venue quand même!*»

Leonore de Saussure ist das, die ihr so zuruft, neckisch im Ton, die Hand auf der windgefährdeten Frisur. Sie war es auch gewesen, die Cornelie eingeladen hatte, als man sich zufällig bei einer familiären Sonntagspromenade begegnet war. Außer Leonore sieht man noch Philippine de Sarasin im Festtagsstaat herumstehen und daneben Marie de Bassompierre, die nach Cornelies Ansicht damals den Tod von Saint-Albin viel zu schnell verschmerzt hat. Längst ist sie neu verlobt. Und ist das nicht –

«Cornelie, altes Haus!»

Damit dreht sich die bunt geputzte weitere Person um – o nein, tatsächlich: das Runckelchen. Die ist eigentlich Cornelies beste, liebste Freundin, oder vielmehr, sie war es, denn man hat sich in den letzten Jahren ein paar Mal gestritten und irgendwie auseinandergelebt.

Runckelchen ist nämlich *die* Frankfurter Schönheit (auch Bruder Wolfgang hat sie immer auf peinlichste Weise umschwärmt), was die Freundschaft mit der etwas Jüngeren für Cornelie irgendwie – unangenehm macht. Ganz früher war das nicht so störend, da hatte die Familie Runckel nämlich nach dem Almosenkasten schielen müssen und das süße Töchterchen auf gesetzte ältere Witwer mit Vermögen. Aber dann gab es ein unerwartetes Erbe von einem Neffen der Mutter, worauf postwendend das Runckelchen seinen damaligen Beinahe-Verlobten, den knapp fünfzigjährigen Kaufmann Busch, schwer enttäuschen musste, indem es in heller Liebe zu einem durchreisenden schönen jungen Herrn namens Dorval entbrannte, der seinerseits gleich auf den ersten Blick völlig hingerissen um des Runckelchens Hand bat und ein interessantes Leben mit vielen Reisen quer durch Europa versprach. Allerdings musste der schöne Dorval erst einmal fort, um seinem Kompagnon in Kopenhagen klarzumachen, dass er statt der wartenden und fürs Geschäft dringend nötigen Zweimillionenerbin in Amsterdam doch lieber das Stallmeisterswitwentöchterchen aus Frankfurt heiraten wollte. Und dies diffizile Unternehmen war wohl gescheitert. Jedenfalls blieben nach gut einem Jahr Dorvals heiße Briefe aus und der Herr *in persona* ebenso. Aber das Runckelchen, zugegebenermaßen getroffen, das hatte ja Auswahl. Das tröstete sich längst mit der nächsten männlichen Schönheit. Wenn es sich nicht, wie neuerdings öfter, wieder vom alten Kaufmann Busch begleiten und aushalten ließ, der sich väterlich gab und ihr die Treulosigkeit so gar nicht übel genommen hatte.

Als man sich jetzt nach längerer Zeit wieder sieht, merkt Cornelie, dass sie dem Runckelchen trotz des letzten Zerwürfnisses noch immer irgendwie zugetan ist. Dem Runckelchen selbst scheint es genauso zu gehen, jedenfalls hakt es die alte Freundin unter, soweit möglich bei den breiten Röcken, und tut so, als hätte man sich nicht vor Monaten im Streit getrennt.

Unterdessen kommt noch ein Wagen angefahren, und Caroline von Stockum klettert taftraschelnd und volantwehend raus, gleich dahinter ihre wie immer beneidenswert aussehende Schwester Lisette. Diese trägt, anders als das Runckelchen, ihre Schönheit in Würde und Stille. Eher ist sogar die Lisette von Stockum ein bisschen zu brav angezogen und zu zurückhaltend und proper im Umgang mit Verehrern. Aber wenn sich Cornelie manchmal vorstellt, schön zu sein, dann so unaufdringlich wie sie.

Nun ist die Gesellschaft vollzählig, und man marschiert los, das Runckelchen fest an Cornelies Seite, und beide nach kurzer Zeit am Kichern. Wie früher. Wie immer. Doch gut, dass Cornelie sich aufgerafft hat für die Promenade. So sehr eine Außenseiterin, wie sie manchmal denkt, ist sie ja gar nicht; sie darf sich nur nicht immer zu Hause vergraben. – Obwohl natürlich das Runckelchen nicht als die allerbeste Gesellschaft gilt. Und wenn man sie beide jetzt so intim zusammen sieht, fünf Schritt hinter den anderen, ob da nicht bei gewissen möglichen Ehekandidaten ihr Ruf beschädigt … Aber der gewisse, an den sie da denkt (eben gerade hat sie dem Runckelchen, im Prinzip wahrheitsgemäß, erzählt, dass sie ihn im Leben niemals gut finden könnte), dieser gewisse

Herr ist ja weit und breit nicht zu sehen auf den Promenaden. Außerdem hakt sich jetzt auf der anderen Seite vom Runckelchen Leonore de Saussure unter. Die ist zwar ein Lästermaul erster Güteklasse, aber wie alle anderen anwesenden reformierten jungen Damen gesellschaftlich gesehen definitiv fein genug, um den leichten Fleck von Runckelchens intimer Nähe reinzuwaschen.

«Habt ihr's schon gehört?», zischelt Leonore.

«Was gehört?», fragt Cornelie und blickt sich gespielt verschwörerisch um.

«Na, bald ist's endlich so weit bei unserer Lisette! Nicht bei dir, Runckelchen» (das Runckelchen hieß auch Lisette mit Vornamen), «sondern natürlich bei unserer lieben, braven Miss von Stockum. – Ahnt ihr's?»

Und wie Cornelie es ahnt. Ihr wird ganz schlecht. Hat sie nicht selbst damals mitgehört, wie der badische Resident, dieses Bild der Liebe und der Schönheit, jemandem erzählt hat, er sei völlig hingerissen von der Lisette von Stockum? Gott, jetzt wird er sie wohl tatsächlich noch heiraten. Die unendlich, unendlich Glückliche. Cornelie hält das nicht gut aus. Wär sie bloß zu Hause geblieben.

«Lass mich raten», flüstert fröhlich das Runkelchen, «unsere vorbildliche Mademoiselle von Stockum ist – guter Hoffnung!» Sie kichert.

«Runckelchen! Du böses, verderbtes Subjekt! Gut, dass unsere reine Jungfer von Stockum das nicht gehört hat! Die seit Jahr und Tag wie ein beleidigter Fisch zu gucken anfängt und den Rücken dreht, wenn ihr ein Herr Komplimente macht. Dass bloß der gute Ruf nicht beschädigt wird und Maman nicht mit ihr schimpft. Und weil sie immer so brav war, ist sie jetzt tatsächlich guter Hoffnung, nämlich auf den passenden, werten Ehegatten, den Maman ihr ausgesucht hat. Und wer kann das sein? – Na kommt, es ist wirklich nicht schwer! Wer von euch erräťs als Erste?»

«Peter Brentano», spekuliert das Runckelchen. Was natürlich vollkommener Unsinn ist, denkt Cornelie. Die reformierten Kaufleute pflegten nämlich nur untereinander die Ehe einzugehen. Und die Witwe von Stockum würde, wenn sie mitzureden hatte, von diesem Brauch kaum abgewichen sein. Der Bräutigam war also bestimmt weder Lutheraner noch Katholik. Womit auch der badische Resident aus dem Rennen wäre – Gott sei Dank!

Nicht, dass das Lisettes Verlobung in Cornelies Augen viel erfreulicher machte. Hatte doch ihre Mutter eines Tages ausdrücklich klargestellt, dass die Eltern Goethe, wiewohl selbst lutherisch, sehr, sehr gern auch einen Herrn reformierter Konfession als Schwiegersohn nehmen würden – gute Familie vorausgesetzt. «Was juckt es uns, wenn die Pfaffen streiten», hatte die Mutter gesagt, «vor Gott sind alle Christen gleich».

Die Neuigkeit bedeutete also in jedem Fall: ein Kandidat weniger auf dem Markt. Na ja, solange es wenigstens nicht der badische Resident war, konnte Cornelie das vielleicht noch verschmerzen. Allerdings hoffte sie –

«Meine Damen! *Attention!*»

Der Ruf und herannahendes Hufegetrappel ließen die drei Freundinnen zur Seite weichen. Der Reiter bremste scharf sein Pferd, kaum hatte er im Galopp das Trio passiert, und brachte es bei dem knapp zehn Schritt vorausgehenden nächsten Grüppchen der Gesellschaft dramatisch zum Stehen. Um genau zu sein, bei dem Grüppchen, in dem sich Lisette von Stockum befand. Und nun musste man wirklich nicht mehr raten, da Lisette laut «De Bary!» rief und etwas rot wurde, während der Herr, abgesprungen, direkt auf sie zuhielt, um ihr schließlich halb niederkniend die Hand zu küssen. Er habe sie zu Haus besuchen wollen, aber erfahren, sie promeniere vorm Allerheiligentor, worauf er natürlich sogleich hierhergeeilt …

«Die jungen Liebenden!» raunt abschätzig Leonore, und Runckelchen murmelt: «Gott, natürlich: Jean de Bary. Dass es so leicht sein würde, konnte ich aber nun wirklich nicht ahnen! Also Leonore, das ist doch gar keine Neuigkeit, ich hab schon zigmal munkeln hören, dass die beiden von ihren Eltern füreinander vorgesehen sind.»

«Na und? Jetzt ist es eben offiziell. Mitgift festgelegt, Termin ausgemacht. Sei bloß kein Spielverderber, Runckelchen, du bist selber schuld, dass du so völlig falsch gelegen hast.»

Cornelie ist jetzt wieder unglücklich. Jean de Bary also. Es musste ja ausgerechnet der sein. Er gehörte zu den äußerlich anziehenderen unter den reformierten jungen Herren, ihn hätte sie gern frei und nicht versprochen gewusst. Und wenn, wie sie nun hört, seine künftige Ehe mit Lisette von Stockum ohnehin eine reine Konvenienzsache war – hätte dann mit der richtigen Mitgift vielleicht auch sie ihn haben können? Sie fühlt sich irgendwie, als sei er ihr nur knapp durch die Lappen gegangen, als könnte das auch sie sein, die da nun an seiner Seite geht und deren Hand er ganz unverhohlen ergreift, nachdem der inzwischen herbeigeeilte Diener das Pferd übernommen hat.

«Hat Augen für keine andere», spöttelt Leonore, «nur, dass er bis letzte Woche *sie* genauso wenig angeguckt hat wie uns, der stoffelige Tranbeutel. Und jetzt mimt er plötzlich den heißen Liebhaber.»

«Versteh ihn doch, er muss vorher schlicht blind gewesen sein, ein Augenleiden, der Ärmste», flüstert Cornelie, nur halb im Scherz. Sie ist ja tatsächlich überzeugt, dass nur einer im Wortsinne blinden Mannsperson eine Schönheit wie Lisette von Stockum gleichgültig sein kann. «Oh, keine Frage, so war's!», fällt Leonore sofort ein. «Und anlässlich der Verlobung hat er sich von irgendeinem geschickten Chirurgus die Augen eröffnen lassen – und dann – *voilà, votre fiancée, la belle Demoiselle Lisette!* Welch eine Freude für den glücklichen Bräutigam! – Huch, was ist denn da vorn los, warum bleiben die schon wieder stehen? – Ach nein, seht euch das an! Die holde Miss von Stockum und ihr wohledelgeborener Verlobter geruhen, mit einer Dienstmagd zu konversieren und die ganze Gesellschaft aufzuhalten.»

Die besagte Magd, mit vollen Einkaufskörben auf ihrem Weg zurück in die Stadt, sieht allerdings nicht aus, als genieße sie die Konversation. Im Gegenteil. Sie wirkt, als sei ihr das Zusammentreffen entsetzlich unangenehm und antwortet auf alles, was sie gefragt wird, nur kurz und so leise, dass man von hinten rein gar nichts versteht. Sie sieht überall hin, nur nicht den jungen Herrschaften in die Augen, sie greift sich immer wieder fahrig ins Gesicht und schließlich schon nach ihren beiden kurz abgestellten Körben, obwohl die Verlobten und die ebenfalls beteiligte Caroline von Stockum offenbar noch lange nicht fertig mit ihr sind. Dann richtet das Mädchen sich wieder auf, jetzt eher rot im Gesicht denn wie vorhin noch blass, wuchtet die Henkel ihrer Körbe auf die Schultern und bewegt die Lippen zu einem Adieu. Und kann aber nicht weiter, da die Gruppe um die Verlobten mit vier aneinandergereihten bunten Reifröcken und einem querstehenden Pferd den Weg versperrt und keine Anstalten macht, sie durchzulassen. Sie muss sich erniedrigen und den amüsierten Röckereigen umgehen, drückt sich an der Mauer vorbei, die hier die Promenade von den Gartenhäusern trennt. Cornelie, verwundert und noch immer locker beim Runkelchen untergehakt, schiebt derweil per sachtem Armdruck ihr eigenes, hinten stehengebliebenes Trio zur Seite. Das Mädchen – etwa so alt wie sie, aber hübscher (natürlich!) – soll mit den vollen Einkaufskörben nicht gleich schon wieder einen Bogen laufen müssen.

Da erkennt Cornelie erst, dass das Mädchen ganz offenkundig schwanger ist – und zugleich hört sie, wie vorn Lisette, Caroline, Marie und Philippine zu prusten und zu kichern anfangen. Der junge Herr de Bary stimmt mit einem künstlich klingenden, gemessenen Männerlachen ein. Die Magd strebt jetzt schnell voran, rot im Gesicht und den Blick gesenkt. Genauso lang aufgeschossen wie Cornelie, krümmt sie sich geradezu, als wolle sie sich klein machen und unsichtbar werden – eine Haltung, die Cornelie übrigens von sich gut kennt. Und während neben ihr auch das Runckelchen zu kichern anfängt, kommt ihr der Gedanke: Da ist jemand noch unglücklicher als ich. Im selben Augenblick sieht die Magd auf und ihr im Vorübergehen eine Sekunde in die Augen. Cornelie fühlt, wie sie rot wird, fühlt sich auf irgendeine Weise durchschaut und zugleich auch beschmutzt von dem Blick der wahrscheinlich doch liederlichen Magd, so als sei das ein Moment geheimen gegenseitigen Erkennens zwischen ihr und der Verachteten gewesen. Sie hofft nur, dass es ihr niemand ansieht.

Schnell fasst sie sich, denn schon sind Marie und Caroline herbeigehüpft und kolportieren, wer das war: die kleine Schwester von einer langjährigen Dienstfrau der Stockums, eine gefallene Person. Bei den de Barys, bei denen sie mal Küchenmädchen war, sei sie vor Jahren schon geflogen wegen Frechheit, jetzt arbeite sie im *Einhorn*, dieser Judenherberge, und sei, wie jeder sehen könne, zur unendlichen Schande ihrer ehrbaren Schwester – als Jungfer schwanger! Was sie selbst natürlich strikt abstreite: Sie habe eine Blutstockung. Und angeblich nie mit einer Mannsperson zu tun gehabt.

Allgemeine Heiterkeit.

«Wie dumm von ihr», schimpft Cornelie, die nicht mitlacht.

«So ist halt der Pöbel», kommentiert Leonore, «diese Leute können nicht so weit denken, wie sie spucken können.»

«Warum verklagt sie denn nicht ihren Liebhaber auf Heirat, wie vor Jahren ihr wisst schon wer?»

Leonore lacht auf. «Sie hat wahrscheinlich schon vergessen, wer's war, der ihr das Kind gemacht hat. Der Pöbel hat ein kurzes Gedächtnis.»

«Eher ist sie zu blöd, um zu wissen, dass sie klagen könnte», findet Philippine.

«Alles Unsinn», erklärt Caroline von Stockum. «Sie arbeitet doch in dieser Judenherberge. Maman und ich haben den Verdacht, dass der Vater – *ein Jude* ist!»

Andächtiges Schweigen.

«Und?», meldet sich dann unbeeindruckt das Runckelchen. «Was hat das mit der Klage zu tun?»

«Mensch, Runckelchen, jetzt sei mal nicht so schwer von Begriff!», schilt Leonore. «Einen Juden kann sie doch nicht heiraten, selbst wenn sie klagt! Selbst, wenn er wollte.»

Zwei Tage später

Der Bonum zum Beispiel würde wollen, wenn er könnte. So böse er der Susann ist, dass sie gesündigt und sich selbst und dazu noch ganz unschuldige Menschen wie ihn in Schwierigkeiten gebracht hat: Er würde sie, wenn er könnte, durch Heirat da rausholen. Weil er die Susann eigentlich immer gern gemocht hat. Aber er kann nicht. Und die Religion ist nur *ein* Grund dafür, seine fehlende Stättigkeit der nächste, sein schwankender, für die Hausvaterrolle und eine der raren Heiratslizenzen unzureichender Verdienst ein dritter.

Nachdem ihm aber heute nun der Jontef ein zweites Mal über den Weg läuft in der Judengasse und ihn diesmal sieht und erkennt und nach dem Befinden fragt, da entfährt dem Bonum entgegen aller Vorsicht und allen Vorsätzen, sich zum eignen Schutz nicht einzumischen, der Satz, ihm gehe es bestens, danke, was man aber von der Bauerischen Dienstmagd nicht sagen könne und was seiner Ansicht nach mit dem Holländer, dem Begleiter vom Jontef vom letzten Winter, zu tun haben müsse.

«Wie? Ich versteh Euch nicht. Wollt Ihr sagen, sie hat Kummer, weil sie ihn liebt, den Jan?»

Von Liebeskummer allein bekomme man keinen dicken Bauch, raunt der Bonum.

«Oj wej!», ruft der Jontef mit seinem ostjüdischen Akzent, «das große, nette Mädchen, nehm ich an?»

«Richtig, das große Mädchen. Susann.»

«Was wird sie tun?»

«Was weiß ich. Sie gibt es ja nicht mal zu, dass sie schwanger ist. Von verstocktem Blut redet sie.»

«Oj wej. Soll ich ihm schreiben, dem dummen Jungen?»

«Das wär wohl eine schlechte Idee nicht.»

So, das wär's, jetzt hat der Bonum aber nun wirklich mehr als genug für die Susann getan. Wenn es mal nur nicht zu seinem Schaden sein wird. Dass nun etwa herauskommt, dass er mehr weiß als die Frau Bauerin und dennoch bislang geschwiegen hat. Ziemlich sorgenvoll schleppt er sich zum Salzfischeeinholen für seine Klientin Hundchen.

Der Jontef hingegen fängt an zu rechnen auf dem Weg in sein Logis im *Goldenen Anker*, und er kommt zu dem Schluss, dass der Jan, der Schlawiner, sich schon sehr, sehr beeilen müsste, wollte er vor der Geburt des Kindes eintreffen aus Petersburg. Falls er sich überhaupt zum Kommen entschlösse. Und wenn der Brief an ihn schnell und mit der Post gehen soll, dann wird der auch verflixt teuer. Lohnt sich kaum. Für eine Sache zudem, die ihn (den Jontef) gar nichts angeht.

Aber am selben Abend kommt der Zufall zu Hilfe und das Gespräch im Coffeehaus auf Petersburg, indem der Tuchhändler Raphael Beer aus dem *Roten Widder* übelgelaunt erzählt, er habe dort neuerdings einen Agenten und sich viel davon versprochen, und da bekommt er doch heute einen Eilbrief von dessen Hand, mit der Nachricht, es biete sich ein vorteilhafter Kauf, englisches Tuch zum Spottpreis aus einem Bankrott, ob er – der Agent – da einschlagen solle? Raphael Beer sei knapp der Apoplexie entkommen, als er das lesen musste. Hatte er denn nicht einen Agenten geheuert genau dafür, dass der, wenn's drauf ankam, sofort an seiner Statt handelte, statt lang Briefe zu schreiben?

Dem Jontef schien des Tuchhändlers Missgeschick ein Wink der Vorsehung. «Habt Ihr ihm schon zurückgeschrieben, dem Agenten?», fragt er. Aber sicher, lautet die Antwort, der Brief gehe morgen mit der ersten Post raus. Und dann fragt der Jontef, ob man vielleicht dem Brief eine kurze Notiz von wenigen Zeilen an jemanden in Petersburg beilegen könne, dem er, um seinerseits jemand anderen gefällig zu sein, dringend Nachricht zukommen lassen müsse?

Sicher, bescheidet nach kurzem Überlegen Raphael Beer, das würde gehen.

Ende Juni 1771

Es ist eine dunkle Regennacht, laut platscht das Wasser aus der Rinne neben dem Küchenfenster auf die Steine, und die Susann kann nicht schlafen. Natürlich verfolgen sie gewisse Gedanken. Wie nicht selten, rutscht sie in ein fruchtloses Grübeln, ob sich nicht vielleicht doch noch was machen ließe. Ob sie zum Beispiel nicht doch noch die Schwangerschaft zugeben soll (als wäre das so einfach) in der Hoffnung, dass sich wider Erwarten eine Schwester bereit erklären würde, ihr das Kind abzunehmen und fürs eigene auszugeben? (Das glaubt sie allerdings selbst nicht.) Oder ob sich vielleicht irgendwo auf dem Land bei einer Bäuerin, die's nicht genau nimmt, eine Dienststelle finden würde, wo sie das Kind behalten kann? (Höchstens bei armen Leuten, bei denen sie kaum was zu essen bekommt, außerdem hat sie noch nie im Leben eine Kuh gemolken oder Heu gemacht.) Oder schließlich: Ob sie nicht doch noch versuchen soll, sich das Kind von einer sicheren Frau wegmachen zu lassen? (Auch das hat sie vor Monaten schon verworfen, weil es, als sie das Kind spürte, allemal ein bisschen spät für dergleichen Maßnahmen war, und erst recht jetzt, es sei denn, sie wollte verbluten dabei. Außerdem kennt sie keine solche Frau und wird bei ihrem derzeitigen Ruf wohl kaum ohne sich zu verraten eine in Erfahrung bringen können.)

Ach, wenn nur ihre Mutter noch lebte!

Dieser Wunsch hilft ihr aber bestimmt nicht weiter. Da fängt sie höchstens gleich an zu weinen. Die Susann versucht also ihr Möglichstes, jetzt nicht mehr weiter nachzudenken über ihre Lage. Es geht ihr sowieso immer am besten, wenn sie so tut, als wäre nichts. Und tatsächlich fühlt sie sich, von ihrem Kummer und abendlich dicken Beinen abgesehen, augenblicklich so gesund und stark wie lange nicht. Was ihr, bei Licht besehen, wenig Freude machen kann, weil es doch viel eher für eine Schwangerschaft spricht als für einen Ball von stinkendem altem Blut im Leib. Nicht, dass sie noch Zweifel hätte, ob sie schwanger ist oder nicht. Weiß Gott nicht. Sie hat den Medizintrank vom Dr. Metz überhaupt nur deshalb zubereiten lassen, weil sie den Schwestern und der Frau Bauerin vormachen wollte, dass sie selbst sich tatsächlich nicht für schwanger halte. Dass sie selbst an die Lüge vom verstockten Blut glaube, gegen das die Medizin helfen soll. Was ihr natürlich ein schrecklich schlechtes Gewissen gemacht hat, denn der Trank war alles andere als billig gewesen, und sie hatte ihn sich von der Ursel und der Dorette zur Hälfte bezahlen lassen, wohl wissend, dass er ihr überhaupt nichts helfen wird. Und dann hat sie ihn nur einmal genommen, denn er schmeckte so scheußlich, dass es sich ihr seitdem jedes Mal hebt, wenn sie daran denkt. Den Betrug so weit zu treiben, dass sie das widerliche Gebräu dreimal täglich scheinheilig schluckt, wohl wissend, dass es gegen etwas helfen soll, das sie gar nicht hat, dazu konnte sie sich dann doch nicht überwinden.

Aber obwohl die ganze Stadt über ihre Schwangerschaft klatscht, sogar bei den Stockums und den de Barys ist es schon angekommen (an *die* Begegnung denkt sie lieber nicht zurück), und obwohl sie den Trank nicht weiter genommen hat – trotz alledem glauben ihr ausgerechnet die Frau Bauerin und ihre Schwestern ihre Lüge, dass sie nicht schwanger sei. Weil gerade die ihr vertrauen wahrscheinlich. Jesus, ihr Gewissen. Sie traut sich schon kaum noch zu beten.

Von seligem Vertrauen in die Unschuld der Susann konnte allerdings, genau besehen, bei den drei genannten Personen nicht die Rede sein. Die Susann merkte davon nur deshalb nichts, weil die Witwe Bauerin ihre Zweifel und gewisse heimliche Pläne für sich behielt. Die Königin wiederum hatte beschlossen, sie habe ihre schwesterliche Pflicht bereits mehr als erfüllt und wasche ihre Hände in Unschuld, was mögliche Sünden der leider missratenen Susann betreffe. Und die Dorette Hechtelin – die schlief zwar sehr schlecht, aber sie sprach nicht darüber.

Gegen Ende der ersten Juliwoche kam der Dorette die Idee, sie könne die Wahrheit von Susanns Beteuerungen, ganz bestimmt nicht schwanger zu sein, noch einmal überprüfen lassen – von dieser unbemerkt. Damit sie, die Dorette, wisse, woran sie sei. Und zwar überprüfen lassen von einem veritablen, anerkannten Experten auf dem Gebiet – dem Herrn Doktor Philipp Burggrave.

Der, obwohl nicht Stadtphysicus, galt als der beste Wissenschaftler unter Frankfurts Ärzten. Er trug ein kleines, altes Gesicht unter einer großen weißen Perücke und hatte eine gelehrte und sehr lateinische Abhandlung über Besonderheiten der Schwangerschaft bei Tier und Mensch verfasst. Vor Jahren hatte er außerdem in einem revolutionären Papier mit Reformvorschlägen zur Frankfurter Medizinalordnung die skandalöse Inkompetenz der hiesigen Hebammen moniert: Diese besaßen ja (befand Dr. Burggrave) meist nicht den geringsten Begriff von den wissenschaftlichen Grundlagen der Geburtshilfe, ja praktizierten aus bloßer Übung und Erfahrung! Da war natürlich dringend Anleitung und Aufsicht durch studierte Ärzte notwendig.

Statt an den Rat hatte der Dr. Burggrave damals das Reformpapier wohlweislich an niemand Geringeren als an den Kaiser in Wien geschickt. (Der Doktor kannte Majestät zwar nicht persönlich, hatte sich aber immer sehr bemüht, Ihr in seinen Publikationen lobend Erwähnung zu tun.) Aus Wien kam das Papier drei Jahre später wieder zurück mit der Bemerkung, dies scheine ganz brauchbar, nur sei der Kaiser nicht zuständig, und die Frankfurter Ärzte sollten mal eine Kommission bilden. Knapp zehn Jahre später hatte die Kommission ausdiskutiert (indem viele ihrer Mitglieder jetzt nicht mehr miteinander sprachen) und legte dem Rat einen Vorschlag vor. Vielmehr, eigentlich deren zwei, da nämlich der Dr. Burggrave und einige seiner ebenfalls nicht beamteten Kollegen fanden, dass – wenn schon, denn schon! – auch diverse Privilegien der Stadtphysici abgeschafft gehörten und sie deshalb ein Sondervotum nicht ohne Bösartigkeiten über die beamteten Kollegen einreichten. Kein Wunder, dass der Rat erst mal ratlos war und noch ein paar weitere Gutachten in Auftrag gab (nicht, dass man etwa vorschnell handelte!). Bei den Apothekern zum Beispiel, die es, stellte sich heraus, gar nicht angemessen fanden, dass die Ärzte ihnen das selbständige Verordnen verbieten wollten oder dass ein städtisches Labor für die Herstellung von Pulvern und Tropfen gegründet werden sollte.

Am Ende fühlte sich der Rat in seiner Meinung bestätigt, dass das Althergebrachte immer noch das Beste sei, und der schöne Reformplan des Dr. Burggrave erwies sich als Totgeburt.

Immerhin hatte er indirekt in der Hebammenfrage etwas erreicht: Bald nämlich setzte die Stadt einen studierten und männlichen Geburtshelfer ein, der den Weibern auf die Finger sehen sollte. (Dafür hatte auch der Stadtschultheiß Textor gekämpft, weil er an der schweren Geburt seines Enkels Wolfgang, bei der das Knäblein fast draufgegangen wäre, die Hebamme für schuldig hielt.) Nach all der Diskussion hatte es sich eben endlich in Frankfurt herumgesprochen, dass die Hebammen allesamt nichts taugten und die einzig wirklich kompetenten Personen in Fragen von Schwangerschaft und Geburt – die Herren Ärzte seien.

Das wusste auch die Dorette Hechtelin. Die eines Juliabends in der rappelvollen Bierstube vom *Einhorn* auftaucht, wo die Susann gerade sehr beschäftigt mit Servieren ist. Die Frau Bauerin aber sitzt an einem der Tische mitten im Gespräch mit dem Weinhändler Huber. Zielstrebig geht die Hechtelin genau dorthin, wünscht der Bauerin einen guten Abend und kommt gleich auf ihre Schwester zu sprechen, beziehungsweise auf deren nach wie vor anschwellenden Leib, der ihrer Ansicht nach behandelt gehöre. Während der Weinhändler auflacht, ruft die Frau Bauerin: «Susann, kommt einmal her» – was der Hechtelin gar nicht recht ist.

Während sie schnell überlegt, wie sie um Himmels willen ihr Anliegen der Susann beibringen soll, findet die sich auch schon mit zwei leeren Bierkrügen und fragendem Blick an ihrer Seite ein. Sie kenne da eine sichere Frau, erklärt die Hechtelin, halb an ihre Schwester und halb an die Bauerin gewandt (was den Weinhändler nicht hindert, zuzuhören), und diese Frau wolle der Susann morgen einen Umschlag für den Leib bereiten. Bei dem Ausdruck «sichere Frau» bekommt der Weinhändler große Augen, und die Susann zuckt zusammen. Die Hechtelin und die Bauerin sehen sich kurz an. Die Hechtelin reibt die Hände an der Schürze; jetzt kommt der Moment, wo sie fürchtet, von der Susann in ihrer List durchschaut zu werden. «Die Frau bräuchte einen Urin von dir für den Umschlag», behauptet sie, und setzt nach: «Da will sie was draus kochen.» Und dann holt sie eine Urinflasche hervor. «Frau Bauerin, kann ich Euch die Susann für eine Minute in die Küche entführen?»

Die nickt. «Gelle, Susann, da geht Ihr mal rasch mit Eurer Schwester und seht zu, dass Ihr die Flasche vollkriegt», dekretiert sie.

Die Susann, ob sie Verdacht schöpft oder nicht, fügt sich und geht der Hechtelin durch Wohn- und Schlafstube voraus in die Küche. Die Hechtelin greift zielstrebig unters Bett, doch der Nachttopf, der ist leer. «Dann musst du mir direkt hier in die Flasche machen, Susann.»

Die sagt keinen Ton, während die Hechtelin sich vor sie kniet, ihr den Rock hebt und die Flasche anlegt. Nur kommt erst nichts, obwohl die Susann muss, dringend sogar. Sie fühlt sich wie zugenäht. Es dauert Minuten, bis sich endlich etwas in ihr löst und ein schöner Strahl in das Gefäß läuft.

«So», sagt die Hechtelin und betrachtet das Ergebnis kritisch, weil ihr nämlich dieser Urin viel zu verdünnt und wässrig aussieht. Da weiß sie doch gleich, dass der Dr. Burggrave nichts mit anfangen können wird. Unzufrieden trägt sie die warme Flasche, gefolgt von der schweigsamen Susann, durch die Bauerischen Gemächer in die Bierstube, betrachtet den Inhalt dort nochmals in etwas besserem Licht, schüttelt den Kopf und sieht sich um, aber die Susann, die ist schon wieder am Servieren. Die Hechtelin fasst einen Entschluss, winkt der Frau Bauerin zum Abschied und geht.

Um fünf Uhr des folgenden Morgens, als die Susann der Familie Bauer in der noch geschlossenen Bierstube das Frühstück auf den Tisch stellte, klopfte es fest ans Fenster, und die eben gähnend hereinkommende Frau Bauerin bemerkte nach einem Blick nach draußen: «Eure Schwester», worauf die

Susann lief und die Tür entriegelte. Die Hechtelin hatte aber keinen stinkenden Umschlag von der sicheren Frau dabei. Einen schönen guten Morgen wünsche sie, und man möchte ihr die frühe Störung verzeihen, aber sie bräuchte noch den Inhalt vom Nachttopf von der Susann. Das Gestrige habe der Frau nicht ausgereicht.

«Meine Kinder schlafen noch», protestiert die Bauerin halbherzig, womit sie weniger an ihren Sohn denkt, der sich vielleicht gerade ankleidet, als an ihre ständig übel gelaunte Schwiegertochter. Sie will zuerst die Susann alleine mit der Flasche in die Küche schicken, damit nicht gleich zwei Leute, und eine davon keine Hausgenossin, durch die Kinderschlafkammer trampeln, aber als die Hechtelin die Flasche nicht recht hergeben will und der Bauerin einen nervösen, vielsagenden Blick zuwirft, ahnt die, worum es hier geht. Die Susann könnte sich ja listigerweise aus dem vollen Nachttopf der Bauerin bedienen. So lässt sie die Hechtelin zur Aufsicht doch mit in die Küche gehen.

Bald kommen beide wieder zurück, die Hechtelin zufrieden mit einer dunkelgelb gefüllten Flasche in der Hand. Sie tauscht launig mit der Frau Bauerin ein paar Worte über das seit kurz vor Siebenschläfer prompt so kühl gewordene Wetter, und dann, im Gehen schon, wendet sie sich nochmals an die Susann: Ob sie eigentlich irgendwelche Beschwerden im Moment habe außer dem dicken Leib und der ausgebliebenen Blutung, damit sie das der sicheren Frau mitteilen könne. – Keine, sagt die Susann. Und dann, sie weiß nicht, was sie treibt, setzt sie nach: Aber die Beine und Füße seien ihr oft schwer und täten weh. Und es drücke ihr im Leib.

Als könnte ihr diese gefährliche Ehrlichkeit weiterhelfen.

«Was?», fragt die Dorette verwirrt. Die Bauerin hilft nach.

«Die Beine und der Leib tun ihr weh!», brüllt sie.

Draußen auf der Gasse wartete derweil jemand auf die Hechtelin. Die Gestalt ging, die Arme um den Körper, ein bisschen fröstelnd hin und her, eine Frau, groß, mit schmalem Gesicht und gegerbter Haut: Käthe, die älteste der vier Brand-Schwestern. Sie hatte keine Lust gehabt, mit ins *Einhorn* zu kommen. Die Frau Bauerin, die kannte sie nicht gut genug, um einfach so rein- und dann wieder rauszuplatzen, und zu ihrer jüngsten Schwester Susann hatte sie auch kein besonders enges Verhältnis. Nicht, dass sie das Mädchen nicht gemocht hätte. Doch, sie mochte sie schon ganz gern. Sie war nur fast eine Fremde: Als die Susann geboren wurde, da hatte die Käthe das Elternhaus gerade verlassen gehabt. So waren ihr die gleichaltrigen Vettern und Basen viel näher als die eigene jüngste Schwester. Na, und in der Schwangerschaftssache, da hatte man sie als Ledige und Kinderlose auch nicht zugezogen. Bis heute, als die Dorette in aller Frühe hereinkam in die Wohnung vom Tambour König auf der Alten Gass (wo die Käthe mitlogiert) und erklärte, sie wolle den Doktor Burggrave konsultieren in der Sache von der Susann. Da sie aber so schwer höre, müsse eine von den Schwestern mitkommen und den Dolmetsch spielen.

Natürlich war die ihren Gesundheitstee schlürfende Ursel gemeint. Aber die wurde gleich ganz fahrig, griff sich an den Hals und verkündete, ihr sei die ganze schändliche Sache so verhasst, dass sie augenblicklich ein Würgen und Frösteln anfalle, wenn sie nur daran denke. Sie wolle schon aus Rücksicht auf ihre eigene Gesundheit gar nichts mehr damit zu tun haben, und es könne niemand von ihr erwarten, dass sie sich für die Susann vor dem Herrn Doktor Burggrave skandalisiere.

Worauf die Dorette die Käthe ansah. Und die Käthe erklärte: «Aja, ich hab bis heut Mittag frei. Heut früh könnt ich also mit dir gehen. Es ist ja auch meine Schwester.»

Und hier war sie nun.

Endlich kam auch die Dorette mit der Flasche in der Hand wieder aus dem Torbogen vom *Einhorn* hervor, und beide Schwestern machten sich auf den langen Weg quer durch die Stadt zum Dr. Burggrave. Der wohnte weit im Westen in der Galgengasse. Oder vielmehr, der St. Gallengasse. Denn deren Anwohner waren sich neuerdings viel zu fein dafür, um mit dem Galgen draußen auf dem Galgenfeld zwischen Galgentor und Galgenwarte irgendetwas zu tun zu haben, nicht einmal bloß namentlich, und nannten ihre Straße penetrant die Sankt Gallengasse oder Sankt Gallusgasse (obgleich man hier weder besonders schweizerisch gesonnen noch katholisch war). Bedauerlicherweise stand aber im Merianschen Stadtplan selbst in der neuesten Ausgabe *doch* wieder «Galgengasse». Auch der Altstadtpöbel wollte es partout nicht lernen.

Das Hausmädchen des Doktor Burggrave ist verständlicherweise empfindlich, was die Adresse betrifft. Und deshalb bekommt die Käthe gleich eins drauf, als sie, eintretend, erklärt, sie sei zum ersten Mal hier, seit der Herr Doktor in die Galgengasse umgezogen sei. «Gallegass heißt des», entrüstet sich das Hausmädchen, «wenn's die Leut endlich einmal lernen täten! Einen Galgen gibt es hier nicht!»

«Aber Gallen gleich mehrere», brummt aus dem Wartezimmer ein nicht mehr junger livrierter Diener, Urinflasche mit dem Harn seines Herrn in der Hand. Die Käthe blitzt ihm gleich ein komplizenhaftes Lächeln zu. Sie hat die Hoffnung aufs Heiraten noch nicht ganz aufgegeben. Aber einer in Livree, sagt sie sich auf den zweiten Blick, da stehen die Chancen natürlich nicht gut, dass die Herrschaft ihn eine Frau nehmen lässt. Das hindert den Diener allerdings nicht daran, sich vom offensichtlichen Interesse einer aus seiner Sicht noch jugendlichen Vierzigjährigen angesprochen und geschmeichelt zu fühlen.

Man kam ins Gespräch (die Hechtelin stumm daneben), und kurz bevor der Doktor Burggrave den Livrierten bitten lässt, stellt sich heraus, dass den von dem Diener mitgeführten Urin niemand anderer als der diesjährige Jüngere Herr Bürgermeister Siegner persönlich abgelassen hatte. «Vor dem Nachttopf sind wir alle gleich», flachst der Livrierte noch, bevor er in des Doktors Tür verschwindet. Die Käthe Brandin war inzwischen gar nicht mehr so unzufrieden, dass sie ihren freien Vormittag geopfert hatte.

Der bürgermeisterliche Harn schien ein komplizierter nicht gewesen zu sein. Jedenfalls kam der Livrierte bald wieder heraus und verabschiedete sich sehr artig von der Käthe. Die Dorette ging derweil schon voraus in das Sprechzimmer, und als die Käthe nachgekommen ist, hat ihre Schwester schon angefangen, von dem merkwürdigen Zustand der Susann zu berichten. (Es hapert ja bei der Dorette nur mit dem Hören, nicht mit dem Sprechen.) Diesen Zustand schildert sie genauestens, bis sie zu guter Letzt bei den heute von der Susann erst gestandenen Schmerzen in den Beinen ankommt. Und sie beschließt das Ganze mit den Worten, dass der Verdacht, sie sei schwanger, bei den Leuten bislang nicht ganz habe ausgeräumt werden können. Wie es sich in Wahrheit verhalte, dies möchte der Doktor Burggrave nun bitte dem Urin entnehmen und endlich den Schwestern so oder so Gewissheit schaffen.

Der Herr Doktor Burggrave legt sein kleines, runzliges Gesicht unter der großen weißen Perücke in noch viel mehr Runzeln, schwenkt den Urin vor der Nase wie alten Wein und kostet am Ende wie eine Katze vorsichtig mit der Zungenspitze. «Hhmhm», murmelt er. «Hhmhm.»

Als bestem Wissenschaftler unter Frankfurts Ärzten ist ihm bewusst, dass irgendwo im Corpus Hippocraticum etwas von einer Schwangerschaftsprobe mit Urin und Weizenkörnern steht. Keimen die im Urin der Frau geweichten Körner nach ein paar Tagen in der Erde, ist sie schwanger. Wenn nicht, nicht. Und von einem verlässlichen Kaninchentest hat er auch mal gelesen. Da muss man zwei Tage nach Einspritzen des Urins das Tier aufschneiden und die Eierstöcke prüfen – sind sie geschwollen, ist die Frau schwanger, wenn nicht, nicht. (Wie sehen eigentlich Kanincheneierstöcke im ungeschwollenen Zustand aus? Um das zu wissen, bräuchte er also gleich mehrere Kaninchen zum Vergleich.)

Aber warum sollte er solche aufwändigen, komplizierten und ganz unüblichen Proben für Patienten durchführen, die ihm die entsprechende Entlohnung – zehn Gulden würde er schon ansetzen müssen! – nicht bieten können? Diese Leute mit ihren paar Kreuzern in der Tasche! Die es ihm dann auch noch verübeln würden, sollte er tatsächlich eine Schwangerschaft feststellen. Oder man stelle sich vor, er verneine eine Schwangerschaft, weil die Körner nicht gekeimt sind, nicht ahnend, dass sie vielleicht schlecht waren oder die Erde nicht passend und es daran lag, und dann wirft das Mädchen eines schönen Tages doch! Wie stünde er dann da?

Fertig mit Räuspern, stellt der Herr Doktor Burggrave mit knochiger Hand die Flasche ab und befindet ausdruckslos, dass man aus der Beschaffenheit des Urins eine Schwangerschaft oder ihr Fehlen nicht sicher bestimmen könne, und seiner Ansicht nach sei es immerhin gut möglich, dass dem Mädchen mit dem Verdacht Unrecht getan werde. Zumal ja auch die Gliederschmerzen ihm darauf hinzudeuten schienen.

All dies wiederholt die Käthe sehr deutlich der Dorette ins linke Ohr.

Und dann verschreibt der Doktor die üblichen bewährten Mittel, die immer indiziert sind und jedenfalls noch niemandem geschadet haben.

Draußen schüttet die Dorette nach einem Blick rechts und links den Urin in die Gosse. Die hier ziemlich stinkt, weil das vor ihr schon viele andere so gehalten haben vorm Haus vom Dr. Burggrave in der Galgen – Pardon, St. Gallengasse.

Ein Sonntag Anfang Juli

Am folgenden Mittag betritt die Dorette mit einem sehr schlanken, ordentlich gekleideten jungen Mann die Bierstube. Am hinteren Ecktisch sitzt die Familie Bauer beim Essen, heute ist auch der zweite, außer Hause wohnende Sohn mit Frau und Kind dabei. Die Susann räumt eben die Suppe ab. «Ei, wen bringt uns denn da die Frau Hechtelin, ist das nicht der Geselle vom Chirurgus Taubert!», ruft die Bauerin, die mit dem Gesicht zur Stube sitzt, um auch beim Essen ihr Reich zu beaufsichtigen. Der angehende Wundarzt lächelt sanft in die Runde, wünscht allseits einen schönen Sonntag und fragt dann nervös seine Begleiterin, wer denn eigentlich seine Patientin …

Die Hechtelin versteht natürlich kein Wort von dem, was er sagt, nicht in der sonntäglich vollen Bierstube, in der sich überall an den Tischen Menschen unterhalten. Sie unterbricht den Chirurgus-Gesellen und erklärt dem ganzen Bauerischen Tisch und auch sonst jedem, der es hören mag: Sie sei nämlich gestern beim Herrn Doktor Burggrave gewesen mit dem Urin von der Susann, ohne deren Wissen, um noch einmal zu überprüfen, ob das Mädchen nun lüge oder die Wahrheit spreche.

«Dorette!», ruft die Betroffene, die mit einem Stapel dreckiger Suppenteller im Arm neben dem Tisch steht, blass, die freie Hand halb vorm Mund.

Im Raum wird es merklich stiller, und die Hechtelin fährt

unbeirrt und noch lauter, fast hitzig fort: Der Doktor Burggrave habe den Urin genau untersucht und festgestellt, dass bei der Susann keine Schwangerschaft vorhanden sei und dass jeder, der das Gegenteil behaupte, dem Mädchen sehr, sehr unrecht tue.

Im selben Moment hört man es klappern, die Frau Bauerin ruft: «Susann, ich bitt Euch, nicht das gute Geschirr!», während ihre Magd, jetzt rot im Gesicht, den ins Rutschen geratenen Tellerstapel auf ihrem Arm wieder ins Lot balanciert.

Sie wolle, erklärt sehr forsch weiter die Hechtelin, sich nun aber künftig alle weiteren bösen Verdächtigungen gegen ihre unschuldige Schwester sehr verbitten!

Es wird mucksmäuschenstill in der Bierstube. Nach einer diplomatischen Pause setzt die Bauerin mit den Worten ein, die Frau Hechtelin werde ja wohl ihr nicht die dienstfrauliche Fürsorge vorwerfen, indem sie (die Bauerin) selbstverständlich, wenn eines ihrer Mädchen eine Schwellung des Leibs und eine Störung der monatlichen Reinigung habe, nicht nur berechtigt, sondern sogar amtlich verpflichtet sei, dies untersuchen zu lassen. Das habe sie ja durch den Doktor Metz auch getan, gelle, und übrigens müsse man es ihr ja wohl hoch anrechnen, dass sie trotz aller Gerüchte, die nicht von *ihr* in die Welt gesetzt worden seien, die Susann bislang im Dienst behalten habe. Das hätten doch andere Herrschaften zweifellos anders gehandhabt!

Die Hechtelin sieht etwas erschrocken aus, unter der Bräune ihrer Wangenknochen steigt Röte auf: Sie habe ja auch der Frau Bauerin keinen Vorwurf machen wollen. Die Frau Bauerin habe sich, und das wüssten sie und die Königin zu schätzen, hochanständig verhalten, und man sei sich ja auch mit ihr ganz einig, dass die Susann, wäre sie tatsächlich schwanger, natürlich nicht bleiben könne im *Einhorn*, da müsse sich die Frau Bauerin gar nicht entschuldigen für, dass sie so etwas nicht dulden wolle. Sie, die Hechtelin, habe nur eben jetzt mitteilen wollen, dass laut dem wirklich sehr verlässlichen Doktor Burggrave die Susann eben nicht schwanger sei und dass nun hiermit die Sache und alle Verdächtigungen auch ihr Ende finden müssten.

Die Frau Bauerin übergeht die Skepsis, die sie dennoch verspürt, indem sie, mit dem Kinn auf den nervös herumstehenden jungen Chirurgen deutend, die Hechtelin fragt: «Und warum habt Ihr uns den Herrn hier mitgebracht? Sie sind schon ganz ungeduldig, gelle, Herr Gesell, dass Sie endlich loslegen dürfen?»

«Ja, also –», beginnt der Chirurgus-Geselle, wird aber sogleich von der Hechtelin unterbrochen: «Der Doktor Burggrave hat der Susann einen Aderlass von acht Unzen verschrieben gegen die Blutstockung. Und zehnmal Pulver, ich hab das Rezept mitgebracht. – Den Aderlass will ich einmal zahlen, Susann, für die Pulver musst du dir selbst behelfen. Ich will aber hoffen, dass du sie auch richtig nimmst, nicht wie das letzte Mal.»

Ein kleines Weilchen später sitzt die Susann seitlich an einem Tisch, die Beine auf einem zweiten Stuhl hochgelegt, den linken Arm flach ausgestreckt am Rand der Tischplatte, darunter ein Eimer. Der angehende Herr Chirurg kniet schief und ungeschickt neben ihr und werkelt ihr mit einem schon tausendmal benutzten Schnäpper schmerzhaft am Arm herum. Die Susann sieht nicht hin. Beim dritten Versuch endlich bekommt er die Ader so weit auf, dass es läuft und leise in den Eimer tropft.

Die Bierstube summt längst wieder von Stimmengewirr, sogar lauter als vorher, und bedienen muss ganz ausnahmsweise, und während der Rest der Familie noch speist, das

Lieschen Bauerin, geborene Körbel, das sehr schlecht gelaunt umherschaut und längst weiß: Einen Gastwirt hätte sie niemals heiraten dürfen. Jedenfalls nicht, solange dessen Mutter die Wirtin ist. Und im Nachhinein betrachtet wär es nicht mal nötig gewesen, da ihr ja leider die Frucht abgegangen ist kurz nach der Hochzeit. Ganz umsonst, diese vorschnelle, unkluge Entscheidung. Jetzt ist sie zwar schon wieder schwanger, speiübel ist ihr die ganze Zeit, was die Schwiegermutter aber nicht ernst nimmt, bloß, weil sie nicht bricht, dabei steht's ihr die ganze Zeit wirklich bis direkt hoch an die Gurgel – diese quälende neue Schwangerschaft kann sie aber jedenfalls wohl kaum darüber hinwegtrösten, dass sie hier im *Einhorn* unkomfortabel lebt wie eine Dienstmagd und kein Plätzchen für sich hat in dem großen Haus. Vielmehr, da hat es ja die Magd noch besser, die im Übrigen klüger ist als sie und, statt den ersten Besten zu heiraten, frech mit einem dicken Bauch rumläuft und so tut, als wäre nichts. Wenn das Kind von der mal nicht auch vom Christoph ist. Obwohl sie ja jetzt angeblich tatsächlich nicht schwanger sein soll.

Das allerdings bezweifelt das Lieschen sehr. Und sie scheut sich auch nicht, verschiedenen neugierigen Frühschoppern ihren Zweifel zu verraten, jetzt beim Bedienen. Wenn man sie doch nach ihrer Meinung fragt!

Neben die sanft blutende Susann hat die Dorette Hechtelin sich einen Schemel geschoben und redet ihr leise zu.

«Den Taubert hab ich schon ausgezahlt, Susann, 1 Gulden 12 für den Aderlass. Das Medizinpulver, das du selbst kaufen musst, das kostet nur vierzehn oder sechzehn Kreuzer. Da siehst du, wie deine Schwestern sich mühen und opfern für dich. Und nun musst du aber auch sehen, dass du bald wieder gesund wirst, dass das Gerede endlich aufhört. Das ist für uns alle kein Spaß, wir leiden alle darunter, nicht nur du. Musst mir versprechen, dass du auch die Pulver fleißig nimmst.»

Die Susann verspricht. Und obwohl sie nun wirklich noch ganz andere Sorgen hat, quält sie ganz heftig der Gedanke, dass der erste August sich nähert. Dann ist ihr Vierteljahr um, und sie hat schon einmal Vorschuss sich geben lassen von der Frau Bauerin auf ihren Lohn, für ihren Anteil an dem teuren Trank vom Doktor Metz. Für das gute Stopfgarn von Flörsheim hatte sie ihr bisschen angespartes Trinkgeld ausgegeben, und jetzt wird sie wohl noch vierzehn oder sechzehn Kreuzer für die Pulver als Vorschuss brauchen. Nach alledem bleiben ihr, wenn zum ersten August die Abrechnung gemacht wird, gerade einmal dreißig Kreuzer, die noch ausstehen von ihrem Lohn. Und sie weiß im Leben nicht, wie sie mit dreißig Kreuzern in der Hand dem Schuster Wetzel gegenübertreten soll. Wenn das Evchen das mitbekommt. Was schämt sie sich. Was tut ihr das leid.

Gott sei Dank ist ja dann bald Messe, dann wird sie das Schuhgeld dank der Trinkgelder in ein paar Wochen zusammenhaben. Oder ob ihr vielleicht die Frau Bauerin im Hinblick auf die kommende Messe noch einen Kredit gewährt?

Wenn nur endlich der dicke Bauch und diese Angst weg wären. Wenn sie wirklich nicht schwanger wär und sich das Blut lösen würde von dem Pulver. Dann wäre ihr alles egal. Dann könnte sie alles ertragen.

«Dorette», wagt sie es schließlich, der Hechtelin ins Ohr, «hat der Doktor Burggrave sonst noch etwas gesagt, außer, ich wär nicht schwanger?»

Die Hechtelin fängt an zu flüstern. «Dass man aus dem Urin es nicht sehen könnt, ob du schwanger wärst oder nicht. Und wenn du Gliederschmerzen hast, dass es dann gut sein kann, dass man dir unrecht tut, weil von Schwangerschaft bekäm man keine Gliederschmerzen.»

Der Susann ist ganz heiß geworden: So waren also die Worte vom Doktor Burggrave. Er hat gar nicht gesagt, dass er sich sicher sei, sie wäre nicht schwanger. Sondern: Er weiß nicht, ob sie's ist. Sie fühlt sich so hohl im Magen, schwindelig wird ihr, als ob sie fällt. Oder vielleicht ist das der Aderlass. Warum war sie auch eben so dumm, Hoffnung zu schöpfen. Sie hätte es doch wissen müssen, sie weiß es doch besser als irgendein Arzt. Und dass einem von Schwangerschaft die Waden und Füße weh tun können, da ist sie sich ganz sicher, da hat sie nämlich selbst schon Frauen drüber klagen hören.

Sie macht die Augen zu.

Sekunden später hörte sie eine helle Stimme:

«Susann! Was ist denn mit dir? Oje, bist du krank? Ich wollte dich nur mal besuchen.»

Es ist das Evchen Wetzelin.

Die Susann wünscht sich kurz in eine andere Welt.

Dann öffnet sie die Augen. «Na, komm her, Evchen, keine Angst. Ich bin gar nicht richtig krank. Nur zu viel Blut.»

«Tag auch, Frau Hechtelin.»

«Tag, Eva.»

«Weißt du, Susann, genau das hat der Doktor Senckenberg auch gesagt bei meinem Vater, vor grad einem dreiviertel Jahr, und jetzt, du weißt ja, da muss man sich jeden Morgen fürchten, ob man ihn nicht tot im Bett findet.»

«Ich hab aber keinen Husten, Evchen. Und ich fühl mich überhaupt nicht so, als ob ich in nächster Zeit sterben werde. Ich bin stark wie ein Pferd. Musst nicht auch noch um mich Angst haben.»

Mittwoch, 17. Juli 1771

Seit einigen Wochen saß nachmittags am überhängenden Fenster im zweiten Stock eines Hauses in der Kerbengasse die Margret Seyfried und stopfte. Ihre Schwester, bei der sie neuerdings logierte, hatte sehr schlechte Augen und war froh, dass endlich mal jemand ihre Wäsche gründlich in Ordnung brachte. Deshalb fühlte sich die Seyfriedin als willkommener Gast und musste nicht unbedingt sofort eilig die nächste Stellung suchen, nachdem ihr Brotherr, ein Witwer, verstorben war und sie posthum schwer enttäuscht hatte. Er hatte sie nämlich entgegen seinen Ankündigungen nicht mit einem Legat bedacht, nicht einmal mit einem kleinen. Was andererseits auch wieder egal war, da der gesamte Nachlass sofort von Gläubigern konfisziert worden war. Davon allerdings wusste die Seyfriedin nichts.

Sie war ursprünglich aus Umstadt und gemeinsam mit der Schwester vor fünfundzwanzig Jahren auf der Suche nach Arbeit hierhergekommen. Es hatte sich zu beider Glück auch gleich welche gefunden. Kein Wunder, da in Frankfurt das Dienstpersonal aus verschiedenen praktischen Gründen häufig an der Fortpflanzung gehindert war und so, genau wie Lebensmittel, nicht im benötigten Maße innerhalb der Stadtmauern nachwuchs. Daher pflegte man im einen wie im anderen Fall auf Importware aus dem Umland zurückzugreifen.

Die Seyfriedin hoffte, auch jetzt nicht lange stellungslos zu bleiben. Es musste allerdings was ihrem Alter Angemessenes sein, nicht gerade Küchenmädchen in einem großen Haus, wo sie zig Leute über sich hätte. Dazu hatte sie mit Mitte vierzig nun wirklich keine Lust; von jemand anderem als der Herrschaft wollte sie sich nichts mehr sagen lassen.

Ein bisschen hatte sie gehofft, ihr Vetter würde sie nehmen, der Weinhändler Huber, der hier dank Einheirat Karriere gemacht hatte und eine richtig arrivierte Person geworden war. Der mochte sich aber offensichtlich nicht von seiner bewährten Kraft trennen.

Eben die, nämlich die Magd des Weinhändlers Huber, hört man gerade hereinkommen in die Wohnung der Schwester. Sie pflegt zweimal die Woche als milde Gabe des Vetters Wein vorbeizubringen. Diesmal scheint sie es nicht eilig zu haben. Statt dass sie gleich wieder die Treppen heruntertrippelt, hört man sie erst in der Küche sich unterhalten, und dann kommt sie ein bisschen aufgekratzt bis in die Stube.

«Jungfer Seyfriedin, ich wollt Euch was erzählen. Der Ludwig ist krank, deshalb musste ich gestern für ihn die Runde machen. Und da hab ich im *Einhorn*, Ihr wisst, das Gasthaus von der Predigergass ab beim Judenbrücklein, da hab ich die Magd gesehen, von der die halbe Stadt schwätzt, sie wär schwanger. Und Ihr könnt mir glauben, sie sieht wohl so aus. Da hab ich mir gedacht: Wenn die wirklich schwanger ist, dann wird die Wirtin vom *Einhorn* die nicht mehr lange halten. Dann wird sie bald auf der Suche nach jemand Neuem sein. Da hab ich mir also gedacht, das ist doch die Gelegenheit für die Jungfer Seyfriedin. Wollt ich Euch nur gesagt haben. Wenn ich Ihr wär, ich würd hingehen und so ganz unschuldig einmal die Wirtin nach Dienst fragen. Sie heißt Frau Bauerin.»

Die Margret Seyfriedin stopft nach diesem Ratschlag (für den sie sich bedankt) und dem Weggang der Huberischen Magd noch eine halbe Stunde weiter, bis sie merkt, dass sie weniger auf ihr Nähzeug als aus dem Fenster sieht. Das übrigens ganz genau auf das Hauszeichen des eng gegenüberstehenden Hauses geht, von dem die Kerbengasse den Namen hat: Ein Schild mit einem für die Rute ausgestreckten Jungenhintern, nackt, samt Schlitz. Aber nicht, dass die Jungfer Seyfriedin sich den Hintern anguckte. Nein, sie guckt vielmehr einfach so aus dem Fenster ins Leere, weil sie in Gedanken ganz woanders ist. Also, es lässt ihr doch keine Ruh mit der möglichen Stellung im *Einhorn*. Ein Gasthaus, da ist mit Trinkgeldern zu rechnen zu dem üblichen Lohn. Sie gibt zwar nicht viel auf die Spekulationen der Huberischen Magd. Außerdem weiß sie gar nicht, ob es ihr zusagen würde in so einem lärmenden Wirtschaftsbetrieb (sie hatte es so schön ruhig bei ihrem Witwer). Andererseits – probieren könnt sie's mal. Und wenn, dann lieber jetzt gleich, ehe ihr die Gelegenheit von einer anderen weggeschnappt wird.

Deshalb rafft sie sich schließlich auf, zurrt die Kleider ein wenig zurecht und streicht die Haare ordentlich. Ihrer Schwester, die mit dem Mann in der dunklen Küche sitzt, ruft sie nur im Hinausgehen noch zu: «Emmi, ich bin für ein halbes Stündchen weg, ich muss doch einmal in dem Gasthaus nachfragen.»

Aus dem Kopf hätte sie nicht von einem Gasthaus *Zum Einhorn* gewusst. Glücklicherweise ist es nach der Beschreibung, die sie bekommen hat, leicht zu finden. Und als sie es vor sich hat, da weiß sie natürlich, dass ihr das Gebäude als solches vom Sehen bekannt ist.

Sie findet sich nur nicht gleich zurecht. Man muss erst durch das Tor auf den Hof, und dann sind da linker Hand an der Hausfront mehrere Türen zu sehen, ganz vorn auch eine offene Stiege in die Obergeschosse, weiter hinten noch eine Stiege und schließlich ein kleiner dunkler Torbogen, der wohl in einen Hinterhof führt.

Gleich die erste Tür aber steht, wie sie nun bemerkt, einen Spalt offen, es ist Schnitzwerk darüber, man hört auch

Stimmen. Sie tritt also forsch hinein und findet sich in einer Schankstube.

Die Susann denkt: Die ist gekommen, ihren Mann nach Hause zu holen. Die Frau geht aber an keinen Tisch, sondern kommt geradewegs auf sie zu: Sie suche die Wirtin. «Ich bin's nicht», lacht die Susann, «aber ich kann sie Euch holen.»

Erst nachdem die Fremde der verwunderten Frau Bauerin gesagt hat: Sie müsst sie alleine sprechen und diese sie gegen ihre Gewohnheit mit in die private Stube genommen hat, fragt sich die Susann einen Augenblick, ob das Anliegen der Fremden vielleicht etwas mit ihr zu tun habe. Ihr kommt der Gedanke, die Frau könnte Hebamme sein.

Ist sie aber nicht. Und sie nimmt das Wort Schwangerschaft nicht in den Mund, als sie sich der Bauerin als die Base vom Weinhändler Huber und erfahrene Magd vorstellt und fragt, ob sie, die Bauerin, vielleicht eine Magd brauchen könne in nächster Zeit. Ganz sofort müsse es nicht sein, da sie bei ihrer Schwester bestens untergekommen sei und es dort noch ein gutes Weilchen aushalte. Aber falls bei der Wirtin im nächsten Monat etwas frei werde …

Ob sie kochen könne?, fragt die Bauerin. Ja sicher, sagt die Seyfriedin, sie habe ihrem seligen Dienstherrn immer gekocht. – Ob sie sich auch zutraue, während der Messe für Gäste zu kochen?, setzt die Bauerin nach, es stehe ja nun die Herbstmesse bevor, und sie würde ihr wohl dann ihre bisherige kompetente Magd ersetzen müssen, die auch die Köchin sei.

Sie habe bei ihrem verstorbenen Dienstherrn oft für große Gesellschaften das Essen gemacht, behauptet die Seyfriedin – obwohl «oft» ehrlich gesagt etwas übertrieben ist und ihr insgeheim nicht ganz wohl bei dem Gedanken, ein großes Gasthaus zu bekochen. Aber sie wird sich schon drein finden. Aller Anfang ist schwer.

Wenn dem so sei, beschließt die Bauerin, dann könne sie sie tatsächlich gut gebrauchen. Ob sie in zwei Wochen anfangen wolle? Da gehe nämlich das Dienstvierteljahr von ihrer bisherigen Magd zu Ende. Sie könnte dann also am ersten August ins Haus kommen. Ob ihr das recht sei?

Ja, das ist der Seyfriedin recht. Sagt sie jedenfalls. Etwas später wäre ihr lieber gewesen, aber das lässt sie sich nicht anmerken. Wahrscheinlich ist es sogar ganz gut, dass sie vor dem großen Messeansturm vierzehn Tage Zeit hat, mit dem Haus und ihren neuen Pflichten vertraut zu werden.

«Ich lass Euch den Mietpfennig dann zukommen über Euren Vetter», sagt die Bauerin, womit sie die Seyfriedin entlässt.

Ein paar Minuten später steckt die Susann den Kopf zur Stubentür herein. Sie sieht ein bisschen besorgt aus. «Frau Bauerin», flüstert sie, «wer war das eben eigentlich?»

«Die Base vom Weinhändler Huber.»

«Ach so.»

Die Susann verschwindet wieder. Die Bauerin reibt sich die Hand übers Gesicht, das sich wellt wie Kuchenteig, und seufzt.

Samstag, 27. Juli 1771

«Susann? Kommt einmal her. – Im Hof steht Euer Schwager Hechtel, der soll mir auf dem Boden einen Verschlag bauen. Gell, seid so nett und bringt ihn hoch. Und erinnert ihn dran, ich würd ihn gern noch einmal sprechen, bevor er geht.»

Der Schreinermeister Hechtel steht hemdsärmelig, stoppelbärtig, den Hut im Nacken, mit Holz und Werkzeug an der Stiege zum Vorderhaus.

«Ei, was seh ich da. Du wirst nicht dünner, Susann.»

«Ihr auch nicht. Grüß Euch, Schwager. Soll ich was tragen helfen?»

Er deutet auf die Werkzeugkiste. Die Susann wuchtet sie hoch und nimmt, vorweggehend, die Stiege in Angriff. Er folgt mit dem Holz.

«Was bist du immer noch so frech. Man möcht dir das Gesicht polieren. Denk an deine armen Schwestern. Was du denen antust mit dem dicken Leib, die können keine Nacht schlafen. Was bin ich froh, dass ich schon eingetragen bin in die Handwerksroll und meinen Meistertitel hab. Weil mit einer fraglichen Weibsperson in der Familie, wo es heißt, sie hätt gehurt und hätt sich schwängern lassen, da wär ich gar nicht zugelassen worden als Schreinermeister hier in Frankfurt. Glaub bloß nicht, dass du einmal einen honetten Mann bekommst. Ein Handwerker nimmt dich nicht, das lass dir gesagt sein. Da müsste aber viel Gras über die Sache wachsen, bis die Gerüchte vergessen wären. Das erlebst du nicht mehr.»

Die Susann sagt dazu nichts. Was sollte sie auch sagen.

Während der Hechtel auf dem vorderen Boden werkelt, wischt sie im Hinterbau die Privets. Ihr ist so elend heute. Sie hat das Gefühl, der Bauch erdrückt sie. Nachdem sie fertig ist mit Wischen, bleibt sie auf einem geschlossenen Klosettdeckel einfach sitzen und hockt hier völlig reglos, bis sie irgendwann aufschreckt.

Es hämmert und sägt und hobelt nicht mehr von drüben. Der Hechtel ist wohl fertig. Eimer in der Hand, hetzt sie die hintere Treppe hinunter, stellt den Eimer im Hof ab und läuft die Vordertreppe hoch. Oben hört sie die Frau Bauerin und den Hechtel miteinander reden, leise, aber es hört sich beinahe wie ein Streit an.

Ist etwa der Wirtin der Verschlag nicht recht geworden?

Als die Susann abgehetzt den Boden erreicht, sieht der Hechtel sie so was von hasserfüllt an. «Du Schlampe kommst zu spät», meckert er, «ich hab den Kasten schon alleine runtergeschleppt.»

«Gelle, Susann, Ihr fegt mir hier noch schnell durch», sagt viel freundlicher die Frau Bauerin und deutet auf die sägemehlübersäten Dielen. Die Susann nickt. «Dann bring ich jetzt den Meister Hechtel nach unten», fügt die Bauerin hinzu, und die Susann versteht, dass sie zurückbleiben und die beiden alleine gehen lassen soll.

Sie lässt also eine Minute verstreichen, bevor sie hinunter zur Besenkammer vom zweiten Geschoss läuft. Als sie wieder hochtrabt mit dem Besen in der Hand und den Boden betritt, da ist das Erste, was sie sieht, das offene große Gaubloch gegenüber.

Wie angewurzelt bleibt sie stehen. Das Gaubloch. Drei hohe Stockwerke bis unten.

Es wird ihr so klar wie irgendwas, als hätt sie's schon seit Monaten gewusst, dass dies ihr Schicksal ist. Vorbei mit dem Leben. Was bleibt ihr denn sonst, als sich das Gaubloch hinunterzustürzen. Sie starrt auf das Loch. Dann tut sie einen Schritt nach vorn, als ob jemand anderer ihr die Beine bewegt, und noch einen Schritt und noch einen auf das Gaubloch zu. Der Besen fällt ihr aus der Hand auf den Boden.

Sie schreckt auf und erschauert, fängt am ganzen Körper an zu beben, dass es sie schüttelt, und dann dreht sie sich um und läuft mit zitternden Knien, ohne Besen und ohne mit Kehren auch nur angefangen zu haben, die Treppe hinunter, genauso, als wäre der Teufel hinter ihr her.

Und das ist er ja auch. Denn wer sonst hätte ihr das eben eingegeben: sich das Leben zu nehmen. So viel weiß sie nun wirklich noch aus dem Katechismus, dass Selbstmord eine entsetzliche Sünde ist. Genauso schlimm wie Mord. Das hätte sie geradewegs in die Hölle befördert. Sie dankt dem Herrn Jesus, dass er sie im letzten Augenblick davor bewahrt hat.

Denn wer weiß, ob ihr nicht auch in anderer Hinsicht noch geholfen werden wird. Vielleicht wird alles, vor dem sie sich fürchtet, am Ende nicht so eintreten. Vielleicht ist sie eben in Wahrheit doch nicht schwanger. Oder das Kind wird tot geboren, und sie muss nicht … sie muss nicht … Herr Jesus, nur nicht dran denken. – Und weiter denken kann sie zum Glück auch nicht, weil nämlich soeben die Frau Bauerin schon etwas ungeduldig nach ihr ruft.

So ungefähr drei-, vierhundert Schritt vom *Einhorn* entfernt, unterhalb vom Dominikanerkloster in der Predigergasse, stand das Haus, wo der Schreinermeister Hechtel mit seiner kleinen Familie im Erdgeschoss wohnte. Und da ging es später am Tag hoch her. Jedenfalls für die Verhältnisse der Eheleute Hechtel, die sich schon deshalb selten stritten, weil die Dorette die brummigen Äußerungen ihres Gatten meist nur halb verstand.

Für gewöhnlich waren beide Eheleute sehr zufrieden mit ihrem beschränkten Gedankenaustausch. Aber es gab natürlich Momente – wenn auch seltene –, da musste der Hechtel sich einfach sicher sein, dass seine Frau ihn richtig gehört hatte. Wie in dieser gottvermaledeiten Sache jetzt. Also brüllte er ihr am Tisch in der verrauchten Werkstatt, die auch Küche war, sehr deutlich ins linke Ohr, was die Witwe Bauerin plante. Noch deutlicher aber seinen persönlichen Standpunkt dazu. Und der lautete: Zu uns kommt das Aas nicht.

Das führte natürlich augenblicklich dazu, dass seine Frau rote Flecken am Hals bekam und einen aufgeregten, hektischen Hasenausdruck im Gesicht, und sich schließlich unterstand, ihm zu sagen, er dürfe nicht so hartherzig sein. Er müsse sich das ihr zuliebe nochmal überlegen, die Susann sei doch die Tante seiner Kinder (wobei sie die Hand auf den Bauch legte, in dem sich Kind Nummer zwei derzeit noch befand).

«Den Teufel werd ich», rief darauf der Hechtel so laut, dass die Mieterin, die zwei Stockwerke drüber gerade Gemüse zerteilte, sich beinahe vor Schreck in den Finger schnitt. «Das fehlt noch, dass das schwangere Luder bei meinem Sohn die Tante spielen tut! Ei, du musst doch blöd im Kopf sein, wenn du die hier einquartieren willst. Dass ich die aushalten tu bei den Preisen im Moment. Wovon soll ich's denn nehmen? Ich werd doch nicht ihre Supp auslöffeln, wo sie sich hat selber eingebrockt.»

«Aber wohin –»

«Schluss! Kein Wort mehr! Die Hur kommt mir nicht ins Haus. Statt dass du hier mich anbetteln und anjammern tust, geh lieber zu deiner Freundin, der Bauerin. Die ist doch auch nicht mehr ganz richtig im Kopf. Wenn ich meinen Gesellen so kurzfristig vor die Tür setzen tät, der würd mir was husten.»

Das würde der (der natürlich zuhörte) in der Tat, und die Dorette Hechtelin war ohnehin fest entschlossen, der Bauerin – eher als ihr Gatte den Ansichten anderer zugänglich – am selben Abend noch gewisse Vorhaltungen zu machen.

Nicht, dass es ihr so leicht fiele, sich schon wieder mit ihrer guten Freundin anzulegen. Aber das geht doch nun wirklich nicht! Die Ungerechtigkeit! Nachdem der Dr. Burggrave ja nun festgestellt hat, die Susann sei gar nicht schwanger! Und das treue, fleißige Mädchen ausgerechnet kurz vor der Messe vor die Tür zu setzen, wenn es endlich seine wohlverdienten Trinkgelder einnehmen könnte.

Die Bauerin wusste ganz genau, was auf sie zukam, als die Hechtelin abends mit sehr ernstem Gesichtsausdruck die angenehm warme Bierstube betrat. (Draußen war es unsommerlich kühl.) «Wir wollen nach hinten gehen, gelle, Frau Hechtelin», sagt sie, greift die Besucherin am Arm und führt sie in ihre Wohnstube, bevor sie auch nur ein einziges Wort mit ihrer Schwester Susann wechseln kann. Die steht am Zapfhahn und sieht den beiden stumm hinterher.

Die Bauerin nötigt die Hechtelin, sich dicht bei ihr auf die Eckbank zu setzen. Dort auf dem goldgelben Polster bringt die Hechtelin all das vor, was sie vorzubringen hat. Die Witwe Bauerin hört sich die Beschwerden auch sehr geduldig an. Und dann spielt sie direkt ins gute linke Ohr der Hechtelin ihren Trumpf aus: Am kommenden Donnerstag, dem ersten August, sei das laufende Dienstvierteljahr um von der Susann, und sie, die Bauerin, daher nach Recht und Gesetz befugt, dem Mädchen zu kündigen. Worauf natürlich die Hechtelin, die Besseres erhofft hatte, sauer dreinblickt. Schon setzt sie an, sich zu beklagen, da nimmt die Bauerin beschwichtigend ihre Hand und redet weiter. «Aber macht Euch deshalb keine Sorgen, Frau Hechtelin. Ich will doch der Susann nichts Böses. Es ist nur so, dass das Mädchen im Augenblick doch krank ist. Das sagt ja auch der Doktor Burggrave, gelle. Sie soll also nur ein paar Wochen bei Euch ihre Gesundheit pflegen. Und wenn sie dann wieder auf dem Damm ist – wir hoffen, noch vor der Messe –, dann will ich sie gleich wieder nehmen. Ich brauch doch sowieso zwei Mägde zur Mess und hab jetzt trotzdem nur eine neue gedungen. Das soll Euch zeigen, wie gut ich's mit der Susann meine.»

In der Tat ist das Letzte, was die Bauerin will, bei der nächsten Messe mit nur einer Magd und ohne ihre bewährte Susann auskommen zu müssen. Bekanntlich hatte aber die Susann Anfang Dezember ihr Blut zuletzt. Da die Herbstmesse zum 15. August beginnt, hat die Bauerin sich insgeheim ausgerechnet, dass die «Krankheit» von der Susann nur mit viel Glück vorher «kuriert» sein kann. Vielmehr steht wohl das Schlimmste ausgerechnet zur Messezeit bevor. Demnach wird also wahrscheinlich sie, die Bauerin, dann wirklich im größten Trubel mit nur einer einzigen Magd dastehen, einer zudem, die im Gasthausbetrieb keine Erfahrung hat, und mit einer faulen, mauligen Schwiegertochter, auf die kein Verlass ist. *Das* Risiko geht sie ein für die Susann, um ihr die Stellung freizuhalten, bis endlich das Elend vorbei ist mit dem dicken Bauch. Sie sieht ihrer Freundin Hechtelin jetzt eindringlich in die Augen und drückt ihr die Hand, auf dass der klar werde, dass sie nun beim besten Willen keinen Grund zur Beschwerde habe. Sondern eher zu Freude und Dankbarkeit. Andere hätten doch die Susann vor Monaten hinausgeworfen, und zwar endgültig.

Die Hechtelin wirkt aber überhaupt nicht froh und rutscht fahrig und unglücklich neben der Wirtin auf der Bank herum. Sie wisse die Freundlichkeit der Frau Bauerin zu schätzen, sagt sie immerhin, aber die Einschränkung folgt auf dem Fuß: Einen kranken Dienstboten setze man doch nicht vor die Tür während seiner Krankheit, und ob denn die Susann nicht ihre Gesundheit genauso gut im Bauerischen Haushalt pflegen könne für ein paar Wochen und nebenbei noch der Frau Bauerin sehr nützlich sein, indem sie nämlich die neue Magd in alles einweise?

Die Bauerin muss sich nun doch etwas beherrschen. (Die Hechtelin weiß doch so gut wie sie, dass es hier nicht um eine gewöhnliche Krankheit und ein gewöhnliches Auskurieren geht! Beileibe nicht.) Die Frau Hechtelin möge sie verstehen, entgegnet also die Bauerin sehr bestimmt, dass *bei den Umständen* noch mehr Entgegenkommen ganz gewiss nicht möglich sei.

«Ich versteh Euch ja, Frau Bauerin», sagt die Hechtelin und nimmt nun ihrerseits die Hand der anderen, «aber wo soll die Susann denn hin in der Zeit? Es ist nämlich so, mein Mann hat sie noch nie gemocht, und nun sagt er mir, er nimmt sie nicht. Sie käm ihm nicht ins Haus.»

Die Bauerin zieht ihre Hand zurück.

«Also ich bitt Euch, Frau Hechtelin! Es wird sich doch wohl bei zwei erwachsenen, verheirateten Schwestern in der Stadt auf ein paar Wochen ein Plätzchen finden für die Susann. Und wenn Euer Hechtel sie nicht nehmen *will*, dann wird er sie halt nehmen *müssen*, gelle.» (Und wenn's leben sollte, am Ende auch das Kind, denkt sich die Bauerin, aber hütet sich, es zu sagen.) «Das ist aber nun Euer Bier, wie Ihr Euch da einigt, Ihr und der Mann und die Frau Königin, und einen Bruder habt Ihr ja auch noch. Bei mir geht sie jedenfalls den ersten August und keinen Tag später.»

Worauf die Frau Bauerin sich schnaufend aufquält zwischen Bank und Tisch und damit das Gespräch beendet.

Sie komplimentiert die Hechtelin über die Hoftür der Wohnstube hinaus, damit sie nicht etwa beim Gang durch die Bierstub auf ihre Schwester trifft und mit der zu reden beginnt. Die Bauerin hat nämlich beschlossen (und dies hatte sie dem Hechtel auch so gesagt): Die Susann solle bis zum 31. von der Kündigung nichts wissen. Das sei für beide Seiten leichter so.

Als allerdings die Wirtin zurück in die Bierstube kommt und den verstörten Blick des Mädchens bemerkt, da ahnt sie, dass es durch die Tür irgendwas mitbekommen haben muss, trotz des Lärms hier im Gastraum. Sie besinnt sich. Ehe es womöglich zu einer Szene kommt mit der Susann vor allen Gästen, tritt sie den taktischen Rückzug an, verschwindet gleich wieder nach hinten in die Stube und von da aus nach oben in ihr Schlafgemach. Sie sieht vorher nur noch schnell in die Kinderschlafkammer, um ihrer dort wegen angeblicher Übelkeit niedergestreckt liegenden Schwiegertochter mitzuteilen: Sie wolle selbst früh ins Bett und nicht mehr gestört werden, und dies möge sie bitte auch den anderen sagen. – So, damit wäre sie ihrer Magd für den Rest des Abends aus dem Weg gegangen. Die Susann soll erst einmal eine Nacht schlafen über dem, was sie leider wohl gehört hat. Dann wird sie sich morgen schon beruhigt haben.

Eine gute Dreiviertelstunde später betrat, müde und ihrerseits von Schwangerschaftsübelkeit geplagt, die Hechtelin neuerlich die Bierstube. Sie war inzwischen oben auf der Alten Gasse bei ihrer Schwester Ursel Königin gewesen, hatte dort die Lage geschildert – und wenig erreicht.

Die Ursel hatte ja so reagieren *müssen*. An den Hals hatte sie sich gefasst, einen leidenden Ausdruck aufgesetzt und erklärt, sie habe es immer gewusst, wie es enden würde mit der Susann, und die Dorette könne wohl kaum erwarten, dass nun ausgerechnet sie und ihr König das freche Ding bei sich aufnähmen. Zumal sie ja viel weniger Geld und Platz hätten als Hechtels. Und ganz abgesehen davon, dass sie (die Ursel) schon Vapeurs bekomme bei dem Gedanken an den Bauch von der Susann, und wie stünde sie denn da vor der Frau von Stockum und dem Fräulein du Fay, wenn sie das Luder auch noch bei sich zu Hause hätte.

Der Tambour König selbst hatte gar nichts gesagt und nur vor sich hin gegrinst. Die Hechtelin versuchte sich unterwegs zurück in die Altstadt einzureden, dass sein Schweigen als gutes Zeichen zu werten sei. Aber so recht überzeugt war sie davon leider nicht.

Todmüde und elend wieder beim *Einhorn* angekommen, ist sie erleichtert, dass die Bauerin nirgends zu sehen ist. Die Susann aber kommt gleich mit ernster Miene auf sie zu und nimmt sie beiseite.

Dummerweise versteht die Hechtelin bei dem lauten Stimmengewirr im Raum wieder kein Wort von dem, was ihre Schwester ihr aufgeregt ins Ohr sagt. Sie packt das Mädchen fest am Arm. «Hör mir zu, Kind. Die Bauerin hat zum ersten August eine neue Magd gedungen und will dich dafür fortschicken. Angeblich will sie dich zur Messe wieder nehmen, wenn du gesund bist, aber wer weiß, ob's stimmt, und zu uns kannst du nicht. Du weißt, wie der Hechtel über dich denkt. Und die Ursel will dich auch nicht haben. Sieh also zu, dass du die Bauerin überredest, dass du gar nicht erst fort musst. Es ist nicht recht, dass sie dich hinauswirft so kurz vor der Messe, und es ist ja nicht an dem, dass du nicht arbeiten tätest wie ein Pferd für sie. Sag ihr das. Du musst es ihr abpressen, dass du bleiben kannst.»

Womit die Hechtelin ihre Schwester Susann verlässt.

Sonntag, 28. Juli 1771, Viertel nach fünf Uhr morgens

«Ist es wahr, was mir meine Schwester sagt, dass Ihr eine Magd gedungen habt?»

Kerzengerade steht die Susann, den dicken Bauch vorgestreckt unter der frisch gewaschenen, hellleinenen Schürze, mit großen Augen, in denen das ganze ihr angetane Unrecht glänzt.

Die Bauerin, ausnahmsweise bestens ausgeschlafen, hat eben die Bierstube zum Frühstück betreten. Sie wünschte sich, diese Auseinandersetzung jetzt nicht führen zu müssen. Aber nun ist es eben doch dazu gekommen. Da muss sie durch.

«Das ist ganz richtig. Zum ersten August geht Ihr, und die Neue kommt. Eure Schwester wird Euch aber auch gesagt haben, dass ich Euch, wenn Ihr gesund seid, in ein paar Wochen wieder nehmen will.»

«Frau Bauerin», sagt die Susann, der sich die Wangen röten, «ich muss Euch sagen, ich geh auf keinen Fall vor der Mess aus dem Haus. Das könnt Ihr mir nicht antun. Das ganze Jahr hab ich geackert für das bisschen Lohn, das Ihr so niedrig angesetzt habt im Hinblick auf die Trinkgelder bei den Messen. Schon zur Fastenmesse bin ich drum betrogen worden, weil Ihr mich nach hinten verbannt habt und die Christiane mir kaum was abgetreten hat. Und seitdem schufte ich für zwei und hab mir die Messtrinkgelder wirklich redlich verdient. Da könnt Ihr mich nicht drum bringen.»

Die Susann zittert regelrecht, bemerkt die Bauerin aus dem Augenwinkel, während sie selbst nach einem Zipfel Wurst greift.

«Aber Susann, was soll denn die Aufregung? Ich will Euch doch die Mess wieder nehmen. Pflegt nur schön ein paar Wochen Eure Gesundheit, und es wird wieder alles beim Alten sein für Euch.»

«Wenn Ihr mich sowieso wieder nehmen wollt in zwei Wochen, warum soll ich dann überhaupt weg?»

Das ist der Susann so rausgeplatzt, aber als sie den bösen Blick sieht von der Frau Bauerin, erst in ihr Gesicht und dann auf ihren Bauch, da weiß sie natürlich bestens, dass sie *die*

Frage mal lieber gelassen hätte, denn die führt auf Gelände, das unbedingt umgangen werden muss. Und die Antwort auf ihre dumme Frage, die ist ja so sonnenklar. – Hat sie das denn tatsächlich nicht gewusst, dass die Frau Bauerin an eine Blutstockung schon lange nicht mehr glaubt? Höchstwahrscheinlich wollen deshalb auch die Schwestern sie nicht nehmen, nicht mal für ein paar Wochen, weil ja in diesen Wochen …

«Schluss», sagt die Bauerin, «keine Widerworte mehr. Euer Vierteljahr ist zu Ende am ersten August, und ich bin in meinem Recht, Euch wegzuschicken, ob für kürzer oder für immer. Ihr verschwindet jetzt in die Küch und nehmt Euer eigenes Frühstück ein, dass Ihr Kraft habt hinterher fürs Bettenmachen.»

Die Susann begibt sich durch die Wohnstube und die muffige Kinderschlafkammer in die Küche, drückt die Tür zu, und die Tränen laufen ihr übers Gesicht.

Montag, 29. Juli 1771

Es gab Momente, da konnte trotz allem die Demoiselle Goethe noch ausgelassen, fast kindlich sein. Und jetzt war so einer. Die Eltern allerdings mussten das ja nicht unbedingt merken. Deshalb war sie hoch in ihr Zimmer geflohen, und da hüpfte sie nun auf und ab, quietschende kleine Jubellaute ausstoßend. Nicht deshalb natürlich, weil der Vater sich beim Frühstück hatte überzeugen lassen, neun Gulden sechsunddreißig in schwarzem Taft anzulegen (was ein schönes Kleid für sie geben würde in ihrem neuen, strengen Stil). Nein. Der Grund war ein Brief, der eben in der Post lag.

Nicht an ihre Eltern, sondern an sie gerichtet. Ganz allein an sie.

Er hatte sie also doch noch lieb! Und *kommen* würde er, *für immer*, obwohl er in den letzten Jahren so viel über Frankfurt gelästert hatte und über das dumpfe hiesige Bürgertum und die Borniertheit der Händlerseelen. Mitte August bin ich da, hatte er geschrieben, Engelchen, ich halte es kaum aus, bis ich dich wiederseh. – Mitte August! Gerade einmal zwei Wochen waren das noch, dann wäre sie endlich, endlich heraus aus dem einsamen Langweiltrott, endlich nicht mehr alleine, wieder vereint mit dem, der ihr am nächsten war im Leben. Und das war niemand anderer als Wolfgang, ihr Bruder.

Wobei man zugeben muss, dass die Demoiselle Goethe bei ihrer lebhaften, aufgeregten Freude über die nahende Rückkunft ihres geliebten Bruders auch einen kleinen, in ihrer Lage verständlichen Hintergedanken hatte. Wenn er erst mal da wäre, der Wolfgang, dann würde er, wie sie ihn kannte, sehr häufig Freunde mit ins Haus bringen. Männer. Neue, interessante Männerbekanntschaften *en masse* für sie, für Cornelie.

Und weiß Gott, dass sie die bitter nötig hatte.

Donnerstag, 1. August 1771

Noch vor dem Frühstück hat die Susann von der Frau Bauerin die dreißig Kreuzer ausgehändigt bekommen, die noch ausstanden von ihrem Vierteljahreslohn. Ihr ist ganz flau im Magen geworden dabei und weich in den Knien, denn fast hatte sie ja vorher noch gehofft, dass die Frau Bauerin es nicht wahrmachen, sie nicht wirklich aus dem Haus jagen würde. Um es nur so weit wie möglich hinauszuzögern, dass sie fortgehen und wie eine Bettlerin an die Tür einer unwilligen Schwester klopfen muss, hat die Susann dann, nach dem ersten Schreck, das Geld noch in der Hand, möglichst beiläufig gefragt: «Frau Bauerin, soll ich Euch denn noch zur Hand gehen heute, bis die Neue da ist?»

«Ach ja, Susann, den Gefallen tut mir.»

Das ist jetzt viele, viele Stunden her. Der Tag ist verlaufen wie immer, Nachmittag ist es geworden, die Susann hat nach dem Mittagessen in der Bierstub bedient und gegen drei, vom Christoph abgelöst, in der Küche die kleine Wäsche in Angriff genommen.

Ihre Hände und Füße sind seit Stunden kalt vor Anspannung. Seit elf schon hat sie gebangt und gehofft, und seit es drei geschlagen hat, da wagt sie, ein bisschen innerlich zu jubeln. Es scheint nämlich so, dass sie wieder einmal unerwartetes Glück hatte, dass wieder einmal Befürchtetes nicht eintritt: Indem ja die neue Magd die Bauerin anscheinend versetzt hat und wahrscheinlich längst anderswo arbeitet. Wenn man nämlich zu einem bestimmten Termin einen Dienst anzutreten hat, dann wird man wohl kaum bis Nachmittag warten, sich zu zeigen! Bis nach drei doch nicht! Zumal die Neue hier in Frankfurt logiert und nicht gerade einen weiten Weg bis zum *Einhorn* hat.

Es schlägt halb vier.

Es schlägt Viertel vor vier.

Und als die Susann nunmehr die Tür gehen hört zwischen Stube und Kinderschlafkammer und Schritte sich nähern, da ist sie glücklich gewiss: Die Frau Bauerin kommt, um ihr zu sagen, weil die Neue nicht zum Dienst erschienen sei, müsse sie nun doch nicht aus dem Haus.

Tatsächlich kommt da die Frau Bauerin.

Und ein paar Schritt dahinter mit einem Sack Gepäck die Neue.

«So, Susann, hier ist nun unsre neue Magd, die Jungfer Margret Seyfriedin. Gelle, Ihr zeigt ihr rasch die Küche.»

Die Neue guckt unersprießlich drein.

«Auf ein Wort, Frau Bauerin.»

Die Bauerin verschwindet mit der Neuen in der Kinderschlafkammer. Von hinter der angelehnten Tür vernimmt die Susann Getuschel. Von «alter Magd» ist die Rede auf Seiten der Margret. «Nein, nein», beginnt die Auskunft, die sie darauf erhält. Die Susann, an ihrem Zuber, ist schweißgebadet.

Alsbald erscheint die Neue allein in der Küche. Forsch schließt sie hinter sich die Tür, blickt sich prüfend um und lässt ihr Gepäck sinken. «Eure Kiste steht links neben dem Bett», erklärt die Susann. Worauf die Seyfriedin, mit ihrem Sack Richtung Kiste schlendernd, wie zur Begrüßung bemerkt: «Köchin, es geht ein übles Gerücht über Euch in der Stadt. Es heißt, Ihr wärt schwanger.»

Das hat der Susann jetzt gerade gefehlt. Sie schrubbt an der Wäsche, als könnte die was dafür, und entgegnet so keck und so wenig weinerlich, wie sie eben kann: Sie bräuchte wohl viel Dreck, den Leuten ihre Mäuler zu stopfen.

«Meine Zeit! Die Frechheit steht Ihr aber schlecht an, bei dem dicken Bauch! – Sei Sie nicht so verstockt und geb es zu, es glaubt Ihr ja doch keiner, dass Sie unschuldig ist.»

«Man kann nichts zugeben, was man nicht getan hat. Ich hatte ein Aas zur Kameradin, die hat mich so in Rage gebracht, dass mir vor Zorn das Blut weggeblieben ist.»

Die Susann fängt an, die Wäsche auszuwringen. Normalerweise schrubbt sie länger, doch je eher sie jetzt fertig ist, desto eher kann sie auf den Boden zum Aufhängen und dieser Ziege entkommen.

Die macht dem ersten Eindruck Ehre und gibt keine Ruh, während sie der Susann seelenruhig beim Wringen zusieht. «Wenn's stimmt, dass Sie schwanger ist», moralisiert sie hochnäsig auf ihrem Schemel, auf den sie sich niedergelassen hat, «dann bitte Sie Gott von Herzen, dass er Ihr gute Gedanken verleihen möge. Wenn's aber nicht stimmt, so kann Sie ganz zufrieden sein über das viele Geschwätz, damit waschen Ihr die Leut viele Sünden ab.»

Die Susann kommentiert das gar nicht mehr. Vielmehr ist sie in Gedanken jetzt bei ihren Schwestern. Die wissen, dass sie heute gehen muss bei der Bauerin, und keine von beiden hat sich blicken lassen. Wundern die sich nicht einmal, was mit ihr ist? Und sie denkt an den Schuster Wetzel mit seinem Husten und seinen Schulden und seinen armen Kindern, dem sie seine drei Gulden für den ersten August versprochen hat, und sie hat nichts als dreißig Kreuzer. Ihr wird noch elender bei dem Gedanken. Es ist alles so vertrackt.

Als sie fertig mit Wringen ist, hebt sie wortlos die Wanne mit der Wäsche.

«Wohin wollt Ihr denn?» Plötzlich klingt die Neue freundlich.

«Auf den Boden, die Wäsch aufhängen.»

Die Seyfriedin steht geschäftig auf.

«Da komm ich mit, Euch helfen.»

«Das könnt Ihr Euch schenken, ich brauch für das bisschen Wäsche keine Hilfe.»

Die Neue lässt sich aber nicht abschütteln und kommt der Susann einfach hinterher, alle vier Stiegen bis auf den Boden vom Hinterhaus. Die Susann denkt: Ich sterbe, wenn ich nicht gleich allein sein kann. Aber vielleicht ist es umgekehrt, da nämlich auch dieser Boden ein Gaubloch hat, und sie erschauert, wenn sie es nur aus dem Augenwinkel sieht. Die Neue hilft ihr tatsächlich, die vier, fünf armseligen Wäschestücke aufzuhängen, und lässt derweil nicht ab von ihr.

«Wenn Sie mich fragt, Sie sollte aus Ihrer Schwangerschaft

kein Geheimnis machen. Es kommt ja doch raus am Ende. Und Sie wär ja nicht die Erste und bestimmt auch nicht die Letzte. Was lohnt es denn bei Ihrem ruinierten Ruf noch, so ehrpusselig zu sein. Wo Sie nun einmal gehurt hat, kann Sie's auch zugeben.»

«Wenn ich was mit Mannspersonen gehabt hätte», wiederholt die Susann ihr übliches Sprüchlein, «dann würde mich die Frau Bauerin bestimmt nicht so lange behalten haben.»

«Was heißt hier behalten? Soweit ich weiß, muss Sie heut noch aus dem Haus. Da kann wohl von Behalten keine Rede sein.»

«Ich soll mich nur erholen; sie nimmt mich wieder zur Messe.»

Der Seyfriedin fällt eine Wäscheklammer hin.

«So? Das müsst ich aber wissen. Das wär ja ein Betrug von der Frau Bauerin. Für nur zwei Wochen hätt ich mich nicht dingen lassen.»

«Sie will Euch ja auch länger behalten. Mich will sie nur dazunehmen. Das Haus braucht doch eigentlich zwei Mägde, während der Mess schon gar.»

Die Seyfriedin beugt sich nach der Wäscheklammer.

«Meine Zeit, was *habt* Ihr mir einen Schreck eingejagt. Na, wenn's so ist, das soll mir fürs Erste ganz recht sein. Es wär mir gar nicht so genehm, während der Mess allein in einem so großen Gasthaus. Wer soll denn das schaffen.»

Wieder unten in der Küche, bereitet die Susann das Abendessen vor, als wäre alles wie immer. Die Neue sieht ihr lernbegierig zu, fragt sie noch dabei recht freundlich dieses über die Arbeit und jenes über das Haus, und die Susann gewinnt den Eindruck, dass die Seyfriedin heute sehr froh ist, noch nicht allein verantwortlich zu sein. Sie schöpft wieder Hoffnung: Die Bauerin wird einsehen, dass die Susann gebraucht wird, um die neue Magd einzuweisen.

Gegen sieben zeigt die Susann der Seyfriedin den Holzstall und erklärt ihr, wie viel sie für den nächsten Tag in die Küche bringen soll. Ihr ist es ganz recht, dass die Bauerin währenddessen gerade auf dem Hof mit Gästen im Gespräch ist und sieht, wie sie sich kümmert und dass die Neue aufgeschmissen wäre ohne sie.

Gleich darauf, die Seyfriedin ist mit dem Holz beschäftigt, fängt die Susann an, in der Bierstub den Abendessenstisch für die Familie Bauer zu decken. Die Bauerin bekommt das alles mit, denn sie sitzt jetzt auf der Bank ihrer Wohnstube, durch die die Susann erstens das Essen hindurchtragen muss und von wo sie zweitens das gute Geschirr holt. Davon, dass die Susann fortgehen soll, ist plötzlich gar keine Rede mehr. Vielmehr bemerkt die Bauerin, sie wolle morgen Zinn polieren, es sei wieder an der Zeit, und die Susann sagt nichts, aber denkt sich, dass ihre Hilfe dabei nicht unerwünscht sein kann.

Als der Tisch gedeckt ist, kommt wie immer die Asche dran, die aus dem Herd heraus und in die Waschküche zum Seifemachen gehört. Während die Neue der Susann hilft, die noch nicht ganz kalte Asche in die Wanne zu schöpfen, erzählt sie, dass bei ihrem alten Dienst der Haushalt ganz klein und überschaubar gewesen sei. Der alte Herr habe ja so bescheiden gelebt und kaum Gäste und Ansprüche gehabt. Drei warme Mahlzeiten am Tag, wie sie die Bauerin verlangt, das wär bei dem nicht vorgekommen.

Die Susann wünscht sich, die Bauerin hätte das gehört. Und wahrscheinlich hat sie es auch gehört, denn die Türen stehen offen, und als die Susann die Wanne in die Wohnstube der Bauerin trägt, um hierdurch zum Hof zu gelangen, trifft sie die Wirtin dort noch an, vorm Spiegel, wie sie sich vorm Essen ein wenig die Haare richtet. Die Susann öffnet, die Wanne untern Arm geklemmt, mit der freien Hand die Tür zum Hof.

Es zieht ihr im Rücken. Die Wanne war nie so schwer.

Draußen, gleich hinter der Tür, krümmt sie sich vor Schmerz. Ein Reißen geht ihr durch den Leib. Dann spürt sie ein warmes Rinnsal, das ihr die Schenkel hinunterläuft.

Sie zittert, stellt die Wanne zwei Schritte weiter unter der Hinterstiege ab. Und dann geht sie, ohne zu denken, ohne einen Augenblick zu zögern, direkt zurück hinein zu ihrer Frau in die Stube. «Frau Bauerin», sagt sie, «die salzigen Pulver wirken doch von dem Doktor Burggrave. Ich krieg meine Ordinaire. Ganz plötzlich reißt es mich derart im Bauch, es blutet auch schon.»

Die Bauerin denkt im allerersten Moment: Die Susann wolle sie bloß glauben machen, sie sei von ihrer Blutstockung geheilt, damit sie nicht aus dem Haus müsse. Doch dann sieht sie ihr blasses Gesicht, den Schweiß auf der Stirn und das Entsetzen in ihrem Blick und weiß, die Susann bekommt sehr wohl etwas, ausgerechnet jetzt – wenn auch nicht unbedingt ihre Ordinaire.

«Könnt ich einen Tee haben gegen die Leibschmerzen», bittet die Susann, was ihr die Bauerin, die kein Unmensch ist, noch genehmigt. Sie steigt sogar entgegen ihrer Gewohnheit schnaufend selbst auf die Bank, um aus dem kleinen Hängeschrank die Zuckerbüchse und die Flasche mit Teeblättern herunterzuholen, reicht der versteinerten Susann, was sie braucht, in die Hand und bescheidet sie mit den Worten: Sie möge sich von ihrer neuen Kameradin eine Tasse Tee aufbrühen lassen. «Und wenn Ihr den getrunken habt, dann macht Ihr Euch aber sofort auf zu Eurer Schwester, gelle, Susann. Es ist ja nicht weit. Da bleibt Ihr ein paar Tage, bis die Ordinaire vorbei ist und es Euch besser geht, und dann werdet Ihr hier wieder tüchtig schaffen können. Die Messtrinkgelder werden Euch nicht entgehen.»

Worauf sich die Bauerin recht zufrieden zum Essen begibt.

Die Susann überfällt es noch auf dem Weg in die Küche, in der zum Glück leeren Kinderschlafkammer, ein zweites Mal. Derart, dass sie denkt, es zerreißt sie. Sie müsste nachdenken, was soll sie denn jetzt tun, wo soll sie hin, aber erst mal will sie nichts so sehr wie sich setzen.

«Ich hab so Leibschmerzen bekommen», klagt sie der Seyfriedin, sowie sie die Küche betritt. «Das ist meine Ordinaire, die sich wieder einstellt.»

«Soso», sagt die Seyfriedin, während die Susann sich zu ihrer Truhe schleppt und schwerfällig daraufsetzt. «Soso. Ich seh Ihr schon an, dass Ihr nicht richtig ist. Doch recht ist es wohl auch nicht mit Ihr.»

Dies gesprochen mit einem Unterton, der ahnen lässt, was sie damit meint. Die Susann kriegt allmählich einen Hass auf die Neue.

«Ich hab halt immer so Leibschmerzen bei der Ordinaire. Das könnt Ihr gar nicht wissen, wenn's bei Euch nicht so ist. Könnt Ihr mir also bitte Wasser aufbrühen für einen Tee.»

«Sie sollte sich lieber schnell fortmachen zu Ihrer Schwester und sich ins Bett legen. Wo ist denn eigentlich der Tee?»

«In der Stube von der Frau Bauerin im Hängeschrank. Ich hab aber hier schon Tee und Zucker. Nur das Wasser macht mir bitte heiß.»

Während das geschieht, kommt die nächste Attacke. Die Susann krümmt sich auf der Truhe. Himmel. Es sind doch die Wehen, Jesus, es müssen wohl wirklich die Wehen sein. Wenn sie nur klar denken könnte. Sie muss noch froh sein, dass es sie jetzt und hier erwischt, in dem großen Haus, wo sie sich verbergen kann. Sie muss jedenfalls hier bleiben, bis es vorbei ist. Sie kann sich unmöglich die Predigergass hinunterschleppen und ausgerechnet beim Schreinermeister Hechtel anklopfen, mitten in Krämpfen und mit Blut im Rock.

Wenn sie nur allein wär. Wenn nur die Neue nicht wär, die, nachdem sie ihr eine Tasse Tee gereicht hat, am Tisch lehnt und sie kritisch mustert. Dabei weiß sie bald gar nicht mehr, wie sie ihre Teetasse halten soll. Immer wieder kommt es ganz schlimm. Dann windet sie sich auf der Truhe wie ein Wurm, die Lippen zugepresst, dass ihr nur kein Laut entfährt. «Man hat wohl Leibschmerzen bei der Ordinaire», hört sie die Seyfriedin spöttisch sagen, «aber Ihre sind übernatürlich.»

«Die sind nicht übernatürlich. Bei meiner Kameradin war's genauso schlimm.»

Und in der Tat muss die Susann an die Christiane denken und wie elend es der ging, wenn sie blutete. Die pflegte sich manchmal auch zu krümmen und zu winden.

Doch es wird noch schlimmer. Unmerklich zuerst, dann aber kann sie es nicht mehr leugnen, dass es sich steigert und sie kaum noch Luft schnappen kann zwischen den übelsten Attacken. Es kommt der Moment, da wird der Susann mit Entsetzen klar, so lange Geburten auch sonst dauern mögen – und was hat sie nicht alles gehört von achtzehn, zwanzig, vierzig Stunden –, bei ihr scheint es anders zu sein, sie fühlt es genau, irgendwas muss *jetzt gleich* heraus aus ihr. Vielleicht also doch kein Kind. Herr Jesus, bitte kein Kind. Wenn sie Glück hat, ist es nur ein Ball aus Blut, den sie gebiert. Aber was es auch ist, es wird sie zerreißen, wenn sie nicht bald raus lässt, was raus muss, und deshalb muss sie so schnell wie möglich aus der Küche und sich verbergen irgendwo im Haus. Nur kann sie leider nicht aufstehen, solange die Seyfriedin sie anstarrt. Sie hat geradezu Angst, dass ihr etwas Unsägliches unterm Rock hervorflutscht, sobald sie sich erhebt.

Irgendwann, die Zeit vergeht unendlich langsam, hört man Schritte herannahen. Die Susann denkt unvermittelt: Gott, lass es die Dorette sein. Ach, wenn doch die Frau Bauerin die Dorette geholt hätte! Sie fühlt, wie Tränen in ihre Augen schießen, fühlt sich hilflos und verlassen wie ein kleines Kind, das unbedingt die Mutter braucht.

Leider ist es nicht die Dorette, die kommt (worüber sie eigentlich froh sein müsste, denn sie kann sich doch auch der Dorette nicht offenbaren!), sondern es ist das Lieschen Bauerin, geb. Körbelin, die kurz reinschaut und meckrig erklärt, sie müsse doch sehr bitten, dass das Abendessen endlich abgeräumt werde. Mit zwei Mägden im Haus werde man kaum von ihr erwarten, dass sie das mache.

«Es reicht nämlich schon, dass ich die Bierstub an der Backe hab. Die Jungfer Seyfriedin könnt sich auch, wenn sie mit Abräumen fertig ist, allmählich mal dahin bequemen.» Worauf sie die Tür knallt und von dannen rauscht.

«Ich brauch Sie wohl nicht zu fragen, ob Sie mir helfen will?», bemerkt die Seyfriedin zur Susann, und als die den Kopf schüttelt, zurrt sie sich die Schürze zurecht und geht.

Gott sei Dank, allein. Jesus sei Dank. Die Susann steht vorsichtig auf, es ist ihr auch gerade in dieser Sekunde etwas besser. Eigentlich ist ihr im Leib seit zwei, drei Minuten schon besser. Vorsichtig fühlt sie in ihrem Schurz, stopft das Hemd so, dass es alle Flüssigkeit auffängt – denn es rinnt jetzt merklich hervor zwischen ihren Beinen, ob das nicht doch ihr Gewöhnliches sein kann? Zugleich fühlt sie aber auch, ob sie ihr Nähsäckchen bei sich hat mit der Schere, falls sie eine Nabelschnur abzuschneiden hat (ach, wenn es bitte, bitte doch nur ihr Gewöhnliches wäre!). So aufrecht wie möglich begibt sie sich durch die leere Kinderschlafkammer. Auch die Wohnstube von der Frau Bauerin ist Gott sei Dank leer. Die Tür zur Bierstube ist angelehnt. Da geht sie natürlich nicht hinein, sondern tritt mit einem vorsichtigen Schritt direkt von der Wohnstube aus auf den Hof. Es geht ihr noch immer besser, Gott sei Dank. Kein Reißen, nur ein Druck. Sie will die Hinterstiege hoch zu den heimlichen Gemächern, da sieht sie die Wanne mit Asche, die sie vorhin, als es losging mit den Schmerzen, unter der Stiege hatte stehen lassen. Das wird doch auffallen, dass die Asche hier steht. Sie sollte sie noch schnell in die Waschküche bringen.

Also bückt sich die Susann nach der Wanne, hebt sie hoch, was jetzt sehr anstrengend ist für sie, und trägt die Asche durch den düsteren Torweg vom Hinterbau in den winzigen zweiten Hof, wo rechter Hand direkt an die Staufenmauer die Waschküche grenzt.

Sie ahnt es schon.

Genau bei der Waschküche überkommt es sie so, dass sich die Frage nicht mehr stellt, ob sie es noch hoch in die Privets schafft. Mit letzter Kraft setzt sie draußen auf dem Hof die Wanne ab, torkelt in das düstere Häuschen, schließt die Tür hinter sich, torkelt im Dunkeln weiter bis zu dem großen Fass. An dem hält sie sich, stehend, mit beiden Händen fest, als ob es sie retten könnte. Jesus, was ist ihr kalt und so schlecht. Sie schlottert am ganzen Körper. Und dann wird es so schlimm, so schlimm, und als sie glaubt sterben zu müssen vor Schmerzen, da spürt sie, wie etwas zwischen ihren Beinen hervorstößt und dann auf den Steinboden schießt.

Herr Jesus. Es darf nicht schreien.

«Ich will einmal mit Euch kommen», erklärt die Frau Bauerin der Seyfriedin, während diese am Esstisch in der Bierstube die dreckigen Teller stapelt. Die Bauerin greift selbst eine Schüssel mit Gemüseresten, was der Seyfriedin angenehm auffällt (das hätte ihr Herr Witwer natürlich nie getan!), und sie folgt ihrer neuen Magd durch Wohnstube und Kinderschlafkammer in die Küche. Dort trifft sie aber die Person, die sie hier sprechen wollte, nicht an.

«Ei, wo ist denn die Susann?»

«Das weiß ich nicht, Frau Wirtin. Eben war sie noch da und hat ihren Tee getrunken. Wahrscheinlich ist sie jetzt zur Schwester.»

Die Bauerin blickt unschlüssig hin und her in der Küche.

«Sie wird doch nicht fortgegangen sein, ohne adieu zu sagen?»

Das klingt fast sehnsüchtig. Die Seyfriedin kapiert allmählich, dass die liederliche, freche junge Person der Liebling der Bauerin ist. Sie denkt sich ihren Teil und läuft zurück in die Bierstub, um den Rest abzuräumen. So ein reichliches Abendessen. Kein Wunder, dass die Bauerin so dick ist. Und das bei den Preisen im Moment.

Als sie zurückkommt, steht die Wirtin noch immer zwischen Herd und Küchentisch, die Hände gefaltet auf der Schürze.

«So, Margret, wenn Ihr mit Abspülen fertig seid, dann kommt gleich nach vorn in die Bierstub, gelle. Da will ich Euch einweisen zum Bedienen.»

Die Seyfriedin seufzt, als sie endlich in der Küche allein ist. Wär sie doch nur in einem gewöhnlichen Haushalt gelandet und nicht in einem Wirtshaus. Nach einem langen Arbeitstag noch bis nach der Polizeistunde bedienen! Dafür fühlt sie sich wirklich zu alt.

An jenem Donnerstagabend war es endlich wieder einmal sommerlich warm, und kein Tisch in der Bierstube vom Gasthaus *Zum Einhorn* blieb unbesetzt. Auch einige der Herren Konstabler waren wieder da, von denen man sich eigentlich fragen musste, wie sie bei ihrem knappen Sold sich Saufgelage überhaupt leisten konnten. Jedenfalls kamen sie, besonders der Lange mit den Segelohren, gut auf ihre Kosten an diesem Abend, weil zusätzlich zum Bier noch gratis ein Unterhaltungsprogramm geboten wurde.

Es begann damit, dass die Wirtin jedem, der es hören wollte, erzählte, dass sie ihre Magd Susann Brandin – ebenjene, auf die man früher ganz gern mal ein Auge geworfen hatte, bevor sie sich mit ihrem schwellenden Schwangerenbauch zum Gespött gemacht hatte –, dass sie, die Bauerin, diese Susann also heut auf ein paar Tage «zur Erholung» (dass man nicht lachte!) zu ihren Schwestern geschickt habe. Und dass sie sich etwas wundere, weil die Susann sich vorm Gehen nicht von ihr verabschiedet habe. Nun wisse sie ja auch gar nicht, wohin genau die Susann sich begeben habe. Und sie wäre aber doch kurios zu wissen, bei welcher ihrer Schwestern die Susann denn nun untergekommen sei!

So um neun herum wurde dann der zweite Akt aufgeführt, indem nunmehr die Bauerin, ganz gegen ihre sonstige gelassene Art merklich nervös, den Judenknecht Bonum losschickte, um bei der nächstwohnenden Schwester der Susann, der Frau des Schreinermeisters Hechtel, sich nach dem Verbleib der Verschwundenen zu erkundigen. Die Hechtelin kam bald darauf höchstselbst mit dem Bonum zurück ins *Einhorn.* (Sie gefiel übrigens, stellte man fest, längst nicht so gut wie ihre hübsche, junge Schwester.) Und wenn die Bauerin heut Abend nervös genannt werden musste, so wirkte die Hechtelin hysterisch. Die Susann habe sich den ganzen Tag nicht bei ihr gemeldet, jammerte sie händeringend, und was denn die Frau Bauerin sich bloß gedacht habe, das Mädchen einfach fortzuschicken, ohne ihr – der Hechtelin – eigens Nachricht zu geben, noch dazu mit Leibschmerzen (Leibschmerzen, aha). Und wo sie, die Bauerin, doch wisse, dass der Hechtel die Susann keinesfalls nehmen wolle, da könne die Bauerin das arme Ding in seiner Not doch nicht auf die Straße setzen wie einen räudigen Köter!

Sie verbitte sich diese Vorwürfe, mahnte schwitzend die Bauerin. Die Hechtelin habe genau gewusst, dass die Susann heute gehen würde, und wenn jemandem Vorwürfe gebührten, dann am ehesten dem Schreinermeister Hechtel, der die simple Christenpflicht verweigere, seine kranke Schwägerin für ein paar Tage zur Erholung ins Haus zu nehmen.

«Im Übrigen müsst Ihr Euch gar nicht so aufregen, gelle, Frau Hechtelin. Wir sorgen uns ja ganz umsonst, die Susann wird doch höchstwahrscheinlich bei Eurer Schwester Königin auf der Alten Gass zufrieden im Bett liegen.»

«Ach, wenn's doch nur so wäre!»

«So geht doch einmal nachsehen.»

Was die Hechtelin sich nicht zweimal sagen ließ und verschwand.

Die Wetten in der Bierstube standen fünfzig zu fünfzig, als gegen Viertel nach zehn die Hechtelin erneut eintraf, abgehetzt, grau im Gesicht, aufgelöst.

«Du liebe Zeit, Frau Bauerin, es ist genau wie ich befürchtet hab. Die Ursel hat auch nichts von der Susann gehört oder gesehen. Dann bin ich sogar zu unsrem Bruder gelaufen, und da ist sie auch nicht. Du lieber Himmel, was wird nur mit ihr sein! Sie wird sich doch nichts angetan haben!»

«Also, Frau Hechtelin, das wollen wir doch nicht annehmen, gelle. Wahrscheinlich ist das Mensch sogar noch hier im Haus. Vielleicht hat es sich bloß in irgendeiner freien Stube ins Bett gelegt. Ich will Euch den Hauptschlüssel herbeischaffen, dann wollen wir nachsehen.»

Die Bauerin stieg zum zweiten Mal an diesem Abend auf die Bank in ihrer Wohnstube, diesmal, um ihren Hauptschlüssel aus der kaputten Kaffeekanne im Hängeschrank zu entnehmen.

Als sie in die Bierstube zurückkam, stand die neue Magd Margret neben der fahl auf einem Stuhl sitzenden und an einem Glas Wasser nippenden Hechtelin. Die Magd tat den Mund auf, sobald die Bauerin heran war.

«Der Frau Bauerin wär es doch sicher recht, wenn ich mitkommen tät zu den Stuben. Ich muss doch das Haus kennenlernen, wenn ich morgen die Betten machen soll.»

Das war unzweifelhaft richtig, und die Bauerin ignorierte daher den panischen Blick der Hechtelin, der ihr wohl bedeuten sollte, die Gegenwart dieser fremden Zeugin bei dem, was kommen würde, sei alles andere als günstig. In diesem Augenblick hatte die Wirtin einfach partout keine Lust, auf weitere Empfindlichkeiten der Schwestern Brand Rücksicht zu nehmen, die ja jede auf ihre Art schuld waren an der jetzigen Komplikation. Also erlaubte sie der Seyfriedin, sich anzuschließen.

Wer sich darüber noch ärgerte außer der Hechtelin, das war Schwiegertochter Lieschen Bauerin, geb. Körbel, die nach nur kurzer Entlastung wieder die ganze Bierstub allein an der Backe hatte, wie sie nicht müde wurde, ihrem an einem der Tische Karten spielenden Ehegatten mitzuteilen.

Die drei Frauen, Bauerin, Hechtelin und Seyfriedin, betraten derweil über die gleich neben der Bierstube abgehende Vorderstiege den dreistöckigen Altbau und schlossen im Obergeschoss die erste Stube auf.

Die Zeit hat aufgehört für die Susann. Sie hat sich überhaupt nicht mehr bewegt, seit sie hier oben sitzt auf der dunklen

Hinterstiege im zweiten Stock, frierend und still. Sie würde am liebsten ewig hier bleiben. Es sei denn, sie könnte sich gleich ganz herauswünschen aus der Zeit, dass sie einfach nicht mehr hier und heute sein muss an diesem schrecklichen Moment in ihrem Leben, dass sie direkt in die Zukunft hüpfen könnte, zu einem Punkt Jahre später, wo vielleicht alles vergessen wäre. Nur nicht mehr denken müssen.

Von ferne dringt der Lärm der Bierstub zu ihr hoch, deren Fenster zum Hof offen stehen. Es ist heut eigentlich ein warmer Tag gewesen. Ihr ist schon nicht mehr ganz so kalt wie vorhin noch.

Und gerade, als es endlich ganz still geworden ist in ihr, da hört sie aus dem fernen, beruhigenden Stimmengewirr der Bierstube die Bauerin heraus.

«Frau Hechtelin», brüllt die Bauerin, «das wollen wir doch nicht annehmen.»

Und kurz darauf, die Susann versteht plötzlich jedes Wort, ist vom Hauptschlüssel die Rede, und dass in den Stuben nach ihr gesucht werden soll.

Herr Jesus! Ihre Röcke und der Schurz sind getränkt mit Blut. Wenn man sie so findet! Sie sitzt starr vor Angst, obwohl sie doch fliehen müsste, aber was bleibt ihr denn zum Fliehen, sie kann nirgends hin als hoch, nach oben auf den Boden, und da wartet keine Rettung, sondern das Gaubloch auf sie.

Und dann geschieht ein kleines Wunder. Indem sie hören kann, wie das Suchkommando, statt gleich zu ihr an die Hinterstiege zu kommen, zunächst in den Vorderbau marschiert.

Gott sei Dank. Jesus sei Dank. Wenn sie sich jetzt in die Küche schleicht und schnell die Kleider wechselt, dann kommt vielleicht alles wieder ins Lot.

Ganz fest steckt sie ihre Röcke um sich, um nicht eine Blutspur zu hinterlassen, läuft leise die Treppe hinunter und linst um die Ecke in den Hof. Oje, da ist jemand. Die Hundchen tapert gerade im Schneckentempo mit ihrem Stock Richtung Straße. Aber sie hat ihr ja den Rücken gekehrt, und die Hundchen sieht sowieso schlecht, und es ist auch schon dunkel, sodass die Susann es nach kurzem Zögern wagt, den letzten Schritt bis in den Hof zu tun. Die Tür zur Wohnstube der Frau Bauerin ist zum Glück gleich hier beim Eingang zur Hinterstiege. Sie streckt die Hand aus, drückt die Klinke.

Die Tür ist verriegelt.

O Jesus. Wie soll sie denn jetzt in die Küche kommen! Der einzige andere Eingang zum Wohn- und Küchentrakt ist die Tür der Bierstube, und die ist rappelvoll, da kann sie nun beim besten Willen jetzt nicht hinein.

Jemand vom Haus müsste ihr die Stube der Frau Bauerin von innen aufriegeln. Aber wer denn? Wem kann sie denn trauen?

«Hundchen!», ruft sie halblaut mit dem Mut der Verzweifelten.

Die ist mit ihrem langsamen, wackligen Gang erst jetzt ans Tor zur Straße gelangt. Sie dreht sich um.

Die Susann flüstert fast: «Hundchen, könnt Ihr mir bitte, bitte den Bonum rausrufen aus der Bierstub.»

Die Hundchen hat zwar glücklicherweise noch ausgezeichnete Ohren (es ist das Bein, ach, das nicht mehr will!), versteht aber nicht ganz, was das soll, warum denn nämlich die Susann den Bonum nicht selber herausholen kann aus der Bierstub und überhaupt, warum sie jetzt plötzlich da ist, wo man sie doch seit Stunden sucht. Aber sie versteht sehr wohl die Not in der Stimme der Susann, die noch nie etwas von ihr erbeten hat.

Deshalb humpelt sie an ihrem Stock das kleine Stück zurück, die Susann zischt ihr unterdessen zu: «Aber sagt nicht, dass ich hier bin!», und dann erspart die Hundchen ihrem schlechten Bein ein paar Schritte und die Stufe von der Bierstub und ruft einfach durchs erste offene Fenster: «Löb! Löb! Kommt einmal heraus!»

Der Bonum heißt nämlich mit seinem anderen Vornamen Löb. Manche nennen ihn Bonum, manche Löb. (Nur Herr Zacharias, wie er offiziell mit Nachnamen heißt, so nennt ihn eigentlich keiner.) Und der Löb Bonum Zacharias denkt sich natürlich nichts Böses, als er das Rufen hört. Höchstwahrscheinlich die Hundchen, denkt er, die noch was will von ihm. Von der sieht er aber erst mal gar nichts, als er kurz darauf auf den Hof tritt. Sondern er sieht, nachdem seine Augen sich an die Dunkelheit gewöhnt haben, die Susann an der Hinterstiege stehen und dringliche Zeichen mit der Hand machen, er möchte ein Stück näher kommen. Das tut er auch. Und dabei fällt ihm auf, dass die Susann ihre Röcke so merkwürdig festhält und dass da große dunkle Flecken drauf sind.

Herr der Welt. Warum immer er?

«Lieber Bonum, ich muss rasch in die Küche, aber ich will nicht durch die Bierstub gehen. Wollt Ihr mir bitte, bitte die Wohnstube von der Frau Bauerin inwendig aufriegeln, dass ich da durch kann. Und bitte noch nicht gleich sagen, dass ich da bin. Lasst mich erst in der Küche sein und mich umziehen.»

Dem Bonum ist die Kehle wie zugeschnürt. Halb betäubt verschwindet er zurück in die Bierstube, marschiert nach hinten durch in die Stube der Bauerin, entriegelt dort die Hoftür, macht, dass er wieder in die Bierstube kommt, bevor die Susann eintritt, und beschließt, jetzt nicht noch lange zu warten, sondern gleich seine Pflicht zu tun, anstatt sich noch weiter zu verstricken in Hurerei und Verbrechen. Die Susann muss eben selbst sehen, wie schnell sie in der Küche ist und heraus aus ihrem Blutschurz. Er jedenfalls verlässt ohne Verzug jetzt flott die Bierstub Richtung Hof und steigt dann (nun ja, etwas langsamer) zur Hälfte die steile alte Stiege zum Vorderbau hoch, bis er den Suchtrupp, nämlich die Bauerin, die neue Magd und eine weinerliche Hechtelin, im Korridor vom ersten Geschoss laut miteinander sprechen hören kann. Sie scheinen gerade dabei, die letzte dortige Stube zu öffnen.

Er wartet. Nur ein bisschen. Und noch ein kleines bisschen.

«Frau Bauerin», ruft er dann aus dem Treppenhaus, «Frau Bauerin!»

«Ja? Bonum? Was ist?»

«Die Susann ist wieder da. Sie ist jetzt in der Küche.»

In der Küche findet sich nicht lange danach auch die Hechtelin ein. Auf dem Weg vom ersten vorderen Obergeschoss bis hierher hat sich ihre Sorge um die Susann in gelinde Wut umgekehrt, sodass sie sofort losschimpft. «Wo *bist* du gewesen?! Ich such dich überall, ich hab schon wer weiß was für Ängste ausgestanden und gedacht, du hättst dir den Tod angetan!»

Den Tod.

Das Wort hallt nach in der Susann. Bis zum Glück der Teil in ihr seine Pflicht tut, den es treibt, sich zu retten und zu verteidigen auf Vorwürfe. Nur dass diesmal die Stimme zittert dabei. «Ich hab doch plötzlich das Bluten so schlimm bekommen. Und die Frau Bauerin hat verlangt, dass ich fortgehen soll, aber mir ist so elend gewesen und ich hab so einen Schüttelfrost gehabt, dass ich unmöglich hab gehen können. Da hab ich mich auf die Hinterstiege gesetzt und gewartet, bis es besser wird.»

In dem Moment betritt auch die Bauerin die Küche, die vorläufig aus dem Bonum nichts weiter herausbekommen hat und die jetzt wirklich sauer ist. «Susann! Warum seid Ihr noch hier! Ich hab Euch doch am helllichten Tag schon gehen heißen!»

«Ach, Frau Bauerin, mir tut von der Ordinaire alles so weh. Kann ich denn nicht die Nacht noch bleiben? Dann kann ich Euch morgen auch Zinn polieren helfen.»

«Nein, Ihr könnt nicht bleiben! Heute leide ich Euch nicht mehr im Haus! So, und jetzt geht Ihr, und zwar sofort. Frau Hechtelin, Ihr nehmt sie mit. – Ihr könnt wiederkommen, wenn Ihr gesund seid.»

So schwerfällig und leidend, wie die Susann jetzt aufsteht und durch Küche und Stube zur Hoftür geht – sagt sich die Bauerin –, wird das Schlimmste wohl noch bevorstehen. Gott sei Dank nicht in ihrem Haus.

Die Schwestern gehen wortlos nebeneinander her. Wo der Weg auf die Predigergass stößt, will die Susann links abbiegen, doch die Hechtelin greift sie fest am Arm. «Kind!», zischt sie. «Was denkst du denn, du weißt doch, dass ich dich dem Hechtel nicht ins Haus bringen darf! Wir müssen hoch zur Ursel.» Das ist weiter, viel weiter, die Susann ist so unendlich müde, sie blutet unentwegt, es tut ihr alles weh, und der Empfang von der Ursel, der wird auch nicht freundlich sein. Sie schleppt sich aber tapfer neben der schweigenden Schwester einher, von der dunklen Prediger- in die helle Fahrgasse, durch die alte Bornheimer Pforte, quer über die Zeil, wo noch vereinzelte Menschen unterwegs sind, ebenso auf der Friedberger Gasse, die es nun hochgeht, an dem riesigen Anwesen vom Schultheißen Textor vorbei, und zu guter Letzt auf die sich anschließende Alte Gasse.

An deren Ende, kurz vor dem Friedberger Tor, wohnte in einem der älteren Häuser auf der rechten Seite der Tambour

König samt Anhang in zwei kleinen Zimmern zur Miete. Zu welcher (nämlich der Miete) der Anhang einen guten Teil beitrug, da der Sold eines Tambours allein wohl kaum weit reichen würde.

Als die Ursel Königin heute Abend von der Dorette die Nachricht bekam, die Susann werde seit etwa acht Uhr aus dem Bauerischen Haushalt vermisst, und das Letzte, was man von ihr wisse, sei, dass sie über Leibschmerzen geklagt habe – da hatte die Ursel natürlich das Schlimmste befürchtet. Nach dem ersten Schrecken hatte sie sich dahingehend geäußert, sie habe es ja schon immer gewusst, und sich im Übrigen aus Scham und Sorge derart erregt, dass sie sich schließlich schwach im Magen mit einem starken Frost ins Bett legen musste. Da lag sie noch immer, und ihr Mann, der Tambour, lag neben ihr, weil es unterdessen Nacht geworden war.

Die Ursel hatte noch gar nicht so lange geschlafen, als sie von einem Geräusch geweckt wurde. Und zwar kam es, wie ihr erwachend klar wurde, von Kieselsteinen, die gegen das Fenster schlugen. Du lieber Gott. Was denn jetzt? Und dann hört sie die Dorette unten auf der Straße halblaut nach ihr rufen. Neben ihr im Bett grunzt nun auch schlaftrunken der Mann, worauf die Ursel ihn mit einem «Schscht!» am Arm fasst und zischt: «Wir schlafen, wir machen nicht auf!»

Sie will gar nicht wissen, was für ein Unheil sich da entwickelt haben mochte mit der Susann, dass die Dorette um kurz vor elf noch zu ihr gelaufen kommt und unterm Fenster randaliert. Was die Dorette sich dabei wohl denkt! Sie, die Ursel, braucht ja ihren Schlaf nach dem Schrecken von heut Abend und ganz bestimmt nicht noch weitere Hiobsbotschaften mitten in der Nacht. Und die Vermieter unten wollen auch ihre Ruhe, die würden ihr noch Vorhaltungen machen.

Zum Glück hatte die Dorette ziemlich bald ein Einsehen und ließ ab.

Dachte jedenfalls auf ihrem weichen Kissen zunächst die Ursel, bis sie am Hauseck die kaputte Hoftür quietschen hörte. Also so was! Mit einem Husch ist die Ursel aus dem Bett und am Fenster, aus dem sie vorsichtig herausspäht und niemand anderen als die Susann entdeckt, die mit um sich geschlungenen Armen auf der Straße wartet, während die Dorette sich anscheinend in den Hof gemacht hat, um zu prüfen, ob womöglich die Haustür noch offen ist.

Das ist doch! Will ihr also die Dorette mitten in der Nacht die Susann unterjubeln, die sie selbst nicht im Haus haben will! Die Impertinenz!

So, das wird aber der Dorette gar nichts nützen, dass sie sich nun in den Hof gestohlen hat. Das Hoftor mag kaputt sein, aber die Haustür, die ist ganz bestimmt wie immer seit zehn Uhr fest verriegelt.

Das war sie auch. Damit allerdings hatte die Hechtelin gerechnet. Sie hatte gar nicht vor, an einer Haustür zu rütteln, sondern sie wollte zum Fenster der Kammer von der ältesten Schwester Käthe, das auf den Hof ging. Die arme Käthe musste morgen mal wieder um drei raus für die große Wäsche bei den Saussures und hatte daher schon geschlafen, als die Hechtelin heut Abend schon einmal auf der Alten Gass war mit der Frage, ob die Susann hier vielleicht aufgetaucht sei. Jetzt schlief sie natürlich erst recht, aber die Dorette versuchte es trotzdem, und siehe da, schon nach dem ersten Rufen ging gleich das Fenster auf.

«Dorette?», flüstert eine verschlafene Käthe herab.

«Käthe! Mach auf!»

Die Käthe ist erst verwundert und dann zunehmend besorgt, als sie barfuß und so leise wie möglich das Treppenhaus hinunterläuft. Nachdem sie unten den schweren Riegel beiseitegeschoben hat, steht da aber nicht nur die Dorette. Im Hintergrund ist noch eine Gestalt zu sehen.

«Käthe, ich hab dir die Susann mitgebracht. Sie hat ihr Geblüt wieder bekommen. Du musst sie heut einmal bei dir schlafen lassen. Nur die eine Nacht. Ich versprech dir, sie geht morgen schon wieder in ihren Dienst zu der Bauerin.»

Die Käthe findet das alles reichlich verwirrend. Aber ehe sie hier nachts eine Diskussion anfängt mit der tauben Dorette und das ganze Haus aufweckt, nickt sie nur und bedeutet der Susann, mit hochzukommen. Oben in der Kammer bittet die Susann sie um ein schwarzes langes Hemd, sie brauche ein neues, sie blute so, weshalb die Käthe nun doch noch ein Licht entzündet, um aus ihrer Truhe das Hemd herauszusuchen. Da bekommt sie einen Schreck, so schlecht und krank sieht die Susann aus. Sie drückt der Armen das Hemd in die Hand, und dann legt sie sich sofort wieder in ihr Bett, rutscht in die rechte Hälfte, damit die Susann auf der linken Platz hat, dreht sich um und macht die Augen zu. Was ist sie müde! Und sie muss um drei raus.

Die Ursel schäumt und giftet unterdessen innerlich in ihrem Schlaf- und Wohnzimmer. Ja, ist das denn die Möglichkeit! Wenn sie richtig gehört hat, dann liegt jetzt die Susann drüben bei der Käthe im Bett, ganz ohne, dass man sie, die Ursel, vorher gefragt hätte! Da *wird* sie aber morgen einen Tanz veranstalten. Die fliegt hier morgen wieder raus, die Susann, aber hochkant.

Freitag, 2. August 1771, Viertel nach acht morgens

Am Morgen danach war die Luft in der Stadt sanft und mild wie nach einem Sommerregen. Niemand, aber wirklich niemand der Beteiligten hätte geahnt, wie der Tag enden würde.

Im Gasthaus *Zum Einhorn* ging zwar einiges nicht seinen üblichen Gang. Die neue, durchaus willige Magd Margret kannte sich halt noch nicht aus und musste bei jedem Schritt an der Hand geführt werden. Eine Überraschung war das kaum. Und die Bauerin hatte noch einen anderen Grund, das Chaos sehr gelassen zu nehmen: Sie wusste ja nun, in zwei, drei Tagen hätte sie ihre Susann wieder – indem es mit deren «Umständen» doch noch rechtzeitig vor der Messe ein Ende gefunden hatte. Gott sei Dank.

Was für ein Ende, das wollte die Bauerin so genau nicht wissen. Zumal sie ja annehmen durfte, dass irgendwelche schlimmen Eventualitäten zumindest nicht in ihrem Haus geschehen waren.

In dieser beruhigenden Annahme wurde sie allerdings erschüttert, als sie höchstselbst im Stall Holz nachholte (das bisschen, was die neue Magd gestern herangeschafft hatte, würde kaum bis zum Mittagessen reichen). Der Eingang zu dem Holzstall, wo auch die beiden Pferde für den Wagen standen, lag in dem überbauten Durchgang zu dem kleinen zweiten Hof. Es war düster hier selbst heute, da die Sonne schien, und der Bauerin war im Stall zunächst gar nichts weiter aufgefallen. Aber als sie wieder herauskam mit Holz unterm Arm, da merkte sie bald, sie hatte was Klebriges unterm Schuh. Und zwar etwas, das beim Gehen bräunliche Flecken auf dem Pflaster hinterließ.

Der Bauerin gefiel das gar nicht. Nach kurzem Nachdenken

deponierte sie das Holz am Boden und machte sich zurück zum Stall. Sie ließ die Tür weit offen, damit sie mehr Licht hätte, und entdeckte nun gleich mehrere Blutlachen zwischen Tür und Krippe.

Die Wirtin erschauerte. Ihr kam der Gedanke, sie müsse in der Krippe nachsehen, ob da nicht etwas läge. Doch sie hielt an sich, verließ den Stall ohne weitere Nachforschungen und zog die Tür fest zu. Auf dem Weg ins Haus, das Holz im Arm, beschloss sie, den Bonum heut Vormittag noch die Predigergass hinunter zur Hechtelin zu schicken und die holen zu lassen. Sie musste doch einmal nachfragen, wie es mit der Susann weitergegangen war, und das Blut – aber was sah sie jetzt?

«Wen haben wir denn da, die Frau Hechtelin!»

Die bog nämlich eben von der Gasse in den Hof. «Ihr kommt mir sehr gelegen! Ich war schon gerad dabei, Euch rufen zu lassen.»

Die Hechtelin kommt mit in die Stube und erzählt, sie sei eigentlich auf dem Weg in die Alte Gass zu ihrer Schwester Königin, um nach der Susann zu sehen.

Die Bauerin lässt sich auf die Bank nieder, nachdem sie das Holz einfach auf den Boden hat fallen lassen.

«Ja, ist die Susann denn nicht bei Euch?»

«Nein, wie denn, wie soll die denn bei uns sein. Ich hab's Euch doch erzählt, Frau Bauerin, wie mir der Hechtel zugesetzt hat, von wegen sie käm ihm nicht ins Haus und er würd sie rausprügeln, wenn ich sie ihm anbringen tät. Nein, ich hab die Susann gestern spät noch zur Ursel gebracht.»

«Na! Wie ist es ihr denn noch ergangen?»

«Besser, hatte ich den Eindruck. Jetzt hat sie eine Nacht geschlafen, ich könnt wetten, sie ist heut wieder ganz gesund. Soll ich sie Euch denn gleich wieder mitbringen auf dem Rückweg?»

Die Bauerin seufzt und reibt sich mit der Rechten übers teigige Gesicht.

«Frau Hechtelin, ich muss Euch was sagen. Mir ist gar nicht wohl bei der Sach. Ich hab einen üblen Verdacht.»

«Was habt Ihr?»

Die Bauerin rückt ihrer Freundin dicht ans Ohr. «Ich hab eben eine Straße von Blut gefunden in meinem Holzstall. *Blut*. Als ob da eine Frau gekreißt hätte.»

«Du liebe Zeit!» Die Hechtelin wird rot und fasst sich ans Herz. «Ja, wollt Ihr denn unterstellen, dass die Susann schwanger gewesen wär! Das verbitt ich mir, Frau Bauerin! Sie hat doch nur ihre Ordinaire bekommen. Da hat sie mir auf dem Weg gestern Nacht noch von geklagt, wie sie so schlimm die Ordinaire bekommen hätt von den Pulvern vom Doktor Burggrave.»

«Das will ich gerne hoffen, dass das nur die Ordinaire war. Aber warum sagt sie uns, sie hat auf der Hinterstiege gesessen die ganze Zeit, wenn sie in Wahrheit im Stall war? Ihr müsst mich verstehen, Frau Hechtelin, dass ich nun einen Verdacht habe, wo ich das viele Blut angetroffen hab in meinem Stall. Das hängt hinterher doch an mir, wenn's herauskommt.»

«Was soll denn da herauskommen! Du liebe Zeit, Frau Bauerin, Ihr werdet doch wohl nicht in der Stadt herumerzählen wollen, die Susann hätt ein Kind gekriegt! Da wär ich Euch aber böse, wenn Ihr solche Gerüchte in die Welt setztet. Das arme Mädchen hat doch genug auszustehen gehabt von dem Gerede in den letzten Monaten.»

«Nun beruhigt Euch aber wieder, Frau Hechtelin, gelle. Am besten, Ihr geht jetzt wirklich zu Eurer Schwester Königin und seht nach der Susann. Da wollen wir sehen, wie es ihr geht. Ihr könnt sie ja auch einmal befragen wegen des Bluts im Stall. Wir sprechen uns später, wenn Ihr zurückkommt.»

Nach dem Abgang der Hechtelin seufzte die Bauerin müde, und dann beschloss sie schweren Herzens, erst einmal oben nachzusehen, wie sich die Margret beim Bettenmachen anstellte. Danach aber würde sie eigenhändig aus der Waschküche einen Eimer mit Lauge holen und die Blutlachen im Stall unauffällig beseitigen.

Freitag, 2. August, neun Uhr morgens

Wer dem Tag noch am ehesten Gutes abgewinnen konnte, war die Königin, die heute viel Gelegenheit fand, sich über anderer Fehlverhalten zu entsetzen und diverse wohlbegründete Tiraden loszuwerden. Zunächst bei der Susann, was aber durch deren ungewohnt apathischen Zustand nicht die rechte Befriedigung brachte. Dann (viel besser!) bei der Hechtelin, die gegen neun eintraf, um fürsorglich nach ihrem der Schwester untergeschobenen Liebling zu sehen und sich sichtlich wand unter den berechtigten Vorwürfen der Königin. Dieser wurde bald noch wohler, als nämlich die bettlägerige Susann auf Befragen der Hechtelin erklärte, es gehe ihr ganz gut (ach! Was hatte sie vorhin noch die Leidende gespielt!), sie wolle bald aufstehen und wieder zu der Frau Bauerin ins *Einhorn*. Na bestens, dann wurde sie das Mensch tatsächlich heut schon wieder los. Aber was war das? Bevor sich die Susann wieder zur Bauerin begebe, begann nun die Hechtelin, habe sie den Auftrag, sich im Namen der Bauerin nach einer gewissen Sache bei ihr zu erkundigen. Die Bauerin hätte nämlich gerne gewusst, wovon eine lange Blutspur im Holzstall herrühre, die ihr fast aussähe wie von einer kreißenden Frau, und ob die Susann hierfür eine Erklärung habe.

Na bitte, sie hatte es ja immer gewusst, dachte die Königin, während die Susann sich wenig überzeugend verteidigte, indem sie behauptete, sie sei auf dem Weg zur Waschküche beim Aschetragen von ihrem Gewöhnlichen so heftig überfallen worden, dass das Blut plötzlich «in großen Spritzern von ihr weggeschossen» sei. Da habe sie sich in den Stall begeben, um den Hof nicht zu beschmutzen. Sie habe einfach nur sehr heftig ihre Reinigung, was man verstehen müsse, da nun das ganze verstockte Blut sich mit einem Mal löse bei ihr, und wenn die Frau Bauerin daran Zweifel habe, dann könne die Hechtelin der Wirtin das blutige Hemd von heute Nacht zeigen.

Worauf sich die Hechtelin tatsächlich mit dem an den üblichen Stellen blutbeschmierten langen Hemd ins *Einhorn* begab.

Freitag, der 2. August 1771, halb zehn Uhr morgens

Sie ahnte nicht, was sie dort erwartete. Nämlich eine blasse und ernste Bauerin, die sie mitten in ihren Ausführungen mit den Worten unterbrach: «Frau Hechtelin, ich war in der Waschküch vorhin, und da hab ich etwas gefunden in den Sägespänen zwischen den Fässern; ich will es euch zeigen.»

Die Hechtelin folgt der Bauerin bebend in die Waschküche, wo ihr hier und da Blutflecken auffallen und ihr schwangerschaftsgeplagter Magen gleich wieder rebellieren will. Aber um die Blutflecken, um die geht es der Bauerin nicht. Sie deutet auf eine dunkle, schlecht einzusehende Ecke. «Nun seht Euch an, was hier liegt!»

Die Hechtelin kommt vor und linst, mit dem Schlimmsten

rechnend, in die dunkle Spalte zwischen den Fässern. Aber für das Schlimmste ist es viel zu klein und ungeformt, was da verklebt von Sägespänen liegt, von der Farbe ganz abgesehen. «Wenn das nicht eine Nachgeburt ist!», kommentiert die Bauerin, greift das glibberige, blaugraue, sägespanverdreckte Gewebe mit der Hand und hält es der Hechtelin vor die Nase.

Die riecht Blut und ist jetzt erst einmal damit beschäftigt, ihren Magen zu beruhigen. Du liebe Zeit. Haut hängt auch noch dran und etwas Nabelschnur. Natürlich ist das eine Nachgeburt, doch als sie sich wieder zu sprechen traut, da sagt sie, also nein, das bezweifle sie, dass das eine Nachgeburt sei, jedenfalls habe ihre damals soweit ihr erinnerlich ganz anders ausgesehen.

«Dann wollen wir doch einmal sehen, was die Susann sagt, was es ist. Nehmt es mit, wir wickeln es in das blutige Hemd, so, und dann zeigt ihr es der Susann. Ich wäre doch kurios zu wissen, was sie dazu zu sagen hat.»

Die Bauerin ist im Augenblick gerade sehr böse mit der Susann, nachdem sich ihre schlimmsten Befürchtungen nun zu bewahrheiten beginnen und das Mädchen also offenbar so rücksichtslos war, in ihrem, der Bauerin, Haus heimlich zu gebären und dann auch noch fahrlässig die Überreste herumliegen zu lassen, dass hinterher sie den Ärger damit hat. Fast traut sie sich nicht mehr, sich in ihrem eigenen Haus und Hof zu bewegen, weil sie auf Schritt und tritt fürchtet, auf eine Kinderleiche zu stoßen. Schauerlich!

Die Hechtelin, aschfahl, sagt nicht mehr allzu viel und zieht mit dem Hemd und der Nachgeburt darinnen ab.

Freitag, 2. August 1771,
kurz vor zehn

Der Weg bis ans nördliche Ende der Alten Gass war lang genug, dass in der Hechtelin ein starkes, berechtigtes Entsetzen heranwachsen konnte über ihre Schwester, die sie immer für ein liebes, gutes Mädchen gehalten hat und an deren Mär von der Blutstockung sie sich sehr bemüht hatte zu glauben, wenn sie auch bis zum Schluss nie ganz überzeugt gewesen war, aber nun zu wissen … das fühlte sich völlig anders an als ein bloßer Verdacht. Weshalb die Hechtelin, inzwischen beinahe außer sich und starren Blickes, bei ihrer Ankunft in der Wohnung der Königin an dieser vorbeirauscht, als wäre sie Luft, geradewegs die kleine Schlafkammer anpeilt, deren Tür aufreißt und der erschrocken im Bett sitzenden Susann zuschreit: «Du infames Mensch, wo hast du denn dein Kind! Sieh dir an, was das hier ist!»

Wobei sie das Hemd aufrollt und samt verdreckter Nachgeburt der Susann aufs Bett wirft. All das sehr zur Befriedigung der Königin (obwohl sie zugleich, oje, ganz arg das Gruseln bekommt). Zu guter Letzt hat es also sogar bei der Hechtelin geklingelt, was sie sich da herangezüchtet hat in der Susann, mit ihrem Verwöhnen und Verziehen!

Jetzt fängt das Mensch natürlich an zu heulen zum Steinerweichen, was die Königin allerdings überhaupt nicht beeindruckt, zumal man dem schluchzenden Gestammel zu allem Übel entnehmen muss, die Susann habe das Kind mit ein bisschen Heu und Stroh zugedeckt *im Stall unter die Krippe* gelegt. Allmählich muss man doch glauben, dass die Susann nicht nur bösartig, sondern auch dämlich wie nur etwas ist, indem sie das Kind, wenn sie schon die Schwangerschaft verschweigt, nicht einmal wie geboten im Main oder im Mistkübel versenkt, sondern es für jeden zum Finden im Stall herumliegen lässt! Und obwohl die Ursel vor Schreck kaum sprechen kann, so zugeschnürt ist ihr die Kehle und so beschäftigt ist sie mit einem nervösen Schluckreiz, so ruft sie doch aus: «Warum nicht in den Mist damit, du Aas!», was die Susann weinerlich mit den Worten bescheidet, das habe sie nicht über sich gebracht, und sie sei auch so verstört gewesen, sie habe gar nicht mehr denken können. Die Ursel bringt das nur noch mehr in Rage, denn über sich gebracht hatte die Susann ja offenbar noch ganz anderes, und Zartgefühl irgendeiner Art war das Letzte, was man ihr im Moment zugestehen wollte. Da hätte sie doch besser mal auf die älteren Schwestern Rücksicht genommen, die so viel für sie getan hatten, aber das war der Susann natürlich ganz gleich, was das alles für die Schwestern bedeutete, insbesondere für die Ursel mit ihren Beziehungen in den besten Kreisen. Wie *sie* nun dasteht in Frankfurt vor den Leuten, daran hat die Susann offenbar überhaupt keinen einzigen Gedanken verschwendet bei ihrem infamen Tun, wie sie ja stets in ihrem Leben immer nur ihren eigenen Launen und unvernünftigen Eingebungen gefolgt war.

Jetzt fängt das Mensch doch tatsächlich an zu stammeln, sie wolle gleich wieder zu der Bauerin gehen und ihren Dienst antreten und dort sehen, wie sie das Kind besser verstecke. Als könnte man das alles einfach so übergehen.

«Nichts dergleichen wirst du!», keift die Königin, vor Wut ihr nervöses Schlucken vergessend. «Du bleibst hier und rührst dich nicht von der Stelle. – Dorette, wir beide gehen, wir haben einiges zu bereden. Und das hier nehmen wir mit.»

Wobei sie geschäftig nach dem blutigen Hemd mit dem Beweis greift.

Die Königin hatte unten auf dem Hof eine private Konferenz mit der Schwester halten wollen, wurde aber in dieser Absicht erstens durch die Schwerhörigkeit der Hechtelin und zweitens durch das plötzliche Heraustreten der Vermieter behindert, die Anstalten machten wegzufahren und beim Warten aufs Anspannen nichts Besseres zu tun hatten, als die Königin in die peinlichsten Verlegenheiten zu bringen. Wer denn gestern Abend so spät noch gekommen sei? Die Schwester Susann? Ach, die ehemals so schmal gewesen war und nun nicht mehr, nicht wahr. Wie ging es der denn? Hatte die denn keine Arbeit mehr, dass sie mitten in der Nacht um ein Bett anklopfen musste? Ei, was trage denn die Frau Königin da in der Hand, das sehe ja fürchterlich aus, das Hemd. Das solle sie lieber in einem Korb verstauen, dass die Leut nicht auf der Straße in Ohnmacht fielen, wenn sie es sähen!

Da die Hechtelin auf eine Besprechung ohnehin keinen Wert zu legen schien, schloss die Königin sich ihr gern an, als sie zum Aufbruch drängte und sehr zielstrebig die Alte Gass hinunter Richtung Stadt marschierte. «Wohin willst du denn, Dorette?», brüllte die Königin unterwegs, außer Hörweite der Vermieter, und es stellte sich heraus, das *Einhorn* war das Ziel der Hechtelin: Sie wolle mit der Frau Bauerin sprechen. Da bin ich aber gespannt, was die Dorette ihrer lieben Freundin, der Bauerin, jetzt sagen wird, dachte die Königin und meldete zugleich bei ihrer Schwester an: Viel Zeit habe *sie* nicht, da sie bald zur Frau von Stockum zum Nähen müsse. Oje, wenn sie daran denke, wie sie heut der Frau von Stockum gegenübertreten solle nach allem, da bekomme sie allein von der Vorstellung schon Vapeurs.

Die Hechtelin ihrerseits verspürte auch etwas, was ihre Schwester wahrscheinlich «Vapeurs» genannt hätte. Die blanke Panik hatte sich über das Entsetzen gelegt bei ihr und sich vermengt damit, und es war für sie überhaupt keine Frage, was sie der Bauerin sagen würde.

In der um diese Zeit ziemlich leeren Bierstube war die Wirtin nicht, dafür aber das Lieschen, das mit einem Besen in der Hand lasch auf einem Stuhl hing und die Hechtelin mit den Worten begrüßte, die Susann möge sich mal beeilen mit Gesundwerden, weil nämlich sie, das Lieschen, garantiert demnächst ihr Kind verlieren werde, wenn sie weiter so ranklotzen müsse.

Wo denn ihre Schwiegermutter sei, erkundigt sich nervös die Hechtelin.

«Wo wird sie schon sein», grummelt das Lieschen, «wird der neuen Magd hinterherjapsen und der das Händchen führen, während ich hier sehen kann, wo ich bleib.»

«In der Küche», ergänzte leise von hinten der Bonum, der mit ein paar Gästen Karten spielte und ziemlich bleich aussah.

Und in der Küche war sie auch, die Wirtin, beide Hände in einem nackten Huhn, und wurde ihrerseits bleich, als ihr Blick auf das von der Ursel im Knäuel vor dem Bauch getragene Hemd fiel.

«Ja, um Himmels willen, habt Ihr das wieder mitgebracht?», fragte sie, an die Hechtelin gewandt, wischte sich aber, ohne eine Antwort abzuwarten, die Hände an der Schürze und führte die Besucherinnen eilig hinaus aus der Küche durch die Schlafkammer in die Wohnstube, wobei sie alle passierten Türen sorgfältig schloss.

«Was sagt denn nun die Susann?», fragte sie etwas kurzatmig die Hechtelin direkt ins linke Ohr.

«Frau Bauerin», beginnt die sehr erregt, «es ist natürlich das verklumpte alte Blut, was da von ihr gegangen ist. Ihr wisst doch selbst, was die Ärzte gesagt haben von wegen der

Blutstockung. Und mir reicht es nun wirklich mit den Verdächtigungen, das Mädchen hat genug durchgemacht; ein für alle Mal: Sie ist und war nicht schwanger, und dass Ihr's wisst, wer meiner Schwester nachsagt, dass sie geboren hätt, an den will ich mein Leben hängen.»

Nach einem Vormittag, der, je weiter er fortschritt, desto störender die Abwesenheit der bewährten Magd spüren ließ, wollte die von dem ersten Schrecken ihres Fundes längst genesene Bauerin ebendies hören. Im Grunde ihres Herzens jedenfalls.

«Nun ereifert Euch doch nicht so, Frau Hechtelin. Gelle, den Zweifel wollt ihr mir wohl gestattet haben, aber wenn Ihr's mir derart beschwört, dann will ich Euch nun auch glauben. Also, die Susann kann wiederkommen, vorausgesetzt, dass sie gesund ist. – Aber was hat denn die Frau Königin da immer noch in der Hand! Ist da noch der Blutklumpen drin? Dann wollen wir den Dreck einmal schnell auf den Mist werfen, wo er hingehört. Und das Hemd nehmt Ihr danach am besten gleich wieder mit, zum Waschen.»

Die Königin hielt das Knäuel von sich weg, der Hechtelin entgegen, und verkündete, also nein, sie könne das schmutzige, ekle Hemd ganz bestimmt nicht wieder mit zurückschleppen, das könne man nicht von ihr verlangen, weil sie jetzt gleich dringend los zur Frau von Stockum müsse, sie habe nämlich im Leben auch noch anderes zu tun, als sich um die Wäsch von der Susann zu kümmern, und man möge sie nun entschuldigen.

Was man gerne tat.

Draußen auf der Straße merkte die Königin, dass sie ihren nervösen Schluckzwang nun gar nicht mehr in den Griff bekam. Also so etwas. Die Dorette hätte sich wirklich besser mit ihr absprechen müssen. Damit war ja nun gar nicht zu rechnen, dass sie vor der Bauerin einfach alles abstreitet! Also wirklich. Zwar war es bei Licht betrachtet wohl besser so. Die ganze Familie Brand würde ja mit in den Dreck gezogen, wenn es ruchbar würde, dass die Susann heimlich geboren hatte. Ruchbar sollte es also möglichst nicht werden. Aber dass die Dorette einfach zur Tagesordnung übergeht und die Susann nun nach all ihren schrecklichen Sünden *so* leicht davonkommen sollte – das ging der Königin auch wieder gegen den Strich.

Tief in Gedanken und mit schnellen kleinen Schritten (große machte sie nie, das war nicht damenhaft) marschierte sie die Predigergass runter und dann scharf rechts zum Dom. Ein kleiner Happen vom Weckmarkt würde vielleicht den Schluckzwang vertreiben. (Die Hälfte von der teuren Semmel würde sie dem Sohn abgeben. Also wirklich, die Preise dies Jahr!)

Mit dem winzigen, angebissenen Semmelchen in der Hand begab sie sich dann etwas ruhiger auf den Weg nach Hause, wo sie sich noch schön machen wollte vor ihrem Gang zur Frau von Stockum. Nur dass sie sich, je näher sie der Alten Gasse kam, doch wieder aufregen musste: Weil sie das verruchte Mensch ja gleich wieder zu sehen bekäme. Na, sie würde der nochmal kräftig die Leviten lesen, der Susann. Nicht, dass die meint, sie könne sich alles leisten ohne Folgen! Das verwöhnte, verdorbene Aas!

Allerdings war die Wohnung bei Ankunft der Königin merkwürdig still.

Käthes Bett ist aufgedeckt und leer. «Susann?», ruft die Ursel. Kein Laut. Auch in der Wohn- und Schlafstube keine Spur von dem frechen Mensch. Die Ursel betritt nochmals Käthes

Kammer, hebt das Bettzeug auf, sieht unters Bett. Nichts. Sie lehnt sich aus dem Fenster zum Hof. Unten spielt ihr kleiner Sohn mit den Nachbarskindern Klettern an der kaputten alten Bank. Was er nicht soll. *Sie* hat nämlich hinterher den Ärger mit dem Geschrei, das er macht, wenn er sich wieder einen Splitter holt.

Das ruft sie ihm jetzt von hier oben zu und hängt gleich die Frage dran, wo denn die Tante Susann sei. Ob er die gesehen habe.

«Die Tante Susann? Die ist weggegangen», war seine Auskunft.

Eine Stunde zuvor

Gegen zehn war es, dass die Schwestern so eilig die Susann verlassen hatten, mit dem blutigen Hemd und dem, was sie darin eingewickelt hatten. «Du bleibst hier! Dass du mir bloß nicht aus dem Haus gehst!», brüllte die Königin noch von der Tür.

Und dann war sie allein.

Lieber Herr Jesus. Nie wieder wird sie denken, dass es schlimmer nicht mehr werden kann, weil es dann nur umso sicherer bald darauf noch schlimmer kommt. Jetzt ist es also heraus, das ganze Elend, und steht ihr wieder so dicht vorm inneren Auge, dass sie schreien und weglaufen möchte. Und die beiden Schwestern so plötzlich auf und davon, ohne ihr zu sagen wohin. Die werden sie anzeigen, das ist sonnenklar. Und die Nachgeburt zum Beweis vorführen. Jesus, sie zittert ja am ganzen Körper. In zehn, zwanzig Minuten werden Soldaten hier sein und sie abführen in irgendeinen Kerker.

Und wenn sie jetzt flieht? So weit ist es gekommen, dass das wohl ihre allerletzte Chance ist. Aber die wenigstens, die hat sie doch noch. Sie muss nicht hier sitzen bleiben und wie ein verwundetes Tier auf die herannahenden Jäger warten.

Sie steht also auf aus dem Bett, wacklig noch, und zieht sich mit klammen, bebenden Händen an. Den Beutel mit ihrem Restlohn, den hat sie glücklicherweise innen neben dem Nähsäckchen mit der Schere. Gott, die Schere, mit der sie gestern …

Und als sie leise die Treppen hinunterhuscht, und übern Hof, und endlich draußen ist auf der Alten Gass, da weiß sie schon, wo sie hingehen wird. Nur fest durchdrücken die Knie, ignorieren, dass sie sich weich anfühlen, das Blut ignorieren, das wieder zu laufen beginnt, und bloß nicht dran denken, dass die Schwestern vielleicht doch nicht zur Konstablerwache, sondern gleich hier oben zum Friedberger Wachturm gegangen sind, an dem sie jetzt direkt vorüber muss und von dem aus sie sicher gut gesehen werden kann, wie sie auf der Innenseite die Stadtmauer entlanggeht. Hier im neustädtischen Norden verläuft die Mauer nämlich schnurgerade. Eine gute Viertelstunde lang wird man sie also erspähen können von dem Wachturm aus. Und vielleicht kann man sogar auf die Entfernung noch erkennen, dass sie es ist, denn sie hat mal was gehört, dass es Fernrohre gibt auf den Wachtürmen. Sie zwingt sich, sich nicht umzudrehen. Bloß nicht schuldbewusst wirken. Wie sie hetzt, ist schon verdächtig genug.

Und dann kommt endlich, endlich die Biegung des Stadtwalls nach Südwesten. Sie atmet auf. Ab jetzt kann man sie vom Friedberger Turm aus bestimmt nicht mehr sehen. Allerdings überfällt sie gleich eine neue Angst: Obwohl sie weiß, dass die Schwestern hierher bestimmt nicht gegangen sind, dass ihr also von den Wachen hier keine Gefahr drohen sollte, klopft ihr Herz zum Zerspringen vorm schwer befestigten

Bockenheimer Tor. Sie darf aber nicht stehenbleiben, bloß nicht zeigen, wie sie bebt. Also geht sie einfach. Durch den inneren Festungswall, dann über die Brücke vom ersten und vom zweiten Wassergraben, vorbei am Posten, und jetzt, jetzt hat sie es eigentlich schon geschafft. Jetzt ist sie raus aus der Stadt.

Gleich hinterm Bockenheimer Tor biegt sie scharf links in die Mainzer Chaussee. Denn nach Bockenheim will sie natürlich nicht. Das ist erstens zu nahe und zu klein und zweitens gehört es noch in die Hoheit vom Frankfurter Territorium, und genau das will sie hinter sich lassen. Wenn sie ernsthaft fliehen will aus Frankfurt und anderswo neu anfangen, dann muss sie in eine große Stadt unter einer anderen Obrigkeit. Nämlich nach Mainz. Und ausruhen kann sie sich nicht auf ihrem Weg, egal, wie weh ihr alles tut und wie schlapp sie sich fühlt, selbst dann nicht, wenn sie endlich an der Galgenwarte vorbei und aus der Frankfurter Landwehr draußen ist. Keine Minute darf sie trödeln, weil sie nämlich unbedingt um ein Uhr in Höchst das Mainzer Marktschiff kriegen muss. Unbedingt.

Und dann wird sie aufatmen, das schwört sie sich. Wenn sie auf dem Schiff ist, wird sie aufatmen.

In der Ferne ahnt man schon die Galgenwarte.

Freitag, 2. August, kurz nach ein Uhr nachmittags

Zur selben Zeit, als die Susann tief erschöpft in Höchst am Kai eintraf und ungläubig sehen musste, dass das Mainzer Marktschiff gerade abgelegt hatte und ein Stück flussabwärts schwamm, ziemlich genau in diesem Moment also betrat in

Frankfurt die Ursel Königin das feine Haus der Familie von Stockum. Sie war nämlich erst für jetzt dorthin bestellt und keineswegs schon so früh, wie sie heute Morgen im *Einhorn* vorgegeben hatte. Ein Lakai führte sie nach oben.

Die Demoiselle Lisette von Stockum (demnächst Madame Jean de Bary) bekam heute einen Satz Nachtwäsche angemessen. Grobleinene, für den Winter und vor allem für die gewissen Tage, an denen etwas dickerer, saugfähiger Stoff gefragt war. Zu diesem Behufe hatte ihre resolute Frau Maman erstens Leinen für drei Gulden achtundvierzig erstanden und zweitens der Ursel Königin den Auftrag zum Anmessen und Nähen erteilt. Man konnte eine so schöne junge Braut doch schließlich nicht mit der alten, hässlichen Wäsche in Einheitsgröße in die Ehe gehen lassen! Was aus Sicht der Brautmutter den zusätzlichen Vorteil besaß, dass man, während die Ursel ihrem Handwerk nachging, einen langen Schwatz mit ihr halten konnte oben bei der Lisette.

Deren Zimmer war, wie in Frankfurt üblich, sehr preziös und rokokomäßig geschnörkelt eingerichtet. (Die Frankfurter Handelsleute bauten sich zwar keine Paläste wie die angeberischen Zugereisten Thurn und Taxis, aber irgendwo mussten ja auch sie hin mit all dem Geld.) In dem breitesten, bestgepolsterten nussholzgedrechselten Stuhl hatte es sich die Hausherrin schon in freudiger Erwartung fächerwedelnd bequem gemacht, als die Königin eintraf. Das holde Töchterchen selbst lehnte in taubenblau-weiß gestreiftem Musselin in Polonaisenschnitt an der stark polierten Ankleidekommode und gähnte verstohlen: Was würde das wieder langweilig werden heute Nachmittag mit dem Altweiberklatsch!

Ein bisschen interessant wurde es dann aber doch. Sogar für das Fräulein Lisette.

Indem nämlich die Ursel Königin, kaum war sie drin, mit

den Worten herausplatzte: «Ach, Frau von Stockum, Sie ahnen nicht, was ich für eine Nacht hatte! Kein Auge hab ich zugetan! Ich bin ja fast vergangen vor Vapeurs, und das alles wegen dem infamen Mensch, meiner Schwester Susann!»

Die Königin glaubte übrigens diese, nachdem sie sie in ihrer Wohnung nicht mehr angetroffen hatte, wieder zurück im *Einhorn* bei der Bauerin, wo sie frech ihrer Arbeit nachgehen würde, als wäre nichts, und nebenbei heimlich das Kind aus dem Stall – oje, oje. *Daran* durfte die Königin gar nicht denken, dann ging es gleich schon wieder los bei ihr mit dem zwanghaften Schlucken und dem Drücken an der Gurgel. Ihre Schwester zur stadtbekannten Hure und gemeinen Verbrecherin verkommen! Und damit von der Schande möglichst wenig an ihr, der Ursel, haften bleibe, die ja schließlich vollkommen unschuldig war an dem, was aus der Susann geworden war, hielt sie es für taktisch klug, sich gegenüber der Frau von Stockum und deren tadellosem Fräulein Tochter nochmals sehr deutlich von der Susann zu distanzieren.

«Was Sie nicht sagt!», bemerkte auf ihre Klage sehr angelegentlich die Frau von Stockum. «Soso! Meine Zeit, wir rechnen ja alle schon lange mit dem Schlimmsten, was Ihre jüngste Schwester betrifft. Jaja. Völlig aus der Art geschlagen, nicht wahr. Und was hat nun das Mensch – so erzähl Sie doch!»

«Ach je, ach je, Sie ahnen nicht!» Die Königin griff schon mal fleißig nach der Schere und schnitt eine Bahn Leinen grob zu. «Erst war sie wie vom Erdboden verschwunden. Nach acht Uhr hat sie keiner mehr gesehen bei der Wirtin. Was denken Sie, was wir Geschwister uns Sorgen gemacht haben. Ich hab mich geradewegs ins Bett legen müssen mit einem Frost. Und dann, mitten in der Nacht, steht sie urplötzlich bei uns vor der Tür und will eingelassen werden! Das ganze Haus hat sie aufgeweckt, ich bin fast vergangen vor Scham. Und dann sagt sie uns: Sie hätt ihre, verzeihen Sie den Ausdruck, sie hätt ihre Ordinaire wieder bekommen und wollt bei uns schlafen die Nacht. Wirklich, ich hab gedacht, mich trifft der Schlag.»

«Nein, das ist aber auch! Also! Jaja, bei den Umständen, das ist ja! *Tu comprends ce qu'elle dit, chérie? C'est l'horreur, n'est ce pas!*»

Das Fräulein Lisette brauchte diesen Wink der Frau Maman gar nicht, um mitzubekommen, worum es hier in Wahrheit ging. Während das Leinen mit fixer Königscher Hand locker gereiht und dann an dem wohlgeformten Körper der Lisette mit ein paar Stecknadeln in perfekten Sitz gebracht wurde, bohrte sie mindestens so neugierig wie ihre Mutter nach. Dabei brachte man immerhin in Erfahrung, dass die Susann, Unmengen von Blut sowie ruinierte schwesterliche Nerven hinterlassend, tatsächlich die Nachtstunden bei Königs verbracht hatte, am Morgen prompt vor die Tür gesetzt worden war und nun schon wieder im Gasthaus *Zum Einhorn* ihrer Arbeit nachgehe, als wäre nichts geschehen. Die Königin müsse sich doch sehr wundern über die Brotherrin von der Susann, diese Bauerin vom *Einhorn*, dass sie das Mensch überhaupt noch beschäftige nach allem!

«Jaja», murmelte die Frau von Stockum, als ihr das Thema vorläufig abgehandelt schien. «Jaja, was es für Menschen gibt. Man möcht es nicht glauben. Kennt Sie nicht auch den Rat Goethe? Merkwürdig genug, der Mann, dass er meint, bloß weil er einen gekauften kaiserlichen Titel hat, muss er nicht arbeiten. Also wirklich. Und dann sagt mir Lisette gestern – nicht wahr, Chérie –, der Mann hält seine erwachsene Tochter quasi im Haus gefangen. Seitenweise Unsinn muss sie ihm in Schönschrift kopieren den ganzen Tag wie eine Galeerensklavin. Jaja. Nicht wahr, Chérie, sie hat sich jetzt bitterlich beschwert bei dir.»

«Ei, Fräulein von Stockum», warf die Königin ein, «ich hab Sie glaub ich unter der Woch spazieren gehen sehen mit dem Fräulein Goethin. Bei den Bleichwiesen.»

«Ach ja», nickte das Fräulein Lisette, «das ist bestimmt am Mittwoch gewesen. Da haben wir sie quasi entführt aus dem Goetheschen Garten. Wir gehen alle ein Bier trinken, die Cornelie muss mit, haben wir dem Alten gesagt, und dann hat er doch wirklich ein paar Kreuzer rausgerückt, dass sie mitkommen und sich auch eins kaufen kann. Die kriegt bloß vier Gulden und ein paar Gequetschte Taschengeld im Monat, die Ärmste. Sie freut sich wie verrückt, dass ihr Bruder jetzt vom Studium zurückkommt. Der kann sie dann chaperonieren. Dann kommt sie auch wieder mehr raus.»

«Also Chérie, wenn du mich fragst, der alte Goethe ist geisteskrank. Lässt sie dreißig Seiten am Tag abschreiben ohne Sinn und Zweck. Verrückt, schlicht und einfach.»

«Maman, Sie übertreiben. Soo schlimm ist er nun auch –»

«Dochdoch. Sieh mich nicht so an, ich weiß, wovon ich spreche. Die haben doch den verrückten Verwandten im Haus, ich weiß gar nicht, ob du's weißt. Jaja. Von dem der Rat Vormund ist, da hält er ihn in der eignen Wohnung, das kommt billiger. Wenn du mich fragst, es liegt bei den Goethes im Blut mit dem Wahnsinn. Dochdoch. Wenn da nicht so mancher sich überlegt, ob er in *die* Familie einheiraten soll … Hört man denn da eigentlich was, dass die Cornelie wen in Aussicht hätte?»

«Im Moment wohl eher nicht.»

«Soso. Sie ist ja auch leider alles andere als hübsch, das Fräulein Goethin. Diese schlechte, picklige, narbige Haut. Hat der Bruder auch.»

«Der ist aber trotzdem nicht hässlich. Sie doch eigentlich auch nicht. Ich weiß gar nicht, was Sie haben, Maman.»

«Ihre Frau Mutter vergleicht eben alle jungen Damen mit Ihnen, Fräulein von Stockum. Und neben Ihrer Schönheit kann keine bestehen.»

Womit die Königin die rechte Seite des Nachthemds fertig genäht hatte und den Faden abschnitt.

Freitag, 2. August, neun Uhr abends

Die Susann hatte das Mainzer Marktschiff doch noch erreicht.

Zitternd vor Erschöpfung und Aufregung hatte sie dem Besitzer eines Nachens die Hälfte ihrer mageren Barschaft versprochen, wenn er es schaffe, sie dem Schiff hinterherzurudern. Der Fischer legte sich ins Zeug. Schließlich hatten ein paar Männer, die von Bord des Marktschiffs schon die ganze Zeit gegafft hatten, sie mit viel Juchhe hochgezogen aus der Nussschale. Und dann hatte sie dem Marktschiffer natürlich weitere drei Batzen als Fahrtgeld zahlen müssen. Mit anderen Worten, sie hatte danach nun nur noch zwei, drei einsame Kreuzer in der Tasche.

Während der langen Fahrt mainabwärts, unter Deck auf der Bank, da war ihr erst der Gedanke gekommen, dass sie nicht ausgerechnet nach Mainz hätte fliehen dürfen. Es lag ja allzu nahe, denn dort kannte sie sich aus. Klar sah sie es mit einem Mal vor sich, wie die Schwestern, wenn sie sie bei der Ursel nicht antrafen, den Soldaten sagen würden: Bestimmt ist sie nach Mainz. Die Soldaten würden dann den Posten am Bockenheimer Tor befragen, und der würde sich zweifellos an sie erinnern und daran, dass sie in die Mainzer Chaussee eingebogen war. Das langsame Marktschiff würde man schnell einholen. Oder vielleicht würde man per Boot einfach den

Soldaten in Mainz Nachricht geben, sodass dort am Hafen ein Trupp auf sie wartete, wenn sie ankäme.

In großer Angst hatte die Susann daher in Mainz das Schiff verlassen, hatte sich klein gemacht hinter anderen und war vom Hafen fortgehetzt. Um jede Uniform hatte sie einen weiten Bogen geschlagen. Als sie nach längerem ziellosem Umherlaufen endlich sicher war, im Augenblick zumindest nicht verfolgt zu werden, war sie zu einem Goldschmied beim Krautmarkt gegangen. Sie brauchte Geld. Dringend. Glücklicherweise trug sie wie immer ihre dünnen Tauf-Ohrringe aus vergoldetem Silber. Für die bekam sie allerdings bei dem Goldschmied – der ihre Not natürlich sofort durchschaute – mit vierundzwanzig Kreuzern einen schmerzhaft niedrigen Preis. Ach, hätte sie doch bloß die Perlen da! Hätte sie die bloß mitgenommen bei ihrem Weggang aus dem *Einhorn*. Da liegen sie jetzt nutzlos in der Truhe und können ihr nicht helfen.

Sie aber steht in Mainz am Krautmarkt mit ihrem wenigen Geld. Der Abend wird immer später. Und sie braucht noch heut oder morgen eine Arbeit, so viel ist klar. Den Goldschmied, den hat sie natürlich nicht zu fragen gewagt, ob er eine Magd brauche. Da hätte sie ja gleich erzählen können, sie sei eine flüchtige Kriminelle.

Aber auf die nächste über den Krautmarkt laufende Person, die ihrerseits nach Dienstmagd aussieht und nett, auf die geht sie zu: Sie sei stellungslos und neu in Mainz, ob sie vielleicht einen Dienst für sie wisse? Die Magd, braunäugig, schon Ende zwanzig, stellt ihren Korb ab und sagt, nein, leider nicht. Aber sie könne sich mal umhören. Ob sie in der Nähe logiere?

Sie habe noch kein Logis und suche übrigens ein sehr preiswertes.

Da immerhin wisse sie was, freut sich die Magd. Sie solle es doch beim Wirtshaus *Zum Hirschchen* versuchen, da habe auch sie bei ihrer ersten Ankunft in der Stadt und später zwischen Diensten immer mal genächtigt. Für gerade mal drei Batzen bekomme man da Obdach, Brot und Suppe.

Worauf die Susann, die sich kaum noch aufrecht halten kann vor Schwäche und die den ganzen Tag noch nichts gegessen hat, ihre schweren Schritte zu dem ihr von früher bekannten Wirtshaus *Zum Hirschchen* lenkt. Wenn sie ganz viel Glück hat, dann kriegt sie dort nicht nur ein Bett und Suppe. Dann suchen die dort vielleicht auch eine Magd.

Zur gleichen Zeit war in Frankfurt die Königin schon von der Frau von Stockum heimgekehrt, mit dem beinahe fertigen und einem angefangenen Hemd sowie Spitzen, die an alle Säume sollten. Ihr Gatte war auch anwesend und hatte, während sie arbeitete und die Käthe ein mageres Abendbrot bereitete, den Sohn auf dem Schoß.

«Ich hab's ihm tausendmal verboten», schimpfte die Königin, «aber nein, er muss es immer wieder tun.» Denn der Junge hatte sich beim Klettern tatsächlich einen Splitter zugezogen, den sein Vater eben, bislang nicht sehr erfolgreich, herauszupulen bemüht war. «Du kleiner Racker», murmelte der Tambour König, als ein lautes Klopfen an der Wohnungstür ertönte.

«Ei, wer mag denn das –», wundert sich die Königin, und da war, weil die Tür nicht verriegelt war, die Besucherin auch schon eingetreten. Nämlich die Schwester Dorette.

«Ich wollt nochmal nach der Susann schauen.»

«Ja, die ist doch gar nicht mehr hier. Ich nehm an, die ist schon wieder zu der Bauerin.» (Dies natürlich im Brüllton, damit die Hechtelin verstand.)

«Was soll das heißen, du nimmst an? Was hat sie denn gesagt, wo sie hingeht?»

«Nichts hat sie gesagt. Wie ich heut Mittag nach Haus kam, war sie schon weg.»

«Du liebe Zeit! Das sagst du mir erst jetzt!»

«Ja was! Denkst du, ich hab den ganzen Tag nichts anderes zu tun, als der Susann hinterherzulaufen? Ich hab schließlich meine Pflichten. Die Frau von Stockum hat schon gewartet auf mich. Bei den Stockums hab ich den ganzen Nachmittag verbracht, und jetzt sitz ich hier, wie du siehst, und bin immer noch am Nähen, dass wir unsre Miete bezahlen können. Du hast freilich gut reden mit deinem Schreinermeister, da hast du viel Muße, dir über die Susann den Kopf zu zerbrechen. Geh doch selbst hin zu deiner Freundin, der Bauerin, da wirst du sie schon antreffen.»

Den Rat hätte die Hechtelin sich auch gegeben, zumal sie bei ihrem Weg von der Alten Gass nach Hause ohnehin so gut wie beim *Einhorn* vorbeikam. Ziemlich besorgt war sie inzwischen, was sich leider nicht besserte, als im *Einhorn* die Bauerin auf die Frage, ob sie die Susann sprechen könne, erklärte: Die habe sich ja noch gar nicht wieder bei ihr eingestellt! Sie, die Hechtelin, möge einmal zur Königin gehen und sehen, wie es ihr gehe, gelle. Und wenn sie gesund sei, dann könne sie das Mädchen auf dem Rückweg gleich bei ihr vorbeibringen!

Du liebe Zeit, entgegnete händeringend die Hechtelin, von der Königin komme sie ja gerade, dort sei die Susann nicht mehr, und laut Aussagen ihrer Schwester sei sie schon nachmittags aus der Alten Gass fortgegangen, um sich zu der Bauerin zu begeben.

Der fiel die Kinnlade herunter. «Wie! Ja, ist sie denn schon wieder verschwunden! Glaubt mir, Frau Hechtelin, bei mir hat sie sich nicht gemeldet.»

Sehr beunruhigt, fiel der Hechtelin nichts ein, als sich geradewegs wieder zu ihrer Schwester Ursel aufzumachen und der die verstörende Mitteilung der Bauerin zu referieren. «Du liebe Zeit, Ursel!», schloss sie. «Sie wird doch nicht etwa weggelaufen sein vor Angst!»

«Das fehlt noch.» Die Königin fasste sich an den Hals. «Weißt du was, Dorette, ich krieg gleich schon wieder Vapeurs, ich hab die Nase gestrichen voll von der Susann und den Scherereien, die sie uns macht. Was denkt sich das Mensch! Wenn du mich fragst, sie wird sich bei der Bauerin heimlich hineingeschlichen haben, damit sie ... oh. Oje. Ja also, Dorette, du weißt schon. Worüber wir heut Morgen gesprochen haben.»

«Ach du liebe Zeit. Ja. Du liebe Zeit. – Ursel, komm, lass uns gemeinsam zum *Einhorn* gehen, wir wollen noch einmal nach ihr suchen. Vielleicht ist sie längst dort und versteckt sich wieder auf der Hinterstiege.»

Die Königin, die Hand am Hals, entwickelte sofort gewisse Befürchtungen, was die Hechtelin am Ende *noch* suchen wolle im *Einhorn*. Schon um sich hierüber außer Reichweite der Ohren ihres Mannes Klarheit zu verschaffen und falls nötig die Hechtelin von unbedachten Handlungen abzuhalten (nicht, dass man sich gar selbst noch strafbar machte!), verstaute sie ihr Nähzeug im Korb und verließ, müde, wie sie war, gemeinsam mit der Schwester die Wohnung.

Freitag, 2. August, sieben Uhr abends

Die Bauerin, mit heißem, feuchtem Gesicht selbst am Bedienen in der Bierstube, weiß im ersten Augenblick nicht, was sie von dem gemeinsamen Besuch beider Schwestern halten soll, da die keinerlei Neuigkeiten bringen. Sie wischt sich die Hände an der Schürze.

«Ja, Frau Königin, wann genau ist denn die Susann weg von Euch?»

«Als ich heut morgen aus war. Vor elf Uhr.»

«Du liebe Zeit! Gleich nachdem wir –» Dies aus dem Mund der Hechtelin, die sich erschrocken zur Schwester umdreht, während zugleich die Bauerin trocken wiederholt: «Also wie gesagt, bei mir ist sie nicht erschienen.» Nach kurzem Überlegen ruft sie ihren Sohn in die Bierstub und begibt sich mit den beiden Brand-Schwestern in ihre Wohnstube.

Sie wolle nicht verhehlen, dass ihr die Sache allmählich bedenklich werde, beginnt sie leise, nachdem sie sitzt. Die Hechtelin, die nichts versteht, beginnt ihrerseits: «Wenn Ihr wollt, Frau Bauerin, können wir einmal das Haus nach ihr absuchen, wo sie sich diesmal versteckt.» Worauf die Bauerin seufzt und sich übers Gesicht streicht und erklärt: Sie wisse gar nicht, ob sie das *bei den Umständen* erlauben dürfe, dass die Schwestern ohne ihre Aufsicht herumsuchten in ihrem Haus, und ob es nicht eigentlich sogar inzwischen an dem sei, dass sie, genau genommen, zur Wache laufen und Anzeige erstatten müsse, so verdächtig sei das alles. Aber eingedenk ihrer Freundschaft zu der Familie Brand, und da die Susann ihr so viele Jahre treu gedient und sich bisher so unbescholten gehalten habe, wolle sie vorläufig noch einmal davon ausgehen, dass es sich bei dem Verschwinden von der Susann um ein Missverständnis handele. Vielleicht sei sie ja nur zu dem Bruder oder dem Cousin oder habe sich krank irgendwo niedergelegt. Den Schlüssel zu den Fremdenzimmern könne sie natürlich nicht herausrücken, aber den Schwestern sei es unbenommen, auf den für alle offen stehenden Treppen und Gängen nachzusehen. Sie für ihren Teil müsse jetzt erst einmal zu der neuen Magd in die Küche, um festzustellen, ob das Essen bald so weit sei. Dort werde sie dann auch gleich sich erkundigen, ob die Magd vielleicht von der Susann etwas gesehen habe.

Die Schwestern verließen die Wohnstube über die Hoftür. Nachdem die Ursel der Dorette den Vortrag der Bauerin ins Ohr wiederholt hatte, nahm sich die eine die Vorder- und die andere die Hinterstiege vor. Und obwohl die Bauerin das bestimmt nicht gewünscht hätte, rief zumindest die Hechtelin auf jedem Stockwerk laut nach der Verschollenen. Ohne Erfolg allerdings. Nirgendwo eine Spur von der Susann.

Ratlos traf man sich einige Zeit später wieder auf dem Hof. «Nichts», zischte die Königin mit vielsagender Miene, «und bei dir?» Worauf die Hechtelin bloß den Kopf schüttelte.

Schweigend standen sie beieinander auf dem Hof, sahen sich nicht an, bis die Hechtelin sagte: «Man müsste ja eigentlich …», und dann blickten beide Schwestern unwillkürlich in die dunkle Ecke, wo der Durchgang zum zweiten, hinteren Hof abging.

Der Stall.

«Nein», sagte die Ursel heftig, «da geh ich nicht rein. Und du auch nicht.»

«Ich meine ja nur … Wenn wir einfach nur einen Blick reinwerfen tun, ob die Susann zu sehen ist.»

«Nein. Ich mach das nicht. Mir gruselt vor dem Stall. Wir könnten aber die Waschküch noch probieren.»

Obwohl es auf dem Weg zur Waschküche direkt am Stall vorüberging, unterließ es dann doch auch die Dorette, hineinzusehen. Sie klopfte nicht mal an der Tür. Wenn die Susann hier drin war, dann wollte sie das plötzlich gar nicht mehr wissen.

In der Waschküche fand sich natürlich keine Susann, aber das viele geronnene Blut auf dem Steinboden war nicht zu übersehen. Der Dorette hob sich der Magen, und beide Schwestern waren froh, als sie endlich wieder zurück auf dem großen, lichten Vorderhof waren. Am Brunnen spritzten sie sich kaltes Wasser ins Gesicht.

«Sie wird sich doch nichts angetan haben», jammerte die Hechtelin, die sich mit der Hand auf den Brunnenrand stützte.

«Ach wo! Eher liegt sie bei dem Kindsvater im Bett, wer auch immer es sein mag», fauchte die Ursel. «Das säh ihr doch recht, dem Aas. Was bei der im Kopf rumgeht, das wüsst ich zu gerne. Ich sag dir, Dorette, jetzt hat sie's auf die Spitze getrieben. Das wird bös enden. Wenn sie nicht heut Abend noch auftaucht mit einer guten Erklärung, dann wird die Bauerin sie anzeigen.»

«Ursel! Nicht so laut!»

«Herrgott, du verstehst einen ja sonst nicht.»

In der Bierstube hörte man nacheinander die Fenster zugehen. Eine Minute später trat die Bauerin heraus und kam auf die Schwestern zu. «Nun geht Ihr aber besser fort, gelle. Die Susann scheint ja doch nicht hier zu sein. Ich hoff für Euch, dass Ihr sie noch anderswo findet. Sollte es denn wirklich an dem sein, dass sie heimlich geboren und sich aus dem Staub gemacht hat … Man möcht es noch gar nicht glauben. Hat sie mir nicht gestern Nacht noch versprochen, sie will mir heut das Zinn reiben helfen!» (Diese Tätigkeit hatte die Bauerin wegen der vielen für sie heute angefallenen Extraarbeit leider entgegen ihrem Vorsatz noch nicht in Angriff nehmen können.)

«Sie wird beim unserm Bruder sein», behauptete die Hechtelin, klang aber nicht gerade überzeugt. «Die Ursel hat nämlich heut Morgen so arg mit ihr geschimpft, sie wollt sie keinen Tag mehr bei sich leiden. Das hat sie vertrieben. Und dass Ihr sie schon wieder nehmen wolltet, das wusste sie noch nicht.»

Diese Worte der Hechtelin erbosten die Königin. «Ach was! Soll ich jetzt schuld sein? Was bist du impertinent, wer war's denn von uns beiden, der das Mensch aufgenommen hat mitten in der Nacht? Jetzt platzt mir aber der Kragen!»

Die Bauerin seufzte. «So, jetzt beruhigt Ihr Euch beide wieder, gelle, und geht Euch lieber schnell nach ihr erkundigen, solange es noch hell ist. Dann werden wir weitersehen.»

Freitag, 2. August, gegen acht Uhr abends

Nikolaus Brand, Sergeant bei der Frankfurter Garnison, war mit vierundvierzig Jahren das älteste der Brand-Kinder und kannte seine jüngste Schwester Susann nicht gut. Nur mäßig interessierte er sich für die Schwierigkeiten, die es offenbar jetzt wieder mit ihr gab. Ganz anders seine kleine, dünne Ehefrau.

Die, namens Ännchen, rief immer wieder «Allmächtiger!» und konnte kaum an sich halten vor Entsetzen, als sie erfuhr, die Susann werde seit dem Vormittag vermisst und von ihrer Brotherrin einer heimlichen Geburt verdächtigt. Sie kam sehr schnell mit der übrigens unter starken Vapeurs leidenden Königin überein, dass diese hier bei den Brands warten und sich pflegen lassen würde, während ihre Schwester Hechtelin sich noch anderweitig bei Bekannten und Verwandten umtun und nach der Susann forschen solle. Was die Hechtelin wortlos hinnahm.

Kaum war sie gegangen, hielt im Hause Brand das Ännchen die Königin zum Liegen an. Die Ursel ertrug in nervöser Unruhe und mit aufgeschnürten Kleidern die lästigen Ministrationen ihrer Schwägerin, wobei sie nochmals in allen Einzelheiten die fürchterliche Geschichte des gestrigen und heutigen Tages zum Besten geben musste. Allerdings ließ sie eine gewisse Zensur walten. Indem sie zum Beispiel behauptete, die Susann habe heut Morgen vor den Schwestern ihre Sünden weiterhin frech geleugnet. So konnte sie (die Königin) vorgeben, nichts *sicher* zu wissen, aber eben gemeinsam mit der Dienstherrin der Entlaufenen einen scharfen Verdacht zu hegen. Einen ganz scharfen!

Vom Reden wurde ihr nach und nach besser. Daher unterließ sie es auch nicht, am Ende der Geschichte kundzutun, dass ihrer Ansicht nach die Dienstherrin eigentlich vor Monaten schon Konsequenzen hätte ziehen müssen. Sie könne beim besten Willen nicht verstehen, dass die Bauerin sogar *heut Morgen noch* bereit gewesen war, sich das Mensch gleich wieder ins Haus zu holen nach allem! Dass dies ein Fehler gewesen sei, das müsse nun die Bauerin selbst einsehen, nachdem die Susann inzwischen ja auch noch getürmt war als Eingeständnis ihrer Schuld.

Die Brandin ergänzte, dass diese offensichtlich verlotterte, sittenlose Wirtin im wahrsten Sinne des Wortes mitverantwortlich sei an den Verbrechen der Susann. Ja, es wär doch gar nicht erst zu Hurerei in deren Haus gekommen, wenn die Alte die Zügel richtig straff gehalten hätte! Wenn man natürlich keine Aufsicht führte und dem Gesinde alles durchgehen ließ …

Die Königin konnte hier nur zustimmen und gleich in die Kindheit der Susann überleiten, als die ins Nesthäkchen vernarrte Mutter sowie die Dorette dem Mädchen bekanntlich auf unverantwortlichste Weise alles, aber auch alles erlaubt und verziehen hatten. Damit war ja der Grundstein gelegt worden für die heutigen fürchterlichen Ereignisse!

An diesem wohlgeschliffenen Punkt war man in den Überlegungen angelangt, als die Hechtelin graugesichtig gegen neun wieder erschien: Es habe alles nicht geholfen, niemand habe von der Susann gehört. Gleich nachdem sie das, noch in der Stubentür stehend, mitgeteilt hatte, schossen ihr Tränen in die Augen, was ihre Schwägerin mit den Worten kommentierte: «Lass, Dorettchen, um das Aas lohnt es sich nicht zu weinen.»

Die Hechtelin wischte sich mit dem Handrücken die Wangen ab und erklärte, sie könne nun nicht mehr. Den ganzen Tag sei sie umhergehetzt, sie gehe jetzt nach Hause. Falls sie die Susann wider Erwarten ausgerechnet dort antreffen sollte, werde sie nochmals zurückkommen, ansonsten aber nicht.

Darauf verschwand sie.

«Man müsste ja eigentlich der Bauerin noch Bescheid geben, dass wir sie nicht gefunden haben», bemerkte die Königin einen Augenblick später. Allerdings hatte sie ganz gewiss keine Lust, das selbst zu tun.

«Das lohnt nicht», befand die Schwägerin, die ihren Ton richtig deutete. «Die Bauerin wird sich doch ihren Teil denken, wenn sie nichts hört. Die wird auch zittern heut Abend. Meine Zeit, in deren Schuhen möcht ich nicht stecken, wenn's zur Inquisition kommt in der Sach. Wahrscheinlich ist sie nur deshalb noch nicht auf die Wache gegangen. Dann käm ja raus, was bei ihr für Zustände herrschen. – Jetzt wird sie das Mensch aber endlich doch anzeigen müssen. Wo es geflohen ist. Da bleibt ihr ja keine Wahl.»

Die Königin hob zweifelnd die Brauen. «Wenn du mich fragst, ich trau der Bauerin zu, dass die das Anzeigen noch länger verschläft. Es ist gar nicht ausgemacht, dass die die Susann überhaupt anzeigen tut. Kann sein, sie hält still wie bisher und versucht, es zu vertuschen.»

«Allmächtiger! Da müssten ja wir fast überlegen, ob *wir* sie anzeigen!»

«Du lieber Gott. Also wirklich, in was für eine Lage das Mensch einen bringt. Das ahnt die nicht, was wir Schwestern auszustehen haben wegen ihr. Was für Gewissensnöte. Und nun stell dir vor, die Bauerin zeigt sie an, was sie ja wahrscheinlich doch noch tun wird, oder vielleicht tut sie's jetzt gerade, und dann sagt sie aus, die Schwestern hätten Bescheid gewusst. Ja, wenn ich so nachdenke, die Bauerin hat immer versucht, uns den Ärger mit der Susann aufzuhalsen. *Wir* sollten sie befragen, ob sie schwanger ist, *wir* sollten sie untersuchen. Und dann sagt die Bauerin am Ende, *wir* wären schuld, wir hätten es ihr sagen müssen beizeiten, dass das Aas ein Kind bekommt! Wie stehen wir denn jetzt da, die Dorette und ich!»

«Allmächtiger. Wenn du meinen Rat willst, Ursel: Am besten, ihr kommt der Bauerin zuvor und zeigt die Susann selber an. Dann kann euch hinterher keiner einen Vorwurf machen.»

Der Königin wurde allmählich heiß. Die Schwägerin ahnte ja nicht, wie sehr sie inzwischen Mitwisserinnen waren, sie und die Dorette. Sie hätte ihrem ersten Impuls folgen sollen heut früh und gleich nach dem Geständnis der Susann zur Wache laufen. «Oje, Ännchen, ich fürcht, dafür ist es fast schon zu spät. Und die Dorette, ich schwör's dir, die macht da nicht mit. Die Susann ist doch der Dorette ihr Liebling. Der wird noch die schlimmste Sünde verziehen.»

«Die Dorette muss doch gar nicht dabei sein. Wir könnten doch jetzt schnell gehen.»

Der Königin wurde erst recht mulmig. Sie war sich ja keineswegs sicher, ob sie wirklich ernst machen wollte mit der Anzeige. Du lieber Gott. Das konnte doch nicht wahr sein, in was für einer Lage sie heut Abend steckte. «Ich weiß nicht», sagte sie. «So spät auf die Wache in so einer heiklen Sach …»

«Weißt du was? Wie wär's, wir gehen zum Vetter Elias und sagen's dem! Der ist doch Ordonnanz vom Jüngeren Bürgermeister. Der wird dann schon wissen, was zu tun ist.»

Dieser ausgezeichnete Vorschlag erleichterte die Königin sehr. Natürlich, der Vetter Elias! Der würde Rat wissen. Dem könnte sie die Entscheidung zuschieben. Warum war sie da nicht selbst drauf gekommen.

Ruck, zuck waren ihre gelösten Kleider wieder zugeschnürt und die beiden Schwägerinnen sehr wichtig und geschäftig unterwegs.

Nachdem man einmal eingetroffen war beim Vetter Elias, diesen aus seinem gerechten ersten Nachtschlaf geweckt und die Vorgänge der letzten Tage so mehr oder weniger faktengetreu erzählt hatte, jedenfalls inklusive der Blutspuren in sowohl Waschküche als auch Holzstall, da bestand, wie sich herausstellte, weder für die Ursel Königin noch für die nunmehr von einer schweren Straftat unterrichtete Ordonnanz des für Kapitaldelikte zuständigen Jüngeren Herrn Bürgermeisters mehr die Möglichkeit, die Uhr zurückzudrehen und die Sache auf sich und dem Ermessen der Bauerin beruhen zu lassen. Lediglich Ännchen Brand, die nun doch über die eigene Courage sehr erschrocken war, durfte gleich wieder nach Haus gehen. (Allmächtiger! Hoffentlich würde gleich der Niklaus nicht schimpfen mit ihr, der seelenruhig und ahnungslos in seinem Bette schlief.) Als sich die Ursel in aufkommender Panik der Schwägerin anschließen wollte mit den Worten, der Elias könne doch ebenso gut alleine dem Jüngeren Bürgermeister Anzeige erstatten, wozu müsse denn eigentlich sie mit hin – da bestand die Ordonnanz Brand ganz korrekt darauf, dass der

Jüngere Herr Bürgermeister die Fakten unbedingt aus erster und nicht zweiter Hand hören müsse, und er, der Elias, werde schief angeguckt werden vom Siegner, wenn er sie jetzt nach Hause gehen lasse.

Immerhin war der Ursel auf diese Weise einmal im Leben ein großer Auftritt beim Bürgermeister vergönnt.

Später aber hatte sie einen äußerst unangenehmen Gang zu erledigen: Nämlich zur Dorette, mitten in der Nacht, und ihr sagen, was Sache war. Wobei sie es so darstellte, als sei es keine, aber wirklich gar keine Frage, dass sie das Richtige getan hatte. Als habe sie fest damit gerechnet, dass die Dorette, wäre sie nicht zu müde gewesen, selbst mitgegangen wäre zum Jüngeren Bürgermeister, ihre Schwester anzuzeigen.

Eine unangenehme Überraschung erlebte in dieser Nacht neben der Hechtelin auch die Wirtin vom Gasthaus *Zum Einhorn*. Indem nämlich völlig unerwartet zu später Stunde ein ihr bislang persönlich nicht bekannter Sergeant eintraf, sich als Ordonnanz des Jüngeren Bürgermeisters vorstellte (war das nicht gar der Vetter von den Brand-Schwestern?) und ankündigte, er müsse hier im Haus, und insbesondere in den Hofgebäuden, eine Durchsuchung vornehmen, auf Befehl des Jüngeren Herrn Bürgermeisters, bei dem eine Anzeige gegen die hiesige Dienstmagd vorliege.

Die Bauerin musste sich, während der Sergeant in Begleitung einiger ihrer Leute auf den Hof schritt, einen Schnaps genehmigen, so schwach fühlte sie sich. Ihre allerschlimmsten Befürchtungen wurden bestätigt, als der Sergeant das Betreten des Stalls für den Rest der Nacht untersagte und – nach seinem ersten Rapport beim Bürgermeister – später neuerlich und in Begleitung einer Krankenwärterin erschien, um das gefundene Kind zu holen. Bei dieser Gelegenheit teilte er ihr mit, sie müsse morgen in aller Frühe zum Verhör aufs Amt. Befehl des Jüngeren Herrn Bürgermeisters.

Sie war aber nicht die Einzige im *Einhorn*, die sich in dieser Nacht schlaflos wälzte. Auch dem Judenknecht Bonum ging es so. Der hielt sich einmal wieder nicht ganz legal hier auf, außerhalb der Judengasse, mitten in der Nacht. Und nun hatte der Sergeant ihn gesehen.

Dritter Teil

Inculpata

Beschuldigt

Samstag, 3. August 1771, acht Uhr morgens

Das peinliche Verhöramt der kaiserlichen freien Reichsstadt Frankfurt am Main bestand aus genau drei juristisch gelehrten Amtspersonen. Und alle drei waren versammelt, als die Witwe Bauerin, Vorname Maria Margaretha, geb. Schuckin, von zwei Soldaten in die getäfelte Verhörstube geliefert wurde.

Nur nicht einschüchtern lassen von den dreien, denkt sich die Bauerin, obwohl ihr das Herz rast. Nur die Ruhe bewahren. Sie ist eine ehrbare Bürgerin und Gastwirtin, so schnell können die ihr nichts.

Links von ihr thront lässig der Leiter des Amtes, nämlich der Jüngere Herr Bürgermeister Dr. Siegner höchstselbst, in seinem Amtshabit nebst Kette und kratzt sich mit dem Zeigefinger unter der Perücke, während er noch in irgendeinem Papier herumliest. Rechts von ihr kerzengerade eine schlanke, lange Gestalt um die vierzig, an der ebenfalls von Fuß bis Kragen goldene Schnallen blitzen. Das ist der Examinator ordinarius Dr. Lindheimer – kein anderer als jener Cousin der Frau Rätin Goethe, mit dem der Herr Rat vor einigen Wochen schon wieder einen Streit hatte. Und zwischen beiden, weiter hinten, die Feder gezückt und als Einziger ohne lange Perücke, sitzt bleich und feingesichtig der Ratsschreiber

Claudy, Lizenziat der Rechte (der anders als der Jüngere Herr Bürgermeister so korrekt ist, sich keinesfalls Doktor nennen zu lassen).

Siegner bedeutet dem Lindheimer, er möge beginnen.

Ob es wahr sei, so dieser in drohendem Ton, dass sie eine Magd namens Susanna Brandin in Diensten habe?

Die Bauerin weigert sich zu kuschen.

«Ei, das wissen die Herren doch, gelle –»

«Beantworte Sie bloß die Frage. Ihre Gedanken behalt Sie für sich.»

Was ist das für ein hochnäsiger Kerl, dieser Lindheimer. Wenn sie sich nicht so fürchten müsste, sie würde dem was husten.

«Ja», sagt sie etwas beleidigt.

Der Ratsschreiber Claudy räuspert sich und fragt schüchtern, ob sich dieses Ja der Verhörten auf die Zurechtweisung des Examinators oder auf die zuvor gestellte Frage beziehe? Nicht, dass er etwas Falsches ins Protokoll schreibe.

«Meine Herren, also bitte», greift ungeduldig Dr. Siegner ein. Was ist er auch gestraft mit dem herrischen Pedanten von Lindheimer und diesem nichtsnutzigen Mäuschen von Claudy. «So dauert das ja Stunden. Wir haben noch andere eilige Amtsgeschäfte heute. Also, Frau Bauerin: Hat Sie eine solche Magd, und wird diese der heimlichen Geburt verdächtigt? Fackel Sie nicht lang, erzähl Sie uns gleich alles, was Sie zu erzählen hat.»

Die Bauerin atmet kurz auf. Das hat sie sich ja heut Nacht zurechtgelegt, was sie erzählen will und muss, um gut dazustehen in der Sach. Und gut dastehen, das tut sie ja eigentlich auch: Wie sie beim allerersten Verdacht schon sich gekümmert und nachgeforscht hat, erzählt sie, wie sie sogar gleich zwei renommierte Ärzte konsultiert und von beiden die Auskunft erhalten habe, das Mädchen sei nicht schwanger, sondern krank, und sie also nicht im Geringsten ahnen konnte, was passieren würde. Und weiter, wie sie der Susann am ersten August großmütig erlaubt habe, zu ihren Schwestern zu gehen und sich dort zu pflegen, auf dass das arme kranke Ding bis zur Messe wieder gesund würde – all das berichtet sie den Herren. Eine fürsorglichere und sorgfältigere Dienstherrin konnte man sich ja kaum denken, gelle! Was wollte man ihr denn da anhängen?

An einer Stelle, zugegebenermaßen, da kommt sie ins Schwimmen. Nämlich als es darum geht, wie sich die Susann am Donnerstagabend bei ihr im Haus versteckt hatte, statt zu den Schwestern zu gehen. Kaum hat sie das erzählt, spürt sie: Das will irgendwie nicht passen zu ihrer Geschichte vom gnädig gewährten Erholungsurlaub. Eine Geschichte natürlich, in der gänzlich unerwähnt blieb, dass die Susann, bevor sie fortgehen sollte, von einer wiedergekommenen Ordinaire gesprochen und über Leibreißen geklagt hatte. Himmel, wie schafft sie es denn jetzt – ah ja. Da ist sie, die Eingebung, wie sie das Rührstück von der fürsorglichen, aber ahnungslosen Dienstherrin weiterspinnen kann: Als man die Magd endlich wiedergefunden habe am Donnerstagabend, da hätte die behauptet: Der *Kopf* tue ihr so weh, und sie sei deshalb noch den Abend über im Haus geblieben. Bitte.

Nun der gestrige Tag. Da wird der Bauerin richtig heiß, da fehlen ihr die Ausreden. Sie hätte die Susann unverzüglich anzeigen müssen natürlich, nachdem sie im Stall Blut gesehen hatte, von der Waschküche ganz zu schweigen, aber sie hat es nicht getan, bis spät in die Nacht nicht, und wer nun eigentlich die Susann angezeigt hat, das ist ihr leider noch immer ein großes Rätsel. Sie fürchtet, einer oder eine von ihren Leuten. Der Bonum vielleicht, der sich als Jude gutstellen will mit den Behörden. Da darf sie also nicht so plump lügen.

Vorsichtig verschiebt sie ihre Entdeckung im Stall ein Stündchen nach hinten, und die Ankunft der von ihr zu den Blutlachen befragten Hechtelin gleich nochmal zwei Stunden, und die Nachgeburt in der Waschküche lässt sie weg. Das weiß doch niemand außer ihr und den Schwestern, gelle! Das muss auch niemand je erfahren. Und am Abend, als die Susann dann flüchtig war, *da erst* sei man drauf gekommen, sie könnte heimlich geboren haben. Sie, die Bauerin, habe den Schwestern nicht gestattet, bei ihr nach dem Kind zu suchen, vielmehr habe sie ihnen mitgeteilt, dass dies alles nunmehr zur Anzeige gebracht und amtlich untersucht gehöre. (Alles nicht gelogen! So war es doch auch!)

Der Lindheimer blickt verächtlich drein. Die Bauerin wartet, dass man ihre Version zerpflückt. Dass man sie zumindest fragt, warum sie die Anzeige nicht selbst vorgenommen habe.

Stattdessen teilt ihr aber der Siegner jovial mit, dass sie hiermit entlassen sei.

Das war es schon! Dem Himmel sei Dank.

Samstag, 3. August, zur gleichen Zeit

Im Gasthaus *Zum Hirschchen* in Mainz sitzt die Susann auf ihrer Bettkante, müde auf den Tod.

Sie hatte eine schlimme Nacht und fragt sich, ob sie wohl je wieder Ruhe finden wird. Ob es je wieder still werden kann in ihrem Kopf. Ach, wenn sie doch irgendwann einmal für eine oder eine halbe Stunde wenigstens nicht von Angst und Sorge verfolgt würde. Und von den Bildern. Denen von vorgestern Abend. Jesus, die Bilder.

Aber so ist das wohl, wenn man ein Verbrechen begangen hat. Das lässt einen nicht mehr los.

Wie hatte sie nur glauben können, sie könnte einfach weglaufen aus ihrem Leben. Vor den Soldaten, die hinter ihr her sind und sie vielleicht selbst hier noch finden, vor den Schwestern, die alles sind, was sie hat, vor ihrem Kind. Jetzt sitzt sie hier in Mainz und denkt an nichts anderes. Vielleicht war es sowieso ganz überflüssig gewesen zu fliehen. Vielleicht haben sie die Schwestern ja gar nicht angezeigt. – Jesus, was würden die sich jetzt sorgen. Die Dorette vor allem, die Ärmste. Aber sogar nach einer keifenden Ursel hat die Susann Sehnsucht. Alles besser, als hier so schrecklich allein zu sein mit sich und den Gedanken und dem schweren, schweren Herzen und mit dieser unendlichen Müdigkeit.

Wenn sie wenigstens Geld hätte. Sie spürt die Kraft nicht in sich, heute von Tür zu Tür zu laufen und nach einem Dienst zu fragen. (Immer in der Angst, dass ihre Beschreibung schon kursiert.) Außerdem ist doch gar nicht damit zu rechnen, dass sie was kriegt, wo sie heut oder morgen schon anfangen kann. Und das müsste sie doch. Denn ihre paar Kreuzer, die reichen allerhöchstens noch für eine Nacht im *Hirschchen.*

Oder natürlich für eine Fahrt mit dem Marktschiff.

Ob sie einfach zurückfahren soll nach Frankfurt, nach Hause?

Samstag, 3. August, halb neun morgens

Unterdessen war die Bauerin vom Römer aus geradewegs in die untere Predigergasse gelaufen, zur Hechtelin.

Die, grau im Gesicht, dunkelviolette Ringe um die Augen,

begrüßte die hereinkommende Wirtin mit einem feindseligen Blick.

Also auf in den Kampf!, denkt die Bauerin, seufzt und legt lautstark los. «Frau Hechtelin! Ich seh, Ihr wisst es schon! Gestern Nacht ist ein Kind bei mir im Stall gefunden worden. Ich war's aber nicht, die die Soldaten geholt hat. Ich hab ja noch gewartet auf Nachr– Du lieber Himmel, jetzt weint doch nicht!»

«Das hab ich ja noch gar nicht gewusst gehabt, mit dem Kind», heult die Hechtelin. (Sie hatte gehofft, dass es der Susann im Fliehen noch gelungen war, es von dort wegzuschaffen.) «Du liebe Zeit, du liebe Zeit. War denn das Kind wirklich ganz tot?»

«Ei sicher war das tot. Ich hab's zwar nicht gesehen. Aber man hätte's doch sonst einmal schreien hören müssen, gelle, im Stall. – So, Ihr wusstet das noch gar nicht. Habt Ihr denn von der Susann noch was gehört gestern Abend?»

«Nein. Sie war nirgends. Und dann ist die Ursel sie anzeigen gegangen.» Neues Schluchzen.

Die Königin war das also! Der Bauerin zieht es den Magen zusammen, die eigne Schwester, du meine Güte. Aber – ei, sieh an, dann ist *sie* ja jetzt aus dem Schneider vor den Behörden! Genauso hatte sie das auf dem Verhöramt doch gebogen, gelle, von wegen sie hätt den Schwestern gesagt: Dies müsse nunmehr angezeigt werden. Und dann hatte es die Königin, quasi ihrem Befehl folgend, auch getan. Das bestätigte ihre Version aufs Beste.

Allerdings bekam sie jetzt Schwierigkeiten mit der Hechtelin, die offenbar eine ganz ähnliche Deutung vorgenommen hatte.

«Das laste ich Euch an, Frau Bauerin! Dass die Ursel sie anzeigen gegangen ist! Ihr habt Euch gestern Abend in der Stube so vermessen, *Ihr* wolltet sie anzeigen, dass es die Ursel mit der Angst gekriegt hat und gedacht hat, wenn Ihr es sowieso tut, da tut sie's lieber gleich selber.»

«Frau Hechtelin! Ich bitt Euch! Erstens *hab* ich sie nicht angezeigt, zweitens hätt ich's aber heut früh nun ganz gewiss tun müssen, nachdem sie immer noch nicht aufgekreuzt ist. Was denkt Ihr denn, was ich mir leisten kann als Gastwirtin. Und was untersteht Ihr Euch, mir hier einen Vorwurf zu machen, jetzt, wo auch noch das Kind gefunden ist und die Schuld also erwiesen ist von der Susann!»

«Ja, wer hat sie denn dazu getrieben? Ich weiß noch, wie Ihr sie gleich schon hinauswerfen wolltet nach der Ostermess, als Ihr den allerersten Verdacht nur hattet, sie wär schwanger. Da ist es doch kein Wunder, dass sie die Schwangerschaft lieber für sich behält. Und da erwächst dann eben so ein Unglück –»

«Frau Hechtelin, ich muss doch sehr bitten! Jetzt platzt mir aber gleich der Kragen! Da könnt ja viel eher ich kommen und sagen, Ihr wärt schuld an dem toten Kind, weil Ihr und der Hechtel sie nicht habt nehmen wollen, gelle!»

«Frau Bauerin!» Die Hechtelin fasst sich ans Herz. «Da kann doch ich nichts dafür, was kann ich denn ausrichten gegen meinen Mann –»

Genau da geht krachend die Tür auf, der Schreinermeister erscheint mit rotem Gesicht. «Ja *hört* das hier mal bald auf mit dem Gebrüll! Herrschaftszeiten! Ich hab Kundschaft!»

Rumms. Die Tür ist wieder zu und der Hechtel draußen.

Die Bauerin besinnt sich, dass sie ja eigentlich mit einem Anliegen gekommen ist. Sie muss zusehen, wie sie das Gespräch wieder auf den richtigen Pfad bugsiert. Dicht rückt sie ihren Schemel an die Hechtelin heran und beugt sich zu deren linkem Ohr.

«Nun beruhigt Euch erst einmal, Frau Hechtelin. Ihr seid

ja ganz verwirrt in Eurer Not, gelle. Das kann man ja auch gut verstehen. Mir tut es doch auch leid um die Susann.»

(Gott, was ist die Hechtelin verstockt! Die heult nämlich jetzt schon wieder los und macht Anstalten, mit ihrem Schemel von der Bauerin wegzurutschen.)

«Meine liebe Frau Hechtelin! Es hat doch niemand von uns geahnt, dass es so kommen würde. Wir wollen uns doch jetzt nicht gegenseitig Vorwürfe machen. Es ist doch so schon schlimm genug.» Das wirkt. Die Hechtelin legt ihrer Freundin schluchzend die Hand auf den Arm und hält sich an ihr fest. Die Bauerin legt ihre eigene Hand gleich beruhigend obendrauf.

«Nun müssen wir nach vorne sehen. Das Wichtigste ist, dass die Untersuchung jetzt glimpflich ausgeht.»

Die Hechtelin nickt und schnäuzt sich mit der freien Hand laut in ihre Schürze.

«Um die Susann müsst Ihr Euch vorläufig nicht zu viele Sorgen machen. Ich nehm an, das Mensch ist seit gestern Mittag schon sicher aus der Stadt. Sie wird in Hanau oder in Groß-Gerau sein, da findet sie so schnell keiner. – Aber nun müssen wir auch sehen, dass wir beide unbeschadet hindurchkommen durch die Inquisition, gelle. Seid Ihr denn schon vernommen worden?»

Die Hechtelin schüttelt den Kopf. Na, Gott sei Dank! Ein mächtiger Stein fällt der Bauerin vom Herzen.

«Ich aber. Ich komm nämlich eben vom Verhör.»

«Was, auf dem Amt?»

«Ja. Der Jüngere Bürgermeister hat mich vorgeladen gehabt für heute früh.»

«Du liebe Zeit! Der wird doch mich nicht auch holen wollen? Der hat doch die Ursel schon befragt, mehr als die kann ich dem gar nicht sagen.»

Die Ursel schon befragt? Der Bauerin wird sofort wieder eng in der Brust.

«Das werden wir sehen, ob die Herren Euch noch holen. – Jedenfalls sollt Ihr wissen, dass ich von der Nachgeburt nichts gesagt hab. Kein Wort. Von der Nachgeburt. Habt Ihr verstanden?» (Die Hechtelin nickt.) «Nur von dem Blut im Stall hab ich geredet, und Ihr hättet mir dann ein blutiges Hemd gewiesen, dass sie die Ordinaire bekommen hätt und nicht schwanger wär, und das hätt ich Euch geglaubt. Und wir wären erst am Abend, als sie fort war, überhaupt auf die Idee gekommen, sie könnt geboren haben. Vorher wär uns der Gedanke gar nicht gekommen. Nicht, dass es heißt, wir hätten es verschleppt mit der Anzeige, um ihr die Flucht zu erlauben. Gelle, Frau Hechtelin, Ihr versteht, was ich meine. Seid nur beruhigt, ich hab Euch auch nicht verraten, dass Ihr die Susann nicht zu Euch habt nehmen wollen, als ich sie zum Erholen fortgeschickt hab vor der Messe. Dass Euch niemand nachsagen kann, Ihr hättet sie getrieben dazu. – Wir wollen uns doch nicht gegenseitig belasten, gelle. Das hilft ja nun niemandem mehr, wenn wir bestraft werden. Es hat ja keiner von uns beiden gewollt, dass es so kommt. Dass die Susann am Ende ihr Kind umbringt.»

«Du liebe Zeit! Was redet Ihr denn da, Frau Bauerin. Ihr wollt doch der Susann nicht nachsagen, sie hätt ihr Kind umgebracht! Woher wollt Ihr das denn wissen? Das Kind war doch sicher tot geboren. Dann hat sie nur die Leich versteckt und gehofft, dass sie's verbergen kann, dass sie geboren hat. Meine Schwester hat ihr Kind nicht umgebracht, da häng ich mein Leben dran.»

«Ihr habt ja recht, Frau Hechtelin. Ihr habt ja recht. Das traut man der Susann ja gar nicht zu, dass sie Hand an ihr eigen Fleisch und Blut legt. Das wird sich dann gewiss auch erweisen bei der Untersuchung.»

In diesem Augenblick betrat die Königin den Raum – gekommen, der Hechtelin zu erzählen, dass das Kind gefunden worden war. Was sie selbst eben aus dem Mund des Bruders erfahren hatte, der es wiederum vom Elias wusste.

Die Bauerin nimmt das zum Anlass, sich zu verabschieden.

Gott, was ist sie froh, dass sie fort kann. Dass sie endlich draußen ist aus diesem Unglückshaus.

Bei ihr in der Wirtschaft allerdings, wo die Luft zwar etwas weniger bedrückend scheint, da wird sie leider sofort, als sie in die Küche kommt, daran erinnert, dass ihr hier eine gewisse wichtige Person so was von fehlt.

Und das kurz vor der Messe.

Samstag, 3. August,
vier Uhr nachmittags

Eine abgesehen vom Bauchansatz hagere Person mit freundlichem Gesicht und Entenschnabelnase sowie je zwei Reihen Rollmopslöckchen an der puder- und pomadestarrenden Zopfperücke bewegte sich ziemlich eilig nach Süden den Großen Hirschgraben entlang. Das war der Musterschreiber des Kriegszeugamtes, der Schreibmeister und Privatinformator J. Heinrich Thym. Er kam vom Rossmarkt, wo er, wie zuvor schon an anderen Plätzen der Stadt, mit einem trommelnden Tambour ein kleines Spektakel hatte veranstalten müssen in seiner Funktion beim Kriegszeugamt.

Deshalb hatte er sich für seinen Termin im Haus *Zu den drei Leiern* leider sehr verspätet. Was der Herr Rat Goethe sicher verstehen würde: Amtsgeschäfte gingen nun einmal vor. Er konnte allerdings, wie sich herausstellte, seine Entschuldigung nicht sofort loswerden. Der Herr Rat war nämlich gerade «für fünf Minuten» nicht zu sprechen. Der Schreibmeister wurde aber schon mal in die alltäglichem Besuch vorbehaltene gelbe Stube geführt. Und da die Frau Rätin ihrerseits ihre alte Frau Mutter, die jüngst verwitwete Madame Textor, geb. Lindheimer, auf der Friedberger Gass besuchen gegangen war, schickte ihm der Goethesche Diener als Gesellschafterin das Fräulein Cornelia vorbei.

Genau diese Worte entfuhren dem Herrn Schreibmeister Thym bei deren Eintritt, nämlich: «Fräulein Cornelia!», was, wie der Schreibmeister sofort spürte, die junge Dame sehr pikierte, die ja zugegebenermaßen auch schon seit einigen Jahren nicht mehr seine Schülerin war und längst Mademoiselle Goethe hieß, für ihn so wie für alle anderen.

Da sich das Fräulein auf seine Fragen nach dem werten Befinden ernst und einsilbig zeigte, ging der Herr Schreibmeister bald dazu über, zwecks Füllen der Pause sein Hiersein zu erklären. Er sei nämlich heute bestellt, um für den Herrn Rat in Schönschrift eine Kopie der Doktorarbeit vom Wolfgang, also, des jungen Herrn Doktor Goethe, zu beginnen. Dessen Fräulein Schwester zog dummerweise schon wieder ein missfälliges Gesicht auf diese Nachricht und belehrte nach einem kurzen Schweigen trocken den Herrn Thym, dass es sich bei dem in Frage stehenden Aufsatz um eine Doktorarbeit gerade nicht handele, indem er nämlich leider von der Straßburger Universität als inakzeptabel verworfen worden sei.

Das musste zu seiner erheblichen Bestürzung der Herr Rat noch vernehmen, der genau in diesem Augenblick den Raum betrat. «Ja aber Cornelie, also, was redest du denn da! Da muss ja der Herr Thym einen ganz falschen Eindruck bekommen. – Es ist nämlich so, Herr Thym, in seinem letzten Brief schreibt mir der Wolfgang, der Dekan hat ihn geladen, voll des Lobes über die Arbeit, die ja, wie ich Ihnen schon berichtet hab, bei der ganzen Fakultät viel Aufmerksamkeit gefunden hat. Und dann hat der Dekan gesagt, der Wolfgang möchte dabei aber bedenken, was eine katholische Universität wie Straßburg sich mit dem Landesherrn für Probleme einhandeln könnte, wenn ein derart politischer Traktat, und zwar im besten protestantischen Sinne politisch, jetzt hier als Doktorarbeit sozusagen im Namen der Universität veröffentlicht wird. Und der Dekan hat ihn also gebeten, ob er nicht vielleicht zum Besten der Universität die Doktorarbeit zurückziehen will, dass er sie lieber privat veröffentlicht und stattdessen für den Doktortitel eine Disputation über Thesen macht. Aus Gründen der Diplomatie, Sie verstehen. Was ihm der Wolfgang natürlich gewährt hat. Sie kennen ihn ja. Dem fällt es nicht schwer, rasch zusätzlich noch ein paar Thesen zusammenzuschreiben. Übermorgen ist's nun endlich so weit mit dem Examen, eine Formsache, Sie wissen ja. Dann ist er wirklich offiziell Doktor.»

«Herzlichen Glückwunsch also, Herr Rat. Der Herr Rat wissen ja selbst am besten, was Sie an Ihrem Herrn Sohn haben. Diese seltene Begabung. Diese Leichtigkeit der Auffassung.»

Cornelie schnaubte. Na, wunderbar. Sie würde sich die ewigen Lobhudeleien über Wolfgang wirklich gerne anhören, wenn sich in den letzten Jahren auch mal irgendjemand für ihre Begabung und ihre Auffassungsgabe interessiert hätte, die nun bestimmt nicht schlechter waren. Fand sie. Aber der Vater hielt sie offenbar sogar für zu blöd, um Wolfgangs lateinischen Traktat abzuschreiben.

«… die Verspätung», hörte sie den Thym sagen, als sie wieder innerlich dabei war. «Ich hatte leider eine Austrommelung durchzuführen heute.»

«Ach, das waren Sie. Das Trommeln haben wir nämlich mitbekommen bis hierher, nicht wahr, Cornelie. – Worum ging's denn?»

«Das dachte ich mir, dass Sie das interessieren wird. Wo Sie doch an einer rechtsgeschichtlichen Sammlung über unsre Stadt arbeiten. Ich hab mein Exemplar für die Akten noch bei mir von dem Text von den Steckbriefen, die ich verlesen hab bei der Austrommelung. Hier, gucken Sie nur rein.»

Der Herr Rat, etwas weitsichtig, hielt das Papier am ausgestreckten Arm. «Eiei. Soso. ‹… ein neugebornes Kindlein männlichen Geschlechts in dem hiesigen Gasthaus *Zum Einhorn* in einem Stalle …› – Also tatsächlich eins von diesen grässlichen, unnatürlichen Verbrechen, nicht wahr! Wo folgt denn die Beschreibung von der Flüchtigen … ah! Cornelie, hör: ‹die gottlose Mutter dieses Kindes, circa 23 Jahr alt, langer, schmaler Statur, trägt einen Berliner flanellenen gewürfelten Rock› – Ja, Cornelchen, was ist dir? Du siehst so – sag bloß, du kennst die infame Person?»

«Ja – nein – ich weiß nicht. Die Stockums hatten mal eine Magd, oder waren es die de Barys, die jetzt in diesem Gasthaus *Zum Einhorn* arbeitet und die schwanger sein soll. Die könnte das sein.»

«Und du kennst sie persönlich?»

«Nein, Papa, warum sollte ich sie kennen! Warum insistieren Sie so? Ich hab nur Gerüchte gehört bei den Freundinnen über eine schwangere Magd in dieser Judenherberge. Das war's. Mehr weiß ich nicht.»

Mehr wusste sie auch nicht. Weiß der Himmel, warum sie sich trotzdem regelrecht ertappt fühlte.

Samstag, 3. August, vier Uhr nachmittags

Ungefähr zu der gleichen Zeit kam draußen vor der Stadt eine einzelne junge Frau die Mainzer Chaussee entlang, mit einem Schritt, ungefähr so, als sei sie schon tagelang gelaufen.

Und das stimmte beinahe. Es war nämlich die Susann. Die war heut Morgen in ihrer Verzweiflung zu dem Schluss gekommen: Sie wolle es lieber durchstehen, was auch immer in Frankfurt auf sie wartete. Lieber dem Schrecklichen direkt ins Auge sehen und Gewissheit haben, als sich schwach, wie sie war, in Angst und Ungewissheit in Mainz als halbe Bettlerin durchschlagen und ständig mit den Häschern rechnen. Wenn denn welche unterwegs waren. Sie hoffte natürlich, dass nicht. Und zwar hoffte sie das umso mehr, je näher sie ihrem Frankfurt kam mit all seinen vertrauten Plätzen und dem gewohnten alltäglichen Leben. Das konnte doch nicht wahr sein, dass ihre Schwestern sie tatsächlich angezeigt hatten! Die waren höchstens in heller Aufregung dabei, sie zu suchen. Die Ärmsten. Auf der Höhe der Galgenwarte ungefähr fing sie an sich vorzustellen, wie sie ihrer Schwester Dorette in die Arme fallen und alles Schimpfen gerne ertragen würde.

Inzwischen aber hat sie schon das Bockenheimer Tor im Blick, eine Viertelmeile vielleicht hat sie noch zu gehen, und die Vorstellung, wie die Dorette sie umarmen wird, ist nicht mehr so greifbar. Gar nichts ist mehr greifbar. Die Susann hört schließlich ganz auf zu denken und geht einfach weiter und weiter und schließlich auf die Brücke zu. Wie blind schreitet sie an der Wache vorüber, die dort vor dem ersten Wassergraben postiert ist. Auf die Brücke. Hinüber über die Brücke. Über die zweite Brücke. Und dann zum Tor.

Der Soldat Setzentreibel war heut Nachmittag zur Wache vorm Bockenheimer Tor abgestellt. Was ihm ganz recht war: Lieber den Rest des Tages hier draußen im Grünen an der Schanze stehen als sich an der Zellentür vom verrückten Senckenberg weiter schikanieren lassen.

Aber auch der Dienst als Stadtwache hatte seine Tücken.

Zum Beispiel dieses Weibsbild hier: Er hat von weitem schon so ein seltsames Gefühl gehabt, und nun, als sie heran ist, da fällt es ihm ein: *Langer Statur, Berliner gewürfelter Rock* – ei, da passt ja glatt die Beschreibung von der gesuchten Mörderin drauf auf das Mädel hier! Eigentlich müsst er die jetzt anhalten, gell. Andererseits, lächerlich will er sich auch nicht machen. Denn die hier kann es ja schlecht sein, die Gesuchte. Natürlich war die Meldung gestern Nacht gleich an die Tore gegangen, damit man die Person an der Flucht *aus der Stadt* hindere. Die würd doch nicht *in die Stadt* gelaufen kommen, die Mörderin!

Andererseits, das Mädel hier hat nicht grad geguckt, als ob alles in Ordnung wär mit ihm. Irgendeine Sorge hat die. Natürlich in Wahrheit bestimmt eine ganz andere, alltägliche, unschuldige –

Nun kommt aber doch der Soldat Setzentreibel richtig ins Schwitzen. Ja verdammt, hätt er die nicht auf jeden Fall jetzt anhalten müssen? Egal, wie unwahrscheinlich es ist, dass es sich um die Gesuchte handelt? Wie pflegte der Sergeant immer zu sagen: Nicht denken, Setzentreibel, gehorchen! Und die Beschreibung –

Er dreht sich um zur Schanze.

«He, Sie!», brüllt er der Person hinterher, die schon im Torbogen verschwindet.

Im gleichen Moment wird ihm siedendheiß klar, was für eine hirnrissige Dummheit er sich gerade wieder leistet. Denn wenn sie die Gesuchte wär, das Weibsbild, dann würd sie ja wohl kaum auf seinen Anruf hin stehenbleiben, sondern im Gegenteil würd sie augenblicklich Fersengeld geben und in irgendeiner Gass verschwinden, bevor er noch über die Brücken hinter ihr her und durch das Tor durch ist. Warum müssen grad *ihm* immer solche Schnitzer passieren? Und jetzt guckt auch noch der Türmer aus dem Fenster und bekommt alles mit. Das Weib ist unterdessen beim Tor stehengeblieben und wartet brav wie jede ehrliche Bürgerin, bis er mit nervösen Schritten übern Wassergraben und bei ihr ist, was seine von Anfang an gehegte These bestätigt, dass sie die Gesuchte nicht sein kann. Du lieber Himmel, wie hat er sich hier wieder hineingeritten in eine Bredouille. Und der Türmer hört jedes Wort. So. Endlich da. Er gibt sich forsch.

«Wie heißt Sie? Was hat Sie in Frankfurt zu suchen?»

Das Mädel sieht ihn mit großen Augen an. Und nach einer langen Pause sagt sie: Susann Brandin heiße sie und sei Dienstmagd im Gasthaus *Zum Einhorn*.

Nun wird dummerweise dem Setzentreibel klar, dass er sich an den Namen von der gesuchten Person gar nicht richtig erinnert. Ja, so blöd kann doch gar niemand sein außer ihm! Allerdings kommt ihm «Susann Brandin» irgendwie so vor, als könnte … Weil er nun leider nicht mehr zurückkann, fasst er stark schwitzend und glutwangig die Person mit der linken Hand am Arm, hält ihr mit der Rechten die Flinte vage vor die Brust und erklärt: «Ich muss Sie vorläufig arretieren. Bis dass wir geklärt haben, ob Sie nicht eine gesuchte Verdächtige ist.»

Das Mädel fängt an zu zittern wie Espenlaub, und in dem Moment trifft auch Verstärkung von oben ein in Gestalt des Gefreiten Kleinheinz, der offenbar besser aufgepasst hat gestern Nacht betreffs des Namens der Mörderin. «Die Brandin?», fragt er den Setzentreibel, während er schon seinerseits die Person am andern Arm fasst. Als der Gefreite Setzentreibel nickt, noch ganz ungläubig, dass er hier wirklich einen solchen Fang gemacht haben soll, führen beide die Gefangene sofort ab.

Und zwar zur Hauptwache.

Die Susann geht wehrlos zwischen ihnen wie im Traum. Weil es eigentlich nicht wahr sein kann, was ihr nun passiert. Weil das eigentlich nicht sie selbst sein kann, die jetzt von zwei Soldaten die Bockenheimer Gasse entlanggeführt wird vor allen Menschen, auf dem Weg ins Gefängnis. Und die Schwestern können doch nicht wirklich …

Doch.

Jesus, ist ihr schwindelig. Und sie ist so schrecklich müde.

Sie bekam nicht viel mit von der Aufregung, die bei ihrer Ankunft in der Hauptwache losbrach. Lange blieb sie sowieso nicht dort, da es sich bei dem hiesigen Kerker um ein reines Männergefängnis handelte. Es war klar, dass man die Brandin, sobald festgestellt war, dass es sich tatsächlich um diese handelte, unter schwerer Bewachung weiter führen musste zum Weibergefängnis, dem Katharinenturm. Das war allerdings nur ein kurzer Weg: Der Turm stand auf der Südseite vom Heumarkt und somit in Sichtweite der Hauptwache, ein Relikt der mittelalterlichen Stadtbefestigung noch und leider heute ein echtes Verkehrshindernis. Denn die schmale Pforte unten im Turm war unpassierbar für große Equipagen, bildete aber den einzigen Durchgang weit und breit zwischen Neustadt und Altstadt, zwischen östlicher Zeil und den Geschäften auf dem Kornmarkt und der Neuen Kräme.

Der Aufseher vom Katharinenturm, Richter Weines, war

überhaupt nicht glücklich mit der Neuangekommenen. Das Mädchen sah ja so was von blass und matt aus. Als die Soldaten es in der Zelle losließen, kippte es geradewegs um. Die ehemalige Senckenbergische Magd Schmalbachin, die hier schon seit April gehalten wurde, wusste nicht, wer da zu ihr gebracht wurde. Sie rutschte sofort ein Stück weg, weil sie fürchtete, die Neue könnte was Ansteckendes haben.

«Ei, Ihr seid doch verrückt», befand der Richter Weines. Er meinte die Soldaten. «Ja, seht Euch das an, die blutet ja noch! Ei, soll die ihr Wochenbett im Kerker halten?»

Er bückte sich und fühlte der reglos auf dem strohbestreuten Steinboden liegenden Verdächtigen Brandin die deutlich zu heiße Stirn.

«Ei, die verreckt mir doch hier auf dem Turm. Die gehört ins Hospital!»

Doch natürlich musste auch bei dieser Entscheidung der Dienstweg eingehalten werden, weshalb der Richter Weines nun erst mal zum Stadtschreiber Claudy schicken ließ, der seinerseits zum Jüngeren Bürgermeister schicken ließ, der alsbald verfügte: Die Verhaftete möge ins Hospital gebracht und dortselbst mit Bett, Wärterin und Verpflegung versehen werden. «Also ab, Marsch mit ihr!», verkündete, als es so weit war, der Richter Weines befriedigt dem anwesenden Militärpersonal. «Und nicht, dass Ihr sie selbst laufen lasst, Ihr verrückten Kerle. Wozu stehen denn die ganzen Portechaisen herum bei der Hauptwache.»

So ergab es sich also, dass die Susann zum allerersten Mal in ihrem Leben in den Genuss eines sonst den besseren Kreisen vorbehaltenen städtischen Verkehrsmittels kam. Statt ihrer selbst mussten vier Soldaten laufen, die Träger der Sänfte.

Drin auf dem Stuhl war es stickig und dunkel. Ledervorhänge schützten die Getragenen vor neugierigen Blicken, und selten hatte das eine so nötig gehabt wie die Susann heute. Gegen fünf war es, dass sie heruntergeführt wurde vom Katharinenturm und hineingesetzt wurde in die wartende Portechaise, und da hatte es sich zumindest im Westen der Stadt schon weit herumgesprochen: Die gottlose Kindermörderin war gefasst und sollte ins Hospital gebracht werden.

Die Träger nahmen den Weg über Liebfrauenberg, Neue Kräme und Römerplatz, wo es an Passanten nie mangelte. Die es tatsächlich noch nicht wussten, wer drin saß in der Portechaise, die wurden von denen aufgeklärt, die am Katharinenturm schon eine Gafferrunde gebildet hatten und nun mit Pfiffen und unter Rufen diverser für schlimme Frauenzimmer vorgesehener Vokabeln den Transport launig begleiteten. Zwei zusätzlich abgestellte Wachsoldaten hatten alle Hände voll zu tun, die Verwegensten daran zu hindern, an der Portechaise die Vorhänge hochzuklappen.

Als der Zug vorbei war, hörte man auf der Neuen Kräme viele Passanten sich äußern: Das sei doch skandalös – eine solch unbarmherzige Verbrecherin derart zartfühlend zu behandeln! Ja was, in den Kerker gehöre die! Zu den Ratten, bei Wasser und Brot! Doch nicht ins Krankenhaus! Wo kommen wir denn hin, wenn Mörderinnen auf städtische Kosten gepäppelt werden, während viele hart arbeitende, gottesfürchtige Menschen sehen können, wo sie bleiben. Bei dem Brotpreis dies Jahr!

Einige allerdings auf der Neuen Kräme, die schauten betreten und beunruhigt drein nach dem Spektakel und sprachen nicht viel. Aus ganz unterschiedlichen Gründen. Und von denen war eine das Fräulein Lisette von Stockum und ein anderer der Dr. Metz – Arzt, Schwabe, Pietist.

Eine weitere Person war so wütend, dass ihr die Wangen glühten. Nämlich die Dienstmagd Christiane. Die stand am

Liebfrauenberg gegen den Brunnen gelehnt und konnte es noch gar nicht fassen. Gute zwei Stunden hat sie sich jetzt die Hacken wund gelaufen nach der Susann, alles umsonst, weil also das Aas schon gefasst war und offenbar jemand anderer, der es nicht halb so sehr verdiente wie sie, die fette Belohnung von fünfzig echten Reichstalern eingeheimst hatte.

Was nicht ganz stimmte. Denn der Soldat Setzentreibel hatte ja lediglich seine Pflicht als städtischer Bediensteter erfüllt bei der Festnahme der Brandin und bekam dafür kein Geld, sondern von seinem Sergeanten bloß belobigend auf die Schulter geklopft. Zum ersten und einzigen Mal in seiner Dienstzeit.

Samstag, 3. August, sechs Uhr abends

Im Hospital zum Heiligen Geist hatte sich in den letzten fünfhundert Jahren nicht viel verändert. Insbesondere war es nicht vergrößert worden, was auch schlecht möglich wäre, da hier so zentral zwischen Römer und Dom gar kein Platz war: Alles war zugebaut rund um das Spital mit diversen wichtigen Gebäuden, den Schlachthallen zum Beispiel, und an der Südseite vom Spital, da lag der Main. Der schickte gelegentlich mal Hochwasser, was die allgemeinen Zustände in den Krankensälen nicht verbesserte.

Die waren allerdings ohne fauliges Hochwasser schon zum Fürchten. Da brauchte es auch den herüberwabernden Mief von Fleischabfällen aus den Schlachthallen nicht, dass einem hier drin schlecht wurde, jedenfalls in den Stuben fürs gewöhnliche Volk, wo im Schnitt fünf schwerkranke Menschen auf ein Bett und einen Nachttopf kamen. Und die, die nicht mehr hineinpassten in die Betten, die sperrte man in große Kisten, in der Hoffnung, dass der Geruch drin blieb in den Kisten und nicht rausdrang. Laut Aussage des Herrn Rechtsanwalts Dr. Hieronymus Schlosser, der jahrelang die Verwaltung vom Spital gemacht hatte, ging es in jedem Schweinestall reinlicher und gesünder zu. Es gab Bettler und Vaganten, die lieber krank auf der Straße herumlagen, als ins Hospital zu gehen.

Die Susann hatte niemand gefragt. Aber sie hatte vergleichsweise Glück mit ihrem Spitalaufenthalt, deshalb, weil sie nicht in einen Krankensaal, sondern ins Hospitalgefängnis musste. Das waren zwar nur ein paar vergitterte Stuben über der Waschküche mit Schimmel an den Wänden, wo sich im Winter die Gefangenen geradezu stapelten, die sich vorher anderswo in unbeheizten Kerkerzellen auf Steinboden den Tod geholt hatten und die nun ihre letzten Tage oder Wochen im Spital verbringen mussten. Im Sommer aber war es hier viel leerer. Sodass die Susann, höchst privilegiert, ein eigenes Bett bekam.

Als sie eintraf am Samstagabend, da war sie nicht fähig, auf eigenen Füßen zu stehen. Sie wurde gleich hingelegt, in einer gänzlich leeren Zelle. Zwei Krankenwärterinnen schnürten ihr die Kleider auf und deckten sie warm zu. Bei ihr blieb danach nur eine ältere Wärterin, die humpelte, Schmidtin hieß und sie barmherzig mit «Liebchen» anredete.

Zum Hospitalgefängnis gehörte, wie zum Katharinenturm, auch ein Gefängnisaufseher. Es war der Richter Knopf. Der wohnte zwar nicht hier, fand sich aber zur Inspektion der neuen Gefangenen und ihrer ordnungsgemäßen Verbringung nun bald ein. Er fragte das blasse Gesicht auf dem Kissen, ob sie eigentlich außer den Kleidern auf dem Leib noch Gepäck mitgebracht habe. Das verneinte die Susann.

Einer Bestimmung folgend, wonach Hinrichtungskandidaten unbedingt am Leben erhalten werden müssten, ordnete der Richter Knopf an, dass der Gefangenen warmes Essen zu reichen sei und nicht bloß Wasser und Brot.

Dann ging er.

Gott sei Dank. Jetzt hat sie endlich ein bisschen Ruh. Einfach nur liegen und die Augen zumachen.

Nur im Kopf, da will sich wieder keine Ruhe einstellen, obwohl sie so schwach ist. Einen klaren Gedanken kriegt sie nicht zu fassen, es rauscht einfach nur in ihr. Und über allem liegt der Schrecken.

Als sie sich auf die Seite dreht nach einer Weile, berührt sie etwas Hartes. Es ist die Schere, die sie noch schnell gegriffen hatte in der Küche vom *Einhorn*, als sie sich rausgeschlichen hat zum Gebären am Donnerstagabend. Herr Jesus! Wenn man die nun bei ihr findet und denkt, sie hätte ihr Kind mit der Schere verletzt! Schlimm genug, was sie getan hat, aber doch nicht das.

Sie holt den Nähbeutel hervor, sieht, dass der zu allem Übel blutbefleckt ist, und drin steckt, außer der Schere, eine Schlinge Serge-Stopfgarn von Flörsheimer.

«Liebchen, was ist Euch?»

Es ist die Krankenwärterin Schmidtin, die fragt.

«Nichts. Ich hab mich nur auf meinen Nähbeutel gelegt, da ist eine Schere drin.»

«Die müsst ich Euch eigentlich abnehmen. Eine Schere darf ein Gefangener ja gar nicht besitzen.»

«Ach, Frau Schmidtin, kann ich Ihr vielleicht die Schere schenken? Ich will sie sowieso los sein. Ich hab so Angst, es könnte heißen, ich hätt meinem Kind mit der Schere ein Leid angetan.»

Die Schmidtin befindet, eine Schere könne man immer gebrauchen, und greift zu.

Sonntag, 4. August, später Nachmittag

Erstens war Sonntag. Zweitens war nach dem Bekunden mehrerer Amtspersonen die Beschuldigte gesundheitlich nicht in der Lage, auf dem Peinlichen Verhöramt zwecks Befragung zu erscheinen.

Insofern hatte sich der Lizenziat der Rechte Claudy einen geruhsamen Tag erhofft.

Siegner war allerdings beim Nachmittagsschoppen mit Kollegen im Wirtshaus *Zum Kreuzchen* zu der Meinung gekommen, man brauche ein frühes Geständnis der Hauptangeklagten. Dass man mit entsprechendem Pepp die ganze Inquisition voranbringen könne. Schließlich stand die Messe bevor!

Natürlich konnten sich der wohledelgeborene, wohlfürsichtig regierende Jüngere Herr Bürgermeister oder der ebenso wohledelgeborene, wohlweise Ratsherr und Examinator Dr. Lindheimer aufgrund der Ehre ihres Amtes nicht selbst an solche schmutzigen Orte wie das Hospitalgefängnis begeben. Weshalb es niemand anderem als dem Ratsschreiber Claudy oblag, die Angeklagte dortselbst aufzusuchen. Und zwar jetzt gleich, Sonntag hin, Sonntag her (Wortlaut Siegner).

Immerhin war das weniger schlimm für Magen und Nerven als die gestrige Sektion, sagte Claudy sich sowie seinem Assistenten Rost. Der musste nämlich mit. Damit das erhoffte Geständnis gleich von zweien amtlich bezeugt werden könne.

Die Beschuldigte sah bemitleidenswert aus in ihrem Bett, was der Ratsschreiber, wollte er ehrlich sein, nicht viel anders erwartet hatte. Ein armes, unglückliches Mädchen, krank noch dazu, und fürchtete sich offenbar vor ihm, als er zu ihr trat.

Grundlos allerdings.

Leider musste man nun aber mal anfangen mit dem Verhör. Der Claudy setzt sich also auf den einen Stuhl, der sich im Spital hatte auftreiben lassen für den Anlass, und schiebt ihn vertraulich ans Bett der Kranken, als wollte er ihr die Hand halten. Der Assistent Rost bleibt notgedrungen stehen, einen Fuß salopp auf die Bettkante gestellt, als Schreibunterlage dienen ihm eine mitgebrachte Mappe und sein Oberschenkel.

Der Claudy räuspert sich.

Wie sie heiße? Und wie alt sie sei, und welcher Religion?

Erst einmal die Personalien klären, korrekterweise. Das tut er ausführlich und erfährt dabei auch, dass beide Eltern von dem armen Ding schon tot sind. Es ist also quasi ganz allein auf der Welt. Die Schwestern nicht gerechnet. Solche Schwestern allerdings!

Dem Claudy geht auf, dass er beim besten Willen nicht weiß, wie er das Mädchen anreden soll. Fräulein Brandin? Unangemessen bei einer Dienstmagd. Frau? Verheiratet ist sie nicht. Jungfer? Lächerlich bei diesen Umständen.

Also drückt er sich in der nächsten Frage wieder um die Anrede herum. Wie auch um manch anderes.

«Wie hat es sich denn zugetragen, dass Sie gegenwärtig in dem Hospital sich befindet?»

Die Susann spürt: Das ist gar kein Feind, der Herr vom Verhöramt. Er spricht so sanft und tröstend, man könnte fast meinen, dass er ihr helfen will. Da fängt sie an, sich zu öffnen. Von ihrer Verhaftung erzählt sie und wie sie die Soldaten erst hierhin, dann dorthin gebracht hätten, und dann fängt sie auch gleich ungefragt an, von dem schrecklichen Abend zu erzählen, nämlich wie sie am Donnerstag so um acht in der

Waschküche ihrer Dienstfrau von starken Wehen und Schüttelfrost überfallen worden sei, und fast unmittelbar darauf sei ein Kind zwischen ihren Beinen hervor auf den Boden geschossen. Und ihre Kameradin Margret könne das bestätigen, dass sie die Asche zur Waschküche habe tragen müssen, weil die Margret die Waschküche noch gar nicht gekannt habe, die sei nämlich erst an dem Tag neu ins *Einhorn* gekommen.

Der Ratsschreiber Claudy räuspert sich. Gott, was hört es sich verzweifelt an, das arme Ding. Er räuspert sich wieder.

«Wie lange ist Sie denn schwanger gewesen?»

Nur vorsichtig jetzt, denkt die Susann. Sie darf um Gottes willen nicht verraten, dass sie von dem Kind in ihrem Bauch wusste und dass sie es böswillig verheimlicht hat.

«Das kann ich Ihnen nicht sagen. Ich hab ja die ganze Zeit gar nicht gewusst, dass ich schwanger bin.»

Jetzt lügt sie, ahnt der Claudy. Aber woher will er das so genau wissen? Was weiß denn er schon, was in so einer Weibsperson vor sich geht.

«Wann hatte Sie denn zuletzt ihre monatliche Reinigung?»

Das Mädchen redet weiter. Der Claudy allerdings ahnt nicht im Geringsten, welche Erleichterung das ist für die Susann: Es jetzt endlich einmal sagen zu können. Es endlich herauszulassen.

Nämlich dass es sich so verhält, dass sie zugeben muss, sie hat ein paar Wochen vor Weihnachten mit einem damals im Gasthaus logierenden Holländer geschlafen. So viel könne sie nicht leugnen. Sie habe kurz danach allerdings ihre Ordinaire noch einmal bekommen, nur dass es anderntags schon wieder vorbei gewesen sei damit, nachdem ihre Frau erst mit der Kameradin und dann mit ihr schrecklich geschimpft habe.

Der Claudy zieht die Brauen hoch. Merkwürdige Geschichte. Jedenfalls muss sie seit Dezember schwanger sein. Sieben, acht Monate mindestens.

«Und Sie hat danach nie das Leben des Kindes in sich gespürt? Hatte Sie denn keine Leibschmerzen? Sie muss doch eigentlich auch gemerkt haben, dass Ihre Brüste dicker werden.»

Die Angst steigt wieder auf in der Susann. Sie hat den Herrn also doch nicht so leicht täuschen können, der ist ja nicht blöd, wenn er vom Verhöramt ist, der weiß ja so gut wie sie, dass ihr Wissen oder Nichtwissen um die Schwangerschaft der entscheidende Punkt ist. – Sie muss weiter leugnen, ganz stur. Das ist ihre einzige Rettung.

Sie habe weder irgendwelche Schmerzen gehabt bis zu den Wehen, sagt sie, noch habe sie ein Leben in sich gespürt.

Und dann treibt sie etwas, nachzusetzen: Allerdings habe sich etwas Merkwürdiges bei ihr zugetragen, und zwar habe es sich manchmal in ihrem Bauch angefühlt, als ob sich ein schwerer Stein erst auf die linke, dann auf die rechte Seite wälzt.

So muss er sie zwar für dumm halten, für eine Lügnerin aber nicht unbedingt. Es ist ja auch nicht einmal gelogen, so war es ja, wie ein Stein in ihrem Bauch. Der Herr blickt aber zweifelnd drein. Da redet sie weiter und beteuert: «Ich hab doch nicht gewusst, dass das ein Kind ist. Sonst hätt ich's gleich meinen Schwestern oder meiner Frau gesagt. Ich bin ja auch untersucht worden von denen, die haben auch nichts gemerkt.»

«Wer ist denn bei Ihrer Niederkunft zugegen gewesen?»

«Niemand. Ich war ganz allein.»

«Warum hat Sie denn niemanden dazugenommen oder gerufen?»

Auch da hat sie sich strafbar gemacht, das wird ihr jetzt

klar, das macht ja die heimliche Geburt aus, dass sie ohne Zeugen stattfindet und ohne Helfer.

«Die Waschküch ist so weit hinterm Haus, und es kam so plötzlich mit den Wehen, und mir war so elend. Ich hab doch keinen mehr rufen können.»

Damit kommt sie vielleicht sogar durch, denkt der Claudy, jedenfalls, wenn die Waschküche wirklich weit draußen ist, und wenn die Kameradin bestätigt, die Brandin habe zum Asche Fortbringen dorthin gemusst. Er räuspert sich neuerlich. Kommt er doch jetzt zu einem ganz unangenehmen Thema.

«Wo hat Sie denn das Kind hingebracht aus der Bauerischen Waschküche?»

Herr Jesus, bitte nicht. Doch es ist sicher gefunden worden, das Kind. Sie muss, sie muss.

Sie hat es aufgehoben, das Kind, sagt sie, in der Dunkelheit der Waschküche, sie habe es hochgenommen und habe ein ganz schwaches Röcheln nur gehört, es sei ihr so gut wie tot vorgekommen. Dann habe sie es in den Stall getragen und mit etwas Stroh zugedeckt.

Und dann sprudelt der ganze Rest der Geschichte hervor, wie sie sich versteckt hat auf der Hinterstiege, wie später der Bonum sie über die Wohnstube in die Küche gelassen hat, damit sie nicht durch die Bierstub musste in ihrem blutigen Schurz, wie sie am Ende bei der Ursel übernachtet hat und am nächsten Morgen aus Angst vor Entdeckung der Geburt nach Mainz sei.

Der Claudy allerdings, der will noch mehr wissen über das, was in der Waschküche passiert ist an dem Abend.

Wer denn die Nabelschnur abgelöst und die Nachgeburt geholt habe?

Die Nabelschnur. Die Schere, von der niemand wissen soll.

Die sie eigens mitgenommen hat, um die Nabelschnur abzuschneiden. Und wieso muss die Nachgeburt jemand holen, die kam doch von selbst?

«Es war so finster in der Waschküche, ich hab nicht richtig sehen können, was da von mir ging. Es ist alles gleich von mir gefallen, und ich hab's liegen lassen, wo es lag. Ich kenn mich doch nicht aus mit solchen Dingen, ich hatte ja noch kein Kind, ich wusste gar nicht, was das ist.»

Unglaubwürdig, befindet innerlich der Claudy. Da nämlich in der Waschküche keine Nachgeburt gefunden wurde. Und eine Nachgeburt hat keine Beine, dass sie von selbst verschwinden könnte. Diese sinnlose Lüge von dem Mädchen versteht er nicht. Wenn sie zugibt, das Kind versteckt zu haben, dann wird sie doch wohl auch sagen können, dass sie die Nachgeburt beiseitegeschafft hat. – Oder hatte sie doch eine Komplizin?

Er seufzt. Er ist sauer, dass das Mädchen ihn so offentlichtlich belogen hat. Versteh einer den Pöbel. Kein armes Ding ist die Angeklagte womöglich, sondern eine eingefleischte, eiskalte Lügnerin.

«Hätte Sie nicht aus dem Beischlaf und der ausgebliebenen Reinigung sehr wohl erkennen müssen, dass Sie sich schwanger befindet?»

«Ich hab es aber nicht erkannt. Weil ich doch die Reinigung noch einmal gekriegt hatte. Wenn ich's geahnt hätte, ich wär längst zu einer Schwester gegangen zum Entbinden.»

«So. Hat Sie denn sonst noch etwas vorzubringen?»

Nein. Sie wünsche sich nur, sie hätte an dem Tag die Asche stehen lassen, dann wäre sie nicht zu dieser entlegenen Waschküche gekommen, und das Unglück wäre nicht geschehen.

Wie sehr sich die Susann tatsächlich wünscht, dass das Unglück nicht geschehen wäre, das ahnt der Ratsschreiber

Claudy trotz all seiner Fähigkeit zur Einfühlung nicht. Zumal er schon wieder meistenteils mit sich selbst beschäftigt ist und mit einem gewissen Unwohlsein in den Eingeweiden, das sich weniger aus den Hospitalgerüchen als von der Tatsache speist, dass er nun zurück muss zum Siegner, ohne ein Geständnis.

Aber wenn doch die Angeklagte nicht gestehen will!

Montag, 5. August 1771, zehn Uhr morgens

Ja also! Was hatte ihm der Claudy da auch einen Mist geliefert!

Weshalb (befand Dr. Siegner) dieser Schlappschwanz es redlich verdiente, dass er sein schmähliches Verhörprotokoll nunmehr mit dünner Stimme selbst verlesen musste im Schöffenrat. Gleich nach dem gruseligen Sektionsbericht. Da erübrigte sich jeder Kommentar. Da musste man nicht einmal wissen, was Siegner wusste, da Rost es ihm und dem Lindheimer gesteckt hatte: Nämlich dass der Ton bei dem Verhör im Spital so was von lasch, ja geradezu sanft gewesen war.

So. Jetzt aber zackig, jetzt würde der Dr. Siegner Nägel mit Köpfen machen hier im Schöffenrat! Also bittschön! Nicht dass es hinterher hieß, er habe sich von einer Dienstmagd an der Nase herumführen lassen. Gerissen hatte er sich wahrlich nicht um diese leidige Kindsmordssache, aber wo er sie nun schon am Hals hat, da wird er die Inquisition straffstens durchexerzieren.

Und die Peinliche Halsgerichtsordnung verlangt nun mal ein Geständnis. Ohne Geständnis keine Verurteilung. Woran Dr. Siegner die Herren Schöffen jetzt trocken erinnert und dann – außerhalb des Protokolls als private Meinung – erklärt, der sicherste Weg, ein Geständnis überhaupt noch zu erlangen bei dieser verstockten Angeklagten sei seiner Ansicht nach, die Mörderin aufs brutalste mit den Ergebnissen des Sektionsberichts zu konfrontieren.

Zustimmendes Nicken und Gemurmel bei den Herren Schöffen. Seitenblicke Verschiedener auf den unglücklichen Claudy.

Siegner gibt Lindheimer ein Zeichen. Der Examinator ordinarius erhebt sich, und jetzt wird es wieder offiziell: Die Angeklagte habe das Kind, das bei ihrer Verhaftung leider schon auf dem Weg zum Gutleuthof zum Begraben gewesen sei, noch nicht als das ihrige identifiziert. Der Schöffenrat möge darum Folgendes beschließen: Erstens, die sezierte und vergangenen Samstag am Gutleuthof beerdigte Kinderleiche sei zu exhumieren. Zweitens, die Leiche sei zwecks Identifizierung ohne vorherige Ankündigung der Angeklagten vorzulegen. Diese sei bei der Gelegenheit dann auch zu den sichtbaren Verletzungen des Kindes zu befragen. Und zwar im Beisein von dem Herrn Ratsschreiber.

Zwei Sekunden lang herrscht absolute Stille im Ratssaal.

Dann hört man ein Rascheln. Der Schultheiß Moors hebt langsam die Hand. Dann folgen ihm zögerlich drei weitere. Schließlich heben alle die Hand.

Einstimmig beschlossen im Schöffenrat, notiert der Ratsschreiber Claudy, leichenblass.

Am gleichen Tag, um drei Uhr nachmittags

In Vorbereitung des geplanten neuerlichen Verhörs und aus Gründen der allgemeinen Sorgfalt musste die Witwe Bauerin erleben, wie der Ratsschreiberassistent Rost die Bierstube betrat und verlangte, ein gutes Licht ausgehändigt sowie den Weg zur Waschküche und zum Stall gewiesen zu bekommen. Dort hielt er sich fast eine halbe Stunde allein auf. Unterdessen hatte die Wirtin allen Grund, ihre spätestens seit der gestrigen Verhaftung der Susann wirklich arg strapazierten Nerven neuerlich anzuspannen.

Sie hatte nämlich am letzten Freitag nicht nur die Nachgeburt samt Nabelschnur unter den heimlichen Gemächern in den Mist gerührt, sondern spätabends dann doch noch in Waschküche und Stall mit viel Wasser den Boden gewischt. Das Blut beseitigt, um genau zu sein. In der Absicht natürlich, falls irgend möglich den Vorfall zu vertuschen.

Dass ihr das jetzt mal nicht zum Schaden gereicht.

Fünf Uhr nachmittags

Punkt fünf wird die Gefängnistür entriegelt und die Inquisitin von mehreren Wachen zum Verhör abgeholt.

Schon wieder Verhör!

Was können die heut wollen von ihr? Heißt das, sie sind nicht zufrieden mit ihrer fast, aber nicht ganz wahren Geschichte von gestern, an die sie so gerne selbst glauben würde? Der Weg über Treppen und den Spitalhof zur Amtsstube wird der Susann unendlich lang.

Die Stube, winzig, ist voll von Leuten. Das hat sie nicht

erwartet. Und dieser modrige Geruch, was mag das sein, scheußlich riecht das.

Die Soldaten bugsieren sie mit harter Hand in die Mitte des kleinen Raums, dicht heran an die Stelle, wo die Leute am engsten stehen. Die Gruppe löst sich auf, ein paar treten nach rechts, einer, der Schreiber von gestern, nach links, und vor ihr steht ein Tisch, und auf dem Tisch …

Was die Hospitalmutter Seldern sie fragt, hört sie kaum.

Gott, ist das furchtbar. Herr Jesus, ist das furchtbar. Und was ist das, Gott, was ist denn das, das war doch nicht sie, das kann doch nicht sie gewesen sein, die es so aufgeschnitten hat überall. Herr Jesus. Ihr armes, kleines, gequältes Kind.

Der Ratsschreiber Claudy (der mit dem inoffiziell anwesenden Dr. Pettmann vereinbart hat, der als Arzt möge die medizinischen Fragen stellen), kritzelt eifrig fürs Protokoll. Das lenkt ab von dem Anblick auf dem Tisch.

«Inquisitin wird bald weiß, bald rot», notiert er. «Ruft versch. Male aus: Herr Jesus, Herr Jesus. Ja, das ist mein Kind. Ich habe nicht Hand an es gelegt.»

Wie aus weiter Ferne hört die Susann eine Frage:

Wer denn dem Kind die Nabelschnur abgeschnitten habe?

Das kann man also sehen, dass sie geschnitten wurde. Herr Jesus. Ihr bleibt nichts, sie muss weiter leugnen.

«Die ist abgefallen.»

Immerhin hat sie das irgendwie rausgebracht aus ihrer trockenen Kehle.

«Warum hat Sie die Wunde nicht gehörig verbunden?»

«Hab nicht gewusst wie.» *Das* kann es doch nicht sein, was man ihr vorzuwerfen hat. Ist das denn auch schon ein Verbrechen? Herr Jesus.

«Jetzt seh Sie sich einmal hier die braunen Flecken an im Gesicht von Ihrem Kind.»

Herr Jesus.

«Hersehen soll Sie. Seh Sie sich das an: je ein Fleck auf den Backen, einer an der Nase, einer unterm Kinn, sogar hier am Auge. Nun sag Sie uns, woher kommen diese braunen Flecken?»

Nein. Nein, bitte nicht.

«Als – als ich's hochgehoben hab, ich hab es doch hochgehoben von den Steinen, da hab ich's am Kopf und am Hals gegriffen. Weiß nicht, ob ich es verletzt hab dabei.»

Die Susann spricht noch, da ist sie schon ganz woanders. Sie allein mit ihrem Kind, in der blutbesudelten Waschküche, im Halbdunkel. Und weiß, dass der Tag niemals kommen wird, an dem sie nicht mehr verfolgt wird von dieser mächtigen, erdrückenden Erinnerung. Wie es rausgerutscht kam mit einem Mal und auf dem Boden lag. Wie sie sich auf das Kind gestürzt hat sofort, furiengleich, nur ein Gedanke: Es darf nicht schreien. Und dann der zweite Gedanke: Bloß schnell vorbei damit. Nur schnell. Als wär es gar nicht wirklich, wenn es nur schnell geht. Vorbei mit dem kleinen Leben, bevor es angefangen hat, bevor es ein Leben war. Wie sie sich wie eine Irre draufgestürzt hat und ihm mit all ihrer Kraft die Luft abgedrückt hat mit den eigenen Händen, die rechte um seinen Hals, die linke über Mund und Nase, wie sie sich, die Augen geschlossen, festgekrallt hat und gedrückt und gepresst und noch gekratzt hat in dem kleinen Gesicht und dachte, je fester, je böser, desto schneller ist es vorüber, dass es nur gleich tot ist, dass sie nur den Übergang nicht spüren muss vom Leben zum Tod. War das denn wirklich sie, die Furie? Und wie es schließlich ganz still gewesen war unter ihren Händen und wie ihr eigener schwerer, heißer Atem dabei klang. Und dann das Allerschrecklichste.

Die Angeklagte ist reif, diagnostiziert trotz leichter Übelkeit der Ratsschreiberassistent Rost, der weder Arzt noch Jurist ist, aber sich auskennt mit Verhören und mit Menschen, überreif ist die, da muss man nur noch anstechen.

«Ei, Sie sieht doch selbst, dass da die Haut abgeschürft ist. Sie wird ja wohl gestehen müssen, dass es für so etwas Gewalt braucht. Also spuck Sie's nur aus, dass Sie Gewalt gebraucht hat bei dem Kind.»

Sie kann nicht mehr lügen, sie kann nicht. Nicht vor ihrem Kind, das da zerstört vor ihr liegt. Herr Jesus, das arme, kleine Kind.

«Es stimmt, ich geb es zu, ich hab ihm Gewalt angetan.»

Die Inquisitin hält sich die Hand vors Gesicht und zittert. Jetzt schnell nachhaken, denkt der Rost.

«Und wie genau hat Sie das gemacht?»

Was sie daraufhin berichtet, das jagt einem das Gruseln ein vor der so unschuldig aussehenden, zarten Person.

Zu aller Überraschung schaltet sich nun auch der bleiche Claudy ein, der mit seinem Juristenverstand merkt, dass noch etwas fehlt für ein vollgültiges Geständnis nach der Peinlichen Halsgerichtsordnung Paragraph 131.

«Warum hat Sie denn das alles getan?»

«Ich wollt's umbringen. O lieber Herr Jesus. Der Teufel hat mich getrieben, dass ich mein Kind umbringe.»

Aha, denkt der Rost, da hätten wir's ausgesprochen, und konzediert dem Claudy einen Punkt.

Unterdessen beginnt der Dr. Pettmann, amtsärztlich penibel seine Liste weiter abzuarbeiten. Von der schließlich immer noch der größte Teil nicht abgehakt ist! – Es finde sich, erklärt er, aufs Papier blickend, bei dem Kind ein schwarzblauer Striemen am Hals. Woher dieser rühre?

Das verwirrt die Susann ebenso, wie es sie quält. Sie hat es doch eben schon gesagt, was sie getan hat.

«Das muss meine Hand gewesen sein. Wie ich es mit aller Gewalt gedrückt hab am Hals.»

Dr. Pettmann zieht die Brauen hoch. «Was für Kraft in Weiberhänden steckt», murmelt er launig in die Runde. (Der Herr Doktor ist dank einschlägiger Berufserfahrung eine von nur zwei Personen im Raum, denen die Szene nicht das geringste bisschen auf Magen und Seele schlägt. Die andere Person, versteht sich, ist der Scharfrichter Hoffmann, der alltags verwesende Tiere verarbeitet und Latrinen leert und unter dessen Aufsicht es heut Mittag wieder ausgebuddelt worden ist, das Kind.)

Nächster Punkt auf der Pettmannschen Liste: Verw. Rip. re.

«Ihr Kind hat unterm rechten Ärmchen an der Rippe eine Wunde. Woher stammt denn die?»

Unterm Arm? Die Susann hat nicht die geringste Ahnung. Sie kann nicht denken, sie kann gar nicht gut denken im Augenblick. Und hört sich doch sagen: Sie habe's unterm Ärmchen gefasst, das Kind, als sie es in den Stall getragen hat. Um irgendetwas zu sagen, dass die Herren ablassen von ihr, dass es vorbei ist.

Doch die Herren haben noch lange, lange nicht genug. Ausführlichst verweilen sie bei der grauenhaften Tat: Der Pettmann mit seiner Liste, in der er amtsärztlich penibel Wesentlich von Unwesentlich nicht unterscheidet, weil doch alles geklärt werden muss, nicht wahr, was gefunden wurde bei der Sektion; der Rost mit seinem Instinkt fürs Weichkochen von Angeklagten sowie der Claudy, der sich nicht noch einmal vom Siegner vorführen lassen will. Endlos wird die Brandin gestichelt wegen einer bloßen, nichtssagenden Abschürfung am Oberschenkel, wobei die Verbrecherin sich am Ende verstrickt. Indem sie nämlich plötzlich (hört, hört) von Scheren, Messern oder spitzen Gegenständen redet, mit denen sie das

Kind *nicht* verletzt habe – was ihr allerdings gar niemand vorgeworfen hatte. Das bringt die Herren natürlich auf einige Gedanken. Zumal es höchst unglaubhaft wirkt, wenn sie behauptet, die Wunde müsse entstanden sein, als sie das Kind in das leere Aschenfass habe legen wollen, von wo sie es aber bald wieder herausgeholt habe, weil zerbrochene Flaschen drin gelegen hätten. (Wie abstrus!) Und als man dann zu den üblen Traumata am Köpfchen des Kindes kommt, da fängt es dem Pettmann an, Spaß zu machen, sie zu piesacken, diese, wie man nun weiß, durch und durch böse Person, diese Teufelin in Menschengestalt. Und die Teufelin hat längst allen Boden unter den Füßen verloren, verstrickt sich weiter, indem sie jedes Mal, wenn er sie nach dem Köpfchen fragt, eine neue, eine zusätzliche Erklärung anbietet für die schweren Verletzungen am Kopf ihres armen Söhnchens: Zuerst will sie in der Dunkelheit mit dem Kind am Arm gegen die Stallwand gestoßen sein, dann soll es passiert sein, als das Kind bei der Geburt zu Boden fiel. Inständig schwört sie, das Köpfchen nicht absichtlich verletzt zu haben, dann fällt ihr plötzlich ein, dass ihr das tote Kind – grauenhafte Vorstellung – auf den Stufen zur Waschküche beim Raustragen «ausgeglitscht» sei, und zwei Schritte weiter im Hof will sie dann auch noch mit dem Kind in der Hand gestolpert und gefallen sein. Du lieber Gott.

Als man hier letztlich nicht weiterkommt, da fängt der Pettmann mit seinem letzten Punkt auf der Liste von Sektionsauffälligkeiten im Prinzip von vorne an: Warum denn die Luftröhre des Kindes an ihrem oberen Teil blutunterlaufen gewesen sei?

Sie wisse nicht anders, sagt schwach die Angeklagte, als dass dies von der Gewalt ihrer Finger und Nägel herrühren müsse. Worauf der Rost, weil's so schön war, das Geständnis noch einmal hören will:

Ob sie nicht vielmehr gestehen müsse, dass sie durch das allzu harte Halten ihres Kindes an dem Hals dasselbige habe erdrosseln oder ersticken und somit ihm das Leben habe nehmen wollen?

Sie könne nicht leugnen, antwortet die Angeklagte brav, dass sie das Kind in der Absicht so hart angepackt habe, dass es nicht schreien, sondern ersticken sollte.

Und nun strebt der Claudy doch auf den Schluss hin. Ob sie sonst noch etwas auf dem Herzen habe, das sie mitteilen wolle?

Die Angeklagte verneint.

Wie sie denn aber nun, setzt der Claudy fort, eine solch üble Tat vor Gott und dem weltlichen Richter verantworten wolle?

Womit er gegenüber dem ersten Leser des Protokolls, nämlich dem Siegner, Strenge mimt und zugleich aus der Inquisitin ein paar Rechtfertigungsgründe herauskitzeln will. Nicht dass es helfen würde nach allem, was man nun gehört hat. Aber es würde ihn persönlich schon interessieren, ob irgendwas Spezielles vielleicht vorliegt in diesem Fall, irgendetwas, das ihn verstehen lassen könnte, wie eine so zarte Weibsperson dazu kommt, derart brutal gegen alles Weiche, Mütterliche ihres Geschlechts zu verstoßen.

Doch darüber klärt ihn die Susann jetzt nicht auf, die keine Kraft mehr hat und der jede Rechtfertigung fern ist angesichts ihres toten Kindes. Alles, was ihr noch bleibt, ist Gott um Vergebung und die weltlichen Richter um eine gnädige Strafe zu bitten.

Drei Uhr nachmittags

Etwa eine Stunde früher war es auch für die Königin unerfreulich geworden.

Sie hatte am Morgen schon kaum gewusst, wie sie den Stockums gegenübertreten sollte, wo aber glücklicherweise ihre Klagen über den Schrecken und ihre Vapeurs mit mitfühlendem Interesse aufgenommen worden waren. Eine leibliche Schwester im Gefängnis! Das nahm einen schon genug mit. Und jetzt wurde auch noch sie selbst zum Verhör einbestellt. Die Schande. Hätte sie das geahnt, dann hätte sie gut überlegt, ob sie tatsächlich ihre Christenpflicht tun und die Susann anzeigen sollte.

Dann wurde es aber doch nicht so schlimm. Indem es ihr nämlich gelang, sich gleich am Anfang des Verhörs unter nervösem Schlucken weit zu distanzieren von der Person, die leider ihre Schwester sei, mit der auch deren Dienstherrin, die Bauerin, eine Last auszustehen gehabt habe wegen ihrer Frechheit. Sie aber, die Königin, habe sich immer wieder redlich bemüht und das Mensch bedrängt, sie möge es sagen, wenn sie schwanger sei. Und von den Ereignissen am ersten und zweiten August, von denen wusste die Königin gleich gar nichts, weil sie ja die ganze Zeit entweder unschuldig schlafend zu Hause oder bei der Frau von Stockum gewesen war (deren Namen sie sehr betonte). Viel eher als sie konnte ja ihre Schwester Hechtelin hier Auskunft geben!

Die wurde am Folgetag ebenfalls einbestellt. Da sie sich aber während des Verhörs immer wieder übergeben musste, beschloss man zu vertagen.

Für länger. Denn nun hatte man sich erst einmal jenen Geschäften zuzuwenden, die für einen Frankfurter Rat immer die allerwichtigsten sein mussten: Messgeschäfte.

14. August 1771

Wie die Speichen eines Rades liefen die Straßen des Reiches auf Frankfurt zu. Nur bei den Wasserstraßen stimmte das nicht ganz. Da lag Mainz natürlich eine Spur zentraler, aber man konnte ja von dort aus mit dem getreidelten Marktschiff leicht nach Frankfurt gelangen. Wie heute der frisch gebackene Lizenziat der Rechte Wolfgang Goethe, der mitten im Gedränge der Kaufleute auf dem offenen Deck saß (unten waren alle Plätze besetzt) und sich die fast schon heimatliche Luft um die Nase wehen ließ.

Die Kaufleute auf dem Schiff waren nur das letzte Restchen einer seit Wochen durchs ganze Land gehenden Bewegung auf die Messstadt zu. Sogar aus dem nahen Mainz war das offizielle kurmainzische Mess- und Judengeleit schon vor Tagen abgegangen, und mindestens so früh diverse, von Soldaten eskortierte Kaufmannszüge aus Rhein- und Mainfranken, aus der Pfalz, Rheinhessen und der Wetterau, die alle längst an den üblichen Treffpunkten von der Frankfurter Bürgerlichen Kavallerie empfangen worden waren. Von der Stadtgrenze an übernahmen nämlich der Sitte gemäß die Frankfurter selbst das Geleit. Da aber die Herren von der Frankfurter Bürgerlichen Kavallerie meist schon vor dem alkoholreichen Empfangsschmaus mangels Übung nicht sicher auf ihren Pferden saßen, musste man froh sein, dass Überfälle eigentlich kaum noch vorkamen und also das militärische Geleit der Messereisenden heute mehr Tradition war denn Notwendigkeit.

Der junge Herr Goethe auf dem Mainzer Marktschiff war in beschwingter, euphorisierter Stimmung wie schon lange nicht mehr. Sobald am vorletzten Dienstag das Examen und die Feier danach glücklich überstanden waren, hatte er es kaum mehr ausgehalten in Straßburg: Schon längst hatte er sich ja innerlich verabschiedet und zählte eigentlich nur noch die Stunden bis zur Abfahrt seines Rheinschiffes am Freitag. Den obligaten Abschiedsbesuch in Sesenheim bei Friederike hatte er allerdings noch hinter sich bringen müssen, leider, da ihn im Sesenheimer Pfarrhaus statt heimlicher, heißer Küsse bei der Rosenlaube (auf die er insgeheim noch gehofft hatte, als Abschiedsgeschenk sozusagen) – viele äußerst unangenehme Momente erwarteten. Friederikes Eltern hatten während der anderthalb Anstandstage, die er blieb, keine, aber wirklich keine Gelegenheit gescheut, ihn den «Verlobten» ihrer Tochter zu nennen und von den nicht fernen Zeiten zu fabulieren, da sie ihm zwecks Verehelichung nach Frankfurt nachfolgen würde. Sie waren im Geiste geradezu schon dabei, im Goetheschen Elternhaus das Brautzimmer für die künftige Frau Anwältin Friederica Goethe einzurichten. Es war ihnen offenbar entgangen, dass ihr Landkind schon nach Straßburg nicht passte, geschweige denn nach Frankfurt.

Wolfgang nahm das Gerede hin. Was nützte es, jetzt noch eine Szene zu provozieren, da er doch so oder so fortfuhr und sich dann alles von selbst lösen würde. Als die süße Friederike am Ende todtraurig an seinem Pferd stand und ihm die Hand zum Abschied reichte, glaubte er aus ihrem Gesicht zu erkennen, dass sie wusste: Sie würde ihn nicht wiedersehn.

Abends in seinem Logis – gepackt war längst – brachte er nach längerem Däumchendrehen die Zeit herum, indem er erst einen Brief an seinen Freund Langer schrieb des Inhalts, er sei verdammt froh, morgen endlich von hier wegzukönnen, und dann tatsächlich schon mal entwurfshalber das Gesuch aufsetzte, mit dem er daheim beim Schöffengericht seine Zulassung als Anwalt beantragen würde. Wie war noch gleich die förmliche Anrede für Ratsherren? «Ehrwürdige wohl- und hochedelgeborene Gestrenge und Herrlichkeiten, hochedle Fest- und Hochgelehrte.» Oder so ähnlich. Und dann das übliche Gefasel von «habe die Ehre» und «gehorsamst geziemendster Bitte», und am besten noch ein bisschen Latein: «*pro benevole conferenda advocandi licentia*» oder so. Der Vater wäre stolz auf ihn.

Eben das war ein Grund für Wolfgangs beschwingte Stimmung während der ganzen Heimreise: dass der Vater jetzt stolz auf ihn sein müsse, weil er diesmal erhobenen Hauptes heimkehrte als *cum applauso* Examinierter und nicht als Gescheiterter wie nach dem Studienabbruch in Leipzig. Ein Fest, so nach Hause zu kommen. Diesmal würde nichts die Wiedersehensfreude trüben.

Derart überbordende Laune hatte er, dass er in Höchst, dem Haltepunkt des Marktschiffs, am liebsten losgelaufen wäre, um wandernd übers sommerliche Galgenfeld seine Vaterstadt zu erreichen. Wegen des schweren Gepäcks allerdings verwarf er die Schnapsidee und fuhr wie üblich auf dem Main bis zum Fahrtor weiter, wo am Tag vor dem offiziellen Messbeginn ein unglaublicher Betrieb herrschte. Das war's, sein gutes, altes Frankfurt! Er musste höllisch aufpassen, in dem Trubel am Kai nicht seinen Begleiter zu verlieren.

Dass er den mitgenommen hatte, erwies sich mittlerweile ebenfalls als Schnapsidee. In Mainz hatte er ihn aufgelesen, diesen etwas zerlumpten Jungen von zwölf oder vierzehn, der sich harfespielend durchschlug und der ihm irgendwie gefiel. Zumal der zarte Junge von Wolfgangs studentischer Weltläufigkeit sehr beeindruckt war und ihn gar nicht genug erzählen hören konnte. Wolfgang seinerseits hatte es schon immer genossen, sich Jüngeren gegenüber als Förderer und großzügiger Lehrmeister zu betätigen. (Nur Cornelie wusste das nicht immer zu schätzen.) In seiner weltumarmenden derzeitigen Stimmung hatte Wolfgang dem kleinen Harfenspieler vorgeschlagen, nach Frankfurt mitzukommen, wo er während der bevorstehenden Messe viel, viel mehr verdienen könne als in Mainz, und natürlich könne er bei Goethes wohnen, und er, Wolfgang, werde ihn bei allen zahlreichen wohlbestallten Freunden der Familie als Musikanten empfehlen.

Ein gewisses ungutes Gefühl verspürte Wolfgang nun doch seinetwegen, als es zu Fuß durch die Leonhardspforte auf das elterliche Haus im Hirschgraben zuging. Hauptsächlich deshalb, weil der Jüngling an seiner Seite überflüssig bis lästig sein würde bei der bevorstehenden familiären Begrüßungsszene.

Sein Eintritt ins Elternhaus lief dann aber ohnehin etwas anders ab als erwartet. Erstens befand sich der Vater gar nicht im Haus (wie instinktlos von ihm, an einem Tag auszugehen, an dem mit Wolfgangs Ankunft zu rechnen war). Und zweitens gab es sofort Ärger, weil die Frau Mama nach der obligaten Vorstellung des Musikantenjungen ohne Umschweife befand, ihn, den Wolfgang, müsse der Hafer gestochen haben.

«Ich bitt dich, Wolf! Was meinst du, was dein Vater davon hält, wenn einer, der als unser Hausgast geführt wird, in die Schenken zum Spielen geht! – Nichts für ungut, junger Herr, aber Er kennt meinen Mann nicht, der nimmt seines Hauses Ehre nicht auf die leichte Schulter. – Da werd ich mir also jetzt schnick-schnack was ausdenken müssen, dass der Vater am besten gar nichts mitbekommt von deinen irren Ideen. Himmelherrgottarschundzwirn, Wolf, kaum bist du da, bringst du mich ins Schwitzen!»

In genau diesem Augenblick traf der Herr Rat Goethe auch schon ein – der übrigens sein Haus als Hort der Musen ansah und es daher *Zu den drei Leiern* getauft hatte, schüttelte seinem Sohn auf für seine Verhältnisse lebhafte Weise die Hand, senkte aber sogleich wieder bedenklich die Stimme, als sein

Blick auf den schmutzigen Harfenjungen fiel, der samt seinem Instrument nur ein paar Schritte von Wolfgang entfernt mitten in der roten Stube stand und in ihm augenblicklich die übelsten väterlichen Ahnungen weckte.

Zu Unrecht. Denn wie ihm seine Frau nun mitteilte, hatte der Junge mit Wolfgang gar nichts zu tun. Vielmehr hatte er bloß vorhin draußen auf der Straße so schön gespielt, und die Frau Rätin hatte ihm deshalb ein paar Kreuzer durchs Fenster zugeworfen und bei der Gelegenheit von ihm vernommen, er suche ein preiswertes Logis für die Messezeit, worauf ihr gleich eingefallen sei, dass irgendjemand von den Nachbarn – waren es die Metzlers? – in ihren Dienstbotenzimmern billige Betten an Logiergäste vermieteten, und da wolle sie den jungen Mann gleich einmal mitnehmen in die Nachbarschaft, das wäre doch gelacht, wenn sie ihn nicht vermitteln könnte.

Sie konnte. Bei den de Barys ein paar Häuser weiter. Mit einigen Unkosten, versteht sich, für ihre Haushaltskasse, da sie dem Jungen unterm Siegel der Verschwiegenheit die Unterkunft bezahlte.

Samstag, 28. September 1771

Während der Messe passierte rein gar nichts in Sachen Susanna Margaretha Brandin. Vielmehr beließ man die Angeklagte ohne Nachricht, Besuch und andere Beschäftigung als ihr Gewissen im Spitalgefängnis, wo sie übrigens nach zwischenzeitlicher Genesung später erneut ein unerfreuliches Fieber entwickelte, dessen Ausgang es abzuwarten galt. Man konnte also noch immer nicht weiterermitteln. Denn es wäre ja Unsinn und kostbare vertane Zeit gewesen, mühsam noch zig Zeugen zu vernehmen, wenn einem die Angeklagte sowieso bald wegstarb!

Am 27. September, die Messe war schon länger vorbei, brachte im Gasthaus *Zum Kreuzchen* eine zufällige bierselige Nachfrage nach der Kindermörderin dem Jüngeren Herrn Bürgermeister dieselbe frisch in Erinnerung. Am nächsten Morgen gleich schickte er den Gefängnisaufseher Richter Knopf ins Hospital, wo der sich nach dem Gesundheitszustand der Person erkundigen sollte. War sie endlich wieder verhandlungsfähig?

Dem Richter Knopf schien die Angeklagte merkwürdig verklärt, als er sie von außen durchs Gitter begutachtete. So blass war sie, als wolle sie jede Minute unter die Engel gehen, falls man das sagen konnte von einer doch wohl eher für die Hölle als für den Himmel bestimmten Person, und behauptete nichtsdestotrotz mit sanfter Stimme, es gehe ihr «ganz gut».

Im Gegensatz dazu befand die Krankenwärterin Schmidtin, die Patientin sei keinesfalls wiederhergestellt. Dabei wurde sie aber von dem ebenfalls anwesenden Spitalmeister harsch unterbrochen: Ei, die Mörderin sei doch allemal die gesündeste Person im Haus, und er könne das Bett wie auch die Krankenwärterin verdammt gut anderswo gebrauchen, und er möchte also das Peinliche Verhöramt sehr bitten, dass es ihm die unselige Mörderin wieder abnimmt und anderswo unterbringt als wie grad in seinem Hospital!

Am Mittag des 28. September fand sich die Susann daher im Katharinenturm wieder, in eben jenem verriegelten, steingepflasterten, grob verputzten Raum, in den man sie nach ihrer Verhaftung zunächst verbracht hatte. In einem Bett allerdings diesmal, das eigens für sie die engen Treppen hoch in das Weibergefängnis geschleppt worden war. Auch das warme Essen ließ man ihr, um ihre Genesung nicht zu gefährden.

Ihre Mitgefangene, die ehemalige Senckenbergische Magd Katharina Schmalbachin, regten diese unverdienten Privilegien der Mörderin zunächst sehr auf. (Die Schmalbachin hatte sich bloß an ein paar Habseligkeiten ihres inhaftierten Herrn bereichert, jedenfalls wurde das behauptet, und sie hatte seit Monaten nicht das Glück gehabt, in einem Bett zu schlafen.) Als aber der Susann das erste Essen gebracht wurde, erkannte die ausgehungerte Schmalbachin, dass dies ihre Gelegenheit war, selbst endlich wieder einmal was anderes zu beißen zu bekommen als trocken Brot. Was auch gelang, da die Kranke sowieso nicht den ganzen Teller schaffte.

Dummerweise traf die Frau des Richters Weines, als sie das Geschirr abholte, die Schmalbachin an, wie sie eben noch den Löffel ableckte. Sie steckte ihrem Mann, die Schmalbachin habe die Suppe der Brandin verspeist. «Ei, da muss was passieren», entschied der Richter Weines, «das gibt nur Ärger, die beiden zusammen. Nicht dass die das Mädel noch aus ihrem Bett vertreibt.»

Die Schmalbachin wurde also in den Gefängnisraum ein Stockwerk drunter verlegt.

Ab jetzt war die Susann ganz allein.

Am gleichen Tag

Keine zweihundert Schritt vom Katharinenturm, im Haus *Zu den drei Leiern* im Hirschgraben, war heute der Herr Dr. Metz für einen Hausbesuch bestellt.

Es war ein glückliches Haus in dieser Zeit, ohne dass es seinen Bewohnern so recht bewusst war. Die Luft schwirrte von Plänen und Hoffnungen und allgemeiner Behaglichkeit. Fast zu behaglich fand es Wolfgang, dem nach dem universitären Straßburg und den unterwegs besichtigten, neu angelegten Residenzstädten wie Saarbrücken und Mannheim seine lang vermisste Heimatstadt nun mehr denn je borniert und provinziell vorkam, mit den krummen, schmalen Gassen, muffigen, dunklen Rokokostübchen und ihren ewig sich im gleichen, althergebrachten dumpfen Trott bewegenden Handelsleuten. Der Vorteil war, dass sein eigenes geistiges Licht in der hiesigen Dunkelheit umso heller strahlte.

Wolfgang hatte Ende August, ein paar Tage nach seinem zweiundzwanzigsten Geburtstag, seine Zulassung als Anwalt erhalten, vom derzeitigen Älteren Herrn Bürgermeister und guten Bekannten Olenschlager direkt in die Hand. Und natürlich hatte ihm der Vater die zu Amt und Anlass passenden goldenen Schnallen für Schuhe, Kragen und Kniehosen samt Spitzenhemd spendiert und dafür glatte 270 Gulden springen lassen.

Es war in erster Linie der Vater, den die Zulassung wie auch die goldenen Schnallen glücklich machten. Der Herr Rat – selbst bekanntlich Jurist – brachte auch wesentlich mehr Zeit als Wolfgang über dessen Akten zu. Wolfgang hatte nämlich schon Klienten, jawohl! Ein Fall war ihm vom Onkel Lindheimer zugeschanzt worden. Und einen anderen hatte der Schreiber Liepholt mit seinen Beziehungen aufgegabelt.

Der Liepholt, ein alter Hase in der Frankfurter Juristerei, war eigentlich der Schreiber der Anwälte und Doktores Schlosser. Mit ihnen wurde derzeit der lebhafteste Kontakt gepflegt.

Erst neuerdings verstand sich Wolfgang so gut mit den Schlosser-Brüdern. Früher war ihm der jüngere der beiden, Georg, zehn Jahre älter als er selbst, sogar unangenehm gewesen. Wegen seines trockenen, ungefälligen Charakters zum einen, weil er ihm vom Vater immer als leuchtendes Vorbild vorgehalten worden war zum anderen. Georg war nämlich, zugegebenermaßen, ebenso begabt wie Wolfgang in diversen Künsten, doch ernsthafter und gewissenhafter. Und ihm – bei dem Altersunterschied kein Wunder! – in der Berufslaufbahn immer mehrere Schritte voraus. Als Wolfgang nach dem Studienabbruch in Leipzig daheim seine Krankheiten auskurierte, da hatte er sich ständig vom Vater die Mär anhören müssen, dass der Georg dank seines straff durchgezogenen Studiums schon Doktor sei und in Treptow an der Rega in den ruhmreichen Diensten des herzoglichen Erben von Württemberg stehe, am Beginn einer glänzenden Karriere.

Glücklicherweise war Wolfgang nun selbst Doktor (der Vater nannte ihn jedenfalls so). Und dem Georg Schlosser, dem hatten die Württemberger Dienste auf Dauer doch nicht geschmeckt. Man stelle sich vor: Der glorreiche, hochbegabte, strebsame Georg war wieder daheim bei den Eltern gelandet und jetzt genau wie Wolfgang schlicht Advokat. Und zwar, so wurde gemunkelt, nicht einmal besonders erfolgreich. Nur der ältere Schlosser-Bruder Hieronymus, der hatte sich schon als Anwalt einen Namen gemacht. Er war auch für die Nachfolge seines Vaters im Rat bestimmt und bekam seit Jahren städtische Ämter zugeschanzt. Ja jüngst hatte er gar den ehrenhaften Auftrag erhalten, gegen den notorischen Erasmus Senckenberg für die Stadt die Anklage zu vertreten.

Georg dagegen – der verdiente derzeit wahrscheinlich nicht einmal genug, um standesgemäß eine Familie zu ernähren. Jedenfalls war er noch nicht verheiratet.

Das Letztere wiederum fiel Cornelie sehr positiv an Georg Schlosser auf. Ihr war es ganz recht, dass er nun öfter vorbeikam (hatte sie's nicht gewusst, dass ihr Bruder Mannspersonen ins Haus bringen würde!). Der jüngere Schlosser stand ohnehin auf ihrer heimlichen Liste, als ein nicht unbedingt idealer, aber doch bedenkenswerter Kandidat zum Heiraten.

Und was ihr außer seinem derzeitigen Junggesellenstand gefiel an ihm, das war – na ja, sein Gesicht leider nicht (zu rund und zu grob, fand sie), aber seine als genialisch geltende Begabung sehr wohl, sowie merkwürdigerweise auch seine ernsthafte, gelegentlich ins Schroffe abgleitende gesellschaftliche Ungelenkheit, die sie auf Schüchternheit zurückführte und in der sie sich wiederzufinden glaubte. Und die schwarzen Haare und Augenbrauen, die waren auch nicht schlecht, eigentlich.

Der Herr Rat hatte die Schlosser-Brüder ausgerechnet für den Tag von Wolfgangs Advokatenzulassung zum Essen geladen. Nicht ganz zufällig.

«Nehmen Sie mir den jungen Doktor mal in die anwaltliche Lehre», teilte er den Brüdern Schlosser scheinbar beiläufig mit, während er sein geliebtes helles Bockenheimer Brot in die grüne Sauce tunkte. (Wolfgang wand sich vor Peinlichkeit.) Die Schlosser-Brüder hatten sich, was das In-die-Lehre-Nehmen betraf, guten Willens gezeigt. Sie liehen Wolfgang seitdem regelmäßig ihren Schreiber Liepholt aus. Und vor allem ließen sie es an künftigen eigenen Besuchen im Haus *Zu den drei Leiern* nicht fehlen.

Nur, dass man dann keineswegs, wie der Vater glaubte, über die Juristerei sprach.

Es waren in Wahrheit ganz andere Themen, die verhandelt wurden, wenn die Geschwister Goethe und die Gebrüder Schlosser gemeinsam lange Abende dahinbrachten. Da gab es ja andere Gemeinsamkeiten als die Juristerei: Hieronymus las, Georg las und schrieb (er hatte sogar schon etwas publiziert, allerdings ein nach Wolfgangs Ansicht eher bescheidenes Werk für die Volksbildung), Cornelie las und hätte gern geschrieben, und Wolfgang las, schrieb und hatte einen Plan, was er demnächst schreiben würde. Und zwar etwas Revolutionäres, Unerhörtes.

Von alledem war in dem kleinen Kreis ständig die Rede.

Auch an dem Tag, als der Herr Dr. Metz erwartet wurde wegen der Kopfschmerzen Cornelies. Die hatte sie gestern gehabt, heftig, und graue Ringe dabei vor den Augen gesehen, was ihr Angst gemacht hatte. Aber heute war der Spuk glücklicherweise vorüber, und der Metz kam, als er kam, höchst ungelegen.

Man war gerade wieder mittendrin. Besonders Wolfgang, der feurigst dabei war, seinen derzeit größten Helden zu verteidigen: Shakespeare. Georg hatte es gewagt, in seiner harten Art zu äußern, der Macbeth sei zwar wunderbar, ein echtes Juwel, aber ansonsten seien sich die Shakespeare'schen Dramen immer gleich: Immer gehe es um Könige, immer gebe es einen Edlen und einen Schuft, und –

Weiter kam er nicht. Längst war Wolfgang ihm über den Mund gefahren, der mit leuchtenden Augen und Wangen sein Publikum aufklärte: Schufte und Edle, Gut und Böse gebe es eben in der Welt so notwendig, wie glühendheiß und eiskalt existieren müssten, da erst durch ihre Mischung die mittlere, angenehme Temperatur entstehe. Lehrreich aber seien doch gerade die Extreme. Und die Könige bei Shakespeare, die seien eigentlich keine, sondern stünden für jeden von uns, denn für jeden von uns sei ja das eigene Ich König, und wie könne man nur ausgerechnet dem abwechslungsreichen, knackig unterhaltsamen Shakespeare Einförmigkeit der Handlungen vorwerfen, da kenne er aber ganz anderes, diese gekünstelten pseudogriechischen Dramen der Franzosen, wo alles am gleichen Ort und zur gleichen Zeit spiele und immer im vierten Akt die gleiche und von allen schon erwartete Entwicklung ihren Lauf nehme, und übrigens werde ja sein geplantes Drama über den Dr. Faustus, wiewohl im ungekünstelten Stil Shakespeares, nicht von Königen handeln.

«Wolfgang», meldet sich da leise Cornelie, «jetzt, wo du vom Faustus sprichst. Ich hab nachgedacht über die Geschichte gestern Nacht. Und da ist mir aufgefallen, für ein volkstümliches Puppenspiel, wie du's in Straßburg wieder gesehen hast, mag sie sehr nett sein. Aber ich fürchte, für ein Drama eignet sich der Stoff nicht besonders.»

Wolfgang wurde starr im Gesicht und etwas rot. Wäre das von einem der Schlossers gekommen, er hätte ungerührt drauflosgeredet und seinen geplanten «Faust» verteidigt. Aber von Cornelie? Von seiner Seelenschwester? Das war ernst zu nehmen. Bei aller seiner Lust an Gesellschaft und Publikum, er wünschte, er wäre jetzt allein mit ihr.

War er aber nicht. Und ausgerechnet jetzt kam auch noch der gestern bestellte Doktor Metz hereingelaufen, alles andere als schüchtern, überfiel Cornelie mit einem Handkuss und schwäbelte theatralisch: «Was muss ich da hören, Mademoiselle! Sie hätten Ringe gesehen! Doch ich stelle freudig fest, Sie sind heut schon wieder wohlauf und in Gesellschaft! Und auch der werte Herr Bruder mit dabei – seien Sie mir gegrüßt, junger Mann, nach so langer Abwesenheit – man muss nun Herr Doktor sagen, höre ich. Herzlichen Glückwunsch auch zum Examen.»

Und so weiter. Der Metz hatte natürlich keine Ahnung davon, dass sich erstens Wolfgang in den letzten Jahren vom Pietismus völlig abgekehrt hatte und dass zweitens sein Kommen gerade mächtig störte. Er gab sich ganz als der Hausfreund, ließ sich den Schlossers vorstellen, nahm einen Stuhl und lehnte sich, nachdem er der genesenen Patientin gute Ratschläge und ein Rezept für künftige solcher Vorfälle ausgestellt hatte, gemütlich zurück. So, als habe er keineswegs vor, bald zu gehen.

Und das hatte er auch nicht. Jedenfalls nicht, bevor er nicht eine wohlüberlegte Geschichte hier losgeworden wäre. Auf dass er später vielleicht Zeugen hätte, die bestätigen könnten, dass er nicht verbrecherisch, sondern aus den lautersten medizinischen Absichten heraus gehandelt hatte.

Seine Geschichte fing damit an, dass er eben gerade auf seinem Weg in den Hirschgraben auf eine von Soldaten eskortierte Krankensänfte gestoßen sei. Die habe an der Katharinenpforte den Weg versperrt, sodass er warten musste, bis die transportierte Person mit Hilfe zweier Soldaten die Portechaise verlassen hatte und zum Turm hinaufgeführt worden war. Und in der Kranken – bei welcher es sich, wie ihm andere Passanten verrieten, um die berüchtigte, des Kindsmords angeklagte Verbrecherin handelte – in ebendieser Verbrecherin also habe der Herr Doktor Metz zu seinem höchlichsten Erstaunen eine Person erkannt, die ihm nicht fremd sei. Was ihm, wenn er ehrlich sei, ein echtes Schaudern eingejagt habe. (Wenn er noch ehrlicher gewesen wäre, hätte er auch verraten müssen, warum ihn so geschaudert hatte beim Anblick der Susann: Und zwar, weil er inzwischen eisig kalte Füße bekam, dass er der Person damals diesen für Mägde verbotenen wehenbefördernden Trank verschrieben hatte. Wenn das nun rauskäme.) Es handelte sich nämlich – berichtete er weiter – um eine Magd aus dem Gasthaus *Zum Einhorn*, die er vor Monaten einmal in der Praxis hatte. Er habe ihr damals ins Gesicht gesagt, sie sei wahrscheinlich guter Hoffnung. Darauf allerdings habe das Mädel so standhaft und treuherzig geleugnet, dass er, als barmherziger Christenmensch, ihr am Ende geglaubt habe. Es wolle ihm nicht in den Kopf, was in diesen Leuten vor sich gehe.

«Nicht viel», tat Georg Schlösser schroff das Thema ab, da er sich im Augenblick viel mehr für den vorhin sich anbahnenden literarischen Disput unter den sonst so einigen Geschwistern Goethe interessierte als für Geschichten über irgendwelche gefallenen Mägde. Zumal Cornelia jetzt derart ängstlich und blass aussah – da war er mal gespannt, was noch kommen würde in Sachen Faust.

Endlich ging der Metz.

«So, Schwesterchen», fing Wolfgang sofort an, als die Tür zu war. «Jetzt aber raus mit der Sprache, jetzt musst du's uns sagen.»

«Ich wüsste nicht, was», gab Cornelie erschrocken zurück. «Ich weiß auch nicht, wie du drauf kommst, wahrscheinlich hast du mit dem Vater gesprochen, aber glaub mir, ich hab nichts zu sagen in der Sache, was nicht allgemein bekannt wäre.»

Die drei Herren stutzten und sahen sich an.

«Sag mal, Cornelchen, du bist doch nicht heimlich verlobt mit dem Metz – oder was erzählst du da? Ich rede übrigens vom Faust.»

«Ach Gott, natürlich. Ich war grad ganz woanders. Wahrscheinlich die Kopfschmerzen, die fangen wieder an.»

«Du solltest dich hinlegen, Cornelia», empfahl Georg Schlosser, und Cornelie ließ sich zumindest ein Kissen in den Nacken schieben. (Georg sagte übrigens sehr absichtlich Cornelia und nicht Cornelie. Ihm gefiel die strenge lateinische Variante des Namens wesentlich besser als die kosende deutsche mit dem weichen e-Laut hinten, oder gar, *horribile dictu*, Wolfgangs oder des Herrn Rats «Cornelchen». Das passte doch einfach nicht zu ihr!)

«Nun spann mich aber nicht weiter auf die Folter mit dem Faust», befahl ihr Bruder, allmählich gereizt. «Also: warum soll sich der Stoff nicht für ein Drama eignen?»

Cornelie hob gleich wieder den Kopf vom Kissen. «Weil er nicht dramatisch ist. Der Fauststoff hat einen Anfang, als der Faust dem Teufel seine Seele verschreibt. Und er hat ein Ende, wenn der Faust mit in die Hölle muss. Aber dazwischen ist nichts. In der Mitte ist die Geschichte hohl.»

«Wie? Ich versteh dich nicht. Von wegen nichts dazwischen: Der Mittelteil ist doch die Hauptsache am Faust, diese ganzen witzigen Episödchen, wie der Teufel dem Doktor bei seinem Ehrgeiz und seinen Abenteuern hilft ...»

«Sicher. Aber das sind eben wirklich lauter einzelne Episödchen, die lose nebeneinanderstehen. Wunderbar als Volksbelustigung auf Messen, da können die Leute mal fünf Minuten stehen bleiben und sich amüsieren, und dann gehen sie weiter. Aber für ein Drama – da braucht man doch eine Entwicklung, einen Spannungsbogen, eine Dramatik eben. Den Bogen, den seh ich nicht im Faust.»

Wolfgang hatte, während sie sprach, sehr schnell gedacht, blitzartig, er konnte das manchmal, und er war gedanklich sozusagen einmal in der Hölle und zurück gewesen. Als sie «einzelne Episödchen» sagte, da hatte er erkannt, worum es ihr ging und dass sie recht hatte. Erschrocken war er, dass es ihm nicht selbst aufgefallen war, und es war ihm ganz schlecht geworden einen Augenblick, so als löste er sich selbst in Nichts auf zusammen mit seinem geplanten deutsch-shakespeareanischen Faustdrama. Und dann war's ihm gekommen, Gott sei Dank, dass es sich mit etwas Mühe und Phantasie aus der Welt schaffen ließ, das Problem.

«Ach so. Ja, aber Cornelie, das war doch von Anfang an klar, dass ich den Spannungsbogen eben hineinbringen muss. Das ist natürlich meine Aufgabe als Dramatiker, dass ich den Volksstoff zwar nehme als Inspiration, aber doch eine neue Geschichte draus mache, bei der ich dann nicht nur Episödchen in der Mitte habe, sondern etwas Durchgehendes, Verbundenes.»

Cornelie kam sich etwas blöd vor.

Wolfgang hoffte, dass ihn niemand fragen würde, was denn diese durchgehende «neue Geschichte» sein solle.

Und Georg Schlosser dachte: Na bitte, sie ist doch nicht klüger als er. Es hat eben seinen Grund, wenn Dichter stets Männer sind und nicht Weiber.

Sonntag, 29. September 1771

Von seinem südwestlichen Eckzimmer im Dachgeschoss der Hauptwache hatte der inhaftierte Ratsherr und Freiherr Erasmus von Senckenberg Ausblick auf den Katharinenturm. Und wiewohl er das Tor ganz unten im Turm nur halb sah – ein schief gebautes Eckhaus versperrte ihm den Blick –, so hatte er natürlich mitbekommen, dass sich gestern hier was getan hatte. Zumal die Eskorte für den Gefangenentransport teils aus der Hauptwache stammte. Er hatte also seinen Wachposten vor der Zimmertür befragt, glücklicherweise mal wieder der kleine Setzentreibel, der ihm aufs Wort gehorchte. Und es stellte sich heraus, die transportierte Gefangene war die Kindsmörderin. Die war also wider Erwarten genesen im Hospital, wo man sonst nur zum Sterben hingeht. Also würde ihr nun wohl doch der Prozess gemacht.

Nachdem bei dieser Gelegenheit der Erasmus Senckenberg den Setzentreibel nochmals genüsslich gescholten hatte für die Tatsache, dass er nach der Verhaftung des Mädels versäumt habe, ihm dieses zwecks Unzucht aufs Zimmer zu bringen, ließ er sich von dem schwitzenden jungen Mann wieder einschließen und machte sich an seinen Schreibtisch. Da wurde es ja nun hohe Zeit, dass er sich einmischte. Kippelnd und an der Feder kauend entwarf er, was den Rat sehr ärgern musste: ein hinterfotziges Verteidigungsschreiben.

Von Bruder Christian, seines Zeichens Stadtphysicus, hatte er sich damals gleich nach der Verhaftung der Person eine Abschrift des Sektionsprotokolls erbeten und mit vielen moralinsauren Bemerkungen über die verruchte Mörderin eine Woche später auch erhalten.

Jetzt las er es nochmals durch. Das Protokoll war ein Witz.

Das wär doch gelacht, wenn er die nicht losbekäme.

Also gleich aufs Papier damit.

Puncto eins: die Lungenprobe. Beweist nicht die Lebendgeburt, notierte er, da es unter den medizinischen Gelehrten als umstritten gilt, ob nicht auch schon im Mutterleib vor und während der Geburt Luft in die Lunge gelangen könne. Zudem habe laut Sektionsbericht nur einer der Lungenflügel aufgeblasen gewirkt.

Puncto zwei: die Kopfverletzungen. Es geht, notierte er, aus dem Sektionsbericht nicht hervor, warum diese nicht durch einen Fall bei der Geburt oder auch post mortem entstanden sein sollten.

Puncto drei: diverse Kratzer und Abschürfungen. Natürlich post mortem entstanden, beim Verstecken des toten Kindes durch die Mutter oder seinem späteren Transport ins Hospital.

Puncto vier: abgeschnittene Nabelschnur. Beweist, dass die Mutter gerade nicht ihr Kind ermorden wollte, denn sonst hätte sie doch die offenbar vorhandene Schere als geeignetstes Mordinstrument verwendet; die Leiche wies jedoch nicht eine einzige Stich- oder Schnittverletzung auf.

Puncto fünf: schwarzer Streif unterm Kinn. Beweist, dass das Kind eine durch die eigene Nabelschnur erdrosselte Totgeburt war.

Was man der Angeklagten allenfalls vorwerfen könne,

schloss er, das sei, das tote Kind verheimlicht und verborgen zu haben in der Hoffnung, die eigene Ehre zu retten.

So weit, so gut. Statt allerdings seine Schrift gleich per Post an die werten Collegae im Rat zu verschicken, wartete der Erasmus Senckenberg doch lieber bis zum folgenden Nachmittag. Da würde nämlich der Christian zu seinem edelmütigen monatlichen Pflichtbesuch kommen. Und der wird sich so herrlich ärgern, wenn der Erasmus ihm seine Verteidigungsschrift vorliest und ihm zum Überreichen an den Rat mitgibt. Und der arme Christian wird in eine schwere moralische Bedrängnis geraten, weil er zwar einerseits die Motive des Erasmus verabscheut, doch andererseits in diesem Fall es ja immerhin gut sein konnte, dass durch seinen Einsatz eine Unschuldige vor der Exekution bewahrt würde.

Wer allerdings am Sonntagnachmittag tatsächlich eine unangenehme Überraschung erlebt, das ist nicht der Christian. Das ist der Erasmus selbst.

Zwar war der Christian unter seiner langen Pudelperücke so unwillig und entsetzt wie erhofft, als der Erasmus ihm seine Verteidigungsschrift um die Nase wedelte. Doch schien er von der Lektüre nicht sehr beeindruckt.

«Was soll das denn jetzt noch», sagt er, erst halb durch mit Lesen. «Die Teufelsbrut hat doch gestanden.»

«Was?!»

«Ja sicher. Im Hospital, ein paar Tage nach der Verhaftung. Sie hätt ihr Kind erwürgt.»

Die gruseligen Einzelheiten, wie es dazu kam, zu dem Geständnis, indem man der Kranken nämlich ihr schon drei Tage beerdigtes, zersägtes, angewestes Kind vorgelegt hatte, das verrät der Christian seinem Bruder allerdings nicht. Denn er fürchtet, der Bruder möchte sich, zum einen, delektieren an dem schauerlichen Bild, und zum anderen könnte er die

Umstände zum Anlass nehmen, das Geständnis anzufechten, da es im Moment geistiger Umnachtung durch den großen Schrecken entstanden sei. Und dann würde er sie am Ende noch freibekommen, die unnatürliche Kindermörderin, an deren Schuld unter den städtischen Physicis niemand zweifelt.

Der Erasmus ließ seinen Ärger erst so richtig raus, nachdem Dr. J. Christian Senckenberg in seliger Pflichtergebenheit wieder davongewandelt war.

Dann ging's aber rund im Dachgeschoss der Hauptwache. Heftigste Fluchgeräusche ausstoßend, die draußen dem Setzentreibel Gänsehaut verursachen, raste der gefallene Ratsherr hin und her in seiner Arreststube, trat gegen Tür, Tisch und Wände und zerriss das Verteidigungsschreiben in hundert kleine Fetzen. *Die* will er nicht mehr verteidigen. Selbst wenn sich mit seiner Gewieftheit auch nach dem Geständnis vielleicht noch was ausrichten ließe. Aber jetzt hat er keine Lust mehr. Nicht für ein hirnloses Blödchen. Ja verdammt nochmal! Das ist doch unglaublich, die Torheit von dem Mädel!

Es lag nämlich grundsätzlich außerhalb der Vorstellungskraft von Erasmus Senckenberg, ein Verbrechen zu gestehen.

Da es einem doch zum Nachteil gereicht, warum um Himmels willen sollte man das tun? Seine eigenen Verbrechen hat er nie zugegeben, stramm leugnet er sie alle bis heute, eindeutige Indizienbeweise hin oder her. Weshalb unter anderem er sich ja jetzt hier in einer schönen, bequemen Arreststube befindet und nicht etwa an irgendeinem Galgen baumelt.

Und bei Kindsmord zudem noch! Wo doch jeder weiß, dass nach Paragraph 131 Peinliche Halsgerichtsordnung bei Kindsmord im Prinzip nur das Geständnis zählt. Wo doch seines Wissens diverse Kindsmörderinnen davongekommen sind im Reich in den letzten Jahrzehnten, weil die Gutachter ohne Geständnis nicht zum Tode verurteilen wollten.

Und da gesteht sie, die Hirnlose. Ohne Not. Bei einem derart schwachbrüstigen Sektionsbericht.

Dem Erasmus Senckenberg geht allmählich auf, dass Dienstmägde eben doch eine gänzlich andere Spezies Mensch sind. Weiß er doch von seinen eigenen Mägden, nicht wahr. Was hat er da nicht alles erlebt. Jene Bekloppte zum Beispiel, die, als er ihr mit leeren Drohungen ein bisschen Angst einjagte, aus dem Fenster sprang vom zweiten Stock und sich das Bein brach. Oder das Luder, die Katharina, der er großzügig eine Abfindung angeboten hatte für das Kind, das er ihr gemacht hatte, vorausgesetzt, sie verschwinde aus der Stadt – die war so närrisch gewesen, in Frankfurt bleiben zu wollen und zu glauben, er würde sich's gefallen lassen, wenn sie ihn auf Alimente und wegen Notzucht verklagt. Der hatte er's gezeigt. Und jetzt wiederum die Schmalbachin, die wegen nichts im Gefängnis sitzt – weil sie zu dumm war, sich eine gute Ausrede auszudenken für das gebrochene Siegel an dem vom Rat verschlossenen Zimmer mit seinen Unterlagen.

Nein, beschließt der Erasmus Senckenberg, von Dienstmägden hat er nun endgültig genug. Mit diesem spinnerten, blödsinnigen Völkchen will er nichts mehr zu tun haben. Basta.

8. Oktober 1771

Der städtische Physicus primarius Doktor Gladbach mit seinem alten Geierkopf war gestern auf dem Katharinenturm erschienen, gemäß Befehl des Jüngeren Herrn Bürgermeisters, um nach allen Regeln der ärztlichen Heilkunst zu überprüfen, ob es stimme, was der dortige Gefängnisaufseher Richter Weines mitgeteilt hatte: Nämlich, dass die Gefangene als genesen gelten könne. Die Untersuchungsmethode vom Doktor Gladbach bestand darin, einen forschenden Blick durchs Fensterchen der verriegelten Zellentür zu werfen und die Susann zu fragen, ob sie sich für stark genug halte, ein paar hundert Schritt zu laufen?

«Ja», antwortet die Susann.

Was zur Folge hat – und sie hat das geahnt – dass sie am folgenden Morgen in aller Frühe aus ihrem Gefängnis abgeholt wird von einem Trupp Infanteristen und Dragoner, die sie abführen den Liebfrauenberg und die Neue Kräme hinunter und schließlich hinein in das Rathauslabyrinth, das sie in ihrem Leben nicht betreten hat bisher, wiewohl ja die Römerhallen zur Messezeit geöffnet sind für Kunden, nicht aber für solche Kunden natürlich – da stehen ja Wachen davor, die Pöbel und Gesindel draußen halten. Nur wenn er Verbrechen begangen hat, der Pöbel, dann wird er kurzfristig geadelt und darf auch einmal hinein ins Zentrum der Macht, nämlich insbesondere in den Verhörraum vom Peinlichen Verhöramt.

Der Susann fangen die Knie an zu schlottern beim Eintritt in den zugigen Römer. Dabei hatte sie diesen Moment herbeigesehnt, an dem sie endlich, endlich nicht mehr allein sein wird mit ihrem Gewissen und dem Schrecken, wie sie es all die endlosen Wochen seit der Geburt war, sogar im Hospital. Denn so liebenswürdig die Schmidtin sie auch pflegte, mit ihr konnte sie nicht reden über das, was ihr im Kopf umherging. Es verbot sich, es war ihr in gewisser Weise der Mund zugeschnürt wie damals, als sie schwanger war – weil es unsäglich war zum einen, weil sie wusste, die Schmidtin wollte davon nichts hören, zum anderen. Gerade mal, dass sie mit ihr über ihre Schulden geredet hat beim Schuster Wetzel und über ihr schlechtes Gewissen, dass sie ihr Versprechen nicht gehalten hat trotz der schweren Lage der Familie (dabei hat sie übrigens von der Schmidtin erfahren, dass die Eheleute Wetzel inzwischen beide tot waren). Aber das war auch alles, was sie mit der Schmidtin hatte bereden können.

Sie hat es also herbeigesehnt, endlich mit jemandem sprechen zu können über das Furchtbare. Trotzdem ist sie jetzt schwach vor Angst, wünscht sich plötzlich, dass es nie weiter ginge mit dem Prozess und dass sie noch immer krank im Bett läge, ungestört, auf ewig in der Schwebe.

Drinnen wartet man auf sie mit einiger Neugierde. Der Jüngere Herr Bürgermeister und der Lindheimer sehen ihr Untersuchungsobjekt heut nämlich zum ersten Mal *in persona*, nachdem man im August und in den letzten Tagen bislang nur die diversen anderen Beteiligten hier im Amt vor sich hatte. Darunter zuletzt übrigens die Hechtelin, die Bauerin sogar gleich zweimal (da gab es ja Widersprüche, da gab es Merkwürdigkeiten, die mussten geklärt werden), sowie natürlich auch die neue Magd der Bauerin. Diese hatte ihre Vorgängerin Susann Brandin bekanntlich am Tag des Verbrechens noch kennengelernt. Sie hatte sich ziemlich lästerlich geäußert über das Mädchen, das so frech seinen dicken Schwangerenbauch vor sich her trug, behauptete aber wie alle anderen, von der einsetzenden Geburt rein gar nichts geahnt zu haben. (Wenn die Brandin ihr doch erzählt, sie hätt die schlimmen Leibschmerzen nur von der Ordinaire, da glaubt sie ihr natürlich!) Gewissenhaft, wie man beim Verhöramt war, hatte man sogar – als einzige Mannsperson – den Juden Bonum Zacharias geladen. Über den gab es ja einen verdächtigen Umstand zu vermelden, indem laut der Bauerin er es war, der die Angeklagte nach der Geburt vom Hof aus in die verriegelte Wohnstube gelassen hatte, damit sie nicht durch die Bierstube müsse auf dem Weg in die Küche (ein Umstand, den man erst nach Besichtigung der Bauerischen Räumlichkeiten gut nachvollziehen konnte). Der Bonum Zacharias hatte sich beim Verhör offenkundig vor Angst beinahe in die Hosen gemacht und sogar auf die nur der Form halber nötige Routinefrage, ob er die Angeklagte kenne, schon ausweichend geantwortet. Daher sah sich der Ratsschreiberassistent Rost nach Ende des Verhörs zu der Bemerkung veranlasst, er würde sich wundern, wenn der Jud nicht der Kindsvater und Mitwisser sei. Worauf ihm allerdings der Lindheimer giftig dazwischenfuhr: Wie er denn das beweisen wolle? Und der Siegner rief aus: «Rost, Er ist seit so vielen Jahren schon dabei, also bittschön, Er weiß doch, dass diese kleinen Juden immer irgendetwas zu verbergen haben vorm Verhöramt. Nun les er da mal nicht zu viel hinein.»

Der Rost wünschte sich, er hätte den Mund gehalten. Denn wahrscheinlich hatte der Siegner recht.

Und nun ist die Inquisitin also endlich selbst da. Mit großen, leeren Augen, weich gekocht im eigenen Saft während der zwei vollen Monate, die seit ihrem fürchterlichen Geständnis vergangen sind, und der Siegner weiß, als er sie sieht: Die wird heut mit nichts mehr zurückhalten.

Die Susann hört fast augenblicklich auf zu zittern, nachdem sie die Verhörstube betreten hat. Keine schreckliche Überraschung wartet diesmal ja auf sie, Gott sei Dank. Nur drei Herren (der Claudy fehlt heute, Rost vertritt ihn), von denen einer (nämlich Siegner) trotz goldener Kette und Schnallen eine behäbige, alltägliche Gutherzigkeit ausstrahlt.

Siegner weiß, wie er wirkt. Er gibt sich daher väterlich, schiebt der Inquisitin – Bürgermeisterehre hin oder her – den

Stuhl hin, legt ihr einen Augenblick die Hand auf die schmale Schulter und erklärt ihr, es sei gut für ihre arme Seele, wenn sie nun alles offenbare.

Er hätte sich die Überredungskünste sparen können.

Denn die Susann weiß zwar nicht viel vom Rechtswesen im Heiligen Römischen Reich Deutscher Nation. Sie hat nicht die Peinliche Halsgerichtsordnung studiert und die Kommentare dazu. Aber so viel weiß sie, dass sie mit dem Geständnis, ihr Kind umgebracht zu haben, sich der Todesstrafe anheimgestellt hat. Dass sie sich also längst auf Gedeih und Verderb ausgeliefert hat den Herren von der Frankfurter Justiz und dass ihr Leben an nichts hängt, an gar nichts, als an deren Härte oder Gnade. Und um gnadenwürdig zu werden vor Gott und vor den Menschen als auch vor sich selbst, da scheint ihr dieser Weg der einzige, den sie noch gehen kann: sich ganz zu offenbaren.

Und dabei denkt sie vor allem an das Schrecklichste. An das, was sie wieder und wieder in Albträumen erleben muss nachts.

Merkwürdig aufrecht sitzt sie auf ihrem Stuhl, denkt der Siegner, und mit einem solchen ruhigen Ernst. Er glaubt, eine unerwartete innere Stärke zu spüren in dem großen, geraden Mädchen.

Während der Jüngere Herr Bürgermeister schweigt und sich abwesend mit dem Zeigefinger unter der Perücke kratzt, beginnt der Herr Examinator ordinarius Lindheimer geschäftig mit dem Verhör.

Von wem sie geschwängert worden sei, und wann?

Von einem holländischen Kaufmannsdiener, sagt sie, dessen Namen sie nicht wisse, drei bis vier Wochen vor Weihnachten.

Die Herren sehen sich an.

Ob sie denn freiwillig in den Beischlaf eingewilligt habe? Und ob ihr der Kaufmannsdiener nicht irgendetwas versprochen oder gegeben habe, dafür, dass sie mit ihm Unzucht treibe?

Worauf will denn das hinaus, fragt sich befangen die Susann. Gibt es denn nur zwei Möglichkeiten: Entweder sie beschuldigt den Jan der Notzucht oder sie ist eine, die es für Geld und Geschenke tut? Lieber Herr Jesus, die Perlen. Und der Examinator sieht nicht so aus, als ob er das verstehen könnte, wie das kam mit den Perlen.

Er hat ihr nichts versprochen oder gegeben, sagt sie und schämt sich zu Tode, bis auf Wein, mehrere Gläser Wein hat er ihr zu trinken gegeben, und sie sei von dem Wein derart in Hitze gekommen, sie ist gar nicht mehr sie selbst gewesen, als ob etwas drin gewesen wäre im Wein, und sie hat dann alles mit sich machen lassen.

Wo der Beischlaf denn stattgefunden habe?

Die Susann schluckt. In dem Zimmer, sagt sie, in dem der Fremde logiert hat.

Wie oft dergleichen eigentlich vorgekommen sei während der Anwesenheit des Holländers im Bauerischen Haus?

Nur das eine Mal, antwortet sie, und sie habe auch sonst mit Mannspersonen nie etwas zu tun gehabt.

Die Herren sehen sich wiederum an.

«Es ist nicht glaubhaft», bemerkt kalt der Lindheimer, «dass Sie durch den einen Beischlaf schwanger geworden sein soll. Und dass der dann auch noch der erste und einzige Ihres Lebens war.»

«Hab Sie nur keine Angst», sagt der Siegner, «es ist doch allemal besser für Sie, wenn Sie auch in dieser Sache nun die Wahrheit gesteht.»

Mit glühendem Gesicht gibt die Susann den Herren zu verstehen, dass sie bei der einen Gelegenheit gleich dreimal mit dem Holländer geschlafen hat. Und erzählt gleich weiter: das, was sie bis heute nicht verstehen kann. Dass sie nämlich am Tag darauf wie gerufen ihre Ordinaire bekommen hat. Aber das interessiert natürlich die Herren nicht, wie sie so grausam betrogen war in falscher Sicherheit, am Anfang, als vielleicht noch was zu machen gewesen wäre.

Die Herren interessiert aber sehr wohl, wie lange sie denn gewusst habe von ihrer Schwangerschaft?

Seit der Ostermesse, sagt die Susann, seit sie Kindbewegungen gespürt hat in sich.

Die Herren tauschen Blicke: Aha! Von wegen sie sei überrascht worden von der Geburt!

Ob sie sich denn jemandem anvertraut habe mit ihrer Schwangerschaft?

Die Susann sieht in ihren Schoß. «Keinem Menschen nicht.»

Und der Siegner denkt: Das war's dann. Da können die Hechtelin und die Bauerin es zehnmal gewusst haben, wir kriegen sie nicht dran. – So scharf ist er aber ohnehin nicht darauf, jene beiden dranzukriegen, die seiner Ansicht nach sehr wohl insgeheim von der Schwangerschaft wussten. Ganz im Gegenteil. Nur Scherereien hätte er, wenn er der Bauerin oder auch der Hechtelin an den Kragen wollte, denn die sind, anders als die junge Person, die jetzt vor ihm sitzt, Vollbürger mit allen Rechten, oder jedenfalls ihre Ehemänner. Und der Rat ist immer sehr, sehr vorsichtig, wenn es um das Verklagen oder gar Verurteilen von Bürgern geht.

Warum sie denn die Schwangerschaft verborgen- und geheimgehalten habe, fragt der Lindheimer weiter.

Natürlich zielt er nicht darauf ab, dass die Magd jetzt schildert, wie schwer es für sie geworden wäre, hätte sie die

Schwangerschaft eingestanden. Der Zweck dieser Frage ist einzig, fürs Protokoll zu bestätigen, dass die durchtriebene Inquisitin geplant vorgegangen ist. Dass sie seit Monaten schon vorhatte, ihr Kind umzubringen. Denn logischerweise (von der Logik pflegte Lindheimer sich stets leiten zu lassen) wäre es nur unter diesen Umständen sinnvoll, eine Schwangerschaft zu verschweigen. Was soll Heimlichkeit erreichen, wenn bei Geburt des Kindes die Schwangerschaft ohnehin offensichtlich werden muss? Es sei denn eben, man plant, das Kind unerkannt um die Ecke zu bringen.

Die Angeklagte tut ihm allerdings den Gefallen nicht, genau dies nun trocken zu Protokoll zu geben.

Die Susann nämlich kommt auf andere Pfade bei der Frage nach dem Warum. Das hat sie ja gequält, darüber hat sie so viel nachgedacht in den letzten Wochen, als sie so viel freie Zeit hatte wie niemals zuvor in ihrem Leben. Welche Kraft war das in ihr, die die Entscheidung getroffen hat, die ihr eingeredet hat, es sei, wenn kein guter, so wenigstens ein gangbarer Weg? Welche Kraft war es in ihr, die gemacht hat, dass sie sich so verrennt und die sie trotz aller Versuchung, trotz allen Zuredens, trotz des dicken Bauches zum Schweigen gebracht hat – sogar, als die Dorette sie untersucht hat, oder beim Metz, als sie jedes Mal dachte, jetzt kommt es ohnehin heraus. Sie war so kurz davor gewesen, es selbst herauszulassen, sie hat geradezu die Erleichterung schon kommen gespürt und die Tränen der Erleichterung, sie endlich los zu sein, diese Last, komme, was wolle.

Der Satan habe sie verblendet, sagt sie den Herren, und ihr quasi das Maul zugehalten. (Sie weiß noch, wie sich das anfühlte, diese Unfähigkeit zu reden.)

Was sie nicht sagt, aber weiß, ist, dass der Teufel einen Ansatzpunkt braucht im Menschen, um Macht über ihn zu gewinnen. Und die Angst, was werden soll aus ihr und dem Kind, die war es bei weitem nicht allein, die dem Satan das Spiel gerade mit ihr so leicht gemacht hat. Sie spürt noch was anderes in sich, das das Verderben ermöglicht hat: ihr Ehrgeiz, ausgerechnet. Sie hat sich ja immer so sehr gewünscht, es auch zu etwas zu bringen, als etablierte, respektable Person eines Tages zu gelten in den Augen der Schwestern, so wie alle andern in der Familie. Oder vielleicht sogar noch besser. Dabei hat sie nicht gesehen, dass sie's eigentlich gar nicht verdient hätte bei all ihren Fehlern, von damals bei den de Barys angefangen. Merkwürdig, gerade ihre Strebsamkeit hat sie immer für fromm und gut angesehen, für das Beste an sich. So war sie ja erzogen worden von den Eltern, dass man hart arbeiten muss und alles tun, dass man vorwärtskommt im Leben. Was natürlich gut und richtig gewesen wäre, hätte sie sich in wirklich allem dran gehalten. Aber das hat sie eben nicht. Weil sie so unbeherrscht ist, genau wie die Ursel immer sagt. Und bei ihrem letzten, ihrem schwersten Fehler, als sie eines Tages gegen alle Vorsicht im Suff mit einem Fremden ins Bett gegangen war, da ist's dann aus dem Ruder gelaufen mit der Strebsamkeit. Da hat sie der Satan bei ihrem Ehrgeiz gepackt und sie so getrieben, ihren Fehler zu verschweigen und ihr unschuldiges Kind umzubringen. Auf dass bloß die Dorette nicht enttäuscht wär von ihr, auf dass sie bloß nicht als Hure verrufen wär bei den Leuten und auf dass sie irgendwann doch noch eine etablierte Handwerkerfrau oder am besten Kaufmannsfrau werden könnte. Und auf dass bloß die Ursel nicht recht behielte.

Der Lindheimer bohrt indessen nach, weil die Angeklagte abwesend wirkt.

Ob und wie lange sie geplant habe, das Kind umzubringen?

Sie kann nicht leugnen, sagt die Susann leise, dass sie den Gedanken schon lange hatte. Von der Zeit an, als sie das Kind sich regen gespürt hat und ihr also klar wurde, dass sie schwanger ist, seitdem habe ihr der Satan eingeredet, dass sie in dem großen Haus zur Not heimlich gebären könne und das Kind beiseiteschaffen und den Leuten erzählen, sie habe ihre Ordinaire wiederbekommen.

Und als sie nun bei teuflischen Eingebungen schon ist, spricht sie gleich weiter. Sie erzählt von dem einsamen, schlimmen Moment auf dem Dachboden, damals, am Samstag vor der Geburt, als sie die vom Schwager Hechtel hinterlassenen Späne zusammenfegen wollte. Wie sie da plötzlich etwas getrieben hat, sich das große Gaubloch hinunterzustürzen und gleich sich und das Kind auf einmal aus der Welt zu schaffen. Wie sie es fast getan hätte, aber dann hat sie plötzlich am ganzen Körper gezittert, und sie ist wie vor Höllenmächten geflohen vom Dachboden.

Die Geschichte vom Dachboden allerdings interessiert die Herren überhaupt gar nicht, die ihren Punkt «Verbrechen war geplant» nunmehr abgearbeitet haben.

Ob sie denn während der Schwangerschaft ihren Schwängerer nicht ein einziges Mal wiedergesehen habe, erkundigt sich der Siegner.

«Nein», antwortet die Susann und spürt Tränen in den Augen. Sie hat das Gefühl, die Herren verstehen wirklich überhaupt nichts. Das war ja eben ihr Unglück, dass der Schwängerer fort war und nicht erreichbar.

«Warum hat Sie ihm denn nicht wenigstens brieflich Nachricht gegeben von der Schwangerschaft?», begehrt Siegner zu wissen.

So als hätte sie es nicht schon gesagt, dass es sich um einen Reisenden handelte, von dem sie nicht einmal den Namen weiß. (Bis auf den Vornamen, aber der geht die Herren nichts an.) Also erklärt sie es diesmal ganz genau: Dass der Nachtzettel schon weg war bei Ankunft des Holländers im *Einhorn* und daher Name und Adresse nicht eingetragen wurden, dass sie, nachdem sie mit ihm geschlafen hatte, für die letzten Tage seines Aufenthalts jeden Kontakt vermieden und also auch nach seinem Namen nicht mehr gefragt habe, dass sie im Übrigen selbst gar nicht schreiben könne und dass sie, ohne Namen und Adresse zu wissen, natürlich auch niemand anderen mit Schreiben beauftragen konnte.

Der Lindheimer rümpft ein bisschen die Nase, weil er sich solche Verhältnisse nur schwer vorstellen kann.

Und dann gehen die Herren alles penibelst durch, was sie von anderen schon gehört haben über die Zeit der Schwangerschaft der Angeklagten. Wann sie von wem und unter welchen Umständen der Schwangerschaft bezichtigt worden sei. Ob es stimme, dass sie frech geleugnet und den Himmel zum Zeugen angerufen habe, dass sie nicht schwanger sei. Und warum sie sich eigentlich den Aderlass habe machen lassen, wohl wissend, dass sie nicht krank, sondern schwanger war. Wann genau ihr die Bauerin den Dienst aufgesagt habe. Etc., etc.

Bis man irgendwann, endlich, mit der Befragung an jenem Abend angelangt ist. Bei dem Albtraum.

Über den muss sie jetzt reden und kann auch reden, denn man lässt sie jetzt plötzlich frei erzählen. Keine Fragen mehr, keine Unterbrechungen. Nichts.

Ganz still sitzen die Herren und lauschen der Gruselgeschichte, die tatsächlich noch schlimmer ist, als man sie erwartet hat.

Und die Susann erzählt wie im Fieber. Wie sie die Asche zur Waschküche getragen hat. Wie ihr bei der Waschküchentür die Wehen so heftig gekommen sind, dass sie gerade noch hineintorkeln konnte. Dass sie absichtlich die Tür hinter sich zugemacht hat mit letzter Kraft, damit niemand etwas hören konnte. Wie sie sich, stehend, am Fass festhielt, wie es dann plötzlich ganz schnell ging, wie es zwischen ihren Beinen hervor auf die Steinplatten gefallen ist, das Kind, und wie sie sich draufgestürzt hat, eine Furie, nicht sie selbst, verstört im Kopf, wie sie dem Kind an die Kehle gegangen ist, die Rechte und die Linke über sein Gesichtchen gekrallt hat, damit es nur schnell geht, so schnell wie möglich, dass es gar nicht erst anfängt zu leben. Und dann erzählt sie endlich auch das Schlimmste, das Allerschlimmste. Wie sie gedacht hat, es ist so weit, es ist tot jetzt, kein Kind mehr, nie eins gewesen, ein lebloses Bündel nur. Wie sie langsam, ganz langsam den Griff gelockert und schließlich sanft losgelassen hat. Wie dann leise ein Röcheln kam aus der Kehle des Kindes.

Noch nicht ganz tot. Und Zeuge von allem, was seine Mutter ihm antut.

In der gleichen Sekunde hat sie es grob beim Arm genommen und so fest sie konnte mit dem Kopf gegen das Fass geschleudert.

Danach hat sie so gezittert, dass nichts mehr ging, nichts mehr, die Kraft war verbraucht, mit der sie all das getan hatte. Und sie hat sich, irr im Kopf, mit ihrem toten Kind im Arm, auf einen hölzernen Hauklotz neben dem Fass gesetzt und sich nicht mehr gerührt. Lange Zeit. Wie lange genau, eine Viertelstunde, eine halbe Stunde, ein ganze, sie weiß es nicht.

Nach und nach ist ihr etwas der Verstand wiedergekommen. Sie muss das Kind verbergen, hat sie sich gesagt. Jetzt, wo es passiert ist, kann sie doch nicht einfach so hier sitzen bleiben.

Doch sie ist so schwach. Und sie kann auch niemandem

gegenübertreten, zitternd, blutbesudelt, mit einem toten Kind unter der Schürze und so tun, als wäre nichts. An den Main müsste sie und es in einem Sack verschnürt hineinwerfen, mit Steinen beschwert. Aber das schafft sie heute Abend nicht mehr.

Ein Versteck hier im *Einhorn* braucht sie also, eines, aus dem sie später die Leiche holen kann, wenn es ihr besser geht.

Das Fass.

Sie steht auf, schwindelnd, und lässt das Kind in das Fass hinab, vorsichtig, als könnte es sich was tun.

Dabei merkt sie allerdings, dass das Fass nicht wie sonst leer auf Wäsche wartet. Sondern es liegen Flaschen drin, sie weiß es jetzt auch wieder, die gehören einem Logiergast, der seinen teuren Wein hier kühl aufbewahren lässt. Und der kann morgen schon an seine Flaschen wollen.

Also heraus aus dem Fass mit dem Kind.

Herr Jesus. Was kommt noch in Frage? Die Jauchekübel vor den heimlichen Gemächern, aber da könnte man sie von den Fenstern aus sehen. Sie kann sich auch nicht gut vorstellen, das Kind in Jauche zu versenken. Es könnte auch wieder auftauchen. Jesus, sie müsste immer Angst haben, es würde wieder auftauchen und sie ansehen aus der Jauche. Der Main ist doch besser.

Vielleicht, wenn sie es erst mal in den Stall schafft. Der Eingang ist nicht weit von der Waschküche, schlecht einzusehen im Durchgang zwischen Vorder- und Hinterhof. Und draußen ist es ohnehin schon fast dunkel.

Sie wagt es und öffnet langsam die Waschküchentür. Kein Geräusch zu hören draußen. Keine Schritte, keine Stimmen in der Nähe, nur von weitem das übliche Stimmengewirr, das abends aus den Fenstern der Bierstube dringt.

Die Bierstube. Der Alltag. Wenn sie da nur wieder hin zurück könnte.

Sie wagt sich nach draußen. Doch auf den drei Stufen der Waschküche schon rutscht ihr das glitschige Kind aus den schwachen Händen und schlägt auf den Stufen auf. Sie zittert erbärmlich, bekommt es irgendwie wieder zu fassen und hoch, will schnell die gefährliche Strecke durchqueren und stolpert unterm Torbogen des Durchgangs prompt über die Deichsel des dort abgestellten Cabriolets. Sie fällt, das Kind fällt. Sie rappelt sich wieder hoch, hebt das leblose Kind auf, und bevor irgendjemand, von den Geräuschen aufgeschreckt, kommt, um nachzusehen, was hier vorgeht, schafft sie es in den Stall. Da ist es zappenduster. Sie will zur Krippe in der Ecke, stößt samt Kind irgendwo in der Dunkelheit gegen die raue Wand, schürft sich die Haut auf. Da sie nun rein gar nichts mehr schrecken kann, nimmt sie das tote Kind nochmals fester und schlägt es mit dem Köpfchen gegen die Stallwand, damit es nur ganz bestimmt richtig tot ist und nicht irgendwann schwer verletzt aufwacht.

Dann legt sie es unter die Krippe. Hinein ist doch zu gefährlich. Im Dunkeln tastet sie sich zu den Pferden, sammelt Streu auf aus den Ställen, die Tiere lassen sie ruhig gewähren, atmen sanft, auch ein bisschen Heu rafft sie aus der Pferderaufe zusammen, und bedeckt damit sorgsam nach und nach ihr armes, kleines totes Kind.

9. bis 11. Oktober 1771

Sie habe, vernahm man anlässlich ihres nächsten Verhörs von der Inquisitin, zur Beruhigung ihres Gewissens das letzte Mal die ganze Wahrheit gesagt. Was aber das Peinliche Verhöramt nicht hinderte, sie jetzt erst recht durch die Mangel zu drehen. Tagelang und unermüdlich. In allen Einzelheiten. Von den ersten Wehen bis zu ihrer Flucht am nächsten Morgen. Insbesondere muss zigfach durchgekäut werden, was in der Waschküche geschehen ist.

Da kommt nun auch die Schere zur Sprache. Die Inquisitin gibt inzwischen zu, damit die Nabelschnur abgeschnitten zu haben. Doch das reicht den Herren überhaupt nicht. Nicht bei den verdächtigen Umständen, indem nämlich die Inquisitin ebenfalls zugibt, die Schere nach ihrer Arretierung der Krankenwärterin Schmidtin geschenkt zu haben, auf dass man sie nicht bei ihr fände. Also bohrt der Jüngere Herr Bürgermeister nach: Ob sie nicht dem Kind am Körper Verletzungen zugefügt habe mit der Schere?

Worauf die Inquisitin müde antwortet: Ja, sie habe das Kind auch mit der Schere verletzt.

Warum sie das getan habe?

Damit es verblute.

Wo sie es denn genau mit der Schere verletzt habe?

Das wisse sie nicht mehr.

Überhaupt weiß die Inquisitin einiges nicht mehr. Zum Beispiel wo sie die Nachgeburt hingeschafft hat. Sie habe sie in der Waschküche gelassen, behauptet sie, doch wo genau, das könne sie nicht sagen, denn sie sei damals «ganz verheert und verstört im Kopf» gewesen.

Zum gelinden Erstaunen der Herren Lindheimer und Siegner mischt sich irgendwann ungefragt und nach lautem Räuspern der Ratsschreiber Claudy ein.

Ob sie denn keine Reue während der Tat verspürt habe?

Die Susann ist ihm dankbar für diese Frage.

Nicht während der Tat, sagt sie, da ist sie ganz verstockt gewesen. Doch als es vorüber war, als sie oben im Hinterbau auf der Treppe saß, lieber Herr Jesus, ja, da hat es sie so bitter gereut, ihr armes Kind umgebracht zu haben.

Und sie bittet sehr, sehr dringlich, man möchte ihr doch einen Geistlichen schicken, dass der ihr beten und an ihrer Seele arbeiten hilft.

12. Oktober 1771

Während im Haus *Zu den drei Leiern* im Großen Hirschgraben die Vorbereitungen zu einem Fest laufen, bewegt sich die Untersuchung gegen Susanna Margaretha Brandin auf ihren Abschluss zu. Man hat nochmals, ein allerletztes Mal, die Witwe Bauerin vorgeladen.

Auf Betreiben vom Lindheimer, versteht sich, den das Rührstück von der ahnungslosen, fürsorglichen Dienstherrin seit der ersten Verhörsitzung mit der Wirtin kräftig ärgert. Vornehmlich, weil die Alte offenbar glaubt, das Peinliche Verhöramt an der Nase herumführen zu können. Und an der Nase herumführen lässt sich der Lindheimer nicht gern. Schon gar nicht von einem Frauenzimmer.

Die Frau Bauerin, die heute vorm Peinlichen Verhöramt erscheint, ist allerdings nicht mehr die gleiche Person wie vor drei Monaten.

Aschfahl sieht sie aus, dreißig, vierzig Pfund leichter und zehn Jahre älter. Von der frechen Selbstsicherheit ihres ersten Auftritts hier im August keine Spur.

Dabei hatte sie nach der Verhaftung von der Susann noch gedacht, sie betreffe das alles kaum. Oder lange nicht so, wie es die Schwestern betraf jedenfalls, die taten ihr wirklich leid, die Hechtelin insbesondere natürlich. Aber sie selbst, dachte sie, könne alsbald zur Tagesordnung übergehen. In Wahrheit jedoch war es umgekehrt. Es ist nämlich leider sie, nicht die Hechtelin oder die Königin, sie ist es, die täglich, stündlich, minütlich das Fehlen der Susann spürt, so als hätte man ihr die rechte Hand abgehackt. Sie ist es, die im Gegensatz zu den Schwestern kein kleines Kind hat, das erst einmal wichtiger wäre als alles andere. Sie allein ist es, die es noch immer nicht geschafft hat, eine Erklärung für das Geschehene zu finden, mit der sich leben ließe.

Und jetzt sitzt sie also hier im Peinlichen Verhöramt, wo man die Königin und die Hechtelin stets mit Samthandschuhen angefasst hat, und ihr, nicht ihnen, geht es an den Kragen wie einer gemeinen Verbrecherin.

Ob es sich nicht so verhalte – fragt eben der Lindheimer –, dass die Inquisitin sich bei ihr, der Bauerin, am Abend der Geburt über Leibreißen beklagt habe?

So weit ist die Bauerin gesunken, dass sie nun zu dem billigsten und durchschaubarsten aller Rettungsanker greifen muss: Stures, verzweifeltes Leugnen. Nein, sie könne sich nicht erinnern, von der Angeklagten dergleichen gehört zu haben, beim besten Willen nicht, und wenn es sie das Leben kosten sollte. (Gott, an den Wortlaut kann sie sich ja tatsächlich nicht mehr erinnern. Von der Ordinaire hat die Susann wohl gesprochen, doch ob dabei das Wort Leibreißen fiel …)

Wie es sich denn dann erklären lasse, bohrt der Lindheimer weiter, dass sie, die Bauerin, höchstselbst auf die Bank geklettert sei, um Tee für die Inquisitin aus dem Hängeschrank zu holen?

Du lieber Gott. Nein, sagt die Bauerin, das stimme gar nicht, die Susann habe immer hochklettern und den Tee aus dem Schränkchen holen müssen, und sie könne sich nicht entsinnen, dass es an dem Abend anders gewesen sei. Allerdings funktioniere ihr Gedächtnis im Augenblick nicht zum

Besten, da sie sich hundeelend fühle, gerade dass sie es geschafft hat, sich aufs Amt zu schleppen. Die Herren möchten doch bitte Rücksicht darauf nehmen, dass dieses in ihrem Haus geschehene Unglück ihr derart zu Gemüte gegangen sei. Sie habe seitdem keine gesunde Stunde mehr erlebt. Hinzu kommt, berichtet sie, dass ein schweres Kreuz sie getroffen hat, indem ihre beiden Söhne krank darniederliegen, der bei ihr im Haus wohnende gar mit Fleckfieber. (Was die Bauerin doppelt quält, weil sie diese Krankheit vom Christoph als eine ihr geschickte Strafe sieht dafür, dass sie den armen Jungen eine Zeitlang im Verdacht hatte, mit der Schwangerschaft von der Susann was zu tun zu haben. Gestritten hatte sie sich mit ihm, ihn übel bezichtigt gar nach der Verhaftung des Mädchens. Ungerechterweise. Denn inzwischen wusste man ja, die Susann hatte zugegeben, sie hätte am ersten Advent mit einem Holländer gehurt. Mit was für einem Holländer, da musste die Bauerin nicht lange nachdenken. Da kam ja nur einer in Betracht, gelle, der lange, auffällige junge Goldschmied, an den sie sich noch ziemlich gut erinnert.)

Sie ist also, berichtet sie den Herren, weiß Gott derzeit geplagt genug, bei so viel Krankheit und Unglück im Haus, und ihr ist so schwach im Kopf, dass sie sich nach so langer Zeit beim besten Willen nicht mehr an jede Einzelheit erinnert.

Die Bauerin fühlt sich etwas besser nach diesem Befreiungsschlag. Die alte Kraft regt sich, und sie pariert die nächsten Angriffe Lindheimers besser, wortreicher, gibt Erklärungen ab, statt einfach nur zu leugnen. Am Ende beteuert sie: Wenn sie nur im Geringsten geahnt hätte, dass die Susann schwanger und der Geburt nahe sei, dann hätte sie selbstverständlich gern Hilfe geschaffen und dem Mädchen eine Stube angewiesen zum Gebären.

Als sie nun entlassen wird vom Verhör, im Stehen schon, in

der Tür, da setzt sie noch nach: «Man würd doch einen Hund oder eine Katze nicht verstoßen in einem solchen Moment, gelle! Geschweige denn einen Menschen. Was denken sich die Herren, ich werd doch nicht ein Mädchen, das mir so treu gedient hat, in seiner Not fortjagen wie eine Barbarin.»

Es ist gut, dass die Frau Bauerin nun raus darf aus dem Amt. So sehen nämlich die Herren nicht, dass ihr nach diesen Worten Tränen in die Augen steigen. Weil sie natürlich verdammt nochmal doch was zu bereuen hat in der Hinsicht.

Sie ihrerseits weiß nicht, dass es nach ihrem Abgang zu einem kleinen Eklat kommt im Peinlichen Verhöramt.

Der Siegner sagt beiläufig: «Wen haben wir noch auf der Liste? Die Seyfriedin wieder, die Schmidtin – meine Herren, bis heut Nachmittag werden wir durch sein. Dann können die Syndiker ran.»

Worauf der Ratsschreiberassistent Rost, kein gelehrter Jurist, es wagt, die Meinung zu äußern: Man könne doch eigentlich die Untersuchung nicht abschließen, ohne die Herren Doktores Metz und Burggrave zu vernehmen! Die hätten doch die Schwangerschaft erkennen müssen, oder zumindest die Gefahr einer heimlichen Geburt ahnen. Zudem müsse man ja wohl den Verdacht haben, dass die verschriebenen Medikamente in Wahrheit dem Abortus dienen sollten.

Eisiges Schweigen.

Der Lindheimer räuspert sich.

Wieder Schweigen.

Der Siegner poltert los: «Rost, was denkt Er sich, Er ist wohl nicht ganz richtig im Kopf. Ich zitier doch nicht zwei wohlbeleumundete studierte Herren vors Peinliche Verhöramt wegen nichts!»

Und der Lindheimer fügt an, er wüsste zu gern, auf welchen Paragraphen Peinliche Halsgerichtsordnung und zugehörige

Kommentare sich der Rost denn stütze mit seiner offenbaren Annahme, dass man den Herren Doktores einen Vorwurf machen könne? Er als Jurist jedenfalls könne da keinerlei Ansatzpunkt erkennen.

Der Rost, der an seinem Posten hängt, ist so klug, gehorsamst klein beizugeben.

14. Oktober 1771

Man hörte die Musikanten bis hinauf in den Katharinenturm.

Bei Goethes im Haus *Zu den drei Leiern* war ein großes Fest im Gange. Und zwar feierte man – oder vielmehr: Wolfgang feierte, und der Vater zahlte – den «Shakespeare-Tag», zu dem Wolfgang anlässlich des heutigen Namenstages aller Wilhelme und Williams dieser Welt geladen hatte. Cornelie hatte gehofft, bei dem Fest Herder kennenzulernen, von dem sie so viel gehört hatte. Doch die Straßburger Bekanntschaften Wolfgangs waren trotz Einladung alle nicht gekommen; die hatten eben, wie Herder in Bückeburg, zumeist schon irgendwo eine Anstellung und nicht die Muße, zum bloßen geistigen Vergnügen durch die Lande zu ziehen. (Übrigens war Herder ohnehin schon verlobt, mehr oder weniger jedenfalls, wie sie heute erfuhr.)

Es war also doch wieder nur eine Frankfurter Gesellschaft heut im Haus *Zu den drei Leiern*, und Wolfgang gab selbstverständlich den Ton an. Als Hoherpriester sozusagen des Shakespeare-Kults. So wirkte es jedenfalls, als er nach dem ersten Ständchen der Musikanten aufstand und feierlich begann, eine wunderschöne Lobeshymne auf den Meister zu deklamieren.

Der Klang seiner Worte war, anders als die Musik, nicht bis in den Katharinenturm zu hören. Bedauerlicherweise, muss man sagen. Denn eine gewisse dortige Gefangene hätte sich stärker als jeder der literarisch interessierten Herren im Haus *Zu den drei Leiern* angesprochen gefühlt von dem, was Wolfgang hier sagte.

Als er nämlich, die eigne Seele entblößend, davon sprach, Shakespeare erzähle in allen seinen Stücken von jenem geheimen Punkt, «in dem das Eigentümliche unsres Ichs, die prätendierte Freiheit unsres Wollens mit dem notwendigen Gang des Ganzen zusammenstößt» – da hätte die Susann gewusst, was er meinte.

Vielleicht empfand das auch der Doktor beider Rechte Georg Schlosser so. Er war etwas verspätet eingetroffen zu der Feier, weil er beim Schöffengericht noch zu tun gehabt hatte. Irgendwie stellte sich in seinem Kopf eine Verbindung her zwischen Shakespeare und dieser gewissen Person. Und als die Fest-Liturgie beendet war und sich erste Grüppchen bildeten, da fing Georg an, Geschichten von der Kindermörderin im Katharinenturm zum Besten zu geben.

Und zwar hatte ihn der Claudy in die Akte sehen lassen.

Vor einem sich wohlig gruselnden Publikum (binnen Minuten hatte sich ein Grüppchen um ihn geschart) berichtet er von der unglaublichen, eiskalten Grausamkeit, mit der diese Mutter ihr Kind zugerichtet hat. Mit der Linken habe sie ihm das Gesicht zerkratzt, während sie ihm mit der Rechten an die Gurgel ging. Schlosser berichtet von den Stichen mit der Schere. Von dem Schlag mit dem Kopf gegen das Fass. Wie sie dann ungerührt sich ausgeruht habe mit dem ermordeten Kind auf dem Schoß. Wie sie es dann neuerlich gegen die Wand im Stall geschlagen habe, nur zur Sicherheit.

Cornelie braucht ein Glas Wasser. Ihr ist gar nicht gut. Wie konnte sie nur glauben, mit diesem Ungeheuer irgendeine Art von Gemeinsamkeit zu haben? Wie konnte sie die nur bedauern? Gott, was hat sie sich getäuscht. Sie hat ja wirklich überhaupt keine Menschenkenntnis. Eine Teufelin ist ja dieses Weib, eine Teufelin.

Als ihr wieder etwas besser ist – sie ruht sich auf dem Sofa aus, Rücken an der Lehne, Wasser in der Hand – da hört sie von weitem Georg Schlosser im leisen Zwiegespräch mit Wolfgang. «Bedauernswerte Person», hört sie, «todunglücklich», «tragische Zwangslage», «die Schwestern und die Dienstherrin … quasi dazu getrieben».

Ach was? Das macht neugierig. Cornelie rafft sich vom Sofa hoch und schlendert zu den beiden, die gleich neben dem Klavier stehen (was unglücklicherweise die Gefahr mit sich bringt, dass man sie zum Spielen auffordern könnte). «Kein Frankfurter», berichtet Schlosser gerade, «ein holländischer Goldschmiedsgeselle, den Namen sagt sie nicht, der nur vorübergehend hier war. So ein fröhlicher junger Wandervogel eben, der nicht vorhatte, sich fest zu binden, aber der sich offenbar gerne ein bisschen lieben ließ.»

Cornelie hat die Contenance vollständig wieder. Sie mischt sich ins Gespräch, indem sie fragt, wie das eigentlich genau gewesen sei mit der Dienstherrin der Kindermörderin. Inwiefern hat die sie dazu getrieben?

Wolfgang hörte gar nicht mehr zu. Es war nämlich jetzt an ihm, sich nicht gut zu fühlen. Gar nicht gut. Hatten ihn doch Georgs Worte vom «fröhlichen jungen Wandervogel», der sich ohne die Absicht fester Bindung gerne ein bisschen lieben ließ, auf die allerunangenehmste Weise an Friederike erinnert und an den heut morgen eingetroffenen Brief von ihr, der bis jetzt ungeöffnet in seiner Schreibtischschublade lag. Es muss ihre Antwort sein auf seine letzte Epistel, eine schändliche, er weiß es selbst, in der er auf gemeine Weise klargestellt hat: Es sei vorbei mit ihnen beiden.

Um sich die Laune für das Fest nicht zu verderben, hatte er die Post aus Sesenheim bei Straßburg lieber erst einmal nicht aufgemacht.

15. Oktober bis 1. November 1771

Die am besten bezahlten Amtspersonen in der kaiserlichen freien Reichsstadt Frankfurt am Main waren die Syndiker. Das waren jene juristisch äußerst gelehrten Herren (ihres Zeichens hochedelgeboren, wohlweise und dergleichen), die nach einer Inquisition – nun, nicht gerade das Urteil beschlossen, aber eben ein Gutachten schrieben, wie geurteilt werden sollte. Und diesem Gutachten pflegte sich der Rat in seinem Urteil zumeist anzuschließen.

Der erste Schritt auf diesem Wege war, dass die Herren Syndiker einen Blick in die Akten warfen und feststellten, ob denn die Untersuchung tatsächlich als abgeschlossen gelten und somit der nötige städtische Verteidiger für die Angeklagte bestellt werden könne. Zur klammheimlichen Freude vom Ratsschreiberassistenten Rost erwies sich nun im Fall der Brandin, dass die Herren Syndiker mit der Arbeit von Siegner und Lindheimer nicht so recht zufrieden waren! Und das, obwohl die Angeklagte es dem Verhöramt wahrhaftig nicht schwer gemacht hatte, sodass es sich hier um einen derart klar bewiesenen Fall von Kindsmord handelte, wie man ihn aus der Literatur kaum kannte. (Die stritten doch sonst immer ab, die Mörderinnen.) Allerdings – monierten die Syndiker – gebe es Anzeichen, dass womöglich nicht der mysteriöse Holländer, sondern ein Jude der Kindsvater sei, was gefälligst näher untersucht gehöre. (Hatte er, Rost, das nicht gleich gesagt: Dieser Jude Bonum Zacharias schien mehr als verdächtig!) Und die Schwestern der Angeklagten, die hatte man grob fahrlässig nicht einmal mehr neu einbestellt, nachdem doch aus der Aussage der Angeklagten hervorging: Sie hatte den Schwestern am Morgen nach der Tat alles gestanden. Also hatten beide im Verhör gelogen, als sie behaupteten, zu diesem Zeitpunkt noch völlig ahnungslos gewesen zu sein.

Etc.

Allerdings ließen Lindheimer und Siegner die Kritik nicht auf sich sitzen. Lindheimer entwarf ein mit Literaturhinweisen gespicktes, etwas hochnäsiges Schreiben, aus dem sich klar ergab, warum eine weitere Untersuchung juristisch zu nichts führen würde und in der Sache auch nicht angezeigt sei. Im Übrigen sei die Angeklagte bei fragiler Gesundheit, und es gezieme sich keineswegs, den Abschluss des Inquisitions-Prozesses noch weiter hinauszuzögern. Lediglich der Empfehlung der Syndiker, nunmehr endlich den von ihr wieder und wieder erbetenen Geistlichen zu der Angeklagten zu lassen, der wolle man gern folgen.

Die Ratsherren, von Siegner beraten und beredet, segneten das pragmatische Vorgehen ihres Jüngeren Herrn Bürgermeisters und seines Amtes ab.

Endlich. Gott sei Dank. Zum ersten Mal seit ihrer Verhaftung vor drei Monaten bekam die Susann Besuch von Personen, die nicht dem Peinlichen Verhöramt angehörten.

Der erste Besucher war der Pfarrer Willemer von der Hospitalkirche. Den nahm der Zustand der armen Sünderin so mit, dass er nicht lange blieb. (Es war ohnehin zu spät!)

Der zweite war der hochgelehrte Herr Doktor beider Rechte, Advocatus ordinarius und nunmehr obrigkeitlich bestellte Verteidiger der Angeklagten M. C. Schaaf.

Nach sorgfältigem Aktenstudium – du meine Güte, was ein harter Brocken, wie sollte er die denn verteidigen! – suchte der aus einer guten alten Ratsfamilie stammende Dr. Schaaf schließlich seine Mandantin auf. Wovor ihm etwas graute, nicht nur wegen der Tatsache, dass es sich immerhin um eine brutale Mörderin handelte. Er fürchtete sich auch, von der Person händeringend und tränenreich angefleht zu werden, er möchte sie vorm Henker bewahren, so als könnte er über Tod oder Leben entscheiden. Der Pöbel ist ja leider oft geistig kaum in der Lage zu begreifen, wie wenig Macht ein Pflichtverteidiger besitzt in der städtischen Kriminalgerichtsbarkeit. Im Übrigen hat sich der Dr. Schaaf schon des Häufigeren ärgern müssen über hartgesottene Verbrecher, die jahrelang reulos ihrem Metier nachgegangen sind und am Ende meinen, sie hätten ein Recht darauf, irgendwie um ihre Strafe herumzukommen.

Nun verläuft aber sein Besuch im Weiberstübchen vom Katharinenturm ganz anders als erwartet.

Indem die Angeklagte zum einen nicht gerade hartgesotten oder fordernd wirkt und zum anderen ihn zwar sehr wohl mit einiger Verzweiflung um etwas bittet – aber um etwas anderes, als er befürchtet hat. Und zwar ist es ihr ganz ungemein wichtig, sagt sie, dass etwas richtiggestellt wird, was sie in der Untersuchung falsch angegeben hat. Es stimme nämlich gar nicht, dass sie ihr Kindchen mit der Schere verletzt habe. Sie habe sich nur so bedrängt gefühlt im Verhör, habe das Gefühl gehabt, die Herren würden nicht eher ablassen von ihr, als bis sie sagt, sie hätte mit der Schere drauflosgestochen. Und so sei es eben gekommen, dass sie es fälschlich zugegeben habe.

Was natürlich ein großer taktischer Fauxpas von ihr war,

belehrt sie der über so viel Dummheit entsetzte Schaaf. Zwar glaubt er ihr aufs Wort (schon bei der Lektüre des Verhörprotokolls hat er das Gefühl gehabt, dass mit den angeblichen Stichen was nicht stimmte, er hatte sogar eigens nachgesehen im Sektionsbericht und festgestellt, dass dort eigentlich nichts für Verletzungen mit einer Schere sprach). Aber ob ihr nun im Nachhinein die Herren vom Verhöramt glauben werden und die Syndiker, auf die es hauptsächlich ankommt, das ist höchst zweifelhaft: Wer einmal lügt, dem glaubt man eben nicht.

Apropos, sagt er der Angeklagten: Bei der Gelegenheit solle sie ihm bitte gleich mitteilen, ob sie auch noch an irgendeiner anderen Stelle zu weit gegangen sei mit ihren Aussagen. Dass man das alles gleich auf einmal richtigstellt und nicht etwa später ein zweites Mal komme und noch etwas zurücknehmen wolle, was bei den Syndikern dann einen noch schlechteren Eindruck machen würde.

Wie stehe es zum Exempel damit, dass sie im Verhör vorgibt, das Kind im Stall, als es schon längst tot war, noch einmal gegen die Wand gehauen zu haben mit dem Köpfchen? Das sei, wie die Sache mit der Schere, ein überflüssiger Akt der Grausamkeit, der ihr sehr zum Nachteil gereiche. Ob sie da vielleicht auch aus Bedrängung die Unwahrheit gesagt habe?

Die Susann überlegt. Hat sie das eigentlich wirklich getan, das Köpfchen gegen die Stallwand geschlagen? Ihre Erinnerungen an die Stunden nach der Geburt sind so fetzenhaft, sie kann manchmal die Albträume nicht von dem unterscheiden, was sie tatsächlich erlebt hat und was ihr genauso traumhaft erscheint in seiner Entsetzlichkeit. Sie überlegt also, versucht sich zu entsinnen an die Geschehnisse im Stall, wie sie im Dunkeln gegen die Wand gestoßen ist, und sie weiß jetzt wirklich nicht mehr ganz sicher, ob sie das Kind noch absichtlich an die Wand geschlagen hat oder ob sie nur aus Versehen, weil sie es im Arm hielt beim blinden Umhertappen, mit seinem Köpfchen an die Wand gekommen ist.

Und das sagt sie dem Schaaf.

Der stöhnt innerlich. Warum kann sie nicht behaupten, dass sie überhaupt nicht an die Wand gekommen sei mit dem Kind? Er weiß ja aus den Akten: Das Peinliche Verhöramt hat den Stall durchsuchen lassen auf Blutspuren, sowohl durch den Sergeanten Brand in der Nacht der Anzeige als auch durch den Rost kurz darauf, und bei all der peniblen Suche haben sich nirgends Blutspuren gefunden, insbesondere auch an der Wand nicht.

Die Einschränkung der Angeklagten jetzt, das ist nichts Halbes und nichts Ganzes. Wie mit der Schere: Die Nabelschnur will sie abgeschnitten haben damit, doch das Kind nicht gestochen haben, obwohl sie das Mordinstrument schon passend in Händen hielt? Das soll ihr einmal jemand glauben!

So beschließt der Schaaf auf dem Nachhauseweg, dass er in seiner zu verfassenden Eingabe an den Rat folgende kleinere Verschönerungen an ihrer Aussage vornehmen wird: Erstens wird er nicht nur das Stechen mit der Schere, sondern auch das Schneiden der Nabelschnur abstreiten. (Das klingt sonst zu sehr nach Planung der Geburt.) Zweitens wird er behaupten, die Angeklagte habe deshalb mehr zugegeben, als sie tatsächlich getan hat, weil sie sich so sehr vor der Folter gefürchtet habe. Jawohl, aus Furcht vor der Folter habe sie teils falsche Geständnisse abgelegt. Das klingt doch ein bisschen glaubwürdiger, nicht wahr, als nur, sie habe sich «bedrängt gefühlt».

Genau das sahen allerdings die Herren Lindheimer und Siegner etwas anders. Die nun wegen der Eingabe des Anwalts ärgerlicherweise zu einer weiteren Vernehmung der Angeklagten verdonnert waren und sehr gut wussten, dass sie ihr Folter niemals angedroht hatten. Warum auch. Die sprudelte ja wie ein Wasserbrunnen. Und übrigens war es, also bittschön, jetzt schon zwanzig Jahre her, dass man zuletzt wirklich einmal gefoltert hatte im Peinlichen Verhöramt der kaiserlichen freien Reichsstadt Frankfurt am Main.

Ein Termin wurde folglich angesetzt für ein weiteres Verhör, eines, bei dem die Untersuchungsbeamten der Inquisitin so feindselig gesonnen waren wie bei keiner früheren Sitzung.

Unterdessen stellte die unselige Angeklagte die Stadt Frankfurt auch noch vor ein schweres religionsrechtliches Problem. (Wahrhaftig, der Siegner hatte es gewusst, ganz am Anfang schon, dass er nur Scherereien haben würde mit einem Kindsmordfall.)

Die Susann hatte nämlich beim Pfarrer Willemer darum gebeten, das Heilige Abendmahl zu erhalten. Ebenso hatte sie bei einem weiteren, allein auf ihre Bitte stattfindenden Besuch ihres Verteidigers an diesen nur das eine Anliegen gehabt: ihren sehnlichen und dringlichen Wunsch nach dem Heiligen Abendmahl an die zuständigen Stellen weiterzuleiten.

Allerdings verhielt es sich ja leider so, dass die Angeklagte reformierter Religion war (der Pfarrer Willemer als Pfarrer der Hospitalkirche natürlich nicht). Und das Abhalten von reformierten Abendmahlen war bekanntlich innerhalb der Stadtmauern verboten. Deshalb eben mussten sie ja immer raus nach Bockenheim zu ihrer dortigen Kirche, die Reformierten!

Der Pfarrer Willemer hatte dies Problem erkannt und die Angeklagte gleich gefragt, ob sie denn notfalls auch mit einem evangelisch-lutherischen Abendmahl zufrieden wäre?

Ja, das wäre sie zur Not, hatte die Angeklagte geantwortet. Zumal sie fürchte, dass ihr die reformierten Pfarrer das Abendmahl gar nicht würden reichen wollen.

«Aber Kindchen, wieso das?», wunderte sich der Pfarrer Willemer, «die werden sich doch gewiss einer armen Sünderin erbarmen. Oder hat Sie etwa einen Händel gehabt mit Ihrem Pfarrer in Bockenheim?»

«Nein, das nicht. Es ist nur – ich hab doch noch keine Kirchenbuße getan.»

Ah, jetzt wusste der Pfarrer Willemer, was sie meinte. Für Sittlichkeitsverbrechen war ja auf den Dörfern noch die Kirche zuständig und nicht das Amt. Und da die Susann erwiesenermaßen sündigen Beischlaf gehabt hatte, müsste sie natürlich in Bockenheim vor der Gemeinde Kirchenbuße leisten, bevor sie wieder zum Abendmahl zugelassen werden konnte.

Mit der Kirchenbuße werde es ja höchstwahrscheinlich nichts mehr geben in ihrem Leben, sagt sie mit brüchiger Stimme. Denn freikommen, dass sie in die Kirche gehen könnte zur Buße, das würde sie sicher nicht mehr.

Der Pfarrer Willemer schluckt daraufhin und verspricht ihr fest, dass ein städtischer lutherischer Geistlicher, etwa er selbst, das Abendmahl übernehmen werde.

Nur war das natürlich etwas voreilig.

Aber also, befand man nämlich im Rat und bei den Syndikern, das hätte der Pfarrer Willemer doch wissen müssen, dass das alles so einfach nicht war! Man könne doch nicht einer Person den Leib Christi zu essen geben, die als Reformierte den erhabenen lutherischen Begriff davon nicht hat und daher Körper und Blut des Heilands calvinistisch als bloßes Brot und bloßen Wein genießen würde! Also bitte! Welch ein Frevel!

Nun machte der Pfarrer Willemer aber dem Rat ernstliche

Vorstellungen, dass die Angeklagte von ihrer Seele her eines Abendmahls (welcher Konfession auch immer) würdig sei und man sie ohne diesen Trost aus dem irdischen Leben nicht entlassen dürfe. Sodass man schließlich im Rat übereinkam, ausnahmsweise – und ohne dass dies als Präzedenzfall gelten dürfe – einen reformierten Geistlichen mit der Angeklagten innerhalb der Stadtmauern das reformierte Abendmahl feiern zu lassen.

Vorbehaltlich der Zustimmung des lutherischen städtischen Konsistoriums freilich. Und vorbehaltlich der Zustimmung des reformierten Kirchenvorstands, da ja die Angeklagte bekanntlich noch keine Kirchenbuße geleistet hatte.

9. November 1771

Wolfgang ging es schon wieder besser. Viel, viel besser.

Aber der Brief von Friederike war wirklich übel gewesen.

Sie habe es zuerst nicht glauben können, schrieb sie. Tagelang habe sie sich eher für wahnsinnig halten wollen, als anzunehmen, dass es wahr sei, was sie hier las: dass es zu Ende sei mit ihnen beiden. Einfach so. Ohne einen Grund, ohne dass er eine neue Liebe hätte, ohne dass das Geringste vorgefallen wäre, und Wochen nur, nachdem er in der Wohnstube ihrer Eltern noch lang und breit beschrieben hatte, wie er sich mit ihr einrichten wolle in einer eigenen Etage im Haus *Zu den drei Leiern* in Frankfurt. Als sie endlich ihren Augen zu trauen anfing beim zwanzigsten Lesen, da habe sie sich eingeredet, dass es ihm nur um Rücksichtnahme ihr gegenüber gehe, dass er ihr sozusagen aus Edelmut den Ausweg aus der Verlobung ermöglichen wolle, da seine Praxis in Frankfurt noch nicht besonders lief und es bis zur Heirat viele Jahre dauern konnte. Also habe sie sich vorgestellt, dass er in Wahrheit todunglücklich in Frankfurt sitze und flehentlich darauf warte, dass sie ihm doch bitte, bitte ungefähr solches schreiben möge: Mein liebster Goethe, es rührt mich, dass du verzichten willst aus Angst, ich könnte mich hier grämen und mich gefangen fühlen in meinem einsamen Verlobtenstand, aber natürlich, natürlich geb ich dich nicht frei, niemals, weil ich dich zu lieb hab dafür und weil ein andrer nie in Frage käme und weil ich gut und gerne das eine oder andre Jahr warten kann auf dich, solange nur du es bist, auf den ich warte. Ja, sie habe schon angefangen, einen solchen Brief zu schreiben, so ungefähr nach einer Woche, als sie krank zu Bett lag – denn sie war allein im Regen spazieren gegangen nach Erhalt seines Schreibens, Stunden sei sie im Regen umhergeirrt, sie habe einfach rausgemusst, fort von ihrer noch ahnungslosen Familie, als würde sich's lösen oder abwaschen lassen irgendwie draußen im Regen, als wär der Brief nicht mehr da, wenn sie zurückkäme. Da habe sie sich wohl einen Frost geholt. (Übrigens sei sie jetzt, drei Wochen später, noch immer sehr schwach, aber das hohe Fieber sei nun endlich unten, die Gefahr vorüber.) Als sie jedenfalls damals im Bett heimlich und ganz irr im Kopf auf ein Zettelchen die ersten Zeilen ihrer fehlgeleiteten Antwort kritzelte, kam Olivie hereingeplatzt und erwischte sie dabei. Und da habe sie es ihrer Schwester endlich gestanden, die Sache mit dem Abschiedsbrief, von dem sie bislang niemandem verraten hatte. Mit der Folge, dass Olivie in äußerster Erregung zur Schreibkommode am Fenster schritt, die vermaledeite Epistel aus dem Schubfach nahm, im Stehen durchlas und wutentbrannt damit hinunter zu den Eltern lief. Natürlich war das das Letzte, was Friederike gebrauchen konnte in dem Moment: das Entsetzen der Eltern, deren Bedenken sie immer zerstreut hatte wegen der allzu weit gehenden, rufschädigenden Zärtlichkeiten ihres Freundes, wegen beider gefährlicher Momente ganz allein, und das mit den Worten begründet hatte, sie habe vollstes Vertrauen in ihn, und der Gedanke sei gänzlich aus der Welt, dass der Sohn eines Kaiserlichen Rates und angehende Jurist und außerdem edelste, reinste, gütigste, klügste Mensch auf der Welt vorhabe, mit ihr ein gewissenloses Spielchen zu treiben und sie nach Entehrung sitzenzulassen.

Natürlich zogen die Eltern es ebenfalls vor, diesen Gedanken fortzuschieben, ihn ins Reich der Märchen und Gruselgeschichten zu verweisen, und sie hatten sich damals nur zu gern von ihr abwiegeln lassen. Jetzt, nachdem die Katastrophe doch eingetreten war, besaßen sie glücklicherweise die Klugheit, auf die fiebernde, schwache Friederike nicht einzustürmen. Olivie allein war es, die die Treppen wieder hinaufkam ins Krankenzimmer. Sie bemühte sich, ruhig zu wirken, was ihr sehr schwer fiel. Im pädagogischen Große-Schwester-Ton brachte sie Friederike bei, dass der Wortlaut des Abschiedsbriefes, seine Leichtfüßigkeit sowie sein Zeitpunkt so bald nach Wolfgangs Abreise, eigentlich nur auf eine Weise gedeutet werden könnten: Der Lump habe sie schmählichst benutzt. Er habe eine Freundin gebraucht hier in Straßburg so zum Zeitvertreib und als Muse beim Gedichte Schreiben, doch er habe niemals beabsichtigt, sie zu heiraten.

Genau das aber konnte leider Friederike immer noch nicht glauben. Obwohl sie es, als Olivie ihr den Brief nochmals vorlas, beziehungsweise seine eindeutigen Stellen, leugnen kaum noch konnte. Und dann fiel ihr dieses Gedicht von ihm ein, das er bei einem Sesenheimer Aufenthalt verfasst hatte: «Sah ein Knab ein Röslein stehn.» Gott im Himmel. Das Röslein, das war wohl sie. Wie konnte er ihr das nur antun?

Es sei ein wenig ihr Glück gewesen, schrieb sie ihm jetzt,

dass sie in der folgenden Nacht viel zu krank wurde, um die ganze Wucht dieser Erkenntnis spüren zu können. Fieberbedingt habe sie für einige Tage mehr der jenseitigen als der irdischen Welt angehört, was ihr auch ganz folgerichtig vorkam, und jetzt, da sie langsam genest wider Erwarten, da begreift sie es erst ganz: dass es wirklich vorbei ist. Und schlimmer, dass sie sich so sehr getäuscht hat ausgerechnet in dem einen Menschen, der ihr am liebsten war. Dass ausgerechnet der ihr so geschadet hat, sie so schamlos benutzt hat, dem sie am meisten vertraut hat. Sie wisse nun nicht, wie sie jemals wieder irgendjemandem trauen solle.

Nichts von ihrem Leid ersparte also Friederike ihrem Goethe in dem, was de facto *ihr* Abschiedsbrief war, weil sich nun jede weitere Korrespondenz verbot. Zum Bedauern Wolfgangs, der eine angeregte, leicht pikante Brieffreundschaft mit der süßen Friederike gerne weitergeführt hätte, nur eben nicht unter dem Siegel «Verlobung». Und weil er die Kleine wirklich geliebt hatte und noch immer ein bisschen liebte und es zu zweit immer sehr schön gewesen war, traf ihn das tief, ebenso wie ihr Leid, wiewohl er es sehr vorgezogen hätte, wenn sie ihm dieses Leid in dem Brief nicht in epischer Breite vorführte. Ihn so völlig zum Schuft zu stempeln damit, dass er sich tatsächlich wie einer fühlte, tagelang, wochenlang … er wünschte, er könnte sich sagen, das hätte er nicht verdient.

Aber das hatte er ja eigentlich doch auch nicht! Wenn nämlich statt seiner sie das Verhältnis beendet hätte, kein Hahn würde danach krähen oder ihr einen Vorwurf draus machen.

Es war natürlich auch eine völlig überzogene Reaktion seiner übersensiblen Phantasie, dass ihm immer mit einem Stich seine Sünden an Friederike einfielen, wenn das Gespräch auf diese furchtbare Kindsmordsache kam. Der Fall hielt derzeit die ganze Stadt in Atem. Die Grausamkeit des Verbrechens interessierte und die rätselhafte Person der Täterin, dieser an sich recht anständigen Dienstmagd, die das Pech hatte, sich mit einem Wandervogel eingelassen zu haben. Was ihr Verderben war.

Heut zum Beispiel, wusste man, fand das nachträgliche Verhör mit der Angeklagten statt. Jenes, das anberaumt werden musste wegen ihrer gegenüber dem Anwalt gemachten Behauptung, sie habe doch nicht herumgestochen in ihrem Kind mit der Schere, sie habe das nur behauptet, um der Folter zu entgehen.

Eine Skandalgeschichte also in jeder Hinsicht. Gerade die Sache mit der Schere hatte ja das Blut in Wallung gebracht in der Stadt – diese Kälte, dieses Widernatürliche. Ein Weib, eine Mutter, die brutal auf ihr eigen Fleisch und Blut einsticht, das musste Entsetzen erregen. Die verbreitetste Ansicht war nun, dass es sich bei dem Widerruf um einen bloßen Trick ihres Anwalts handelte. Andere munkelten, dass man sie tatsächlich mit Folter bedroht, ja ihr die Folterwerkzeuge schon gezeigt habe. Und warum auch nicht. Einem Peinlichen Verhöramt, das ein totes, verwesendes Kind ausgraben lässt und der Mutter vor die Nase hält zum Erpressen eines Geständnisses, dem konnten, fanden einige, solche Methoden nur recht und billig sein.

Wolfgang wollte die berühmte Verbrecherin heut einmal mit eigenen Augen sehen. Denn das interessierte ihn schon, wie sie aussah, wie jemand wirkte, der eine solch haarsträubende Tat begangen hat. Der derart aus der Banalität des alltäglichen Lebens herausgefallen ist. Als Dichter muss man sich auskennen mit den Abgründen der menschlichen Seele.

Und Dichter, das hoffte er zu werden. Hauptberuflich. Anwalt jedenfalls mochte er nicht mehr sein. Das war das andere, was ihm seit Mitte Oktober dumpf auf der Seele drückte: Er kam mit seinen wenigen Anwaltspflichten nicht zurecht. Immer klarer wurde es, dass es keine Zukunft hatte mit seiner Kanzlei; jetzt schon hatte er sich ja überworfen mit ein paar wichtigen Leuten vom Schöffengericht, diesen Kleingeistern und Krämerseelen, die fanden, dass er zu frech auftrat, zu wenig klüngelte mit ihnen im Gasthaus *Zum Kreuzchen*. Das Letzte, was er sich im Moment für seine Zukunft vorstellen konnte, das war ein saures, enges Frankfurter Leben, das aus Anwaltstätigkeit bestand und als größter Ambition einem miefigen Ratsposten. Dummerweise genau das, was dem Vater für ihn vorschwebte.

Doch es ging ihm, wie gesagt, inzwischen schon besser.

Und zwar deshalb, weil er endlich mit seinen Dichterplänen ernst zu machen begann. Wollte er ehrlich sein, er hatte sich das schon fast nicht mehr getraut nach seinem Misserfolg damals in Leipzig, als er für seine in jugendlicher Unbekümmerung hingehauenen, aber doch recht wohl gelungenen «Mitschuldigen» keinen Verleger gefunden hatte. Jetzt aber war er voll neuen Mutes. Das Schwesterchen, die Kluge, hatte ihn spöttisch herausgefordert, nicht mehr immer nur vom Schreiben zu reden, sondern es auch zu tun. Mit dem Effekt, dass er ihr zum Beweis ein paar Szenen niederschreiben *musste*. Und siehe da, einmal angefangen, floss es geradezu heraus aus ihm und aufs Papier, so als sei das seine Bestimmung.

An den Faust hatte er sich natürlich vorläufig nicht gewagt. Es war ihm ja leider noch immer nichts eingefallen für die fehlende dramatische Handlung im Mittelteil. Kein wirklich bewegender Stoff, mit dem er die Episödchen aus dem Volksstück ersetzen könnte. Diffizil, der Faust, da steckte er fest.

Und er brauchte jetzt wahrlich keine hohe Hürde, sondern ein schnelles Erfolgserlebnis. Ebenfalls ruhen und reifen ließ er also erst einmal seine neueste geniale Idee für ein aufsehenerregendes Drama: «Die Kindermöderin» oder so ähnlich, inspiriert durch den jetzigen Fall. Er wusste schon, wie er die Heldin nennen würde: Nicht den Rufnamen der Brandin würde er verwenden (was ohnehin nicht angemessen war), sondern ihren zweiten Vornamen: Margarethe, kurz Gretchen, würde seine Heldin heißen, und zwar in Erinnerung an eine kleine Putzmacherin dieses Namens, in die er mit vierzehn Jahren mal verschossen gewesen war, aber deren Umgang die Eltern ihm verboten hatten. Das passte doch ausgezeichnet. Im Moment allerdings, da Friederikes Brief noch in ihm arbeitete, da war ihm dies Thema für seine Seelenruhe zu heikel. Zumal es vernünftigerweise den Ausgang der realen Frankfurter Kindsmordtragödie erst einmal abzuwarten galt, ehe er sich hier tatsächlich ans Schreiben begab.

Nein, woran er jetzt mit Hochdruck arbeitete, was ihn Tag und Nacht gefangen und von unguten Gedanken abgelenkt hielt, das war etwas Überschaubares, das nirgends an empfindlichen Saiten seiner Seele rührte und zugleich von allen seinen bisherigen Ideen am leichtesten als deutscher, vaterländischer Shakespeare würde durchgehen können: ein Ausschnitt aus der Lebensgeschichte des Reichsritters Götz von Berlichingen mit der eisernen Hand aus dem sechzehnten Jahrhundert. Da nützte ihm wenigstens einmal seine Juristerei was. Ohne Kenntnisse der Rechtsgeschichte wäre er nämlich jetzt aufgeschmissen bei seinen Recherchen über den Berlichingen, der wahrhaftig in genügend Fehden und schwere Rechtshändel verwickelt gewesen war.

Heut früh allerdings war eine Pause vom Schreiben dran. Indem es jetzt gleich Gelegenheit gab, die reale Kindermörderin einmal *in persona* zu sehen bei ihrem Weg zum Peinlichen Verhöramt, wo sie, hat ihm gestern der Schreiber Liepholt gesteckt, Schlag neun Uhr erwartet wurde. Das Schwesterchen, sonst immer bereit zu Spaziergängen, zierte sich allerdings. Sie wisse nicht recht, meinte Cornelie, sie finde das unwürdig, die Person zu begaffen vom Straßenrand, außerdem habe sie eigentlich wieder Kopfweh.

Am Ende kam sie doch mit. Nun aber waren sie fast zu spät; sie trafen nämlich unglücklicherweise auf dem Weg noch den Peter Brentano und mussten höflichkeitshalber ein paar Sätze mit ihm schwätzen, halb Deutsch, halb Französisch, halb Italienisch.

«Steife Krämerseele», murmelte Wolfgang, als sie endlich weiter konnten, «stinkt nach Öl und diesem harten italienischen Käse, den er lagert.» Was Cornelie durchaus auch so sah. Aber der Mann hatte eben dafür andere Qualitäten, Geld zum Beispiel und gutes Aussehen. Sie hätte es bei weitem vorgezogen, wenn der Peter als Witwer auf Freiersfüßen wenigstens ein klein bisschen Interesse an ihr gezeigt hätte. Der Form halber wenigstens. Aber der Form halber den Fräuleins schöne Augen machen, das entsprach durchaus nicht dem Naturell des Herrn Brentano, da mochte er noch so sehr Italiener sein. Neapolitaner war er schließlich nicht, gelle, und dort oben am Lago Maggiore, wo er herkam, da ging es gesittet zu und rechtschaffen und fromm. Da war es so kühl, dass nicht einmal Zitronen richtig reif wurden.

Die Geschwister Goethe erhaschten den erhofften Blick auf die Kindermörderin zum Glück doch noch. Gerade erst war der Zug von Soldaten vorbei, als man auf die Neue Kräme bog, sodass man direkt dahinter zu gehen kam und überholen und von der Seite und von vorn linsen konnte und dann voreilen und am Römer auf das Geleit warten. Cornelie scheute sich, direkt hinzusehen, versteckte sich geradezu. Wolfgang bekam davon nichts mit, so konzentriert war er.

Zuerst war er enttäuscht: nichts Süßes, Kleines, Schmolliges wie sein Gretchen damals also war die berühmte Person, sondern groß, gerade und mit klaren Linien im Gesicht. Und das Gesicht, das sagte alles. Er hatte mit einer eiskalten Fassade für die Gaffer gerechnet, aber die Gaffer, die sieht sie gar nicht mehr. Die sieht nur noch in sich hinein. Mein Gott, was für eine Figur für eine Tragödie. Wie kann er das nur je in Worte fassen, was er spürt in dem Mädchen. Nur gut, dass er sich erst den Götz vorgenommen hat. Das Kindermörderinnenstück würde sich nicht so einfach aus dem Ärmel schütteln lassen.

«Wolf?» Cornelie zupft ihn am Ärmel. Er schreckt auf. Die Mörderin ist längst drin im Amt, es ist Zeit zu gehen.

Und während Cornelie auf dem Nachhauseweg ihrem Bruder so etwas wie ein Geständnis macht, darüber, dass sie die Person schon einmal gesehen hat vor der Tat und dies und jenes dabei gedacht hat, und dass Stockums und de Barys die Familie ganz gut kennen, und dass sie sich nun manchmal fragt, was man hätte tun können, beziehungsweise ob man etwas hätte tun können, um das Unglück zu verhindern, denn es war ja so absehbar gewesen – währenddessen sitzt die Person, von der sie spricht, im Peinlichen Verhöramt sehr allein den Herren Untersuchungsbeamten gegenüber. (Von denen ist heute einer der letztjährige Jüngere Bürgermeister Ruppel, der den sozusagen aus Protest gegen das Zusatzverhör erkrankten Siegner vertritt.)

Die Herren glauben der Susann ihren teilweisen Widerruf von vornherein nicht. Sie planen diesen Widerruf also weniger zu Protokoll zu nehmen heut (was der offizielle Anlass der Sitzung ist), als dass sie vorhaben, ihn verhörmäßig zu zerpflücken, bis nichts mehr davon übrig bleibt. Zu Beginn gleich geben sie der Angeklagten daher strengstens zu verstehen: Sie könne unmöglich das ihr aus Christenliebe vom Rat nunmehr genehmigte reformierte Heilige Abendmahl empfangen, solange eine solche Lüge im Raum und ihrem Herzen stehe.

Doch ganz erreichen sie ihr Ziel nicht. Wiewohl es gut anfängt für die Herren Untersuchungsbeamten.

Denn mit den Schlägen gegen die Wand im Stall, vom Anwalt als nicht geschehen vermerkt, hält sich die Susann gar nicht erst auf, das wird schon so sein, dass sie es getan hat, das widerruft sie nicht.

Aber die Schere, dass sie ihr Kind gestochen haben soll damit, das will sie eben nicht stehen lassen, das widerruft sie sehr wohl und bleibt stur dabei. Sie leugnet jetzt sogar wieder, dass sie die Nabelschnur abgeschnitten hat, ganz im Sinne ihres Anwalts, denn sie hat das Gefühl, dass man allein schon das Abschneiden der Nabelschnur als Beweis auslegen würde, sie habe die Schere, einmal in der Hand, auch noch für andres benutzt. Und nein, es habe ihr auch niemand eingeflüstert, dass sie das sagen solle, zumal ja die Schwestern gar nicht zu ihr gelassen würden und sie übrigens auch gar niemanden zu sehen verlange auf der Welt außer dem Pfarrer Willemer. In der Hinsicht hat sie eine Bitte: Sie wäre sehr froh, wenn der Herr Pfarrer Willemer sie künftig bitte häufiger besuchen käme.

Ansonsten habe sie rein gar nichts mehr anzufügen.

27. November 1771

Dies ist der Morgen, an dem Dr. Schaaf, Advocatus ordinarius, seine Verteidigungsschrift für die Kindermörderin einreicht beim Rat. Eine genialische, findet er.

Zugleich, im Katharinenturm, geht es der Susann gerade um eine andere Anklage als die des Rates, um eine andere Strafe als die irdischer Instanzen.

Der Pfarrer Willemer hat hart gearbeitet mit ihr und an ihrer Seele in den letzten Wochen, und sie fühlt sich tatsächlich ein wenig geläutert. Zumal ihr der Herr Pfarrer ausdrücklich erklärt hat, dass sie nichts zu fürchten habe nach all der Reue und Buße und der Herr Jesus sie trotz ihrer Sünden in den Himmel aufnehmen werde. Dort warte auch ihr Kindlein auf sie, das sie nämlich keineswegs der ewigen Seligkeit beraubt habe, indem sie es ohne Taufe habe sterben lassen, weil, meint der Pfarrer Willemer, solche Kinder aufgrund der göttlichen Gnade umso gewisser zu Engeln würden.

Auch der Pfarrer Hilgenbach war bei ihr gewesen, ihr eigener alter reformierter Pfarrer Hilgenbach, der sie seit der Kindheit kennt und sie in der Konfirmation hatte; er hat streng gebetet mit ihr um Vergebung und hat ihr dann das Heilige Abendmahl gereicht.

Also sollte sie eigentlich vorbereitet sein. Aber das ist sie nicht. Und heut Morgen endlich, da verrät sie dem Pfarrer Willemer, was sie noch immer umtreibt, was sie keine Ruhe finden lässt trotz all dem geistlichen Beistand. Nämlich die Frage, wie um Gottes willen sie ihrem armen Kind gegenübertreten soll im Himmel, sie, seine Mörderin.

Der Pfarrer Willemer schluckt. Und dann improvisiert er, und er findet sich so überzeugend und lutherisch-logisch klingend, dass er selbst glaubt, was er da ins Blaue erzählt. Das

Kindlein, das sehe ihr schon seit Monaten aus dem Himmel zu. Mit Liebe sehe es ihr zu, weil es ihr längst verziehen habe.

Die Susann hört die Worte und ist froh, dass er ihr das sagt und nicht etwas anderes. Aber sie spürt es nicht, dass das Kind ihr verziehen hat. Denn sie war, anders als der Pfarrer Willemer, dabei, als sie ihr Kind ermordet hat, und sie kann alles noch fühlen, die rohe Gewalt, die Kälte, ihre unmenschliche Raserei. Das Röcheln hört sie noch und das dumpfe Geräusch, als das Köpfchen gegen das Fass knallte.

«Es wird Ihr vielleicht noch lange von oben zusehen, das Kind», bemerkt der Pfarrer zum Schluss. Er habe nämlich den Herrn Verteidiger getroffen heut früh, und der scheine hoffnungsvoll, dass er sie losbekommen könne von der Todesstrafe.

Tatsächlich war er das.

Der Dr. Schaaf hat für seine Verteidigung nach langem Nachdenken die einzige Taktik gewählt, die ihm versprechend schien nach einem vollen Geständnis. In gewisser Weise war es ein Trick, der aber vielleicht in einem solchen Fall umso eher zum Ziel führte. (Und wenn nicht, war's auch egal. Hauptsache, er wies hier nach, dass er ein gewiefter Jurist war. Auf dass man ihn hoffentlich im Rat schon für den nächsten frei werdenden Syndikerposten ins Auge fasste.)

Und zwar hat er den jetzigen Herren Syndikern, die ja ihr Urteil nach bloßer Aktenlage fällen würden, ohne also die Person, um die es ging, je gesehen zu haben, er hat ihnen die Susann Brandin als Mensch vorzustellen versucht. So wie er sie kennengelernt hat; mit ihren unleugbaren moralischen Schwächen, aber auch mit den großen moralischen Stärken, mit ihrer offensichtlichen Reue, die er stark empfunden hat an ihr. Und er hat den Herren Syndikern begreiflich zu machen versucht, in welcher verzweifelten Zwangslage sich diese Angeklagte eigentlich befunden hat – insbesondere am Tag der Geburt, als sie sich stellungslos fand, im Besitz von nichts als dreißig Kreuzern und ohne Aussicht auf Wiedereinstellung mit einem Kind.

Nicht, dass das juristisch irgendetwas zu bedeuten hätte: o nein. Kindsmord war Kindsmord nach der Peinlichen Halsgerichtsordnung, und Mord war Mord, da halfen einem noch so verständliche Motive gar nichts.

Was der Schaaf hier beabsichtigte, das war lediglich, die Herren Syndiker in günstige Stimmung zu versetzen gegenüber der Angeklagten. Verständnis und Mitleid wollte er erregen bei ihnen, sodass sie bereit wären, ihm zu folgen bei dem, was er ihnen außerdem noch anbot: ein paar juristische Schlichen nämlich, wie es möglich wäre, trotz des vollen Geständnisses und ganz legal die Angeklagte für unschuldig und den Mord für nicht geschehen zu erklären.

Und zwar mit Hilfe folgender kunstsinniger Argumente:

Erstens: Die Angeklagte habe ihre Schwangerschaft zwar aus weiblicher Schamhaftigkeit nie ausgesprochen – aber zugleich auch nie verhehlt! Hatte sie sich nicht immer wieder bereitwillig untersuchen lassen? Zudem musste sie bis zum Schluss selbst bezweifeln, ob sie überhaupt schwanger sei, weil die Untersuchungen nichts Klares ergaben.

Zweitens: Die Lungenprobe sei nach Meinung zahlreicher Ärzte und Juristen ungeeignet, um zu beweisen, dass das Kind eine Lebendgeburt war. Vielmehr sprach ja alles für eine Totgeburt! Man musste nur rechnen: Das Kind war nicht einmal ganz ausgetragen, übrigens hatte es bei der Geburt nicht geschrien, und dann war es auch noch auf den Waschküchensteinen aufgeprallt … das Wahrscheinlichste war demnach, dass es zum Zeitpunkt des «Mordes» gar nicht mehr gelebt hatte.

Drittens: Das Geständnis der Angeklagten sei in jeder Hinsicht anzuzweifeln. Denn in vielen, allzu vielen Einzelpunkten könne man nachweisen, dass die Angeklagte aus ihrem gutwilligen Charakter heraus immer genau das gesagt habe, was die Ermittler von ihr hören wollten – auch wenn dies sachlich falsch war und ihr zum Nachteil gereichte. Und er führt verschiedene Beispiele an: die Geschichte mit der Schere natürlich (der Sektionsbericht beweise ja, dass auf das Kind niemals eingestochen wurde) und ganz besonders auch die scheinbar selbstverständliche Tatsache, dass die Angeklagte, konfrontiert mit dem toten Kind, dieses identifiziert hat. Wenn man hierüber nachdachte, dann wurde einem klar: Das war wiederum eine ihr nachteilige, nur aus Gefälligkeit und Reue gesagte Unwahrheit. Denn wie hätte sie denn das Kind als das Ihrige erkennen sollen? Neugeborene, unabgewischte, talg- und blutverschmierte, sind einander ohnehin sehr ähnlich. Selbst wenn sie ihr Kind nach der Geburt genauestens besehen hätte, wäre sie also schwerlich in der Lage gewesen, es Tage später in dem durch die Sektion entstellten, wieder ausgegrabenen Leichnam sicher zu erkennen. Sie hatte ihr Kind aber nicht einmal besehen oder überhaupt gesehen nach der Geburt. Vielmehr hatte sie im Dunkeln geboren und im Dunkeln das Kind abgelegt. Es sei schlicht nicht möglich, dass sie die ihr vorgelegte Leiche tatsächlich erkannt habe. Man könne ihr also weder diese Aussage zu ihrem Nachteil glauben noch folglich irgendeine andere.

Fazit: Die Brandin habe ihr Kind wahrscheinlich gar nicht getötet und könne dafür auch nicht verurteilt werden. Ebenso wenig dafür, dass sie schamhaft ihren eigenen Schwangerschaftsverdacht verschwieg, während sie gleichzeitig ärztliche Untersuchungen erlaubte. Sie könne nicht einmal für heimliche Geburt belangt werden, da sie nachweislich nur um die

Asche fortzubringen zur Waschküche gegangen und dann dort ohne ihre Schuld von den Geburtswehen überrascht worden sei.

Für diese schöne Verteidigungsschrift trug am 27. November der Ratsschreiberassistent Rost die Empfangsbestätigung ins Protokoll ein und ließ das Ganze sogleich, mit sämtlichen anderen Akten, den Herren Syndikern zukommen.

Auf dass die ihre Urteilsempfehlung kundtäten, und zwar noch vor Weihnachten.

27. Dezember 1771

Georg Schlosser ging jetzt Goethes sehr viel häufiger besuchen als sein Bruder Hieronymus. Zum einen weil er sich gemeinsam mit Wolfgang die Mitarbeit bei den *Frankfurter Gelehrten Anzeigen* aufgehalst hatte, die ab Januar in neuem Format erscheinen sollten. Zum andern, weil er, anders als Hieronymus, nicht verheiratet war. Noch nicht.

Und es gab ja im Haus *Zu den drei Leiern* eine sehr interessante Tochter.

Wolfgang glaubte allerdings, Georg komme ausschließlich seinetwegen. Ebenso nahm er an, dass es seine eigene und nicht Cornelies Besessenheit von dem Brand-Prozess sei, die Georg immer wieder dazu antrieb, in die Akten zu blicken und interessante Ausschnitte im Haus *Zu den drei Leiern* zu referieren. Solange es ging jedenfalls. Solange die Sachen im Amt verwahrt wurden und nicht, wie seit gut vier Wochen, in sämtlichen Kopien zur Begutachtung kursierten. Von der Verteidigungsschrift war bislang nur durchgesickert, dass Schaaf befunden hatte: Die Inquisitin sei möglicherweise «mehr unglücklich als lasterhaft».

Heute endlich hatte Georg, der pünktlich am ersten Arbeitstag nach Weihnachten im Gericht gewesen war, wieder eine Neuigkeit anzubieten.

«Lanz hat es doch noch geschafft, vor Weihnachten abzugeben», berichtete er. «Am dreiundzwanzigsten, kurz vor knapp.»

Lanz, seines Zeichens Syndiker, war der Hauptgutachter. Und zwar, weil er der Jüngste war vom Syndikat; da bekam er natürlich die meiste Arbeit zugeschanzt. Auf ihn kam es an.

«Und? Nun spann uns nicht auf die Folter, Schlosser!», rief Wolfgang und zugleich Cornelie: «Oje! Was schreibt Lanz?»

«Tut mir leid, ich weiß es nicht. Rost hat mir gesagt, er hat selbst nicht reingeschaut, sondern alle Kopien sofort an die anderen Syndiker weitergereicht. Die müssen jetzt nur noch absegnen, das wird schnell gehen. Aber vor dem zweiten Januar werden wir natürlich nichts hören. Das arme Mädchen, muss so lange warten auf ihr Urteil.» Er tauschte einen Blick mit Cornelie. Wolfgang, mit Blindheit geschlagen, hatte wieder mal den Eindruck, dass Georg verändert wirkte in letzter Zeit. Der war gar nicht mehr so trocken und hart wie früher. Merkwürdig.

Er lehnte sich zurück. «Ich wüsst ja, wie ich sie verteidigen würde.»

«Ach. Wie denn? Willst du behaupten, dass es tatsächlich der Satan war, der ihr die Hand geführt hat? Oh, ich sehe, wir kommen hier in dichterische Gefilde. Vielleicht war der Schwängerer mit dem Mephistopheles im Bunde und hat die Brandin mit Hilfe von Höllenmächten zum Beischlaf verführt.»

Du lieber Gott, jetzt wurde der ernste Georg sogar humorig, und das auf Wolfgangs Kosten. Wolfgang ärgerte sich etwas über diese unerwartete Stichelei. Es galt wohl inzwischen schon als ausgemachte Sache unter den Schlosser-Brüdern, dass seine Plädoyers sich zu literarisch anhörten und die rechte juristische Langweilerei vermissen ließen.

«Unsinn», schoss er zurück, «noch kann ich Dichtung und Wahrheit auseinanderhalten. Nein, auf Unzurechnungsfähigkeit würd ich plädieren im Moment der Tat. Dass der Verlust der Stellung zu viel für sie war, nach all den Sorgen, und als ausgerechnet dann auch noch die Wehen einsetzten ... die war doch wirklich nicht mehr Herr ihrer Sinne, als das Kind kam. Dafür spricht vieles. Zum Beispiel, dass sie das Gefühl hatte, vom Satan Einflüsterungen zu bekommen. Und dass sie mit dem toten Kind auf dem Schoß ausgeruht hat. Ist das nicht das Verhalten einer Wahnsinnigen?»

«Verstört und verheert im Kopf», murmelt Cornelie, «sagt sie das nicht?»

«Ja, ich glaube ja», antwortet Georg. «Doch, das wäre eine brauchbare Verteidigung. Mit etwas gutem Willen, ohne den geht es freilich nicht in diesem Fall. Sollten die Syndiker von der Todesstrafe abraten, dann werden sie zweifellos noch ein auswärtiges Gutachten zur Bestätigung verlangen. So eine Entscheidung wagt man nicht allein zu fällen. Die Todesstrafe nicht zu verhängen bei so einer Tat, nach vollem Geständnis. So ist es in der Juristerei, die ehrlichen, reumütigen Leute haben das Nachsehen.»

Wolfgang hörte nicht mehr zu.

Der Verführer im Bund mit Mephisto. Einflüsterungen vom Satan. Wie war das noch, was hatte die Brandin erzählt: Der Satan hat ihr den Mund zugehalten, dass sie nicht sagen konnte, sie sei schwanger. Der Satan wollte sie das Gaubloch hinunterstoßen. Ihr schien es, als ob was im Wein gewesen wäre, das sie willenlos machte.

Du lieber Gott. Da hat er's. Das ist es doch, wonach er so

lange gesucht hat: Ein hochdramatischer, wirklich bewegender Stoff, mit dem er im Faust die Episödchen ersetzen kann. Die Kindsmord-Tragödie ließ sich ja wunderbar einbauen! Gretchen, verführt von Faust mit mephistophelischer Hilfe, bringt ihr Kind um und landet im Kerker. Den Faust reut es, doch es ist zu spät. Besser ging es nicht.

Dieser «Faust» würde sein Durchbruch werden! Jawohl, dieses Drama würde ihm endlich einmal gelingen – nachdem er mit seinem Götz, kaum und in Windeseile zu Papier gebracht, schon wieder unglücklich war. Von Herders herber Kritik gar nicht zu reden. Er traute sich gar nicht, das einem Verleger zu schicken.

Freitag, 10. Januar 1772

«Dass es lange dauert, ist ein gutes Zeichen. Die sind sich nicht sicher oder nicht einig. Ein klares Todesurteil geht immer schnell.»

Das hatte schon am siebenten Januar die Frau vom Richter Weines gesagt, als sie der Susann das Essen reichte. Wenn ihr Mann nicht da war, setzte sie sich öfter mal den Stuhl in die Zelle zur Handarbeit. Das arme Ding brauchte schließlich Ablenkung. Und Besuch dürfte sie ja sonst keinen kriegen außer dem Pfarrer Willemer.

Für die Susann waren es Wochen ohne Zeit. Sie wartete. Und manchmal, da hoffte sie.

Seit dem zweiten Januar hofft sie hauptsächlich. Und am Ende der zweiten Januarwoche, da ist sie vor Hoffnung schon fast trunken. Denn es scheint ja so, dass sie nun bald erlöst wird aus ihrer monatelangen, drückenden Angst vorm Henker. Sie freut sich geradezu, dass es bald so weit ist, dass der Tag bald kommt, da ihr – höchstwahrscheinlich – mit ein paar Worten diese quälende Angst genommen werden wird. Denn es muss doch eigentlich so kommen. Es kann doch nicht wirklich sein, dass diese eigentlich freundlichen Amtspersonen, die ihr kein Haar gekrümmt haben bislang, dass die sie ermorden lassen. Ach, wenn es doch nur so käme. Nie wieder wird sie sich über irgendetwas oder irgendjemanden beschweren oder jammern, wenn ihr nur jetzt das Leben geschenkt wird.

Am zehnten Januar früh kamen Soldaten zu ihr auf den Katharinenturm.

«Befehl des Jüngeren Herrn Bürgermeisters, die Inquisitin aufs Amt zu führen. Zur Urteilsverkündung.»

Beim Gehen zittern ihr natürlich wieder die Beine. Auf dem Amt, da fängt es irgendwie schlecht an – da sitzen auf den Stühlen vom Siegner und vom Lindheimer unbekannte Personen (weil nämlich in Frankfurt mit dem Jahreswechsel auch so manche Pöstchen wechseln von der einen Ratsherrenhand in die andere). Darauf war die Susann nicht vorbereitet, obwohl sie es mit etwas Nachdenken hätte wissen können. Zum eigenen Erstaunen fehlt ihr der Siegner, ja beinahe fehlt ihr sogar der Lindheimer, und der Claudy, du lieber Herr Jesus, der ist tatsächlich auch wieder nicht dabei. Kann es denn sein, dass ihr das Urteil nun verkündet wird von Menschen, die sie gar nicht kennen, die den Weg nicht mit ihr gegangen sind?

Ihr Verteidiger ist immerhin anwesend, der Dr. Schaaf (aber da gibt sie nicht viel drauf), und auch der Schreiberassistent Rost. Mit dem hat sie nur kaum je ein Wort gewechselt.

Plötzlich geht es ganz schnell. Der Rost steht auf, Papier in der Hand, und beginnt zu deklamieren.

«In peinlichen Untersuchungssachen gegen Susannen Margarethen Brandin erkennen wir, Bürgermeister und Rat der kaiserlichen freien Reichsstadt Frankfurt am Main, nach geschehener umständlicher Erforschung und Untersuchung, der in der Sache geführten Verteidigung und vorgelegten rechtlichen Syndikatsbedenken sowie nach sorgfältiger Abwägung aller Umstände Folgendes für Recht:

Dass genannte Brandin wegen des an ihrem eigenen lebendig zur Welt gebrachten Kinds nach eigenem wiederholtem Bekenntnis vorsätzlich und boshafterweise verübten Mords nach Vorschrift der göttlichen und weltlichen Gesetze, ihr zur wohlverdienten Strafe und anderen zum abscheulichen Exempel …»

Das ist der Moment, in dem es der Susann schwarz vor Augen wird. Es gibt ein dumpfes Krachen, als sie fällt, dann spürt sie, wie sie hochgezerrt wird, sie landet halb sitzend, halb liegend auf zwei Stühlen, die man hastig herbeiholt für sie, und als sie halbwegs wieder bei sich ist, da fängt sie an zu weinen, hemmungslos. All ihre Stärke und Gefasstheit vom Oktober und November sind dahin, sie zerfließt einfach, so sehr und sehnsüchtig hatte sie am Ende gehofft, und nun ist so klar, so eindeutig, dass mit dem «abscheulichen Exempel» nichts anderes gemeint sein kann als ein Todesurteil. Sie glaubt es noch nicht, es kann doch nicht wahr sein, Herr Jesus, bitte nicht, bitte bewahr er sie doch davor, dass sie jetzt tatsächlich mit Gewalt zum Tod gebracht wird.

Die Herren vom Amt sahen dem etwas gereizt zu. Das störte ja den Ablauf, nicht wahr, indem nämlich das Urteil jetzt noch gar nicht als ordnungsgemäß verlesen galt. Der Rost war ja noch nicht durch gewesen, als die Angeklagte zusammenklappte, das Wichtigste kam ja noch. Die Untersuchungsbeamten, der neue Jüngere Herr Bürgermeister Reuss nämlich und der Herr Dr. Textor (junior) als Examinator ordinarius, ja sogar ein kleines bisschen auch der altgediente Rost, die sahen mit einer gewissen verächtlichen Befriedigung übrigens die

Angeklagte so verzweifelt, denn die hatte ja jede Verzweiflung eigentlich verdient.

Damit alles seine Ordnung hatte, musste der Rost noch einmal von vorn verlesen, während die Angeklagte, zusammengesackt auf ihren beiden Stühlen, durchgehend weinte. Sie schien nicht einmal richtig hinzuhören, als man zum Ende des Urteils kam:

«... ihr zur wohlverdienten Strafe und anderen zum abscheulichen Exempel mit dem Schwert vom Leben zum Tod zu bringen und dieses Urteil allerschnellstens zu vollziehen sei.»

Die Susann kauert auf den gepolsterten Stühlen, die Hand über den Augen. Sie begreift sie jetzt so klar, die Unausweichlichkeit des Todesurteils. Warum hat sie denn nur hingehört, als ihr der Pfarrer Willemer und der Verteidiger und die Frau Weines Hoffnungen gemacht haben? Es war gut gemeint, aber sie hat es doch gewusst, seit ihrem Geständnis schon hat sie gewusst, dass sie keine Chance auf Leben mehr hat, keine rechtliche. Nur noch die Gnade.

Und um Gnade kann sie noch bitten, auch jetzt noch oder gerade jetzt nach dem Urteil, die nackte Angst im Leib vor dem Schwert, das ihr den Hals durchtrennen soll «allerschnellstens», also heute noch womöglich, Herr Jesus, vielleicht noch heute. Und so fleht also die Susann die Herren an unter vielen Tränen und unter Händeringen, dass der hochedle Rat bitte, bitte Gnade für sie finden möchte und ihr das junge Leben schenken.

Ihr Herr Verteidiger registriert das etwas unangenehm berührt. Fast hätt er sich's denken können, dass auch sie am Ende, wenn's hart auf hart kommt, um Schonung fleht wie alle anderen Verbrecher. (Warum hatte sie denn dann gestanden und ihm die Arbeit so schwer gemacht?)

Der diesjährige Jüngere Herr Bürgermeister Reuss reißt

den Herrn Verteidiger aus den Gedanken mit den Worten: «Der Herr Doktor Schaaf wird sicher noch ein Gnadengesuch für seine Mandantin verfassen wollen, mit ein paar Ausführungen, warum Er eine Begnadigung für angemessen hält?»

Das hat dem Schaaf gerade noch gefehlt. Zumal er für ein Gnadengesuch gerade mal einen Reichstaler zusätzlich bei der Stadt in Rechnung stellen könnte, wenn's hochkommt.

Er würde zwar ebenfalls wünschen, stammelt er, dass es dem hochedlen Rat möglich sein möchte, die unglückliche Brandin zu begnadigen. Und er schließe sich der Verurteilten darin an, hierum untertänigst und gehorsamst gebeten haben zu wollen. Doch da er in seiner ausführlichen Verteidigungsschrift ja alle, wirklich alle Gründe bereits angeführt habe, die zu einer milderen Strafe führen könnten, und er andere solche Gründe beim besten Willen nicht erkennen könne, sei wohl das Verfassen einer neuen Eingabe kaum sinnvoll. Er sehe sich also, auch eingedenk anderer dringender Pflichten, die seiner harrten, in der traurigen Notwendigkeit, von einer weiteren Verteidigung absehen zu müssen, und es bleibe ihm nichts mehr, als nunmehr der Gerechtigkeit ihren Lauf zu lassen.

Die Susann hörte auf zu weinen, wie geschlagen von der Rede ihres Anwalts.

Und der Rost dachte mit säuerlich verzogenem Mund und leicht hochgezogenen Augenbrauen, dass die bestbezahlten Amtspersonen nicht immer die fleißigsten seien. Er müsste das mal wagen, einfach zu sagen, er habe zu einer bestimmten Aufgabe keine Lust. Da würde er nicht mehr lange sich seines kleinen Gehaltes freuen können. Übrigens war ihm bereits aufgefallen, dass die Verteidigungsschrift des Dr. Schaaf in großer, ausladender Schrift und mit beträchtlichem Zeilenabstand verfasst war, um Seiten zu schinden.

Als die Verurteilte den Raum verlassen hatte, von einer

Kranken-Portechaise abgeholt, da schlug der Rost ungefragt vor, den Pfarrer Willemer schnellstens auf den Katharinenturm zu schicken, um der Brandin Beistand und Trost zu schenken.

Diesmal erntete er für seinen Vorstoß nur Zustimmung.

Und weil neben geistlichen Personen auch geistige Getränke hilfreich sein können, schickte man der Gefangenen aus dem Hospital zusätzlich zu dem Herrn Pfarrer auch ein hübsches Quantum Wein.

Vierter Teil

Condemnata

Verurteilt

11. Januar 1772, 10 Uhr

Es fand an diesem Samstagmorgen im großen Sitzungssaal im Rathaus zum Römer eine förmliche, aber außerordentliche Ratssitzung statt. Der ganze Rat war versammelt, alle drei Bänke also voll besetzt, Schöffen links an der Wand, Handelsleute ums Eck davon, die Handwerker gegenüber den Schöffen auf der Fensterseite. Die Sitzung war kurzfristig und eilig einberufen, mit Rücksicht auf die Brandin, der Wartezeiten erspart werden sollten.

Das Begnadigungsgesuch war das Thema.

Man würde wohl nicht allzu lange frieren müssen in der eisigen, kahlen Halle: So viel gab es da nicht zu diskutieren. Die Gutachten der Syndiker waren nämlich eindeutig gewesen. Zum einen, weil es ein eindeutiger Fall war. Zum andern auch, weil man die Bedenken des Verteidigers nicht allzu ernst genommen hatte. Der Herr Dr. Schaaf hatte nämlich, auf dass man ihn nicht etwa missverstehe und dadurch der Schatten juristischer Extrempositionen auf seine Karriere falle, eine kleine Vorrede aus zwei, drei etwas verschwurbelten Sätzen vor seine Verteidigungsschrift gesetzt, die der Wirkung des Werkes gar nicht gut getan hatten. Jedenfalls, soweit es die erhoffte Wirkung für die Angeklagte betraf. In der Vorrede hatte er aus Angst vor der eigenen Courage alles getan, um sich von seiner Verteidigung zu distanzieren, indem er nur unwesentlich verklausuliert mitteilte, dass er natürlich sehr wohl wisse, wie problematisch seine Argumente seien (nämlich dort, wo er die Handlungsweise der Brandin als in ihrer Lage mehr als verständlich hinstellte) und dass er selbst nicht an seine eigenen rechtlichen Behauptungen glaube. Er komme quasi lediglich mit juristischen Kunstgriffen formal seiner Pflicht zu einer Verteidigung nach, in einem Fall, in dem Verteidigung eigentlich unmöglich sei. Was die Herren Syndiker in ihrer Haltung beförderte, dass die Auseinandersetzung mit der Verteidigung hier kein ernster Austausch sei, sondern juristisches Trockenfechten in einem Fall, in dem das Todesurteil von vornherein feststand.

Dass die Angeklagte «in ihren Umständen übrigens bedauerungswürdig» sei, das vermerkten auch die Syndiker, das sahen sie genau wie der Verteidiger. Doch es tat ja nichts zur Sache. Rein rechtlich gesehen.

Nun also die Frage: Konnte man, sollte man sie begnadigen? Also die Todesstrafe umwandeln in Zwangsarbeit, Landesverweis oder dergleichen?

Und da meldete sich, für Siegner und für alle mit dem Fall befassten gänzlich unerwartet, ein grün gekleideter mondäner ehemaliger Damenschneider von der Handwerkerbank und sprach sich für Begnadigung aus. Die Stimmung in der Stadt sei gekippt, gab er zu bedenken. Am Anfang, ja, da hätten die Leut sich das Maul schaumig geredet vor Entsetzen über die Rabenmutter und Erzhure und hätten der Mörderin tausend Martern an den Hals gewünscht. Aber was er jetzt so höre, da gebe es viele, denen tue sie leid, die schimpften schon, dass sie auf dem Amt so hart rangenommen werde und im Kerker sitzen müsse. Die Leut täten inzwischen gerade so, als wäre sie ein unschuldiges Opfer und nicht eine Verbrecherin, und neulich habe er sogar ein Lied gehört auf der Straße, da werde sie gepriesen, dass sie den Namen von ihrem Liebsten nicht verraten habe. «Ei, wenn man die jetzt köpft, öffentlich», schloss er, «das kann Aufruhr geben, da wett ich keinen Pfifferling mehr auf die Ordnung in der Stadt.»

Man vernahm zustimmendes Murmeln aus einer adeligen Ecke der Schöffenbank. Etwas lauter drangen von der zweiten Bank die Worte: Der Pfarrer Willemer habe vor Wochen schon gesagt, er bete, dass der Kindermörderin der Tod erspart bleibe, und der müsse es doch wissen, ob sie der Begnadigung würdig sei, der kenne sie am besten.

Worauf endlich der Lindheimer, dessen Mund wie ein Fischmaul stumm auf- und zugegangen war schon während der Rede des Damenschneiders, seine Stimme und Gedanken genügend beisammen hatte, um alledem überlegen zu begegnen.

Er hätte zu gern gewusst, begann er klar und kalt, seit wann denn Bänkellieder, Pöbels Meinung und persönliche Sympathien über Recht und Unrecht entschieden. Seines bescheidenen Wissens nach, und er sei ja nur Jurist, müsse auch eine Begnadigung immer eine juristische Begründung haben; wo kämen wir sonst hin, da bräche ja die reine Willkürherrschaft und Vetternwirtschaft aus andernfalls. Und diese juristische Begründung könne nur auf Umständen beruhen, die den jeweiligen Fall als einen minder schweren seiner Art erscheinen ließen. Er wüsste doch zu gern, welche Gründe das bei der Brandin sein sollten.

Das zustimmende Gemurmel aus Juristenmündern war nicht zu überhören.

Wiewohl einer, nämlich der letztjährige Jüngere Bürgermeister Dr. Siegner, auffällig still war, zurückgelehnt in seiner Bank, den Finger kratzend unter der Perücke. Er mischt sich nicht ein, beschließt er. Also bittschön, er hat doch seinen Teil schon beigetragen, er hat das schuldige Schäfchen hingeliefert zum Henker. Den Rest, den sollen jetzt die anderen unter sich ausfechten, nachdem nun glücklicherweise er nicht mehr verantwortlich zeichnet fürs Peinliche Verhöramt. Er ist wirklich froh, dass nicht er es ist, der den letzten Schritt herbeiführen muss in der leidigen Sach, die juristisch so klar ist, aber unappetitlich eben doch in manch anderer Hinsicht.

Der Textor (junior) dozierte inzwischen in Fachchinesisch über die juristische Lage. Und er kannte als Nachfolger seines Verwandten Lindheimer im Amt des Examinator ordinarius natürlich die Akten: «… müssen die Herren sich im Klaren darüber sein, dass bereits die Hinrichtung mit dem Schwert *de jure* eine Milderung darstellt, obwohl sie bei uns stets die *poenia ordinaria* vertritt, jedoch im Fall der Inquisitin Brandin, da sogar ernste Gründe für eine Strafverschärfung vorliegen, also hier die Schwertstrafe schon höchstens gnadenhalber …»

«Hochedle Collegae, darf ich mir erlauben, zusammenzufassen.»

Das war der alte Schlosser, ein Ratsveteran. Und er fasste zusammen, so, dass auch der Damenschneider verstand.

«Auf Kindsmord steht die Todesstrafe, gleich, unter welchen Umständen er geschieht. Eine Begnadigung, das ist etwas für minder schwere Fälle. Nun haben wir hier aber keinen minder schweren, sondern einen besonders schweren Fall vor uns: Der Mord war lange geplant, er war auf schauerliche, grausame Weise ausgeführt. Die Mörderin ist überdies danach zur Strafvereitelung geflohen. Hochedelgeborene Collegae, wenn wir hier begnadigen, dann setzen wir einen Präzedenzfall, der geeignet ist, am Ende alle Rechtsordnung zu untergraben.»

Er hatte recht – leider. Auch Dr. Siegner stimmte bei der folgenden Abstimmung, wie alle Juristen und die meisten anderen, gegen die Begnadigung. (Er weiß selbst nicht, was ihn da vorhin geritten hat, dass er alter Hase bei der Rede des Schneiders doch tatsächlich einen Wunsch in seinem Herzen sich regen spürt, die Brandin möge davonkommen mit ihrem Leben. Und das, nachdem er zuvor selbst so hart dran gearbeitet hat, dass sie es nach Recht und Gesetz verliert.)

Nach der Abstimmung aber mischt sich der Siegner doch noch ein.

«Ich möchte vorschlagen», sagt er, «dass wir die Brandin mit ihrer schlechten Gesundheit diesmal nicht aufs Amt holen lassen, um ihr die Entscheidung zu verkünden. Vielmehr wäre es sicher schonender, wenn der Herr Ratsschreiber Claudy sich zum Katharinenturm begeben würde und ihr ganz sanft und inoffiziell beibringt, dass aus ihrem Gnadengesuch nichts geworden ist.»

So. Bitte. Siegner ist sehr zufrieden mit sich. Da hat er nämlich jetzt der Brandin noch was Gutes getan; mehr konnte man ja ohnehin nicht tun, als sie menschenfreundlich zu gestalten, die leidige Sach. Und der Claudy, der Angsthase, der bekam zugleich die gerechte Strafe dafür, dass er gestern bei der Urteilsverkündung schon wieder gekniffen hatte. Unpässlich war er, angeblich, aber wahrscheinlich bloß im Gedärm vor Schiss. Hat das Urteil formuliert, aber kann es hinterher der Angeklagten nicht vortragen!

Der kluge Vorschlag des letztjährigen Jüngeren Herrn Bürgermeisters wurde gerne angenommen, weil alle, die eben ihren Tod beschlossen hatten, nun sehr gesonnen waren, der Susann Wohltaten zu erweisen. Ja, Siegners Plan wurde noch verbessert, indem man entschied, als Vorhut zunächst den Pfarrer Willemer zum Katharinenturm zu senden. Der sollte die Arme einstimmen, ihre Gedanken schon mal in die Richtung lenken, dass es höchstwahrscheinlich wohl bei dem Urteil bleiben würde, dass also sehr wahrscheinlich in den nächsten Tagen ihr Tod bevorstehe, und sie entsprechend trösten. Dann wäre der Schreck noch weniger groß, wenn der Claudy käme mit seiner Verkündigung.

«Dass sie uns nicht wieder aus den Latschen kippt», beendete der neue Jüngere Bürgermeister Reuss die Diskussion. So mancher allerdings fand diese frivole Formulierung dem Anlass nicht angemessen.

Samstag, 11. Januar, drei Uhr nachmittags

Es tat sich Verschiedenes im Katharinenturm um die Mittagszeit. Die Susann war aus ihrer Zelle geholt worden, mit der Begründung, man wolle es ihr bequemer machen. Und da sitzt sie nun im besten Stuhl in der guten Stube des Richters Weines, zwischen dessen ganzer Familie und unter Bewachung einer Handvoll Soldaten, die etwas dumm um die Stubentür herumstehen. Die Frau Weines hatte sich neben die Gefangene gesetzt, tätschelte ihr immer mal die Hand und plapperte, ohne irgendetwas zu sagen. Es war gut gemeint.

«Welchen Tag haben wir?», fragt die Susann irgendwann.

«Ei, Samstag. Ihr habt mich das gestern früh schon gefragt, Kindchen, als die Soldaten Euch abholen gekommen sind. Da hab ich Euch gesagt: es ist Freitag.

Von diesem gestrigen Morgen trennt die Susann eine Ewigkeit. Da wusste sie's noch nicht. Seitdem kriecht die Zeit, weil jede Minute mit diesem Wissen unerträglich ist, und andererseits muss sie bei jedem Viertelstundengeläut denken: wieder eine Viertelstunde vorbei, unwiederbringlich, von denen, die sie noch hat, die sie noch von dem Entsetzlichen trennen.

Denn die Susann hofft nicht mehr. Sie wusste es in dem Moment, als sie ihren Verteidiger auf dem Amt jeder weiteren Verteidigung entsagen hörte. Da wusste sie's: Nur ein Wunder noch könnte ihr die Begnadigung erwirken. Und Wunder schenkt der liebe Gott, wenn überhaupt, verdienteren Leuten als einer Sünderin wie ihr.

Für den Montag rechnet sie mit der Urteilsbestätigung. Rechnet fest damit. Und falls doch noch irgendwo ein winziges Flämmchen mit einer Hoffnung in ihr brennt, so hat sie es gut versteckt, dass sie es nicht spürt in sich. Denn das hat sie jetzt gelernt, viel zu spät: Man soll sich keinen Hoffnungen hingeben, man soll immer mit dem Schlimmsten rechnen, dann ist man wenigstens vorbereitet. Dann ist man vielleicht auch klüger. Hätte sie das nur früher beherzigt, sie wäre gar nicht in die Lage gekommen, in der sie jetzt ist.

Ach, diese ewigen Wenns! Zu spät, zu spät.

Schlag zwei kommt schon wieder der Pfarrer Willemer, und die Susann, die überrascht ist von dem für heute nicht angekündigten Besuch, freut sich ein bisschen, als sie unerwartet sein liebes, freundliches Gesicht sieht. Merkwürdig, dass sie dieses Gefühl überhaupt noch haben kann in ihrer Lage.

Der Pfarrer Willemer, der sich mit seinen rheumatischen Knochen auf ein Fußbänkchen vor sie gesetzt hat, spricht ziemlich viel vom Herrn Jesus. Und zwar von seinem Kreuzestod. Wofür er gestorben sei zum einen. Nämlich für ihre Sünden, dass die ihr dank seiner erlassen werden, wenn sie in den Himmel kommt. Und wie er gestorben ist zum anderen, nämlich hingerichtet, und auf entehrende und quälend grausame Weise noch dazu, und dabei gelitten hat wie jeder Mensch leidet in so einer Lage und sogar seinen Vater, den Herrgott, noch gebeten hat im letzten Moment, er möchte den Kelch an ihm vorübergehen lassen, wenn es möglich sei.

Wie aber der Herr Jesus sich dann dem Tod und seiner Notwendigkeit auch hingegeben habe mit den Worten: Nicht wie ich will, sondern wie Du willst. Es geschehe Dein Wille.

Nach einer Zeit solcher Reden erblickt die Susann an der Tür jemanden, den sie lange nicht gesehen hat: den Claudy vom Verhöramt. Der bittet alle außer dem Pfarrer Willemer, den Raum zu verlassen, da er mit der Delinquentin im Privaten sprechen wolle.

Was ist das? Was kann das werden? Hat etwa doch der Rat –? Aber der Claudy steht, als man nach vielem Trampeln und Stühlerücken endlich zu dritt ist, nur unschlüssig herum und sieht aus dem Fenster, während der Pfarrer Willemer, der jetzt erleichtert den bequemen Stuhl der Frau Weines nimmt und nach Susanns Hand greift, ganz ruhig weiter mit ihr redet. Sie müsse sich also wie jeder Mensch dreinfinden, sagt er, in das, was Gottes Wille mit ihr sei. Es sei schwer, aber möglich. Und da müsse man natürlich überlegen, was denn der liebe Gott am wahrscheinlichsten mit ihr vorhabe. Wie er ihr vielleicht sogar helfen könne, ihre Sünden vollständig abzuwaschen. Ob es denn tatsächlich wahr sei, was sie ihm mehrfach schon gestanden habe, dass sie eigenhändig ihr Kindlein misshandelt und ermordet habe?

Ja, sagt die Susann und seufzt, ihr ist so eng in der Brust.

In der Zimmerecke räuspert sich der Claudy. «Ob ich den Herrn Pfarrer ersuchen könnte, einen Augenblick innezuhalten mit seinen Reden? – Es ist nämlich so, äh, Jungfer Brandin. Ihr habt ja gestern im Verhöramt bei der Urteilsverkündigung um Gnade angesucht. Das Protokoll darüber ist heute vor dem außerordentlich versammelten hochedlen Rat verlesen worden, aber auch zugleich wegen der Euch allzu wohl bekannten rechtlichen Ursachen abschlägig beschieden. Und es wurde also nun beschlossen, dass es leider nun bei dem Euch schon bekannten Urteil sein Bewenden haben muss.»

Sie fühlt sich, als ob sie fällt. Als ob die Verzweiflung sie gleich nach unten in die Hölle reißt. Dabei hat sie nicht erwartet, dass sie überhaupt noch etwas spüren würde auf diese Nachricht. Gewissheit aber ist wohl immer etwas anderes als Ahnung. Schnell fasst sie sich wieder, zur unendlichen Erleichterung vom Claudy, der, so blass, wie sie geworden war, schon das Schlimmste befürchtete.

Sie sitzt sehr gerade, sieht ihm in die Augen und sagt, dass sie ihr junges Leben beklage. Ob sie letzte Wünsche äußern dürfe?

Aber ja, das dürfe sie, sagt der Claudy.

Die Susann hat sich vergangene Nacht nämlich schon überlegt, was sie sich wünschen würde.

«Ein weißes Gewand würd ich gern anhaben, wenn ich sterbe.»

«Das bekommt Ihr», sagt der Claudy (und gerät im Geiste in Hektik, weil man sich da aber wirklich beeilen muss mit Nähen, denn viel Zeit bleibt ja nicht mehr bis zur Hinrichtung. Den Termin, den wird er ihr gleich noch sagen müssen. Himmel.).

«Und dann würd ich bitten, dass meine Sachen und Kleider verkauft werden, und der Erlös soll an die armen verwaisten Schuhmacher Wetzelischen Kinder gehen. Weil ich dem Schuhmacher Wetzel drei Gulden für Schuhe schuldig geblieben bin.»

«Natürlich. Darum werde ich mich persönlich kümmern.» Der Claudy notiert den Auftrag in ein paar Stichworten, und als er fertig ist, da nennt die Susann ihren dritten und letzten Wunsch: das Heilige Abendmahl vor ihrem Tod noch einmal zu empfangen.

Da unterbricht sie sanft der Pfarrer Willemer. «Aber Kindchen, das ist doch gar nicht nötig. Ihr letztes Abendmahl ist noch gar nicht lange her, und es ist gar nicht üblich, dass man es so oft wiederholt. Wenn's ans Sterben geht, zählt einzig der Glaube an den Herrn Jesus Christus und an sein Verdienst. Das ist das Allerwichtigste und das Allerbeste.»

Die Susann lässt sich also bereden, auf das nochmalige Abendmahl zu verzichten. Unterdessen verschwindet sehr erleichtert und mit vielen geschäftigen Pflichten im Kopf der Claudy aus der Stube.

Da hat er ihr das Wichtigste noch gar nicht gesagt.

Also fragt sie den Pfarrer Willemer. Sie ist sich sicher, dass er es weiß.

«Wann?», fragt sie.

«Ach, Kindchen. Am Dienstag. Dienstagvormittag.»

Sonntag, 12. Januar, drei Uhr nachmittags

Im Haus *Zu den drei Leiern* saß man gemütlich um den Kaffeetisch. Die ganze Familie – und Georg Schlosser.

Der hatte wieder einiges zu erzählen heute. Denn diverse Schlossers steckten ja (wie auch die eigenen Goetheschen Verwandten Lindheimer und Textor, die man aber bei Goethes wesentlich seltener zu Gesicht bekam) mitten drin in dem städtischen Kindsmorddrama. Sogar in den geschäftigen Vorbereitungen für den letzten, hochfeierlichen, zeremoniellen Akt, wie Georg gerade berichtet.

«Tags drauf kommt also der Scharfrichter Hoffmann zu uns in die Kanzlei und sagt zu Hieronymus: Herr Doktor Schlosser, mir ist eingefallen, es wäre viel günstiger, wenn nicht ich das Schwert führe bei der Hinrichtung, sondern mein Sohn.»

«Was?», platzt Wolfgang heraus. «Der Arzt? Der soll Scharfrichter spielen? Na, das wird einen Tanz geben im Rat!»

«Unerhört», meldet sich Vater Goethe, «unerhört, da sieht man, was passiert, wenn man ehrlose Familien in ehrenhafte Berufe lässt.»

Der Sohn des Scharfrichters Hoffmann hatte nämlich die Impertinenz besessen, trotz der Unberührbarkeit seiner Familie Medizin zu studieren und in Frankfurt die Ärztezulassung zu beantragen. Und diese hatte man ihm nach jahrelangem Rechtsstreit dank der Klugheit und Beharrlichkeit seines Anwalts Hieronymus Schlosser schließlich auch gewährt. Zum Entsetzen beispielsweise von Dr. J. Christian Senckenberg, der, wenn er dem ehrlosen Kollegen begegnete, stets die Straßenseite wechselte.

«Doch nicht der Arzt. Um Himmels willen, das würde freilich nicht gehen. Nein, ein andrer Sohn, Abdecker und Scharfrichter in Groß-Gerau. Hat allerdings noch nie eine Hinrichtung gehabt. Der soll sozusagen jetzt üben an der Brandin.»

«*Mais c'est l'horreur*», entfuhr es Cornelie. Eigentlich wollte sie sich diesen beliebten Ausruf als zu affektiert abgewöhnen. Aber jetzt rutschte er ihr doch wieder heraus.

«Na, ich habe jetzt übertrieben mit dem Üben. Keine Sorge, Cornelia, das wird schon gutgehen. Beim Vater Hoffmann ist die letzte Hinrichtung mit dem Schwert auch schon viele Jahre her, außerdem ist er jetzt über fünfzig, und der Sohn, der ist ein großer, starker junger Mann. Für so einen Schwerthieb braucht es ja weniger Übung als Kraft, um gleich beim ersten Mal den Hals ganz durchzutrennen. Wenn man das nicht schafft, dann wird es freilich unappetitlich, und auch grausam, wenn bei lebendigem Leib wieder und wieder nachgehackt werden muss, bis der Kopf endlich ab ist. Den glatten, perfekten Streich, der da gefordert ist, den bekommt der starke Sohn wahrscheinlich besser hin als der Vater. – Hieronymus hat jedenfalls eine entsprechende Eingabe geschrieben, und auf der Ratssitzung gestern wurde das dann auch so beschlossen, dass der Hoffmann-Sohn aus Groß-Gerau die Hinrichtung machen darf. Muss allerdings am Montag kommen und sich vorstellen auf dem Amt. Wenn er dann stark und fähig wirkt, dann steht dem nichts im Wege. Unterdessen hämmern sie am Bauhof schon fürs Schafott.»

Natürlich wusste es schon seit gestern Nachmittag jeder in der Stadt: Das Gnadengesuch war abgelehnt worden in außerordentlicher Sitzung. Georg hatte hier nur die Details nachgeliefert, über die er aus dem Mund seines Ratsherren-Vaters allerbestens informiert war. Er hatte, um ehrlich zu sein, seinen Vater auch ziemlich ausgequetscht nach jeder Einzelheit: auf dass er Cornelia was zu erzählen habe.

Die hatte auf die Ratsentscheidung so reagiert, wie von einem Weibsbild zu erwarten war: bestürzt. Schockiert schon allein von der Gewalt, die bevorstand.

Überraschend war allerdings für Georg eine etwas merkwürdige Meinungskoalition in der Familie Goethe. Indem nämlich ausgerechnet der gestrenge Herr Rat, über den Cornelia nie ein gutes Wort verlor, hier als Einziger ganz einig mit seiner Tochter war und sie sofort unterstützte. Die Begnadigung hätte man der Brandin durchaus geben können, fand er. Dann Zuchthaus mit Zwangsarbeit, wenn nicht gar auf den Schanzen in Ketten, und wenn sie das lange überlebte, dann wär's ein Gottesurteil, sie bekäme nach ein paar Jahren einen Landesverweis, dann wäre man sie auch los. Das sei doch sicher nicht weniger abschreckend als die Todesstrafe – eher im Gegenteil, das schreckte erst recht ab, wenn man die Verbrecherin noch jahrelang entehrt im Zuchthaus wüsste!

So die Meinung des kaiserlichen Rats Dr. Caspar Goethe.

Wolfgang und seine Mutter hingegen, die sahen es anders. Ein Leben für ein Leben, das sei nun einmal so, befand die Rätin sehr unsentimental. Das hätt sich das Mädchen eben früher überlegen müssen, sie hätte eben nicht huren dürfen und ganz gewiss ihr Kindchen nicht umbringen. Sie, die Rätin, hätte viel drum gegeben, wenn sie ihre verstorbenen Kinder hätte behalten dürfen, und andere Weiber, die verdarben ihren Nachwuchs mit eigener Hand. Das musste eben bestraft werden.

Wolfgang vermied so plumpe Worte. Aber er sprach von der zutiefst natürlichen, ästhetischen Symmetrie dessen, was Claudys Urteilstext (klar kannte man den!) als göttliches Gesetz bezeichnete. Eine Tat wird ausgelöscht durch den identischen Vorgang am Täter. Er sprach von einer inneren Logik der Entwicklung, die schwer zu durchbrechen sei. Und er fand, dass es bei aller Tragik vielleicht gerade keine Wohltat an der Mörderin sein würde, an diesem wirklich bemitleidenswerten Mädchen, wenn man ihr diese Möglichkeit zur Sühnung, zur völligen Bereinigung ihrer Schuld nehmen würde.

«Dein frommer Gedanke in Gottes Ohr», bemerkte Georg trocken. «Nur ist die arme Sünderin offenbar selbst der Ansicht, dass ihr durch eine Begnadigung besser gedient wäre.»

«Hättest du sie also begnadigt?», bedrängte ihn Cornelie und rutschte auf ihren Stuhl nach vorn. Ihr Bruder schwieg pikiert, da er sich über Schlossers spöttelnden, aggressiven Widerspruch ärgerte, und hatte nun die Genugtuung zu sehen, wie Georg sich wand auf Cornelies Frage.

«Je nun, Cornelia. Was mein Herz mir in diesem Fall sagt, brauch ich kaum zu erläutern, du hast mich oft genug von meinem Mitleid reden hören mit der unglücklichen Person. Und wäre ich ein Weib, müsste ich weiter nicht denken.

Nur hat man als Mann in Verantwortung nicht immer dem Herzen zu folgen. Man hat ja nicht dem Einzelnen zu dienen, sondern dem Staat. Und da kann ich dem Rat und meinem Vater kaum widersprechen: Mitleid und Gnade können Einzelne retten. Doch sie zerschneiden das Band des Gesetzes. Solange die Gesetze so sind …»

Cornelie saß reglos auf ihrer Stuhlkante, wie festgefroren.

«Wo soll's denn stattfinden?», fragte erwartungsvoll ihre Mutter, als ginge es um eine Volksbelustigung.

«Ach, das wissen Sie noch nicht? Gleich bei Ihnen ums Eck. Zwischen Hauptwache und Katharinenkirche, am Eingang zur Zeil.»

«Was?» Wolfgang war entsetzt. «Öffentlich, mitten in der Stadt? Um Himmels willen! Was sind denn das für vorsintflutliche Sitten, dem Volk solche schauerlichen Szenen zuzumuten? Die zarten Seelen verletzt man, die rohen verroht man weiter! Warum denn nicht in einem der Gefängnisse oder wenigstens draußen auf dem Galgenfeld?»

«Es scheint wohl, dass da ein spezieller Ritus besteht bei Hinrichtung wegen Kindsmord. Die letzte ist ja noch gar nicht so lange her, falls du dich entsinnst, zehn, fünfzehn Jahre vielleicht. War die nicht auch an der Hauptwache?»

Damals allerdings, da waren Wolfgang und Cornelie Kinder gewesen, und die Eltern hatten sie während des unerfreulichen Großereignisses im Haus und mit Unterricht beschäftigt gehalten. Diesmal würde das anders sein.

«Ich geh nicht hin», erklärte Cornelie und griff nervös nach der Kaffeetasse.

«Ach, komm doch mit», bat Wolfgang.

Montag, 13. Januar 1772

Die ehemalige Senckenbergische Magd Schmalbachin nähte fleißig an dem schönen weißen Totenkleid für ihre Gefängnisgenossin. Und obwohl es ihr nach wie vor gegen den Strich ging, dass die Kindermörderin so übermäßig viel Aufmerksamkeit und so gutes Essen bekam, war sie heute einmal nicht neidisch auf sie. Denn ihren großen Auftritt morgen, den würde das Mädchen ja mit dem Leben bezahlen.

Das ist deren Sorge allerdings nicht mehr.

Die Susann ist nämlich inzwischen so weit, dass sie den Moment herbeisehnt, an dem es endlich vorbei ist mit dem Leben. Wenn sie es nur schon hinter sich hätte. Vorm Tod hat sie nämlich gar keine Angst mehr, sie ist fast ganz getrost jetzt, hat sich ganz abgefunden, nur noch das Sterben schreckt sie. Das Warten auf den Hieb. Der Moment, an dem ihr die Arme gebunden werden zur Hinrichtung. Sie weiß nicht warum, das Binden scheint ihr das fast Schlimmste. Die Enge plötzlich. Die quälende Enge.

Sie weiß genau, wie es morgen ablaufen wird. Man hat sie gut vorbereitet. Aufs Protokoll, denn sie ist die wichtigste Protagonistin eines großen Schauspiels. Und auf den Tod.

Man lässt sie nicht mehr allein. Der Herr Pfarrer Willemer hat – auf Befehl des Predigerministeriums – eine zweite Kraft dazugesellt bekommen, den jungen Pfarrer Zeitmann. Der pfuscht dem Pfarrer Willemer zu dessen Erleichterung nicht dazwischen, sondern betreut die Verurteilte ganz in seinem Sinne, indem er ihr Liebe und Trost spendet. Damit sie zum Schlafen kommen, werden nachts beide Herren durch mehrere Prediger-Kandidaten unterstützt – von denen sich einige allerdings hauptsächlich dafür interessieren, was sie hinterher zu erzählen haben werden über die berühmte Kindermörderin. Andere immerhin bemühen sich.

Leider wird die Susann am Montagnachmittag noch einmal herausgerissen aus ihrer qualvoll erlangten Beinahe-Seelenruhe – paradoxerweise, weil der Claudy ihr was besonders Gutes hatte tun wollen. Und zwar hatte er am Morgen einen der eher zweifelhaften Prediger-Kandidaten zu ihr geschickt mit der Frage, ob sie sich tatsächlich sicher sei, das Heilige Abendmahl nicht noch einmal erhalten zu wollen?

Der Susann vermittelte sich, so ruppig, wie der Kandidat die Frage vorbrachte, der Eindruck, man halte es nun also doch geistlicherseits für angebracht, ihr das Heilige Abendmahl ein zweites Mal zu verabreichen.

Womit sie sich natürlich einverstanden erklärte.

Die Herren Zeitmann und Willemer, als sie am Nachmittag davon hörten, fanden das eine ärgerliche Einmischung in ihre Befugnisse. Gerade hatten sie aus der Susann herausgebracht, dass die, wenn's nach ihr gegangen wäre, auch ohne nochmaliges Abendmahl zufrieden wäre und nur das Drängen des Kandidaten sie auf diese Idee gebracht habe – da betrat völlig unangemeldet der reformierte Herr Pfarrer Krafft aus Bockenheim die lutherische Stube des Richters Weines und gab an, vom Stadtschreiber Claudy hochnoteilig herbeigeholt worden zu sein, zwecks Verabreichung eines Abendmahls. Derweil begehrte der ihn begleitende Grenadier zu wissen: Wo man denn hier schnell Wein und Hostien herbekommen könne?

Die lutherischen Herren belehrten den reformierten Pfarrer Krafft unverzüglich, ein weiteres Abendmahl sei weder gewünscht noch angemessen. Der Pfarrer Krafft sah das schnell ein – er hatte ohnehin keine Lust auf die Extraarbeit – und ärgerte sich doppelt und dreifach, dass er so eilig bestellt worden war. Nun verhielt es sich aber so, dass er, als der derzeit ranghöchste Bockenheimer reformierte Geistliche, eigentlich am meisten von allen zuständig war für die Susann Brandin, das Luder. Allerdings hatte er sie seit ihrer Verhaftung und auch davor schon länger nicht gesehen (wiewohl diverse üble Gerüchte über eine Schwangerschaft an sein Ohr gedrungen waren im letzten Sommer – kein Wunder, dass sie sich nicht mehr in die Kirche traute, das Aas!). Zu dem Abendmahl, das ihr im Dezember in ihrem Kerker verabreicht worden war, hatte er wegen Unpässlichkeit seinen Kollegen schicken müssen, den alten Pfarrer Hilgenbach.

Jetzt war er aber selber da. Und da er nun schon einmal gekommen war, konnte er wohl kaum die Gelegenheit verstreichen lassen, diesem seinem auf so scheußliche Weise vom rechten Weg gewichenen reformierten Schäfchen kräftig die Leviten zu lesen.

Den Herren Willemer und Zeitmann rollten sich die Nägel auf, als sie vernahmen, wie der Kollege Krafft nun von einer Sekunde auf die nächste mit rhetorischem Pech, Schwefel und Höllengericht auf die zuvor kaum einer Begrüßung für wert befundene Todgeweihte eindrosch. Die hatte seit gestern nichts gegessen und wurde immer blasser.

Zeitmann sah sich das nicht sehr lange an.

Er tippte dem Krafft auf den Rücken. «Werter Herr Kollege – auf ein Wort?»

In der Stubenecke belehrte er den werten Kollegen im Flüsterton, dass er und der Pfarrer Willemer von ihren Sünden mit der Delinquentin wahrlich genügend gesprochen hätten, die erwünschte Wirkung an ihrer armen Seele auch eingetreten sei, und dass man sich aber eben gerade bemühe, ihr jetzt aus dem Evangelium auch den nötigen Trost zukommen zu lassen – ein Ziel, das durch neuerliche Strafpredigten, so gut und lobenswert diese grundsätzlich auch seien, ziemlich behindert werde.

Eitel war der Pfarrer Krafft nicht, und er war ganz froh, dass er jetzt Grund hatte, sich um die vermaledeite Person gar nicht mehr zu bemühen, sondern nach Haus zu gehen.

Die Frau des Richters Weines, in ihrer eigenen Stube aufs Fußbänkchen verbannt, musste sich nun angucken, wie der Pfarrer Willemer und der Pfarrer Zeitmann, unterstützt von diversen um sie herumstehenden Kandidaten, der vor Schreck ganz bleich und zittrig gewordenen Susann von rechts und von links zugleich zuredeten. Als wär sie schon unter die Raben gefallen, dachte die Frau Weines. Also wirklich. Wenn doch nur endlich diese ganzen Schwarzröcke das Mädchen mal in Ruhe ließen.

Die Susann allerdings hörte im Augenblick sowieso nicht hin.

Sie hört nur die Hammerschläge draußen Richtung Hauptwache. Die können nur eines bedeuten: Das Schafott wird errichtet. Ihr Schafott.

Montag, 13. Januar, abends

Georg kam noch schnell bei Goethes vorbei nach einem langen Tag. Die Eltern waren glücklicherweise nicht im roten Salon, als er eintrat. Nur die Geschwister. Was ihm immer sehr recht war.

«Der Römer ist der reine Taubenschlag», berichtete er. «Für die Angeklagte mag es ja besser sein, wenn es schnell geht, aber wenn dann hinterher alles schiefläuft … so etwas ist in der Eile doch kaum zu organisieren. Was alles bedacht werden muss. Zum Beispiel fällt dem Claudy heut mehr zufällig ein, dass die bürgermeisterliche Ordonnanz ein Cousin von der Delinquentin ist, ausgerechnet. Da kann der natürlich nicht die Honneurs machen bei der Veranstaltung. Der Claudy musste durchs ganze Haus laufen, der Ordonnanz Bescheid sagen und dann dem Ersatz. Dann haben sie im letzten Moment beschlossen, dem Erasmus Senckenberg eine Sonderbewachung unters Fenster zu stellen. Falls es zum Volksaufruhr kommt und die Meute ihn befreien will, den alten Schwerenöter. Und der Claudy, auf dessen Schreibtisch alles landet, der weiß nicht, wo dafür die Soldaten hernehmen. So viele Sonderkommandos hat er schon requirieren müssen.»

«Volksaufruhr? Besteht da denn Gefahr?»

«Je nun, Cornelia, es gibt ja gewisse Sympathien für die Brandin. Und große Volksansammlungen sind immer gefährlich. Zur Sicherheit werden die Stadttore geschlossen bleiben morgen, dass nicht noch Leute von außerhalb hinzuströmen. – Man sollte übrigens frühzeitig hingehen, wenn man einen guten Platz bekommen will. Kommt ihr denn?»

«Sicher», sagte Wolfgang, und zugleich Cornelie: «Nein.»

«Ach natürlich, wie rücksichtslos von uns Männern», murmelte Georg, zum Schein in Wolfgangs Richtung, und fügte lauter an: «Cornelia, wenn du nicht gehst, werden wir natürlich auch nicht gehen. Es muss dir ja hier jemand Gesellschaft leisten und dich ablenken von dem Grauen draußen. Nein, keine Widerrede, das ist doch selbstverständlich.»

Wolfgang traute seinen Ohren nicht. Abgesehen davon, dass es ihn erheblich enervierte, wie Schlosser hier für ihn Entscheidungen traf (denn er konnte ja anstandshalber jetzt kaum noch protestieren), abgesehen davon musste er nun wirklich an seiner Menschenkenntnis zweifeln. Es wollte ihm nicht in den Kopf, wie es sein konnte, dass dieser trockene, harte Typ Georg Schlosser nun dauernd Weibersensibilitäten hinterherlief.

Cornelie war übrigens, außer vom gut gemeinten Prinzip her, gar nicht froh über das Dekret von Georg. Denn es setzte sie in Wahrheit unter Druck. Wenn sie nämlich jetzt weiter darauf besteht, nicht mitzuwollen – und Georg wird natürlich keinesfalls abrücken von seinem ritterlichen Beschluss –, dann ist aus Wolfgangs Sicht sie die Spielverderberin. Dann ist sie es, die ihn daran gehindert hat, dem Schauspiel zuzusehen, das er doch aus dichterischen Gründen unbedingt erleben will.

Wenn sie ehrlich sein soll: Sie will schon deshalb nicht mit, weil es ihr zu anstrengend ist, sich an einem eisigen Januarmorgen stundenlang eingepfercht in einer Menschenmasse die Beine in den Bauch zu stehen.

Aber jetzt wird sie wohl müssen.

Dienstag, 14. Januar, vier Uhr früh

Die Frau Weines legt die neuen, noch ganz steifen weißen Kleider vor ihr aus im Schein teurer Kerzen: Rock, Jacke, Halstuch, Häubchen, Unterkleidung, sogar ein Paar feine weiße Handschuhe. Handschuhe hat die Susann noch nie gehabt.

Es ist wie eine Hochzeit bei den ganz reichen Leuten, denkt sie.

Aber damit ihr Kleid nicht ganz aussieht wie das einer Braut, einer Jungfrau, ist an Rock und Jacke das leuchtende Weiß mit schwarzen Bändern und Schleifen besetzt. Das fällt ihr erst beim Anziehen auf, als sie allein mit der Frau Weines und deren Tochter ist. Die beiden Herren Predigerkandidaten, die mit ihr gewacht und gebetet und gesungen haben heute Nacht, warten vor der Stubentür. Samt den wachhabenden

Soldaten. Auch die sind Tag und Nacht hier oben. Als wollte sie noch fliehen.

Oder würde sie, wenn sie irgend könnte?

Sie weiß es nicht. Was weiß man schon über sich?

Nachdem die Frau Weines ihr die Haare gemacht hat, führt sie die Susann fertig geputzt vor den großen Spiegel. «Wie schön du aussiehst», sagt sie. Die Susann selbst findet, sie sieht aus wie ein Gespenst. So weiß, so blass, diese flackernden Schatten im Kerzenlicht. Und dann kommen ihr die Tränen, weil es noch immer, trotz allem, ihr eigenes, vertrautes, unschuldiges junges Gesicht ist im Spiegel unter der weißen Haube. Das gleiche Gesicht wie vor einem Jahr oder zweien. Und es überkommt sie wieder, wie unglaublich alles ist, als könnte es gar nicht wahr sein: dass ihr Leben tatsächlich derart vom Weg ab und ins Verderben gelaufen ist. Dass es kein Zurück mehr gibt.

Und dass es so wenig bedurft hätte, um all das zu verhindern.

«Das hier sollst du in die Hand nehmen.» Die Frau Weines reicht ihr ein gefaltetes weißes Sacktuch, in dem eine große Zitrone liegt. Die Totenfrucht. Die tragen bei Beerdigungen die Sargbegleiter. Aber sie, sie lebt ja noch auf ihrem letzten Gang, sie kann ihre Zitrone selber tragen. Keine Hochzeit, eine Beerdigung.

Es sieht auf jeden Fall sehr feierlich aus, wenn sie jetzt, sie hat sich hingesetzt, an sich hinunterblickt, die weißen Kleider, das weiße Tuch mit der leuchtend gelben Zitrone in den weiß behandschuhten Händen. Sie starrt die ganze Zeit hin. Soweit sie etwas sehen kann. Die Sicht verschwimmt immer wieder, denn leider laufen ihr seit eben wieder ständig die Tränen übers Gesicht. Wenn es einmal anfängt mit dem Heulen! Sie versucht, sich abzulenken, bewegt die Lippen, spricht bei den

Gebeten von den Herren Kandidaten mit, die wieder eingetreten sind, links und rechts von ihr sitzen und keine Stille aufkommen lassen.

Die Pfarrer Willemer und Zeitmann treffen irgendwann auch ein, nacheinander, so um kurz nach fünf Uhr früh. (Die Uhr! In der Stube steht eine, und sie muss ständig hinsehen.) Inzwischen hat die Susann es geschafft, mit dem Weinen aufzuhören. Gott sei Dank. Dann muss sie sich wenigstens nicht dauernd an dem schönen, reinen weißen Tuch die Nase wischen. Herr Jesus, was für alberne Sachen einem wichtig sein können so kurz vor dem Tod.

Der Herr Zeitmann macht ihr Komplimente, wie schön sie aussieht in ihrem weißen Habit, und sie hat doch wahrhaftig einen Anflug von Galgenhumor: Eine schöne Leiche, sagt sie, lacht halb auf und erschrickt dann über sich selbst. Denn hätte sie überhaupt scherzen dürfen in ihrer Lage, ist das nicht frivol und verstößt gegen die bußfertige Haltung einer Sünderin, die gleich vor ihren himmlischen Richter tritt? Doch glücklicherweise lachen der Zeitmann und der Willemer auch ein bisschen, es wird ihr also nicht sehr geschadet haben im Himmel, der Lapsus.

Später, es ist gegen sechs, kommt eine Person, die so absonderlich kostümiert ist, dass die Susann für einen Augenblick sich selbst und ihre Angst vergisst. Was der Herr anhat, sieht aus wie die Mode von anno dazumal: Über einem schwarzen Kleid mit breitem Gürtel und schwarzen, hohen, stark gespornten Stiefeln trägt er einen verwegenen roten Umhang, auf dem ein silberner Wappenadler prangt. Und natürlich hat er auf dem Kopf eine ellenlange, dick gelockte Prachtperücke. Die Frau Weines wird von dem neuen Herrn herauskomplimentiert, dafür ist jetzt plötzlich der Herr Weines mit Söhnen im Raum, und die Susann begreift allmählich, dass die kostümierte Person der Vorgesetzte von dem Richter Weines ist. Der Herr Obristrichter nämlich, der oberste städtische Beamte zur Aufsicht über den Strafvollzug und die Gefängnisse.

Als Nächster trifft der Claudy ein, hochfeierlich perückiert auch er, höchst nervös und angespannt im Gesicht. Da wird auch die Susann augenblicklich unruhig, spürt ihr Herz losrasen und ihre Eingeweide sich regen.

Jetzt geht es gleich los.

Tatsächlich!

Der Claudy verschwindet, kaum drinnen, wieder in den Vorraum, kommt dann zurück mit drei großen Männern, die draußen gleich bei der Tür gestanden haben müssen und die sich nun schnell in die Ecke hinter dem Ofen begeben, wo die Susann sie nicht sehen kann. Und dann kommt der Claudy direkt auf sie zu, bleibt stehen, räuspert sich, befiehlt ihr, ohne ihr in die Augen zu sehen, sich ebenfalls aufzurichten, rollt ein Papier auf, als sie steht, und beginnt nach neuerlichem Räuspern, langsam etwas vorzulesen. Es ist das Todesurteil. Das bekannte.

Als er an die Stelle kommt «andern zum abscheulichen Exempel mit dem Schwert vom Leben zum Tod zu bringen», da spürt die Susann, wie sie anfängt zu zittern. Obwohl sie es doch gewusst hat. Sie kann kaum stehen, so schlottert sie. Wie wenig man doch Herr seiner selbst ist! Eben noch hatte sie geglaubt, sie könne die Hinrichtung ruhig und gefasst erdulden; im nächsten Moment entgleitet ihr schon bei der bloßen Ankündigung alle Beherrschung. Und ehe sie sich auch nur ein bisschen wieder fangen kann, geht es schon weiter. Der Claudy tritt plötzlich zurück, der kostümierte Obristrichter aber vor sie, hält ihr einen roten Stab hin, zerbricht ihn und wirft ihn ihr vor die Füße mit den Worten: «Hiermit breche ich Euch, Brandin, den Stab und übergebe Euch dem Scharfrichter Hoffmann, dass er das Urteil auf vorgeschriebene Art vollziehen möge.»

Prompt tritt von hinterm Ofen einer der drei großen Männer ins Licht, und jetzt weiß sie, das ist der Scharfrichter.

Ehe sie sich's versieht, steht er neben ihr und fasst sie an der Hand wie ein Liebender. Seine Hand ist warm, ihre eiskalt. Und der sehr sanfte Druck der warmen Hand hilft. «Ihr müsst Euch nicht fürchten», flüstert er, ganz dicht bei ihr, er hat einen Marburger Akzent. «Ich versicher Euch, es wird ganz glimpflich vorübergehen. Mein Sohn macht's, der ist verlässlich, und das Schwert ist der schnellste und schmerzloseste Tod, den man haben kann. Ihr merkt nichts, gar nichts. Übrigens ist es auch noch nicht so weit. Wir Scharfrichter gehen jetzt erst noch einmal nach Hause.»

Tatsächlich verschwindet der Mann mitsamt seinen beiden Begleitern nun wieder, begleitet von einem Trupp Soldaten. Und der Pfarrer Willemer steht plötzlich seinerseits neben der Susann, legt ihr die Hand auf die Schulter. Gott sei Dank, die Pfarrer sind ja auch noch da.

«Kindchen, wir gehen jetzt zusammen in das Armesünderstübchen, Ihr wisst, der Warteraum unten gleich bei der Treppe. Hier oben wird es ja nun allmählich eng.»

In der Tat, denn in der guten Stube des Richters Weines drängten sich jetzt weit über zwanzig laute männliche Personen, nämlich ein Gutteil des Frankfurter strafvollziehenden Personals nebst Kutschern, Kindern (soweit männlich) und anderen niederen Dienstleistern. Alle wollten sie dabei sein an dem großen Tag. Es war gut, diesen Ort jetzt verlassen zu können.

Das Herz klopft der Susann noch immer sehr, aber das schlimme Zittern, das war fürs Erste wieder vorbei und die namenlose, schreiende Angst von eben, die auch.

Am selben Tag, acht Uhr morgens

Das Gedränge und Geschubse war unglaublich an der Hauptwache. Der Paradeplatz nach Norden zu war sowieso nicht zu betreten für Zivilisten, da standen waffenstarrend Soldaten in Garnisonsstärke und warteten, ob ihr Eingreifen nötig würde. An der Ost- und Südseite der Hauptwache, der Bühne des kommenden Schauspiels, da wurde es dafür umso enger. Man hätte sich schon prügeln oder nachts um vier kommen müssen, um einen guten Platz zu ergattern ganz in der Nähe des Schafotts – Soldaten standen davor, um die Leute am Draufsteigen zu hindern – oder an dem mit Sand markierten Weg, über den die Delinquentin vom Katharinenturm aus geführt werden würde.

Solche Massen, solchen Andrang hatte Cornelie nur einmal vorher erlebt: bei der Kaiserkrönung anno '64. Damals war der Anlass allerdings wesentlich fröhlicher gewesen. Und Frühling war es gewesen, ein sehr milder.

Nicht so heute. Mit wollener Unterwäsche und einer Wärmflasche unterm Mantel ausgestattet war sie gekommen; trotzdem kroch ihr schon nach einer Stunde hier draußen die Kälte die Beine hoch. Der Januar war klirrend kalt diesmal, und das nach einer neuerlichen fatalen Missernte im Herbst und bei einem demzufolge viel zu hohen Brotpreis das zweite Jahr in Folge. So dicht gepackt zwischen schlecht gekleideten, ausgemergelten, verfrorenen Gestalten, da spürt Cornelie, dass es heut tatsächlich einen Aufruhr geben könnte. Fast hört sie die leeren Mägen knurren, und sie fürchtet, dass der Hunger sich rächen wird heute, wo die Massen zusammenkommen, wo Obrigkeit und Volk sich versammelt gegenüberstehen. Da wird ja eine Verbrecherin schnell zur Märtyrerin und ihre Hinrichtung von einem Sinnbild der Gerechtigkeit zu einem der Ratswillkür. Vielleicht fing es sogar schon an, da hinten am Katharinenturm, den Cornelie von ihrem Standpunkt aus ganz gut sah und wo offenbar die Soldaten alle Mühe hatten, einige junge Burschen am Eindringen zu hindern.

«Was haben die vor?», fragte sie und reckte den Hals (gut, dass sie so groß war!). «Die Gefangene befreien?»

«Das wissen sie selbst nicht», riet Georg, «es ist wahrscheinlich eine Mutprobe. Ich würde der Brandin nicht wünschen, dass sie denen in die Hände fällt.»

Langweilig wenigstens, dachte Cornelie, plötzlich euphorisch, langweilig würde es heute hier draußen ganz bestimmt nicht werden. Da hätte sich das Frieren wenigstens gelohnt.

Das dachte sich auch die Dienstmagd Margret Seyfriedin im Gasthaus *Zum Einhorn*, die sich im selben Augenblick aus der Tür der Bierstube schleichen wollte. Leider wurde sie erwischt.

«Margret! Wohin des Wegs?», brüllte ihr die Bauerin hinterher, die gerade aus der Wohnstube eintrat.

«Ei, es ist doch jetzt nichts weiter zu tun», verteidigte sich die Margret. Und sie hatte recht. Die Bierstube war nie so leer gewesen. Zu essen würde es Reste von gestern geben. Alles war vorbereitet.

«Von meinen Leuten geht niemand da hin! Hört Ihr, Margret! Niemand.»

Wenn die Bauerin diesen höchst bestimmten Ton anschlug, dann fügte man sich besser. Unwillig lockerte die Seyfriedin ihr gegen den Januarwind sehr fest gestecktes flanellenes Halstuch und ging, statt in die Küche, in die Ecke von der Bierstub, wo sie sich neben den beiden trüben Tassen am Bauerischen Tisch niederließ. Die trüben Tassen, das waren der Bonum und die kleine Küchengehilfin Eva Wetzelin. Die so klein nicht mehr war, seit sie hier bei der Bauerin dieser die Haare vom Kopf fressen durfte. Zwei Handbreit geschossen war die Kleine seit Mitte August, als sie hier angefangen hatte.

Die Eva und der Bonum, das hatte die Seyfriedin längst spitzgekriegt, gehörten zu jenen wenigen Personen im Haus, die mehr oder weniger verstohlen dem Hürchen nachweinten. Weshalb die Seyfriedin sich jetzt grad so gern und zum Trotz neben die beiden setzt: Damit ihre missbilligende Anwesenheit die beiden Jammerlappen daran erinnere, dass es sich bei der heimlich Beweinten um eine kaltblütige, grausame Mörderin handelte, um die man guten Gewissens gar nicht trauern durfte.

Die Dauerlogiererin Hundchen, die krumm am Kopfende des Tischs saß mit ihrem Stock neben sich, die nahm der Margret ahnungslos ein bisschen Arbeit ab, indem sie einmal mehr mit ihrer alten Zitterstimme ungläubig in den Raum warf, was sie sicher tausendfach wiederholt hatte in den letzten Monaten: «Ja, wer hätte das gedacht! Dass das nette Mädchen so ein Luder ist!»

«Wie wahr», stimmte die Seyfriedin fröhlich zu, «man hätt's auf den ersten Blick nie von ihr gemeint! Diese Durchtriebenheit! Wie hat sie mir scheinheilig vorgeheuchelt von ihrer Unschuld, dass ich ihr sogar an dem Abend noch aufs Wort geglaubt hab. Nur gut, dass es noch eine Gerechtigkeit gibt auf der Welt.»

Hier vernahm man, wie die beiden anderen fast gleichzeitig scharf den Atem einzogen: die Eva, die mit gesenktem Kopf in ihrer Flickarbeit stochert, und der Bonum, der nervös die Finger spielen lässt auf dem Tisch und den leeren Blick nirgendwo hin gerichtet hat, ins Nichts, an die gegenüberliegende Wand.

In Wahrheit wäre der Bonum jetzt ganz gern an der Hauptwache. Besser als hier gequält herumzusitzen. Er traute sich nur nicht zu gehen, weil er wusste, die Bauerin war dagegen, und sein gutes Verhältnis mit ihr, das wollte er natürlich nicht aufs Spiel setzen.

Ja, es stimmt, er hätte gern noch einen letzten Blick auf die Susann geworfen. Und vielleicht wäre die sogar froh, in ihrer schlimmsten Stunde wenigstens ein bekanntes Gesicht zu sehen unter den vielen fremden. Sonst war ja niemand da.

Sie war ja ganz allein.

Auf dem von Soldaten bewachten und vom Volk umlagerten Katharinenturm fand ein Festmahl statt.

Riesige Berge von Fleisch waren aufgefahren, die eigens aufgebockte Tafel in der Stube des Richters Weines bog sich unter dem Gewicht von insgesamt dreißig Pfund Wurst, Rindfleisch, Karpfen und Kalbsbraten, von dreißig Milchbroten, zwei Laibern Schwarzbrot und achteinhalb Maß unverdünntem Wein vom Feinsten, Jahrgang achtundvierzig.

Aber man sprach nicht an der Tafel. Es war, außer dem beunruhigenden, dumpfen Lärm der Volksmasse draußen, nichts zu hören als Kauen, Knacken, Schmatzen und gelegentliches Rülpsen.

Die kräftigen Essgeräusche kamen erstens von den fünf im letzten Jahr selten ganz satt gewordenen Soldaten, die heute Nacht hier gewacht hatten und nun vor der Stubentür lagernd pfundweise Käse, Brot und zwölf Maß Bier vertilgten. Und sie kamen auch von den in halbwegs sittsamer Haltung mit an der Tafel sitzenden beiden Einspännigern, also den zivilen niederen Assistenten der Herren Bürgermeister, die eigentlich nicht ganz wenig verdienten, aber auch nicht so viel, dass sie sich bei ihren zahlreichen Kindern in dieser teuren Zeit immer Fleisch hätten leisten können. Die nutzten die Gelegenheit, sich einmal richtig damit vollzustopfen. Und solch guten Wein, den gab es schließlich auch nicht alle Tage.

Claudys Teller dagegen war gänzlich unberührt. Er bekam einfach nichts herunter. (Genau wie übrigens die Delinquentin, der er von jedem Gang der Henkersmahlzeit etwas ins Armesünderstübchen bringen ließ und die alles ausgeschlagen hatte. Nichts als ein Glas reines Wasser hatte sie erbeten. Und erhalten. Man war ja dankbar, etwas für sie tun zu können.)

Die restlichen Personen am Tisch, nämlich die Herren Pfarrer Zeitmann und Willemer (an deren Stelle jetzt die Predigerkandidaten der Delinquentin unten Gesellschaft leisteten) sowie der Herr Obristrichter, die hatten natürlich auch keinen großen Appetit gehabt auf Unmengen von deftigem Essen so früh an einem solchen Tag. Aber die hatten im Gegensatz zum Claudy ihre Nerven im Griff und zumindest ihren Teller Suppe verzehrt und je ein Portiönchen Wurst und Brot, um sich bei Kräften zu halten. Der Claudy schämte sich, dass er wieder einmal als Weichling dastand. Aber es ging einfach nicht, beim bloßen Gedanken an Essen im Mund krampfte sich ihm der Magen zusammen.

Er war sehr, sehr froh, als kurz vor neun die Tafel endlich aufgehoben und die Berge von übrig gebliebenem, erkaltetem Fleisch dem freudig wartenden Richter Weines und seinen Kollegen überlassen wurden.

Das würde ein Fest geben für die Herren Gefängnisaufseher heute auf dem Katharinenturm! Gutes Essen gratis, guter Wein gratis, Geselligkeit und Nervenkitzel durch die interessante Aussicht vom Turmfenster auf den Richtplatz. Mehr konnte man nicht wünschen. Davon würden sie alle noch ihren Enkeln erzählen.

«Hört ihr! Die Sturmglocke!»

Georg – der unwillkürlich Cornelie am Rücken berührte bei dieser Mitteilung – hatte sich allerbestens vorbereitet, um den Geschwistern sozusagen den Führer spielen zu können durch die heutige Zeremonie.

Dreimal würde die Sturmglocke der Barfüßerkirche läuten, und dies war das erste Mal.

Für die Eingeweihten war es ein Zeichen, sich umzusehen, was Georg auch tat – um dann Cornelie etwas zuzuflüstern. «Was habt ihr für Geheimnisse?», fragte Wolfgang, und bekam die Botschaft seinerseits ins Ohr: Der Scharfrichter Hoffmann und zwei seiner Söhne würden soeben unauffällig und inkognito von einigen Soldaten durch die Menge gelotst, Richtung Schafott.

Nach der zweiten Warnung der Sturmglocke, eine Viertelstunde später, rückte ein Kommando von dreißig Grenadieren vor zum Katharinenturm.

Eine kleine Weile nach dem dritten Schlag der Sturmglocke erschien derjenige, der sie geläutet hatte, höchstpersönlich im Turm. Er trug die etwas altmodische Bezeichnung Stöcker oder Stockmeister. Und er hatte hier ein wichtiges Amt zu verrichten.

Nämlich das, wovor die Susann fast mehr Angst hatte als vor der Hinrichtung selbst.

Die Pfarrer zum Glück sind bei ihr, bleiben auch bei ihr, der Pfarrer Zeitmann und der Pfarrer Willemer, und beide führen sie behutsam, einer rechts, einer links, und reden sanft auf sie ein. Direkt an der Treppenschwelle, wo einem schon die eisige Winterkälte von draußen entgegenkommt, wartet der Stöcker. Die Susann zittert. Ihr ist schlecht. Sie hat so

Angst. Herr Jesus, warum hat sie nur gerade davor so Angst. Vor dem Fesseln.

Der Stöcker tut schnell und ungerührt, was er tun muss: Er bindet der Delinquentin die Hände an den Handgelenken vor der Hüfte zusammen, sodass sie die Zitrone kaum noch halten kann. Dann wickelt er ihr den Strick fest um Arme und Oberkörper, einmal, zweimal, dreimal, viermal. Auf der Mitte des Rückens schließlich schlägt er einen Knoten. Und nun muss die Delinquentin am Strick vor ihm die steile Treppe hinuntersteigen.

Die Pfarrer kommen hinterher, reden beständig auf sie ein, bis sie unten ist und draußen, in der Kälte und einem Kreis aus Grenadieren; von jenseits der Katharinenpforte sind Pfiffe und Gejohle zu hören.

Man steht unterm Turm. Man steht eine endlose Minute, man steht zwei Minuten, dann drei, dann fünf. Die Pfarrer und die Kandidaten fangen an, der Susann vorzusingen, die die ganze Zeit vom Stöcker am Strick gehalten wird. Sie kann nicht singen, ihr Mund ist so trocken, sie glaubt, sie müsse ersticken und ist vollauf beschäftigt, sich gerade zu halten und Luft zu bekommen. Der kostümierte Obristrichter und die Einspänniger sitzen längst auf ihren unruhig schnaubenden Pferden, das Gejohle jenseits der Pforte wird lauter, und einmal hört die Susann durch den ganzen Lärm sehr klar den Grenadierleutnant zum Obristrichter sagen: «Vorne schlagen sie jetzt den Weg frei.»

Und dann geht es doch los, durch die Pforte, hinein in die Menge. Sobald sie da draußen ist, verspürte sie ein heißes, zerreißendes Gefühl in der Brust wie noch niemals im Leben. Sie glaubt, jetzt tot zusammenzubrechen ganz von selbst, einen Augenblick ist sie weggetreten, und dann ist die Anwandlung plötzlich vorüber. Sie sieht wieder klar, ist immer noch aufrecht, spürt ihre eigenen Schritte, bemerkt, dass die Pfarrer, Gott sei Dank, noch neben ihr hergehen, singend, betend. Der Stöcker ist hinter ihr, sie spürt, wie sich ab und zu der Strick strafft. Und dann geschieht etwas Seltsames – dass sie nämlich aus dem Gebrüll um sie herum, als entwirrte sie Fäden, einzelne Stimmen heraushört, einzelne, kristallklare Wörter. Der dort vorn zum Beispiel, mit dem roten Hemd und der schwarzen Hose, der ruft «Lasst sie frei, ihr Hurensöhne», und ein Stück weiter spuckt eine Frau in ihre Richtung, aber verfehlt sie. «Teufelin! Teufelin! Hexe!», brüllt es dabei aus ihrem zahnlosen Mund.

Die Pfarrer singen: «Befiehl du deine Wege». Die Susann zwingt sich einzustimmen, und plötzlich singt sie ganz klar und laut, mit einer Kraft, von der sie nicht wusste, dass sie sie noch hat. Das ist ihre Stimme, sie hört sie jetzt zum letzten Mal.

«Es geht nicht, ich ertrag das nicht», sagt Cornelie, plötzlich hysterisch. Wie konnte sie nur hierherkommen? Warum merkt sie erst jetzt, worauf sie sich da eingelassen hat? Der gruselige Zug ist gerade in ein paar Schritten Abstand an ihr vorübergegangen. (Georg hatte Münzen verteilt, dass man weiter nach vorne kam.) Diese unerträglichen archaischen Riten, dieser Obristrichter in Blutrot samt Zepter vornweg auf seinem Prachtpferd, die Todgeweihte am Strick wie ein Stück Vieh, und versucht noch tapfer zu singen, mit einem Ausdruck, da kann man gar nicht hingucken, und so blass, du lieber Gott.

«Cornelchen, ich bitt dich.» Das war Wolfgang. «Du musst doch gar nicht hinsehen, dreh dich in die andere Richtung, halt dir wegen mir auch die Ohren zu. Wir sind hier gute dreißig Schritt vom Schafott, genauso gut könnten wir zu

Hause im Hirschgraben sein, da würden wir ebenso viel mitbekommen.»

«Wir können ja schon einmal gemächlich den Rückweg antreten», mischt sich Georg ein und greift schon nach Cornelies Arm, als könnte man hier einfach so fortwandeln, eingepfercht, wie man ist. Wolfgang denkt, er hört nicht recht. Und er müsste wohl noch mitkommen anstandshalber als Chaperon! (Als bestünde Gefahr, haha, dass Schlosser seiner armen, reizlosen, aufs Altjungferntum zusteuernden Schwester an die Ehre ging.)

«Noch nicht, warte», sagte Cornelie hastig, nachdem sie sich tatsächlich weggedreht hatte. «Ich probier's. Wahrscheinlich geht es, wenn ich einfach in die andere Richtung sehe. Wenn sie am Schafott sind, sagt mir Bescheid, dann halt ich mir die Ohren zu.»

«Auf die Vorkehrung kannst du getrost verzichten. Man dürfte ohnehin nichts hören, beim Schwert», erklärte Georg. Und dann leiser, nur zu ihr: «Tapfer, Cornelia, für ein Mädchen muss so etwas freilich schwer zu ertragen sein.» Worauf er sich seinerseits wieder umdrehte und zusah, irgendwo zwischen den Köpfen eine Handbreit freie Sicht aufs Schafott zu erhaschen.

Jeden Schritt des Zuges nach vorn erkämpften Soldaten mit Prügelstöcken.

Und dann war man endlich durch, watete in dem Sand, der ums Schafott dick aufgeschippt war. Wozu der ganze Sand, denkt die Susann, irr beinahe, als wäre das wichtig, und hört wieder auf zu denken, weil der Scharfrichter vor ihr steht, der Ältere, nicht der Sohn, und sie bei der Hand nimmt und die Stufen hinaufführt auf das Holzgerüst.

Die vielen Gesichter, bis weit auf die Zeil hinaus. Das kann doch alles nicht Wirklichkeit sein. Nicht wirklich ihr passieren.

Dann sind auch die Pfarrer oben, der Pfarrer Willemer steht vor ihr. Sie hört ihn irgendwelche geistlichen Worte sagen, aber kann im Augenblick den Sinn nicht fassen, dann bittet er sie zu knien und den Kopf zu senken. Lieber Herr Jesus, nicht hinknien, bitte nicht. Nein, Kind, sagt der Pfarrer, für den Segen nur. Sie zittert und schwankt, als sie in die Knie gehen will, weil die Stricke um den Oberkörper sie behindern, dann zieht es, wo der Stöcker sie im Schwanken festhält. Der Pfarrer Zeitmann und ein Kandidat helfen ihr schließlich ganz hinunter, sie spürt die Hände des Pfarrers auf ihrer Haube, hört ihn den Segen sprechen, langsam: «Nimm hin den Heiligen Geist, Schutz und Schirm vor allem Argen, Stärke und Hilfe zu allem Guten von der gnädigen Hand Gottes, des Vaters und des Sohnes und des Heiligen Geistes». Doch sie hat nicht die Sammlung, sich dem Segen hinzugeben, es rast alles so in ihr, beim Aufstehen wird ihr schwarz vor Augen, aber nur kurz, und dann führt sie der alte Scharfrichter an der Hand zu einer Art Stuhl. Herr Jesus, hier wird es passieren. Schon sitzt sie, dann spürt sie wieder Stricke zerren, sie wird festgebunden an dem Stuhl, die Pfarrer neben ihr, betend, ihr zuredend, sie hört es kaum noch. Herr Jesus, sie hätte gern, dass ihr jemand die Hand hält, die Hände sind leer, die Zitrone ist nicht mehr da, sie bekommt zu wenig Luft, so schnell kann sie gar nicht atmen, wie sie müsste, sie spürt einen kühlen Zug an Kopf und Hals, jemand nimmt ihr sanft die Haube herunter und zieht das Halstuch von hinten ab.

Die Geschwister Brand waren, jeder für sich, zu der Meinung gekommen, dass man die Hechtelin unmöglich allein lassen könne an diesem Morgen. Dabei hatte man sich eigentlich kaum gesehen in letzter Zeit, war sich aus dem Weg gegangen regelrecht seit August.

Aber jetzt saß die ganze Familie Brand einträchtig beisammen in der Stube des Schreinermeisters Hechtel. Zum ersten Mal seit der Verhaftung. Der Bruder Niklaus war da, die Käthe, die Ursel, allesamt gruppiert um die hochschwangere Dorette. Die Schwägerin Ännchen hockte auf einer kleinen Fußbank in der Ecke mit den Kindern und sah zu, dass die schön still waren.

Man war zwar weit, weit weg vom Gerichtsplatz hier in der Predigergass, im Südosten der Stadt. Aber man hörte es trotzdem. Den Lärm der Menge. Wie ein Volksfest. Nur die taube Dorette hörte nichts, Gott sei Dank, und es verriet ihr auch keiner, dass sie alle mit den Ohren dabei waren bei dem, was ihrer Schwester jetzt geschah.

Genau um zehn Uhr, kurz vor der Glocke, da setzte der Lärm plötzlich aus.

Cornelie hat sich längst wieder zum Schafott gedreht. Ihr ist wieder besser, außerdem kann sie ja dann die Augen zumachen, wenn es so weit ist. Glaubt sie jedenfalls. Aber plötzlich geht alles so schnell – so schnell –, der alte Hoffmann nimmt dem Mädchen die Kopfbedeckung und das Halstuch ab und tritt zurück, und da hat auch schon der bislang wie unbeteiligt ein Stück dahinter stehende Sohn weit, weit ausgeholt mit dem Schwert und trennt mit einem einzigen glatten Streich der Delinquentin den Kopf vom Körper. Und er fällt, der Kopf, er fällt.

Schwärze. Brennen. Blitze.

Und dann Aufwachen, ein Moment völliger Klarheit, in dem die Susann, verwirrt, überrascht zuerst, einen schreienden, brennenden Schmerz überall spürt und eine entsetzliche Schwäche und schließlich namenloses Grauen, weil sie von unten auf etwas blickt, weiß, aufrecht, von pumpendem Blut überströmt, das ihr eigener Körper sein muss. Dann Schwindel, das Bild schrumpft, wird immer kleiner, dreht sich, wird zu einem langen, schmalen, schwarzroten Tunnel, an dessen Ende, Gott sei Dank, helles Licht.

Cornelie hört sich selbst schreien und reißt eine Hand hoch, hält sich die Augen zu.

Dann spürt sie an ihrer Linken, die noch halb im Muff steckt, eine fremde Hand sich anschmiegen, vorsichtig, Finger, die sich langsam zwischen ihre Finger schieben. Die sie ganz sanft und liebevoll drücken. Sie blickt verstohlen auf den Muff hinunter, und es ist tatsächlich Schlosser, der ihre Hand hält und sie im Übrigen nicht ansieht, so als wäre nichts. Er liebt mich, denkt Cornelie, er liebt mich.

Und ich ihn doch eigentlich auch.

Die völlige Stille der Menge dauert nur den Bruchteil einer Sekunde. Der Ursel in der Stube des Schreinermeisters Hechtel scheint es eine Ewigkeit zu sein. Reglos sitzt sie, halb vorgebeugt, in einer Bewegung versteinert, und dann folgt der Aufschrei der fernen Zuschauer, wie aus einer Kehle. Fast gleichzeitig mit dem 10-Uhr-Geläut.

«Du liebe Zeit, du liebe Zeit», sagt die Dorette, die Augen schreckgeweitet, «jetzt ist es passiert!» Sie hat nichts gehört, natürlich. Aber sie hat es gesehen in den Gesichtern ihrer Geschwister. «Nun reg dich nicht auf, Dorettchen», sagt die Ursel und schluckt heftig, «es ist doch besser, dass sie es nun hinter sich hat.»

Unterdessen sprach der Herr Obristrichter im Namen des Rats über dem blutigen Schwert dem Scharfrichterssohn Hoffmann, selbst Abdecker und Scharfrichter zu Groß-Gerau, die traditionelle Belobigung für den gelungenen Schwerthieb aus:

«Er hat sein Amt wohl verrichtet und getan, was Gott und die Obrigkeit befohlen hat.»

Am gleichen Tag, drei Uhr nachmittags

«Das ist doch! Ich glaub es nicht! Ich glaub es nicht!»

Die Bauerin nähert sich, den Mund verzerrt vor Wut, der Außentür ihrer Bierstube.

«Wie kann Er es wagen! Wie kann Er nur sein Gesicht hier noch einmal zeigen!»

Der junge Mann lacht und nimmt seinen Hut ab. «Ich sehe, Ihr seid mir böse. Aber Ihr müsst mir danken. Ich habe einen Brief bekommen, dass es gibt Schwierigkeiten durch meine Schuld. Und jetzt bin ich hier. Obwohl es war viel besser für mich in Petersburg.»

Er lässt sich gutgelaunt auf den nächsten Stuhl fallen, der laut kracht, lehnt sich zurück und streckt die langen Glieder von sich, in Blau und Rot gekleidet noch immer, mit einem weiten Mantel. Die Bauerin starrt ihn an. Er legt den Hut auf den Tisch und plappert weiter.

«Oh, was ich bin müde. Wir sind durchgefahren letzte Nacht, und da, heute morgen, als wir hier waren, wir konnten nicht rein, weil die Tore waren geschlossen wegen irgendeine Hinrichtung von eine Kindermörderin.»

Die Bauerin schweigt, ein Finger trommelt auf die Schürze.

«Wo ist sie? Sßüsann? Wie geht es ihr?»

Die Bauerin schweigt.

«Oh. Sie hat geheiratet ein andern?» Er lacht.

Die Bauerin schweigt.

Minutenlang.

«Die Hinrichtung», sagt sie endlich, «das war sie.»

Selten in seinem Leben war der Jan so sprachlos.

Jedenfalls für fünf Sekunden.

«O nee», sagt er dann und haut mit der Handfläche auf den Tisch.

Die Bauerin musste sich jetzt erst einmal setzen. Und als sie wieder praktisch denken konnte, da beschloss sie, dass es wenigstens nicht die kleine Eva sein würde, die diesem speziellen Gast sein Essen auf die Stube bringt. Da würd sie doch lieber die Margret für abordnen, gelle.

Am gleichen Tag, zehn Uhr abends

Ein später Besuch klopfte bei Goethes. Und wer war es? Schon wieder Georg Schlosser!

Er übertreibt es wirklich mit der Anhänglichkeit, dachte Wolfgang. Aber so etwas war er inzwischen schon beinahe gewohnt, so war es ja auch in Straßburg schon gewesen, diese guten, lieben, aber etwas lästigen Bewunderer, die seine Genialität, sein Charisma umschwärmten und nicht genug von ihm bekommen konnten …

«Nur eine kurze Stippvisite auf dem Heimweg», begann Georg, «ich lege gar nicht erst ab. Ich hoffe, Ihr habt Euch wieder erholt von dem Entsetzlichen heut Mittag?»

Ja, hatte man, so halbwegs. Obwohl Wolfgang auch heut

Abend noch immer wieder ungebeten diese Bilder vor sich sah, wie der enthauptete Körper so merkwürdig gezuckt hatte. Und wie das Blut wallte aus dem Hals, Himmel. Wiederum kam ihm der Gedanke, um wie viel einfacher es Mädchen hatten: Die durften schwach sein, durften nach Belieben in Ohnmacht fallen bei jeder Gelegenheit. Aber als Mann? Da machte man sich zum Gespött, wenn man zugab, dass einem arg flau geworden war angesichts dieses kopflosen Körpers und dass man auf Wochen hinaus böse Träume befürchtete.

«Es wird noch ein Nachspiel geben», berichtete Georg. «Der Hoffman bekommt Ärger, der Alte, meine ich, nicht der Sohn. Vorhin hat es zu später Stunde eine Anzeige gegeben beim Jüngeren Bürgermeister: Die Knechte vom Hoffmann hätten heut Nachmittag auf dem Weg zum Gutleuthof gegen Geld den Sarg geöffnet und die Leiche sehen lassen.»

«*Mais c'est l'horreur*», murmelt Cornelie.

«Oh! Verzeih, Cornelia, wie rücksichtslos von mir. Ich hätte nicht mehr kommen sollen, euch so spät am Abend noch ein neues Schreckensbild zumuten …»

«Na, na. Nun übertreib Er nicht, Schlosser. So empfindliche Mimöschen sind wir Goethes nicht», dekretierte Wolfgang gereizt. «Aber vielleicht ist es jetzt wirklich Zeit, ins Bett zu gehen.»

Die Untersuchung ergab, dass der Sarg nur einmal geöffnet worden war, und zwar am Gutleuthof, direkt am Grab. Der Körper musste sowieso zurechtgelegt werden nach der langen Fahrt, beziehungsweise der Kopf, der in einem solchen Fall natürlich ziemlich herumrollt beim Transport. Und da hatte man die jungen Leute, die über die Mauer in die Umfriedung kletterten – feine junge Herrschaften allesamt, wer es sich eben leisten kann, in einem Januar mit den teuersten Brotpreisen seit Menschengedenken Geld für bloßen Nervenkitzel auszugeben – da hatte man die natürlich mal hineinsehen lassen, und deren Silbermünzen hatte man auch nicht verschmäht.

Dem Körper und dem Kopf der Susann war das egal. Aus ihnen war die Seele längst gewichen. (Nur die Nerven zuckten noch gelegentlich in der rechten Hand, wenn man genau hinsah.) Und der Körper und der Kopf von der Susann ließen sich denn auch geduldig in die Erde bringen hier im Schandfriedhof des Gutleuthofs, wo man Monate zuvor schon die malträtierte Leiche ihres Sohnes verscharrt und wieder ausgegraben und wieder verscharrt hatte.

Da liegen sie noch heute, eins geworden mit der Frankfurter Erde und der Frankfurter Geschichte, gar nicht weit von jenem Ort, der sich rühmt, der größte Fernbahnhof Europas zu sein.

Nachrede

Für die, die wissen möchten, wie es weiterging

Der Ratsschreiber Claudy unterließ es leider, der Susann den wichtigsten ihrer letzten Wünsche zu erfüllen. Warum, verrät er uns nicht in seinen Protokollen, vielleicht hat er es schlicht vergessen, weil er die ganze üble Angelegenheit möglichst schnell *ad acta* legen wollte nach dem Tod der Inquisitin. Vielleicht schien auch das «Gelümps» (so Rost) in der Kleidertruhe einer Dienstmagd den Aufwand der Versteigerung nicht wert. Sicher ist nur: Susanns Habseligkeiten wurden nicht zugunsten der Wetzelischen Kinder verkauft – obwohl die jeden Kreuzer gut hätten gebrauchen können im Winter und Frühjahr des Jahres 1772, dem schlimmsten Hungerjahr des Jahrhunderts. Vielmehr wurde alles, inklusive Perlen, der Königin ausgehändigt.

Die Königin stand sich anscheinend eher besser denn schlechter mit ihren Gönnerinnen nach den Ereignissen. Sie konnte ja nichts für die Sünden von dem ungeratenen Mensch! Leider nur war es ihr nicht vergönnt, ihre relative Frankfurter Prominenz durch den öffentlichen Tod ihrer kleinen Schwester lange zu genießen. Sie hatte es immer schon gefühlt, dass sie nicht so gesund war wie ihre robusten Geschwister – dieser

Druck in der Kehle und die vielen Vapeurs, die sie plagten. Im Jahr 1776 wurde sie dann arg krank und starb (nachdem sie nicht lange davor noch ein Töchterchen geboren hatte, für das glücklicherweise die Frau de Bary geruhte, die Patin zu spielen, samt entsprechendem Taufgeschenk). Ihr Mann, der Tambour, heiratete bald noch einmal. Wen wohl? Die Käthe Brandin natürlich, seine Schwägerin und Hausgenossin. Die saß ja bereit. Da musste sich niemand umstellen in der Familie.

Die Hechtelin spürte für immer eine Schwere im Herzen. Ihr blieb wenigstens viel Zeit, sich im Vergessen zu üben, denn gemeinsam mit ihrem Hechtel erlebte sie noch Napoleon. Zuletzt hört man nach 1800 von den beiden, als leider ihr Einkommen zusammen mit der Arbeitskraft im Schwinden begriffen war. Aber sie hatten ja Bürgerrechte, da fiel man nicht ins Bodenlose, da konnte man sich auf die städtische Almosenkasse verlassen.

Über das weitere Schicksal der Frau Bauerin ist wenig bekannt. Ihr Haus *Zum Einhorn* überstand noch 172 Jahre, bis eine neu aufgekommene, sehr unzivilisierte Art der Kriegsführung die mittelalterliche Altstadt Frankfurts mit Ausnahme der Römer-Fassade in den Orkus der Geschichte bombte. Die Frankfurter hätten sich 1944 natürlich nach alter Tradition gerne ergeben und die Besatzer kampflos in die Stadt gelassen – aber in diesen Zeiten ging das leider nicht mehr so einfach. Immerhin: Nach dem Krieg konnte man wenigstens einmal ein paar neue Häuser und breite Straßen bauen. Die alten Gässchen waren ja doch zu eng gewesen, und das ganze bunte, schiefe alte Fachwerk so mitten in der Stadt – da hatte man sich ja direkt schämen müssen vor den Messegästen.

Der Freiherr und Ratsherr (suspendiert) Erasmus Senckenberg schaffte es, seinen Prozess dauerhaft zu verzögern, seinem Bruder mit dessen lächerlicher Stiftung sowie den werten Collegae im Rat noch ein paar Stöcke zwischen die Beine zu werfen und dabei in seinem Arreststübchen halbwegs gemütlich alt zu werden. Bis ihn im Jahr 1795 ein verklemmter Bruch auf nicht sehr angenehme Weise verr–, Pardon, versterben ließ.

Dr. J. Christian Senckenberg, der so rechtschaffen war und fürs Gemeinwohl so viel getan hatte (Der Rat tat es ja nicht! Der Jud und der Eigennutz verzehrten alles!), wurde von seinem Gott dafür belohnt, indem der ihn mitten in der Blüte seines späten Stifterglücks fast qualfrei aus dem Leben holte: Ende 1772 erkletterte nämlich der Herr Doktor etwas übermütig und voller Bauherrenstolz das Gerüst seines nun schon fast fertigen, herrlichen Bürgerhospitals. Oben angelangt, rutschte er ab und fiel aus großer Höhe. Er landete ungünstig.

So hatte er das Privileg, die erste Leiche zu sein, die in eben diesem Hospital und in dessen nagelneuem anatomischem Theater seziert wurde (Todesursache: Schädelbruch). Bei der Sektion ging es sauber zu. Ein merklich unangenehmer Geruch entstand erst bei der Testamentseröffnung, denn dieses Schriftstück, wie auch die zugehörigen Ergänzungen der Stiftungsverfügungen, enthielt einigen Unflat. Die Frankfurter Ratsherren wurden ausführlich und unsäglich beschimpft (insbesondere Siegner, der nicht ganz nüchtern im Gasthaus *Zum Kreuzchen* angeblich angekündigt hatte, die Ratsherren würden sich nach dem Tod Senckenbergs das gesamte Stiftungsvermögen persönlich unter den Nagel reißen). Jede Einmischung des Rates in Stiftungsangelegenheiten verbat sich der Stifter unter Verwünschungen. Worauf sich der Rat prompt doch einmischte, und zwar durch sofortige Konfiskation der beleidigenden, rufschädigenden Teile der Urkunden. Die Stiftung prozessierte, der Rat ebenfalls, und das Ganze entwickelte sich zu einer Jahrzehnte währenden Arbeitsbeschaffungsmaßnahme für die Frankfurter Anwaltszunft. So bekamen die Ratsherren (in ihrer Funktion als Anwalt oder Vater oder Bruder eines Anwalts) per Honorar doch noch ihren Teil ab von der Stiftung. Dass nicht etwa nur die Kranken, die Naturkundler und die Mediziner was davon hätten, von dem ganzen schönen Senckenbergischen Geld!

So um die fünfzig Jahre später legte man den Rechtsstreit bei, damit man sich auch einmal daranmachen konnte, die Stiftungsziele zu verfolgen. Einige Teile der Stiftung waren leider inzwischen scheintot. Die Frankfurter Bürger päppelten sie in einem neu gegründeten Verein liebevoll wieder auf. Daraus entstand am Ende zum Beispiel das weltbekannte Senckenberg Museum mit seinen vorsintflutlichen Ungeheuern in der Eingangshalle, über die der Stifter, trotz gewisser religiöser Bauchschmerzen, begeistert gestaunt hätte. Wer sich ein bisschen auskennt in der Frankfurter Naturforschung, der weiß zudem, dass auch mehrere Universitätsinstitute zu den Kindeskindern der Stiftung zählen, sowie natürlich das Senckenbergische Institut für Geschichte der Medizin, und dass man bis heute in der Universitätsbibliothek immer mal wieder hinterlassene Bände aus dem persönlichen Besitz des Herrn Doktors in die Finger bekommt. Das Bürgerhospital, Prachtstück der Stiftung, gibt es auch noch. Es fällt nur nicht mehr so auf in einer Zeit, in der Gemeinwohl Standard ist, was ja schön funktioniert, indem die gemeinen Leute sich per gesetzlicher Krankenversicherung ihr Gemeinwohl zwangsweise selber zahlen und das der Armen gleich mit dazu. Da können dann die, die nicht zum gemeinen Volk gehören, sich in der privaten Krankenversicherung um ihr Privatwohl kümmern – so wie es eh und je der Fall war. Wer das ein bisschen anders sieht, der gründet eben eine Stiftung.

Und Cornelie?

Es überraschte niemanden, als sie sich mit Georg Schlosser verlobte. Bis auf Wolfgang, der aus allen Wolken fiel. Er nahm es sowohl Cornelie als auch Georg übel, dass sie auf die Idee kamen, einander näher zu sein als ihm. Vor allem Cornelie verzieh er nicht, die doch sein zweites Ich war und für immer zu ihm gehört hätte und von der er sich verlassen und verraten fühlte.

Viele Anzeichen deuteten darauf hin, dass Cornelie und Georg glücklich miteinander werden könnten. Sie schienen es jedenfalls vorläufig zu sein. Sehr sogar. Bis zu dem Zeitpunkt, an dem Georg nach langem Hin und Her endlich die lukrative Anstellung erhielt, die seiner Ansicht nach zum Heiraten noch gefehlt hatte. Es war Ende November 1773, als beide, Eheleute seit zwei Wochen, in ihren ersten gemeinsamen Hausstand umzogen. Nach Karlsruhe.

In der allerersten Zeit ließ sich – endlich allein, endlich fort aus dem Frankfurter Trott, endlich richtig erwachsen! – eine gewisse Euphorie konstatieren.

Doch dann lief alles schief.

Die Reise den Rhein hinauf hatte Cornelies labiler Gesundheit zugesetzt. Eine sich bald einstellende Schwangerschaft half nicht. Ihr fehlte einfach die Kraft für all die kleinen und großen Aktivitäten, die der Umzug, der Haushalt sowie Georgs strenge Prinzipien der sparsamen Haushaltsführung von ihr verlangten (warum so viele Mägde, warum eine Haushälterin? Sie konnte das doch selbst! Hatte ihr das die Mutter nicht beigebracht? – Nein, hatte sie nicht. Ihr einziger, sie vollkommen in Beschlag nehmender Lehrmeister war ja der Vater gewesen). Nutzlos und überfordert fühlte sie sich, und ihr plötzlich so unzuverlässiger Körper machte ihr Angst.

Georg, eigensinnig, undiplomatisch, idealistisch, kam mit

seinem an sich respektablen markgräflichen Brotherrn und mit dessen Hofschranzenkabinett ebenso wenig zurecht wie damals mit dem Württemberger Erben in Treptow an der Rega. Das Letzte, was er gebrauchen konnte, wenn er nach all dem täglichen Ärger mit dröhnendem Schädel nach Hause kam, war eine jammernde, leidende Frau, die den ganzen Tag keinen Finger gerührt hatte und die ihn – es verletzte ihn zutiefst – im Ehebett nicht so trösten konnte, wie er es gebraucht hätte. Gerade, dass sie gequält die Beine auseinandernahm. Oft genug verweigerte sie sich sogar ganz: Angeblich tat er ihr weh. Sicher, er wusste es, Adonis war er nicht. Aber er hatte geglaubt, sie liebte ihn. Doch nein, sie schrak vor ihm zurück, vor seiner Nacktheit, seinem Mund. «Ihr ekelt vor meiner Liebe», schrieb er seinem Bruder. Es war unerträglich.

Cornelie hatte nicht nur falsch gelegen in ihrer Annahme, Georg sei hauptsächlich an ihrem Geist und nicht an ihrem Körper interessiert. Sie erkannte ihren als Freund, als Menschen wirklich geliebten, vertrauten Frankfurter Verlobten auch nicht mehr wieder in diesem übellaunigen, schroffen, rechthaberischen Mann, der spätabends nach Hause kam, kein gutes Wort für sie hatte und sie dann im Bett überfiel wie ein Tier.

Als Georg es nach ein paar Monaten schaffte, vom Karlsruher Hof versetzt zu werden, in eine halbwegs unabhängige Position als Amtmann in Emmendingen, wo er eher als in Karlsruhe schalten und walten konnte wie er wollte und seine Laune sich entsprechend besserte – da war es eigentlich schon zu spät für die beiden. Jedenfalls, solange Cornelies Gesundheit weiterhin ruinös blieb. Georg hielt die ewigen Schmerzen und Krämpfe seiner Frau für eingebildet, verstand sie als Vorwurf, als Beischlaf- und Arbeitsverweigerung gegenüber ihm, den sie nicht liebte und der ihr nicht bot, was sie aus

Frankfurt gewohnt war: Luxus und städtisches Amüsement. Cornelie dagegen, abgeschnitten von der Heimat, den alten Freunden und der früher so wenig geschätzten Geborgenheit des Elternhauses, war derart mit ihrem gequälten Körper und dem Überstehen jedes Tages beschäftigt, dass ihr der gestrenge Gatte irgendwann nur noch egal war.

Die beiden hätten Jahre gebraucht, um sich wieder nahe zu kommen. Doch die bekamen sie nicht. Schwanger mit ihrer zweiten Tochter, so unendlich allein, wie man nur am Ende eines Lebens sein kann, wusste Cornelie Anfang Dezember 1776, was sie schon lange ahnte: Dass ihr Körper nur noch fürs Grab taugte. Sie schrieb es einer Freundin, deren Briefe sie bis dahin nie beantwortet hatte, wie sie kaum einen Brief, von Wolfgangs abgesehen, beantwortet hatte in der ganzen Zeit ihrer Ehe. Die Wahrheit, wie es ihr ging, die wollte doch ohnehin niemand hören. Die wollte sie auch niemandem offenbaren. Fremden Menschen jedenfalls nicht wie der Frau von Stein, die der selbst inzwischen so schreibfaule Bruder genötigt hatte, eine Korrespondenz mit ihr zu beginnen, sodass sie sich ihrerseits genötigt fühlte, der holdseligen hohen Dame zweimal etwas gekünstelt zu antworten und so zu tun, als sei irgendetwas in Ordnung in ihrem Leben.

Der Brief, in dem sie die Wahrheit schrieb, der war fast ihr letzter. Mit zusammengebissenen Zähnen hielt sie noch sechs Monate durch, pflichtbewusst, das Kind sollte wenigstens durchkommen, wenn sie schon starb an ihm. Wenigstens dies eine konnte sie vielleicht erreichen, wenn sie auch sonst für nichts gut war. Man konnte stark sein im Sterben, das wusste sie, das hatte sie an der Magd gesehen damals, der Kindermörderin, die bleich und aufrecht gesungen hatte auf dem Weg zum Schafott. Sie, sie würde im Sterben ein Kind ins Leben bringen. Und sie schaffte es bis zur Geburt, nährte das kleine Mädchen sogar mit ihrer eigenen Milch die gefährlichen ersten zwei, drei Wochen, bis sie im Juni 1777, ziemlich genauso alt oder jung wie eben jene Magd bei ihrem Tod, endlich sterben durfte.

Georg, ungläubig, war aus der Bahn geworfen. Er fragte sich, ob seine Frau etwa die ganze Zeit tatsächlich so krank gewesen war, wie sie getan hatte. Und er hatte sie doch eigentlich so sehr geliebt.

Die Frau Rätin Goethe in Frankfurt, die ihre Tochter seit vier Jahren nicht gesehen hatte, erhielt aus Georgs Hand brieflich Nachricht von ihrem Tod. «Mit tausend Tränen: Der Herr hat's gegeben, der Herr hat's genommen, der Herr sei gelobt», schrieb sie ihrerseits daraufhin einem Freund, bleischweren, aber stabilen Herzens. Sie konnte immerhin froh sein, dass es nicht ihr Lieblingskind, ihren Wolfgang getroffen hatte. Ihr Mann allerdings, der erholte sich nicht von dem Schlag. Bald war es auch mit ihm vorbei.

Die Frau Rätin überlebte ihn bei weitem – sie war ja auch zwanzig Jahre jünger, gell! –, und irgendwann, als gerade mal nicht Napoleons oder irgendwelche anderen Truppen sie daran hinderten, verkaufte sie seine «Nacktärsche» (ihr Wort für Gemäldesammlung) und seinen ganzen anderen überflüssigen Tand, um mit ihren beiden lieben Mägden in eine Dreizimmerwohnung im Haus zum Goldenen Brunnen an der Hauptwache zu ziehen, gegenüber der Katharinenkirche. Aus ihren Fenstern hatte sie nun das ganze schöne bunte Treiben bestens im Blick. Ihr Vermieter war übrigens ein Gastwirt namens Johannes Bauer. (Ob er mit der Frau Bauerin vom *Einhorn* verwandt war, das kann man ihn leider nicht mehr fragen.)

Damit wäre allerdings die Familie Goethe noch nicht abschließend behandelt. Und die Susann auch nicht. Etwas Wichtiges fehlt noch.

Manche würden nämlich sagen, die Susann sei nicht umsonst gestorben. Und daran sei Wolfgang schuld.

Es passierte Anfang 1775. Wolfgang war damals sehr beschäftigt mit der süßen, brandneuen zweiten Frau von Peter Brentano, der – käsestinkende Krämerseele, die er war – nach Wolfgangs Ansicht die reizende, lebhafte junge Maxe gar nicht verdient hatte. Die Situation zwischen ihm, der Maxe Brentano und deren rechtmäßigem Ehegatten begann gerade, etwas prekär zu werden, als Ablenkung eintraf in Gestalt von Wolfgangs altem Straßburger Studienkollegen Heinrich Leopold Wagner. Wagner war auf dem Rückweg von einer verlorenen Anstellung und versuchte nun, in Frankfurt als Hauslehrer ein bisschen Geld zu verdienen. Er musste irgendwie die Gebühr für seine längst fällige Promotion zusammenkratzen, bevor auch er Anwalt werden konnte. Die alten Kameraden redeten über die Frauen und übers Dichten, und Wagner erkundigte sich, wie es denn mit dem Faust-Drama stehe.

Wolfgang musste zugeben, dass er noch immer nicht fertig sei mit dem Faustmanuskript (wiewohl es schon sehr weit gediehen war – nur war er eben noch nicht ganz zufrieden, es fehlte noch der letzte Schliff, es musste noch etwas gehoben werden). Wolfgang verriet aber Wagner, worauf er so stolz war, nämlich seine Erfindung, sein Geheimnis, woraus der Hauptteil vom Faust bestehen sollte: die «Gretchen-Katastrophe» (so nannte Wolfgang die Geschichte bei sich).

Im Leben nicht hätte Wolfgang damit gerechnet, was jetzt geschah: Wagner sagte interessiert «so, so», stellte ein paar Fragen – und schnappte sich insgeheim das brisante Thema für ein eigenes Drama.

Natürlich war er schneller: Seine «Kindermörderin» erschien 1776, da war Wolfgang noch weit von einer Veröffentlichung entfernt mit seinem Faust. Wolfgang war stinksauer, verständlicherweise.

Diese «Kindermörderin» von Wagner wurde kaum je aufgeführt, aber trotzdem außerordentlich bekannt: Es ging ja darin so furchtbar unanständig explizit und grausam und volkstümlich zu, dass man es der Damenwelt rein gar nicht zumuten konnte und sich so mancher furchtbar darüber aufregen und die Gendarmen rufen musste (Wagner fand diese Reaktionen ziemlich lächerlich und reine Heuchelei). Im gleichen Jahr schrieb ein anderer Freund Wolfgangs – einer, über den Wolfgang sich ebenfalls ärgerte, bislang allerdings nur, weil er sich auf peinliche Weise immer bei seinen, Wolfgangs, abgelegten Freundinnen und Musen einzuschmeicheln versuchte – diese lästige Klette namens Lenz also schrieb eine Erzählung, in der, wie könnte es anders sein, am Ende ein missbrauchtes Mädchen wegen Kindsmords hingerichtet wird.

Kindermörderinnen als tragische Gestalten waren *das* Modethema: in den folgenden Jahren zogen viele andere Dichter nach.

Zu einem guten Teil war daran die Susann schuld. Nicht allein sie natürlich – ihr Schicksal traf den Nerv der Zeit. In diesem Schicksal kamen nämlich Moral und Wirklichkeit, göttliche Gerechtigkeit und Menschenliebe, die neue Vergötterung weiblicher Tugend und die Folgen des Ideals im Leben der einfachen Leute so verquer zusammen, dass es knirschte, sich verhakte und niemand mehr wusste, wie dieser Knoten aus Widersprüchen wieder aufzubekommen war. Und deshalb gab es auch eigentlich keine Lösung für die Preisfrage, für deren beste Beantwortung 1780 ein Mannheimer Jurist hundert Gulden aussetzte: Wie man dem Kindsmord vorbeugen könne, ohne zugleich die Unzucht zu befördern?

Man konnte es nicht.

Auch Georg schrieb aus Emmendingen eine Antwort auf die Preisfrage, auch er hatte nicht vergessen, wie damals der Klient seines Bruders, der Scharfrichterssohn Hoffmann, der bedauernswerten Person den Kopf mit einem Hieb vom Leib getrennt und der Leib noch gezuckt hatte danach, alles nach Recht und Gesetz. Es war aber eigentlich auch ihm klar: Jede wirklich erfolgversprechende Maßnahme gegen den Kindsmord – er schlug staatliche Alimentierung lediger Mütter und ihrer Kinder vor und Abkehr von der Ächtung gefallener Frauen –, jede solche Maßnahme würde zugleich die Unzucht vermehren. Man muss sich nur umsehen im Frankfurt der Jahrtausendwende, wo die Zahl der getöteten Neugeborenen lang nicht mehr so hoch ist wie zu Susanns Zeiten – wo aber zugleich die jungen Leute sich geradezu schämen, wenn sie mit achtzehn Jahren noch nie Unzucht getrieben haben. Nur, dass dieser Zeitvertreib natürlich heute nicht mehr Unzucht heißt.

Damals, als das Thema so hochkochte zwischen 1770 und 1780, da war noch niemand bereit, solche haarsträubenden Folgen hinzunehmen. Weder die christlichen Moralisten, die für die allerschärfste Bestrafung des früher ignorierten Kindsmords erst gesorgt hatten, noch die jungen Wilden in Wolfgangs Freundeskreis, die sich in ihrem Sturm und Drang vom schlimmen Schicksal der ungewollt schwangeren Mütter aufgewühlt zeigten.

Es war also eine Sackgasse. Man konnte nur entweder rechts abbiegen, in eine schamlose, unzüchtige, unordentliche Zukunft, in der das Kinderkriegen nicht mehr an die Ehe gebunden sein würde. Oder nach links, zurück ins Mittelalter mit seinem germanischen Gewohnheitsrecht der Kindstötung zur Geburtenkontrolle. Geradeaus gab es nichts. Da blieb man lieber erst mal stehen, wo man war.

Für die Dauer einer ganzen Generation blieb man stehen

und diskutierte. Und dann einigte man sich auf jene Maßnahme, die man unter dem Deckmäntelchen der moralischen Strenge durchmogeln konnte: die Abschaffung der Todesstrafe für das Delikt. Insgeheim dachte man, man erträgt es einfach nicht mehr, die Grausamkeit. Laut sagte man: So eine Hinrichtung, die ist ja so schnell vorüber, die ist ja fast nichts im Vergleich mit dem, was ein gefallenes Mädchen zu erleiden hat, wenn es seine Schwangerschaft zugibt! Da müssen andere Strafen her, die die Qual etwas ausdehnen. So ungefähr dreißig Jahre nach der Frankfurter Hinrichtung begann man in einigen deutschsprachigen Ländern, dieser Empfehlung tatsächlich zu folgen. In Österreich und Bayern, den ersten Ländern, die das wagten, bedeuteten Gerechtigkeit und Recht von nun ab nicht mehr unbedingt, dass Blut mit Blut gesühnt werden müsse: Zwanzig Jahre Haft taten es bei Kindsmord jetzt auch.

(Man hatte ohnehin, was die Vergeltung von Blut mit Blut betrifft, die Bibel immer ziemlich missverstanden. Der Bonum hätte das, hätte man ihn gefragt, damals schon den Frankfurter Ratsherren und Syndikern sagen können, die von göttlichem Gesetz faselten in ihrem Urteil und nicht wussten, wovon sie sprachen. Es ging doch bloß um angemessene Schadenersatz-Zahlungen an dieser Bibelstelle «Auge um Auge, Zahn um Zahn». Doch nicht etwa, Gott bewahre, darum, dass dem Täter zur Strafe auch ein Auge ausgerissen werden sollte!)

Nachdem dann einmal die Türe aufgestoßen war hinaus aus dem alten Recht, da konnte man auch weitergehen. Weil zwanzig Jahre Kerkerhaft noch immer ziemlich grausam erschienen – man überlebte das in den damaligen Kerkern nicht immer – und man die armen Mädchen, wenn man ehrlich war, ja irgendwie verstehen konnte, da wurden es nach und nach immer weniger und weniger Jahre. Es ließ sich ja auch rechtfertigen, nicht wahr. Unter anderem mit der Begründung, dass jede Mutter im Moment der Geburt durch die Schmerzen in einen Wahn verfalle und also gar nicht zurechnungsfähig sei. (Man hatte den Wahn, die Verstörtheit, bei Fausts Gretchen und in Wagners Kindermörderin ja vorgeführt bekommen.)

Wolfgang selbst wäre allerdings von diesen Spätfolgen seines «Gretchens» gar nicht begeistert gewesen. Ebenso wenig, wie er es gutheißen konnte, als 1783 sein damaliger Brötchengeber und Gönner, der Weimarer junge Herzog Carl August, anlässlich eines Kindsmords in seinem Fürstentum die Todesstrafe hierfür kippen wollte, um die Angeklagte, eine Dienstmagd, zu retten. (Zuvor schon war er in mehreren Kindsmordsfällen ein äußerst liberaler Begnadiger und Rechts-Interpretierer gewesen.)

Das nun doch nicht, fand Wolfgang, etwas zur Überraschung seines Fürsten. Das war, fand Wolfgang, zu viel Wagnis, zu viel Experiment, so radikal von althergebrachten Prinzipien abzugehen, die so einsichtig, so klar waren: Ein Leben für ein Leben. Auch wenn's weh tat. Das war doch die beste Abschreckung.

Und Wolfgang stimmte also gegen dieses Vorhaben seines Fürsten im Geheimen Rat. Ganz wie die anderen konservativen Geheimrats-Juristen, die ursprünglich eigentlich die Nase gerümpft hatten, als ihnen dieser hergelaufene, schwärmerische Dichterling 1776 vom blutjungen Herzog ins ehrwürdige Gremium gesetzt wurde wie der Kuckuck ins Schwalbennest. Aber er machte sich ganz gut, am Ende.

Und das verrückte Reformvorhaben des Fürsten wurde auch dank seiner Stimme begraben. Und die Dienstmagd geköpft.

Es gibt aber noch etwas, das man hier aus Wolfgangs Leben erwähnen muss. Von der bekannten Tatsache abgesehen, dass er das geistige Licht und die Geldtöpfe eines absolutistischen Herzogtums den Mühen einer Karriere in der altmodischen Handels- und Handwerkerrepublik Frankfurt vorzog. Und dieses Etwas ist Christiane. Fräulein Johanna Christiana Sophia Vulpius, um genau zu sein.

Mit Ende dreißig, Anfang vierzig pflegte damals ein Mann von Wolfgangs Stand zu heiraten. Wenn nämlich die Ausbildung fertig, die große Bildungsreise gemacht und die Stellung gesichert war, sodass man also einer jungen, gut betuchten Braut und deren Eltern was anzubieten hatte. Nur hatte Wolfgang, als er sich in dieser kritischen, ehetauglichen, ja, die Ehe fordernden Zeit seines Lebens befand, das Problem, dass er mal wieder verliebt war. In die kleine Vulpius ausgerechnet, mit diesem gescheiterten unteren Beamten als Vater, der die paar Gulden Gnadenbrot seiner Pension vertrunken hatte. Die Tochter versuchte nun, ihre ganze heruntergekommene Familie als Putzmacherin durchzubringen, was natürlich hinten und vorn nicht reichte. Weshalb sie schließlich als Verzweiflungstat ein zweideutiges Bittgesuch direkt an ihn richtete, höchstpersönlich, zu einer Abendstunde, in all ihrer süßen, lockigen Schönheit. Das Mädchen war genauso, wie die meisten waren, die ihn so richtig reizten: nichts Vergeistigtes (wie seine Schwester), sondern was Einfaches, Bodenständiges (wie seine Mutter), voller Leben, Wärme und Lebensklugheit, aber eben, wie gesagt, mal wieder gänzlich ohne Geld und Ehren und seiner nunmehr geadelten Position so gar nicht angemessen. Noch weniger, als Gretchen oder Friederike früher für den Frankfurter kaiserlichen Ratssohn. Dass er eigentlich gar nicht randurfte an sie, an diese blühende, süße Christiane, das machte es leider nur noch schlimmer.

Und dann dämmerte es ihm: Er durfte ja doch. Und mehr als einmal. Weimar war nicht Frankfurt, wo die Nasen der Kleingeister voller Entsetzen hochgegangen wären, falls was rauskam. Seine Freunde hier, sein ganzer Umgang, und natürlich sein Gönner, der Fürst, waren Freidenker. Sein Vater war tot, es lebte nur noch die Mutter, die gute, die selber so volkstümlich war und leicht im Gemüt, und er, er war nicht Frankfurter Bürgermeister oder Ratsschreiber oder dergleichen. Er war der Dichterfürst. Er konnte ein kleines bisschen unvernünftig sein.

Christiane war's auch. Oder eigentlich war sie vernünftig. Sie hatte sehr gut überlegt und befunden, dass sie es in ihrer Lage wagen könne bei ihm, nein, wagen müsse; mutig war sie sowieso, und zum Glück gefiel ihr der attraktive Herr von Goethe ausgezeichnet, um nicht zu sagen, dass sie ihn bald sehr lieb hatte, den Wolf.

Wie übrigens er sie auch.

Es kam, wie es kommen musste: Eines Tages steht sie vor ihm und sagt, sie hat sich übergeben und sie kriegt ihre Ordinaire nicht, obwohl es längst fällig wäre.

Da nahm er sie halt fest ins Haus, als Wirtschafterin offiziell. Was die Leute sich dabei dachten – sie dachten so einiges –, das war ihm herzlich egal. Carl August hatte schließlich auch eine Geliebte, so hielt man das nicht selten in Adelskreisen, und er gehörte nun dazu, gelle, er konnte sich das eben leisten.

Als allerdings der Kleine kam, da stellte er fest, dass man genau das in Adelskreisen völlig inakzeptabel fand. Geschwängerte Geliebte gehörten diskretestens mit einer Apanage in der Ferne untergebracht und nicht etwa samt illegitimem Spross zur öffentlich sichtbaren Fortsetzung des Verhältnisses im Haus gehalten. Und ein Mitglied des obersten Regierungsgremiums des Landes habe verdammt nochmal den Bürgern ein gutes Beispiel zu geben und nicht der Liederlichkeit ein Denkmal zu setzen.

Irgendwie schaffte er es, der drohenden Vertreibung aus Weimar zu entgehen. Bei einigen Herrschaften war er allerdings jetzt geächtet – bitte, hatte er eben einen Zacken weniger in seiner Dichterfürstenkrone, ein Preis, den er gern zahlte für seine größte, vielleicht einzige echte Liebe, sein tiefstes, intimes Glück.

Das Mütterchen, das so stolz war auf seine Position und sein Ansehen, das bekam die Peinlichkeiten glücklicherweise im entfernten Frankfurt nicht mit. Wolfgang brauchte einige Jahre, bis er sich traute, der Frau Rätin von der unehelichen Schwiegertochter und dem Enkelchen zu erzählen. Sie war ein bisschen unangenehm berührt. Aber am Ende freute sie sich doch.

Außer der Frau Rätin und ihren Freunden vom Theater interessierte sich übrigens in Frankfurt damals niemand sonderlich für den Wolfgang Goethe. Wer war das noch gleich? Ach ja, dieser unstete, viel zu hübsche junge Charmeur, der Enkel vom Schultheißen Textor, der, statt zu arbeiten, brotlosen Künsten hinterhergelaufen war – kein Wunder bei dem nichtstuend sein Erbe verzehrenden Vater! –, der es demzufolge natürlich in Frankfurt zu nichts gebracht hatte und der also jetzt bei irgendeinem dieser dekadenten Fürsten als Hofdichter katzbuckeln musste.

Stolz war man hier auf ganz andere Leute.

Inhalt

Lapsa est – Gestrauchelt 9

Impraegnata – Schwanger 125

Inculpata – Beschuldigt 291

Condemnata – Verurteilt 403

Nachrede 445